Amy Tan

# Die hundert verborgenen Sinne

*BUCH* Olivia und Kwan sind Schwestern. Doch verschiedener können Frauen kaum sein. Olivia, die vielbeschäftigte Fotografin aus San Francisco, fühlt sich als Amerikanerin von Kopf bis Fuß, und an die Heimat ihres Vaters erinnern sie allenfalls noch die Frühlingsrollen aus der Tiefkühltruhe. Ganz anders ihre Halbschwester Kwan, die in China aufgewachsen ist. Sie liegt Olivia ständig mit chinesischen Weisheiten und rätselhaften Geistergeschichten in den Ohren. Dreißig Jahre hat Olivia nun schon Kwans Marotten ertragen, ohne ihre Schwester je ernst zu nehmen, hat ihre blinde Liebe erduldet, ohne sie je zu erwidern. Doch dann brechen die beiden Frauen zu einer gemeinsamen Reise nach China auf. Es wird für Olivia eine Reise in die Vergangenheit – und in die Tiefen ihrer Seele. Denn dort, in dem kleinen, von Kalkfelsen umgebenen Bergdorf, begreift sie, welches Opfer Kwan einst auf sich genommen hat. Und sie lernt, daß es im Leben nie zu spät ist, auf sein eigenes Herz zu hören und der Stimme der hundert verborgenen Sinne zu vertrauen.

*AUTORIN* Amy Tan wurde 1952, zweieinhalb Jahre nach der Einwanderung ihrer Eltern aus China, im kalifornischen Oakland geboren. Ihre beiden Romane – »Töchter des Himmels« (verfilmt von Wayne Wang) und »Die Frau des Feuergottes« – wurden in zwanzig Sprachen übersetzt und in Deutschland zu einem sensationellen Bestseller-Erfolg. Amy Tan lebt mit ihrem Mann abwechselnd in San Francisco und New York.

*Außerdem bei Goldmann lieferbar:*
Die Frau des Feuergottes. Roman (42182)
Töchter des Himmels. Roman (9648)

Amy Tan

# Die hundert verborgenen Sinne

Roman

Aus dem Amerikanischen
von Sabine Lohmann

GOLDMANN

Die amerikanische Originalausgabe erschien unter dem Titel
»The Hundred Secret Senses« bei G. P. Putnam's Sons, New York

*Umwelthinweis:*
Alle bedruckten Materialien
dieses Taschenbuches
sind chlorfrei und umweltschonend.

Genehmigte Taschenbuchausgabe Oktober 1999

Umschlaggestaltung: Design Team München
Umschlagfoto: Imagine
Druck: Presse-Druck Augsburg
Verlagsnummer: 44500
Made in Germany

ISBN 3-442-44500-0

*Für Faith*

# Erster Teil

# *Das Mädchen mit den Yin-Augen*

Meine Schwester Kwan meint, sie hat Yin-Augen. Sie kann all die Verstorbenen sehen, die jetzt in der Yin-Welt sind – Geister, die hin und wieder ihr Schattenreich verlassen, um Kwan in ihrer Küche an der Balboa Street in San Francisco zu besuchen.

»Libby-ah«, sagt sie dann zu mir. »Rate mal, wen ich gestern wieder gesehen, na?« Und ohne jede Raterei weiß ich gleich, daß sie irgendeinen ihrer Toten meint.

Eigentlich ist Kwan ja nur meine Halbschwester, aber das darf ich nicht so laut herausposaunen. Es wäre eine Beleidigung, als wollte man damit sagen, daß sie nur halb soviel Liebe von unserer Familie verdiente. Die Sache ist nämlich so: Kwan und ich haben einen gemeinsamen Vater, mehr nicht. Sie ist in China geboren. Meine Brüder Kevin und Tommy und ich in San Francisco – und zwar nachdem mein Vater, Jack Yee, hierher ausgewandert war und unsere Mutter, Louise Kenfield, geheiratet hatte.

Mom bezeichnet sich als »American mixed grill – gut durchwachsen, zäh und hartgesotten«. Sie stammt aus Moscow, Idaho, wo sie als stramme Majorette bei allen möglichen Paraden glänzte. Doch als junges Mädchen, sagte sie, hätte sie sich immer nur danach gesehnt, eines Tages so exotisch und ätherisch auszusehen wie Luise Rainer, die einen Oscar für die Rolle der O-Lan in dem Film *Die gute Erde* gewann. Und als Mom dann schließlich nach San Francisco zog, versuchte sie ihre Träume halbwegs zu verwirklichen, indem sie unseren

Vater heiratete. Sie kommt sich sehr liberal vor, weil sie sich jemanden ausgesucht hat, der nicht angelsächsischer Abstammung war. »Als Jack und ich uns kennenlernten«, erzählt sie heute noch gern, »waren Mischehen nämlich verboten. Aus Liebe haben wir gegen das Gesetz verstoßen.« Wobei sie allerdings unerwähnt läßt, daß dieses Gesetz in Kalifornien sowieso nicht galt.

Keiner von uns, auch meine Mutter nicht, hatte Kwan je getroffen, ehe sie achtzehn war. Bis kurz vor dem Tod meines Vaters hat Mom ja nicht einmal gewußt, daß Kwan überhaupt *existierte*. Mein Vater starb an Nierenversagen, als ich knapp vier war. Aber bestimmte Momente mit ihm habe ich noch gut in Erinnerung. Wie ich eine lange, kurvige Rutschbahn hinab in seine Arme sauste. Wie wir das Planschbecken nach Pennies absuchten, die er hineingeworfen hatte. Wie ich ihn das letzte Mal im Krankenhaus sah und ihn etwas sagen hörte, was mir noch jahrelang angst machte.

Kevin, der ein Jahr älter ist als ich, war auch dabei. Tommy war noch ein Baby, darum hatte man ihn im Wartezimmer gelassen, in der Obhut von Moms Kusine, Betty Dupree – wir mußten sie Tante Betty nennen –, die ebenfalls aus Idaho hergezogen war. Ich saß auf einem Plastikstuhl und löffelte die rote Grütze, die mein Vater mir von seinem Mittagstablett aufgehoben hatte. Er lehnte in den Kissen und atmete schwer. Mom brach immer wieder in Tränen aus und gab sich zwischendurch bemüht heiter. Ich versuchte zu begreifen, was eigentlich los war. Ich erinnere mich noch, wie mein Vater ihr etwas zuflüsterte und sie sich dicht zu ihm hinunterbeugte. Plötzlich klappte ihr das Kinn herab, und sie wandte sich abrupt zu mir um, das Gesicht ganz verzerrt vor Entsetzen. Ich bekam einen fürchterlichen Schreck. Woher wußte er es? Woher wußte Daddy, daß ich meine beiden Schildkröten Speedy und Jeeves heute morgen die Toilette runtergespült hatte? Ich wollte herausfinden, wie sie ohne ihren Panzer aussahen, und vor lauter Eifer hatte ich ihnen die Köpfe abgerissen.

»Deine Tochter?« hörte ich Mom sagen. »Holen lassen?« Und ich war überzeugt, er hätte ihr aufgetragen, mich ins Tierheim zu schaffen, so wie unseren Hund Buttons, nachdem er uns das Sofa zerfetzt hatte. Alles weitere verschwimmt in meiner Erinnerung zu einem einzigen Wirbel: die Schale rote Grütze, die klirrend zu Boden fiel, Mom, die wie gebannt auf ein Foto starrte, und Kevin, der lachend danach grapschte – ein kleiner schwarzweißer Schnappschuß von einem schmächtigen Baby mit schwarzen Stoppelhaaren. Irgendwann hörte ich meine Mutter schreien: »Keine Widerrede, Olivia, wir müssen jetzt gehen.« Und ich heulte: »Aber ich will auch ganz brav sein.«

Bald darauf hieß es dann: »Daddy ist von uns gegangen.« Und sie eröffnete uns, daß sie Daddys anderes kleines Mädchen aus China bei uns aufnehmen wollte. Vom Tierheim war nicht die Rede, aber ich weinte trotzdem. Ich hatte das Gefühl, daß all diese Katastrophen irgendwie zusammenhingen – die kopflosen Schildkröten, die in der Klospülung hinabstrudelten, mein Vater, der uns im Stich gelassen hatte, das andere Mädchen, das bald herkommen würde, um meinen Platz einzunehmen. Ich hatte schon Angst vor Kwan, ehe ich sie überhaupt kennenlernte.

Als ich zehn war, erfuhr ich, daß mein Vater an Nierenversagen gestorben war. Statt der üblichen zwei, sagte Mom, habe er vier Nieren gehabt, die nicht richtig funktionierten. Tante Betty hatte ihre eigene Theorie darüber. Zu allem und jedem hatte sie ihre Theorie, meist aus irgendeiner Illustrierten. Sie meinte, er hätte eigentlich ein siamesischer Zwilling werden sollen, als der Stärkere habe er den anderen aber im Mutterleib verschlungen und sich dabei das Extrapaar Nieren zugelegt. »Wer weiß, vielleicht hatte er ja auch zwei Herzen und zwei Mägen?« Mit diesem Irrwitz kam sie uns etwa um die

Zeit, als das *Life*-Magazin gerade eine Bildreportage über siamesische Zwillinge aus Rußland brachte. Ich hatte sie auch gesehen: zwei Mädchen, Tasha und Sasha, an der Hüfte zusammengewachsen, von ergreifender Anmut, viel zu schön für Mißgeburten. Das muß so gegen Mitte der sechziger Jahre gewesen sein, als ich gerade Bruchrechnen lernte. Ich weiß noch, daß ich wünschte, ich könnte Kwan gegen diese siamesischen Zwillinge austauschen. Auf die Weise hätte ich zwei Halbschwestern, die so gut wie eine ganze wären, und ich stellte mir vor, wie alle Kinder in unserer Straße darauf brennen würden, sich mit uns anzufreunden, um uns beim Seilspringen oder Gummibandhüpfen zuzugucken. Dann wären wir eine echte Sensation.

Tante Betty plauderte auch die Geschichte von Kwans Geburt aus, die leider nicht so ergreifend war, eher etwas peinlich. Während des Krieges, erzählte sie, sei mein Vater Student in Guilin gewesen. Auf dem Bauernmarkt pflegte er sich lebende Frösche zum Abendessen zu kaufen, bei einer jungen Frau namens Li Chen, die er später heiratete. 1944 schenkte sie ihm eine Tochter, Kwan, das schmächtige Baby auf dem Foto.

Über diese Ehe hatte Tante Betty natürlich auch ihre Theorie. »Dein Daddy sah recht gut aus, für einen Chinesen. Er hatte eine gute Schulbildung. Und er sprach Englisch wie ich und deine Mutter. Warum hätte er da ein Bauernmädchen heiraten sollen? Klarer Fall, weil er *mußte*.« Ich war inzwischen alt genug, um zu wissen, was *mußte* in dem Zusammenhang bedeutete.

Wie auch immer, jedenfalls starb die erste Frau meines Vaters 1948 an einer Lungenkrankheit, wahrscheinlich Tb. Mein Vater suchte sich Arbeit in Hongkong. Kwan ließ er in der Obhut der jüngeren Schwester seiner Frau zurück, Li Bin-bin, die in einem kleinen Bergdorf wohnte, Changmian. Natürlich schickte er immer noch Geld für ihren Unterhalt – welcher Vater hätte das nicht getan? Aber 1949 übernahmen die Kommunisten in China die Macht, und mein Vater konnte nun nicht mehr zu seiner fünfjährigen Tochter zurück. Was hätte er da machen sollen? Schweren Herzens wanderte er nach Amerika aus, um ein neues Leben zu beginnen und all den Kummer zu vergessen, den er in der Heimat zurückließ. Elf Jahre danach, als er im Sterben lag, erschien ihm der Geist seiner ersten Frau am Klinikbett. »Hol deine Tochter zurück«, warnte sie ihn, »sonst wirst du es nach deinem Tod büßen!« So stellte mein Vater es jedenfalls dar, kurz bevor er starb – zumindest in Tante Bettys Version, einige Jahre später.

Rückblickend kann ich mir denken, wie meiner Mutter zumute war, als sie das hörte. Eine andere Ehefrau? Eine Tochter in China? Wir waren eine moderne amerikanische Familie. Wir sprachen englisch. Sicher, wir aßen hin und wieder chinesisch, aber bloß Fertiggerichte, wie alle anderen auch. Und wir wohnten in einem ganz normalen Einfamilienhaus in Daly City. Mein Vater arbeitete beim Finanzamt. Meine Mutter nahm an Elternbeiratsversammlungen teil. Sie hatte meinen Vater nie von chinesischem Aberglauben reden hören; statt dessen gingen sie regelmäßig in die Kirche und zahlten in ihre Lebensversicherung ein.

Nachdem mein Vater gestorben war, erzählte meine Mutter ständig, er habe sie auf Händen getragen »wie eine chinesische Kaiserin«. Tante Betty zufolge gelobte sie hoch und heilig, nie wieder zu heiraten. Sie gelobte, uns Kinder so zu erziehen, daß wir den Namen der Familie Yee in Ehren halten würden. Und sie gelobte, die erstgeborene Tochter meines Vaters, Kwan, zu finden und nach Amerika zu holen.

Dieses letzte Versprechen war das einzige, das sie hielt.

Meine Mutter hat immer ein weiches Herz gehabt, was sich in regelmäßig wiederkehrenden Anfällen von Mildtätigkeit niederschlug. Einen Sommer lang zog sie herrenlose Welpen auf; das Haus stinkt heute noch nach Hundepisse. An Weihnachten teilte sie bei der kirchlichen Wohlfahrtsstelle Essen an Obdachlose aus; heutzutage fliegt sie mit ihrem jeweiligen Lover lieber nach Hawaii. Aber was hat sie nicht schon alles für einen guten Zweck unternommen: Hilfsanträge verschickt, Fördergelder gesammelt, im Vorstand von alternativen Gesundheitsorganisationen mitgewirkt. So echt ihr Enthusiasmus auch jedesmal ist, verläuft er schließlich doch im Sande, und schon verlegt sie sich wieder auf was Neues. In Kwan hatte sie wohl so etwas wie eine bedürftige Austauschstudentin gesehen, die sie für ein Jahr unter ihre Fittiche nehmen würde, eine chinesische Cinderella, die dank ihrer Starthilfe dann bald den Weg in ein eigenständiges amerikanisches Leben finden würde.

In der Zeit, ehe Kwan bei uns eintraf, tat Mom ihr Möglichstes, um meine Brüder und mich mit ihrer Begeisterung anzustecken. Tommy war noch so klein, daß er immer bereitwillig nickte, wenn Mom uns fragte: »Na, freut ihr euch auf eure neue große Schwester?« Kevin zuckte bloß die Achseln und tat unbeteiligt. Nur ich vollführte regelrechte Luftsprünge, allein schon vor Erleichterung, daß Kwan *zusätzlich* zu mir und nicht *als Ersatz* für mich dasein würde.

Obwohl ich mich einsam fühlte, hätte ich viel lieber eine neue Schildkröte oder auch nur eine Puppe gehabt, anstatt jemanden, der mit mir um die ohnehin spärliche Zuwendung meiner Mutter wetteifern würde. Nicht, daß Mom mich nicht geliebt hätte – aber eben nicht ausschließlich. Verglichen mit der Zeit und Energie, die sie für andere aufbrachte – sogar für wildfremde Leute –, fühlte ich mich in der Wertskala ihrer Interessen immer weiter zurückgestuft, was den einen oder anderen Kratzer auf meiner Seele hinterließ. So beschäftigt sie auch war, für Verabredungen mit Männern oder Kaffeekränzchen mit ihren Freundinnen fand sie immer Zeit. Doch was mich betraf, war sie unzuverlässig. Ihre Zusagen, mich ins Kino oder ins Schwimmbad mitzunehmen, wurden gerne vergessen oder mit Ausreden weggewischt, oder schlimmer noch, durch Doppeldeutigkeiten verdreht: »Nun laß schon das dumme Schmollen, Olivia. Ich hab dir doch nicht *versprochen*, schwimmen zu gehen. Ich hab nur gesagt, ich fänd's schön, wenn's klappt.« Wie konnte ich meine Bedürfnisse gegen ihre gutgemeinten Vorsätze geltend machen?

So lernte ich denn, mich abzufinden, meine Hoffnungen vor mir selbst zu verleugnen. Ich redete mir ein, all diese Hoffnungen seien doch sowieso nutzlos, bis ich mich gegen die Wunden der Enttäuschung abgestumpft hatte. Es tat kaum noch weh, nicht mehr als der kurze Piekser beim Impfen. Und doch schmerzt es jetzt wieder, daran zu denken: Wie konnte ich als Kind schon wissen, daß ich mehr Liebe gebraucht hätte? Kommt jeder von uns mit einem so unergründlichen Reservoir an Sehnsucht zur Welt?

Natürlich wollte ich Kwan nicht als Schwester; weshalb ich mir vor meiner Mutter jedoch alle Mühe gab, Begeisterung vorzutäuschen. Es war eine verquere Art von Logik: Wenn Hoffnungen sowieso nicht in Erfüllung gehen, sollte man besser auf das hoffen, was man nicht will.

Mom hatte mir die fremde Schwester so geschildert, als sei sie eine größere Ausgabe meiner selbst, lieb und hübsch, nur eben chinesischer, und gewiß ein idealer Spielkamerad. Also stellte ich mir erst gar keine Schwester vor, sondern ein zweites, älteres Ich, das tanzen konnte und enganliegende Kleider trug, und das ein trauriges, aber faszinierendes Leben führte, ein bißchen wie eine schlitzäugige Natalie Wood in der *Westside Story*. Erst jetzt fällt mir auf, daß meine Mutter und ich uns alle beide ausgerechnet solche Schauspielerinnen zum Vorbild nahmen, die mit einem vorgetäuschten Akzent sprachen.

Eines Abends, als meine Mutter mich zu Bett brachte, fragte sie, ob ich beten wolle. Ich wußte, daß man dann irgendwelche netten Sachen sagen mußte, die andere Leute hören wollten, denn so machte meine Mutter es immer. Also betete ich zu Gott und Jesus, sie mögen mir helfen, brav zu sein. Und dann setzte ich noch hinzu, ich hoffe, meine große Schwester würde bald zu uns kommen. Als ich »amen« sagte, sah ich, daß Mom Tränen in den Augen hatte. Demonstrativ begann ich, Willkommensgeschenke für Kwan zu sammeln. Den Schal, den ich von Tante Betty zum Geburtstag bekommen hatte, das Orangenblütenparfüm, das ich zu Weihnachten bekam, klebrige Süßigkeiten, die noch von Halloween übrig waren – liebevoll verstaute ich all diese kratzigen, miefigen, pappigen Sachen in einer Schachtel, auf die meine Mutter »für Olivias große Schwester« geschrieben hatte. Ich fand, da ich nun so brav geworden war, müßte Mom doch allmählich einsehen, daß wir gar keine Schwester mehr nötig hatten.

Später erzählte meine Mutter uns, wie schwierig es gewesen sei, Kwan ausfindig zu machen. »So, wie die Zeiten damals waren«, sagte sie, »konnte man nicht einfach einen Brief schreiben, eine Marke draufkleben und den Brief nach Changmian schicken. Ihr könnt euch nicht vorstellen, was das für ein zäher Papierkrieg war! Und die meisten Leute waren sowieso nicht bereit, für jemand aus einem kommunistischen Land auch nur einen Finger zu krümmen. Tante Betty fand mich total verrückt. ›Wie kannst du ein fast erwachsenes Mädchen bei dir aufnehmen, das kein Wort Englisch spricht?‹ hat sie gesagt. ›Die kennt sich doch vorne und hinten nicht aus!‹«

Der Berg an Formularen war nicht die einzige Hürde, die Kwan ohne ihr Wissen überwinden mußte. Zwei Jahre nachdem mein Vater gestorben war, heiratete Mom einen gewissen Bob Laguni, »den einzigen Glückstreffer in ihrer Exotensammlung«, wie Kevin ihn heute nennt – »und das auch nur, weil sie meinte, Laguni sei Mexikaner statt Italiener.« Mom nahm Bobs Familiennamen an, und so hießen meine Brüder und ich dann ebenfalls Laguni, was ich mit Freuden gegen Bishop austauschte, als ich Simon später heiratete. Dieser Bob jedenfalls war von vorneherein dagegen, Kwan zu uns zu holen. Und im Prinzip hatten seine Wünsche bei Mom immer Vorrang. Nach ihrer Scheidung – ich ging mittlerweile schon aufs College – erzählte sie mir, was Bob ihr für Druck gemacht hatte, damit sie den Einreiseantrag zurückzog. Wahrscheinlich hatte sie das auch tun wollen und es bloß wieder vergessen. Zu mir aber sagte sie: »Ich habe dich beten sehen, und das war so rührend, wie du dir von Gott gewünscht hast: ›Bitte schick mir meine große Schwester aus China.‹«

Ich war fast sechs Jahre alt, als Kwan bei uns eintraf. Wir erwarteten sie an der Zollschranke des Flughafens von San Francisco. Tante Betty war auch mitgekommen. Meine Mutter war ganz aufgeregt und schnatterte ununterbrochen. »Hört mal, Kinder, sie wird bestimmt sehr schüchtern sein, also stürmt nicht gleich so auf sie los ... Und wahrscheinlich ist sie dünn wie ein Spargel, die Ärmste, also macht euch bitte nicht über sie lustig ...«

Als der Zollbeamte Kwan schließlich in den Abholbereich hinausführte, zeigte Tante Betty sofort auf sie: »Das ist sie. Ich sag euch, das ist sie.« Mom schüttelte den Kopf. Die Person, die da auf uns zukam, sah wie ein komisches altes Weiblein aus, kurz und stämmig, nicht gerade das halbverhungerte Waisenkind, das Mom sich vorstellte, oder die bildhübsche große Schwester, die ich mir ausgemalt hatte. Sie trug einen lappigen grauen Pyjama, und ihr breites braunes Gesicht war von zwei dicken Zöpfen eingerahmt.

Kwan war alles andere als schüchtern. Sie ließ ihre Tasche fallen, wedelte mit den Armen und trompetete: »Hall-oo! Hall-oo!« Sie lachte übers ganze Gesicht, hüpfte und quietschte vor Freude wie unser neuer Hund, wenn wir ihn aus der Garage herausließen. Ohne jedes Zögern warf dieses wildfremde Mädchen sich meiner Mutter in die Arme, dann in die von Daddy Bob. Grienend packte sie Kevin und Tommy bei den Schultern und schüttelte sie. Als sie mich sah, wurde sie ganz still, ging in die Hocke und breitete die Arme aus. Ich zupfte Mom am Rock. »Ist *das* meine große Schwester?«

Mom sagte: »Sieh doch, sie hat das gleiche dicke schwarze Haar wie dein Vater.«

Ich habe noch das Foto, das Tante Betty bei der Gelegenheit geknipst hatte: Mom, frisch onduliert und im Mohairkostüm, mit einem leicht verkrampften Lächeln; unser italo-amerikanischer Stiefvater Bob, der ziemlich benommen dreinschaut; Kevin und Tommy, die unter ihren Cowboyhüten einen Flunsch ziehen; und ich im gerüschten Sonntagskleid, den Finger im Mund, plärrend.

Ich heulte über das Geschenk, das Kwan mir eben überreicht hatte. Es war ein kleiner Käfig aus geflochtenem Stroh, den sie mit feierlicher Miene aus ihrem weiten Jackenärmel gezogen hatte. Als ich ihn mir vor die Augen hielt und hineinspähte, sah ich ein sechsbeiniges Monster, grasgrün, mit Sägezähnen, Glotzaugen und langen, wippenden Peitschenbrauen. Ich kreischte auf und schleuderte den Käfig in hohem Bogen von mir weg.

Zu Hause, in dem Schlafzimmer, das wir fortan teilten, hängte Kwan den Käfig mit dem Grashüpfer auf, dem jetzt ein Bein fehlte. Sobald es dunkel wurde, begann er so laut zu zirpen wie eine Fahrradklingel.

Von diesem Tag an war mein Leben wie umgekrempelt. Für Mom kam Kwan gerade recht als stets verfügbares Kindermädchen. Ehe meine Mutter am Nachmittag zu ihrer Kosmetikerin oder zu einem Einkaufsbummel mit ihren »Mädels« abschwirrte, schärfte sie mir ein, Kwan nicht von der Seite zu weichen. »Sei eine brave kleine Schwester und erklär ihr alles, was sie nicht versteht. Versprichst du mir das?« Also heftete Kwan sich jeden Tag an meine Fersen, sobald ich aus der Schule kam, und ob ich wollte oder nicht, mußte ich sie überallhin mitschleppen. Schon von der ersten Klasse an waren mir Schimpf und Schande nicht fremd. Kwan stellte so viele bescheuerte Fragen, daß alle Kinder aus der Nachbarschaft meinten, sie käme wohl vom Mars. »Was ist M & M?« fragte sie zum Beispiel. »Was ist Chinggum?« oder »Wer ist dieser Popeye? Warum bloß ein Auge? Ist er Bandit?« Selbst Kevin und Tommy lachten über sie.

Nachdem Kwan ja nun zum Aufpassen für uns da war, konnte meine Mutter sich ohne schlechtes Gewissen ihrem neuen Eheglück widmen. Als meine Lehrerin Mom anrief, weil ich in der Schule plötzlich Fieber bekommen hatte, war es Kwan, die im Krankenraum aufkreuzte, um mich heimzubringen. Als ich beim Rollschuhlaufen hinfiel, verpflasterte Kwan mir die Knie und Ellbogen. Sie flocht mir die Haare. Sie machte uns dreien die Pausenbrote zurecht. Sie versuchte mir chinesische Kinderlieder beizubringen. Sie tröstete mich, als mir ein Milchzahn ausfiel. Sie seifte mir den Rücken ein, wenn ich in der Badewanne saß.

Ich hätte ihr dankbar sein sollen. Ich konnte mich immer auf sie verlassen. Nichts war ihr lieber, als mit mir zusammen zu sein. Doch statt dessen nahm ich es ihr die meiste Zeit übel, daß sie den Platz meiner Mutter eingenommen hatte.

Ich erinnere mich noch an den Tag, als es mir zum ersten Mal in den Sinn kam, Kwan loszuwerden. Es war im Sommer, ein paar Monate nach ihrer Ankunft. Kwan, Kevin, Tommy und ich hockten müßig im Vorgarten herum. Ein paar von Kevins Freunden schlichen sich von der Seite her ans Haus heran und drehten heimlich den Rasensprenger auf. Meine Brüder und ich hörten das verräterische Zischen und Gurgeln in der Leitung und rannten gerade noch rechtzeitig weg, ehe die Wasserfontänen lossprühten. Kwan dagegen blieb einfach sitzen und ließ sich bis auf die Haut durchnässen, völlig verblüfft, daß so viele Springbrunnen auf einmal aus dem Boden hervorgeschossen kamen. Kevin und seine Freunde brüllten vor Lachen. Ich schrie: »Das ist gemein von euch!«

Einer von Kevins Freunden, ein reichlich angeberischer

Zweitkläßler, den alle kleinen Mädchen anhimmelten, fragte mich spöttisch: »Ist die doofe Chinesin da deine Schwester? He, Olivia, bist du etwa auch eine doofe Chinesin?«

Außer mir vor Zorn, brüllte ich zurück: »Das ist nicht meine Schwester! Ich hasse sie! Von mir aus kann sie gleich wieder nach China verschwinden!« Das petzte Tommy dann prompt unserem Stiefvater, und Daddy Bob brummte: »Louise, ich glaube, du solltest mit deiner Tochter mal ein ernstes Wort reden.« Meine Mutter schüttelte nur betrübt den Kopf. »Olivia«, sagte sie, »wir hassen niemanden. ›Hassen‹ ist ein schreckliches Wort. Es verletzt einen selbst genauso wie den, der damit gemeint ist.« Natürlich haßte ich Kwan daraufhin erst recht.

Das schlimmste war, daß ich mein Zimmer mit ihr teilen mußte. Abends zog sie nie die Vorhänge zu, so daß die Straßenlaterne vor dem Fenster direkt auf unsere Betten schien. Unter diesem »schönen amerikanischen Mond«, wie sie es nannte, schwatzte Kwan dann auf chinesisch vor sich hin, während ich mich schlafend stellte. Wenn ich dann aufwachte, war sie immer noch am Brabbeln. So war ich auf die Dauer die einzige in der Familie, die Chinesisch lernte. Kwan steckte mich regelrecht damit an. Ich nahm ihre Sprache im Schlaf durch die Poren auf, wurde nach und nach mit ihren chinesischen Geheimnissen infiltriert, so daß mein Weltbild sich unbewußt dem ihren anglich. Bald wurde ich dann sogar von ihren chinesischen Alpträumen heimgesucht.

Zum Ausgleich schnappte Kwan ihr Englisch von mir auf – vielleicht liegt es daran, daß es nie so besonders gut wurde. Ich war keine begeisterte Lehrerin. Ich erinnere mich, wie ich sie als Siebenjährige mal bös auf den Arm nahm. Wie üblich lagen wir zur Schlafenszeit nebeneinander in unseren Betten.

»Libby-ah«, sagte Kwan. Und dann fragte sie mich auf chinesisch: »Diese leckere Birne, die wir heute abend gegessen haben, wie heißt das amerikanische Wort dafür?«

»Barf«, antwortete ich und hielt mir den Mund zu, damit sie mich nicht kichern hörte.

Sie ahmte den neuen Laut unbeholfen nach – »bar-a-fa, bar-a-fa« – und beschwerte sich dann: »Wah! Was für ein plumpes Wort für so einen köstlichen Geschmack. So gutes Obst hab ich noch nie gegessen. Libby-ah, du weißt ja gar nicht, wie gut du's hast. Wenn doch nur meine Mutter nicht gestorben wäre.« Von praktisch jedem Thema konnte sie unversehens zu den Tragödien ihrer Vergangenheit überwechseln, die sie mir allesamt in unserer chinesischen Geheimsprache erzählte.

Ein anderes Mal kam sie gerade ins Zimmer, als ich einen Haufen Glückwunschkarten zum Valentinstag auf meinem Bett sortierte. Sie beugte sich über mich und hob eine Karte hoch. »Was soll das sein?«

»Das ist ein Herz. Es bedeutet Liebe. Siehst du, auf all den Karten ist ein Herz drauf. Jedes Kind in meiner Klasse kriegt eine von mir geschenkt. Das heißt aber nicht, daß ich sie alle liebe.«

Sie ließ sich auf ihr Bett fallen. »Libby-ah«, sagte sie. »Wenn doch nur meine Mutter nicht an ihrem kranken Herzen gestorben wäre.« Ich seufzte. Schon wieder diese alte Leier. Sie schwieg einen Augenblick, ehe sie fortfuhr: »Weißt du, was das heißt, ein krankes Herz zu haben?«

»Was denn?«

»Das ist so, wie wenn du dich am heimischen Herd bei deiner Familie wärmst, und auf einmal fliegt das Strohdach über dir fort und reißt dich mit.«

»Aha.«

»Jawohl, so war das, daran ist sie gestorben, und nicht an irgendeiner Lungenkrankheit, o nein, ganz und gar nicht.«

Und dann erzählte mir Kwan, wie unser Vater damals in China an zu viel schönen Träumen erkrankt war. Er konnte es nicht mehr lassen, an Reichtum und an ein besseres Leben zu denken, also ging er schließlich verloren. Es zog ihn fort aus ihrem Leben, und dabei zerrann ihm die Erinnerung an Frau und Kind, die er zurückgelassen hatte.

»Ich will nicht behaupten, unser Vater wäre ein schlechter Mensch gewesen«, wisperte Kwan mit heiserer Stimme. »Das gewiß nicht. Aber es mangelte ihm an Loyalität. Libby-ah, weißt du, was Loyalität ist?«

»Was denn?«

»Das geht so: Wenn du jemanden bittest, sich die Hand abzuhacken, damit du nicht zusammen mit dem Dach weggerissen wirst, dann hackt er sich auf der Stelle beide Hände ab, um dir zu zeigen, daß er mehr als bereit ist, dir zu helfen.«

»Aha.«

»Ja. Aber unser Vater hat das nicht getan. Er hat uns verlassen, als meine Mutter kurz davor war, ein zweites Kind zu bekommen. Ich erzähl dir keine Lügengeschichten, Libby-ah, das ist die reine Wahrheit. Als es passierte, war ich vier Jahre alt, nach dem chinesischen Kalender. Ich werde nie vergessen, wie ich neben meiner Mutter lag und ihren dicken Bauch gestreichelt habe. Wie eine Wassermelone, so prall war ihr Bauch.«

Sie streckte die Arme so weit vor sich, wie sie konnte. »Dann lief alles Wasser in ihrem Bauch aus ihr heraus wie die Tränen aus ihren Augen, so traurig war sie.« Kwan ließ abrupt die Arme sinken. »Und das arme verhungernde Baby in ihrem Bauch hat ihr Herz ausgesaugt, und so sind sie dann beide gestorben.«

Sicher hatte Kwan das meiste davon bildlich gemeint. Doch als Kind faßte ich die ganze Schauergeschichte wortwörtlich auf: abgehackte Hände, die zum Dach herausfliegen, mein Vater, der verloren auf dem Chinesischen Meer herumtreibt, das Baby, das am Herzen seiner Mutter saugt. Die Bilder wurden zu Zwangsvorstellungen. Ich war abgestoßen und zugleich fasziniert, wie ein Kind, das sich bei einem Horrorfilm die Augen zuhält und doch zwischen den Fingern hindurchschielt. Ich war Kwans williges Opfer, und sie war immer meine Beschützerin.

Am Ende ihrer Geschichten sagte Kwan jedesmal: »Du bist die einzige, die davon erfahren hat. Sag's niemandem weiter. Niemals. Versprichst du mir das, Libby-ah?«

Ich schüttelte jedesmal den Kopf und nickte dann doch ergeben, aus Angst, aber auch, weil ich mich auserwählt fühlte, zum Gehorsam genötigt.

Eines Nachts, als mir vor Müdigkeit schon die Augen zufielen, begann sie wieder einmal ihre chinesische Litanei: »Libby-ah, ich muß dir noch was erzählen, etwas schrecklich Geheimes. Es liegt mir so schwer auf der Seele, ich kann's nicht mehr länger für mich behalten.«

Ich gähnte herzhaft, in der Hoffnung, daß sie den Wink verstehen würde.

»Ich habe Yin-Augen.«

»Was für Augen?«

»Echt. Ich habe Yin-Augen. Ich kann Yin-Leute sehen.«

»Was für Leute?«

»Paß auf. Ich erklär's dir. Aber du mußt mir versprechen, es niemals irgendwem zu verraten. Großes Ehrenwort, ja?«

»Okay. Versprochen.«

»Yin-Leute, das sind diejenigen, die schon gestorben sind.«

Ich riß vor Schreck die Augen auf. »Was? Du kannst Tote sehen? . . . Du meinst *Geister*?«

»Sag's bloß nicht weiter. Niemals, hörst du, Libby-ah?«

Mir blieb die Luft weg. »Sind hier bei uns jetzt auch Geister im Zimmer?«

»Aber ja, eine Menge. Viele liebe alte Freunde.«

Ich zog mir die Decke über den Kopf. »Sag ihnen, sie sollen weggehen«, flehte ich.

»Hab keine Angst, Libby-ah, du kannst ruhig wieder hinter der Decke vorkommen. Sie sind auch deine Freunde. Sieh mal, jetzt lachen sie dich aus, weil du so ein Angsthase bist.«

Ich fing an zu schluchzen. Nach einer Weile sagte Kwan seufzend: »Na, hör schon auf zu weinen, du Dummchen. Sie sind weg.«

So ging die Geschichte mit den Geistern los. Als ich mich schließlich wieder unter der Decke hervorwagte, sah ich Kwan aufrecht im Bett sitzen, von ihrem amerikanischen Mond beschienen, und aus dem Fenster starren, als blickte sie sehnsüchtig ihren nächtlichen Besuchern nach.

Am nächsten Morgen ging ich zu meiner Mutter und tat genau das, was ich versprochen hatte, nicht zu tun: Ich erzählte ihr von Kwans Yin-Augen.

Jetzt, als Erwachsene, ist mir natürlich klar, daß ich nicht schuld an Kwans Einlieferung in die Nervenheilanstalt war. Letzten Endes hat sie es sich ja selbst eingebrockt. Ich war damals erst sieben Jahre alt, ein verängstigtes kleines Mädchen. Ich mußte es meiner Mutter einfach erzählen. Ich dachte, Mom würde ihr nur sagen, daß sie aufhören solle, mir angst zu machen. Als Daddy Bob dann aber von Kwans Geistern erfuhr, riß ihm der Geduldsfaden. Mom war dafür, sie erst mal nach Old St. Mary's mitzunehmen, zu einer Unterredung mit dem Gemeindepfarrer. Doch Daddy Bob meinte, eine simple Beichte würde in dem Fall nicht ausreichen. Also ließ er Kwan statt dessen in die psychiatrische Abteilung von Mary's Help einweisen.

Als ich sie die Woche darauf besuchte, wisperte Kwan mir zu: »Hör mal, Libby-ah, ich habe Geheimnis. Aber niemand sagen, okay?« Dann wechselte sie ins Chinesische über. »Wenn die Ärzte und Schwestern mich Sachen fragen, behandle ich sie wie amerikanische Geister – ich sehe sie nicht, ich höre sie nicht, ich rede nicht mit ihnen. Bald werden sie merken, daß sie mich nicht ändern können, und dann müssen sie mich raus lassen.« Ich weiß noch, wie sie dabei aussah, so unbeweglich wie ein steinerner Palasthund.

Leider kehrte sich ihre chinesische Schweigetaktik gegen sie. Die Ärzte meinten, Kwan befände sich in einer katatonischen Phase. Und so, wie der Stand der Psychiatrie Anfang der sechziger Jahre nun einmal war, hielten die Ärzte Kwans chinesische Geister für einen klaren Fall von Schizophrenie. Folglich rückte man ihr dann kurzerhand mit Elektroschocktherapie zu Leibe, nicht nur einmal, sondern viele, viele Male, wie sie sich unter Tränen beklagte. Selbst heute noch tut es mir weh, daran zu denken.

Das nächste Mal, daß ich sie in der Heilanstalt besuchte, vertraute sie sich mir wieder an. »Diese ganzen Stromstöße haben mir die Zunge gelockert, so daß ich nicht länger stumm wie ein Fisch bleiben konnte. Ich bin zu einer Ente geworden, dauernd am Schnattern – *gwa-gwa-gwa!* –, und so hab ich alles über die Yin-Welt ausgeplaudert. Das haben vier böse Geister mir fürchterlich übelgenommen. ›Wie kannst du denen unsere Geheimnisse verraten?‹ haben sie geschrien und mich zur Strafe mit einem *yinyang tou* belegt – sie haben mich gezwungen, mir die Hälfte meiner Haare auszureißen. Darum haben die Krankenschwestern mich so kahlgeschoren. Ich konnte nicht mehr aufhören zu rupfen, bis mein Kopf auf der einen Seite kahl wie eine Wassermelone war und auf der anderen Seite haarig wie eine Kokosnuß. Die Geister haben mich dafür gebrandmarkt, daß ich zwei Gesichter hatte: das eine loyal, das andere verräterisch. Aber ich bin doch keine Verräterin! Schau mich an, Libby-ah. Bin ich loyal, oder nicht? Was siehst du?«

Was ich sah, lähmte mich vor Entsetzen. Sie sah aus, als hätte man ihr einen Haarschnitt mit dem Rasenmäher verpaßt. Ein Anblick, so schlimm wie bei einem überfahrenen Tier, wo man sich unwillkürlich fragt, was es wohl mal gewesen sein mag. Nur daß ich ja wußte, wie Kwans Haar davor ausgesehen hatte – es floß ihr den Rücken hinab, in schimmernden blauschwarzen Wellen, in denen ich genußvoll die Finger vergrub. Wie oft hatte ich ihr in die üppige Mähne gegriffen, dran gezerrt wie an einem Maultierzügel und gerufen: »Auf, auf, Kwan, na los, schrei I-aa!«

Sie ergriff meine Hand und rubbelte damit über den sandpapierrauhen Schädel, während sie irgendwas über Freunde und Feinde in China vor sich hin schwatzte, ohne Punkt und Komma, als hätte die Schocktherapie ihr die Kiefergelenke ausgeleiert. Ich hatte schreckliche Angst, sie könnte mich mit ihrer verrückten Quasselkrankheit anstecken.

Bis heute weiß ich nicht, weshalb Kwan mir nie die Schuld an ihrem Unglück gab. Sie muß doch genau gewußt haben, daß ich es war, die ihr das eingebrockt hatte. Als sie aus Mary's Help zurückkam, schenkte sie mir das Plastikarmband mit ihrem Namen drauf als Andenken. Fröhlich erzählte sie von den Sonntagsschülern, die in die Anstalt gekommen waren, um »Stille Nacht« zu singen, und wie sie vor Angst aufgeschrien hatten, als ein alter Mann »Maul halten!« brüllte. Einige der Patienten dort, berichtete sie, seien auch von Geistern besessen gewesen, aber nicht von so harmlosen wie ihren Yin-Leuten, und darum hätten sie ihr leid getan. Doch kein einziges Mal sagte sie: »Libby-ah, warum hast du mein Geheimnis verraten?«

Trotzdem ist es mir immer so vorgekommen, als hätte ich sie verraten, und als hätte sie darum den Verstand verloren. Auch wegen der Elektroschockbehandlung fühlte ich mich schuldig. Die hatte ihre sämtlichen Geister erst freigesetzt.

All das ist nun schon über dreißig Jahre her, und Kwan trauert immer noch um ihr Haar. »Sooo schön, schimmerte wie Wasserfall, so glatt und glänzend wie schwimmende Aale. Schau mich jetzt an. Diese Schocktherapie, sie hat gewirkt wie schlechte selbstgemachte Dauerwelle, billiges Zeug zu lange draufgelassen. Ganze rabenschwarze Pracht – ausgebrannt zu Asche. War so schön seidig – jetzt alles kraus. Haare jetzt wie harter Draht, bohren Warnung in Hirn: Kein Yin-Reden mehr! Haben alles das mit mir gemacht, ha, bin aber nicht anders geworden. Siehst du? Trotzdem stark geblieben.«

Kwan hatte recht. Als ihr Haar nachwuchs, war es drahtig wie ein Terrierfell. Und wenn sie es bürstete, stand es widerspenstig hoch, mit statischer Elektrizität aufgeladen, und knisterte wie durchbrennende Glühfäden. Kwan erklärte mir: »Das ganze Strom, was Doktor da in meine Hirn gedrückt, saust jetzt in meinem Körper rum wie wilde Pferd auf Rennbahn.« Sie behauptet, sie könne keinem Fernseher in die Nähe kommen, ohne daß er sie anfaucht. Den Walkman, den sie von ihrem Mann George bekommen hat, kann sie nicht benutzen; und wenn sie Radio hören will, muß sie es über Körperkontakt erden, sonst kommt auf allen Kanälen »bloß gräßliche Krach, wum-pah-pah, wum-pah-pah«. Uhren kann sie auch keine tragen. Beim Bingo hat sie mal eine Digitaluhr gewonnen, und kaum hatte sie sie umgebunden, fingen die Zahlen an, sich von selbst zu verstellen. Nach zwei Stunden blieb die Uhr dann stehen. »Ist Glückszahl«, verkündete Kwan. »Acht-acht-acht-acht-acht. Gutes Zahl, schlechtes Uhr.«

Obwohl sie keinerlei technische Vorbildung hat, kann sie innerhalb von Sekunden die Fehlerquelle in jedem defekten Stromkreis orten, ob es nun eine Steckdose ist oder ein Blitzgerät. Das Talent hat sie schon bei allen möglichen Bestandteilen meiner Fotoausrüstung zum Einsatz gebracht. Zwar bin *ich* Berufsfotografin, und *sie* kann kaum mit einer idiotensicheren Kamera umgehen, aber noch jedesmal, wenn ich ein kaputtes Gerät zur Reparatur gebracht habe, hat sich ihr Tip als goldrichtig erwiesen. Sogar ein schnurloses Telefon, das sich entladen hatte, habe ich sie kurzfristig wieder reaktivieren sehen, indem sie einfach unten auf die Batteriekontakte drückte. Woher sie diese seltsame Begabung hat, weiß sie selbst nicht, und auch ich finde keine Erklärung dafür. Ich kann nur sagen, daß ich das Phänomen mit eigenen Augen beobachtet habe.

Am unheimlichsten aber ist ihr diagnostisches Gespür für Krankheiten und Gebrechen. Selbst bei Leuten, die ihr gänzlich unbekannt sind, kann sie aufgrund eines simplen Händedrucks feststellen, ob sie irgendwann mal einen Knochenbruch hatten, auch wenn er schon längst ausgeheilt ist. Sie weiß intuitiv, ob jemand an Arthritis, Ischias, Sehnenscheiden- oder Schleimbeutelentzündung leidet – in allem, was die Skelettmuskulatur betrifft, ist sie schlechthin unfehlbar. Doch in ihrem Sprachgebrauch heißen diese Erkrankungen »Knochenbrennen«, »Knickebein«, »Fieberarme«, »Gelenkreißen«, und ihrer Meinung nach zieht man sie sich unvermeidlich zu, wenn man gleichzeitig heiße und kalte Speisen zu sich nimmt, ständig seine Enttäuschungen an den Fingern abzählt, zu häufig bedauernd den Kopf schüttelt oder seine Sorgen in sich hineinfrißt. Wunderheilungen kann sie nicht bewirken; sie ist ja keine wandelnde Grotte von Lourdes. Aber viele Leute sind überzeugt, sie hätte heilende Hände. In Spencer's Drugstore, wo sie arbeitet, hat sich das besonders unter der homosexuellen Kundschaft herumgesprochen – den »Junggesellen«, wie Kwan sie nennt. In den letzten zwanzig Jahren hat sie viele von ihren Stammkunden an Aids erkranken sehen. Wenn sie mit ihren Rezepten kommen, massiert sie ihnen ein bißchen die Schultern und erteilt ihnen medizinische Ratschläge: »Trinken immer noch Bier und essen dazu heiße Sachen? Alles beides zusammen, *gleichzeitig*? Wah! Was ich Ihnen so oft gesagt? Tss, tss! Wie wollen da gesund werden, ah?« Sie tut ganz so, als wären es kleine Kinder, die mütterlich umsorgt werden müßten. Manche von ihren Kunden kommen jeden Tag vorbei, obwohl sie ihre Medikamente auch frei Haus geliefert kriegen könnten. Ich kann mir denken, warum. Wenn sie einem die Hände dort auflegt, wo der Schmerz sitzt, fängt es an zu kribbeln, als tanzten tausend Feen einem über das Rückgrat, und danach fühlt es sich an wie eine warme Welle, die einem durch die Adern fließt. Man ist zwar nicht geheilt, aber zeitweilig von seinen Sorgen befreit, als ließe man sich entspannt auf einem ruhigen Meer dahintreiben.

Kwan hat mir einmal erzählt: »Wenn sie gestorben sind, kommen meine Junggesellen mich immer noch besuchen. Sie nennen mich *Doktor* Kwan. Nur zum Scherz, natürlich.« Dann setzte sie augenzwinkernd hinzu: »Wer weiß, vielleicht aber auch aus Respekt, was meinst du, Libby-ah?« Immer fragt sie mich: »Was meinst du?«

In unserer Familie wird von Kwans ungewöhnlichen Talenten kein Aufheben gemacht. Damit würde man nur unnötig betonen, was wir ohnehin alle wissen, daß sie nämlich nicht so ganz richtig im Kopf ist, selbst nach chinesischen Maßstäben – ja, selbst nach den notorisch toleranten Maßstäben San Franciscos. Vieles von dem, was sie so von sich gibt, ist mit dem gesunden Menschenverstand einfach nicht mehr vereinbar.

Dennoch halte ich meine Schwester inzwischen nicht mehr für geistesgestört. Wie auch immer, sie ist jedenfalls harmlos, solange man sie nicht allzu ernst nimmt. Sie psalmodiert ja nicht in der Öffentlichkeit herum wie der Verrückte auf der Market Street, der dauernd brüllt, Kalifornien würde demnächst wie ein Teller Muscheln in den Ozean rutschen. Sie hat auch nichts mit der Profitgier der New-Age-Bewegung im Sinn; man braucht ihr nicht hundertfünfzig Dollar pro Stunde zu bezahlen, damit sie einem erklärt, was man in seinem Vorleben alles versäumt hat. Sie steckt es einem gratis, ob man's wissen will oder nicht.

Die meiste Zeit verhält Kwan sich genauso wie alle anderen, stellt sich brav in der Schlange an, geht eifrig auf Schnäppchenjagd und verbucht es als Erfolg, wenn sie etwas billig ergattert hat. »Libby-ah«, sprudelte es heute morgen am Telefon auf chinesisch aus ihr heraus, »gestern hab ich zwei Paar Schuhe zum Preis von einem gekriegt, im Ausverkauf bei Capwell. Jetzt rate mal, wieviel ich *nicht* bezahlt habe, na?«

Aber Kwan ist schon reichlich sonderbar, das läßt sich nicht bestreiten. Manchmal macht es mir Spaß, ab und zu geht es mir auf die Nerven. Oft genug muß ich mich auch ärgern – nicht so sehr über Kwan, mehr darüber, daß die Dinge sich nie so entwickeln, wie man es sich erhofft. Warum habe ich ausgerechnet Kwan als Schwester bekommen? Und sie mich?

Hin und wieder frage ich mich, wie das Verhältnis zwischen Kwan und mir sich entwickelt hätte, wenn sie normaler gewesen wäre. Aber was heißt schon normal? Anderswo würde man Kwan vielleicht gar nicht so verwunderlich finden. In manchen Gegenden von China oder Taiwan würde man sie vielleicht sogar verehren. Vielleicht gibt es einen Ort auf der Welt, wo jeder eine Schwester mit Yin-Augen hat.

Kwan ist nun schon fast fünfzig, und ich bin gut zwölf Jahre jünger, was sie jedesmal voller Stolz betont, wenn jemand höflich fragt, wer von uns beiden die ältere ist. Bei solchen Gelegenheiten kneift sie mich dann neckisch in die Wange und behauptet, meine Haut würde »faltig«, weil ich rauche und zuviel Wein und Kaffee trinke – lauter Laster, die sie nicht hat. »Wer nicht anfängt, braucht nicht aufzuhören«, sagt sie gern. Kwan ist weder tiefgründig noch subtil; bei ihr ist alles an der Oberfläche sichtbar, offen und unverblümt. Kurz und gut, keiner würde von sich aus auf die Idee kommen, daß wir Schwestern sind.

Kwan hat einmal im Scherz gesagt, daß die Kommunisten uns vielleicht das falsche Kind geschickt hätten, weil sie meinten, für Amerikaner sähen sowieso alle Chinesen gleich aus. Daraufhin stellte ich mir immer wieder vor, wie es wäre, wenn wir eines Tages einen Brief aus China bekämen, in dem stände: »Tut uns leid, Leute, wir haben uns geirrt.« Denn eigentlich hat Kwan ja nie in unsere Familie gepaßt. Unsere Weihnachtsfotos sahen Jahr für Jahr wie diese Bilderrätsel aus, bei denen gefragt wird: »Was stimmt hier nicht?« Immer stand Kwan breit grinsend vorne in der Mitte, in grellbunten Sommerkleidern, mit schleifengeschmückten Plastikhaarspangen über den Ohren. Schließlich besorgte Mom ihr einen Job als Aushilfskellnerin in einem chinesisch-amerikanischen Restaurant. Kwan brauchte Wochen, bis ihr aufging, daß das Essen dort als chinesisch gelten sollte. Seitdem sie bei uns lebte, war sie keine Spur amerikanisch geworden, und es war schwer, irgendeine Ähnlichkeit mit unserem Vater in ihr zu erkennen.

Allerdings heißt es auch, ich sei von allen Geschwistern am meisten nach ihm geschlagen, sowohl vom Aussehen als auch vom Charakter her. »Seht nur, wieviel Olivia essen kann, ohne ein Gramm zuzunehmen«, staunt Tante Betty oft, »genau wie Jack!« Und meine Mutter sagte einmal: »Olivia muß immer alles bis zum Gehtnichtmehr erörtern. Sie hat die pingelige Buchhaltermentalität von ihrem Vater geerbt. Kein Wunder, daß sie Fotografin geworden ist.« Solche Kommentare lassen mich dann grübeln, was wohl noch alles durch die Gene meines Vaters auf mich übertragen worden sein mag. Habe ich vielleicht auch meine düsteren Stimmungen von ihm geerbt, meine Vorliebe dafür, Salz aufs Obst zu streuen, und meine übertriebene Angst vor Bazillen?

Kwan dagegen ist mit ihren einsfünfzig ein kompakter, kleiner Dynamo, ein Minielefant im Porzellanladen. Alles an ihr ist laut und knallig. Sie trägt eine lila karierte Jacke zur türkisfarbenen Hose. Sie wispert mit durchdringender, heiserer Stimme, als hätte sie eine chronische Halsentzündung, obwohl sie nie in ihrem Leben krank gewesen ist. Ständig drängt sie einem ihre Gesundheitsratschläge, Hausmittelchen und Patentrezepte auf, mit denen sich ihrer Meinung nach alles kitten läßt, von kaputten Tassen bis hin zu kaputten Ehen. Sie springt permanent von einem Thema zum nächsten und streut zwischendurch großzügig Tips ein, wo dies und jenes gerade im Sonderangebot zu kriegen sei. Wie Tommy einmal ganz richtig bemerkte, glaubt Kwan vor allen Dingen an freie Meinungsäußerung, freie Assoziation und freien Konsumgeist.

Ihr holpriges Englisch hat sich in den letzten dreißig Jahren nur hinsichtlich der Geschwindigkeit geändert, mit der sie redet. Kwan hält sich viel auf ihre Sprachbeherrschung zugute. Häufig findet sie Gelegenheit, ihren Ehemann zu verbessern. »Das heißt doch nicht *gestehlt*, Georgie«, sagt sie dann zum Beispiel, »*gestehlen* heißt das.«

All unserer offensichtlichen Verschiedenheit zum Trotz bildet Kwan sich ein, sie und ich wären genau gleich. In ihren Augen sind wir durch eine kosmische chinesische Nabelschnur verbunden, die uns die gleichen Wesensmerkmale und Beweggründe verleiht, und mithin auch das gleiche Schicksal. »Ich und Libby-ah«, erzählt sie allen neuen Bekannten, »wir beide uns hier drinnen gleich.« Sie klopft mir an die Schläfe. »Beide in Jahr von Affen geboren. Und welche wohl älter? Na? Raten mal!« Und dann preßt sie ihre Wange an die meine.

Meinen Namen, Olivia, hat sie nie richtig aussprechen können. Für sie werde ich immer Libby-ah sein. Folglich nennen ihr Mann, George Lew, und seine beiden Söhne aus erster Ehe, sowie deren ganze Verwandtschaft mich ebenfalls Libby-ah. Besonders dieses »ah« geht mir gegen den Strich. Auf chinesisch heißt das soviel wie: he, du da. Ich habe Kwan mal gefragt, ob es ihr gefallen würde, wenn ich sie allen Leuten als »He, Kwan« vorstellen würde. Sie gab mir einen Klaps auf den Arm und japste vor Lachen: »Aber ja, gefallt mir wunderbar!« Soweit ist es mit den kulturellen Parallelen also doch nicht her; ich muß mich damit abfinden, auf immer und ewig Libby-ah zu bleiben.

Ich will damit nicht sagen, daß ich Kwan nicht leiden mag. Wie könnte ich meine eigene Schwester nicht gern haben? In vieler Hinsicht war sie wie eine Mutter zu mir, mehr als meine wirkliche Mutter. Aber es belastet mich oft, daß ich mich ihr nicht richtig nahe fühle. Ich meine, irgendwie sind wir uns natürlich schon sehr vertraut; schließlich haben wir zwölf Jahre lang denselben Kleiderschrank geteilt, dieselbe Zahnpasta, dieselbe Packung Corn-flakes, diesen ganzen familiären Alltagskram. Und Kwan ist ja auch ein guter Mensch, so treu, so ungeheuer loyal. Sie würde jedem an die Gurgel fahren, der etwas Abfälliges über mich sagt. Das rechne ich ihr hoch an. Nur würde ich ihr eben nicht gern noch näherkommen, nicht so wie manche Schwestern, die richtig gute Freundinnen sind. Ich vertraue ihr längst nicht alles an, während sie ihr Privatleben in allen Einzelheiten vor mir auszubreiten pflegt – wie neulich erst wieder diese Sache mit ihrem Mann:

»Libby-ah«, sagte sie ganz aufgeregt, »ich hab Leberfleck gefunden, groß wie mein Nasenloch, auf – wie nennt man das da zwischen Beine von Mann, *yinnang* wir sagen auf chinesisch, rund und krumpelig wie Walnüsse?«

»Hoden.«

»Jaja, Leberfleck auf Hoden! Jetzt ich muß Georgie-ah jeden Tag untersuchen, muß aufpassen, ob diese Leberfleck nicht größer wird.«

Für Kwan gibt es keinerlei Schamgrenzen innerhalb der Familie. Alles wird gnadenlos bis ins letzte peinliche Detail erörtert – wieviel man für seinen Urlaub ausgegeben hat, wieso man nicht besser auf seinen Teint achtet, wie es kommt, daß man so trübselig wirkt wie ein Fisch in einem Restaurantaquarium. Und da wundert sie sich noch, warum ich sie in meiner Freizeit nicht so oft um mich haben will. Sie dagegen lädt mich jede Woche zum Abendessen ein, und erst recht zu jeder langweiligen Familienfeier – letzte Woche zum Beispiel auf eine Party, die sie für Georges Tante gab, weil diese nach fünfzig Jahren nun endlich die amerikanische Staatsbürgerschaft erhalten hatte. Kwan ist überzeugt, daß nur eine ernstliche Katastrophe mich von solchen Zusammenkünften fernhalten kann. Was mir dann prompt ein verschärftes Kreuzverhör beschert: »Wieso du gestern nicht hergekommen? Ist irgendwas los?«

»Aber nein, gar nichts.«

»Fühlst dich nicht gut?«

»Doch, doch, keine Sorge.«

»Vielleicht ich gleich mal rüberkommen, Orangen bringen? Ich hab extra gute, extra billig, sechs für ein Dollar.«

»Nein, wirklich, mir geht's *bestens.*«

Sie ist wie eine verwaiste Katze, die sich bei mir einschmeichelt. So geht das schon mein ganzes Leben lang, immer hat sie mir Orangen geschält, Süßigkeiten gekauft, meine Schulzeugnisse bewundert und mir vorgeschwärmt, wie klug ich sei, viel klüger, als sie jemals werden könnte. Und dabei habe ich nie das geringste getan, um mich bei ihr beliebt zu machen. Als Kind habe ich mich oft geweigert, mit ihr zu spielen, habe sie angeschrien, daß ich mich wegen ihr vor den anderen Kindern genierte. Was habe ich über die Jahre nicht alles an Lügenmärchen erfunden, um nicht zu einem dieser Treffen gehen zu müssen!

Trotz alledem hat sie meine Ausbrüche immer nur als hilfreiche Ratschläge gedeutet, meine faulen Ausreden als gute Absichten, meine dürftigen Zuneigungsgesten als schwesterliche Verbundenheit. Wenn mir vor so viel hündischer Ergebenheit mal der Kragen platzt, sage ich ihr brutal ins Gesicht, sie sei verrückt. Und noch ehe ich die harschen Worte zurücknehmen kann, tätschelt sie mir lachend den Arm. Ihre Verwundung ist im Nu wieder geheilt, während ich mich ewig schuldig fühle.

In letzter Zeit fällt Kwan mir mit ihrer Penetranz immer mehr auf die Nerven. Bisher gab sie wenigstens Ruhe, wenn ich zum drittenmal nein gesagt hatte. Aber jetzt ist es, als wäre durch irgendeine Fehlschaltung in ihrem Hirn ständig die Wiederholungstaste gedrückt. Wenn ich mich nicht gerade mal wieder über sie ärgere, mache ich mir Sorgen, ob sie nicht etwa kurz vor einem erneuten Nervenzusammenbruch steht. Kevin meint, es läge sicher an den Wechseljahren, daß sie so sonderbar ist. Doch ich weiß ganz genau, daß mehr dahintersteckt. Sie ist nicht nur sonderbar, sondern geradezu besessen. Sie redet jetzt immer öfter von ihren Geistern, und bei jeder Gelegenheit fängt sie wieder davon an, daß sie unbedingt nach China fahren müsse, bevor sich dort alles geändert habe, bevor es zu spät sei. Zu spät wofür? Sie weiß es selber nicht.

Ein weiteres Dauerthema ist meine Ehe. Sie kann es einfach nicht akzeptieren, daß Simon und ich uns trennen. Sie legt es geradezu darauf an, die Scheidung zu sabotieren. Letzte Woche habe ich eine Geburtstagsparty für Kevin gegeben und dazu auch meinen neuen Freund Ben Apfelbaum eingeladen. Als er Kwan erzählte, er habe sich gerade an einem Talentwettbewerb für Rundfunksprecher beteiligt, sagte sie nur: »Ah, Libby-ah und ich, wir haben auch Talent zum aus knifflige Situation Rauskommen, und besonders Talent zum Dickkopf Durchsetzen. Stimmt's, Libby-ah?« Sie zwinkerte mir boshaft zu. »Dein Mann, Simon, ich glaube, denkt auch so?«

»Mein baldiger Exmann«, sah ich mich genötigt, Ben zu erklären. »Unsere Scheidung wird in fünf Monaten rechtskräftig, am fünfzehnten Dezember.«

»Wer weiß, wer weiß«, lachte Kwan und kniff mich in den Arm. Sie wandte sich wieder zu Ben um: »Sie kennen Simon?«

Ben schüttelte den Kopf. »Olivia und ich haben uns erst kürzlich kennengelernt, bei...« Weiter kam er nicht.

»Oh, sehr gutaussehende Mann«, flötete Kwan dazwischen. Sie hielt die Hand wie eine Flüstertüte an den Mund und raunte bedeutungsvoll: »Simon sieht aus wie Zwillingsbruder von Olivia. Halbchinese.«

»Halbhawaiianer«, sagte ich hastig. »Und wir sehen uns überhaupt nicht ähnlich.«

»Was Ihr Vater und Mutter tun?« Kwan beäugte Bens Kaschmirjackett.

»Sie sind beide schon im Ruhestand und leben in Missouri«, erklärte Ben.

»Wie schrecklich! Tss, tss!« Kwan warf mir einen schnellen Seitenblick zu. »Das aber doch zu traurig.«

Jedesmal, wenn Kwan die Rede auf Simon bringt, habe ich das Gefühl, als würde mir der Kopf explodieren, so sehr muß ich mich zusammenreißen, um nicht laut herauszuschreien: Sie glaubt, nur weil ich die Scheidung beantragt habe, könnte ich sie jederzeit auch wieder rückgängig machen.

»Warum nicht einfach vergeben und vergessen?« fragte sie mich nach der Party. Sie zupfte an den vertrockneten Blüten einer Orchidee herum. »Trotz und Ärger zusammen sehr ungesund.« Als ich darauf nicht einging, versuchte sie es mit einer anderen Taktik. »Ich glaube, du hast noch starkes Gefühl für ihn – hm! Sehr, sehr stark. Ah – sieh mal! Dein Gesicht, auf einmal ganz rot! Das ist Gefühl von Liebe, steigt auf direkt von Herz. Stimmt, was ich sage, ja?«

Und ich blätterte weiter die Post durch, kritzelte VERZOGEN auf jeden Umschlag, der Simon Bishop zum Adressaten hatte. Bislang habe ich es tunlichst vermieden, mit Kwan über die Gründe für unsere Trennung zu sprechen. Sie würde es sowieso nicht verstehen. Es ist zu vertrackt für sie. Da war kein besonderer Vorfall, geschweige denn ein größerer Krach, den ich als Ursache für das Scheitern unserer Ehe bezeichnen könnte. Zu vieles hat daran mitgewirkt: Zu vieles, was gleich von Anfang an falsch lief, falsches Timing, jahrelang beibehaltene Denkmuster, zu viel gegenseitiges Anschweigen unter dem Deckmantel der Eheroutine, die einen nach und nach in falsche Geborgenheit hüllt. Als ich nach siebzehn gemeinsamen Jahren endlich begriff, daß ich mehr Zuwendung brauchte, schien Simon eher noch weniger zu wollen. Gewiß, ich liebte ihn – zu sehr. Und er liebte mich, nur eben nicht genug. Ich will einen Mann, für den ich mehr zähle als alles andere. Mit emotionalen Überbleibseln mag ich mich nicht länger zufriedengeben.

Aber Kwan würde das alles nicht verstehen. Sie hat keinen

Begriff von nicht wiedergutzumachenden Verletzungen. Sie glaubt jedem aufs Wort, der sagt, daß es ihm leid tut. Sie ist der naive, vertrauensselige Typ, der jeden Spruch im Werbefernsehen für die reine, lautere Wahrheit hält. Man braucht sich bloß in ihrem Haus umzusehen, das bis unters Dach mit allen erdenklichen Geräten vollgestopft ist – elektrischen Bratenmessern, Gemüsehobeln, Entsaftern, Friteusen und so weiter, lauter großartige Gelegenheitskäufe nach dem Motto: »Nur neunzehn fünfundneunzig, bestellen Sie gleich, das Angebot gilt bis Mitternacht.«

»Libby-ah«, sagte Kwan heute am Telefon. »Ich hab wichtige Nachricht für dich. Heute ich gesprochen mit Lao Lu. Wir beschließen: Du und Simon dürfen euch nicht scheiden lassen.«

»Wie nett«, sagte ich. »Das habt ihr also beschlossen.« Ich war dabei, mein Scheckbuch durchzusehen, und fuhr mit meiner Bilanzprüfung fort, während ich so tat, als hörte ich zu.

»Ja, ich und Lao Lu, du erinnerst doch, wer das ist.«

»Ja, ich weiß, ein Vetter von George.« Mein Schwager scheint mit praktisch jedem Chinesen in San Francisco auf irgendeine Weise verwandt zu sein.

»Nein, nein! Lao Lu nicht Vetter. Wie kannst du vergessen? So viel Mal ich dir schon von ihm erzählt. Alte Mann, kahle Kopf. Starke Arm, starke Bein, starke Wille. Einmal Beherrschung verloren, gleich Kopf verloren! Zack, abgeschlagen. Lao Lu sagt...«

»Moment mal. Jemand ohne Kopf will *mir* vorschreiben, wie ich meine Eheprobleme regeln soll?«

»Tss! Kopf schon vor über hundert Jahren abgeschlagen. Jetzt wieder alles beisammen, kein Problem. Lao Lu meint, du, ich, Simon, wir drei reisen nach China, dann alles wieder gut. O.k., Libby-ah?«

Ich seufzte. »Kwan, ich hab jetzt wirklich keine Zeit, das mit dir zu besprechen. Ich bin mitten in einer wichtigen Arbeit.«

»Lao Lu sagt, man kann nicht nur Bilanz in Scheckbuch

machen, schauen, was noch übrigbleibt. Muß auch Bilanz in Leben machen.«

Wie zum Teufel konnte Kwan wissen, daß ich gerade über meinem Scheckbuch saß?

So läuft es immer zwischen uns. Wenn sie merkt, daß ich sie nicht für voll nehme, landet sie einen Treffer, der mich aus dem Gleichgewicht bringt, und schon hat sie mich wieder unter ihrer Fuchtel. Solange sie sich in mein Leben einmischt, werde ich nie mein eigener Herr sein. Sie wird immer auf ihren Anteil pochen.

Warum hält sie immer noch so große Stücke auf mich? Warum bin ich nach wie vor die wichtigste Person in ihrem Leben? Warum betont sie immer wieder, daß sie das gleiche für mich empfinden würde, selbst wenn ich nicht ihre Schwester wäre? »Libby-ah«, sagt sie immer, »ich werde dich nie verlassen.«

Nein! möchte ich schreien, ich hab doch gar nichts getan, sag das nicht mehr. Denn jedesmal verwandelt sie meinen Verrat damit in Liebe, die ihren Tribut fordert. Auf immer und ewig wird es heißen: Sie war mir gegenüber loyal, und eines Tages werde ich es auch sein müssen.

Doch, selbst wenn ich mir beide Hände für sie abhackte, würde es nichts nützen. Wie sie selbst oft genug gesagt hat, wird sie mich doch nie freigeben. Eines Tages wird der Orkan toben, und sie wird sich an das Strohdach klammern, ehe sie in die Yin-Welt fortgerissen wird.

»Schnell, schnell, komm mit!« wird sie mit ihrem Flüstern den Sturmwind übertönen. »Aber sag niemand was! Versprichst du's, Libby-ah?«

# *Die Menschenfischerin*

Frühmorgens, noch vor sieben, klingelt das Telefon. Kwan ist die einzige, die zu so einer unchristlichen Zeit anruft. Das Abheben überlasse ich dem Anrufbeantworter.

»Libby-ah?« flüstert sie. »Libby-ah, du daheim? Dies dein große Schwester ... Kwan. Ich hab dir was ganz Wichtiges zu sagen ... Willst du hören? ... Letzte Nacht ich träume du und Simon. Seltsamer Traum. Du gegangen zu Bank, dein Sparkonto nachsehen. Auf einmal kommt Bankräuber zur Tür rein. Schnell! Du versteckst Handtasche. Bankräuber also raubt alle Leute Geld außer deins. Später du dann wieder zu Hause, steckst Hand in Tasche – ah! – wo ist hin? – weg! Nicht Geld, aber Herz. Gestehlen! Jetzt du keine Herz mehr hast, wie kannst leben? Keine Energie mehr, keine Farbe in Wangen, blaß, traurig, müde. Direktor von Bank, wo du alle gesparte Geld hast, er sagt: ›Ich leih dir meine Herz. Ohne Zinsen. Du zahlst zurück, wann du kannst.‹ Du schaust hoch, und da, seine Gesicht – du weißt schon, wer, Libby-ah? Rat mal ... Simon! Jaja, gibt dir seine Herz. Siehst du! Liebt dich immer noch. Libby-ah, glaubst du nicht auch? Nicht nur Traum ... Libby-ah, hörst du mich?«

Wegen Kwan habe ich ein Talent dafür entwickelt, mich an meine Träume zu erinnern. Selbst heute noch kann ich mir acht, zehn, manchmal ein Dutzend Träume ins Gedächtnis rufen. Das habe ich gelernt, nachdem Kwan damals aus der Klinik zurückkam. Sobald ich aufwachte, pflegte sie mich ins

Gebet zu nehmen: »Letzte Nacht, Libby-ah, wen du treffen? Was du sehen?«

Noch halb im Schlaf, bekam ich die letzten Fetzen einer schwindenden Traumwelt zu fassen und hangelte mich behutsam wieder zurück. Von dort aus beschrieb ich ihr dann alle Einzelheiten des Lebens, das ich gerade verlassen hatte – die angestoßenen Kappen meiner Schuhe, den Felsbrocken, den ich umgewälzt hatte, das Gesicht meiner wahren Mutter, die aus dem Untergrund nach mir rief. Kaum hielt ich inne, drängte Kwan: »Und wo du gewesen davor?« So verfolgte ich unter ihrem Ansporn den Weg zurück in den vorigen Traum, und dann weiter in den davor, ein Dutzend übereinandergeschichtete Leben, manchmal bis hin zum Tod. Das sind die, die ich nie mehr vergessen kann, jene Augenblicke, kurz bevor ich starb.

Lange Jahre habe ich in diesen Träumen kalte Asche geschmeckt, die in schwülen Nächten herabrieselte. Ich habe tausend Speere wie Flammen auf einem Hügelkamm aufblitzen sehen. Ich habe die rauhe Struktur einer Steinmauer unter den Fingern gespürt, während ich darauf wartete, getötet zu werden. Ich habe meinen eigenen Angstschweiß gerochen, während der Henkersstrick sich um meinen Hals zusammenzog. Ich habe das überschnappende Röcheln meiner Stimme gehört, kurz bevor der Lebensfaden abriß.

»Was du gesehen nach Sterben?« fragte Kwan mich immer.

Ich schüttelte den Kopf. »Ich weiß nicht. Ich hatte doch die Augen zu.«

»Nächste Mal mach Augen auf.«

Meine ganze Kindheit lang dachte ich, jeder erinnere seine Träume als andere Leben, andere Formen seines Ich. Bei Kwan war es so. Nachdem sie aus der Psychiatrie entlassen worden war, erzählte sie mir Gutenachtgeschichten über die Yin-Leute ihrer Traumwelt: eine Frau namens Banner, ein Mann namens Cape, ein einäugiges Räubermädchen, ein Halb-und-halb-

Mann. Sie stellte es so dar, als ob all diese Geister unsere Freunde wären. Doch meiner Mutter oder Daddy Bob erzählte ich lieber nichts davon. Ich wußte nur zu gut, was ich beim letzten Mal damit angerichtet hatte.

Als ich aufs College kam und mich endlich aus Kwans Welt befreien konnte, war es schon zu spät. Sie hatte mir ihre Einbildungen unausrottbar in die Seele gepflanzt. Ihre Geister ließen sich nicht mehr aus meinen Träumen vertreiben.

»Libby-ah«, höre ich Kwan noch wie damals auf chinesisch flüstern, »habe ich dir schon erzählt, was Miss Banner mir versprach, bevor wir gestorben sind?«

Ich sehe mich noch, wie ich mich schlafend stellte.

Unbeirrt fuhr sie fort: »Ich kann natürlich nicht genau sagen, wie lange das alles her ist. Die Zeit ist nicht die gleiche von einem Leben zum nächsten. Aber ich glaube, es muß so um 1864 gewesen sein. Ob die Jahreszahl sich nach dem chinesischen Kalender oder nach der westlichen Zeitrechnung richtet, da bin ich mir allerdings nicht mehr sicher ...«

Schließlich schlief ich dann wirklich ein, und jedesmal vergaß ich, an welchem Punkt die Geschichte gerade angekommen war. Was war davon also ihr Traum, und was meiner? Wo war die Schnittstelle? Jede Nacht erzählte sie mir diese Geschichten. Und ich lag stumm und hilflos da und wünschte, sie würde endlich den Mund halten.

*

Doch, doch, ich weiß genau, daß es 1864 war. Jetzt erinnere ich mich wieder, das Jahr klang nämlich so komisch, hör nur, Libby-ah: *Yiba liusi.* Miss Banner fand, das klinge so, als sagte man: Verliert die Hoffnung, gleitet in den Tod. Und ich sagte, nein, das heißt: Schöpft Hoffnung, die Toten bleiben. Chinesische Worte bedeuten ja immer Gutes und Schlechtes zugleich. Sie haben so viele verschiedene Bedeutungen, je nachdem, was man in seinem Herzen trägt.

Wie auch immer, es war jedenfalls in dem Jahr, in dem ich Miss Banner den Tee schenkte. Und sie schenkte mir ihre Spieldose. Die hatte ich ihr früher schon mal gestohlen, dann aber zurückgegeben. Ich erinnere mich noch an den Abend, als wir die Spieldose beide in den Händen hielten, mit all den Dingen darin, die wir nicht vergessen wollten. Für einen kurzen Moment waren wir beide allein miteinander im Haus der bösen Geister, wo wir sechs Jahre lang mit den Jesusanbetern wohnten. Wir standen neben dem heiligen Busch, dem Busch mit den aromatischen Blättern, aus denen ich den Tee machte. Nur war der Busch jetzt abgehackt worden, und Miss Banner sagte, es täte ihr leid, daß sie General Cape nicht daran gehindert habe. So eine traurige, heiße Nacht, das Wasser rann uns übers Gesicht, Schweiß und Tränen, die Zikaden sirrten immer lauter, bis sie mit einem Mal verstummten. Später standen wir dann wieder unter diesem Torbogen, voller Todesangst. Aber zugleich waren wir auch glücklich. Glücklich zu erfahren, daß wir aus demselben Grund unglücklich waren. Das war in dem Jahr, als unsere beiden Himmel in Flammen aufgingen.

Sechs Jahre zuvor hatte ich sie zum erstenmal getroffen. Ich war damals vierzehn und sie sechsundzwanzig, vielleicht auch etwas jünger oder älter. Ich konnte das Alter von Ausländern nie richtig einschätzen. Ich kam aus einem kleinen Dorf in den Distelbergen, südlich von Changmian. Wir gehörten nicht zu den Punti, den Chinesen vom Gelben Fluß, die behaupteten, sie hätten mehr aristokratisches Han-Blut in den Adern, und deshalb müsse ihnen alles untertan sein. Und wir gehörten auch nicht zum kriegerischen Volksstamm der Zhuang, die sich ständig untereinander bekämpften. Dorf gegen Dorf, Klan gegen Klan. Wir zählten zu den Hakka, dem sogenannten Gastvolk – ziemlich unwillkommene Gäste allerdings, die nie sehr lange an den fruchtbaren Orten geduldet wurden. Also wohnten wir in einer kargen Gebirgsgegend, wo man auf felsigem Boden sein Auskommen finden muß wie die Ziegen.

Wir Hakka-Frauen waren alle sehr zäh und kräftig. Eine alte Redensart besagte: Wer ein Mädchen aus den Distelbergen zur Frau nimmt, der bekommt damit den Gegenwert von drei Büffeln: einen, der Nachwuchs bringt, einen, der ackert, und einen, der die greise Schwiegermutter auf dem Buckel trägt. Denn solch ein Mädchen beklagte sich nie, selbst wenn ein herabfallender Steinbrocken ihr ein Auge ausschlug.

Das war mir passiert, als ich sieben war. Ich war sehr stolz auf meine Verletzung und weinte fast gar nicht. Als meine Großmutter das Loch zunähte, das früher mein Auge gewesen war, sagte ich, der Stein sei von einem Geisterpferd losgetreten worden. Und auf dem Pferd sei das berühmte Geistermädchen Nunumu geritten – *nu* bedeutet »Mädchen«, und *numu* »ein Blick, so scharf wie ein Dolch«. Nunumu, das Mädchen mit dem Dolchauge. Auch sie hatte als Kind ein Auge verloren. Sie hatte einen Punti-Mann dabei ertappt, wie er einem anderen das Salz stahl, und ehe sie weglaufen konnte, stach er ihr seinen Dolch ins Gesicht. Seitdem zog sie sich immer das Kopftuch über ihr blindes Auge. Ihr anderes Auge aber wurde größer, dunkler, scharfsichtig wie das eines Katzenadlers. Sie raubte nur Punti-Leute aus, und wenn die ihr Dolchauge sahen, bekamen sie vor Angst weiche Knie.

Alle Hakkas im Distelgebirge verehrten sie, und nicht nur deshalb, weil sie Puntis beraubte. Als ich überall herumerzählte, ich hätte Nunumu auf ihrem Geisterpferd vorbeigaloppieren sehen, sagten die Leute, dies sei ein Zeichen, daß Nunumu mich zu ihrem Boten erkoren habe, genau wie der Christengott einen Mann vom Stamm der Hakka zum Himmlischen König. Sie fingen an, mich Nunumu zu nennen. Und manchmal kam es mir vor, als sähe ich das echte Räubermädchen durch die Nacht reiten, ich sah es allerdings nicht sehr deutlich, weil ich damals ja nur ein Yin-Auge hatte.

Bald darauf traf ich meinen ersten Ausländer. Wenn Ausländer in unserer Provinz auftauchten, war die Nachricht gleich in aller Munde, von Nanning bis Guilin. Meistens waren es westliche Kaufleute, die mit Opium handelten – dem Stoff, der Ausländern verrückte Träume über China beschied. Manche kamen auch, um Waffen zu verkaufen – Kanonen, Schießpulver, Gewehre, nicht die neuen Schnellfeuerwaffen, sondern die alten, behäbigen, die man noch mit einem Streichholz zündete, Überbleibsel aus fernen, längst verlorenen Kriegen. Die Missionare kamen in unsere Provinz, weil sie gehört hatten, daß die Hakkas an Gott glaubten. Sie wollten dafür sorgen, daß mehr von uns in ihren Himmel kamen. Sie wußten nicht, daß unser Gott ein anderer war als der der Jesusanbeter. Später wurde uns allen klar, daß auch unsere Himmel nicht dieselben waren.

Doch der Ausländer, den ich traf, war kein Missionar. Er war ein amerikanischer General. Die Hakkas nannten ihn Cape, weil er immer ein weites, schwingendes Cape trug, dazu schwarze Handschuhe, schwarze Stiefel und eine stramme graue Uniformjacke mit einer Knopfreihe – wie spiegelblanke Münzen! – vom Kinn bis zur Leibesmitte. In der Hand trug er stets einen langen Spazierstock aus Bambusrohr, mit einer silbernen Spitze und einem Elfenbeingriff, der wie eine nackte Frau geformt war.

Als er ins Distelgebirge kam, strömten die Leute aus den Dörfern erwartungsvoll unten im Tal zusammen. Er erschien hoch zu Roß, mit einem Troß aus fünfzig kantonesischen Söldnern, einstigen Bootsleuten und Bettlern, die jetzt auf Ponys ritten und sich mit farbenprächtigen Uniformen schmückten, aus Restbeständen der französischen Kolonialarmee, wie sich herausstellte.

Ich wußte sein Alter nicht recht einzuschätzen. Aber jung sah er jedenfalls nicht aus. Seine Haut war so fahl wie eine Rübe, seine Augen trüb wie Brackwasser, seine Wangen eingefallen wie von einer zehrenden Krankheit. Er lächelte selten, lachte aber dafür um so lauter. Und er sprach mit hoher, durchdringender Stimme, die wie Eselsgeschrei klang. Immer hatte er einen Mann zur Seite, der ihm als Vermittler diente und in elegantem Tonfall übersetzte, was Cape an barbarischen Lauten von sich gab.

Auf den ersten Blick schien dieser Vermittler chinesisch auszusehen, dann aber doch wie ein Ausländer, dann weder noch. Er war wie die Baumeidechsen, die abwechselnd die Farbe der Äste oder der Blätter annehmen. Später erfuhr ich, daß der Mann eine chinesische Mutter hatte und einen amerikanischen Kaufmann zum Vater. Er hatte von beiden Seiten etwas, daher auch dieses eigentümlich Changierende. General Cape nannte ihn *yiban ren*, den Halb-und-halb-Mann.

Yiban erzählte uns, Cape komme gerade aus Kanton, wo er den Himmlischen König und Anführer der großen Friedensrevolution zum Freund gewonnen habe. Wir waren alle starr vor Staunen. Cape, fuhr Yiban fort, sei altgedienter Offizier der amerikanischen Armee, ein General von höchstem Rang. Ein ehrfurchtsvolles Raunen ging durch die Menge. Er sei übers Meer nach China gekommen, um uns im tapferen Ringen um den großen Frieden zur Seite zu stehen. Beifallsrufe wurden laut, und ich starrte mit meinem einen Auge auf die nackte Frauenfigur am Griff von Capes Spazierstock. Er sagte, er sei gekommen, um uns den Kampf gegen die Manchus gewinnen zu helfen, denn das sei Gottes Plan, vor mehr als tausend Jahren in der Bibel bezeugt, die er in der Hand hielt. Die Leute drängten vorwärts, um das Buch besser zu sehen. Wir wußten von diesem Plan. Der Himmlische König hatte uns schon verkündet, daß wir, das Volk der Hakka, die Herrschaft über das chinesische Reich Gottes antreten würden. Cape berichtete, daß die Friedenstruppen schon viele Städte eingenommen, viel Geld und Grundbesitz angehäuft hätten. Und nun sei es an der Zeit, den Kampf für die gute Sache nach Norden auszudehnen. Alle, die an dem Kampf teilnahmen, würden sich reich gesegnet finden – mit warmer Kleidung, reichlich

Essen, Waffen, und später dann auch eigenem Grund und Boden – und natürlich Ansehen. Inzwischen jubelte die Menge schon einstimmig: »Großer Frieden! Großer Frieden!«

General Cape klopfte mit seinem Spazierstock auf den Boden. Alle wurden wieder still. Er trug Yiban auf, uns die Gaben vorzuführen, die der Himmlische König uns geschickt hatte. Fässer mit Schießpulver! Garben von Gewehren! Körbe voller Uniformen der französischen Kolonialarmee, manche schon zerrissen und blutbefleckt.

Die Männer zogen stolz ihre neuen Waffenröcke über. Die Frauen drehten ihre neuen Gewehre in den Händen. Dann verschaffte sich General Cape wieder mit seinem Spazierstock Gehör und wies Yiban an, uns sein persönliches Geschenk zu bringen. Wir reckten eifrig die Hälse, gespannt auf diese neuerliche Überraschung. Yiban trug einen Bambuskäfig herbei, in dem ein Paar weiße Tauben hockte. General Cape verkündete in seinem komischen Chinesisch, er habe Gott um ein Zeichen gebeten, daß wir eine ewig siegreiche Armee sein würden. Da habe Gott ihm die Tauben herabgesandt. Dann öffnete er die Käfigtür und holte die Vögel heraus. Er warf sie in die Luft, und die Leute johlten vor Begeisterung. Sie stürzten vorwärts, um sich die Tauben zu schnappen, ehe sie wegfliegen konnten. Einer der Männer stolperte und schlug sich den Kopf an einem Stein auf. Doch die Leute stürmten blindlings über ihn hinweg und jagten weiter diesem seltenen und kostbaren Vogelpaar nach. Eine Taube wurde gefangen, die andere flog davon. So bekam wenigstens einer zur Feier des Tages ein Stück Fleisch in den Topf.

Meine beiden Eltern reihten sich in die Schar der Kampfwilligen ein, ebenso meine Onkel und Tanten, meine älteren Brüder, praktisch jeder aus unseren Bergdörfern und den tiefergelegenen Städten, sofern er über dreizehn war. Fünfzig- oder sechzigtausend Leute.

Ich blieb mit meiner Großmutter in den Distelbergen zurück. Wir waren ein armseliger kleiner Haufen von Überbleibseln, Kinder, Alte und Lahme, Feiglinge und Dorftrottel. Und doch waren wir froh; wie versprochen, schickte der Himmlische König uns Soldaten mit Proviant, so vielen verschiedenen Speisen, wie wir sie uns in unseren kühnsten Träumen nie hätten ausmalen können. Und jedesmal brachten die Soldaten großartige Siegesmeldungen mit: Etwa die, daß der Himmlische König Nanking erobert und zu seiner neuen Hauptstadt ausgerufen habe, wo es Silbertaler in Hülle und Fülle gab, mehr noch als Reis. Und was für schöne Häuser sie alle hätten, Männer und Frauen in verschiedenen Wohntrakten. Was für ein friedliches Leben – jeden Sonntag Kirchgang, ansonsten keine Arbeit, nichts als Ruhe und Glück. Wir waren froh zu hören, daß wir nun im Zeitalter des großen Friedens lebten.

Im folgenden Jahr kamen die Soldaten mit Reis und gepökeltem Fleisch. Im Jahr darauf gab es nur noch Reis. Weitere Jahre vergingen. Eines Tages kehrte ein Mann, der früher in unserem Dorf gewohnt hatte, aus Nanking zurück und sagte, er habe die Nase gestrichen voll vom großen Frieden. Wenn große Not herrscht, sagte er, kämpft jeder gleichermaßen ums Überleben. Aber wenn Frieden herrscht, will keiner mehr den anderen gleich sein. Die Reichen geben nichts mehr von ihrem Reichtum ab. Die weniger Reichen sind vom Neid zerfressen und stehlen, so viel sie nur können. In Nanking, sagte er, strebten sie alle nur nach Luxus und Vergnügen und den dunklen Stellen der Weiber. Der Himmlische König wohnte nun in einem prachtvollen Palast, mit vielen Konkubinen. Sein neu errichtetes Königreich ließ er von einem Mann regieren, der vom Heiligen Geist besessen war. Und General Cape, der Mann, der alle Hakkas zum Kämpfen aufgerufen hatte, war nun zu den Manchus übergelaufen, durch das Gold eines Bankiers und die Heirat mit dessen Tochter zum Verräter geworden. Ein Übermaß an Glück, sagte der Mann, der zurückgekehrt war, endet immer in einer Tränenflut.

Daß es die Wahrheit war, was dieser Mann da sagte, das konnten wir in unseren Bäuchen spüren. Wir hatten Hunger. Der Himmlische König hatte uns vergessen. Unsere westlichen Freunde hatten uns verraten. Wir bekamen kein Essen mehr geliefert, geschweige denn aufmunternde Siegesmeldungen. Wir waren bettelarm. Wir hatten keine Mütter, keine Väter, keine singenden Mädchen und Burschen mehr. Im Winter litten wir bittere Kälte.

Am nächsten Morgen verließ ich mein Dorf. Ich war vierzehn, alt genug, meine eigenen Wege zu gehen. Meine Großmutter war im Vorjahr gestorben, doch ihr Geist hielt mich nicht zurück. Es war der neunte Tag des neunten Monats. Ich erinnere mich noch gut, denn an dem Tag war es für Chinesen üblich, in die Berge hinaufzusteigen, nicht von ihnen herab. Es war ein heiliger Tag, an dem man die Ahnen ehrte, ein Tag, den die Jesusanbeter ignorierten, zum Beweis dafür, daß sie sich an den westlichen Kalender mit seinen zweiundfünfzig Sonntagen hielten, und nicht an chinesische Feiertage. Also wanderte ich unseren steilen Bergpfad hinab, dann durch die lang gewundenen Täler zwischen den Felsgipfeln. Ich wußte nicht mehr, was ich glauben, wem ich vertrauen sollte. Ich beschloß, auf ein Zeichen zu warten, das mir die Richtung weisen würde.

So kam ich in die Stadt am Fluß, die Jintian heißt. Vor den Hakkas, denen ich unterwegs begegnete, gab ich mich als Nunumu aus. Aber sie wußten gar nicht, wer das Räubermädchen war. Ihr Ruf war nicht bis nach Jintian gedrungen. Die Hakkas dort bewunderten mich nicht für mein Auge, das ein Geisterpferd mir ausgeschlagen hatte. Sie bemitleideten mich. Sie drückten mir eine alte Reiskugel in die Hand und wollten nichts weiter in mir sehen als eine halbblinde Bettlerin. Aber ich weigerte mich zu werden, was die Leute aus mir machen wollten.

Ich streifte durch die Stadt und fragte mich, womit ich wohl meinen Lebensunterhalt verdienen könnte. Ich sah Kantonesen, die Hühneraugen entfernten, Yaos, die Zähne zogen, Puntis, die Nadeln in geschwollene Beine stachen. Ich verstand nichts davon, aus den Gebrechen anderer Leute Profit zu schlagen. Ich wanderte immer weiter, bis ich ans Ufer eines breiten Stromes kam. Dort sah ich Hakka-Fischer ihre Netze aus kleinen Booten ins Wasser werfen. Aber ich hatte keine Netze, kein kleines Boot. Und ich verstand auch nichts davon, mein Denken den schnellen, schlauen Fischen anzupassen.

Während ich noch so unentschlossen dastand, hörte ich plötzlich aufgeregte Rufe unten am Hafen. Ausländer waren angekommen! Ich rannte zur Anlegestelle und sah zu, wie zwei Kulis, einer jung, einer alt, Koffer und Kisten aus einem großen Schiff über eine schmale Planke an Land schleppten. Und dann sah ich die Ausländer dort oben an Deck – drei, vier, fünf, alle in düsteres Schwarz gekleidet, bis auf den jüngsten Passagier, dessen Haare und Kleid so bräunlich schimmerten wie ein Baumkäfer. Das war Miss Banner, aber das wußte ich damals natürlich noch nicht. Ich beobachtete sie scharf mit meinem einen Auge. Die fünf Paar Ausländeraugen waren auf die beiden Kulis gerichtet, die mit ihren Lasten über die lange, schmale Planke balancierten. Sie trugen zwei Stangen auf den Schultern, in deren Mitte ein riesiger Schrankkoffer an verzwirbelten Seilen baumelte. Plötzlich lief der braunglänzende Passagier eilig die Planke hinab – vielleicht auch nur, um die Träger zur Vorsicht zu mahnen. Doch unter ihren Tritten begann die Planke gefährlich zu federn, der Koffer kam ins Schwanken, die Männer gerieten ins Taumeln, und die Ausländer auf dem Boot stimmten ein großes Geschrei an. Vor und zurück, auf und nieder – unsere Blicke sprangen aufgeschreckt hin und her, während die Träger unter Anspannung sämtlicher Muskeln um ihr Gleichgewicht rangen und die schimmernde Ausländerin hilflos mit den Armen flatterte wie ein junger Vogel. Da stieß der ältere der beiden Männer, am unteren Ende der Planke, einen spitzen Schrei aus – ich hörte es knacken, sah seinen Schulterknochen herausstechen. Und im nächsten Augenblick landeten zwei Kulis, ein Schrankkoffer und eine in schimmerndes Braun gehüllte Ausländerin mit einem mächtigen Platsch im Wasser.

Ich rannte zum Ufersaum. Der jüngere Mann war schon an Land geschwommen. Zwei Fischer sammelten von ihrem kleinen Boot aus den ringsumher verstreuten Inhalt des Schrankkoffers ein – bunte Kleidungsstücke, die sich wie Segel blähten, Federhüte, die wie Enten dahintrieben, lange Handschuhe, die wie Geisterfinger über das Wasser strichen. Aber niemand versuchte, dem verletzten Kuli oder der schimmernden Ausländerin zu helfen. Die anderen Ausländer mochten sich nicht auf die dünne Planke vorwagen, und die Punti-Leute am Ufer scheuten sich, in fremdes Schicksal einzugreifen, denn sonst wären sie forthin für das Leben dieser beiden Pechvögel verantwortlich gewesen. Doch ich dachte nicht so. Ich war eine Hakka. Also schnappte ich mir eine der Bambusstangen, die ins Wasser gefallen waren, lief am Ufer entlang und streckte sie wie eine Angelrute aus, so daß die Halteseile stromabwärts baumelten. Der Kuli und die Ausländerin klammerten sich mit begierigen Händen daran fest, und unter Aufbietung all meiner Kräfte zog ich sie an Land.

Gleich darauf schubsten die Punti-Leute mich zur Seite. Den verletzten Kuli ließen sie achtlos am Boden liegen, wo er keuchend und fluchend um Atem rang. Das war Lao Lu, der später unser Pförtner wurde, da er mit seiner gebrochenen Schulter keine Lasten mehr tragen konnte. Miss Banner aber schleiften sie ein wenig höher hinauf bis zur Uferböschung, wo sie das geschluckte Wasser erbrach und dann zu weinen anfing. Als die anderen Ausländer schließlich an Land kamen, umringten die Puntis sie und schrien: »Gebt uns Geld!« Einer der Ausländer warf ihnen eine Handvoll Münzen hin, auf die sie sich wie eine hungrige Vogelschar stürzten, um eilig mit ihrer Beute davonzuflattern.

Die Ausländer luden Miss Banner auf eine Karre, den verletzten Kuli auf eine andere. Drei weitere Karren wurden mit Kisten und Koffern vollgeladen. Dann machten sie sich auf den Weg zum Missionshaus in Changmian, und ich blieb ihnen dicht auf den Fersen. So kam es, daß wir alle drei uns unter demselben Dach wiederfanden. Unsere verschiedenen Schicksale waren in jenem Strom zusammengeflossen und so miteinander verwoben und verzwirbelt worden wie die Haare einer ertrunkenen Frau.

Es war schließlich so: Wenn Miss Banner die Planke nicht zum Wackeln gebracht hätte, dann hätte Lao Lu sich nicht die Schulter gebrochen. Wenn er sich nicht die Schulter gebrochen hätte, dann wäre Miss Banner nicht um ein Haar ertrunken. Wenn ich Miss Banner nicht vor dem Ertrinken gerettet hätte, dann hätte es ihr nie leid getan, daß sie Lao Lu die Schulter gebrochen hatte. Wenn ich Lao Lu nicht gerettet hätte, dann hätte er Miss Banner nie gesagt, was ich für sie getan hatte. Hätte sie es aber nicht gewußt, dann hätte sie mich nie zu ihrer Gesellschafterin erwählt. Und wenn ich nicht ihre Gesellschafterin geworden wäre, hätte sie nicht den Mann verloren, den sie liebte.

Das Haus der bösen Geister lag in Changmian, eine halbe Tagesreise von Jintian entfernt. Doch mit all dem Gepäck und den beiden Verunglückten auf den Karren brauchten wir doppelt so lang. Wie ich später erfuhr, bedeutet Changmian »niemals endende Lieder«. Hinter dem Dorf, weiter oben in den Bergen, gab es Hunderte von Höhlen. Und wenn der Wind durch die Höhleneingänge blies, ertönten langgezogene Klagelaute – *wu! wu!* – wie die Stimmen trauernder Frauen, die Söhne verloren haben.

Dort also verbrachte ich die letzten sechs Jahre meines Lebens, in jenem Haus, zusammen mit Miss Banner, Lao Lu und den Missionaren – zwei Damen und zwei Herren, allesamt Jesusanbeter aus England. Das wußte ich damals natürlich noch nicht. Miss Banner erzählte es mir erst viele Monate später, als wir uns endlich in einer Sprache miteinander unterhalten konnten. Wie sie mir zu verstehen gab, waren die Missionare nach Macao gesegelt, hatten dort eine Weile ihr Evangelium gepredigt und waren dann weiter nach Kanton gezogen. Dort trafen sie auch mit Miss Banner zusammen. Um diese Zeit gab es einen neuen Erlaß, der allen Ausländern fortan erlaubte, sich frei in China zu bewegen und sich niederzulassen, wo es ihnen gefiel. Also drifteten die Missionare den Fluß hinauf ins Landesinnere, bis nach Jintian. Und Miss Banner begleitete sie.

Die Mission bestand aus einem weitläufigen Gebäudekomplex mit einem großen Innenhof, der von einem prächtigen Haupthaus und drei kleineren Gebäuden eingerahmt war. Das ganze Anwesen war von einer hohen Mauer umgeben, ein Schutzwall, der die Innenwelt von der Außenwelt trennte. Seit über hundert Jahren hatte keiner mehr dort gewohnt. Nur Ausländer scheuten sich nicht, ein Haus zu beziehen, das mit einem Fluch beladen war, denn sie glaubten ja nicht an chinesische Geister.

Die Leute aus dem Dorf warnten Lao Lu: »Zieht da bloß nicht ein. Da hausen todbringende Fuchsgeister.« Lao Lu aber meinte, er fürchte sich vor nichts auf der Welt. Er, ein kantonesischer Kuli der zehnten Generation, sich fürchten! Lächerlich. Er war stark genug, um sich zu Tode zu schuften, und schlau genug, um auf alle Fragen eine Antwort zu finden. Wenn man ihn zum Beispiel fragte, wie viele Kleidungsstücke die ausländischen Damen besaßen, sagte er nicht etwa auf gut Glück, vielleicht jede zwei Dutzend. Nein, er ging in ihre Zimmer, während sie beim Essen saßen, und zählte alles Stück für Stück, natürlich ohne je etwas zu stehlen. Miss Banner, berichtete er mir, hatte zwei Paar Schuhe, sechs Paar Handschuhe, fünf Hüte, drei lange Kostüme, zwei Paar schwarze Strümpfe, zwei paar weiße Strümpfe, zwei Paar weiße Unterhosen, einen Regenschirm und sieben andere Sachen, die vielleicht auch zur Kleidung gehörten, bei denen er sich aber nicht sicher war, welche Körperteile sie bedecken sollten.

Durch Lao Lu erfuhr ich bald eine ganze Menge über die Ausländer. Später erzählte er mir auch, weshalb die Leute aus dem Dorf behaupteten, daß es in unserem Haus Gespenster gebe. Vor vielen Jahren war es das Sommerhaus eines reichen Kaufmanns gewesen, der auf grausige und geheimnisvolle Weise ums Leben kam. Dann starben hintereinander seine vier Frauen, ebenfalls unter grausigen und geheimnisvollen Umständen, die jüngste zuerst, die älteste zuletzt, und das alles innerhalb weniger Wochen, von einem Vollmond zum nächsten.

Wie Lao Lu war auch ich nicht gerade der ängstliche Typ. Aber laß dir gesagt sein, Libby-ah, was dann später in dem Haus geschah, das gab mir wirklich das Gefühl, der böse Geist des toten Kaufmanns sei zurückgekommen.

# *Der Hund und die Boa*

Seit unserer Trennung kabbeln Simon und ich uns ständig um das Sorgerecht für Bubba, *meinen* Hund. Simon besteht auf geregelten Besuchszeiten, Spaziergänge am Wochenende. Ich will ihm nicht das Privileg verwehren, Bubbas Hundehäufchen aufzusammeln, aber seine verantwortungslose Einstellung kann ich nicht dulden. Simon läßt Bubba ohne Leine durch die Grünanlagen laufen, wo er jederzeit zwischen die Reißzähne von Pittbulls oder Rottweilern geraten könnte; selbst ein rauflustiger Cockerspaniel kann so einem Winzling von Yorkie-Chihuahua mit einem einzigen Biß den Garaus machen.

Heute abend waren wir in Simons Wohnung, um den Zettelwust an Belegen für die Steuererklärung zu sortieren, die wir vorerst noch gemeinschaftlich einreichen, um unnötigen Aufwand zu vermeiden.

»Bubba ist ein Hund«, sagte Simon. »Und jeder Hund braucht ab und zu mal ein bißchen Auslauf.«

»Ja, und dann gerät er prompt wieder an einen bissigen Köter. An so einen wie Sarge damals, weißt du noch?«

Simon rollte die Augen, was bei ihm soviel besagte wie: »Nicht das schon wieder.« Sarge war Kwans Hund gewesen, ein struppiger Malteser-Pekinese, der jeden Rüden auf der Straße anfiel. Vor fünf Jahren hatte Simon ihn mal ausgeführt – ohne Leine, versteht sich –, und Sarge hatte einem Boxer die Schnauze zerfetzt. Der Besitzer des Boxers hatte Kwan daraufhin eine Tierarztrechnung über achthundert Dollar präsentiert. Ich war dafür, daß Simon die Kosten übernehmen sollte, aber

Simon behauptete steif und fest, der Besitzer des Boxers müsse zahlen, sein bissiger Köter habe den Angriff provoziert. Schließlich blieb die Sache doch an Kwan hängen, und sie haderte mit der Tierklinik um jeden einzelnen Posten auf der Rechnung.

»Und was passiert, wenn Bubba einem Hund wie Sarge in die Quere kommt?« gab ich zu bedenken.

»Der Boxer war selber schuld«, entgegnete Simon trocken.

»Sarge war ein aggressives Mistvieh! Du hast ihn von der Leine gelassen, und Kwan durfte für den Schaden aufkommen!«

»Wieso? Der Besitzer von dem Boxer hat doch gezahlt.«

»Glaubst du! Das hat Kwan doch nur gesagt, um dir kein schlechtes Gewissen zu machen. Hab ich dir aber alles schon mal erzählt, oder?«

Simon verkniff die Mundwinkel zu jener typischen Grimasse, der stets eine zweifelnde Bemerkung folgte. »Kann mich nicht erinnern.«

»Natürlich nicht! Du erinnerst dich immer nur an das, was dir in den Kram paßt.«

Simon grinste. »Na, und du vielleicht nicht?« Ehe ich antworten konnte, hielt er abwehrend die Hand hoch. »Schon gut, schon gut. *Du* hast ein unfehlbares Gedächtnis! *Du* kannst rein gar nichts vergessen! Aber weißt du, was? Daß du dir jede Kleinigkeit merkst, liegt nicht an deinem guten Gedächtnis, sondern ganz einfach daran, daß du so verdammt nachtragend bist!«

Was Simon da gesagt hatte, ärgerte mich noch die ganze Nacht. Bin ich wirklich eine von denen, die so an ihrem Groll festhalten? Nein, Simon hatte sich nur in die Defensive gedrängt gefühlt und die Stacheln ausgefahren. Kann ich vielleicht etwas dafür, daß ich von jeher schon so ein ausgeprägtes Erinnerungsvermögen habe?

Tante Betty war die erste, die mir sagte, ich hätte ein geradezu fotografisches Gedächtnis. Seitdem stand für mich fest, daß ich später einmal Fotografin werden würde. Der Anlaß für ihre Bemerkung war, daß ich sie vor einer ganzen Gruppe von Leuten verbessert hatte, als sie gerade von einem Film erzählte, den wir zusammen gesehen hatten. Nun, da ich schon fünfzehn Jahre lang meinen Lebensunterhalt mit der Kamera verdiene, weiß ich nicht mehr so recht, was ein fotografisches Gedächtnis überhaupt sein soll. Es ist ja nicht so, daß ich mich an Vergangenes erinnere, wie man einen beliebigen Stapel von Schnappschüssen durchblättert. Unbewußt findet da schon eine gewisse Auswahl statt.

Wenn man mich fragen würde, welche Adresse ich mit sieben Jahren hatte, hätte ich nicht sofort meine damalige Hausnummer vor Augen. Ich müßte mir erst einen bestimmten Moment ins Gedächtnis zurückrufen: die sommerliche Hitze, den Geruch von frischgemähtem Gras, das Klatschen der Gummisandalen an meinen Füßen. Ich würde wieder die zwei Betonstufen zu unserer Veranda hochsteigen, in den schwarzen Briefkasten greifen, mit klopfendem Herzen, unruhig tastenden Fingern – wo ist er? Wo ist dieser dumme Brief von Art Linkletter, der mich endlich mal in seine Radiosendung einlädt? Aber ich würde die Hoffnung nicht aufgeben. Ich würde mir sagen, vielleicht habe ich mich in der Hausnummer geirrt. Aber nein, da sind sie ja, die Messingzahlen oben an der Mauer, 3-6-2-4, mitsamt dem Grünspan und den Rostflekken um die Schrauben.

Das ist es, was ich noch lebhaft in Erinnerung habe – nicht so sehr die Hausnummern als vielmehr diesen Kloß im Hals, die schmerzliche Gewißheit, daß die Welt nichts als Mißachtung für mich bereithielt. Ist das etwa schon Groll? Ich wollte so gern bei der Sendung *Kindermund tut Wahrheit kund* mitmachen. Wer im Rundfunk auftrat, wurde berühmt, und ich wollte meiner Mutter unbedingt beweisen, daß ich etwas Besonderes erreichen konnte, trotz Kwan, diesem ewigen Klotz am Bein. Ich wollte den Nachbarskindern eins auswischen, platzen sollten die vor Neid, daß ich mehr Spaß hatte, als sie sich überhaupt vorstellen konnten. Während ich meine Fahrradrunden um den Häuserblock drehte, plante ich schon, was ich alles sagen würde, wenn ich endlich in der Sendung auftreten durfte. Ich würde Mr. Linkletter von Kwan erzählen, natürlich nur die lustigen Sachen – wie sie zum Beispiel mal gesagt hatte, ihr Lieblingsfilm sei *Die Familie Robinson in der Süßsee*. Mr. Linkletter würde die Augenbrauen hochziehen und verdutzt dreinschauen. »Olivia«, würde er sagen, »meint deine Schwester vielleicht *Südsee*?« Dann würde das Publikum sich auf die Schenkel klatschen und vor Lachen brüllen, und ich würde ganz allerliebst in mädchenhafter Schüchternheit erröten.

Der gute Art meinte nämlich, die lieben Kleinen wären so rührend naiv, daß sie nicht merkten, was sie da an Peinlichkeiten zum Besten gaben. Aber die Kinder in der Sendung wußten sehr wohl Bescheid. Wie kam es denn sonst, daß sie nie ihre wirklichen Geheimnisse ausplauderten – nie hörte man was von Doktorspielen oder von den Kaugummis, Knallfröschen und Groschenheften, die man so leicht in dem mexikanischen Eckladen klauen konnte. Ich kannte genug Kinder, die so was machten. Die hatten mich auch schon mal hinterm Haus zu Boden gerissen, auf mich gepinkelt und dabei alle gejohlt: »Olivias Schwester ist unterbelichtet!« Sie hockten über mir, bis ich weinte, voller Haß auf Kwan und auf mich selbst.

Um mich zu trösten, ging Kwan mit mir in die Eisdiele. Wir saßen draußen und schleckten große Schokoladeneiswaffeln mit Karamelkrokant. Captain, die Promenadenmischung, die meine Mutter uns jüngst wieder aus dem Tierheim angeschleppt hatte – den Namen hatte Kwan ausgesucht –, lag hechelnd zu unseren Füßen und wartete auf herabkleckernde Tropfen.

»Libby-ah«, sagte Kwan, »was heißt das, unterberichtet?«

»Unter*belichtet*«, verbesserte ich mechanisch, und wieder stieg die Wut auf Kwan und die Nachbarskinder in mir hoch. Ich leckte eine Weile schweigend an meinem Eis und dachte an die unterbelichteten Sprüche, die von Kwan immer kamen, ehe ich mich zu einer Erklärung herabließ. »Also, das Wort bedeutet *fantou*, du weißt schon, wenn einer alles mögliche nicht kapiert.« Sie nickte. »Wenn einer im falschen Moment die falschen Sachen sagt«, setzte ich hinzu. Sie nickte wieder. »Wenn einer ständig ausgelacht wird und nicht weiß, warum.«

Kwan blickte lange still vor sich hin, und mir wurde schon ganz kribblig und beklommen zumute. Schließlich sagte sie auf chinesisch: »Libby-ah, glaubst du, das bin ich, unterbelichtet? Sei ehrlich.«

Ich leckte eifrig die Schokoladentropfen von meiner Waffel und wich ihrem Blick aus. Dabei merkte ich, daß auch Captain mich gespannt ansah. Das kribblige Gefühl wurde immer stärker, bis ich seufzend vor mich hin murmelte: »Nee, eigentlich nicht.« Kwan grinste breit und tätschelte mir den Arm, was mich nun beinah rasend machte. »Captain!« schrie ich. »Pfui! Hörst du auf zu betteln!« Der Hund duckte sich ängstlich.

»Oh, der bettelt doch nicht«, sagte Kwan fröhlich. »Hofft nur.« Sie klopfte ihm die Flanke, hielt ihm ihre Waffel hin. »Red englisch!« Captain nieste herzhaft und gab dann ein tiefes *Wuff* von sich. Sie ließ ihn einmal lecken. »*Jang Zhongwen!* Red chinesisch!« Er kläffte zweimal schrill auf. Wieder ließ sie ihn am Eis lecken und redete in zärtlicher Babysprache auf ihn ein. Es ärgerte mich, mit ansehen zu müssen, wie irgendein Blödsinn sie und den Hund im Nu glücklich machen konnte.

Später, am Abend, fing Kwan noch mal davon an, was die Kinder denn nun gemeint hätten. Sie löcherte mich so lange, bis sie mir wirklich unterbelichtet vorkam.

*

»Libby-ah, schläfst du schon? Okay, sorry, sorry, schlaf ruhig wieder ein, ist nicht wichtig... Ich wollte dich nur noch mal was fragen, wegen diesem Wort da, *unterbelichtet*... Ah, aber du schläfst jetzt, dann vielleicht morgen, wenn du von der Schule kommst...

Komisch, mir fiel nämlich gerade ein, daß ich das auch mal von Miss Banner gedacht habe, weil sie so gar nichts begriff... Libby-ah, weißt du, daß ich Miss Banner Chinesisch beigebracht habe? Libby-ah? Sorry, sorry, schlaf du nur weiter.

Doch, wirklich, ich war ihre Lehrerin. Am Anfang, als ich sie kennenlernte, war sie nicht viel sprachgewandter als ein kleines Kind. Manchmal habe ich schallend über sie gelacht. Ich konnte nicht anders. Aber sie nahm es mir nicht übel. Wir machten uns einen Spaß daraus, immer alles verkehrt auszudrücken. Wie zwei Schauspieler bei Tempelfesten setzten wir unsere Hände, unsere Mimik, die flinke Geschicklichkeit unserer Füße ein, um uns gegenseitig zu zeigen, was wir sagen wollten. Auf die Weise erzählte sie mir von dem Leben, das sie geführt hatte, ehe sie nach China kam. Was ich mir daraus zusammenreimte, war dies:

Sie war in eine Familie geboren worden, die weit, sehr weit westlich von den Distelbergen wohnte, jenseits eines wild wogenden Meeres, noch weiter entfernt als das Land, wo schwarze Menschen leben, ja, sogar noch weiter als die Heimat der englischen Soldaten oder der portugiesischen Seefahrer. Das Dorf ihrer Familie war größer als alle diese Länder zusammen. Ihr Vater besaß viele Schiffe, die über das Meer in andere Länder fuhren. Dort sammelte er jede Menge Geld ein, das wie Blumen wuchs, und der Duft dieses Geldes machte viele Menschen glücklich.

Als Miss Banner fünf Jahre alt war, wurden ihre beiden kleinen Brüder vom Wind in ein tiefes Loch geweht, und sie stürzten hinab bis ans andere Ende der Welt. Natürlich wollte die Mutter sie wiederfinden. Sie plusterte sich auf wie eine Henne und rief nach ihren verlorenen Söhnen. Nach vielen Jahren fand die Mutter das Loch im Boden, stieg hinab und fiel ebenfalls bis ans andere Ende der Welt.

Der Vater sagte zu Miss Banner: Wir müssen uns aufmachen, um nach unserer verschwundenen Familie zu suchen. Also segelten sie über das wild wogende Meer. Als erstes gingen sie an einer Insel vor Anker, auf der wildes Treiben herrschte. Ihr Vater brachte sie in einem großen Palast unter, in dem lauter kleine Jesus-Leute ein strenges Regiment führten. Während ihr Vater unterwegs war, um noch mehr Blumengeld zu ernten, bewarfen die kleinen Jesus-Leute sie mit Steinen und schnitten ihr die langen Haare ab. Nach zwei Jahren kam ihr Vater zurück, und die beiden segelten weiter zur nächsten Insel, über die wilde Hunde das Sagen hatten. Wieder setzte er Miss Banner in einem Palast ab und ging sein Blumengeld ernten. Solange er fort war, jagten die Hunde Miss Banner und zerrissen ihr das Kleid. Sie lief kreuz und quer über die Insel, um ihren Vater zu finden. Statt dessen traf sie einen Onkel. Mit diesem Onkel segelte sie nach China. Eines Tages, als sie und der Onkel im Bett lagen, wurde der Onkel zugleich heiß und kalt, erhob sich in die Luft und fiel ins Meer. Zum Glück traf Miss Banner dann einen anderen Onkel, einen Mann mit vielen Gewehren. Der nahm sie mit nach Kanton, wo es viele Ausländer gab. Jede Nacht legte der Onkel seine Gewehre auf das Bett und zwang Miss Banner, sie zu putzen, ehe sie sich schlafen legen durfte. Eines Tages schnitt dieser Mann ein Stück von China ab, eins mit vielen schönen Tempeln. Er segelte heim und schenkte die Tempel seiner Frau, die Insel seinem König. Miss Banner aber traf einen dritten Onkel, einen Amerikaner, der ebenfalls viele Gewehre besaß. Er behandelte sie gut, kämmte ihr das Haar, gab ihr Pfirsiche zu essen. Diesen Onkel liebte sie sehr. Eines Nachts brachen Hakka-Männer in ihr Zimmer ein und schleppten den Onkel fort. Miss Banner bat die Jesusanbeter um Hilfe. Sie sagten: Erst mußt du niederknien. Also fiel sie auf die Knie. Sie sagten: Und nun bete. Also betete sie. Dann nahmen die Jesusanbeter sie mit ins Landesinnere, nach Jintian, wo sie ins Wasser fiel und um Errettung betete. Da rettete ich sie.

Später, als Miss Banner das Chinesische besser beherrschte, erzählte sie mir wieder von ihrem früheren Leben, und da ich jetzt etwas anderes vernahm, machte ich mir auch ein anderes Bild davon. Sie war in Amerika geboren, einem Land, das jenseits von Afrika, jenseits von England und Portugal lag. Ihr Heimatort lag in der Nähe einer großen Stadt, die *Nu Yo* hieß, was in meinen Ohren wie Kuh Mond klang. Vielleicht meinte sie New York. Und die Segelschiffe gehörten einer Handelsgesellschaft, nicht ihrem Vater. Er war nur ein Angestellter. Die Firma kaufte Opium in Indien – das waren die Blumen – und verkaufte es nach China, wodurch sie die tückische Traumkrankheit unter den Chinesen verbreitete.

Als Miss Banner fünf Jahre alt war, wurden ihre kleinen Brüder nicht vom Wind in ein Loch geweht, sie starben an den Windpocken und wurden im Garten begraben. Und ihre Mutter plusterte sich nicht auf wie eine Henne, sondern wurde aufgrund einer Drüsenkrankheit sehr dick und starb schließlich auch. Nach diesem Trauerfall nahm Miss Banners Vater sie nach Indien mit, das natürlich nicht von Jesus-Leuten regiert wurde. Sie ging auf eine Schule für Kinder aus England, die im Glauben an Jesus erzogen wurden, aber trotzdem nicht fromm waren, sondern frech und ungebärdig. Einige Jahre später zog ihr Vater mit ihr nach Malakka, und die »wilden Hunde« waren die englischen Kinder an einer anderen Schule, die sich noch schlechter betrugen als die in Indien. Ihr Vater fuhr zurück nach Indien, um noch mehr Opium einzukaufen, kehrte aber nie zurück – warum, wußte sie nicht, und es machte sie traurig und ratlos. Nun hatte sie keinen Vater mehr, kein Geld, keine Heimat. Als blutjunges Mädchen traf sie einen Mann, der sie nach Macao mitnahm. Dort wimmelte es von Moskitos; der Mann erlag der Malaria und bekam eine Seebestattung. Dann lebte sie mit einem anderen Mann zusammen, einem englischen Offizier. Er half den Manchus und erhielt einen Haufen Geld für jede Stadt, die er einnahm. Schließlich segelte er heimwärts, mit vielen erbeuteten Tempelschätzen für sein Land und seine Frau. Miss Banner fand einen neuen Beschützer, diesmal einen Yankee-Offizier. Der bekämpfte die Manchus und sackte ebenfalls viel Geld bei seinen Beutezügen durch die Städte ein, die er und seine Mitstreiter niederbrannten. Diese drei Männer, gestand mir Miss Banner, waren nicht ihre Onkel.

»Miss Banner-ah«, sagte ich, »das freut mich aber zu hören. Wenn Sie mit Ihren Onkeln im selben Bett schlafen, ist das nicht gut für Ihre Tanten.« Sie lachte. Da siehst du, inzwischen konnten wir schon miteinander lachen, so gut verstanden wir uns. Die Hornschwielen an meinen Füßen waren durch ein altes Paar von Miss Banners engen Lederschuhen ersetzt worden. Aber vorher hatte ich ihr erst das Reden beibringen müssen.

Zuerst hatte ich ihr gesagt, ich hieße Nunumu. Sie nannte mich Miss Moo. Oft saßen wir zusammen im Innenhof, und ich lehrte sie, die Dinge bei ihrem Namen zu nennen, wie ein kleines Kind. Und wie ein Kind lernte sie schnell, voller Eifer. Ihr Verstand war noch nicht eingerostet, noch für alles Neue empfänglich.

Ich lehrte sie die fünf Elemente benennen, aus denen unsere Welt besteht: Metall, Holz, Wasser, Feuer, Erde.

Ich lehrte sie, was die Welt zu einem Hort des Lebens macht: Sonnenaufgang und Sonnenuntergang, Wärme und Kälte, Staub und Hitze, Staub und Wind, Staub und Regen.

Ich lehrte sie, welche Geräusche schön sind: Wind und Donner, galoppierende Pferde, murmelnde Bäche; und welche einem angst machen: schnelle Schritte bei Nacht, langsames

Reißen von weichem Stoff, bellende Hunde, das Schweigen der Zikaden.

Ich lehrte sie, wie zwei zusammengemischte Dinge zu etwas anderem werden: Wasser und Staub zu Schlamm, Hitze und Wasser zu Tee, Ausländer und Opium zu Verdruß.

Ich lehrte sie die fünf verschiedenen Geschmäcker, die unser Lebensgefühl prägen: süß, sauer, bitter, scharf, salzig.

Eines Tages legte Miss Banner die Hand auf ihre Brust und fragte mich, wie das auf chinesisch hieß. Nachdem ich es ihr gesagt hatte, seufzte sie: »Miss Moo, ich möchte viele Worte lernen, um über meine Brüste zu reden!« Da begriff ich erst, daß sie die Gefühle in ihrem Herzen meinte. Am nächsten Tag machten wir einen Spaziergang durch die Stadt. Wir sahen Leute, die sich lauthals stritten. Zorn, sagte ich. Wir sahen eine Frau, die Speisen vor einen Altar stellte. Ehrfurcht, sagte ich. Wir sahen einen Dieb mit dem Kopf in einem hölzernen Zwingjoch. Schande, sagte ich. Wir sahen ein junges Mädchen, das am Flußufer saß und ein löchriges Netz ins seichte Wasser auswarf. Hoffnung, sagte ich.

Später zeigte Miss Banner auf einen Mann, der sich abmühte, ein dickes Faß durch einen schmalen Türrahmen zu bugsieren. »Hoffnung«, sagte Miss Banner. Aber in meinen Augen hatte das nichts mit Hoffnung zu tun, sondern nur mit Dummheit. Und ich fragte mich, was Miss Banner wohl gesehen hatte, als ich diese anderen Gefühle für sie benannte. Ließen sich die Gefühle von Ausländern mit denen von Chinesen vielleicht gar nicht gleichsetzen? Hielten sie all unsere Hoffnungen womöglich für Dummheit?

Doch mit der Zeit brachte ich Miss Banner bei, die Welt fast mit den gleichen Augen zu betrachten wie wir Chinesen. Von den Zikaden sagte sie, sie sähen aus wie flatternde Herbstblätter, fühlten sich an wie raschelndes Papier, hörten sich an wie hochloderndes Feuer, röchen wie aufwirbelnder Staub und schmeckten wie der Teufel, in Öl geröstet. Sie verabscheute sie, fand sie ganz und gar unnütz. Da siehst du, mit ihren fünf Sinnen konnte sie die Welt wie wir Chinesen begreifen. Doch mit ihren amerikanischen Werturteilen stiftete sie immer wieder Streit zwischen uns. Letztendlich sah sie die Dinge doch auf ihre Weise und zog ihre eigenen Schlüsse daraus, die mit meinen Ansichten oft genug unvereinbar waren.

*

Meine ganze Kindheit lang mußte ich mich anstrengen, die Welt *nicht* so zu sehen, wie Kwan sie mir darstellte. Dieses dauernde Gerede über Geister zum Beispiel: Nach ihrer Schocktherapie versuchte ich ihr klarzumachen, daß sie so tun müsse, als sähe sie keine Geister mehr, sonst würde man sie überhaupt nicht mehr aus der Klinik entlassen.

»Ah, geheimhalten«, nickte sie. »Nur du und ich wissen.«

Als sie dann wieder nach Hause kam, mußte ich ihr gegenüber so tun, als gäbe es diese Geister wirklich, als würde ich ihre Anwesenheit nur um der Geheimhaltung willen leugnen. Ich gab mir solche Mühe, diese widersprüchliche Sicht der Dinge aufrechtzuhalten, daß ich bald selbst damit durcheinanderkam. Wie hätte es auch anders sein sollen? Auch *ohne* eine Schwester wie Kwan bilden die meisten Kinder sich doch ein, daß unter ihren Betten irgendwelche Gruselgeister lauern. Kwans Geister waren da etwas anders: Sie saßen *auf* den Betten, gemütlich an die Kopfstütze gelehnt. Ich habe sie mit eigenen Augen da sitzen sehen.

Und es handelte sich keineswegs um wabernde weiße Nachtgespenster, die schauriges Klagegeheul ausstoßen. Nein, Kwans Geister wirkten vollkommen lebendig. Sie plauderten freundlich von der guten alten Zeit, manche machten sich auch Sorgen und beschwerten sich über dies und das. Einer von ihnen hat unserem Hund sogar mal den Hals gekrault, und Captain wedelte dabei mit dem Schwanz. Außer Kwan wagte ich niemandem davon zu erzählen. Ich dachte, man würde mich sonst auch zur Schocktherapie in die Klinik stecken.

An einen bestimmten Tag kann ich mich noch besonders gut erinnern. Ich muß damals wohl acht gewesen sein. Ich saß allein auf meinem Bett und zog meiner Barbiepuppe ihre schönsten Sachen an. Auf einmal hörte ich eine Mädchenstimme sagen: »*Guiwokan.*« Überrascht blickte ich auf – und sah ein kleines chinesisches Mädchen auf Kwans Bett sitzen, das mich mit düsterer Miene anstarrte und meine Puppe haben wollte. Ich empfand keinerlei Furcht; wie jedesmal, wenn mir so ein Geist erschien, blieb ich vollkommen gelassen, als hätte ich mit allen Poren ein mildes Beruhigungsmittel aufgesogen. Höflich fragte ich das kleine Mädchen auf chinesisch, wer sie sei. Und sie piepste: »*Lili-lili, lili-lili.*«

Ich warf meine Barbiepuppe auf Kwans Bett hinüber. Das Mädchen hob sie auf, streifte ihr die rosa Federboa ab und spähte ihr unter das enganliegende rosa Satinkleid. Dann verdrehte sie ihr rabiat die Arme und Beine. »Mach sie nicht kaputt«, warnte ich. Die ganze Zeit konnte ich ihre Neugier spüren, ihr Staunen, ihre Angst, die Puppe wäre hinüber. Und doch wunderte ich mich keinen Augenblick darüber, daß wir dasselbe empfanden. Ich war viel zu sehr in Sorge, sie könnte meine Barbie mitnehmen, als daß ich daran einen Gedanken verschwendete. »Das reicht«, sagte ich nur. »Gib sie jetzt zurück.« Das kleine Mädchen stellte sich taub. Also ging ich hinüber, riß ihr die Puppe aus der Hand und ließ mich wieder auf mein Bett fallen.

Sofort fiel mir auf, daß die Federboa fehlte. »Los, gib sie wieder her!« schrie ich. Aber das kleine Mädchen war verschwunden, und ich erschrak, denn erst jetzt wurde mir bewußt, daß es ja ein Geist war. Ich suchte überall nach der Federboa – unter der Bettdecke, in der Ritze zwischen den Betten, zwischen Matratze und Wand. Ich mochte einfach nicht glauben, daß ein Geist etwas wirklich Vorhandenes mit sich fortnehmen konnte. Die ganze Woche suchte ich nach dieser Federboa, durchwühlte alle Schubladen, alle Taschen, alle Ecken. Ich habe sie nie wiedergefunden. Am Ende beschloß ich, daß dieses Geistermädchen sie tatsächlich geklaut haben mußte.

Inzwischen bin ich längst auf plausiblere Erklärungen gekommen. Vielleicht hatte Captain sie sich geschnappt und im Garten vergraben. Oder meine Mutter hatte sie aus Versehen im Staubsauger verschwinden lassen. Sicherlich war es irgend so was. Aber als Kind waren die Grenzen zwischen Einbildung und Wirklichkeit für mich noch nicht so klar abgesteckt. Kwan sah das, was sie glaubte. Ich sah, was ich *nicht* glauben wollte.

Als ich ein bißchen älter war, verblaßten Kwans Geister wie jeder andere Kinderglaube, wie der Weihnachtsmann oder der Osterhase. Was ich ihr vorsichtshalber aber lieber verschwieg, denn wer weiß, vielleicht wäre sie sonst wieder durchgedreht? Im stillen ersetzte ich ihre Hirngespinste von Geistern aus der Yin-Welt durch Heilige, die wenigstens vom Vatikan beglaubigt waren, und ein Jenseits, das man sich in diesem Leben erst mal verdienen mußte. Mir gefiel die Vorstellung, durch Wohlverhalten Pluspunkte zu sammeln; sie ließ mich an Rabattmarken denken, die man in Heftchen klebte und dann gegen Kristallgläser oder Toaster eintauschen konnte. Nur daß man in diesem Fall keine Haushaltsgegenstände bekam, sondern eine Fahrkarte in den Himmel, in die Hölle oder ins Fegefeuer, je nachdem, wie viele gute Werke man vollbracht hatte, und was die anderen Leute über einen sagten. Doch wenn man es erst geschafft hatte, in den Himmel zu kommen, kehrte man nicht mehr als Geist zurück, es sei denn, man wäre eine der Heiligen. Und so weit würde ich es wohl kaum bringen.

Ich wollte mal von meiner Mutter wissen, wie es wohl im Himmel sei, und sie meinte, es sei wie am allerschönsten Ferienort, nur müßte man nie mehr weg, und alle Menschen seien gleich – Könige, Landstreicher, Lehrer, Schulkinder. »Auch Filmstars?« fragte ich. Mom erwiderte, ich könnte dort alle Leute treffen, die ich wollte, sofern sie brav genug gewesen waren, um in den Himmel zu kommen. Und während Kwan bei Nacht von ihren chinesischen Geistern schwatzte, zählte ich insgeheim an den Fingern ab, welche Leute ich im Jenseits treffen wollte, und versuchte, mir so etwas wie eine Wunschliste anzulegen, falls ich mich auf fünf pro Woche beschränken müßte. Zunächst einmal Gott, Jesus und Maria – sicher wurde von mir erwartet, die als erste zu nennen. Dann kämen mein Vater und noch jemand aus der Verwandtschaft, der bis dahin schon gestorben wäre – allerdings nicht Daddy Bob. Den wiederzutreffen hätte ich gewiß keine Eile. Damit wären für die erste Woche schon mal die Pflichtbesuche abgehakt. In der nächsten Woche könnte dann der Spaß beginnen; ich würde berühmte Leute treffen, falls sie schon tot wären – die Beatles, Shirley Temple, vielleicht sogar diesen Art Linkletter, der dann endlich kapieren würde, weshalb er mich in seine blöde Sendung hätte einladen sollen.

Bis ich in die High-School kam, hatte meine Vorstellung vom Jenseits sich schon merklich verdüstert. Jetzt stellte ich es mir als einen Hort unbegrenzter Weisheit vor, wo sich alles offenbaren würde – wie eine riesenhafte Bibliothek, die per Lautsprecher von den Klängen frommer Litaneien widerhallte. Und wenn man ein bißchen gesündigt hatte, aber nicht hoffnungslos verdorben war, brauchte man nicht gleich zur Hölle zu fahren, sondern zahlte nur ein strenges Bußgeld. Oder man kam in eine Besserungsanstalt wie die verwilderten Jugendlichen, die rauchten, von zu Hause ausbüchsten, Ladendiebstahl begingen oder uneheliche Kinder bekamen. Doch wenn man alle Regeln befolgt hatte und der Gesellschaft nicht zur Last gefallen war, konnte man geradewegs in den Himmel aufrücken. Und dort würde man Antwort auf alle Fragen finden, die einem im Religionsunterricht immer gestellt wurden, wie etwa:

Was sollten wir als menschliche Wesen lernen?

Warum sollten wir denen helfen, die es weniger gut haben als wir?

Wie können wir Kriege verhindern?

Dann würde ich wohl endlich auch erfahren, was mit den Dingen passiert war, die irgendwann spurlos abhanden kamen wie die Federboa meiner Barbiepuppe oder mein letzthin verschwundener Anhänger aus Bergkristall, den mir vermutlich mein Bruder Tommy stibitzt hatte, obwohl er hoch und heilig beteuerte, er hätte ihn nicht genommen. Und es gab noch viele andere ungelöste Rätsel, über die ich mir Aufklärung erhoffte wie zum Beispiel: Hatte Lizzie Borden ihre Eltern umgebracht? Wer war der Mann mit der eisernen Maske? Was war wirklich mit Amelia Earhart geschehen? Wer von den zum Tode Verurteilten war unschuldig hingerichtet worden? Und welche Hinrichtungsmethode war für die Opfer am schlimmsten, der Galgen, die Gaskammer oder der elektrische Stuhl? Inmitten all dieser Fragen würde ich schließlich auch den Beweis dafür finden, daß es mein Vater war, der die Wahrheit über den Tod von Kwans Mutter gesagt hatte, nicht Kwan.

Als ich dann aufs College ging, glaubte ich nicht mehr an Himmel und Hölle, diese Metaphern für Belohnung und Strafe, die das Gute und das Böse als absolute Kategorien voraussetzten. Mittlerweile hatte ich Simon kennengelernt. Bei den Kiffpartys im Freundeskreis kam manchmal auch das Leben nach dem Tod zur Sprache: »Das macht doch alles keinen Sinn, Mann – ich meine, da lebt man nun seine paar kümmerlichen Jahrzehnte, und peng, plötzlich wird einem alles penibel aufgerechnet, und dann darf man sich in alle Ewigkeit auf einer Wolke aalen oder aber im Höllenfeuer schmoren.« Es kam uns ganz einfach unlogisch vor, daß Jesus der einzige Weg zum Heil sein sollte. Demnach wären all die

Buddhisten und Hindus und Juden und Afrikaner, die nie etwas vom Heiland gehört hatten, ja von vorneherein der Verdammnis ausgeliefert, nicht aber solche Übelmänner wie die vom Ku-Klux-Klan. Während der Joint kreiste und jeder einen bedächtigen Zug nahm, bemüht, nicht zu schnell wieder auszuatmen, hieß es dann: »Hey, wo bleibt denn da die Gerechtigkeit? Wozu das Ganze? Was hat das Universum davon?«

Die meisten unserer Freunde glaubten, nach dem Tod käme gar nichts mehr – Licht aus, finito, kein Schmerz, keine Belohnung, keine Strafe. Einer von den Jungs, Dave, war der Meinung, die Unsterblichkeit dauere nur so lange, wie man in der Erinnerung der Leute vorhanden blieb. Platon, Konfuzius, Buddha, Jesus – die seien wahrhaft unsterblich, sagte er. Simon und ich waren da gerade bei der Beerdigung eines Freundes gewesen, Eric, der zum Militärdienst eingezogen worden und in Vietnam gefallen war.

»Selbst wenn sie im Leben eigentlich gar nicht so waren, wie man sie jetzt in Erinnerung hat?« fragte Simon.

Dave zögerte kurz, nickte entschlossen: »Na klar.«

»Und was ist dann aber mit Eric?« wandte ich ein. »Wenn die Leute sich länger an Hitler erinnern als an Eric, heißt das also, daß Hitler unsterblich ist, Eric dagegen nicht?«

Dave zögerte wieder. Doch ehe er etwas zu erwidern fand, sagte Simon mit Nachdruck: »Eric war ein prima Kerl. Keiner von uns wird Eric je vergessen. Und falls es ein Paradies gibt, dann ist er jetzt dort.« Ich weiß noch, daß ich Simon dafür liebte, daß er das gesagt hatte. Denn genau so empfand ich es auch.

Wie kam es nur, daß diese Gefühle einfach verschwanden? Haben sie sich in Luft aufgelöst wie die Federboa, nur weil ich zu lässig mit ihnen umgegangen war? Hätte ich mir mehr Mühe geben sollen, sie wiederzufinden?

Nein, ich hänge gewiß nicht nur meinem Groll nach. Ich

erinnere mich an das Mädchen auf meinem Bett. Ich erinnere mich an Eric. Ich erinnere mich an die Kraft unverbrüchlicher Liebe. Es gibt einen Ort, an dem ich all diese Geister aufbewahre.

# *Das Haus der bösen Geister*

Meine Mutter hat einen neuen Freund, Jaime Jofré. Ich brauche ihn gar nicht erst zu treffen, ich weiß auch so schon, daß er jede Menge Charme, schwarzes Haar und eine Aufenthaltserlaubnis hat, dazu noch einen spanischen Akzent, was meine Mutter ungemein feurig findet. Für sie klingt Liebesgeflüster um so leidenschaftlicher, je mehr einer darum ringen muß, sich verständlich zu machen, und so ein dunkel raunendes *»amor«* wirkt allemal besser als das langweilige, abgenutzte Wort »Liebe«.

Doch bei aller Romantik ist meine Mutter in erster Linie praktisch veranlagt. Sie fordert Liebesbeweise: Gib, und dir wird gegeben. Ob Teerosen, Tanzstunden, Treueschwüre – das muß der Mann schon selber entscheiden. Dafür zeigt sie dann ihre Opferbereitschaft, indem sie ihm zuliebe das Rauchen aufgibt, vorausgesetzt, sie bekommt dafür eine Woche im Thermalbad oder in der Schönheitsfarm spendiert. Die Männer, die für diese Art von Tauschgeschäft Verständnis haben, stammen meist aus »aufstrebenden Nationen«, wie sie sagt – einen Ausdruck wie »Dritte-Welt-Länder« würde sie nie gebrauchen, das ist ihr zu diskriminierend. Leute aus Kolonien unter fremder Gewaltherrschaft haben bei ihr vorzügliche Chancen. Wenn sich gerade keine aufstrebende Nation anbietet, begnügt sie sich notfalls auch mit Irland, Indien oder dem Iran. Sie ist fest davon überzeugt, daß Männer, die unter politischer Repression und Schwarzmarkt-Wirtschaft gelitten haben, weit besser als andere begreifen, was auf dem Spiel steht. Sie geben sich mehr Mühe, einen für sich zu gewinnen, und lassen leichter mit sich handeln. Dank dieser weisen Erkenntnis hat meine Mutter so oft die wahre Liebe gefunden, wie sie endgültig das Rauchen aufgegeben hat.

Teufel noch mal! Ich bin einfach stinksauer auf sie. Heute morgen hat sie gefragt, ob sie mal kurz vorbeikommen sollte, um mich aufzumuntern. Worauf sie zwei geschlagene Stunden damit verbrachte, meine gescheiterte Ehe mit der von ihr und Bob zu vergleichen. Unfähigkeit, sich wirklich auf den Partner einzulassen, null Opferbereitschaft, immer nur nehmen, ohne zu geben – das sind die Fehler, die sie ebenso an Simon wie an Bob bemerkt hat. Wogegen sie und ich beide »immer nur draufgezahlt haben, gutmütig, wie wir Frauen nun mal sind«. Sie schnorrte sich eine Zigarette von mir, dann ein Streichholz.

»Ich hab's ja kommen sehen«, meinte sie und nahm einen tiefen Zug. »Vor zehn Jahren schon. Weißt du noch, wie Simon damals ohne dich nach Hawaii geflogen ist, als du die Grippe hattest?«

»Ich wollte ja, daß er alleine fliegt, sonst wäre sein Ticket verfallen, wir waren doch schon froh, daß er wenigstens meins noch weiterverkaufen konnte.« Wieso verteidigte ich ihn eigentlich?

»Du warst krank. Er hätte dir Hühnerbrühe kochen müssen, statt sich am Strand zu tummeln.«

»Er hat sich ja gar nicht getummelt, sondern bloß seine Großmutter besucht, die gerade einen Schlaganfall gehabt hatte.« Ich fing schon an, so weinerlich zu klingen wie ein zu Unrecht gescholtenes Kind.

Sie setzte ihr verständnisvolles Lächeln auf. »Aber wozu denn diese Abwehrhaltung, Liebes, ich weiß, wie dir zumute ist, so was spürt man doch als Mutter.« Sie drückte ihre Zigarette aus und schlug einen sachlichen Ton an, in ihrer erprobten Sozialhelfermanier: »Simon hat dich nicht genug geliebt, weil's bei *ihm* hapert, nicht bei dir. *Du* bist absolut liebesfähig. *An dir ist doch überhaupt nichts auszusetzen.*«

Ich nickte verkrampft. »Mom, ich muß mich jetzt wirklich an die Arbeit machen.«

»Mach nur, mach nur, laß dich nicht stören. Ich trink nur noch meinen Kaffee aus.« Sie schaute auf die Uhr. »Um zehn hat der Kammerjäger meine Wohnung ausgeräuchert. Ich glaube, ich warte lieber noch 'ne Stunde, bis der Mief abgezogen ist.«

Und jetzt sitze ich an meinem Schreibtisch, fix und fertig, zu ausgelaugt zum Arbeiten. Was zum Teufel weiß sie von meiner Liebesfähigkeit? Hat sie überhaupt eine Ahnung davon, wie oft sie mich verletzt hat, ohne es zu merken? Sie beklagt sich, daß die ganze Zeit mit Bob ein einziger Reinfall war. Und was ist mit mir? Warum hat sie die Zeit denn verschwendet, statt sie mir zu widmen? Und warum verschwende ich jetzt meine Kraft damit, mich deswegen zu grämen? Ich komme mir vor wie ein weinerliches Kind, wie damals mit zwölf Jahren, als ich mir den Zipfel meines Kopfkissens in den Mund stopfte, damit Kwan mich nicht schluchzen hörte.

»Libby-ah«, wisperte Kwan, »was ist los? Bist du krank? Zu viel Weihnachtsplätzchen? Nächste Mal mach ich nicht mehr so süß... Libby-ah, mein Geschenk, gefällt dir? Wenn nicht, sag mir, okay? Ich strick dir andere Pulli, kein Problem. Sag mir, welche Farbe. Stricken braucht bloß eine Woche. Schnell wieder eingepackt, ist dann wie neue Überraschung... Libby-ah? Wenn Daddy und Mommy von Yosemite Park zurückkommen, bringen dir bestimmt schöne Geschenk mit und viele Fotos. Herrliche Schnee, Berge... Nicht weinen! Nein! Ist nicht wahr. Wie kannst du eigene Mutter *hassen*? Was? Daddy Bob auch? *Ah, zemma zaogao...*«

*

Libby-ah, Libby-ah? Darf ich Licht machen? Ich will dir was zeigen ...

Okay, okay! Nicht aufregen! Ich mach's schon wieder aus. Siehst du? Wieder dunkel. Schlaf du nur ... Ich wollte dir nur den Kugelschreiber zeigen, der aus Daddy Bobs Tasche gefallen ist ... Hältst du ihn gerade, siehst du eine Frau im blauen Kleid, hältst du ihn schief, wah! – ist das Kleid weg. Echt wahr, kannst es selber sehen. Ich mach Licht, ja? ... Oh, Libby-ah, deine Augen sind geschwollen, dick wie Pflaumen! Leg ein nasses Handtuch drauf. Dann jucken sie morgen nicht so schlimm ... Den Kugelschreiber? Hab ich aus seiner Hosentasche rutschen sehen, am Sonntag morgen, in der Kirche. Er hat nichts gemerkt, weil er so tat, als ob er betete. Ich weiß, daß er nur so tat, weil ihm – *plumps!* – der Kopf auf einmal nach vorne sackte, und dann fing er an zu schnarchen. *Nnnnnnnhhh!* Das ist wahr! Ah, das findest du komisch? Warum lachst du dann?

Na, jedenfalls, wie ich so zum Altar hingeschaut habe mit den schönen Christrosen und den brennenden Kerzen und wie der Priester da vorn seine rauchende Laterne schwenkte – da sah ich auf einmal Jesus durch den Rauch schreiten! Jawohl, Jesus! Ich dachte, er wäre gekommen, um seine Geburtstagskerzen auszublasen. Ich sagte mir, endlich kann ich ihn sehen – jetzt bin ich eine echte Katholikin! Ich war so begeistert, daß Daddy Bob davon aufwachte und mich wieder auf die Bank runterdrückte.

Ich strahlte Jesus die ganze Zeit an, aber da merkte ich plötzlich – ah? –, das war ja gar nicht Jesus, das war mein alter Freund Lao Lu! Er zeigte mit dem Finger auf mich und lachte: »Ätsch, reingelegt! Meinst du etwa, Jesus hat eine Glatze wie ich?« Lao Lu kam zu mir herüber. Er wedelte mit der Hand vor Daddy Bobs Augen. Keine Reaktion. Er tippte Daddy Bob an die Stirn, leicht wie eine Fliege. Daddy Bob klatschte sich die Hand an die Stirn. Er zog ganz langsam den unanständigen

Kugelschreiber aus Daddy Bobs Tasche und rollte ihn in meine Rockfalte ein.

»Hör mal«, sagte Lao Lu. »Warum gehst du immer noch in die Kirche dieser Fremden? Glaubt du vielleicht, daß Schwielen am Hintern dir helfen werden, Jesus zu sehen?«

Lach nicht, Libby-ah. Was Lao Lu da sagte, war nicht gerade höflich. Er wollte mich wohl an unser früheres Leben erinnern, als wir jeden Sonntag zwei Stunden lang auf harten Bänken sitzen mußten. So viele Jahre sind wir immer brav in die Kirche gegangen, aber nie haben wir Gott oder Jesus gesehen, nicht mal die Jungfrau Maria, obwohl wir die damals nicht so wichtig nahmen. Zu der Zeit war sie zwar auch schon die Mutter des Christkinds, aber doch nur die Konkubine seines Vaters. Inzwischen tragen so viele Kirchen und Krankenhäuser und Wohlfahrtsheime ihren Namen, sie hat wohl eine Beförderung erhalten, und das freut mich für sie. Aber wie gesagt, früher in der Missionsstation spielte sie eigentlich kaum eine Rolle. So brauchte ich mich wenigstens nur drum zu sorgen, ob ich Gott oder Jesus sehen würde. Jeden Sonntag wurde ich gefragt: »Bist du nun gläubig?« Und ich konnte nur sagen, noch nicht. Aus Höflichkeit hätte ich gerne ja gesagt, aber dann hätte ich gelogen, und nach meinem Tod hätte ich dann womöglich doppelt büßen müssen, erstens dafür, daß ich nicht glaubte, zweitens dafür, daß ich so tat als ob. Ich dachte, ich könnte Jesus nicht sehen, weil ich Schlitzaugen hatte. Später fand ich heraus, daß Miss Banner Gott oder Jesus auch nie zu sehen bekam. Sie meinte, sie sei eben nicht fromm genug.

»Aber warum denn nicht, Miss Banner?« wollte ich wissen.

Und sie sagte: »Ich habe Gott angefleht, meine Brüder zu retten. Ich habe ihn angefleht, meine Mutter am Leben zu lassen. Ich habe so lange darum gebetet, daß mein Vater zu mir zurückkehrt. Der Glaube lehrt uns, all unsere Hoffnung auf Gott zu setzen. Aber ich habe nichts mehr, auf das sich zu hoffen lohnt, wozu dann also noch glauben?«

»Ah«, sagte ich. »Das ist ja zu traurig! Sie haben gar keine Hoffnungen mehr?«

»Nur noch sehr wenige«, antwortete sie. »Und die sind keine Gebete wert.«

»Aber was ist mit Ihrem Herzallerliebsten?«

Sie seufzte. »Ich habe eingesehen, daß auch er kein Gebet wert ist. Er hat mich verlassen, weißt du. Ich habe an einen amerikanischen Marineoffizier in Shanghai geschrieben und erfahren, daß mein Geliebter dort war. In Kanton war er auch. Sogar in Guilin. Er weiß, wo ich bin. Warum kommt er dann nicht hierher?«

Es betrübte mich, das zu hören. Zu jener Zeit wußte ich noch nicht, daß ihr Geliebter General Cape war. »Ich hoffe immer noch, eines Tages meine Familie wiederzufinden«, sagte ich. »Vielleicht sollte ich mich zum Glauben an Jesus bekehren.«

»Um wirklich gläubig zu sein«, sagte sie, »muß man Leib und Seele an Jesus hingeben.«

»Und wieviel geben Sie hin?«

Sie hielt bloß den Daumen hoch. Ich war ganz bestürzt, denn immerhin hielt sie jeden Sonntag die Predigt. Ich fand, das müßte doch mindestens zwei Beine wert sein. Andererseits gab es außer ihr auch niemanden, der die Predigt halten konnte. Die anderen Ausländer verstand ja keiner, und sie verstanden uns nicht. Ihr Chinesisch war so unbeholfen, daß es genau wie Englisch klang. Miss Banner mußte immer für Pastor Amen dolmetschen. Er bat sie nicht etwa darum, er trug es ihr einfach auf – sonst hätte es im Hause keinen Platz für sie gegeben.

So stand sie jeden Sonntagmorgen mit dem Pastor an der Kirchentür. Er rief auf englisch: »Willkommen, willkommen!« Miss Banner übersetzte für uns: »Kommt schnell ins Gotteshaus! Nach der Andacht gibt es Reis für alle!« Das Gotteshaus war der frühere Familientempel des verstorbenen

Kaufmanns, der Schrein seiner Ahnen und ihrer Götter. Lao Lu fand es höchst unmanierlich von den Ausländern, diesen Raum für ihr Gotteshaus zu wählen. »Wie ein Schlag ins Gesicht«, sagte er. »Der Kriegsgott wird dafür Pferdedung vom Himmel regnen lassen, wartet's nur ab.« Tja, so war er, der gute Lao Lu – wenn man ihn ärgerte, zahlte er es einem eben heim.

Die Missionare betraten die Kirche immer als erste. Dann nacheinander Miss Banner, Lao Lu und ich sowie die übrigen chinesischen Hausangestellten – die Köchin, die beiden Dienstmädchen, der Stallbursche, der Zimmermann ... ich hab vergessen, wer sonst noch alles – und zum Schluß dann die Besucher. Das waren zumeist Bettler. Auch eine alte Frau war darunter, die immer die Hände vor der Stirn zusammenlegte und sich dreimal zum Altar hin verneigte, obwohl man ihr immer wieder gesagt hatte, sie sollte das nicht mehr tun. Die Besucher setzten sich stets in die hinteren Bänke – vielleicht für den Fall, daß der böse Geist des Kaufmanns wiederkehrte und sie schleunigst die Flucht antreten müßten. Lao Lu und ich hatten allerdings keine Wahl, wir mußten vorne bei den Missionaren sitzen und jedesmal »Amen!« rufen, wenn der Pastor die Augenbrauen hob. Deshalb nannten wir ihn Pastor Amen – außerdem hatte er einen Namen, der wie »Amen« klang, Hammond oder Halliman oder so ähnlich.

Kaum hockten wir also auf diesen Bänken, durften wir uns nicht mehr rühren. Mrs. Amen sprang öfters auf, aber nur, um denjenigen mit dem Finger zu drohen, die zuviel Lärm machten. Man durfte sich nicht am Kopf kratzen, so sehr die Läuse auch bissen. Man durfte sich nicht in die Finger schneuzen, und wenn einem die Moskitos um die Ohren schwirrten, durfte man nicht »Scheiße« knurren – wie nämlich Lao Lu, sobald ihn irgendwas im Schlaf störte.

Das war noch so eine Vorschrift: Kein Schlafen beim Gottesdienst, außer wenn Pastor Amen zu Gott betete, sterbenslangweilige Litaneien, die Lao Lu sehr zu schätzen wußte. Wenn die Jesusgläubigen zum Gebet die Augen schlossen, konnte er endlich in aller Ruhe einnicken. Ich aber behielt die Augen offen, starrte Pastor Amen an und paßte auf, ob Gott oder Jesus vom Himmel herabkommen würden.

Doch so etwas passierte nie. Obwohl einmal, da sah ich plötzlich einen fremden Bettler in der Tür stehen. Ich erinnerte mich, daß die chinesischen Götter manchmal im Bettlergewand unter die Menschen kamen, um zu sehen, wer wahrhaft Ehrfurcht vor ihnen hatte. Und ich fragte mich, ob dieser Bettler nicht vielleicht ein solcher Gott war, voller Zorn, weil Fremde sich unbefugt an seinem Altar aufhielten. Als ich mich kurz darauf wieder umschaute, war er verschwunden. Wer weiß, ob er nicht das Unheil ins Rollen brachte, das fünf Jahre später über uns hereinbrach.

Wenn das Gebet vorbei war, fing die Predigt an. Am ersten Sonntag redete Pastor Amen fünf Minuten lang – bla, bla, bla – eine Menge unbegreiflicher Laute, die nur den anderen Missionaren etwas sagten. Danach übersetzte Miss Banner fünf Minuten lang. Warnungen über den Teufel. Amen! Regeln, die man befolgen mußte, um in den Himmel zu kommen. Amen! Bringt eure Freunde mit in die Kirche. Amen! Auf die Weise ging es immer abwechselnd hin und her, erst er, dann sie, dann wieder er, es klang fast, als ob sie sich stritten. Sooo langweilig! Zwei Stunden mußten wir stillsitzen, bis uns Hirn und Hintern völlig taub wurden.

Zum Abschluß der Predigt gab es stets eine kleine Gesangsdarbietung, die von Miss Banners Spieldose begleitet wurde. Dieser Teil des Sonntagsrituals war allgemein sehr beliebt. Das Singen war zwar nicht so besonders, aber wenn die Musik begann, wußten wir, daß unsere Pein zu Ende ging. Pastor Amen hob die Arme und hieß uns aufstehen. Mrs. Amen trat zum Altar vor und ebenso eine schüchterne kleine Missionarin namens Lasher, was ähnlich wie das chinesische Wort für

Maus klang, *laoshu*, so daß wir sie Miss Mouse nannten. Außerdem war da noch ein ausländischer Doktor, der Swan hieß, was sich für uns wie *suanle* anhörte, »zu spät« – kein Wunder, daß die Kranken sich vor ihm fürchteten.

Miss Banner erzählte mir einmal, die Spieldose sei ein Geschenk ihres Vaters, die letzte Erinnerung an ihre Familie. Sie bewahrte ein kleines Heft darin auf, in dem sie ihre Gedanken niederschrieb. Die hübsche Melodie, sagte sie, sei eigentlich ein deutsches Trinklied. Aber Mrs. Amen hatte neue Worte dazu gedichtet, die ich hundertmal nur als unverständliche Laute hörte: »Wir wandern mit Jesus so freudig und gern, und kommt einst der Tod, treffen wir unsern Herrn.« Irgend so was in der Richtung. Du siehst, ich habe das Lied sogar noch im Gedächtnis, aber jetzt mit neuer Bedeutung. Für uns hieß das damals, wir sollten hinausgehen und die versprochene Schale Reis in Empfang nehmen, eine milde Gabe von Jesus. Viele Bettler in unserer Gemeinde hielten Jesus für einen Gutsbesitzer mit großen Reisfeldern.

Am folgenden Sonntag sprach Pastor Amen fünf Minuten lang, Miss Banner dagegen drei. Dann der Pastor wieder fünf Minuten, Miss Banner eine. Die chinesische Version wurde immer kürzer, und die Fliegen labten sich nur anderthalb Stunden an unserem Schweiß. Am Sonntag darauf war die Predigt schon auf eine Stunde geschrumpft. Hinterher hatte Pastor Amen eine lange Unterredung mit Miss Banner. Beim nächsten Mal sprach der Pastor wie üblich fünf Minuten und Miss Banner ebensolang. Doch jetzt ging es nicht mehr um Warnungen und Vorschriften. Sie begann: »Es war einmal ein fremdes Königreich, lange vor unserer Zeit, und dort gab es einen gefangenen Riesen und einen armen Zimmermann, der eigentlich ein König war und eine wunderschöne Tochter hatte...« Alle fünf Minuten hielt sie an einer spannenden Stelle inne und sagte zum Beispiel: »So, jetzt muß ich dem Pastor wieder das Wort überlassen. Aber während ihr wartet, könnt ihr ja schon mal überlegen: Ist die kleine Prinzessin gestorben, oder hat sie den Riesen doch noch befreit?« Als die Predigt und die Geschichte zu Ende waren, sagte sie, wer jetzt seine Gratisschüssel Reis haben wollte, sollte laut »Amen« rufen. Na, das gab ein Gebrüll!

Diese Sonntagspredigten wurden ein echter Erfolg. Alle kamen, um Miss Banners Geschichten zu hören. Die Missionare waren froh. Die Reisesser waren froh. Miss Banner war froh. Nur ich machte mir Sorgen. Was würde geschehen, wenn Pastor Amen dahinterkam? Würde er sie schlagen? Würden meine Leute mich unter glühenden Kohlen begraben, weil ich eine Ausländerin chinesischen Ungehorsam gelehrt hatte? Würde Pastor Amen das Gesicht verlieren und sich erhängen? Würden die Menschen, die wegen Reis und Geschichten und nicht wegen Jesus in die Kirche kamen, dafür in die Ausländerhölle geschickt?

Als ich Miss Banner meine Befürchtungen anvertraute, lachte sie nur. »Alle sind doch froh, so wie es ist, warum soll das denn ein böses Nachspiel haben?« Ich aber dachte daran, was der Mann gesagt hatte, der in die Distelberge zurückgekehrt war: »Ein Übermaß an Glück endet immer in einer Tränenflut.«

Sechs Jahre durften wir unser Glück genießen. Miss Banner und ich wurden gute und treue Freundinnen. Die anderen Missionare blieben mir fremd. Aber was ich so Tag für Tag an kleinen Veränderungen mitbekam, ließ mich ihre Geheimnisse bald durchschauen. Lao Lu erzählte mir von beschämenden Dingen, die er durch ihre Fenster erspähte, und auch von allerlei Sonderbarem, das ihm in ihren Zimmern auffiel. Wie Miss Mouse über einem Medaillon weinte, das eine Haarlocke von einem Toten enthielt. Wie Dr. Too Late Opiumpillen gegen seine Magenschmerzen schluckte. Wie Mrs. Amen immer ein Stückchen von der Oblate in ihrer Schublade versteckte, ohne es je zu essen, nur um es für den Jüngsten Tag aufzuheben. Wie Pastor Amen nach Amerika berichtete, er hätte hundert Chinesen bekehrt, obwohl es in Wirklichkeit bloß einer war, nämlich ich.

Dafür erzählte ich Lao Lu von den Geheimnissen, die ich mitbekommen hatte. Daß Miss Mouse zarte Gefühle für Dr. Too Late hegte, was der aber nicht bemerkte. Daß Dr. Too Late seinerseits in Liebe für Miss Banner entbrannt war, während sie so tat, als merkte sie es nicht. Ich sagte ihm jedoch nicht, daß Miss Banner sich immer noch leidenschaftlich nach ihrem dritten Liebhaber sehnte, einem Mann namens Wa-ren. Das wußte nur ich allein.

Sechs Jahre lang blieb alles so, wie es war, bis auf diese kleinen Veränderungen. So sah unser Leben damals aus, ein bißchen Hoffnung, ein bißchen Veränderung, ein bißchen Heimlichkeit.

Ja, sicher, auch ich hatte meine kleinen Geheimnisse. Einmal erschien Jesus mir im Traum, ein ausländischer Mann mit langem Haar, langem Bart und vielen Jüngern. Das erzählte ich Miss Banner, nur vergaß ich zu erwähnen, daß es ein Traum gewesen war. Sie sagte es Pastor Amen weiter, und er verbuchte die Sache gleich als hundert Bekehrungen. Um ihn nicht zu enttäuschen, beließ ich es lieber dabei – sonst hätte er sich nur noch mehr geschämt, daß von seinen hundert Bekehrten nicht mal ein einziger echt war.

Mein zweites Geheimnis war viel schlimmer.

Das passierte, bald nachdem Miss Banner mir von ihren verlorenen Hoffnungen erzählt hatte. Ich sagte, ich hätte soviel Hoffnung übrig, daß ich den Rest dazu nutzen könnte, mir an ihrer Stelle zu wünschen, ihr Geliebter möge sich besinnen und zu ihr zurückkehren. Das freute sie mächtig. Also betete ich fortan für sie, mindestens hundert Tage lang.

Eines Abends saß ich wieder mal in Miss Banners Zimmer, auf einem Schemel ihr zu Füßen. Wir schwatzten und schwatzten. Als wir all die üblichen Klagen durchhatten, fragte ich sie, ob ich die Spieldose in Gang setzen dürfte. Jaja, mach nur, sagte sie. Ich klappte den Deckel auf. Kein Schlüssel. Er ist in der Schublade, sagte sie. Ah! Was ist denn das? Ich hob eine Elfenbeinschnitzerei aus dem Kästchen und hielt sie mir vor die Augen. Es war eine nackte Frauengestalt. Sehr ausgefallen. Ich erinnerte mich dunkel, so etwas schon einmal gesehen zu haben. Wo sie das denn wohl herhabe, wollte ich wissen.

»Das hat meinem Liebsten gehört«, sagte sie. »Es war der Knauf von seinem Spazierstock. Eines Tages ist er abgebrochen, und er hat ihn mir zum Andenken geschenkt.«

Wah! Da wußte ich, daß Miss Banners Geliebter der Verräter war, General Cape. Und ich hatte die ganze Zeit darum gebetet, daß er zurückkäme! Der bloße Gedanke jagte mir Schauer über den Rücken.

Mein zweites Geheimnis war nun also, daß ich wußte, wer er war. Und mein drittes bestand darin, daß ich von diesem Abend an nur noch betete, er möge fortbleiben.

Glaub mir, Libby-ah, ich wußte ja damals nicht, wie sehr sie nach Liebe hungerte, egal welcher Art. Reine Liebe war nicht von Dauer und zu schwer zu finden. Aber verdorbene Liebe! Davon gab es immer genug, um die Lücken zu füllen. Also hatte sie sich nach und nach daran gewöhnt und nahm sie mit offenen Armen auf, sobald sie sich ihr wieder bot.

# *Waschtag*

Man könnte den Wecker danach stellen, so pünktlich klingelt das Telefon, morgens um acht. Seit drei Tagen ruft Kwan mich just in dem Augenblick an, wenn ich mir die Butter auf den Toast streiche. Ehe ich auch nur hallo sagen kann, platzt sie schon heraus: »Libby-ah, frag mal Simon – wie heißt dieser Laden für Reparatur von Radio?«

»Wieso? Ist dein Radio kaputtgegangen?«

»Kaputt? Ahhh . . . zu viel komische Geräusch. Ja, ja, ich dreh an, hör bloß noch *chchchrrrrrsss*.«

»Hast du denn schon versucht, den Sender richtig einzustellen?«

»Ja, ja! Ich stell dauernd ein.«

»Und wenn du nicht ganz so dicht rangehst? Vielleicht liegt es nur wieder an deiner elektrostatischen Aufladung, weißt du, das Wetter soll ja umschlagen.«

»Okay, okay, ich versuch noch mal so. Aber für alle Fälle, ruf trotzdem Simon an, frag Name von Laden.«

Ich bin heute gut gelaunt. Mal sehen, wie lange sie das Spielchen durchhalten wird. »Moment mal, ich weiß, wie der Laden heißt.« Eilig überlege ich mir einen halbwegs glaubhaften Namen. »Ja, genau, Brumm's Boxenshop. In der Market Street.« Ich kann praktisch hören, wie das Räderwerk in Kwans Kopf auf Touren kommt und in eine neue Gangart einrastet.

Schließlich lacht sie. »He, machst dich lustig über mich! Hast dir Name bloß ausgedacht.«

»Wie du dein Problem mit dem Radio.«

»Okay, okay. Ruf Simon an, sag ihm, Kwan gratuliert zu Geburtstag.«

»Deshalb wollte ich ihn sowieso anrufen.«

»Oh, du bist schrecklich! Warum erst so lange quälen, mich in Verlegenheit bringen!« Sie bricht in heiseres Lachen aus, dann holt sie tief Luft. »Oh, übrigens, Libby-ah, nach Simon ruf Ma an.«

»Wieso? Ist ihr Radio auch kaputt?«

»Nein, ohne Spaß jetzt. Ihr Herz tut weh.«

Jetzt hat sie mich doch erschreckt. »Was ist los? Ist es schlimm?«

»Mm-hmm. So traurig. Der neue Freund von Ma, du weißt schon, der kleine Schofel?«

»Jaime Jofré heißt der.«

»Sag ich doch. Kleine Schofel. Hat sich jetzt rausgestellt, ist schon verheiratet. In Chile. Ehefrau ist hergekommen, hat kleine Schofel am Ohr gepackt und mitgenommen.«

»Nein!« Ich spüre einen deutlichen Anflug von Schadenfreude und haue mir im Geiste eine runter.

»Doch, doch, Ma ist ganz wütend! Hat letzte Woche noch Kreuzfahrt für beide gebucht, Schofel hat gesagt, zahl mit deine Visa-Card, ich zahl dir zurück. Nun kein Geld, keine Kreuzfahrt, keine Erstattung von Kosten. Ah! Arme Ma, findet jedesmal falsche Mann ... He, was meinst du, vielleicht kann ich neue Mann für sie finden. Ich suche besser aus als sie. Falls gutgeht, bringt mir Glück.«

»Und wenn's aber nicht gutgeht?«

»Dann muß ich helfen, besser machen. Meine Pflicht.«

Nachdem wir aufgehängt haben, denke ich über Kwans Pflichtgefühl nach. Kein Wunder, daß sie meine bevorstehende Scheidung als ihr ganz persönliches Versagen betrachtet. Sie glaubt ja nach wie vor, unsere Heirat sei überhaupt nur durch ihre Vermittlung zustandegekommen, durch ihren spirituellen Einfluß, sozusagen. Und ich kann ihr das nun auch kaum mehr ausreden, hatte ich sie doch selber darum gebeten, Simon klarzumachen, daß wir vom Schicksal füreinander bestimmt seien.

Simon Bishop und ich trafen uns vor mehr als siebzehn Jahren. Jung und leichtsinnig, wie wir waren, hatten wir keine Scheu, unsere Hoffnungen an die lächerlichsten Dinge zu hängen – Pendelkräfte, brasilianische Amulette, ja sogar Kwans Geisterwelt. Wir waren beide furchtbar verliebt – ich in Simon, Simon in eine andere. Und diese andere war schon gestorben, ehe ich Simon kennenlernte, obwohl ich das erst drei Monate später erfuhr.

Ich traf ihn in einem Linguistikseminar der Universität von Berkeley im Frühling 1976. Er war mir sofort aufgefallen, weil er wie ich einen Namen trug, der nicht zu seinem asiatischen Gesicht paßte. Eurasische Studenten waren damals noch nicht so häufig anzutreffen wie heute, und wie ich ihn so anstarrte, kam es mir vor, als hätte ich meinen männlichen Doppelgänger vor Augen. Ich begann zu überlegen, wieso die speziellen Merkmale ihrer Abstammung bei Leuten gleicher Herkunft so verschieden stark ausgeprägt sind. Ich kannte mal ein Mädchen, das mit Nachnamen Chan hieß. Es hatte blonde Haare und blaue Augen und war kein Adoptivkind, wie es genervt erklärte. Sein Vater war Chinese. Vielleicht hatten irgendwelche Vorfahren seines Vaters sich früher schon heimlich mit Engländern oder Portugiesen in Hongkong eingelassen. Ich war wie dieses Mädchen, mußte ständig erklären, wieso ich nicht aussah wie eine Laguni. Meine Brüder dagegen sehen fast so italienisch aus, wie ihr Nachname glauben macht. Ihre Gesichter sind kantiger als meins. Ihre Haare sind leicht gewellt und haben einen helleren Braunton.

Simon war auf den ersten Blick nicht leicht einzuordnen – eine perfekt ausgewogene Mischung, halb hawaiisch-chinesisch, halb angelsächsisch. Als wir in unserem Linguistikseminar dann Arbeitsgruppen bildeten, fanden Simon und ich uns wie zufällg in derselben wieder. Wir erwähnten mit keiner Silbe, was uns so offensichtlich verband.

Ich erinnere mich noch, wie er das erste Mal etwas von seiner Freundin sagte, weil ich im stillen hoffte, er hätte keine. Wir paukten zu fünft für eine Klausur. Ich zählte gerade die besonderen Merkmale des Etruskischen auf: eine tote Sprache, isoliert, ohne Verbindung zu anderen Sprachen... Da sagte Simon auf einmal: »Meine Freundin, Elza, die war auf Studienreise in Italien und hat diese tollen etruskischen Gräber besichtigt.«

Wir schauten ihn alle an – so nach dem Motto, na und? Allerdings hatte Simon nicht etwa gesagt: »Meine Freundin, die übrigens genauso tot ist wie diese Sprache.« Er redete so beiläufig von ihr, als wäre sie gesund und munter mit ihrem Eurail-Ticket unterwegs und schickte regelmäßig Postkarten aus der Toskana. Nach ein paar Sekunden verlegenen Schweigens machte er ein betretenes Gesicht und murmelte irgendwas vor sich hin, wie man es manchmal bei Leuten sieht, die sich auf der Straße beim Selbstgespräch ertappt fühlen. Armer Kerl, dachte ich, seltsam gerührt.

Nach den Seminarstunden gingen Simon und ich dann meistens noch zusammen in die Cafeteria, wo wir eifrig zu dem allgemeinen Gesumm weltverbessernder Theorien und Offenbarungen beitrugen. Wir erörterten den Primitivismus als westlich orientiertes Denkmodell, kamen zu dem Schluß, daß Rassenmischung die einzige langfristige Antwort auf jeglichen Rassismus wäre, stimmten darin überein, Ironie und Satire als tiefste Form der Wahrheit zu sehen. Er erzählte mir, daß er sich seine eigene Philosophie schaffen wolle, um sein Lebenswerk darauf zu gründen und *substanzielle* Veränderungen in der Welt herbeizuführen. Abends schlug ich das Wort *substanziell* im Lexikon nach und beschloß, daß ich ebenfalls ein substanzielles

Leben haben wollte. Wenn ich mit Simon zusammen war, hatte ich das Gefühl, daß ein verborgener, besserer Teil meines Wesens endlich zum Zuge kam. Ich hatte schon andere Freunde gehabt, zu denen ich mich hingezogen fühlte, aber diese Beziehungen brachten kaum mehr als den Freizeitspaß, den nächtelange Partys, bekifftes Gequassel und flüchtiger Sex eben boten, und hinterließen alle nur einen faden Nachgeschmack. Mit Simon lachte ich mehr und fühlte mich geistig mehr gefordert, viel aufgeschlossener für alles, was außerhalb meiner eigenen kleinen Nische vor sich ging. Wir konnten uns gegenseitig die Ideen zuspielen wie Tennisprofis ihre Bälle. Wir rangen geistig miteinander und gingen mit geradezu psychoanalytischer Entdeckungslust daran, einer des anderen Vergangenheit zutage zu fördern.

Ich fand es schon fast unheimlich, wieviel wir miteinander gemein hatten. Beide hatten wir frühzeitig einen Elternteil verloren, er die Mutter, ich den Vater. Beide hatten wir früher Schildkröten besessen; seine waren dadurch umgekommen, daß er sie aus Versehen in ein gechlortes Schwimmbekken fallen ließ. Als Kind waren wir beide ziemlich einsam gewesen, in die Obhut von Verwandten abgeschoben – bei ihm waren es zwei unverheiratete Tanten, bei mir Kwan.

»Meine Mutter hat mich meiner Halbschwester ausgeliefert, die immer nur von Geistern redete!« beschwerte ich mich.

»Oje! Dann wundert es mich aber, daß du nicht noch verrückter geworden bist, als es eh schon der Fall ist.« Wir lachten, und mir wurde ganz schwindlig vor Erleichterung, daß wir uns jetzt über etwas lustig machen konnten, was mir früher so viel Seelennot bereitet hatte.

»Tja, die gute alte Mom«, sagte ich. »Sie hat eben diesen typischen Sozialtick, setzt sich permanent für Fremde ein und vernachlässigt die eigene Familie. Pünktlich zu ihrer Maniküre zu kommen war ihr stets wichtiger, als ihren Kindern zu helfen. So was von scheinheilig! Sie war vielleicht nicht direkt ein pathologischer Fall, aber . . .«

»Ich weiß schon, auch wenn's nicht bös gemeint war, tut solche Mißachtung ein Leben lang weh«, warf Simon ein. Und das war *genau*, was ich empfand, aber nicht auszudrücken vermochte. »Vielleicht ist es gerade ihre mangelnde Aufmerksamkeit, die dich so stark und unabhängig gemacht hat.« Ich nickte eifrig, während er noch hinzusetzte: »So war es nämlich auch bei meiner Freundin, weißt du, Elza – die hat als kleines Kind schon beide Eltern verloren. Aber so was von einem starken Willen, ein richtiger Dickkopf!«

Es bestand schon eine große Vertrautheit zwischen uns, nur entwickelte es sich irgendwie nicht recht weiter. Ich spürte, daß auch er sich von mir angezogen fühlte, es knisterte vor Spannung, und doch schüttelte er sie immer wieder mühelos ab. »He, Laguni«, sagte er zum Beispiel und klopfte mir wohlwollend auf die Schulter. »Ich muß los. Aber falls du am Wochenende noch das Skript durchgehen willst, ruf mich an.« Nach dieser lässigen Verabschiedung tappte ich dann trübsinnig heim, mit einem einsamen Freitag abend in Aussicht – da ich ihn mir natürlich extra für Simon freigehalten hatte. Mittlerweile war ich bis über beide Ohren in ihn verliebt; oft lag ich nachts da und verachtete mich dafür, daß ich vor lauter unerfülltem Verlangen zu kribblig zum Einschlafen war. Ich fragte mich: Bin ich übergeschnappt? Hat's denn nur mich so erwischt? Sicher, er hat eine Freundin. Aber was soll's! Wie jeder weiß, ist man ja eben deshalb auf dem College, um seinen Horizont zu erweitern, und eine gegenwärtige Freundin kann da schon über Nacht zu einer früheren Freundin werden.

Aber Simon schien gar nicht zu merken, daß ich mit ihm flirtete. »Weißt du, was ich so an dir mag?« fragte er mich. »Du behandelst mich wie einen guten Kumpel. Wir können wunderbar über alles reden und lassen diese andere Sache nicht dazwischenfunken.«

»Was für eine andere Sache?«

»Na, die Tatsache, daß wir ... sozusagen ... Männlein und Weiblein sind.«

»Ach ja?« Ich tat baß erstaunt. »Du meinst, weil ich ein Mädchen bin und du ...? Das war mir überhaupt noch nicht aufgefallen!« Wir brachen in herzhaftes Gelächter aus.

Aber nachts heulte ich dann vor Wut über mich selbst. Immer wieder schwor ich mir, alle Hoffnung auf eine Romanze mit Simon aufzugeben – als könnte ich mich durch pure Willenskraft zwingen, nicht mehr in ihn verliebt zu sein! Immerhin brachte ich es wenigstens fertig, mir nichts anmerken zu lassen. Ich spielte weiter den guten Kumpel, mit gleichmütig lächelnder Miene, und wenn es mir noch so sehr das Herz zusammenkrampfte. Ich war auf das Schlimmste gefaßt. Und tatsächlich brachte er früher oder später prompt wieder die Rede auf seine Elza, als wüßte er sehr wohl, daß auch ich ständig an sie denken mußte.

Nach drei Monaten dieser masochistischen Taktik wußte ich bestens über ihr Leben Bescheid: Daß sie in Salt Lake City wohnte, wo sie und Simon aufgewachsen waren und seit dem fünften Schuljahr immer schon miteinander gerangelt hatten. Daß sie in der linken Kniekehle eine sechs Zentimeter lange Narbe hatte, die aussah wie ein Regenwurm, ein geheimnisvolles Überbleibsel aus frühester Kindheit. Daß sie sehr sportlich war; sie fuhr Kajak, liebte Bergwanderungen und lange Skitouren. Außerdem war sie hochmusikalisch, eine angehende Komponistin. Sie hatte bei Artur Balsam in der berühmten Sommerakademie in Blue Hill, Maine, studiert und sogar schon eine eigene Bearbeitung der Goldberg-Variationen vorgelegt. »Ach, wirklich?« sagte ich jedesmal, wenn er mir wieder irgend etwas Lobenswertes von ihr erzählte. »Das ist ja fabelhaft.«

Seltsamerweise sprach er von ihr immer nur im Präsens, so daß ich natürlich annehmen mußte, sie sei noch am Leben.

Einmal wies er mich darauf hin, daß ich einen Lippenstiftfleck an den Zähnen hatte, und während ich ihn eilig abwischte, setzte er hinzu: »Elza benutzt gar keine Schminke, nicht mal Lippenstift. Sie glaubt nicht dran.« Ich hätte am liebsten geschrien: Was soll der Mist?! Entweder man schminkt sich oder eben nicht! Inzwischen war ich schon so geladen, daß ich sie hätte ohrfeigen können, diese Zimtzicke, die vor lauter moralischer Überlegenheit sicher die gräßlichste Person war, die je auf unserem Planeten herumlief in ihren ökologisch korrekten Turnschuhen. Selbst wenn Elza nur lieb und fad gewesen wäre, hätte ich sie verachtet, denn ich fand, sie *verdiente* Simon einfach nicht. Warum sollte sie ihn noch zusätzlich zu ihren übrigen Trophäen einheimsen? Mochte sie von mir aus die olympische Goldmedaille im Diskuswerfen bekommen oder den Nobelpreis für die Rettung von verirrten Walbabys oder einen Organistenposten beim Mormonenchor – nur von Simon sollte sie gefälligst die Finger lassen!

Simon dagegen verdiente *mich*, eine Frau, die ihm helfen konnte, die Tiefen seiner Seele zu ergründen, die Geheimgänge, die Elza durch ihre ständige Kritik und Mißbilligung verbarrikadiert hatte. Wenn ich Simon ein Kompliment machte – zum Beispiel, daß er etwas Tiefgründiges gesagt habe –, sah er mich fragend an: »Meinst du? Elza findet, einer meiner größten Fehler ist, daß ich's mir immer zu leicht mache, die Dinge nicht gründlich genug durchdenke.«

»Du kannst doch nicht alles glauben, was Elza sagt.«

»Ja, genau das sagt sie auch. Sie kann es nicht leiden, wenn ich einfach so akzeptiere, was man mir als Wahrheit vorsetzt. Sie glaubt, daß man seinen inneren Eingebungen vertrauen muß, wie dieser Typ, der *Walden* geschrieben hat, wie heißt er noch gleich, Thoreau. Jedenfalls ist sie immer dafür, alles auszudiskutieren, allem auf den Grund zu gehen, bis man sich seiner Überzeugungen wirklich sicher ist.«

»Ich hasse dieses Rumdiskutieren.«

»Nein, ich meine ja nicht streiten, mehr so eine Art von intellektueller Debatte wie zwischen uns beiden.«

Noch mehr haßte ich es, im Vergleich mit meiner Rivalin den kürzeren zu ziehen. Ich versuchte, einen spielerischen Ton anzuschlagen. »Ach? Und worüber debattiert *ihr* beiden denn so?«

»Na, zum Beispiel darüber, ob Prominente eine bestimmte Verantwortung als Vorbilder für die Allgemeinheit haben. Weißt du noch, wie Mohammed Ali den Militärdienst verweigert hat?«

»Klar.«

»Elza und ich fanden das großartig, daß er so gegen den Krieg Stellung bezog. Aber dann hat er den Weltmeistertitel zurückgewonnen und sich von Präsident Ford ins Weiße Haus einladen lassen. Elza fand das unmöglich, aber ich meinte, eine Einladung ins Weiße Haus hätte ich auch nicht ausgeschlagen. Sie war total empört: ›Was? Bei einem *republikanischen* Präsidenten? Im Wahljahr?‹ Sie hat ihm dann sogar einen Brief geschrieben.«

»Dem Präsidenten?«

»Nein, Mohammed Ali.«

»Ach so, ja klar.«

»Elza ist der Ansicht, daß man sich nicht nur passiv für die Politik engagieren kann. Man muß selbst was tun, sonst ist man mit schuld.«

»Schuld woran?«

»An der ganzen Heuchelei, der ganzen Korruption überall.«

Ich stellte mir Elza wie eine Art Patty Hearst vor, mit Baskenmütze und Kampfanzug, eine Maschinenpistole an der Hüfte.

»Sie meint, alle Leute sollten aktiv für ihre moralische Überzeugung eintreten. Sonst geht die Welt in den nächsten dreißig Jahren vor die Hunde. Viele von unseren Freunden halten sie für eine Pessimistin. Aber sie glaubt, sie ist eigentlich die wahre Optimistin, weil sie was tun will, um die Welt positiv zu verändern. Genaugenommen hat sie da auch recht.«

Während Simon sich immer enthusiastischer über Elzas lächerliche Vorstellungen ausließ, beobachtete ich verträumt sein Mienenspiel. Wie chamäleonhaft seine Gesichtszüge sich doch ständig veränderten – vom Hawaiianer zum Azteken, vom Perser zum Sioux, vom Bengalen zum Balinesen...

»Wo stammt der Name Bishop her?« fragte ich ihn eines Tages.

»Von meinen Vorfahren väterlicherseits, eine Sippe von kauzigen Missionaren. Auf der Insel Oahu sind die Bishops richtiggehend berühmt, weißt du. Sie sind so um achtzehnhundert rum nach Hawaii gekommen, um Leprakranke und Heiden zu bekehren, und schließlich haben sie in den polynesischen Adel eingeheiratet und die halbe Insel in ihren Besitz gebracht.«

»Das soll doch wohl ein Witz sein.«

»Tja, leider stamme ich aus jenem Zweig der Familie, der nichts von dem ganzen Reichtum zu vererben hat, keine einzige Ananasplantage oder Golfanlage. Mütterlicherseits sind wir schlicht hawaiisch-chinesisch, mit ein paar eingeborenen Prinzessinnen im Stammbaum, was aber keinen Grundbesitz in Küstenlage mit sich bringt.« Er lachte. »Elza hat mal gesagt, von den Missionaren unter meinen Vorvätern hätte ich die Trägheit blinden Glaubens geerbt, und von der königlich-hawaiischen Seite sei mir die Neigung geblieben, andere für meine Bedürfnisse sorgen zu lassen, anstatt mich selber anzustrengen.«

»Ich glaube nicht, daß man seinen Charakter einfach so vererbt bekommt, als wäre unsere persönliche Entwicklung vorherbestimmt, ohne daß wir überhaupt eine Wahl hätten. Ich meine, hat Elza denn noch nie was von *Determinismus* gehört?«

Simon sah ein wenig betroffen drein. »Hm«, brummte er

nachdenklich. Einen Augenblick lang sonnte ich mich in dem Gefühl, meine Rivalin durch einen geschickten Schachzug ausgetrickst zu haben.

Aber dann entgegnete er: »Geht es im Determinismus nicht gerade darum, daß alle Ereignisse und sogar individuelle Entscheidungen natürlichen Gesetzen unterworfen sind, was Elzas Ansicht doch wohl eher bestätigen würde?«

»N-nein, ich meine nur«, geriet ich ins Stammeln, während ich fieberhaft versuchte, mir in Erinnerung zu rufen, was ich im Philosophiekurs nur mit halbem Ohr mitgekriegt hatte. »Ich meine, wie definieren wir denn diese natürlichen Gesetze? Wer bestimmt, was natürlich ist und was nicht?« Ich verlor immer mehr den Boden unter den Füßen, angelte verzweifelt nach irgendeinem Rettungsring, um nicht schmählich unterzugehen. »Und überhaupt, wie sieht's denn mit *ihrer* Abstammung aus?«

»Ihre Eltern sind Mormonen, aber sie haben sie adoptiert, als sie ein Jahr alt war, und haben sie Elsie genannt, Elsie Marie Vandervort. Sie weiß nicht, wer ihre leiblichen Eltern waren. Aber schon mit sechs Jahren, noch ehe sie Noten lesen konnte, brauchte sie irgendeine Melodie nur einmal zu hören, um sie sofort exakt nachzuspielen. Und sie liebte damals schon ganz besonders die Musik von Chopin, Paderewski, Mendelssohn, Gershwin, Copland – ich weiß nicht, wer noch alles. Später hat sie entdeckt, daß alle ihre Lieblingskomponisten entweder Polen oder Juden waren. Ist das nicht sonderbar? Das hat sie darauf gebracht, daß sie polnisch-jüdischer Herkunft sein muß, und seither nennt sie sich Elza statt Elsie.«

»Ich liebe Bach, Beethoven und Schumann«, sagte ich brüsk. »Deswegen bin ich noch lange keine Deutsche.«

»Aber das war ja nicht alles. Mit zehn Jahren ist ihr was ganz Merkwürdiges passiert. Es klingt unglaublich, aber ich kann's bezeugen, ich hab's selbst gesehen. Sie war in der Schulbibliothek und blätterte durch eine Enzyklopädie, und da stieß sie auf ein Foto von einem weinenden Kind und seiner Familie, von Soldaten zusammengetrieben. Die Bildunterschrift besagte, daß es Juden auf dem Transport nach Auschwitz waren. Elza wußte gar nicht, wo Auschwitz lag, ja nicht einmal, daß es ein Konzentrationslager war. Aber sie roch plötzlich etwas so Grausiges, daß sie zu zittern und zu würgen anfing. Dann brach sie in die Knie und stöhnte wie in Trance vor sich hin: »Och-wie-ent-schim, och-wie-ent-schim«, so ungefähr hab ich's noch im Ohr. Die Bibliothekarin schüttelte sie, aber Elza hörte nicht auf – konnte nicht aufhören. Also schleppte die Bibliothekarin sie zur Schulkrankenschwester, einer Mrs. Schneebaum. Und Mrs. Schneebaum, die Polin war, flippte regelrecht aus, als sie dieses »Och-wie-ent-schim« hörte. Sie dachte, Elza wollte sich über sie lustig machen. Stell dir vor, ›Oświęcim‹ ist nämlich das polnische Wort für Auschwitz. Nachdem Elza wieder zu sich gekommen war, wußte sie, daß ihre Eltern polnische Juden waren, die Auschwitz überlebt hatten.«

»Woher wußte sie das auf einmal?«

»Rein instinktiv – so, wie ein Falke die Thermik zum Gleitflug zu nutzen weiß, oder wie Hasen bei Gefahr in Erstarrung verfallen. Ein Wissen, das von innen kommt. Sie sagte, die Erinnerung hätte sich im Mutterleib auf sie übertragen, und so ist sie ihr unauslöschlich eingeprägt.«

»Nee, wirklich«, winkte ich ab. »Sie hört sich ja genauso an wie meine Schwester Kwan.«

»Wieso?«

»Na, die bastelt sich auch immer irgendwelche Theorien zusammen, wie's ihr gerade in den Kram paßt. Außerdem kann man emotionale Erinnerungen nicht mit biologischem Instinkt gleichsetzen. Vielleicht hatte Elza doch schon mal irgendwo von Auschwitz gehört oder gelesen, es war ihr nur nicht mehr bewußt. Das geht doch jedem so, daß man Dinge, die man von alten Fotos oder Filmen her kennt, für eigene

Erinnerungen hält. So ähnlich wie dies berühmte Déjà-vu-Erlebnis – das ist auch nichts weiter als ein Synapsenkurzschluß, durch den eine momentane Wahrnehmung ins Langzeitgedächtnis eingeblendet wird. Ich meine – sieht sie denn überhaupt polnisch oder jüdisch aus?« Das brachte mich auf eine gewagte Idee. »Hast du zufällig ein Foto von ihr?« fragte ich so beiläufig wie möglich.

Während Simon seine Brieftasche hervorkramte, klopfte mir das Herz bis zum Halse, nun, da ich meine Rivalin endlich zu sehen bekommen würde. Ich hatte Angst, sie könnte sich als überirdische Schönheit herausstellen – wie eine Kreuzung aus Ingrid Bergman im dunstigen Widerschein der Rollfeldlichter und Lauren Bacall, blasiert und unwiderstehlich in einer verrauchten Hafenkaschemme.

Das Foto zeigte ein robustes Mädchen im Gegenlicht, mit krausen Haaren, die sich wie ein heller Kranz rund um das schattenhafte Gesicht abzeichneten. Sie hatte eine lange Nase und ein fliehendes Kinn, und da sie gerade beim Sprechen die Unterlippe vorschob, sah sie aus wie eine Bulldogge. Sie stand neben einem Campingzelt, die Arme resolut in die breiten Hüften gestemmt. Ihre abgeschnittenen Jeans saßen zu stramm im Schritt. Auf ihrem lappigen T-Shirt dehnte sich der Slogan »Question Authority« in klobigen Lettern über ihren Busen.

Ein Glück, dachte ich, hinreißend sieht sie nun wirklich nicht aus, nicht mal einigermaßen hübsch. Sie ist so hausbakken wie ein polnischer Pfannkuchen. Ich versuchte, mir ein triumphierendes Lächeln zu verbeißen, aber vor Freude hätte ich auf der Stelle eine Polka tanzen können. Natürlich war es oberflächlich und eitel von mir, mich so mit ihr zu vergleichen. Doch ich konnte nicht umhin, mich ihr deutlich überlegen zu fühlen, ich empfand mich nun mal als hübscher, langbeiniger, schlanker, stilvoller. Man brauchte nichts von Chopin oder Paderewski zu verstehen, um auf den ersten Blick zu erkennen, daß Elza von slawischen Bauern abstammte. Je länger ich sie betrachtete, desto mehr frohlockte ich innerlich. Da hatte ich nun die Ursache all meiner heimlichen Ängste vor Augen, und sie war nicht bedrohlicher als Elzas pummelige Knie.

Was zum Teufel konnte Simon an ihr finden? Ich gab mir Mühe, sie objektiver zu sehen, aus einem männlichen Blickwinkel. Gut, sie war sportlich. Und sie schien zweifellos intelligent zu sein, aber auf einschüchternde, unangenehme Weise. Sie hatte einen viel größeren Busen als ich, was sich zu ihren Gunsten auswirken mochte – falls Simon dumm genug war, solche Fleischwülste zu mögen, die ihr eines Tages bis zum Bauchnabel sacken würden. Vielleicht waren ihre Augen ganz interessant – so schmal und katzenhaft; aber auch etwas unheimlich, zu tiefliegend. Ihr Blick, wie sie da in die Kamera starrte, war zugleich eindringlich und leer, als hätte sie alle Geheimnisse der Vergangenheit und der Zukunft durchschaut, aber nur Trauriges herausgefunden.

Ich kam zu dem Schluß, daß Simon Loyalität mit Liebe verwechselt hatte. Immerhin kannte er Elza schon von klein auf, und daß er so zu ihr hielt, war irgendwie auch bewundernswert. Ich gab ihm das Foto zurück und versuchte, meine Selbstgefälligkeit zu kaschieren. »Sie wirkt ja *ungeheuer* ernsthaft. Hat sie das auch von ihren polnischen Vorfahren geerbt?«

Simon sah sich das Foto an. »Sie kann auch sehr witzig sein, wenn sie will. Sie kann sagenhaft gut Leute nachmachen, dann ist sie urkomisch. Manchmal. Aber ...« Er zögerte, gab sich einen Ruck. »Nein, du hast schon recht. Sie grübelt viel darüber nach, wie man die Dinge besser machen könnte, warum es nicht so bleiben darf, wie es ist, und das zieht sie oft ganz schön runter. Sie war immer schon so schwermütig, man möchte fast sagen, depressiv. Ich weiß auch nicht, wo sie das herhat. Sie kann manchmal so schrecklich unvernünftig sein...« Er schwieg unbehaglich, als sähe er sie plötzlich in neuem Licht, das sie gar nicht mehr attraktiv erscheinen ließ.

Ich hob mir diese Hinweise sorgfältig zur späteren Verwendung auf. Im Gegensatz zu Elza wollte ich *echten* Optimismus an den Tag legen. Ich wollte meine Chance ergreifen. Ihrem Tiefsinn würde ich meine Munterkeit entgegensetzen. Anstatt ihn zu bekritteln, würde ich Simons weise Einsichten bewundern. Ich würde mich auch politisch engagieren, aber Simon trotzdem beweisen, daß Seelenverwandtschaft sich nicht in Trübsal und Betroffenheit erschöpfte. Ich war wild entschlossen, alles Nötige zu tun, um Elza aus Simons Herzen zu verdrängen.

Nachdem ich ihr Foto gesehen hatte, bildete ich mir ein, ich hätte leichtes Spiel. Ahnungslos, wie ich war, konnte ich ja nicht voraussehen, daß ich Simon aus den Klauen eines Geistes reißen mußte. Aber an jenem Tag war ich so glücklich, daß ich mich sogar von Kwan überreden ließ, zum Abendessen zu kommen. Ich brachte meine Wäsche mit, und um ihr einen Gefallen zu tun, tat ich so, als lauschte ich ihren Ratschlägen.

*

Libby-ah, laß mich das machen. Du kannst mit meiner Waschmaschine nicht umgehen. Nicht zu viel Pulver, nicht zu heiß, und immer die Taschen umstülpen...

Libby-ah, ai-ya, warum hast du so viele schwarze Sachen? Du solltest hübsche Farben tragen! Blumenmuster, Pünktchen, Lila von mir aus, das steht dir. Weiß mag ich nicht. Aber nicht aus Aberglauben. Manche Leute meinen, Weiß bedeutet Tod. Unsinn! In der Yin-Welt gibt es viele, viele Farben, die du nicht mal kennst, weil du sie nicht mit deinen Augen sehen kannst. Dazu mußt du deine inneren Sinne benutzen, mußt sie dir vorstellen, wenn du voller echter Gefühle und Erinnerungen bist, froh und traurig zugleich. Froh und traurig entspringen manchmal derselben Quelle, wußtest du das?

Jedenfalls mag ich kein Weiß, weil es immer gleich schmutzig ist, und so schwer wieder sauberzukriegen. Es ist unpraktisch. In meinem vorigen Leben mußte ich dauernd weiße Wäsche waschen – Unmengen. So verdiente ich mir meine Unterkunft im Haus der bösen Geister.

Am ersten Tag jeder Woche mußte ich waschen. Am zweiten Tag bügelte ich, was ich gewaschen hatte. Am dritten Tag wurden Schuhe geputzt und Sachen ausgebessert. Am vierten Tag wurden die Flure und der Innenhof gefegt, am fünften die Böden gewischt und die Bänke im Gotteshaus abgestaubt. Der sechste Tag war für wichtige Aufgaben reserviert.

Ich mochte den sechsten Tag am liebsten. Dann gingen Miss Banner und ich zusammen ins Dorf und verteilten Pamphlete, die mit »Die Frohe Botschaft« überschrieben waren. Obwohl die englischen Worte ins Chinesische übertragen waren, konnte ich sie nicht lesen. Da ich nicht lesen konnte, war ich auch nicht in der Lage, Miss Banner die chinesischen Schriftzeichen beizubringen. Und in den Armenvierteln, die wir besuchten, konnte ebenfalls niemand lesen. Aber die Leute waren trotzdem froh über unsere Pamphlete. Sie benutzten sie dazu, ihre Winterkleider gegen die Kälte auszupolstern. Sie legten sie über ihre Reisschüsseln, um die Fliegen abzuhalten. Sie dichteten die Risse in den Hauswänden damit ab. Wir wußten nicht, daß wir den Leuten mit diesen Zetteln später mal jede Menge Ärger bescheren würden.

Am siebten Tag stand natürlich der Gang ins Gotteshaus an, und am Nachmittag ruhten wir uns aus, plauderten unter dem Vordach im Hof und schauten uns den Sonnenuntergang, die Sterne oder ein abendliches Gewitter an. Manchmal pflückte ich Blätter von einem Busch, der in unserem Hof stand. Lao Lu verbesserte mich immer: »Das ist kein Busch, das ist ein heiliger Baum. Sieh her.« Er breitete die Arme aus wie ein

Nachtgespenst und behauptete, der Geist der Natur fließe nun von den Zweigen des Baums in seine Glieder hinüber. »Wenn man die Blätter kaut«, sagte er, »dann findet man Frieden in sich selbst, innere Ausgewogenheit, und pißt auf alles und jeden.« Also brühte ich jeden Sonntag Tee aus diesen Blättern, sozusagen als Dankesgabe an Lao Lu für seine Darbietung. Miss Banner trank auch immer etwas davon. Jede Woche sagte ich: »He, Lao Lu, du hast recht, der Tee von diesem Busch stimmt einen ganz friedvoll.« Und er entgegnete prompt: »Das ist nicht irgendein gewöhnlicher Hundepißbusch, das ist ein heiliger Baum.« Leider half die Wirkung der Blätter nicht, ihn von seiner groben Ausdrucksweise zu kurieren.

Nach dem siebten Tag ging alles wieder von vorne los; wie an jedem ersten Tag der Woche mußte ich die Wäsche waschen.

Ich wusch in einem breiten gefliesten Durchgang hinter der Küche, der zwar nicht überdacht war, aber von einem großen Baum Schatten bekam. Den ganzen Vormittag lang hielt ich zwei große Kessel mit Wasser und Kalk am Kochen, denn die Missionare erlaubten mir nicht, die Wäsche von Herren und Damen in denselben Topf zu werfen. Dem einen Sud gab ich Kampfer bei, dem anderen Kassiarinde, die nach Zimt riecht. Beides eignet sich gut, um Motten abzuhalten. In dem Kampfersud kochte ich die weißen Hemden und Unterhosen von Pastor Amen und Dr. Too Late aus, mitsamt ihrer Bettwäsche und Schnupftücher; in dem Kassiasud dagegen die Blusen und Unterkleider der Damen, ihre Bettwäsche und Taschentüchlein.

Die nassen Wäschestücke breitete ich auf einem alten Mühlrad aus und rollte es hin und her, um das Wasser herauszupressen. Dann legte ich die ausgewrungene Wäsche in zwei Körbe, immer brav nach Männern und Frauen getrennt, und hängte sie zum Trocknen im Hinterhof auf.

Linkerhand führte ein weiterer Torbogen in einen großen

Lustgarten, der von einer hohen Steinmauer umschlossen war. Es war ein schöner, stiller Ort, einstmals von vielen Gärtnern gepflegt, nun aber verwildert und verlassen. Die zierlichen Steinbrücken und kunstvoll verteilten Felsgruppen standen noch, aber die Teiche waren ausgetrocknet, es gab keine Goldfische mehr, nur noch Unkraut. Alles wucherte durcheinander – blühende Büsche, hohe Gräser, Schößlinge und Dornenranken. Die Pfade, die zu den Anhöhen führten, waren mit den trockenen Blättern und Blüten der letzten zwanzig Jahreszeiten bedeckt, ein weicher, raschelnder Teppich unter meinen Füßen. Oben auf einem dieser kleinen Hügel war gerade genug Platz für einen kleinen Pavillon, mit verwitterten, moosbedeckten Steinbänken. In der Mitte war der Steinboden rußgeschwärzt wie von einer alten Feuerstelle. Von diesem Pavillon aus konnte ich über die Mauer blicken und das Dorf sehen, die schroffen Kalksteingipfel ringsum und den Felsbogen, der zum Nachbartal führte. Jede Woche ging ich nach dem Wäschewaschen in den Garten und vergrub dort ein paar Enteneier, die ich in Kalkpulver eingelegt hatte, um sie reifen zu lassen. Wenn ich damit fertig war, stieg ich immer zu dem Pavillon hinauf und stellte mir vor, die Welt jenseits der Mauer sei meine Heimat. Das tat ich einige Jahre lang, bis Lao Lu mich eines Tages dort oben stehen sah. »Ai, Nunumu«, sagte er, »geh da nicht mehr hin, da oben ist der Punti-Kaufmann ums Leben gekommen.«

Lao Lu erzählte, der Kaufmann habe an einem schönen Sommerabend in dem Pavillon gestanden, während seine vier Frauen sich etwas weiter unten im Gras ausruhten. Er habe in den Himmel geschaut und eine Wolke schwarzer Vögel vorbeiziehen sehen, die er zornig verfluchte, worauf er augenblicklich in Flammen aufgegangen sei. Wah! Das Feuer brauste wild, das Fett des Kaufmanns zischte und spritzte. Unten kreischten die verängstigten Frauen, und ein würziger Geruch von gegrillten Pfefferschoten und Knoblauch erfüllte die Luft.

Ganz plötzlich erlosch das Feuer; eine Rauchfahne in der Gestalt des Kaufmanns stieg auf und verwehte. Als seine Frauen zitternd und zagend in den Pavillon traten, fanden sie nicht mal ein Aschehäuflein vor, nur noch seine Füße in den Schuhen. Und dazu diesen Geruch, grauenvoll und köstlich zugleich.

Von da an mußte ich ständig an den Geruch denken, den Lao Lu heraufbeschworen hatte, wenn ich in den Hinterhof ging, um meine Wäsche aufzuhängen. Ich roch Kampfer, Kassiarinde, trockene Blätter und verwelkte Blüten. Doch an dem Tag, von dem ich jetzt rede, schien es mir auf einmal, als könnte ich den verglühten Kaufmann riechen, seine Todesangst, ein scharfer Dunst aus Pfeffer und Knoblauch, vielleicht auch noch eine Spur Essig. Es war ein drückend schwüler Tag, in dem Monat, wo die Zikaden aus der Erde hervorkommen, nachdem sie vier Jahre lang eingegraben gewesen sind. Es war ein ohrenbetäubendes Gezirpe, mit dem die Männchen sich in ihrem Ruf nach Weibchen zu übertönen versuchten. Die ganze Zeit behielt ich das Gartentor im Auge, für den Fall, daß der verblichene Kaufmann dort drüben herumgeisterte und seine Füße suchte. Ich hörte etwas im Gras rascheln, trockene Blätter knistern, morsche Zweige knacken; schwarze Vögel flogen aus den Büschen auf, zerstreuten sich über den Himmel. Die Zikaden verstummten.

Ich erbebte bis in die Knochen. Ich wollte davonlaufen. Aber da vernahm ich auf einmal den Geist des Räubermädchens in mir: »Du hast doch nicht etwa Angst? Wie kannst du dich vor einem Punti-Kaufmann ohne Füße fürchten? Lauf in den Garten, und schau nach, wo er ist.« Ich fürchtete mich immer noch, doch zugleich schämte ich mich jetzt meiner Furcht. Vorsichtig ging ich zum Gartentor und spähte hindurch. Als die Zikaden wieder zu zirpen begannen, lief ich Hals über Kopf in den Garten, so hastig, daß die verwelkten Blätter unter meinen Füßen aufwirbelten. Ich rannte über die Steinbrücke, an dem ausgetrockneten Teich vorbei, hügelauf und hügelab. Als das Sirren ringsumher immer abgehackter wurde, blieb ich stehen, da ich wußte, daß die Zikaden bald erschöpft innehalten würden. So richtete ich mich nach ihrem Gesang, rannte und blieb stehen, rannte weiter und blieb wieder stehen, bis ich am Fuß des Hügels mit dem Pavillon ankam. Zaudernd schlich ich drumherum, als das Gezirpe erneut aussetzte, und da sah ich auf der Steinbank einen Mann sitzen, der eine winzige Banane aß. Ich hatte noch nie von einem bananenessenden Geist gehört. Allerdings haben mir andere Geister inzwischen erzählt, daß sie manchmal so tun, als würden sie Bananen essen, jedoch nie welche mit matschigen Stellen wie die von dem Mann im Pavillon.

Als der Mann mich sah, sprang er von der Bank auf. Er hatte ein sonderbares, aber feingeschnittenes Gesicht, weder chinesisch noch ausländisch. Er war elegant gekleidet. Ich war mir sicher, diesen Mann schon mal irgendwo gesehen zu haben. Dann hörte ich plötzlich Geräusche von der anderen Seite des Hügels, lautes Pritscheln wie von einem Wasserstrahl auf Steinen, ein behäbiges Seufzen, knirschende Schritte auf einem dicken Teppich aus trockenen Blättern. Ich sah die silberne Spitze eines Spazierstocks aufblitzen, dann das hagere Gesicht seines Eigentümers, der noch im Gehen dabei war, die vielen Knöpfe seiner Hose zu schließen. Das war General Cape, und der Elegante mit der Banane war der Halb-und-halb-Mann, der Yiban hieß.

Wah! Hier war er nun also, der Mann, für dessen Rückkehr ich an Miss Banners Stelle gebetet hatte. Später hatte ich dann zwar darum gebetet, daß er fortbleiben möge, aber wahrscheinlich nicht oft genug.

Cape bellte etwas zu Yiban hinüber, worauf Yiban zu mir sagte: »Kleines Fräulein, der Herr dort ist ein berühmter Yankee-General. Ist dies das Haus, wo die frommen Ausländer wohnen?«

Ich antwortete nicht. Ich dachte daran, was der Mann gesagt

hatte, der in die Distelberge zurückgekehrt war: daß General Cape zum Verräter an den Hakkas geworden war. Ich sah, wie General Cape auf meine Schuhe blickte. Wieder sagte er etwas, und Yiban übersetzte: »Die Dame, die dir diese Schuhe gegeben hat, ist eine gute Freundin des Generals. Sie möchte ihn gerne wiedersehen.«

Also führten die Schuhe mit meinen Füßen drin die beiden Männer zu Miss Banner. Und Yiban hatte recht. Sie wollte General Cape sehr gerne wiedersehen. Sie warf sich ihm an die Brust und ließ sich von ihm hochheben. Und das vor den Augen von Pastor Amen und Mrs. Amen, die sich, obwohl sie Mann und Frau waren, niemals anfaßten, nicht mal in ihrem eigenen Zimmer – wie ich von Lao Lu gehört hatte. Spät in der Nacht, als alle längst schlafen sollten, was aber nicht der Fall war, öffnete Miss Banner ihre Tür, und General Cape schlüpfte schnell von seinem Zimmer in ihres. Jeder hörte das; wir hatten keine verschließbaren Fenster, nur hölzerne Fensterläden.

Ich wußte, daß Miss Banner den General in ihr Zimmer rufen würde. Am selben Abend noch hatte ich ihr gesagt, daß Cape das Volk der Hakka verraten hatte, so wie er auch sie verraten würde. Da wurde sie sehr böse auf mich, als hätte ich sie absichtlich kränken wollen. Sie sagte, General Cape sei ein Held. Also erzählte ich ihr, was ich von dem Mann erfahren hatte, der in die Distelberge zurückgekehrt war: daß General Cape die Tochter eines chinesischen Bankiers wegen ihres Geldes geheiratet hatte. Sie sagte, mein Herz sei garstig und verdorben, und meine Worte seien Maden, die sich an Klatsch und Tratsch mästeten. Wenn ich diese Lügenmärchen über General Cape glaubte, sagte sie, dann wäre ich nicht mehr ihre treue Freundin.

Ich antwortete: »Wenn man einem Menschen glaubt, wie kann man es dann plötzlich nicht mehr tun? Wenn man eine treue Freundin ist, wie kann man dann von heute auf morgen keine mehr sein?« Darauf sagte sie nichts.

Später hörte ich die Melodie der Spieldose, die ihr Vater ihr geschenkt hatte, als sie ein junges Mädchen war. Ich hörte die Musik, die Mrs. Amen immer zum Weinen brachte, aber nun brachte sie einen Mann dazu, eine Frau zu küssen. Ich hörte Miss Banner seufzen, wieder und wieder. Und so groß war ihr Glück, daß es überlief, in mein Zimmer sickerte und sich in schmerzliche Tränen verwandelte.

*

Ich habe wieder damit angefangen, meine Wäsche bei Kwan zu waschen. Früher hat Simon sich um all so was gekümmert – das war eine der angenehmen Seiten unserer Ehe. Es machte ihm Spaß, Ordnung zu schaffen, mit einem satten Klatschen frischgestärkte Laken zu entfalten und das Bett zu beziehen. Seit er fort ist, muß ich selbst für meine Wäsche sorgen. Aber die Münzwaschmaschinen sind im Keller, und in dem Mief und der schummrigen Beleuchtung gruselt's mich zu sehr. Die Atmosphäre da regt meine Phantasie auf ungute Weise an. Das tut Kwan allerdings auch.

Ich warte immer so lange, bis ich keine saubere Unterwäsche mehr habe. Dann werfe ich drei Beutel Schmutzwäsche ins Auto und fahre in die Balboa Street. Und während ich nun mein Zeug in Kwans Trockner stopfe, muß ich unwillkürlich an die Geschichte denken, die sie mir damals erzählte, als ich so hoffnungsfroh verliebt war. Als sie bei der Stelle angekommen war, wo Glück sich in Tränen verwandelt, sagte ich abrupt: »Kwan, ich mag das nicht mehr hören.«

»Ah? Wieso?«

»Das zieht mich runter. Und heute möchte ich lieber meine gute Laune behalten.«

»Vielleicht, wenn ich mehr erzähle, zieht dich wieder rauf. Weißt du, Irrtum von Miss Banner war nämlich . . .«

»Kwan«, unterbrach ich sie. »Ich will nichts mehr von Miss Banner hören. *Nie wieder.*«

Welch eine Kraft! Welch eine Erleichterung! Ich war ganz erstaunt, wie stark ich durch Simon geworden war. Ich konnte Kwan die Stirn bieten. Ich konnte entscheiden, wem ich zuhören sollte und warum. Ich konnte mit jemandem wie Simon zusammensein, der nüchtern, logisch und vernünftig war.

Ich ahnte ja nicht, daß auch er mein Leben mit Geistern anfüllen würde.

# Zweiter Teil

# *Glühwürmchen*

An dem Abend, als Simon mich zum erstenmal küßte, erfuhr ich schließlich die Wahrheit über Elza. Das Frühjahrstrimester war vorbei; wir gingen in den Hügeln hinter dem Campus spazieren und teilten uns einen Joint. Es war eine warme Juninacht, und überall zwischen den Eichenstämmen funkelten kleine weiße Lichtlein, als ob es Weihnachten wäre.

»Habe ich Halluzinationen, oder sind die echt?« fragte ich.

»Glühwürmchen«, antwortete Simon. »Wunderschön, was?«

»Bist du sicher? Ich dachte, die gibt's in Kalifornien gar nicht. Ich hab noch nie welche gesehen.«

»Vielleicht hat irgendein Student sie mal für Laborexperimente gezüchtet und dann freigelassen.«

Wir setzten uns auf einen umgefallenen Baumstamm. Zwei Leuchtpunkte bewegten sich im Zickzackkurs aufeinander zu, scheinbar aufs Geratewohl, und doch wie im Banne schicksalhafter Anziehung. Auf und ab blinkend wie zwei Flugzeuge, die dieselbe Landebahn ansteuern, kamen sie sich immer näher, bis sie plötzlich vereint aufblitzten, um gleich darauf zu verlöschen und zu entschwinden.

»Da siehst du's mal wieder, so schnell ist es vorbei mit der Romantik«, sagte ich.

Simon blickte mich lächelnd an und legte mir unbeholfen den Arm um die Taille. Zehn, zwanzig Sekunden verstrichen, ohne daß wir uns zu rühren wagten. Mein Gesicht wurde heiß, mein Herz pochte heftig, und ich war mir bewußt, daß wir nun die Grenze der bloßen Kameradschaft überschritten, drauf und dran, über den Zaun zu springen und ins Ungewisse hinauszustürmen. Langsam und zögernd wie die Glühwürmchen kamen unsere Münder einander näher. Ich schloß die Augen, als seine Lippen die meinen erreichten; alle beide waren wir gleichermaßen zittrig und beklommen. Als ich mich an ihn schmiegte, damit er mich fester umarmte, ließ er mich abrupt los, stieß mich fast von sich, und begann sich stammelnd zu entschuldigen.

»O Gott, das tut mir leid. Ich hab dich wirklich gern, Olivia, aber ... es ist alles so schwierig, weil ... wegen ... na ja, du weißt schon.«

Ich schnippte einen Käfer von der Baumrinde und starrte dumpf hinterher, als er zappelnd auf dem Rücken landete.

»Verstehst du, als wir uns das letzte Mal getroffen haben, hatten wir einen furchtbaren Krach. Sie war unheimlich wütend auf mich, und seitdem hab ich sie nicht mehr wiedergesehen. Das ist jetzt ein halbes Jahr her. Ich liebe sie immer noch, aber ...«

»Simon, du brauchst mir nichts zu erklären.« Ich stand auf, mit wackligen Knien. »Vergessen wir es doch einfach, okay?«

»Olivia, setz dich bitte wieder hin. Bitte. Ich muß es dir sagen. Ich möchte, daß du mich verstehst. Es ist wichtig.«

»Laß mich los. Vergiß es, okay? Oh, verdammter Mist! Tu einfach so, als ob nichts passiert wäre!«

»Warte! Komm zurück. Setz dich, bitte, setz dich zu mir. Olivia, ich muß dir das jetzt sagen.«

»Aber wieso denn?«

»Weil ich glaube, daß ich dich auch liebe.«

Mir blieb die Luft weg. Natürlich wäre es mir lieber gewesen, wenn er seine Liebeserklärung nicht mit »ich glaube« und »auch« verbrämt hätte, als könnte ich Teil eines emotionalen Harems sein. Aber so blind verliebt, wie ich war, wirkte allein das Wort »Liebe« schon als Zauberformel und Köder. Ich setzte mich wieder.

»Wenn du hörst, was passiert ist«, sagte er, »dann wirst du vielleicht verstehen, warum ich so lange gebraucht habe, um dir zu sagen, was ich für dich fühle.«

Mein Herz pochte immer noch wie wild, mit einer seltsamen Mischung aus Zorn und Hoffnung. Ein paar Minuten lang saßen wir in verkrampftem Schweigen da, bis ich mich soweit gefaßt hatte, daß ich mit fester Stimme sagen konnte: »Also, dann schieß mal los.«

Simon räusperte sich. »Dieser Krach zwischen Elza und mir, das war letzten Dezember, in den Weihnachtsferien, daheim in Utah. Wir hatten eine Skitour durch den Little Cottonwood Canyon geplant. In der Woche davor hatten wir um Neuschnee gebetet, und der kam dann auch prompt massenhaft, fast ein Meter frischer Pulverschnee.«

»Und dann hat sie die Tour abgeblasen«, riet ich, um die Geschichte ein bißchen anzukurbeln.

»Nein, nein, wir sind schon gefahren. Auf dem Hinweg zum Canyon haben wir eine ganze Weile über den Linksterrorismus diskutiert, ob soziales Engagement ausreicht, um Entführungen und Bankraub zu rechtfertigen. Und da fragte mich Elza aus heiterem Himmel: ›Wie stehst du eigentlich zur Abtreibung?‹ Ich dachte erst, ich hätte mich verhört. Aber sie ließ nicht locker. ›Nein, wirklich, ich will wissen, wie du persönlich darüber empfindest.‹«

»Wie kommt sie denn darauf?«

»Das hab ich sie auch gefragt. Und sie hat schon leicht gereizt erklärt, ich sollte nicht um den heißen Brei herumreden, sondern klipp und klar sagen, wie meine gefühlsmäßige Einstellung dazu sei. Also sagte ich: ›Ist doch klar, ich finde es voll in Ordnung.‹ Da platzte ihr der Kragen: ›Du hast ja gar nicht über die Frage nachgedacht! Hier geht's nicht ums Wetter, sondern um Menschenleben! Ich rede von dem Spannungsverhältnis zwischen dem faktischen Leben einer Frau und dem potentiellen Leben in ihrer Gebärmutter!‹«

»Sie war wohl ziemlich hysterisch«, bemerkte ich, eifrig darauf bedacht, Elzas Unvernunft hervorzuheben.

Er nickte. »Kaum waren wir an der Piste, sprang sie aus dem Auto, immer noch stocksauer, stieg auf ihre Skier und brauste einfach davon. Zuletzt hat sie noch über die Schulter zurückgeschrien: ›Ich bin schwanger, du Idiot. Und ich will mir mein Leben nicht durch ein Kind ruinieren. Aber es macht mich fertig, daß ich es abtreiben muß, und du sitzt bloß da und grinst und findest es voll in Ordnung!‹«

»Ach, du liebe Zeit. Simon! Wie hättest du das denn wissen sollen?« Also daher wehte der Wind, dachte ich. Elza wollte ihn zur Heirat drängen, und er hatte sich gesträubt. Um so besser für ihn.

»Ich war wie vor den Kopf gestoßen«, fuhr Simon fort. »Ich hatte ja keine Ahnung. Wir hatten doch immer verhütet.«

»Meinst du, sie hat extra die Pille vergessen?«

Er runzelte die Stirn. »Auf keinen Fall. Dazu ist sie viel zu ehrlich.«

»Was hast du dann gemacht?«

»Ich bin auf die Skier gestiegen und ihr nachgefahren. Ich hab immer gerufen, sie solle auf mich warten, aber sie fuhr über einen Hügelkamm, und dann hab ich sie nicht mehr gesehen. O Gott, ich erinnere mich noch, was für ein herrlicher Tag das war, so sonnig und still. Weißt du, man denkt ja nie dran, daß irgendwas Schlimmes passieren könnte, wenn das Wetter schön ist.« Er lachte bitter.

Ich dachte mir, daß die beiden sich an dem Tag wohl endgültig verkracht hatten, Schluß, aus, Platz für die nächste, nämlich mich. »Nun ja«, sagte ich und gab mir Mühe, mitfühlend zu klingen. »Sie hätte dir ja wenigstens die Chance geben können, zu der Situation Stellung zu nehmen, statt dir gleich an die Gurgel zu springen.«

Simon beugte sich vor und vergrub das Gesicht in den Händen. »Oh, mein Gott!« stöhnte er auf.

»Simon, ich verstehe dich ja, aber es war nicht deine Schuld, und jetzt ist es vorbei.«

»Nein, warte«, sagte er heiser. »Laß mich fertig erzählen.« Er starrte zu Boden, atmete ein paarmal tief durch. »Ich kam dann also zu dieser Schneise, und da war ein Verbotsschild aufgestellt. Elza hockte dahinter auf einer Felskante, ganz in sich zusammengesunken, und weinte. Ich rief sie, und sie blickte zu mir rüber, sprang hastig auf, stieß sich ab und schoß den Abhang hinunter, mitten hinein in diese unberührte, weite weiße Kuhle. Dieser Pulverschnee war einfach unglaublich, hypnotisch, bodenlos. Aber mittendrin geriet sie in schwereren Schnee, ihre Skier sanken ein, und sie blieb stecken.«

Ich schaute Simon in die Augen. Sie fixierten irgend etwas Verlorenes in weiter Ferne. Sie machten mir angst.

»Ich brüllte ihren Namen, so laut ich konnte. Sie stampfte mit den Stöcken im Schnee herum und versuchte, die Spitzen ihrer Skier freizubekommen. Ich brüllte wieder: ›Verdammt noch mal, Elza!‹ – da hörte ich plötzlich dieses unheimliche Geräusch, wie ein gedämpfter Büchsenknall, und dann war alles wieder vollkommen still. Sie wandte sich um. Sie kniff die Augen zusammen – sicher war sie von der Sonne geblendet. Ich glaube nicht, daß sie gesehen hat, wie der Abhang hundert Meter über ihr ganz langsam aufzureißen begann, lautlos, wie ein gigantischer Reißverschluß. Der Riß wurde zu einer Spalte, einer eisblauen Schattenlinie, und dann ging es immer schneller, die Spalte klaffte auf, glatt und gläsern wie eine Schlittschuhbahn. Dann fing der Boden an zu rumpeln, alles vibrierte, meine Füße, meine Brust, mein Kopf. Und Elza – ich konnte sehen, daß sie wußte, was los war. Sie strampelte sich ab, um aus ihren Skiern rauszukommen.«

Wie Elza wußte auch ich, was jetzt kam. »Simon, ich glaube nicht, daß ich mehr davon hören möchte ...«

»Sie warf ihre Skier und ihren Rucksack ab und ruderte in großen Sprüngen durch den Schnee, sank bei jedem Schritt bis zu den Hüften ein. Ich schrie noch: ›Geh auf die Seite!‹ Dann brach der Berg ein, und alles, was ich noch hören konnte, war dieser vorbeidonnernde Höllenzug und das Zersplittern der Bäume, die reihenweise wie Zahnstocher umknickten.«

»O Gott«, wisperte ich.

»Sie schwamm oben auf der Welle – so soll man's ja auch machen, schwimmen, schwimmen, immer weiterschwimmen. Und dann ... wurde sie auf einmal verschluckt ... weg war sie. Alles kam knirschend zur Ruhe, es wurde wieder totenstill. Ich konnte das Harz von den zerbrochenen Bäumen riechen. In meinem Kopf war ein einziges wirbelndes Chaos. Keine Panik, sagte ich mir, wenn du jetzt durchdrehst, ist alles vorbei. Ich fuhr seitwärts den Hang hinunter, zwischen den Bäumen durch, wo der Schnee noch intakt war. Die ganze Zeit versuchte ich die Stelle vor Augen zu behalten, wo sie untergegangen war. Schau, ob irgendwo Skispitzen rausragen, sagte ich mir. Nimm einen deiner Skier als Markierung. Grab mit deinem Skistock im Kreis drumherum.

Doch als ich unten ankam, sah alles ganz anders aus als von oben. Die Stelle, die ich mir gemerkt hatte, verdammt, die war einfach nicht mehr da, nur noch eine endlose Weite aus aufgewühltem Schnee, schwer und pappig wie nasser Zement. Ich stolperte hilflos darin umher wie in einem dieser Alpträume, wo man sich wie gelähmt fühlt.«

»Simon«, flehte ich, »du mußt doch nicht ...«

Aber er ließ sich nicht unterbrechen. »Auf einmal überkam mich eine seltsame Ruhe. Das Auge des Orkans. Innerlich konnte ich ganz klar sehen, wo Elza lag. So verbunden waren wir. Sie leitete mich in Gedanken dorthin. Ich arbeitete mich zu der Stelle vor und fing an, mit einem meiner Skier zu graben. Dabei sagte ich ihr immer wieder, ich würde sie gleich rausholen, gleich wäre es geschafft. Und dann hörte ich einen

Hubschrauber. Gott sei Dank! Ich winkte wie wild. Zwei Leute von der Bergwacht sprangen heraus, mit einem Suchhund und langen Lawinensonden. Ich war so durcheinander, daß ich sofort wie ein Wasserfall auf sie einredete, wie fit Elza sei, was sie für eine Pulsrate habe und wie viele Meilen sie jede Woche joggte. Ich zeigte ihnen, wo sie graben sollten. Aber die Bergwachtleute ließen mich einfach stehen und gingen mit dem Hund in einer langsamen Zickzackroute den Hang hinab. Also grub ich allein weiter, bis ich plötzlich den Hund bellen hörte und die Männer mir zuriefen, daß sie sie gefunden hätten. Ich konnte es erst gar nicht glauben, so überzeugt war ich davon gewesen, daß meine Stelle die richtige war. Als ich dort hinunterkam, hatten sie schon ihren Oberkörper ausgegraben. Ich stapfte heran, verschwitzt und außer Atem, und dankte ihnen fast schluchzend vor Erleichterung, daß Elza gerettet war. Da lag sie, ganz unversehrt, sie war kaum mehr als einen halben Meter unter der Schneedecke gewesen. Ich war so unglaublich froh zu sehen, daß sie am Leben war.«

»Oh, ein Glück«, wisperte ich. »Simon, bis jetzt hatte ich tatsächlich geglaubt...«

»Sie hatte die Augen schon aufgeschlagen. Aber sie steckte noch fest, lag zusammengekrümmt auf der Seite, die hohlen Hände vor dem Mund, so, wie ich es ihr für den Notfall eingeschärft hatte, damit eine Luftblase zum Atmen entsteht. Ich mußte richtig lachen über ihre Geistesgegenwart. ›Mein Gott, Elza‹, sagte ich zu ihr, ›daß du dich sogar noch rechtzeitig an die Luftblase erinnert hast! Wenn das kein Zeichen für gute Nerven ist!‹ Aber da schob einer von den Bergwachtleuten mich beiseite und sagte: ›Tut mir leid, Junge, es hat keinen Zweck, sie lebt nicht mehr.‹ Und ich schrie ihn an: ›Was reden Sie da für einen Blödsinn? Natürlich lebt sie noch, ich seh's doch selbst, los, schafft sie da endlich raus!‹ Der andere legte mir den Arm um die Schulter: ›Hör zu, mein Junge, wir haben jetzt eine Stunde lang gegraben, und die Lawine wurde uns eine Stunde davor gemeldet. Mehr als zwanzig Minuten hat sie da unten nie und nimmer durchhalten können.‹

Und ich brüllte zurück: ›Es ist doch bloß *zehn* Minuten her!‹ Ich war so neben der Kappe – weißt du, was ich allen Ernstes gedacht habe? Daß Elza ihnen aufgetragen hatte, mir das zu sagen, weil sie immer noch sauer auf mich war. Ich drängte mich an ihnen vorbei. Ich wollte ihr unbedingt sagen, daß ich jetzt wußte – aus tiefstem Herzen fühlte –, wie einzigartig wertvoll das Leben ist, wie schwer es fällt, es aufzugeben, das eigene oder das eines anderen.«

Ich legte meine Hand auf Simons Schulter. Er rang nach Luft wie ein Asthmatiker. »Ich hab mich über sie gebeugt und ihr eine Handvoll Schnee aus dem Mund gekratzt. Und, und, und – und da ist mir aufgegangen, daß sie nicht mehr atmete. Und, und – ich sah, wie dunkel ihr Gesicht war, und die gefrorenen Tränen in ihren Augen, weißt du, und ich sagte: ›Elza, bitte, komm schon, sei doch nicht so, bitte, hab keine Angst.‹ Ich packte ihre Hände – o Gott, sie waren so schrecklich kalt – aber sie blieb so, sie rührte sich nicht, sie war . . .«

»Ich weiß«, sagte ich leise.

Simon schüttelte den Kopf. »Sie war am Beten, verstehst du, mit den Händen so vor dem Gesicht, wie ich's ihr gezeigt hatte. Und obgleich ich ja wußte, daß sie nichts mehr sagen konnte, o Gott, ich schwör's dir, ich hörte sie beten, hörte sie flehen: ›Bitte, lieber Gott, bitte, bitte, laß mich nicht sterben.‹«

Ich wandte mich ab. Meine Kehle machte dumme Geräusche, wie ein Schluckauf, während ich mühsam die Tränen zurückdrängte. Ich wußte nicht, was ich sagen sollte, um ihn zu trösten. Sicher, ich empfand unendliches Mitleid mit Simon, doch um ganz ehrlich zu sein, was mich noch weit mehr bedrückte, war die Angst um mich selbst. Ich hatte Elza gehaßt, hatte gewünscht, sie wäre tot, und nun kam es mir vor, als ob ich sie umgebracht hätte. Dafür würde ich büßen müssen. Irgendwie würde das alles auf mich zurückfallen, wie in einem Teufelskreis, wie damals die Sache mit Kwan und der Nervenklinik. Ich sah wieder zu Simon hin. Er blickte starr geradeaus auf die schwarze Silhouette der Eichen, die flimmernden Glühwürmchen.

»Weißt du, die meiste Zeit ist es mir ja bewußt, daß sie fort ist«, sagte er mit fast unheimlicher Ruhe. »Aber manchmal, wenn ich an sie denke, kommt gerade dann unser Lieblingssong im Radio. Oder eine Freundin von ihr ruft mich aus Utah an. Und ich glaube nicht, daß es bloß Zufall ist. Ich spüre ihre Gegenwart. Sie ist da. Wir waren so tief miteinander verbunden, weißt du, auf jeder Ebene, nicht nur physisch; das war noch das wenigste. Es war wie ... tja ... soll ich dir mal was von ihr vorlesen?«

Ich nickte hilflos. Simon zog seine Brieftasche hervor und entfaltete einen abgegriffenen Papierbogen, der an den Rändern mit Klebstreifen geflickt war. »Das hat sie mir einen Monat vor dem Unfall zum Geburtstag geschickt.« Ich hörte mit wachsender Besorgnis zu.

»›Liebe ist nicht einfach‹«, las er mit zitternder Stimme. »›Sie ist nie alltäglich, versteht sich nie von selbst. Man kann sich nie an sie gewöhnen. Man muß mit ihr gehen, sich aber auch von ihr begleiten lassen. Man kann sich nicht gegen sie sträuben. Sie reißt einen mit wie eine Flutwelle. Sie trägt einen weit aufs Meer hinaus, dann setzt sie einen wieder am Strand ab. Was jetzt noch schwer und schmerzlich ist, bringt dann um so gewisser den Aufschwung zum Himmel. Man kann vor der Liebe fliehen, aber man kann sie nicht verneinen. Sie schließt alle ein.‹« Simon faltete den Brief wieder zusammen. »Daran glaube ich nach wie vor«, sagte er.

Ich versuchte verzweifelt dahinterzukommen, was mit dem poetischen Erguß denn eigentlich gemeint war. Doch in meinem Kopf verquirlte sich alles zu einem sinnlosen Kauderwelsch. Wollte er mir mit Elzas Brief vielleicht zu verstehen geben, daß er so was in der Art nun auch von mir erwartete?

»Wunderschön, wie sie das ausgedrückt hat.« Ich schämte mich, daß mir nichts weiter dazu einfiel.

»Mein Gott! Du glaubst gar nicht, wie erleichtert ich bin, daß ich mit dir über sie sprechen kann.« Seine Augen glänzten fiebrig, aufgeputscht; die Worte sprudelten nur so aus ihm hervor. »Schließlich ist sie doch die einzige, die mich *wirklich* kennt, durch und durch. Immer, wenn ich daran denke, trifft es mich wie ein Schlag, und ich weiß, so geht es nicht weiter, ich muß sie loslassen. Aber dann laufe ich hier durch die Gegend und sage mir, nein, sie kann doch nicht einfach weg sein. Und auf einmal sehe ich sie vor mir, ja genau, ihre lockigen Haare, aber wenn sie sich umdreht, ist es eine andere. Egal, wie oft ich mich täusche, ich kann nicht aufhören, nach ihr zu suchen, mich nach ihr zu verzehren, wie ein Süchtiger unter Entzugsqualen. Ich finde sie in allem und jedem wieder.« Er starrte mich an, mit einem besessenen Flackern in den Augen. »Deine Stimme, zum Beispiel. Als ich dich in dem Seminar getroffen habe, fand ich gleich, daß deine Stimme ähnlich wie ihre klingt.«

Ich muß wohl heftig zusammengezuckt sein, denn Simon setzte hastig hinzu: »Versteh mich nicht falsch, ich war noch gar nicht wieder richtig bei Sinnen, als ich dich kennengelernt habe. Das war ja erst drei Monate, nachdem sie ... nachdem sie den Unfall hatte, weißt du. Ich wollte mir einreden, daß sie noch am Leben sei, daheim in Utah, daß sie einfach nur sauer auf mich sei und mich deshalb eine Weile nicht sehen wollte ... Nein, wenn ich's recht bedenke, ähneln eure Stimmen sich nicht besonders, eigentlich gar nicht.« Er strich mit der Fingerspitze über meine Handknöchel. »Ich wollte mich niemals wieder verlieben. Ich fand, was Elza und ich gehabt hatten, war genug. Ich meine, die meisten Leute erleben überhaupt nie so eine Liebe – verstehst du, was ich meine?«

»Du hattest Glück.«

Er streichelte weiter meine Knöchel. »Und dann fiel mir

wieder ein, was sie gesagt hatte, daß man die Liebe fliehen, aber nicht verneinen kann.« Er sah zu mir auf. »Tja, so war das, deshalb mußte ich dir alles erzählen, damit ich von jetzt an immer offen zu dir sein kann. Und auch, damit du verstehst, daß ich noch diese anderen Gefühle habe, neben dem, was ich für dich empfinde, und wenn ich nicht immer ganz da bin ... na, dann weißt du Bescheid.«

Ich konnte kaum noch atmen. Ich wisperte so sanft wie möglich: »Ich verstehe. Wirklich. Ich versteh dich vollkommen.« Und dann standen wir beide auf und gingen, ohne ein weiteres Wort zu wechseln, auf schnellstem Wege zurück in meine Wohnung.

Was eine der romantischsten Nächte meines Lebens hätte sein sollen, wurde für mich zu einem Alptraum. Während wir miteinander schliefen, hatte ich die ganze Zeit das Gefühl, daß Elza uns beobachtete. Das Ganze kam mir so blasphemisch vor wie Sex bei einer Beerdigung. Ich traute mich nicht, den geringsten Laut von mir zu geben. Obwohl Simon sich in keinster Weise trauervoll oder schuldbeladen verhielt. Man hätte nicht glauben mögen, daß er mir gerade die traurigste Geschichte meines Lebens erzählt hatte. Wie jeder Liebhaber in der ersten Nacht war er eifrig bemüht, mir zu zeigen, wie geschickt und erfahren er war, nur darum besorgt, mich zufriedenzustellen, und bald wieder fit für die nächste Runde.

Hinterher lag ich hellwach im Bett und überlegte, was in aller Welt man bei Chopin und Gershwin an Gemeinsamkeiten entdecken konnte. Ich sah Elzas puttenhafte Knie vor mir, das eine sogar mit Grübchen, und ich fragte mich, wie ein Baby sich wohl eine Narbe von der Farbe und Form eines Regenwurms zuziehen konnte. Ich dachte an ihre Augen – was für Erinnerungen an Hoffnung und Schmerz und Gewalt mochte sie mitbekommen haben? Die Liebe reißt einen mit wie eine Flutwelle, hatte sie gesagt. Ich sah sie in der Lawine talabwärts treiben.

Bei Tagesanbruch war ich soweit, daß ich Elza so sehen konnte, wie Simon sie sah. Ihr Kopf war von einem Heiligenschein umgeben, ihre Haut so zart wie Engelsflügel. Und ihre eisigen blauen Augen konnten aus der Vergangenheit in die Zukunft blicken. Sie würde immer gefährlich schön sein, so frisch und anziehend wie ein Abhang mit unberührtem, bodenlos tiefem Schnee.

Im Rückblick wird mir klar, wie töricht es von mir war, mit Simon weiterzumachen. Aber ich war jung und unsinnig verliebt. Ich verwechselte Mitgefühl mit Romantik und sah es als meine Bestimmung an, Simon aus seiner Trauer zu erlösen. Ich war ja immer schon ein Magnet für Schuldgefühle. Erst mein Vater, dann Kwan, jetzt Elza. Ich fühlte mich schuldig für alles Unfreundliche, was ich je über sie gedacht hatte. Als Buße dafür suchte ich nun ihre Zustimmung. Ich wurde zu ihrer Mitverschworenen. Ich half, so gut ich konnte, sie wieder zum Leben zu erwecken.

Ich entsinne mich, wie ich Simon einmal vorschlug, im Yosemite-Park wandern zu gehen. »Du hast mir doch erzählt, was sie für ein Naturfreund war«, sagte ich. »Und wenn wir die Tour machen, wäre sie ja irgendwie auch dabei.« Simon schien dankbar, daß ich soviel Verständnis zeigte, und mir genügte es, daß unsere Liebe auf diese Weise wachsen würde. Ich mußte eben nur noch ein bißchen warten. Daran erinnerte ich mich dann später, als wir an einem Ort namens Rancheria Falls unser Lager aufschlugen, über uns das Sternenzelt, so funkelnd und großartig wie meine Hoffnungen, so fern und doch so seltsam tröstlich. Ich wollte Simon an meiner Empfindung teilhaben lassen, rang um die passenden Worte, doch was herauskam, war leider wieder reichlich banal: »Stell dir bloß mal vor, Simon, das sind dieselben Sterne, die schon das erste Liebespaar auf Erden angeschaut hat.«

Simon seufzte tief auf, jedoch nicht vor beglücktem Staunen, wie ich sehr wohl wußte, sondern vor Wehmut. Also verhielt ich mich still, verständnisvoll wie immer. Ich wußte, daß er wieder an Elza dachte. Vielleicht, daß sie einst dieselben Sterne betrachtet hatte. Oder daß sie mal einen ähnlichen Gedanken geäußert hatte, nur viel besser formuliert. Oder daß meine Stimme im Dunkeln wie ihre klang, übermäßig emotional, wobei ich allerdings nichts als Binsenweisheiten zu bieten wußte, während sie im gleichen Tonfall natürlich die ganze verdammte Welt gerettet hätte.

Und auf einmal kam es mir vor, als schrumpfte ich immer mehr zusammen und würde dabei immer schwerer, bis mich das Gewicht meines Herzens fast erdrückte. Reglos starrte ich zu diesen kleinen Sternen hinauf, die wie Glühwürmchen flimmerten. Doch nun begannen sie zu verschwimmen und ineinander zu verschmelzen, und der Nachthimmel kippte über in einen wirbelnden Mahlstrom, unaufhaltsam, uferlos.

## *Die hundert verborgenen Sinne*

Von Anfang an bezog ich Elza so sehr in unser Zusammenleben ein, daß man wahrlich hätte meinen können, sie sei meine beste, engste Freundin gewesen. Für die Füllung unseres Truthahnbratens zu Thanksgiving wählten wir selbstverständlich Elzas Rezept, mit Austern und Kastanien, statt meiner chinesischen Farce aus Klebreis und Würstchen. Unseren Kaffee tranken wir aus doppelhenkeligen Steingutbechern, die Elza einst in einem Ferienlager für musikalisch begabte Kinder getöpfert hatte. An den Abenden und Wochenenden hörten wir meistens Elzas Lieblingskassetten: Randy Newman, Carole King, The Blues Project oder auch eine ziemlich pompöse Symphonie, von Elza selbst komponiert, die ihr College-Orchester zum Gedenken an sie eingespielt hatte. Zu Simon sagte ich, ihre Musik sei das lebendige Zeugnis ihrer Weltanschauung. Aber insgeheim fand ich, daß es wie Katzengejaule zwischen Mülltonnen klang, mit einem Finale aus scheppernden Blechdeckeln, nachdem ein wohlgezielter Schuh aus einem Fenster geflogen war.

Der Dezember kam mit seinen Festtagen, und Simon fragte mich, was ich mir zu Weihnachten wünschte. Das Radio spielte die üblichen Stimmungsschnulzen, und ich versuchte mir vorzustellen, was er wohl als passendes Geschenk für Elza empfunden hätte – eine Spende an irgendeinen Hilfsfonds? Oder eine Gershwin-Gesamtaufnahme? Und plötzlich hörte ich Yogi Yorgesson »Yingle Bells« singen.

Den Song hatte ich zuletzt gehört, als ich zwölf war. Damals fand ich Sarkasmus und Ironie irre cool; also hatte ich Kwan zu Weihnachten eine dieser magischen Scheiben geschenkt, mit denen man bei okkultistischen Séancen die Geister der Verstorbenen aus dem Jenseits ruft. Als sie verblüfft auf die altertümlichen Lettern und Zahlen starrte, erklärte ich ihr, daß man sie dazu verwenden könne, amerikanische Geister zu fragen, wie man englische Wörter buchstabierte. Sie klopfte auf das Holz und strahlte: »Wunnerbar, so nützlich.« Da rastete mein Stiefvater aus.

»Warum machst du dich schon wieder über sie lustig?« fuhr Daddy Bob mich an. Kwan drehte die runde Scheibe hin und her, noch verwirrter als zuvor.

»Es war nur ein Witz, okay?«

»Aber ein gemeiner Witz, und das weißt du ganz genau.« Er packte meine Hand, riß mich vom Sessel hoch: »So, mein Fräulein, für dich ist Weihnachten vorbei.«

Allein in unserem Schlafzimmer, stellte ich das Radio an, wo prompt dieses »Yingle Bells« lief, reichlich albern, aber »ulkig« gemeint wie das Geschenk für Kwan. Ich weinte bitterlich: Wieso war ich gemein zu ihr, wenn sie sich doch gar nicht getroffen fühlte? Und auch wenn ich gemein zu ihr war, dachte ich trotzig, dann war sie eben selbst dran schuld, so bescheuert, wie sie war. Sie forderte einen ja geradezu heraus, sie zu veräppeln. Warum sollte man zu Weihnachten nicht ein bißchen Spaß haben dürfen? Gemein waren doch bloß diese Miesmacher, die einem immer alles verdarben. Na gut, wenn sie mich sowieso alle böse fanden, würde ich ihnen jetzt zeigen, wie böse ich sein konnte.

Ich drehte das Radio voll auf. Ich stellte mir vor, der Lautstärkeregler sei Daddy Bobs dicke italienische Nase, und zwirbelte so lange dran herum, bis er abbrach. Nun johlte Yogi Yorgesson aus vollem Halse, und von unten fluchte Daddy Bob: »Olivia, mach sofort das gottverdammte Radio aus!« Was ja wirklich keine Ausdrucksweise für einen Christenmenschen war, und erst recht nicht zu Weihnachten. Zornig riß ich den Stecker aus der Dose. Als Kwan später ins Zimmer heraufkam, bedankte sie sich noch mal überschwenglich für »die oh so wunnerschöne Buchstabierscheibe«.

»Hör schon auf mit dem Quatsch«, knurrte ich verbiestert, erschrak dann aber doch, als ich sah, wie verletzt sie dreinschaute.

Und nun wollte Simon wissen, was ich mir zu Weihnachten wünschte. Wieder dudelte »Yingle Bells« im Radio. Und ich hätte am liebsten geschrien, wie satt ich es hatte, dauernd verständnisvoll zu tun. Plötzlich wußte ich ganz genau, was ich mir wünschte: den Stecker rauszuziehen. Ich wünschte mir nur eins: daß Elza endlich in der Versenkung verschwand.

Aber wie konnte ich ihm nach sechs Monaten edelmütiger Selbstverleugnung auf einmal damit kommen, daß ich Elzas Gespenst aus unserem Bett rausschmeißen wollte? Ich malte mir aus, wie ich ihre Fotos, ihre Platten, ihren ganzen selbstgebastelten Kram in eine Kiste packen würde. »Nur, damit die Sachen beim Frühjahrsputz nicht zu Schaden kommen«, würde ich Simon sagen. Dann würde ich die Kiste ins Auto schmuggeln und spät abends mal zum Temescal-See hinausfahren. Ich würde die Kiste mit sandgefüllten Flaschen beschweren, sie in das dunkle, mondlose Wasser kippen und zusehen, wie die Luftblasen an die Oberfläche stiegen.

Aber wie sollte ich es Simon später erklären? »Mein Gott, wie schrecklich, stell dir vor, die Kiste mit Elzas Sachen ist gestohlen worden! Ich kann's selbst nicht glauben. Die Diebe müssen gedacht haben, da wäre was Wertvolles drin. Ich meine, wertvoll war's ja, aber nur für dich und mich. Was? Ja, komisch, ich weiß auch nicht, warum sie die Stereoanlage dagelassen haben.«

Er würde allerdings merken, wie ich seinem Blick auswich und mir das Lächeln kaum verkneifen konnte. Ich würde ihm gestehen müssen, was ich getan hatte, was ich wirklich von

Elza und ihren doppelhenkeligen Kaffeebechern dachte. Er wäre stinksauer, und damit wäre dann wohl Schluß zwischen uns. Na gut, zum Teufel mit ihm. Aber so oft ich mir diesen Pyrrhussieg auch in allen möglichen Varianten ausmalte, wußte ich doch nur zu gut, daß ich ebenso wenig von Simon lassen konnte wie er von Elza.

In dieser finsteren Stimmung, Mordlust im Herzen, suchte ich mir eine Verbündete, um mein Vorhaben auszuführen. Ich rief Kwan an.

Meiner Schwester gegenüber deutete ich die Sachlage nur sehr verhalten an. Ich sagte ihr nicht, daß ich Simon liebte. Um Gottes willen! Wollte ich mir etwa ihr neckisches Gekicher und ihre verdrehten Ratschläge anhören? Nein, ich sagte ihr lediglich, Simon sei ein Freund.

»Ah! *Dein* Freund«, riet sie gleich, hocherfreut.

»Nicht *mein* Freund, *ein* Freund.«

»Gute Freund?«

»*Bloß* ein Freund.«

»Okay, okay, versteh schon.«

Ich erzählte ihr, jemand aus Simons engerem Freundeskreis sei bei einem Unfall ums Leben gekommen, und Simon könne den Verlust nicht verkraften. Er sei wie besessen davon, so viel Trauer sei einfach ungesund. Vielleicht könne man ihm aber helfen, wenn man ihm klarmachte, daß die betreffende Person in der Yin-Welt weiterexistierte.

»Möglicherweise«, deutete ich an, »könnte sie ihm sagen, daß sie beide ein neues Leben anfangen müssen, daß er sie vergessen muß, ein für allemal.«

»Ah! War seine Freundin.«

»Nein, bloß eine gute Bekannte.«

»Ah, wie bei dir, *bloß* Freund«, schmunzelte sie. »Auch Chinesin?«

»Nein, Polin, glaube ich. Vielleicht auch Jüdin.«

»Tss, tss!« Kwan schüttelte den Kopf. »Polnisch-jüdisch, sehr schwer zu finden, so viele, viele Tote. Auch viele tote Chinesen, aber zu Chinesen hab ich viele Beziehung in Yin-Welt, eine chinesische Yin-Person kennt andere, fragt weiter, nicht so schwierig. Aber polnisch-jüdische Person – ah! – vielleicht kommt sie gar nicht in Yin-Welt, kommt woanders hin.«

»Soll das heißen, das Jenseits ist nach Nationalitäten unterteilt? Kommt man nur als Chinese in die Yin-Welt?«

»Nein, nein! Miss Banner keine Chinesin, trotzdem in Yin-Welt. Kommt drauf an, was man glaubt. Wer glaubt an Jesus, geht zu Jesus. Wer glaubt an Allah, geht zu Allah. Wer glaubt an ewige Schlaf, geht schlafen.«

»Und wenn man vor seinem Tod an gar nichts geglaubt hat?«

»Dann kommt man in riesengroße Park wie Disneyland, mit viele verschiedene Möglichkeit – wo du magst, kannst du bleiben. Natürlich alles gratis.«

Während Kwan weiterschwatzte, stellte ich mir einen Freizeitpark voller Ex-Versicherungsvertreter in abgetragenen Engelskostümen vor, die Talmifackeln schwenkten und den Passanten eine Besichtigungstour durchs Fegefeuer andienten, während Horden früherer Moon-Jünger eifrig durch ein Tor drängten, über dem in flammenden Neonlettern *Zur Höllenfahrt* stand.

»Aber wer kommt denn nun in die Yin-Welt?«

»Viele Leute. Nicht bloß Chinesen. Auch Leute mit große Reue. Die glauben, sie haben große Chance verpaßt, oder die ihre Familie vermissen, Ehemann, Ehefrau, Kinder oder Schwester.« Kwan lächelte mich an. »Auch Leute, die chinesisch Essen vermissen, kommen in Yin-Welt, warten da. Später können dann als jemand anders wieder neu leben.«

»Ach so, du meinst, die Yin-Leute sind die, die an Reinkarnation glauben.«

»Was ist Rekarnation?«

»Re*in*karnation. Der Glaube, daß die Seele oder der Geist eines Menschen nach seinem Tod in einem anderen Lebewesen wiedergeboren wird.«

»Ja, vielleicht so ähnlich. Wenn man nicht wählerisch ist, kann bald zurückkommen, nach neunundvierzig Tage. Wenn man aber was Besonderes will, muß man vielleicht lange warten. Ist wie in große Flughafen: Kann man überall hinfliegen, aber bei Sonderwünsche, erste Klasse, Fensterplatz, Nonstop oder Rabatt, kann manchmal lange Aufenthalt geben. Mindestens hundert Jahre. Jetzt verrate ich dir Geheimnis, sag niemand weiter, ja. Viele Yin-Leute, in nächste Leben, rat mal, was gerne sein wollen.«

»Präsident der USA?«

»Nein.«

»Popstar?«

»Was?«

»Ach, egal. Was wollen die denn gerne sein?«

»Chinesen! Echt wahr, ich sage dir! Nicht Franzosen, nicht Japaner, nicht Schweden. Warum? Ich glaube, weil chinesische Essen am besten ist, frisch und billig, viele, viele Geschmackssorten, jede Tag andere Aroma. Außerdem, chinesische Familie hält immer zusammen, und chinesische Freunde sehr treu, hat man ganze Leben lang was von. Darum gibt jetzt so viel Chinesen auf der Welt. Ist wie mit Leute aus Indien. Sehr voll in Indien. Leute dort glauben auch an viele Leben. Und ich hab gehört, indisch Essen gar nicht übel, schön scharf, viel Curry. Obwohl chinesische Curry immer noch am besten ist, was meinst du, Libby-ah? Wenn du magst, kann dir heute abend kochen, okay?«

Ich steuerte Kwan zum Thema Elza zurück. »Wie könnte man's denn jetzt anstellen, Simons Bekannte ausfindig zu machen? Wo kommen polnische Juden normalerweise im Jenseits hin?«

Kwan murmelte nachdenklich: »Polnisch-jüdisch, polnisch-jüdisch. So viel Möglichkeiten, wo hingehen können. Manche glauben an nichts, wenn sterben. Manche bleiben an Zwischenort wie Wartezimmer von Arzt. Andere gehen nach Zion, wie schicke Urlaubsort, gibt's nie Beschwerden, kein Trinkgeld nötig, beste Service sowieso.« Sie schüttelte den Kopf. »Auf welche Weise diese Person umkommen?«

»Beim Skilaufen in Utah, durch eine Lawine. Das ist wie ertrinken.«

»Ah! – Wasserski nach Mittagessen! Mit volle Bauch, kein Wunder, daß untergeht.«

»Ich hab nicht gesagt, nach dem Mittagessen. Es war...«

»Kein Mittagessen? Warum dann ertrinken? Kann nicht schwimmen?«

»Sie ist nicht ertrunken! Sie ist im Schnee verschüttet worden.«

»Im Schnee!« Kwan runzelte die Stirn. »Warum du dann gesagt, ertrinken?«

Ich seufzte entnervt.

»Sie war sehr jung?«

»Einundzwanzig.«

»Tss! Zu traurig. Wann ist passiert?«

»Vor etwa einem Jahr.«

Kwan klatschte in die Hände. »Wie konnte ich vergessen! Mein liebe gute Freund! Toby Lipski. Lipski, klingt wie ›Ski‹. Ist auch jüdisch. Oh! – sehr witzige Yin-Person. Letzte Jahr gestorben, Leberkrebs. Er sagt zu mir: ›Kwan, hast recht, zu viel trinken in Disco Club, sehr, sehr schlecht für mich. Wenn ich zurückkomme, *nie wieder Alkohol*. Dann kann ich lange Leben haben, lange Spaß, *lange* Penis.‹ Letzte Teil natürlich nur Scherz...« Kwan warf mir einen schnellen Blick zu, um sich zu vergewissern, daß der zarte Wink in bezug auf alkoholische Exzesse auch angekommen war. »Toby Lipski hat mir noch gesagt: ›Kwan, wenn du mal Yin-Gefallen brauchst, frag

Toby Lipski.‹ Okay. Frag ich Toby Lipski, ob diese Mädchen finden kann. Welche Name?«

»Elza.«

»Ja, ja. Elza. Muß ich erst Botschaft an Toby schicken, wie Brief schreiben in meine Kopf.« Sie kniff die Augen zu und klopfte sich an die Schläfe. Ihre Augen klappten wieder auf. »Botschaft in Yin-Welt schicken. Alles mit Herz und Kopf zusammen, muß man hundert verborgene Sinne benutzen.«

»Wie meinst du das, verborgene Sinne?«

»Ah! Hab ich schon so oft erklärt! Hörst du nicht zu? Verborgene Sinne nicht wirklich verborgen. Wir sagen nur verborgen, weil alle sie haben, aber vergessen. Selbe Art von Sinne wie Ameisenfüße, Elefantenrüssel, Hundeschnauze, Katzenschnurrhaar, Walohr, Fledermausflügel, Muschelschale, Schlangenzunge, Blütenflaum. Viele Dinge, aber vermischt.«

»Du meinst, Instinkt.«

»Es stinkt? Vielleicht manchmal auch stinkige ...«

»Nein, *In*stinkt. Dieses angeborene Wissen, das man nicht erst zu erlernen braucht. Wie ... na, wie zum Beispiel Bubba, wenn er Löcher in die Erde gräbt.«

»Ja! Warum läßt du deine Hund das machen? Ist doch Unsinn, das macht Blumen kaputt!«

»Ich wollte bloß anschaulich machen, wie ... ach, vergiß es. Was ist denn deiner Meinung nach ein verborgener Sinn?«

»Wie kann ich sagen? Erinnerung, sehen, hören, spüren, kommt alles zusammen, dann weißt du, was wahr ist, ganz tief drinnen in Herz. So ähnlich wie Gefühl, wie soll ich sagen, so was wie Kribbeln. Du weißt doch: Kribbeln in Knochen heißt, Regen kommt bald, bringt Erfrischung. Kribbeln auf Armen, kann sein, daß etwas angst macht, du willst nicht merken, kriegst aber Gänsehaut. Kribbeln auf Kopfhaut, oh-oh, da weißt du, was wahr ist, sickert in dein Herz ein, auch wenn du es noch nicht glauben willst. Manchmal können auch Härchen in Nase kribbeln oder in Achselhöhle. Kribbeln in Hinterkopf – wenn du da nicht achtgibst, kann schlimme Unheil passieren, hm. Mit verborgene Sinne kann sehr schnell Botschaft zwischen zwei Leute hin und her gehen, lebendig oder tot, macht nichts, selbe Sinn.«

»Also gut, ist ja auch egal, wie du das hinkriegst«, sagte ich. »Hauptsache, es geht schnell.«

»Wah!« schnaubte Kwan erbost. »Bin ich etwa Postamt? In letzte Minute einkaufen, Päckchen erst Weihnachtsabend abschicken, nächste Tag pünktlich liefern, alles husch-husch-husch? So was gibt bei mir nicht, auch nicht in Yin-Welt. Da gibt keine Eile, ist sowieso schon zu spät! Du willst jemand erreichen, mußt Gefühl von Person spüren und Person auch dein Gefühl. Dann – *peng!* – ist wie glückliche Zufall, wenn beide zusammentreffen.«

»Na, wie auch immer. Falls du diesen Toby erwischst, teil ihm bitte mit, daß die Betreffende Elza Vandervort heißt. Das ist ihr Adoptionsname. Ihre leiblichen Eltern hat sie nie gekannt. Sie glaubt, es waren polnische Juden, die in Auschwitz gewesen sind. Und vielleicht denkt sie auch an Chopin, oder sonst irgendwas, das mit Musik zu tun hat.«

»Wah! Du redest zu schnell.«

»Hier, ich schreib's dir auf.«

Erst später wurde mir die Ironie der Situation bewußt: Da bestärkte ich nun Kwan in ihren Hirngespinsten, damit sie Simon helfen konnte, die seinen loszuwerden.

Nach zwei Wochen erzählte mir Kwan, daß Toby tatsächlich fündig geworden war. Er hatte mit Elza verabredet, uns in der nächsten Vollmondnacht zu treffen. Kwan meinte, die Leute in der Yin-Welt könnten sich nur schwer auf Termine einigen, weil dort keiner mehr Kalender oder Uhren benutzte, und so sei es noch die beste Methode, sich nach dem Mond zu richten. Darum würden auch so viele seltsame Dinge geschehen, wenn der Mond am hellsten leuchtete. »Wie Licht vor der

Haustür«, sagte Kwan, »heißt Gäste willkommen, nur alle hereinspaziert.«

Ich habe immer noch ein schlechtes Gewissen, wenn ich daran denke, wie leicht es war, Simon zu täuschen.

Ich sagte ihm eines Tages, wir wären bei Kwan zum Essen eingeladen. Er hatte nichts dagegen. Kaum waren wir in ihr Haus getreten, rief Kwan: »Ohhh, so gutaussehend!« Und wie auf ein Stichwort hin entgegnete Simon: »Ich glaube, ihr beiden wollt mich verkohlen. Du bist doch nie im Leben zwölf Jahre älter als Olivia.« Kwan strahlte: »Ohhh, auch noch gute Manieren.«

Das Curry war nicht schlecht, die Unterhaltung weniger peinlich als erwartet. Kwans Mann George und ihre Stiefsöhne erzählten aufgeregt von einer Schlägerei auf dem Parkplatz des Einkaufszentrums. Kwan benahm sich nicht weiter auffällig, abgesehen davon, daß sie Simon ungeniert über seine Eltern ausfragte: »Welcher davon Chinese? Mutter? Nein, nicht chinesisch? Ah, Hawaii-ah, ich weiß, früher schon chinesisch vorgemixt. Tanzt Hula-hula? . . . Ah, tot? So jung? Ai, wie traurig. Ich hab Hula-hula im Fernsehen gesehen, Hüften kreisen so schnell wie Waschmaschine, Hände flattern wie kleine Vögelchen . . .«

Als Simon kurz mal ins Bad ging, zwinkerte sie mir zu und wisperte vernehmlich: »Hey! Warum sagst du, er bloß gute Freund? Diese Ausdruck auf dein Gesicht und auf sein Gesicht, ha, nicht bloß Freund! Richtig?« Und sie brach in gurgelndes Gelächter aus.

Nach dem Essen verzogen George und die Jungs sich ins Wohnzimmer, um *Raumschiff Enterprise* zu gucken. Kwan bat Simon und mich in die gute Stube; sie habe uns etwas Wichtiges zu sagen. Wir setzten uns aufs Sofa, Kwan in ihren Armsessel. Sie zeigte auf den Kamin, in den ein kleiner Gasofen eingebaut war.

»Zu kalt?«

Wir schüttelten die Köpfe.

Kwan faltete die Hände im Schoß. »Simon«, begann sie mit einem breiten Lächeln, »sag mal, hast meine kleine Schwester gern, ah?«

»Kwan«, mahnte ich, aber da antwortete Simon schon: »Ja, sehr gern.«

»Hmm-mm.« Sie schaute so zufrieden drein wie eine dicke Katze. »Selbst wenn ihr nichts sagt, ich seh auch so. Mm-hmm ... du weißt, wieso?«

»Ist wohl recht offensichtlich«, grinste Simon, ein wenig verlegen.

»Nein, nein, nur ich weiß – hier drin.« Sie klopfte sich an die Stirn. »Ich hab Yin-Augen, mm-hm, Yin-Augen.«

Simon sah hilfesuchend zu mir herüber. Ich zuckte die Schultern.

»Schau mal.« Kwan deutete wieder auf den Kamin. »Simon, was siehst du?«

Er beugte sich vor und spähte angestrengt. Wahrscheinlich hielt er das ganze Getue für ein chinesisches Gesellschaftsspiel. »Du meinst diese roten Kerzen da?«

»Nein, nein. Du siehst da *Kamin*, richtig?«

»Ach so, ja, klar, den Kamin.«

»Du siehst nur Kamin. Ich seh mehr, eine Yin-Person, schon tot, aber steht da.«

Simon lachte. »Tot? Du meinst einen Geist?«

»Mm-hm. Sagt ihre Name – Elsie.« Brave Kwan; daß sie sich Elzas Namen ein bißchen verkehrt gemerkt hatte, machte alles nur noch glaubwürdiger. »Simon-ah, du kennst vielleicht dies junge Mädchen, Elsie? Sie kennt dich, sagt sie, mm-hm.«

Simon war das Lachen vergangen. Angespannt lehnte er sich nach vorn. »Elza?«

»Oh, sie ja so froh, daß du dich erinnerst.« Kwan wandte

sich aufhorchend der imaginären Elza zu. »Ah? ... Ah. Okay, okay.« Sie drehte sich wieder zu uns um. »Sie sagt, du wirst nicht glauben, sie schon viele berühmte Musiker getroffen, auch alle tot.« Sie horchte erneut zum Kamin hin. »Oh? ... Oh ... Oh! ... Ah, ah. Nein, nein, stop, Elsie, zu viele Name! So viele Name von berühmte Leute, ich kann nicht wiederholen! Okay, eine ... Showman? Nein? Ich spreche Name nicht richtig aus?«

»Chopin?« schlug ich vor.

»Jaja. Chopin auch. Aber diese andere ... Oh! Jetzt versteh ich – *Schumann*!«

Simon starrte sie gebannt an. Ich war beeindruckt. Ich hatte gar nicht gewußt, daß Kwan sich mit klassischer Musik auskannte. Sie hörte am liebsten Hillbilly-Songs im Radio.

»Sie sagt auch, sie so froh, daß endlich Mutter, Vater und große Bruder getroffen. Sie meint andere Familie, echte, nicht adoptiert. Sie sagt, richtige Name von Familie so was wie Wawaski, Wakowski, ich glaube, japanische Name ... Oh? Nicht japanisch? ... Mm. Sie sagt, polnisch ... polnisch-jüdisch. Was? ... Oh, okay. Sie sagt, Familie vor lange Zeit umkommen, in Auto.«

»Auschwitz«, verbesserte ich.

»Nein, nein. Auto in Graben gefahren. Total kaputt.« Kwan hielt die Hand ans Ohr. »Viele Mal versteh nicht mehr gut, was Yin-Person sagt. Zu aufgeregt, redet zu schnell. Ah? ...« Sie legte den Kopf schräg. »Sie sagt jetzt, Großeltern, die an diese Ort gestorben, Auschwitz, in Polen, zu Kriegszeit.« Kwan zwinkerte mir verstohlen zu, dann wandte sie sich mit betroffener Miene wieder zum Kamin. »Ai-ya! Tss! Elsie, du Arme, zu viel leiden müssen. So traurig. Oh.« Kwan griff sich ans Knie. »Sie sagt, diese Autounfall, da hat sie Narbe her, war schwer verletzt an ihre kleine Babybein.«

Ich konnte mich nicht erinnern, ihr das Detail mit Elzas Narbe aufgeschrieben zu haben. Anscheinend hatte ich's aber doch notiert, und jetzt war ich froh drum; es wirkte so schön echt.

»Elza«, mischte Simon sich plötzlich ein. »Elza, das Baby, was ist denn mit deinem Baby? Ist es bei dir?«

Kwan sah fragend zum Kamin hin. Ich hielt den Atem an. Mist! Ich hatte vergessen, das verdammte Baby zu erwähnen. Kwan schien konzentriert zu lauschen. »Okay, okay.« Sie drehte sich mit einer abwinkenden Handbewegung zu uns um. »Elsie sagt, kein Problem, alles in Ordnung. Hat diese Person getroffen, war ja noch nicht geboren, also auch nicht gestorben, nur kurze Zeit warten müssen, jetzt schon bei jemand anders zu Welt gekommen.«

Ich seufzte erleichtert auf. Doch dann sah ich, wie Kwan besorgt zum Kamin starrte. Sie runzelte die Stirn. Und im gleichen Augenblick begann mir die Kopfhaut zu kribbeln, und ich sah Funkengarben im Kamin aufsprühen.

»Ah«, sagte Kwan zögernd. »Simon, Elsie sagt dir ... du sollst nicht mehr an sie denken ... Ah? Mm-hm. Ist nicht richtig, jaja – ist nur Verschwendung von kostbare Lebenszeit ... Ah? Hm. Sie sagt, du mußt vergessen, ja, *vergessen*! Sie hat jetzt neue Leben, Chopin, Schumann, ihre Mutter, Vater. Auch du hast neue Leben ...«

Und dann erklärte sie Simon, er solle sich für mich entscheiden, ehe es zu spät ist, ich sei seine wahre Liebe, und er würde es ewig bereuen, wenn er diese große Chance vertat, die einem nur einmal in vielen Lebzeiten geboten würde. Sie hörte gar nicht mehr auf, mich anzupreisen, wie ehrlich und aufrichtig ich sei, wie lieb, wie klug, wie treu. »Oh, sie ist vielleicht nicht so gute Koch, noch nicht, aber nur Geduld, wird schon. Wenn nicht, ich lerne ihr.«

Simon nickte, ein wenig benommen, mit betrübter, aber auch dankbarer Miene. Ich hätte überglücklich sein müssen, doch statt dessen war ich starr vor Entsetzen. Denn ich hatte Elza ebenfalls gesehen. Ich hatte ihre Stimme gehört.

Sie war nicht wie die Geister, die ich als Kind gesehen hatte. Sie war ein Funkenwirbel, der alles enthielt, was sie je an Gedanken und Gefühlen gehabt hatte. Als knisterndes Spannungsfeld schwebte sie zwischen uns und flehte Simon an, sie zu hören. Das spürte ich mit meinen hundert verborgenen Sinnen. Mit einer Schlangenzunge fühlte ich die Hitze ihres Verlangens, wahrgenommen zu werden. Mit Fledermausflügeln fühlte ich sie um Simon herumstreichen und meine Nähe meiden. Mit meiner kribbelnden Haut fühlte ich jede Träne, die sie weinte, und dies traf mich wie ein Blitzstrahl ins Herz. Mit den zarten Flaumhärchen einer Blüte fühlte ich ihre bebende Hoffnung, daß Simon sie hören möge. Aber statt dessen war ich es, die sie hörte – nicht mit meinen Ohren, sondern durch dieses Kribbeln im Hinterkopf, das einem die Wahrheit offenbart, auch wenn man sie nicht glauben will. Und was sie sagte, klang ganz anders als Kwans wohlmeinende Worte. Sie flehte und weinte und bettelte: »Simon, vergiß mich nicht. Warte auf mich. Ich komme zurück.«

Kwan habe ich immer verschwiegen, was ich damals sah und hörte. Ich wollte mir ja selber einreden, daß es nur eine Halluzination gewesen sei. Und doch ist mir in diesen letzten siebzehn Jahren allmählich aufgegangen, daß das Herz seinen eigenen Willen hat, ungeachtet dessen, was man sich wünscht, oder wie oft man seine schlimmsten Ängste mit der Wurzel auszureißen meint. Wie Efeuranken kommen sie wieder zurückgekrochen, winden sich dir ums Herz, saugen dir jede Sicherheit aus der Seele, schlüpfen dir durch sämtliche Adern, bis sie dich lähmend umklammert halten. In zahllosen Nächten bin ich fiebernd aufgewacht, von wirren Angstvorstellungen gebeutelt. Hatte Kwan gehört, was ich gehört hatte? Hatte sie mir zuliebe gelogen? Was würde Simon tun, wenn er herausbekam, daß wir ihn getäuscht hatten? Würde er sich dann bewußtmachen, daß er mich nicht liebte?

Ohne Ende stürmten die Fragen auf mich ein, und ich ließ sie sich zu einem erdrückenden Berg auftürmen, bis ich sicher war, daß unsere Ehe scheitern mußte, daß Elza sie zum Einsturz bringen würde. Es war wie eine Lawine, die nur darauf wartete, auf uns niederzubrechen, sobald das trügerische Gleichgewicht ins Schwanken kam, und zwar durch die Frage: Was hält uns zusammen?

Doch dann begann jedesmal wieder ein neuer Tag, die Sonne stieg über den Fenstersims, ich blinzelte ins Morgenlicht, sah auf den Wecker, stand auf und ging unter die Dusche. Ich drehte die Hähne auf, regelte die Temperatur, ließ mir die kräftigen Wasserstrahlen auf die Schultern prasseln, bis mein Kopf wieder klar war. Und ich war froh, in meine Alltagsroutine zurückzukehren, lediglich mit den fünf gewöhnlichen Sinnen gewappnet, auf die ich mich verlassen konnte.

# *Poltergeist*

Letztlich hatte ich es dem Fiskus zu verdanken, daß wir doch noch vor dem Traualtar landeten.

Wir hatten schon drei Jahre zusammengelebt, zwei davon nach dem Collegeabschluß. Unserem gemeinsamen Anspruch gemäß, etwas »Substanzielles« aus unserem Leben zu machen, hatten wir uns Jobs im sozialen Bereich gesucht. Simon arbeitete bei einer Beratungsstelle für straffällig gewordene Jugendliche, ich bei einem Hilfsprogramm für drogenabhängige Schwangere. Wir verdienten zwar relativ wenig, aber selbst davon knapste uns das Finanzamt noch so viel ab, daß wir uns schließlich ausrechneten, was wir einsparen könnten, wenn wir in Zukunft eine gemeinsame Steuererklärung abgaben: ganze dreihundertsechsundvierzig Dollar pro Jahr!

Mit dieser verlockenden Summe vor Augen debattierten wir erst einmal die Frage, ob es überhaupt gerechtfertigt sei, daß der Staat verheirateten Paaren derartige Vorteile einräumte. Wir fanden beide, daß diese Steuerregelung eigentlich eine heimtückische staatliche Zwangsmaßnahme darstellte. Aber warum dem Staat dreihundertsechsundvierzig Dollar schenken, um damit noch mehr Waffen zu kaufen? Wir konnten das Geld gut gebrauchen, um uns neue Lautsprecher anzuschaffen. Auf jeden Fall aber war es Simon, der dann vorschlug, wir sollten heiraten. »Was meinst du?« sagte er. »Bist du nicht auch eher für eine gemeinsame Steuererklärung?«

Die Hochzeit fand im Freien statt, am Rhododendronrondell im Golden Gate Park, was wir uns sehr romatisch vorgestellt hatten. Aber an jenem Junitag wehte eine arktische Brise, peitschte durch Kleider und Haare, so daß die ganze Hochzeitsgesellschaft auf den Fotos dann reichlich zerzaust aussah. Während unser Pfarrer die Trauung vornahm, bellte ein Parkwächter plötzlich dazwischen: »Tut mir leid, Leute, aber für öffentliche Versammlungen braucht man erst eine Genehmigung.« Also spulten wir den Rest der Zeremonie in aller Hast ab, rafften das Hochzeitspicknick und die Geschenke zusammen und verlegten die Feier notgedrungen in unser enges Apartment in der Stanyan Street.

Nicht genug damit, daß die Hochzeitstorte im Eimer war, auch fand sich unter den Hochzeitsgeschenken nichts, das von praktischem Wert gewesen wäre. Die meisten unserer Feunde hatten uns irgendwelche Scherzartikel zur Aufmunterung des Ehelebens verehrt. Mein früherer Stiefvater, Bob, schenkte uns eine Kristallvase, und von Simons Eltern bekamen wir ein graviertes Silbertablett.

Alle übrigen Verwandten hatten es anscheinend darauf angelegt, sich gegenseitig mit originellen Präsenten auszustechen, die jetzt schon als Erbstücke für unsere künftigen Enkelkinder gedacht waren. Meine Mutter kam mit einer Metallskulptur an, die ein umschlungenes Paar darstellte, ein Werk ihres neuesten Lebensgefährten, Bharat Singh. Mein Bruder Tommy stattete uns mit einem einarmigen Banditen aus, um fortan immer, wenn er uns besuchte, vor dem Automaten Wurzeln zu schlagen. Von Kevin erhielten wir eine Kiste Wein, den wir fünfzig Jahre lang reifen lassen sollten. Aber nach einigen Partys mit zufällig hereingeschneiten Freunden blieb uns bald nur noch eine schöne Sammlung leerer Flaschen.

Kwans Geschenk fiel überraschend brauchbar aus. Es war eine chinesische Spieldose aus Sandelholz. Als ich den Deckel aufklappte, erklang eine ziemlich abgehackte, piepsige kleine Melodie, und in dem Fach, das für Schmuckstücke vorgesehen war, lag ein Päckchen Tee. »Läßt gute Gefühle lange dauern«, erklärte Kwan mit einem vielsagenden Blick.

In den ersten sieben Jahren unserer Ehe gaben Simon und ich uns die größte Mühe, in allem und jedem einer Meinung zu sein. Die nächsten sieben Jahre war es dann genau umgekehrt. Statt über politische Fragen zu diskutieren, wie er es mit Elza zu tun pflegte, stritten wir uns meistens über Kleinigkeiten: Sollte man die Pfanne erst heiß werden lassen, ehe man Olivenöl hineingab? Simon war dafür, ich dagegen. Wir hatten zwar keine regelrechten Ehekräche, aber wir kabbelten uns ständig, das war einfach allmählich so eingerissen. Daher gingen wir immer etwas gereizt miteinander um, nicht gerade sonderlich liebevoll.

Und was unsere Hoffnungen, unsere Träume, unsere heimlichen Wünsche betraf – die konnten wir nicht miteinander besprechen. Sie waren zu vage, zu beängstigend, letztlich wohl zu wichtig. So blieben sie zurückgedrängt und wucherten im tiefsten Innern weiter wie ein Krebsgeschwür, still und leise zersetzend.

Im Rückblick wundert es mich, daß unsere Ehe überhaupt so lange hielt. Ich frage mich, wie die anderen das schaffen, unsere Freunde, ob sie bloß aus Gewohnheit zusammenbleiben, aus Trägheit, aus einer Art Lebensangst, die immer wieder in Hoffnung mündet, wobei die Hoffnung neue Ängste freisetzt, ein unentrinnbarer Kreislauf. Ich kam nie auf die Idee, daß unsere Ehe schlechter sein könnte als die anderer Leute. In mancher Hinsicht schien sie mir eher besser. Nach außen hin gaben wir ein gutes Gespann ab. Wir hielten uns körperlich fit, hatten ein durchaus erfülltes Sexleben. Doch was uns am meisten verband, war unser eigener Geschäftsbetrieb, in der PR-Branche, größtenteils für gemeinnützige und medizinische Vereine.

Im Lauf der Jahre hatten wir es zu einem festen Kundenstamm gebracht – die Amerikanische Nierenstiftung, die Stiftung für Hirntumorforschung, der Tierschutzverein, ein paar Privatkliniken, davon als einträglichsten Etat eine Klinik für Schönheitschirurgie, deren Werbeprospekte wir mit Hochglanzfotos von weiblichen Hinterteilen vor und nach der Behandlung zu schmücken hatten. Simon und ich teilten uns ein Arbeitszimmer in unserer Wohnung. Ich war für Bildgestaltung und Grafik zuständig, Simon für die Textkonzeption, die Kundenbetreuung und die Abrechnungen. In Fragen der Ästhetik gingen wir sehr vorsichtig und rücksichtsvoll miteinander um, suchten uns stets über das Layout der Broschüren, die wirkungsvollsten Drucktypen und Überschriften zu einigen. Wir waren durch und durch professionell.

Unsere Freunde sagten immer: »Ihr zwei seid echt zu beneiden.« Und jahrelang versuchte ich selbst zu glauben, daß wir wirklich so glücklich wären, wie es den Anschein hatte. Ich redete mir ein, unsere Streitereien seien nur vorübergehende Unstimmigkeiten, wie kleine Splitter unter der Haut oder Beulen am Auto, leicht zu beheben, wenn man nur mal die Zeit dazu fand.

Doch dann verstarb vor drei Jahren mein Patenonkel Dudley, ein pensionierter Buchhalter, den ich seit frühester Kinderzeit nicht mehr gesehen hatte, und hinterließ mir Aktienanteile an einer kleinen Genforschungsgesellschaft. Zum Zeitpunkt seines Todes waren sie noch nicht viel wert gewesen; aber bis der Testamentsvollstrecker mir die Erbschaft schließlich zukommen ließ, war die Forschungsgesellschaft zu einem anerkannten Betrieb avanciert, das Aktienpaket hatte sich vervielfacht, und dank der kommerziellen Wunderwirkung der DNA waren Simon und ich auf einmal in der Lage, uns trotz der überzogenen Immobilienpreise in San Francisco ein richtig schön gelegenes Haus zu leisten. Allerdings mischte meine Mutter sich prompt mit der Forderung ein, ich solle mein Glück mit meinen Brüdern und Kwan teilen, da dieser Dudley ein Freund meines Vaters gewesen sei und keineswegs jemand, der mir besonders nahestand. Sie hatte recht, doch ich hoffte, meine Geschwister würden großmütig verzichten – leider vergeblich, wie es mit Hoffnungen ja häufig der Fall ist. Kwans Reaktion überraschte mich am meisten: Sie schrie und tanzte schier vor Freude, als hätte sie das große Los gezogen. Nachdem die Erbschaft unter uns aufgeteilt war und die Steuer noch einen satten Batzen geschluckt hatte, blieb Simon und mir gerade noch genug für eine Anzahlung auf ein bescheidenes Domizil in mittelmäßiger Wohnlage.

So dauerte es denn auch mehr als ein Jahr, bis wir etwas Passendes fanden. Simon war dafür, ein Häuschen aus den fünfziger Jahren zu renovieren, in der nebelverhangenen Sunset-Gegend, das man nach ein paar Jahren für das Doppelte des investierten Geldes hätte weiterverkaufen können. Ich dagegen hätte gern einen alten viktorianischen Kasten in Bernal Heights bezogen, einem romantisch verlotterten Viertel, das gerade als schick zu gelten begann; was ich mir vorstellte, war ein liebevoll instand gesetztes, richtig gemütliches Heim, kein schnödes Anlageobjekt. Aber Simon lehnte es rundweg ab, »so eine gruftige Bruchbude« auch nur in Betracht zu ziehen.

Wir konnten uns nicht darüber einigen, was wir unter »Zukunftspotential« verstanden. Doch wir wußten beide, daß man es auf beengtem Raum nur miteinander aushalten konnte, wenn man frisch verliebt war und nichts lieber tat, als sich in einem kuscheligen Doppelbett aneinander zu wärmen. Simon und ich hatten uns längst ein Ehebett im Kingsizeformat angeschafft, mitsamt beidseitig regulierbarer Heizdecke.

An einem diesigen Sommersonntag entdeckten wir ein »Zu verkaufen«-Schild vor einem altertümlichen Gebäude, das in sechs Eigentumswohnungen unterteilt war. Es lag am Rand von Pacific Heights, allerdings am falschen Rand, ganze drei Häuserblocks und zwei Steuerklassen entfernt von den besseren Straßen, deren Anlieger sich Au-pair-Mädchen und Ferienhäuser leisten konnten und ihre Hunde von Dienstboten ausführen ließen.

Im Hausflur lag ein Prospekt von der Maklerfirma aus, der das zum Verkauf stehende Objekt als »semiluxuriöse Maisonettewohnung« auswies, »in einer prestigeträchtigen viktorianischen Villa gelegen, die 1893 von dem berühmten Architekten Archibald Meyhew erbaut wurde.« Weiter hieß es, zu unserer ungläubigen Verblüffung, die Wohnung umfasse zehn Zimmer, plus Garagenplatz, und das zu einem Preis, der unser schmales Budget nur ganz knapp überstieg. Alles, was uns bis dahin an Erschwinglichem geboten worden war, hatte höchstens fünf Zimmer oder sechs, wenn keine Garage vorhanden war.

Ich drückte auf die Klingel der Wohnung Nr. 5. »Für die Gegend hier ist der Kaufpreis eigentlich ganz zivil.«

»Na, freu dich mal nicht zu früh«, meinte Simon. »Wahrscheinlich mischt die Hausverwaltung sich hier in jeden Dreck ein und schreibt einem sogar noch die Wattstärke der Glühbirnen vor, damit die alten Stromleitungen nicht überlastet werden.«

»Schau dir doch nur dieses Treppengeländer an! Ob das wohl echt antik ist?«

»Kaum. Die Maserung ist zu gleichmäßig. Sicher bloß Furnier.«

Da Simon so offensichtlich darauf aus war, mir die Sache madig zu machen, wollte ich gerade vorschlagen, die Besichtigung abzublasen, als wir schnelle Schritte im Treppenhaus hörten und eine Männerstimme, die von oben herabrief: »Sekunde noch, bin gleich da.« Simon faßte beiläufig nach meiner Hand. Ich konnte mich gar nicht erinnern, wann er das zum letzten Mal getan hatte. Trotz seiner Krittelei war er von dem alten Gemäuer wohl doch recht angetan, jedenfalls genug, um uns den Anschein eines glücklich verheirateten Paares geben zu wollen, solvent und stabil genug, wenigstens die Abzahlungsperiode zu überstehen.

Der Makler war ein geschniegelter junger Mann mit Stirnglatze, der sich als Lester Roland vorstellte. Er hatte die irritierende Angewohnheit, sich ständig zu räuspern, als sei er immer kurz davor, mit einem peinlichen Geständnis herauszurücken.

Er überreichte uns seine Visitenkarte. »Haben Sie schon früher einmal etwas in dieser Nachbarschaft erworben, Mr. und Mrs. hrhm ...?«

»Bishop. Simon und Olivia«, antwortete Simon. »Wir wohnen zur Zeit im Marina-Viertel.«

»Dann wissen Sie sicher, daß dies hier eine der besten Wohngegenden der Stadt ist.«

Simon tat blasiert. »Pacific Heights, meinen Sie, aber diese westliche Ecke ja nun nicht gerade.«

»Aha, ich sehe schon, Sie sind alte Hasen, Ihnen kann man nichts vormachen. Ich nehme an, Sie wollen sich zuerst den Keller anschauen, wo wir schon mal unten sind.«

»Jawohl, haken wir das gleich ab.«

Pflichtschuldig zeigte Lester uns die Stromzähler und Heißwassertanks, die Heizungsanlage und Kupferrohre, während wir unverbindlich vor uns hin brummelten und wissende Mienen machten. »Wie Ihnen sicher aufgefallen ist« – Lester räusperte sich –, »sind die Grundmauern noch aus dem ursprünglichen Backstein.«

»Sehr schön.« Simon nickte anerkennend.

Lester runzelte die Stirn und verharrte einen Moment in nachdenklichem Schweigen. »Ich erwähne das nur, weil« – er hüstelte –, »wie Ihnen vielleicht schon bekannt ist, die meisten Banken für ein Objekt mit Backsteingrundmauern keine Vorfinanzierung leisten. Das Erdbebenrisiko, wissen Sie. Aber der Eigentümer ist bereit, für eine Hypothek zu bürgen, zu dem gängigen Zinssatz, versteht sich, falls Sie als Käufer in Frage kommen.«

Da haben wir's, dachte ich, deshalb ist die Wohnung auch so billig. »Hat's denn schon mal Probleme mit dem Gebäude gegeben?«

»Aber nein, ganz und gar nicht. Natürlich ist es hier und da ein wenig ausgebessert worden. Oberflächliche Risse im Mauerwerk und so. Aber die Baustubstanz ist solide, und Patina ist das Privileg des Alters. Schön wär's, wenn wir alle mit hundert noch so frisch aussähen! Vergessen Sie nicht, diese alte Dame hat ja schon die Erdstöße von 1989 überlebt, ganz zu schweigen von dem Jahrhundertbeben 1906. Das kann man von den neueren Gebäuden nicht behaupten, stimmt's?«

Lester klang allzu eifrig, und ich begann Lunte zu riechen, oder vielmehr den unangenehmen Muff von all dem alten Trödel, der in dunklen Ecken vor sich hin gammelte – Stapel abgewrackter Koffer, dick verstaubt und von Mäusen angenagt, oder in einem anderen Winkel ein Haufen verrosteter Werkzeuge, verbeulte Kotflügel, Radkappen, Hanteln, wie ein Monument für den Testosteronüberschuß irgendeines ehemaligen Hausbewohners. Simon ließ meine Hand los.

»Zu jeder Wohneinheit gehört eigentlich nur ein Garagenplatz« erklärte Lester, »aber zum Glück ist der Mann in der Nr. 2 ja blind, so daß Sie seinen Platz für Ihren Zweitwagen mieten können.«

»Wieviel?« fragte Simon lässig, während ich gleichzeitig herausplatzte: »Wir haben gar keinen Zweitwagen.«

Lester blickte uns gelassen an und sagte zu mir: »Na, das erspart Ihnen dann ja auch eine Menge Scherereien, nicht?« Wir machten uns daran, eine enge Treppe hochzusteigen. »Das war früher der Dienstbotenaufgang, der führt direkt zu der freien Wohnung. Ach, übrigens, zwei Häuserblocks weiter, also bequem zu Fuß zu erreichen, gibt es eine sehr gediegene Privatschule. Ab der dritten Klasse können diese kleinen

Monster ja schon einen 386er-PC auseinandernehmen und zu einem 486er umrüsten. Unglaublich, was die den Kindern heutzutage alles beibringen!«

Und diesmal entgegneten Simon und ich wie aus einem Munde: »Keine Kinder.« Wir schauten uns verdutzt an. Lester meinte lächelnd: »Das ist manchmal sehr weise.«

Zu Anfang unserer Ehe war es unser großer Traum gewesen, baldmöglichst Nachwuchs zu bekommen. Wir waren ganz besessen von der Idee einer genetischen Fusion zwischen uns. Simon wollte eine Tochter, die wie ich aussah, ich wollte einen Sohn, der wie Simon aussah. Nachdem ich jahrelang meine Temperatur gemessen und in den fruchtbaren Tagen auf Alkohol verzichtet hatte und Sex überhaupt nur noch nach Kalender stattfand, holten wir schließlich medizinischen Rat ein. Der Facharzt, Dr. Brady, eröffnete Simon, er sei unfruchtbar.

»Sie meinen, Olivia ist unfruchtbar«, sagte Simon.

»Nein, die Tests ergeben eindeutig, daß Sie es sind«, antwortete Dr. Brady. »Und wie Ihrer Krankengeschichte zu entnehmen ist, haben Ihre Hoden sich nicht gesenkt, ehe Sie drei Jahre alt waren.«

»Was? Daran kann ich mich aber nicht erinnern. Außerdem sind sie jetzt ja draußen. Was hat denn das damit zu tun?«

An jenem Tag erfuhren wir eine Menge über die Empfindlichkeit des Spermas; daß es stets kühler als die Körpertemperatur bleiben muß, weshalb die Hoden eben außen hängen, als natürliche Aircondition sozusagen. Dr. Brady meinte, Simons Zeugungsunfähigkeit läge nicht nur an einer zu niedrigen Spermienzahl oder deren zu geringer Beweglichkeit, sondern habe schon seit der Pubertät bestanden, also seit seiner ersten Ejakulation.

»Aber das ist unmöglich«, begehrte Simon auf. »Ich weiß doch, daß ich schon mal . . . also, kurz und gut, das kann nicht sein. Die Testergebnisse sind falsch.«

Man konnte an Dr. Bradys Tonfall hören, wie geübt er darin war, Tausende von ungläubigen Männern zu trösten: »Ich versichere Ihnen, Sterilität hat absolut nichts mit Potenz zu tun, nichts mit sexueller Energie, Erektion, Ejakulation oder Ihrer Fähigkeit, eine Partnerin zu befriedigen.« Mir fiel auf, daß er »eine Partnerin« sagte, und nicht »Ihre Frau«, als wollte er alle Möglichkeiten der Vergangenheit, Gegenwart und Zukunft in sein Verdikt mit einschließen. Er klärte uns dann noch über den Inhalt eines Ejakulats auf und über die physikalischen Vorgänge bei einer Erektion, lauter Belanglosigkeiten, die nichts mit den winzigen gelben Gummistiefeln auf unserer Kommode zu tun hatten oder den Beatrix-Potter-Büchern, die meine Mutter schon für ihr zukünftiges Enkelchen sammelte; und erst recht nichts mit der Erinnerung an eine schwangere Elza, die Simon anschrie, ehe sie sich in einen Lawinenhang stürzte.

Ich wußte, daß Simon an Elza dachte, sich fragte, ob sie sich in bezug auf die Schwangerschaft vielleicht geirrt hatte. Wenn ja, ließ es ihren Tod nur noch tragischer erscheinen, als Endpunkt einer ganzen Kette von dummen Fehlern. Bestimmt überlegte sich Simon aber auch, ob Elza gelogen haben könnte und überhaupt niemals schwanger gewesen war. Aber warum dann das Ganze? Wenn sie aber wirklich schwanger war, wer war ihr anderer Liebhaber gewesen? Und warum hatte sie Simon dann so eine Szene gemacht? Keine der möglichen Antworten ergab einen Sinn.

Seit unserer Yin-Geschichte mit Kwan hatten Simon und ich es sorgfältig vermieden, je wieder die Rede auf Elza zu bringen. Doch nun waren wir förmlich von Tabuthemen umzingelt: Weder konnten wir über Simons Sterilität reden, weil das sofort all diese Fragen über Elza aufwarf, noch konnten wir uns darüber austauschen, was wir von künstlicher Befruchtung oder Adoption hielten. So waren die Jahre ins Land gegangen, und nie wieder hatten wir von Babys gesprochen, weder von echten noch von eingebildeten, noch von erhofften. Bis wir jetzt hier auf dem Treppenabsatz im dritten Stock mit diesem affigen Lester standen und einstimmig »keine Kinder« verkündeten, als hätten wir die Entscheidung vor Jahren schon getroffen, als sei sie damals schon so endgültig gewesen wie heute.

Lester kramte unter Dutzenden von Schlüsseln, die an einem Drahtring klirrten. »Irgendeiner davon muß es sein«, brummte er vor sich hin, »wahrscheinlich mal wieder der letzte. Na, wer sagt's denn – bitte sehr!« Er stieß die Tür auf und tastete an der Wand entlang, bis er den Lichtschalter fand. Die Wohnung wirkte auf Anhieb vertraut – als ob wir sie heimlich schon x-mal besucht hätten, ein Treffpunkt nächtlicher Wunschträume. Da waren sie, die schweren Holztüren mit Milchglasscheiben, der breite Flur mit dunkler Holztäfelung, das Oberlicht, das einen schrägen Sonnenstrahl voller tanzender Staubkörner in den Flur warf – alles gerade so, als käme man in ein früheres Heim zurück und wüßte noch nicht recht, ob die Vertrautheit nun eher tröstlich oder bedrückend war. Als Lester dann munter vorschlug, als erstes mal einen Blick in die »gute Stube« zu werfen, verflüchtigte sich das Déjà-vu-Gefühl.

»Diese eigenwillige Mischung aus Neugotik und Gründerzeit ist typisch für die Architektur der Jahrhundertwende«, erklärte Lester. In den zwanziger Jahren, fuhr er fort, sei das Haus zu einer Pension für Handlungsreisende und Kriegswitwen umfunktioniert worden. In den Vierzigern habe man es in vierundzwanzig kleine Appartments aufgeteilt, um der Nachfrage nach billigem Wohnraum zu genügen, und in den Sechzigern seien diese dann zu Studentenbuden geworden. Im Aufschwung der achtziger Jahre habe man das Haus erneut umgewandelt, diesmal in die gegenwärtigen »semiluxuriösen« Eigentumswohnungen.

Soweit ich sah, ließ der Anspruch auf gemäßigten Luxus sich bestenfalls durch den massiven Kronleuchter in der Diele rechtfertigen, ansonsten aber wirkte die ganze Ausstattung eher verkommen, ein abstruser Mischmasch aus allen früheren Verwandlungsphasen. Die Küche mit ihren sienaroten Fliesen und furnierten Hängeschränken hatte jeden Hauch ihres viktorianischen Ursprungs eingebüßt, während die übrigen Räume dafür um so überschwenglicher mit nutzlosen Schnörkeln und Stukkaturen dekoriert waren. Die Heizungsrohre waren nicht mehr an Heizkörper angeschlossen, die Kamine zugemauert, Verbindungstüren öffneten sich statt auf Zimmerfluchten nur noch auf nachträglich eingefügte Wandschränke. Überflüssigen Kämmerlein, Erkern und Winkeln wurde in Lesters vollmundigem Maklerjargon ein wichtiger neuer Zweck zugesprochen. Ein früherer Treppenabsatz wurde so zum »Musikzimmer« – bestens geeignet für ein Zwergentrio, ergänzte ich im stillen. Was früher das klaustrophobische Kabuff einer Wäschemagd gewesen sein mochte, bezeichnete Lester als »Kinderbibliothek« – nicht, daß es irgendwo sonst etwa eine Bibliothek für Erwachsene gegeben hätte. Und die Hälfte eines einstmals großzügig bemessenen Ankleideraums mit eingebautem Zedernholzschrank – die andere Hälfte lag in der Nachbarwohnung – wurde nun zum »Schreibzimmer«. Geduldig hörten wir uns Lesters Geplapper an, sinnleere Worthülsen, die wie eine Kette von schillernden Seifenblasen in der Luft zerplatzten.

Er mußte wohl gemerkt haben, daß unser Interesse im Schwinden begriffen war; denn plötzlich wechselte er in eine gedämpftere Tonart und versuchte, uns »die unübertreffbare Wirtschaftlichkeit eines klassischen Ambientes mit leichtem Abnutzungseffekt« schmackhaft zu machen. Wir inspizierten noch kurz die restlichen Räume, ein wahrer Irrgarten verschachtelter Kämmerchen, allesamt wiederum mit pseudovornehmen Bezeichnungen aufgewertet: das Boudoir, das

Spielzimmer, der Frühstücksraum, der Salon, der Toilettenraum – letzterer nichts weiter als ein Klo direkt hinter einer Tür, an die jeder, der sich dort niederließ, unweigerlich mit den Knien stoßen mußte. In einer modernen Wohnung hätte die gleiche Quadratmetermenge höchstens vier normal geschnittene Zimmer ergeben.

Jetzt blieb nur noch der Mansardenraum im Dachgeschoß zu besichtigen, der frühere Speicher, den man über eine steile Stiege erreichte. Oben angekommen, verging uns allerdings jede Spottlust. Wir schauten uns ehrfürchtig um, wie durch ein Wunder zum Glauben bekehrt. Vor uns erstreckte sich ein riesiger Raum mit schrägen Wänden, dessen Bodenfläche ebenso groß war wie die aller neun Zimmer darunter. Und im Gegensatz zur muffeligen Düsterkeit im dritten Stock war die Mansarde hell und luftig, schneeweiß gestrichen, mit acht Dachfenstern ringsum, die den Blick geradewegs in den wolkengesprenkelten Himmel lenkten. Unter unseren Füßen schimmerte ein seidenglatter Dielenboden. Simon ergriff wieder meine Hand und drückte sie kurz. Ich drückte zurück.

Hier lag echtes Zukunftspotential. Zusammen, sagte ich mir, konnten Simon und ich uns sicher einiges ausdenken, um die Leere zu füllen.

Kaum waren wir eingezogen, begann ich, die alte Farbe von den Wänden des früheren Kinderzimmers zu kratzen, wo ich mein privates »Refugium« einzurichten gedachte. Lester hatte gesagt, daß die Originaltäfelung darunter aus Mahagoni bestand, und ich war ganz wild darauf, diese Kostbarkeit zutage zu fördern. Halb benebelt von den beißenden Dämpfen des Lösungsmittels, kam ich mir vor wie ein Archäologe, der sich in mühevoller Kleinarbeit durch die Ablagerungen früherer Epochen vorangräbt: jede der nach und nach freigelegten Schichten ließ fast sinnbildlich das Lebensgefühl der entsprechenden Ära erkennen. Zuoberst, typisch Yuppie, ein champagnerfarbener Anstrich mit Marmoreffekt, den Wänden florentinischer Klöster nachempfunden. Danach die abblätternden Farbkrusten der vorhergehenden Jahrzehnte – das Dollargrün der Achtziger, das psychedelische Orange der Siebziger, das hippiehafte Schwarz der Sechziger, die blassen Pastelltöne der Fünfziger. Und darunter noch mal etliche mulmige Tapetenbahnen mit ihren verblichenen Mustern: goldgelb getupfte Butterblumen, Putten mit zierlichen Rosenkörbchen in den Armen, all die endlos verschlungene Flora und Fauna früherer Generationen, die in schlaflosen Nächten auf diese gleichen Wände gestarrt hatten, wenn brüllende Säuglinge getröstet, fiebernde Kinder versorgt und asthmatische Tanten beruhigt werden mußten.

Eine Woche später stieß ich mit zerschundenen Fingerspitzen zu der letzten Gipsverkleidung vor, und dann endlich auf das nackte Holz, das aber kein Mahagoni war, wie Lester behauptet hatte, sondern bloß billige Fichte, stellenweise schwarz verkohlt und ansonsten von häßlichen Schimmelflecken überzogen, wahrscheinlich das Resultat übereifriger Brandbekämpfung nach der Erdbebenkatastrophe zu Anfang des Jahrhunderts. Obwohl ich sonst nicht zur Gewalttätigkeit neige, versetzte ich der verdammten Täfelung so heftige Fußtritte, daß eine der Latten nach innen knickte und dicke graue Haarbüschel aus der Wandritze hervorquellen ließ. Ich stieß einen markerschütternden Schrei aus, echtes Horrorfilmkaliber, und Simon kam ins Zimmer gestürzt, mit einem Heimwerkerspachtel bewaffnet – als wäre *das* eine wirksame Abschreckung für einen Massenmörder. Ich deutete anklagend auf jenes haarige Etwas, im Glauben, die Überreste eines ungesühnten Verbrechens aus grauer Vorzeit aufgedeckt zu haben.

Nach einer Stunde hatten Simon und ich mit vereinten Kräften fast das gesamte morsche Holz heruntergerissen. Auf dem Boden türmten sich zottige Haarknäuel, die wie riesige

Rattennester aussahen. Erst als wir einen Bauunternehmer hinzugezogen hatten, um die Wand trockenzulegen, entdeckten wir, daß wir bloß altes Roßhaar herausgerupft hatten, das man früher als Isoliermaterial benutzte. Außerdem, klärte der Fachmann uns auf, sei Roßhaar auch bestens zur Schalldämpfung geeignet. Sofern man es sich leisten konnte, pflegte man die Häuser früher nämlich so zu bauen, daß niemand sich im Nebenraum von solch unfeinen Geräuschen wie den Trillern sexueller Ekstase oder dem Posaunenschall gewisser Verdauungsstörungen behelligt fühlen mußte.

Wir machten uns jedenfalls nicht die Mühe, das ganze Roßhaar wieder an seinen Platz zurückzustopfen, und anfangs schien mir, dies sei die Ursache für die sonderbaren Laute, die wir im ersten Monat ständig durch die Wohnung geistern hörten. Zwischen unserer Wand und der angrenzenden Wohnung war jetzt ein zwanzig Zentimeter breiter Hohlraum entstanden, eine Art Schacht, der wie ein Schalltrichter wirkte – so erklärten wir uns jedenfalls das Phänomen, daß es um uns her nun ständig wummerte und zischte, rasselte und klopfte; oftmals klang es gerade so, als würden oben in unserem Schlafzimmer Lambadakurse abgehalten.

Wenn wir versuchten, jemandem unser Geräuschproblem zu schildern, ahmte ich so getreu wie möglich nach, was ich hörte: *tink-tink-tink, whumpa-whumpa-whumpa, chh-chh-chh,* während Simon eher dazu neigte, den Lärm auf irgendwelche möglichen Quellen zurückzuführen: das Klimpern einer verstimmten Klaviertaste, das Flügelgeraschel von Turteltauben, das Schrappen einer Schneeschaufel. Wir nahmen unsere Umwelt völlig unterschiedlich wahr, – so weit hatten wir uns bereits auseinandergelebt.

Seltsam war auch, daß Simon nie daheim zu sein schien, wenn die Geräusche besonders gruselig wurden – wie jenes Mal, als ich in der Dusche stand und plötzlich laut und deutlich eine Melodie pfeifen hörte, die ich den ganzen Rest des Tages nicht mehr aus dem Kopf kriegte; ich kam mir regelrecht verfolgt vor.

Ein Statiker, den ich auf das Problem ansprach, führte den Lärm schlicht und einfach auf die nutzlosen alten Heizungsrohre zurück. Ein Experte für Erdbebenvorsorge meinte, daß es wohl nur der natürliche Spannungsausgleich im Gebälk des Hauses sei, der die Geräusche verursachte. Mit etwas Phantasie, erklärte er, könnte man das Knarren und Ächzen der Holzbalken leicht für alles mögliche halten, für Türenschlagen, schleichende Schritte oder hastiges Getrappel – obwohl er zugeben mußte, daß der Klang von splitterndem Glas, gefolgt von hämischem Gekicher, denn doch nicht recht zu erklären war. Meine Mutter behauptete steif und fest, es seien Ratten, oder vielleicht auch Waschbären; sie habe selbst schon mal solchen Spuk erlebt, bis der Kaminkehrer schließlich ein Taubennest im Rauchfang entdeckte. Kevin wußte zu berichten, daß Zahnfüllungen gelegentlich Radiowellen übertragen könnten, und riet mir, meinen Zahnarzt aufzusuchen. Aber das Problem bestand auch nachher noch.

Eigenartigerweise sagten unsere Nachbarn, sie fühlten sich durch keinerlei Geräusche gestört, obwohl der Blinde unter uns säuerlich anmerkte, daß wir unsere Stereoanlage immer zu laut laufen ließen, besonders morgens, wenn er gerade in seine tägliche Zen-Meditation vertieft sei.

Als meine Schwester das Wummern und Zischen hörte, hatte sie sofort ihre eigene Diagnose parat: »Das Problem ist nicht *etwas*, sondern *jemand*. Mm-hm.« Während ich weiter Bücher auspackte, lief Kwan mit witternd erhobener Nase durch mein Arbeitszimmer wie ein Spürhund. »Manchmal kann sein, Geister gehen verloren«, sagte sie. »Wenn du willst, ich versuche, für dich einfangen.« Sie streckte die Hand wie eine Wünschelrute vor sich aus.

Ich dachte an Elza. Seit langem schon hatte keiner von uns sie mehr erwähnt, und doch hatte sie es fertiggebracht, sich als lebloser Ballast in meinem Gedächtnis einzunisten, wie ein alteingesessener Mieter, dem man nicht mehr kündigen kann. Durch Kwans Geistergerede hatte sie sich plötzlich wieder aus der Versenkung hervorgewunden.

»Ach was«, winkte ich brüsk ab. »Das sind keine Geister. Wir haben die alte Isolierung entfernt, und jetzt ist der Hohlraum eine Art Echokammer.«

Kwan schnaubte verächtlich. Sie hielt die flache Hand über eine Stelle am Boden. Sie wanderte suchend im Zimmer umher, mit weit gespreizten, bebenden Fingern, und brummelte dabei immer entschiedener vor sich hin. »HHhhmm! HhhmmMM!« Schließlich blieb sie auf der Türschwelle stehen, vollkommen reglos.

»Sehr seltsam«, sagte sie. »Irgend jemand hier. Fühle ich genau. Aber nicht Geist. Lebendige Mensch, voll mit elektrische Spannung, sitzt in Wand fest, auch unter Boden.«

»Na, wenn das so ist«, witzelte ich, »dann sollten wir dem vielleicht Miete abknöpfen.«

»Lebendige Person macht immer mehr Ärger als Geist«, fuhr Kwan unbeirrt fort. »Lebendige Person stört, weil ärgerlich. Geist stört nur, weil traurig, verirrt, bißchen wirr.«

Ich dachte an Elza, wie sie Simon anflehte, sie zu hören.

»Geist, weiß ich, wie zu fangen geht«, erklärte Kwan.

»Meine dritte Tante hat mir gelernt. Ich rufe Geist – ›Hör her zu mir, Geist!‹ – wie ein Herz zu anderes.« Sie blickte mit gläubiger Miene nach oben. »Wenn alte Frau, zeige ihr alte Pantoffeln, schöne weiche Ledersohle, ganz bequem. Wenn junge Mädchen, zeige ihr Kamm von ihrer Mutter. Kleine Mädchen lieben immer Haar von eigene Mutter. Dann lege diese von Geist begehrte Schatz in große Ölkrug. Wenn Geist reinschlüpft – rasch! – Deckel drauf. Jetzt ist bereit zum Zuhören. Ich sage: ›Geist! Geist! Wird Zeit, daß du in Yin-Welt gehst.‹«

Kwan sah, wie ich ungeduldig die Stirn runzelte. »Ich weiß,

ich weiß! In Amerika gibt keine Ölkrug, kannst dir vielleicht gar nicht vorstellen. Für amerikanische Geist muß etwas anderes nehmen – vielleicht große Plastikschüssel mit Deckel oder stabile Reisekoffer. Oder noch besser, schöne Schachtel von sehr feine Laden, kein Ramsch. Jaja, gute Idee! Libby-ah, wie heißt noch gleich diese Laden, wo alle wissen, daß so teuer ist! Letzte Jahr, Simon hat dir goldene Federhalter da gekauft.«

»Tiffany.«

»Jaja, Tiffany! Die geben dir blaue Schachtel, selbe Farbe wie Himmel. Amerikanische Geist mag gern blaue Himmel, hübsche Wolken ... O ja, ich weiß. Wo hast du Spieldose, dieses Geschenk von mir zu deine Hochzeit? Geist liebt Musik. Glaubt, kleine Leute drin spielen Lied. Geht rein schauen. In meine letzte Leben, Miss Banner hatte auch so eine Spieldose ...«

»Kwan, ich hab wirklich zu tun ...«

»Ich weiß, ich weiß! Na, egal, du hast hier keine Geist, du hast lebendige Person in Haus lauern. Vielleicht hat früher was Böses getan, jetzt versteckt sich, will sich nicht erwischen lassen. Schade, weiß nicht, wie Verbrecher fangen geht. Besser, du rufst FBI. Ah – ich weiß! Noch besser, ruf Mann von Fernsehshow an. Ich sag dir, jede Woche, die schnappen einen, mindestens.« Soviel zu Kwans Ratschlägen.

Und dann geschah noch etwas, das ich zunächst als bloßen Zufall abzutun versuchte. Elza kehrte mit einem Paukenschlag in unser Leben zurück. Einer ihrer früheren Mitstudenten, der inzwischen New-Age-Musik produzierte, brachte einige ihrer Stücke neu heraus, unter dem Titel *Höheres Bewußtsein.* Die Musik wurde später für eine Fernsehserie über Engel verwendet, eigentlich ja eine Ironie des Schicksals, wie Simon bemerkte, da Elza mit der christlichen Mythologie gar nichts am Hut hatte. Aber plötzlich schien alle Welt sich für Engel zu begeistern, die Serie wurde ein Volltreffer, die CD mit dem Soundtrack verkaufte sich gut, und Simon begann, aus Elzas bescheidenem Nachruhm ein neues Selbstwertgefühl zu schöpfen. Ich hätte nie gedacht, daß ich Engel mal so sehr hassen würde. Doch Simon, der New Age sonst verabscheute, legte die Platte jedesmal auf, wenn Freunde zu Besuch kamen, um dann beiläufig zu erwähnen, daß die Komponistin ihm die Orginalpartitur gewidmet habe. Wieso, wurde dann natürlich gefragt. Nun, sie beide seien eben mal ein Liebespaar gewesen. Worauf manche Freunde mir tröstlich zulächelten, was mir ungeheuer auf die Nerven ging. Also erklärte ich dann stets in nüchternem Ton, Elza sei schon gestorben, ehe ich Simon getroffen hätte. Und doch klang es fast wie ein Schuldgeständnis, als hätte ich zugegeben, sie selbst getötet zu haben. Darauf pflegte sich dann meist verlegenes Schweigen auszubreiten.

So schwer es mir schon fiel, die lästige Geräuschkulisse in unserer Wohnung zu ertragen, mußte ich jetzt auch noch so tun, als machte Elzas Musik mir nichts aus. Standhaft versuchte ich, die wachsende Kluft zwischen Simon und mir zu ignorieren. Ich klammerte mich immer noch an den Glauben, man müsse die Dinge nur positiv sehen, um gegen Ehekrisen ebenso gefeit zu sein wie gegen Erdbeben, Krebs, Kriegsausbruch und alle anderen Katastrophen. Doch um mir eine heile Welt vorzugaukeln, mußte ich erst herausfinden, was in meinen eigenen vier Wänden nicht in Ordnung war.

# *Kwans Fünfzigster*

Den klotzigen Kronleuchter in der Diele haben wir niemals ausgetauscht. Als wir einzogen, erschien uns das Ungetüm als krasse Geschmacklosigkeit, später dann mehr als Witz, und bald war es nichts weiter als eine Lichtquelle, die eben einfach da war und nur noch dann auffiel, wenn eine der Glühbirnen durchbrannte. Auch dieser letzten Irritation versuchten wir zu entgehen, indem wir bei einer Selbsthilfe-Organisation für Kriegsblinde ein Dutzend Sechzig-Watt-Birnen auf Vorrat kauften, mit einer garantierten Lebensdauer von insgesamt fünfzigtausend Stunden, in Dielenlichtjahren also praktisch ewig. Aber schon im ersten Jahr brannten fünf oder sechs Glühbirnen durch, und irgendwie konnten wir uns nie dazu aufraffen, sie auszuwechseln. Mit einer einzigen brennenden Glühbirne war der Kronleuchter so gut wie unsichtbar.

Vor etwa sechs Monaten gab dann auch diese letzte Birne den Geist auf; es knisterte kurz und plopp, standen wir im Dunkeln. Simon und ich waren gerade im Begriff, zum Abendessen in unser Stammlokal zu gehen. »Morgen kaufe ich aber endlich mal anständige Glühbirnen«, meinte Simon.

»Warum nicht gleich eine anständige Lampe?«

»Wozu denn? Die hier ist doch gar nicht so schlecht. Los, gehen wir, ich hab Hunger.«

Auf dem Weg zum Restaurant grübelte ich darüber nach, was er gerade gesagt hatte; es hatte so unbeteiligt geklungen, so, als sei ihm unser Zusammenleben keine Mühe mehr wert. Schäbig war jetzt gut genug für uns.

Das Lokal war halb leer. Leise Hintergrundmusik säuselte so dezent, daß man sie kaum wahrnahm. Während ich die Speisekarte überflog, die ich sowieso auswendig kannte, fiel mir ein Paar um die Fünfzig auf, das uns schräg gegenüber saß. Die Frau zog eine säuerliche Miene. Der Mann sah gelangweilt aus. Ich beobachtete sie noch eine Weile. Sie kauten, strichen Butter auf Brot, nippten an ihren Gläsern, ohne je einen Blick oder ein Wort zu wechseln. Sie schienen nicht zerstritten, nur freudlos und resigniert, abgestumpft. Simon studierte die Weinliste. Als ob wir je etwas anderes als den weißen Hauswein bestellten.

»Sollen wir uns zur Abwechslung mal eine Flasche Roten gönnen?« fragte ich.

Er blickte nicht auf. »Rotwein hat doch soviel Tannin. Ich bin nicht scharf darauf, um zwei Uhr morgens wieder hellwach dazuliegen.«

»Wir können ja auch was anderes nehmen. Einen Fumé blanc vielleicht?«

Er reichte mir die Karte rüber. »Also, ich nehme lieber den üblichen Chablis. Aber such du dir ruhig was aus.«

Ich starrte auf die Liste und spürte einen Anflug von Panik. Alles in unserem Leben kam mir auf einmal so vorhersehbar vor, so eingefahren und sinnlos. Wie wenn man mühselig ein riesiges Puzzle zusammengesetzt hätte, um dann enttäuscht festzustellen, daß es bloß eine kitschige Reproduktion belangloser Malerei war. Sicher, in mancher Hinsicht waren wir kompatibel: sexuell, intellektuell, beruflich. Aber wir waren nicht wirklich verbunden, nicht wie Leute, die einander ganz und gar gehören. Wir waren Partner, aber nicht Seelenverwandte, zwei Einzelwesen, die zufällig eine Speisekarte und ein Leben miteinander teilten. Zu einer tieferen Gemeinsamkeit reichte es nicht. Unsere Liebe war nicht schicksalhaft; sie war nur das Resultat eines tragischen Unfalls und einer albernen Geisterbeschwörung. Darum empfand er keine echte Leidenschaft für mich. Darum paßte auch ein gammeliger alter Kronleuchter zu unserem Leben.

Wieder zu Hause, ließ Simon sich aufs Bett fallen. »Du warst den ganzen Abend so still. Bedrückt dich irgendwas?«

»Nein«, log ich. »Na ja, das heißt, ich weiß nicht so recht.« Ich setzte mich auf meine Bettseite und fing an, durch einen Versandkatalog zu blättern, in der Hoffnung, daß er noch mal nachfragen würde.

Simon hatte sich die Fernbedienung geschnappt und zappte jetzt im Fünf-Sekunden-Rhythmus durch alle Kanäle: eine Nachrichtenmeldung über ein gekidnapptes kleines Mädchen, eine spanische Telenovela, ein Muskelprotz, der Fitneßgeräte anpries. Während die bunten Bildfetzen an mir vorbeiflimmerten, versuchte ich, meine wirren Gefühle in irgendeinen logischen Zusammenhang zu bringen, der Simon verständlich wäre. Doch alles, was ich schon so lange zurückgedrängt hatte, stürmte geballt auf mich ein und schnürte mir die Kehle zu. Da war die Tatsache, daß wir nicht über Simons Unfruchtbarkeit reden konnten – nicht, daß ich nun gerade zum gegenwärtigen Zeitpunkt Kinder gewollt hätte. Und diese gruseligen Geräusche im Haus, die wir zu überhören vorgaben, um uns nicht damit auseinandersetzen zu müssen. Und Elza, die eisern totgeschwiegen wurde, obwohl sie doch überall anwesend war, in der Erinnerung an Kwans Lügen bei jener Geisterbeschwörung, in der verdammten Musik, die Simon dauernd abspielte. Ich würde glatt ersticken, wenn ich keine drastischen Veränderungen in meinem Leben vornahm. Indessen flippte Simon immer noch mechanisch von einem Kanal zum nächsten.

»Weißt du eigentlich, wie sehr das nervt?« knurrte ich. Simon schaltete den Fernseher ab. Er rollte sich zu mir herum, stützte sich auf den Ellbogen und sah zu mir hoch, mit zärtlich besorgter Miene.

Schon verlor ich den Mut; mein Magen krampfte sich zusammen. »Ich frage mich nur manchmal, ist das wirklich schon alles? Soll das jetzt die nächsten zehn, zwanzig Jahre mit uns so weitergehen?«

»Wie denn?«

»Na, du weißt schon, wir beide hier in diesem Spukhaus, mit diesen unheimlichen Geräuschen, und wir nehmen das immer bloß so hin. Alles kommt mir so schal vor. Wir essen immer im selben Restaurant. Wir reden immer dasselbe. Tagaus, tagein ist es immer wieder derselbe alte Scheiß.«

Er schaute verwirrt drein.

»Ich möchte nicht, daß wir nur so nebeneinanderher leben. Ich sehne mich nach mehr Nähe zwischen uns.«

»Aber wir machen doch eh immer alles gemeinsam.«

»Ich rede nicht von der Arbeit!« Mir war elend zumute, ich fühlte mich wie ein kleines Kind, das hungrig und müde und überreizt ist und nicht ausdrücken kann, was es will. »Ich rede von uns, von unserer Ehe. Ich hab das Gefühl, wir stagnieren in unserem eingefahrenen Trott und setzen allmählich Schimmel an.«

»Mir geht's aber gar nicht so.«

»Gib's doch zu, unser Leben zusammen wird nächstes Jahr auch nicht besser sein als jetzt. Eher schlimmer. Was haben wir denn Gemeinsames außer unserer Arbeit, und daß wir dieselben Filme anschauen und im selben Bett liegen?«

»Komm schon, du bist einfach nur deprimiert.«

»Natürlich bin ich deprimiert! Weil ich sehen kann, worauf wir zusteuern. Ich will nicht wie diese Leute werden, die wir heute abend im Restaurant gesehen haben – bloß noch stumm auf den Teller starren, sich nichts mehr zu sagen haben, außer vielleicht: ›Sind die Linguini okay?‹ Wir reden ja sowieso schon nicht mehr miteinander, nicht wirklich.«

»Aber heute abend haben wir doch miteinander geredet.«

»Ja, klar, darüber, daß der neue Kunde ein Neonazi ist, und daß wir mehr in unsere Rentenversicherung einzahlen sollten, und daß die Hausverwaltung den Fixkostensatz erhöhen will, all so 'n Zeug. Das nenne ich eben nicht *wirklich* miteinander reden. Nicht über Dinge, die mir im Leben wichtig sind.«

Simon rieb mir scherzhaft das Knie. »Sag bloß nicht, du hast eine Midlifecrisis. So was gab's doch nur in den Siebzigern. Heutzutage gibt's statt dessen Prozac.«

Ich wischte seine Hand weg. »Na komm schon, war doch bloß 'n Witz.«

»Aber warum mußt du denn immer über das witzeln, was mir wichtig ist?«

»Hey, du bist nicht die einzige, die sich Fragen stellt. Ich frage mich auch oft, wie viel Zeit ich noch habe, um das zu tun, was mir wirklich wichtig ist.«

»Aha? Und das wäre?«

Er zögerte. Ich konnte mir schon denken, was er sagen würde: das Geschäft ankurbeln, die Wohnung abbezahlen, genug Geld zurücklegen, um sich früh zur Ruhe zu setzen.

»Na los. Raus damit.«

»Schreiben«, gestand er schließlich.

»Aber du schreibst doch dauernd.«

»Ich meine nicht, was ich jetzt schreibe. Glaubst du etwa, das ist alles, was mir vorschwebt – Broschüren über Cholesterindiäten und Fettabsaugen zu verfassen? Nee, also echt nicht.«

»Was denn?«

»Geschichten.« Er sah mich abwartend an.

»Tatsächlich? Und was für welche?« Ich hatte den Verdacht, daß er mir nur etwas vorflunkerte, um mir zu imponieren.

»Geschichten aus dem wirklichen Leben, über die Leute hier oder in anderen Ländern, was weiß ich, Madagaskar, Mikronesien, irgendwelche Inseln, wo noch keine Touristen herumtappen.«

»Reportagen?«

»Essays, Erzählungen, was auch immer, Hauptsache, es gibt

mir die Möglichkeit, meine eigene Sicht der Dinge darzustellen, meinen persönlichen Standpunkt zu definieren, Fragen aufzuwerfen ... so ganz klar ist mir das ja selbst noch nicht.«

Unversehens zog er mir den Katalog aus der Hand, doch ich grapschte ihn mir sofort zurück. Ich schmollte wieder.

»Na gut, dann mach eben so ein Gesicht!« blaffte er. »Ich versteh nicht, was du plötzlich hast. Okay, wir sind nicht vollkommen, na und? Wer ist das schon? Wir machen ab und zu Fehler, wir reden nicht genug miteinander – sind wir deshalb gleich komplette Versager? Immerhin sind wir weder obdachlos noch krank, noch müssen wir uns in stumpfsinnigen Jobs abrackern.«

»Was? Soll ich mich vielleicht dran hochziehen, daß es anderen Leuten schlechter geht als mir? Für wie primitiv hältst du mich eigentlich?«

»Verdammte Scheiße, was willst du denn überhaupt?« fuhr er auf. »Was brauchst du denn noch zu deinem Glück?«

Ich fühlte mich tief unten in einen Wunschbrunnen eingeklemmt. Wie gern hätte ich laut herausgeschrien, was ich wollte, aber ich wußte es ja selber nicht. Ich wußte nur, was ich nicht wollte.

Simon ließ sich auf das Kissen zurücksinken, die Hände über der Brust gefaltet. »Hör mal, das Leben ist doch nun mal ein einziger großer Kompromiß.« Er klang wie ein Fremder. »Man kriegt halt nicht immer, was man will, egal, wie schlau man's anstellt, wie hart man arbeitet, wie sehr man's verdient hätte. Glück ist nur ein Mythos. Wir lavieren uns doch alle irgendwie so durch.« Er lachte zynisch vor sich hin.

Da spuckte ich es mit einem Mal aus, was ich mich die ganze Zeit nicht zu sagen getraut hatte: »Ja, eben, und ich hab es langsam satt, mich als mieser Ersatz für Elza durchzulavieren.«

Simon setzte sich auf. »Was zum Teufel hat denn Elza damit zu tun?«

»Nichts.« Ich führte mich dumm und kindisch auf, doch nun konnte ich mich nicht mehr bremsen. Nach einem kurzen, angespannten Moment des Schweigens brach es aus mir hervor: »Warum mußt du dauernd diese verdammte CD laufen lassen und allen erzählen, daß sie deine Freundin war?«

Simon verdrehte die Augen zur Decke. Er seufzte abrupt auf, ein Zeichen, daß seine Geduld allmählich erschöpft war. »Also, was ist los?«

»Ich wollte nur... ich möchte einfach... ein besseres Leben, weißt du«, stammelte ich. »Mit dir zusammen.« Ich wagte nicht, seinem Blick zu begegnen. »Ich möchte wichtig für dich sein. Ich möchte, daß du wichtig für mich bist... daß wir gemeinsame Träume haben.«

»Gut, aber was denn für welche?« fragte er zögernd.

»Das ist es ja – ich weiß es nicht! Darüber will ich ja mit dir reden. Es ist so lange her, daß wir gemeinsame Träume hatten, jetzt können wir uns nicht mal mehr was darunter vorstellen.«

Wir hatten eine Patt-Situation erreicht. Keiner wußte mehr weiter. Ich tat so, als vertiefte ich mich wieder in meinen Katalog. Simon ging ins Bad. Als er wiederkam, setzte er sich auf die Bettkante und legte mir den Arm um die Schultern. Ich haßte mich dafür, daß ich heulte, aber ich konnte nicht aufhören. »Ich weiß nicht, ich weiß nicht«, schluchzte ich. Er tupfte mir die Augen mit einem Kleenex ab, putzte mir die Nase und drückte mich dann sachte aufs Bett nieder.

»Das wird schon wieder«, murmelte er tröstlich. »Wirst schon sehen, morgen ist alles wieder gut.«

Aber seine Nettigkeit ließ mich nur noch mehr verzweifeln. Er legte sich zu mir, nahm mich fest in die Arme, und ich versuchte, die Schluchzer zurückzudrängen, mich beruhigen zu lassen, weil ich nicht wußte, was ich sonst hätte tun sollen. Und Simon tat, was er immer tat, wenn ihm nichts mehr einfiel – er wurde zärtlich. Ich streichelte ihm übers Haar; mochte er ruhig glauben, daß es das war, was ich wollte. Doch im stillen dachte ich: Macht er sich denn gar keine Sorgen, wie es mit uns weitergehen soll? Wie kann er nur so unbekümmert sein? Wir sind am Ende. Es ist nur noch eine Frage der Zeit.

Am nächsten Morgen überraschte er mich damit, daß er mir Kaffee ans Bett brachte und munter verkündete: »Ich hab darüber nachgedacht, was du gestern gesagt hast – über unsere gemeinsamen Träume. Also, ich hab da eine Idee.«

Simon hatte sich überlegt, daß wir zusammen eine Wunschliste aufstellen sollten, um die kreativen Parameter unseres Lebens neu zu definieren, wie er es nannte. Voller Begeisterung begannen wir, Pläne zu schmieden. Wir waren uns darin einig, daß unser Traum außer Spannung auch Spaß bringen sollte, exotische Reisen und kulinarische Entdeckungen inbegriffen, vor allem aber die Chance, etwas zustande zu bringen, das emotional befriedigend war. Unsere Beziehung zueinander ließen wir lieber unerwähnt. »So, damit hätten wir schon mal den Traum«, sagte Simon. »Jetzt fragt sich nur noch, wie wir ihn in die Tat umsetzen.«

Nach dreistündiger Diskussion hatten wir ein Konzept entworfen, das an ein halbes Dutzend Reise- und Restaurantführer geschickt werden sollte. Wir wollten ihnen eine ausführliche Fotoreportage über die ländliche Küche in China anbieten; die Reise sollte gleichzeitig als Modellversuch für weitere Artikel über traditionelle Volkskultur dienen, die sich später vielleicht zu einem Buch, einer Vorlesungsreihe oder zu einer Fernsehserie ausbauen lassen würden.

Es war das beste Gespräch, das Simon und ich seit Jahren geführt hatten. Zwar glaubte ich noch immer nicht, daß er meine Ängste und Vorahnungen wirklich verstand, doch immerhin hatte er sich redlich bemüht, auf mich einzugehen. Ich wollte einen Traum. Also ließ er sich etwas einfallen. Und gab uns das, genau besehen, nicht wenigstens schon Anlaß zur Hoffnung?

Mir war natürlich klar, daß wir kaum den Hauch einer

Chance hatten, unser Konzept zu verwirklichen. Aber sobald die Briefe in alle Himmelsrichtungen abgeschickt waren, wurde mir leichter ums Herz, als hätte ich mein altes Leben zum Aufmöbeln gebracht. Was jetzt kam, konnte nur besser werden.

Ein paar Tage nach dem Tête-à-tête mit Simon rief meine Mutter an, um mich daran zu erinnern, daß ich meine Kamera zu Kwans Fest mitbringen sollte. Ich sah auf den Kalender. Mist! Ich hatte total verschwitzt, daß wir am Abend bei Kwan zur Geburtstagsfeier erscheinen sollten. Eilig lief ich die Treppe hinauf in unser Schlafzimmer, wo Simon auf dem Teppich vor dem Fernseher lümmelte und Baseball guckte. Neben ihm knautschte Bubba zufrieden auf einer quietschenden Plastikente herum.

»Wir müssen in einer Stunde bei Kwan sein. Sie hat heute Geburtstag.«

Simon stöhnte. Bubba setzte sich kerzengerade auf und winselte mit paddelnden Pfötchen nach seiner Leine.

»Nein, Bubba, du mußt hierbleiben.« Er ließ sich wieder zu Boden sinken und äugte traurig zu mir hoch.

»Wir bleiben nur so lange wie unbedingt nötig«, schlug ich vor, »und dann verdrücken wir uns schnell wieder.«

»Denkste«, sagte Simon, die Augen noch immer auf den Bildschirm geheftet. »Du weißt doch, wie Kwan ist. Die läßt uns nie vorzeitig weg.«

»Na, auf jeden Fall müssen wir aber hin. Es ist ihr Fünfzigster.«

Ich versuchte, im Bücherregal irgend etwas zu finden, das als Geburtstagsgeschenk durchgehen könnte. Ein Kunstband? Nein, entschied ich, damit würde sie nichts anfangen können. Kwan hatte keinerlei Sinn für Ästhetik. Ich schaute in meinem Schmuckkasten nach. Vielleicht diese Silberkette mit Türkisen, die ich sowieso fast nie trug? Nein, die hatte ich von meiner Schwägerin, und sie würde ebenfalls auf dem Fest sein. Ich ging hinunter in mein Arbeitszimmer, und da sah ich es: ein schildpattfarbenes Kästchen, kaum größer als ein Satz Spielkarten, das bestens zu Kwans kitschigem Nippeskram passen würde. Ich hatte das Kästchen vor zwei Monaten bei meinen Weihnachtseinkäufen erstanden; es war ein ideales Verlegenheitsgeschenk, das ich in der Handtasche mitnehmen konnte für den Fall, daß irgendwer, zum Beispiel ein Kunde, mich mit einem Weihnachtsgeschenk überraschte. Aber dieses Jahr hatte das keiner getan.

Während ich dann in Simons Schreibtisch nach Einwickelpapier stöberte, fand ich in der untersten linken Schublade ganz hinten eine Diskette. Ich wollte sie gerade in ihren angestammten Karton zurückschieben, da fiel mein Blick zufällig auf das Etikett: »Roman. Angefangen am 20. 2. 90.« Also versuchte er tatsächlich, etwas Ernsthaftes zu schreiben, und zwar schon seit Jahren. Es tat mir weh, daß er es mir verheimlicht hatte.

Nun hätte ich natürlich Simons Privatsphäre respektieren und die Diskette unbesehen wegräumen sollen. Aber wie hätte ich es über mich bringen können, nicht wenigstens einen schnellen Blick zu riskieren? Hier war sein Herz, seine Seele, das, worauf es ihm wirklich ankam. Mit zitternden Händen stellte ich den Computer an und schob die Diskette ein. Ich rief die Datei »Kap. 1« auf. Der opalblaue Hintergrund füllte sich mit Wörtern, und schon sprang mir der erste Satz ins Auge: *Seit ihrem sechsten Lebensjahr konnte Elise jede Melodie aus dem Gedächtnis nachspielen, einem Gedächtnis, das sie von ihren toten Großeltern geerbt hatte.*

Ich las die erste Seite auf dem Bildschirm, dann die zweite. Das ist doch alles Sülze, sagte ich mir dauernd, das ist doch läppischer Schund. Doch ich blätterte immer weiter, sog gierig das Gift in mich ein. Und ich sah sie vor mir, diese Elza, wie sie unter dem Streicheln seiner Fingerspitzen auflebte, wie sie ihm aus dem Bildschirm verschwörerisch zublinzelte. Ich konnte sehen, wie sie mich angrinste: »Ich bin zurückgekommen. Darum bist du niemals glücklich gewesen. Ich war die ganze Zeit hier.«

Kalender sind kein Zeitmaß mehr für mich. Kwans Geburtstag vor sechs Monaten liegt unendlich weit zurück. Nachdem wir von ihrem Fest zurückkamen, stritten Simon und ich uns noch den ganzen nächsten Monat, daß die Fetzen flogen. Der Schmerz schien ewig anzudauern, doch die Liebe zerrann in einer Sekunde. Erst kampierte er in seinem Arbeitszimmer, dann zog er Ende Februar aus, was mir jetzt schon so lange vorkommt, daß ich mich nicht mal mehr erinnere, wie ich die ersten Wochen allein herumgebracht habe.

Aber ich gewöhne mich allmählich an die Veränderung. Keine Alltagsroutine, keine eingefahrenen Abläufe, keine alten Gewohnheiten, das ist jetzt meine Devise. Und sie tut mir gut. Wie Kevin mir neulich auf seiner Geburtstagsparty bestätigte: »Du siehst fabelhaft aus, Olivia, richtig verjüngt.«

»Tja, das ist mein neues Ich«, sagte ich keß. »Ich benutze eine neue Gesichtscreme. Mit Fruchtsäure.«

Alle sind verblüfft, wie gut ich allein klarkomme – nicht bloß irgendwie durchhalte, sondern ein neues Leben aufbaue. Nur Kwan sieht das anders.

Gestern abend hatte ich sie wieder mal am Telefon: »Libby-ah, deine Stimme, klingt so müde! Müde von Alleinleben, glaub ich. Simon genauso. Kommt heute alle beide zu mir zu Abend essen, wie gute alte Zeit, ist doch besser, trotzdem Freunde ...«

»Kwan, ich hab jetzt wirklich keinen Nerv dafür.«

»Ah, immer viel Arbeit, immer in Streß. Okay, dann nicht heute. Morgen, wieder zu viel Arbeit? Du kommst morgen, ah.«

»Nicht, wenn Simon da ist.«

»Okay, okay. Komm heute abend allein. Ich mach dir auch gebratene Nudeln, deine Lieblingsessen. Und geb dir Wonton mit für Tiefkühltruhe.«

»Aber wir reden nicht über Simon, klar?«

»Nicht reden, bloß essen. Versprochen.«

Ich bin schon bei meiner zweiten Portion Bratnudeln und lauere immer noch darauf, daß Kwan irgendeine Anspielung auf meine Ehe losläßt. Sie und George palavern munter über Virginia, eine Kusine von Georges verstorbener Frau, in Vancouver; offenbar hat sie einen Neffen in China, der nach Kanada auswandern möchte.

George kaut mit vollen Backen. »Ja, und seine Freundin, die wollte sich dann auch mit dranhängen. Hat ihn gezwungen, sie zu heiraten. Meine Kusine mußte den ganzen Papierkram noch mal von vorne anfangen. Dabei war der Antrag schon fast durch, und jetzt – marsch, marsch, wieder ganz hinten anstellen. Noch mal achtzehn Monate warten.«

»Zweihundert Dollar, neue Papiere.« Kwan angelt mit ihren Stäbchen nach einer grünen Bohne. »Viele, viele Stunden verschwendet, von eine Amt zu andere geschickt. Und was dann? Große Überraschung – auf einmal Baby geboren.«

George nickt. »Meine Kusine beklagte sich: ›Hey, konntet ihr denn nicht warten? Jetzt müssen wir auch noch das Baby mitzählen, schon wieder einen neuen Antrag stellen.‹ Aber der Neffe sagte: ›Erzähl denen von der Einwanderungsbehörde bloß nichts von dem Baby. Wir beide kommen erst mal zu zweit, gehen aufs College, finden gutbezahlte Jobs, kaufen ein Haus, ein Auto. Später werden wir schon noch einen Weg finden, das Baby nachkommen zu lassen, so in ein, zwei Jahren vielleicht.‹«

Kwan setzt ihre Reisschüssel ab. »Eigene Baby zurücklassen! Was ist das für schreckliche Unsinn?« Sie funkelt mich aufgebracht an, als wäre ich diejenige, die ein Kind im Stich lassen wollte. »College, Geld, Haus, Job – wo glauben die denn, so was alles finden? Wer zahlt für College? Bilden sich wohl ein, hier in goldene Westen alles gratis?«

Ich schüttele den Kopf. George brummelt vor sich hin, und Kwan macht ein angewidertes Gesicht. »Bohnen nicht zart genug, zu alt, kein Geschmack.«

»Und? Wie ist es weitergegangen?« frage ich. »Nehmen sie das Baby jetzt doch mit?«

»Nein.« Kwan legt ihre Stäbchen hin. »Keine Baby, keine Neffe, keine Ehefrau. Virgie zieht bald nach San Francisco. In Amerika gibt aber keine Einwanderung für Neffe. Und jetzt, Mutter von Neffe in China, Schwester von Virgie, gibt uns Schuld, weil gute Chance für ihre Sohn vertan!«

Ich warte auf weitere Erläuterungen. Kwan fuchtelt mit den Stäbchen durch die Luft. »Wah! Warum glaubst du immer, eigene Sohn so wichtig? Eigene Schwester nicht bedenken, wieviel Mühe! Deine Sohn zu sehr verwöhnt. Ich kann schon von hier riechen, faule Früchtchen.«

»Hast du ihr das gesagt?«

»Hab sie noch nie getroffen.«

»Aber warum gibt sie dann euch die Schuld?«

»Weil Virgie ihr gesagt, daß wir sie einladen, bei uns wohnen. Da hat Schwester böse Brief geschickt.«

»Ihr habt Virgie tatsächlich zu euch eingeladen?«

»Vorher nicht, aber jetzt, wo Brief da ist, wir müssen Virgie einladen, sonst sie verliert Gesicht. Nächste Woche, sie kommt.«

Obwohl ich seit jeher mit Kwans krauser Gedankenwelt konfrontiert war, werde ich wohl nie dahinterkommen, wie die Vernetzung in einer chinesischen Familie funktioniert, dieses ganze unterschwellige Geflecht von Pflichten und Verantwortung, diese bizarre Furcht, sein Gesicht zu verlieren. Ich bin froh, daß mein Leben nicht so kompliziert ist.

Am Ende des Abends drückt Kwan mir eine Videokassette

in die Hand. Sie stammt von ihrer Geburtstagsfeier, am selben Tag, als Simon und ich unseren Ehekrach hatten, der dann schließlich zur Trennung führte.

Ich war die Treppe hinauf in unser Zimmer gestürmt, wo Simon sich gerade umzog, hatte ein Fenster aufgerissen, seine Diskette hochgehalten und geschrien: »Hier ist dein verdammter Roman! Hier ist das, was dir wichtig ist!« Und dann hatte ich die Diskette hinausfallen lassen.

Wir brüllten uns eine Stunde lang an, und dann sprach ich mit ruhiger, fester Stimme die Worte aus, die schlimmer waren als jeder Fluch: »Ich will mich scheiden lassen.« Es traf mich wie ein Schock, als Simon nur »einverstanden« sagte, sich auf dem Absatz umdrehte und die Treppe hinunterpolterte. Krachend fiel die Haustür ins Schloß, und weg war er. Keine fünf Minuten später klingelte das Telefon. Ich zwang mich zu steinerner Selbstbeherrschung. Kein Schmerz, kein Zorn, keine Versöhnlichkeit. Sollte er nur betteln. Beim fünften Läuten hob ich ab.

»Libby-ah?« Es war Kwan, mit schüchterner Kleinmädchenstimme. »Ma dich angerufen? Du kommst? Alle schon da. Jede Menge Essen ...«

Ich murmelte eine vage Entschuldigung.

»Simon krank? Gerade jetzt? ... Oh, Lebensmittelvergiftung. Okay, mußt ihn pflegen. Nein, nein. Er wichtiger als Geburtstag.« Und da entschied ich plötzlich, daß Simon nie mehr wichtiger als irgend etwas anderes in meinem Leben sein sollte, nicht mal wichtiger als Kwan. Ich ging allein auf das Fest.

»Sehr lustige Video«, sagt Kwan jetzt, während sie mich zur Tür begleitet. »Vielleicht keine Zeit zum Angucken. Nimm trotzdem mit.« Und so endet der Abend, ohne daß irgendwer Simon erwähnt hätte.

Zu Hause komme ich mir verloren vor. Ich versuche fernzusehen. Ich versuche zu lesen. Ich schaue auf die Uhr. Es ist zu spät, jemanden anzurufen. Zum ersten Mal seit sechs Monaten erscheint mir mein Leben hohl; ich fühle mich schrecklich einsam. Da fällt mein Blick auf Kwans Video. Warum nicht? Ein bißchen Partystimmung kann nicht schaden.

Ich habe Privatvideos immer stinklangweilig gefunden, weil sich ja nie jemand die Mühe macht, die Filme zurechtzuschneiden und den Müll auszusortieren. So bekommt man Momente seines Lebens vorgeführt, die besser unter den Tisch fallen sollten. Man sieht Vergangenes so, als sei es Gegenwart, und weiß doch immer schon, was kommt.

Das Video von dem Fest beginnt mit blinkenden Lichterketten und zoomt dann in den Weitwinkel zurück, um zu zeigen, daß wir uns vor dem Eingang zu Kwans und Georges Haus in der Balboa Street befinden. Mit einem wackeligen Kameraschwenk treten wir ein. Obwohl es schon Ende Januar ist, läßt Kwan die Weihnachtsdekoration immer bis nach ihrem Geburtstag hängen. Das Video nimmt alles getreulich auf: die Plastikgirlanden über den Fensterrahmen, den grün-blau gemusterten Spannteppich, die pseudogemaserte Wandtäfelung, das bunt zusammengewürfelte Mobiliar, teils vom Discountcenter, teils vom Flohmarkt.

Kwans krisselige Dauerwelle schiebt sich seitwärts ins Bild. Sie ruft mit überlauter Stimme: »Ma! Mr. Shirazi! Willkommen, willkommen, nur hereinspaziert.« Meine Mutter und ihr derzeitiger Lover kommen in Sicht. Sie trägt eine Bluse mit Leopardenmuster, Leggings und eine schwarze Samtjacke mit Goldborten. Ihre Brille ist lila getönt. Seit ihrem Lifting hat meine Mutter sich angewöhnt, ihre jugendliche Erscheinung mit immer knalligeren Outfits zu betonen. Diesen Sharam Shirazi hat sie auf einem Salsakurs für Fortgeschrittene getroffen. Sie hat mir gesagt, er gefalle ihr besser als ihr letzter Freund, ein Samoaner, weil er wisse, daß man die Hand einer Dame »nicht wie einen Trommelstab« hält. Außerdem scheint Mr. Shirazi auch sonst ein flotter Feger zu sein. Sie hat mir einmal zugewispert: »Er macht Sachen, die vielleicht nicht mal euch jungen Leute einfallen.« Ich habe sie nicht gefragt, was sie damit meinte.

Kwan schaut in die Kamera zurück, um sich zu vergewissern, daß George die Ankunft unserer Mutter auch ordentlich aufgenommen hat. Und dann treffen weitere Gäste ein: Kwans Stiefsöhne, meine Brüder mit ihren Frauen und ihren vier Kindern. Kwan begrüßt sie überschwenglich, ruft jedes der Kinder laut beim Namen – »Melissa! Patty! Eric! Jena!« – und winkt George zu einer Gruppenaufnahme heran.

Schließlich ist da auch noch meine Ankunft festgehalten. »Warum so spät?« beschwert Kwan sich fröhlich. Sie packt mich am Arm und schiebt mich dicht vor die Kamera, so daß unsere beiden Gesichter das ganze Bild füllen. Ich sehe müde aus, verlegen, rotäugig. Es ist unverkennbar, daß ich nichts als flüchten möchte.

»Dies ist meine Schwester Libby-ah«, verkündet Kwan in die Kamera. »Meine *allerbeste* Lieblingsschwester. Welche von uns älter? Rat mal. Welche?«

In den nächsten Szenen wirkt Kwan, als hätte sie einen Amphetaminkoller, so aufgedreht hüpft sie herum, baut sich breit grienend vor dem Plastikchristbaum auf, zeigt mit übertriebenen Gesten in die Runde wie die Moderatorin einer Fernsehshow. Nun führt sie mit großem Tamtam ihre Geschenke vor, tut so, als sackte sie unter dem Gewicht der Päckchen in die Knie, schüttelt und beschnüffelt jedes einzelne, ehe sie den Namen des glücklichen Empfängers auf den angehängten Kärtchen vorliest. Jedesmal reißt sie in gespieltem Erstaunen die Augen auf. »Für *mich*?« Dann lacht sie röhrend und hält alle zehn Finger hoch, ballt sie zu Fäusten und streckt sie wieder aus, wie ein Blinksignal. »Fünfzig Jahre!« ruft sie. »Ist zu glauben? Nein? Vielleicht vierzig?« Sie kommt auf die Kamera zu und nickt ins Bild. »Okay, okay. Vierzig.«

Die Kamera hüpft nun von einer Zehn-Sekunden-Szene zur

nächsten. Meine Mutter hockt auf Mr. Shirazis Schoß, irgendwer ruft »Kuß!«, und sie gehorchen mit sichtlichem Vergnügen. Meine Brüder hocken im Schlafzimmer vor der Sportschau und winken mit schwappenden Bierdosen in die Kamera. Meine Schwägerinnen, Tabby und Barbara, helfen Kwan in der Küche; Kwan hält ein kreisrundes Scheibchen Schweinefleisch hoch und ruft: »Probier mal! Komm her, probier mal!« In einem anderen Schlafzimmer stecken die Kinder über einem Computerspiel die Köpfe zusammen: Sie jubeln jedesmal laut auf, wenn ein Monster abgeschossen ist. Und jetzt steht die ganze Familie am Büffet, lädt sich die Teller auf und steuert einer nach dem anderen zum Eßtisch, der mit einem Mah-jongg-Tisch auf der einen Seite und einem Kartentisch auf der anderen zur Festtafel erweitert wurde.

Ich sehe mich selbst in Nahaufnahme: Ich winke, proste Kwan zu, stochere mit der Plastikgabel auf meinem Teller herum, halt so das übliche Partygehabe. Doch die Kamera nimmt alles mit gnadenloser Objektivität auf. Man sieht nur allzu deutlich, daß meine Miene ausdruckslos ist, meine Heiterkeit nur vorgetäuscht. Es ist ganz offensichtlich, wie deprimiert ich bin, wie resistent gegen alles, was das Leben zu bieten hat. Meine Schwägerin Tabby redet auf mich ein, doch ich starre abwesend auf meinen Teller. Der Kuchen wird hereingetragen, und alle fangen an, »Happy Birthday« zu singen. Die Kamera schwenkt durch den Raum und findet mich in der Sofaecke, stieren Blicks damit beschäftigt, die aufgehängten Stahlkugeln eines Tischspielzeugs aneinanderklacken zu lassen. Ich sehe aus wie ein Zombie.

Kwan wickelt ihre Geschenke aus. Die Prozellanfigurine, die schlittschuhlaufende Hummel-Kindchen darstellt, hat sie von ihren Kolleginnen aus dem Drugstore bekommen. »Oh, so süß!« maunzt sie und stellt das Machwerk zu ihrem übrigen Nippes. Die Kaffeemaschine ist von meiner Mutter. »Ah, Ma! Wie du gewußt, daß mein andere Kaffeemaschine kaputt?«

Die Seidenbluse in ihrer Lieblingsfarbe Knallrot ist von ihrem jüngeren Stiefsohn, Teddy. »Zu schön zu tragen«, jammert Kwan überglücklich. Die versilberten Kerzenhalter sind von ihrem anderen Stiefsohn, Timmy; sie steckt sofort Kerzen hinein und stellt sie auf den Tisch, den er ihr letztes Jahr abzuschmirgeln geholfen hat. Die klumpige Tonskulptur, die sich mit einigem Wohlwollen als schlafendes Einhorn deuten läßt, stammt von unserer Nichte Patty; Kwan stellt sie vorsichtig auf den Kaminsims und verspricht: »Dies ich verkaufe nie, selbst wenn Patty berühmte Künstlerin geworden und dies eine Million Dollar wert.« Den Bademantel mit Gänseblümchenmuster hat ihr Mann ihr geschenkt. »Ohhh. Giorgio Laurentis. Zu teuer. Warum du so viel Geld ausgeben?« Sie droht ihm scherzhaft mit dem Finger, und er lächelt mit verschämtem Stolz.

Ein weiterer Stapel Geschenke wird vor Kwan abgesetzt. Ich drücke auf die Vorlauftaste und spule das Weitere im Zeitraffer durch, bis ich sie mein Geschenk hochheben sehe.

». . . immer beste Sache für Schluß aufheben«, verkündet sie gerade, als ich den Recorder wieder in Normalgeschwindigkeit laufen lasse. »Muß sehr besonders sein, weil Libby-ah meine Lieblingsschwester.« Sie löst die Schleife und wickelt das Bändchen sorgsam zur Weiterverwendung auf. Das Seidenpapier gleitet herab. Sie schürzt die Lippen und starrt verwundert auf das Schildpattkästchen. Sie dreht es hin und her, klappt den Deckel auf und schaut hinein. Sie legt die Hand an die Wange und haucht: »So schön, so nützlich auch.« Dann streckt sie das Kästchen der Kamera entgegen, um es für alle Zeiten in die Filmgeschichte eingehen zu lassen. »Schau her«, strahlt sie. »Seifendose!«

Im Hintergrund kann ich meine verkrampfte Stimme hören. »Eigentlich ist es nicht für Seife gedacht, weißt du, mehr für Schmuck oder so was.«

Kwan späht wieder in das Kästchen. »Nicht für Seife?

Ohhh!« Sie hält das Kästchen noch einmal feierlich hoch. »George, hörst du? Meine Schwester Libby-ah sagt, ich verdiene schöne Schmuck. Kauf mir Diamant, große Diamant für meine Seifendose!«

George grunzt, und die Kamera schwenkt wild herum, während er ruft: »Ihr beiden Schwestern, stellt euch mal an den Kamin.« Ich protestiere, ich müsse jetzt aber nach Hause, ich hätte noch zu tun. Doch Kwan zieht mich lachend vom Sofa hoch. »Komm, komm, Faulpelz, nie zu viel zu tun für große Schwester.«

Die Videokamera surrt. Kwans Gesicht erstarrt zu einem Fotolächeln, als warte sie auf das Blitzlicht. Sie drückt mich an sich und hält mich fest, so sehr ich mich auch sträube. Dann murmelt sie andächtig: »Libby-ah, meine Schwester, so einzig, so lieb zu mir.«

Und ich bin den Tränen nah, nicht nur im Video, auch jetzt, während ich mein Leben vor mir ablaufen sehe. Denn ich kann es nicht länger leugnen. Es bricht mir das Herz.

# Dritter Teil

# *Kwans Küche*

Kwan hat mich für halb sieben eingeladen, wie üblich, obwohl wir dann meistens erst gegen acht essen. Also erkundige ich mich, ob das Abendessen *wirklich* schon um halb sieben beginnen soll, sonst würde ich lieber später kommen, weil ich *wirklich* viel zu tun habe. Doch, halb sieben, ganz bestimmt, sagt sie.

Um halb sieben öffnet George mir mit verschlafenem Gesicht die Tür, als hätte ich ihn eben aus einem Nickerchen herausgeklingelt. Er hat seine Brille nicht auf, und sein schütteres Haar steht ihm wirr vom Kopf ab wie in einem Werbespot, der die Vorteile einer antistatischen Frisiercreme anpreist. Er ist vor kurzem zum Filialleiter eines Discountladens in der East Bay befördert worden und von den zusätzlichen Anforderungen seines Jobs wahrscheinlich entsprechend geschlaucht.

Kwan treffe ich in der Küche an; sie steht am Spülbecken und putzt Morcheln. Der Reis ist noch nicht gewaschen, die Scampi sind noch nicht fertig geputzt. Bis das Essen soweit ist, wird es noch zwei Stunden dauern. Ich knalle meine Handtasche auf den Tisch, doch Kwan merkt nichts von meiner Gereiztheit. Sie klopft auf einen Stuhl.

»Libby-ah, komm, setz dich. Ich hab was, muß dir erzählen.« Sie schnippelt noch eine halbe Minute an den Pilzen herum, ehe sie die Katze aus dem Sack läßt. »Ich hab mich kürzlich mit einer Yin-Person unterhalten.« Sie redet jetzt chinesisch.

Ich seufze tief auf, um anzudeuten, daß ich ganz und gar nicht der Stimmung bin, ihr Geistergequassel zu ertragen.

»Lao Lu, du kennst ihn ja auch, aber nicht in diesem Leben. Lao Lu hat gesagt, du mußt mit Simon zusammenbleiben. Es ist dein *yinyuan*, das Schicksal, das Liebende vereint.«

»Und wieso?« entgegne ich unwirsch.

»Deshalb, weil du in eurem vorigen Leben zusammen erst jemand anderen als Simon geliebt hast. Danach hat Simon dir sein ganzes Leben in die Hände gelegt, im Vertrauen darauf, daß du ihn auch liebst.«

Ich falle fast vom Stuhl. Ich habe weder Kwan noch sonstwem je den wahren Grund für unsere Scheidung mitgeteilt. Ich habe einfach nur gesagt, wir hätten uns auseinandergelebt. Und jetzt bringt Kwan die Sache von sich aus zur Sprache – gerade so, als wüßte das ganze verdammte Universum mit allen Lebenden und Toten darüber Bescheid.

»Libby-ah, du mußt glauben«, sagt sie auf englisch. »Diese Yin-Freund, er sagt, Simon redet Wahrheit. Du denkst, er liebt dich weniger, sie mehr – nein! – Warum du immer denkst so, immer alles vergleichen, immer Liebe aufrechnen? Liebe nicht wie Geld ...«

Es ärgert mich maßlos, daß sie ihn auch noch verteidigt. »Nun mach aber mal 'n Punkt, Kwan! Ist dir überhaupt klar, wie bescheuert das klingt, was du da redest? Wenn irgend jemand anders dich hören würde, der würde dich glatt für verrückt halten! Wenn es wirklich Geister gibt, wieso kriege ich sie dann nie zu sehen? Das erklär mir doch bitte mal.«

Sie schlitzt jetzt die Scampi auf, schabt die schwarzen Darmfäden heraus, wobei sie die Schalen dranläßt. »Einmal auch du schon gesehen«, sagt sie ruhig. »Als kleines Mädchen.«

»Das hab ich mir nur eingebildet. Geister kommen aus der Phantasie, nicht aus der Yin-Welt.«

»Sag nicht ›Geist‹. Für sie das ist wie rassistische Schimpfwort. Nur schlechte Yin-Person man nennt Geist.«

»O ja, natürlich, das hatte ich vergessen. Sogar die Toten legen heutzutage Wert auf politisch korrekte Ausdrucksweise. Also gut, diese Yin-Leute, wie sehen die denn nun aus? Sag schon. Wie viele davon haben wir heute abend hier? Wer sitzt da auf dem Stuhl? Mao Tse-tung? Tschou En-lai? Oder vielleicht die Kaiserinwitwe höchstpersönlich?«

»Nein, nein, die nicht hier.«

»Dann sag ihnen doch, sie sollen mal vorbeikommen! Sag ihnen, ich würde sie gern sehen. Ich möchte sie fragen, ob sie irgendeine Berechtigung vorweisen können, sich als Eheberater zu betätigen.«

Kwan breitet Zeitungspapier vor dem Ofen aus, um die Fettspritzer aufzufangen. Sie läßt die Scampi in eine heiße Pfanne gleiten, und sofort ist die ganze Küche vom Zischen des siedenden Öls erfüllt. »Yin-Leute kommen, wenn kommen wollen«, sagt sie über den Lärm hinweg. »Sie nie sagen wann, weil mich so ansehen wie nahe Verwandte – kommen gern ohne Einladung. ›Hallo, wir hier.‹ Aber meistens kommen zum Essen, wenn vielleicht ein, zwei Sachen nicht gut gekocht. Sie sagen: ›Ah! Diese Seebarsch, zu fest, nicht zart, wohl eine Minute zu lange in Topf gewesen. Und diese rote Beete, nicht knackig, sollte unter Zähnen knirschen wie frische Schnee unter Schritten, dann man weiß, sind schon gar. Und diese Soße – tss! – zuviel Zucker, nur Ausländer so was mögen.‹«

Bla, bla, bla. Es ist ja alles so albern! Sie beschreibt genau, was sie, George und seine Verwandtschaft die ganze Zeit veranstalten, nämlich ein irrsinniges Geschiß ums Essen, was mich zu Tode langweilt. Ich weiß nicht, ob ich lachen oder vor Wut laut herausschreien soll, wenn ich höre, wie sie die Freuden des Jenseits als endlose amateuerhafte Freßtesterei darstellt.

Kwan schüttet die fettglänzenden Scampi in eine Schüssel. »Die meiste Yin-Leute immer sehr beschäftigt, viel Arbeit.

Wenn mal ausspannen wollen, kommen zu mir, bißchen plaudern, auch weil sagen, daß ich fabelhafte Köchin bin.« Sie lächelt selbstzufrieden.

Ich versuche, Kwan mit ihrer eigenen fehlerhaften Logik festzunageln. »Wenn du so eine fabelhafte Köchin bist, wieso nörgeln sie dann dauernd an deinem Essen herum?«

Kwan runzelt die Stirn und stülpt die Unterlippe vor – als wollte sie sagen, wie kann man nur so blöde Fragen stellen! »Nicht herumnörgeln, nur offen-ehrlich ihre Meinung sagen wie unter gute Freunde. Kommen auch nicht richtig essen. Wie können essen? Sind schon tot! Tun nur so, als ob. Außerdem, meistens loben meine Küche, sagen sogar, selbst nie soviel Glück gehabt, so gute Sachen essen. Ai-ya, wenn nur meine Eierpfannkuchen mit grüne Zwiebel essen können, dann können glücklich sterben. Aber – zu spät – sind ja schon tot.«

»Vielleicht sollten sie sich mal was mitnehmen«, knurre ich.

Kwan sieht mich überrascht an. »Ah-ha-ha, sehr witzig!« Sie stupst meinen Arm an. »Freche Ding, macht Witze über Yin-Leute! Jedenfalls, Yin-Leute kommen zu Besuch her, reden über vergangene Leben, wie Bankett, viele verschiedene Sorte von Geschmack. ›Oh‹, sie sagen, ›jetzt ich erinnere gut. Diese Teil ich sehr genossen, diese andere nicht genug geschätzt. Dies ich zu schnell aufgegessen. Warum ich nicht auch das probiert? Warum ich diese Teil von Leben verderben lassen, ganz verschwendet?‹«

Kwan stopft sich einen der Scampi in den Mund, schiebt ihn von einer Backe zur anderen, bis sie die Schale abgelöst hat, ohne einen Fitzel Fleisch dran zu lassen. Es erstaunt mich immer wieder, wie sie das fertigbringt. Mir kommt es vor wie eine Zirkusnummer. Sie schmatzt anerkennend. »Libby-ah«, sagt sie und hält mir einen Teller mit goldbraunen Krusten unter die Nase, »du magst getrocknete Muscheln?« Ich nicke. »Georgies Kusine Virgie hat mir aus Vancouver geschickt.

Sechzig Doller ein Pfund. Manche Leute meinen, zu gut für Alltagessen. Besser für später aufheben.« Sie schüttet die Muscheln in eine Pfanne mit geschnetzeltem Sellerie. »Für mich, beste Zeit immer jetzt. Du wartest, alles wird anders. Yin-Leute dies wissen. Immer fragen mich: ›Kwan, wo beste Teil von meine Leben hin? Warum beste Teil mir durch Finger geschlüpft wie schnelle kleine Fisch? Warum ich aufgehoben für zuletzt, später erst gemerkt, daß zuletzt schon vorbei?‹ Libby-ah, hier, probier mal. Sag mir, zu salzig, nicht salzig genug?«

»Genau richtig.«

Sie fährt fort: »›Kwan‹, sie sagen zu mir, ›du noch am Leben. Lerne uns, wie gute Erinnerung bekommen können, damit nächste Mal wir erinnern, was nicht vergessen dürfen.‹«

»Was dürfen sie denn nicht vergessen?«

»Ah, daß zurückkommen wollen, natürlich.«

»Und du hilfst ihnen, sich dran zu erinnern?«

»Schon viele, viele Yin-Leute geholfen«, prahlt sie.

»Dann bist du für sie also eine Art Kummerkastentante.«

Sie überlegt einen Moment. »Ja, ja, richtig.« Sie ist offensichtlich erbaut von der Idee. »Viele, viele Yin-Leute in China. In Amerika auch ganze Menge.« Sie beginnt, sie an den Fingern abzuzählen. »Diese junge Polizist, der zu mein Haus gekommen, als Auto gestohlen wurde? – In seine letzte Leben war Missionar in China, immer ›Amen, Amen‹ gesagt. Diese hübsche Mädchen, die in Bank arbeitet, so gut auf meine Geld aufpaßt – vor lange Zeit war Räubermädchen, immer nur geldgierige Leute ausgeraubt. Und Sarge, Hoover, Kirby, jetzt Bubba-Hundchen, alle so treu. Letzte Leben waren alle dieselbe Person. Rate mal, wer.«

Ich zucke die Schultern. Ich hasse dieses kindische Getue, mit dem sie mich immer in ihre Wahnwelt zu locken versucht.

»Los, rate.«

»Ich weiß nicht.«

»Rate.«

Ich wedele hilflos mit den Händen. »Miss Banner.«

»Ha! Falsch geraten!«

»Also gut, sag schon. Wer?«

»General Cape!«

Ich schlage mir an die Stirn. »Natürlich!« Ich muß zugeben, daß die Vorstellung, mein kleiner Hund sei General Cape, eigentlich recht komisch ist.

»Jetzt du weißt, warum erste Hund damals genannt Captain«, setzt Kwan hinzu.

»Aber den hab doch ich so genannt.«

Sie lacht. »Ganz schön schlau, auf niedrigere Rang zurückgestuft, soll ihm Lehre sein.«

»Pff! Der und was lernen! Der Hund war doch so was von blöd. Der hat doch nie ein Kommando kapiert, weder ›sitz‹ noch ›bei Fuß‹, der konnte bloß betteln. Und dann ist er auch noch weggerannt.«

Kwan schüttelt den Kopf. »Nicht weggerannt. Überfahren.«

»Was?«

»Mh-hm. Ich gesehen, wollte dir nicht sagen, du noch so klein. Also gesagt, oh, Libby-ah, Hundchen weg. War nicht gelogen, ist ja weg über Straße gerannt, bevor überfahren.« Während Kwan mir nachträglich von Captains Tod berichtet, spüre ich einen Anflug von kindlicher Traurigkeit, möchte das Rad der Zeit noch einmal zurückdrehen können, um die Tatsache wiedergutzumachen, daß ich Captain nie besonders gut behandelt habe.

»General Cape, in seine letzte Leben keine Treue. Darum kommt so viele Mal als Hundchen zurück. Hat freiwillig so ausgesucht. Ist auch richtig. In letzte Leben war ja so schlecht – so schlecht! Ich weiß, weil Einhalbmann mir alles erzählt. Außerdem, ich selbst gesehen . . . Hier, Libby-ah, *huang do-zi*, Sojasprossen, schau mal, wie gelb! Heute frisch gekauft. Brich

Enden ab, und wenn verdorbene Stelle zu sehen, schmeiß gleich weg...«

*

General Cape, der war auch verdorben, durch und durch. Er schmiß andere Leute weg. Nunumu, sagte ich mir, tu so, als ob er gar nicht da wäre. Doch das war gar nicht so leicht, denn er blieb die ganzen zwei Monate bei uns im Haus der bösen Geister. Zwei Monate lang öffnete Miss Banner ihm jede Nacht ihre Tür. Für mich hatte sie kein freundliches Wort mehr übrig. Sie behandelte mich wie ihre Dienstmagd. Sie zeigte auf Flecken an der Brustpartie ihrer weißen Kleider und behauptete, ich hätte sie nicht ausgewaschen – Flecken, die, wie ich wußte, die dreckigen Fingerabdrücke von General Cape waren. Sonntags predigte sie genau das, was Pastor Amen sagte, keine spannenden Geschichten mehr. Und es gab auch noch andere große Veränderungen während dieser Zeit.

Bei den Mahlzeiten saßen die Missionare, Miss Banner und General Cape am Tisch für Ausländer. Und dort, wo Pastor Amen sonst immer saß, pflanzte General Cape sich selber hin. Er redete mit lauter, bellender Stimme. Die anderen nickten nur schweigend. Wenn er seinen Suppenlöffel hob, hoben sie die ihren. Wenn er seinen Löffel hinlegte, um mit seiner Prahlerei fortzufahren, legten sie ihre Löffel hin, um ihm beim Prahlen zuzuhören.

Lao Lu, die anderen Dienstboten und ich saßen am Tisch für Chinesen. Der Mann, der für Cape dolmetschte, hieß Yiban Johnson, Einhalb Johnson. Obwohl er halb und halb war, hatten die Ausländer entschieden, er sei mehr Chinese als Johnson. Deswegen mußte er mit an unserem Tisch sitzen. Anfangs mochten wir diesen Yiban Johnson nicht, weil er immer erklärte, was für ein wichtiger Mann dieser Cape sei, was für ein großer Held, sowohl für die Amerikaner als auch für die Chinesen. Aber dann wurde mir klar: Was er sagte, war nur, was General Cape ihm in den Mund gelegt hatte. Wenn er an unserem Tisch saß, benutzte er seine eigenen Worte. Mit uns redete er offen und unverstellt, wie unter einfachen Leuten üblich. Seine Höflichkeit war echt, nicht vorgetäuscht. Er scherzte und lachte. Er lobte das Essen, und er nahm nicht mehr, als ihm zustand.

Mit der Zeit dachte auch ich, daß er mehr Chinese als Johnson sei. Ich fand auch nicht mehr, daß er komisch aussah. Sein Vater, erzählte er uns, sei gebürtiger Amerikaner, ein Jugendfreund von General Cape. Sie waren zusammen auf der Militärakademie gewesen und zusammen hinausgeworfen worden. Johnson war für eine amerikanische Handelsgesellschaft nach China gesegelt, um Nankin-Seide zu kaufen. In Shanghai kaufte er die Tochter eines armen Dieners und machte sie zu seiner Mätresse. Als sie dann hochschwanger war, sagte Johnson zu ihr: »Ich muß zurück nach Amerika, tut mir leid, ich kann dich nicht mitnehmen.« Sie fügte sich in ihr Schicksal. Nun war sie die verlassene Dirne eines ausländischen Teufels. Als Johnson am nächsten Morgen erwachte, wen sah er da wohl an dem Baum vor seinem Fenster hängen?

Die anderen Dienstboten holten sie herab und wickelten ein Tuch um den roten Striemen, wo das Seil ihr die Luft abgepreßt hatte. Weil sie eine Selbstmörderin war, gab es keine Trauerfeierlichkeiten. Sie legten die Tote in einen schlichten Holzsarg, klappten den Deckel zu, und fertig. In der Nacht hörte Johnson ein leises Gewimmer. Er stand auf und ging in das Zimmer, wo der Sarg stand. Das Gewimmer wurde lauter. Er öffnete den Sarg, und drinnen fand er einen neugeborenen Jungen, der zwischen den Beinen seiner toten Mätresse zappelte. Um den Hals des Jungen zog sich ein fingerdicker roter Streifen in der gleichen Halbmondform wie der Striemen am Hals seiner Mutter.

Johnson nahm das Baby, das zur Hälfte von seinem Blut war, nach Amerika mit. Er stellte das Baby in einem Zirkus aus, erzählte den Leuten die Geschichte von dem geheimnisvollen Strangulierungsmal. Doch als der Junge fünf war, konnte man die Narbe kaum noch erkennen, und keiner interessierte sich mehr für das Geheimnis. Also fuhr Johnson mit dem Geld aus dem Zirkus und mit seinem Halbblutsohn nach China zurück. Diesmal verlegte er sich auf den Opiumhandel. Er reiste von einer Hafenstadt zur nächsten. In jeder Stadt häufte er ein Vermögen an, das er jedesmal wieder verspielte. In jeder Stadt fand er eine Mätresse und ließ sie dann zurück. Nur der kleine Yiban weinte, weil er so viele Mütter verlor. Die waren es auch, die ihn gelehrt hatten, so viele verschiedene Dialekte zu sprechen – kantonesisch, shanghaiisch, hakka, fukien, mandarin –, diese wechselnden Mätressen-Mütter. Englisch lernte er von Johnson.

Eines Tages traf Johnson zufällig auf seinen alten Schulfreund Cape, der für jegliche militärische Truppe arbeitete – die Briten, die Manchus, die Hakka –, wer immer bereit war, ihn zu bezahlen. Johnson sagte zu Cape: »Hey, ich habe Schulden, riesigen Ärger, kannst du deinem alten Freund etwas Geld leihen?« Als Pfand dafür, daß er es ihm zurückzahlen würde, bot Johnson ihm seinen Sohn an: »Leih ihn dir eine Weile aus. Fünfzehn Jahre alt, beherrscht viele Sprachen. Er kann dir bei der Armee helfen, wenn du willst.«

Von diesem Tag an, seit nunmehr fünfzehn Jahren, gehörte Yiban Johnson dem General. Er war der niemals eingelöste Schuldschein seines Vaters.

Ich fragte Yiban: »Für wen kämpft General Cape denn jetzt – für die Briten, die Manchus, die Hakkas?« Yiban antwortete, er habe für alle drei gekämpft, an allen dreien verdient, und sich unter allen dreien Feinde gemacht. Jetzt verstecke er sich hier vor ihnen allen. Ich fragte Yiban, ob es wahr sei, daß er eine chinesische Bankierstochter ihres Geldes wegen geheiratet habe. Yiban antwortete, er habe die Bankierstochter nicht nur ihres Geldes wegen geheiratet, sondern auch wegen der jüngeren Ehefrauen des Bankiers. Jetzt sei der Bankier ebenfalls hinter ihm her. Cape, sagte er, sei süchtig nach schnell erworbenem Reichtum, doch kaum gewonnen, zerrinne ihm immer alles wieder zwischen den Fingern.

Ich war froh zu hören, daß ich mit meiner Meinung über General Cape recht behalten hatte, daß es Miss Banner war, die sich in ihm täuschte. Doch im nächsten Augenblick machte der Gedanke mich ganz traurig. Ich war ihre treue Freundin. Wie konnte ich mich freuen, wenn ich doch sah, wie dieser schreckliche Mensch ihr das Herz zerriß?

Nun ließ Lao Lu sich vernehmen: »Yiban, wie kannst du für einen solchen Mann arbeiten? Keine Loyalität für das eigene Land, keinen Respekt vor der Familie!«

Yiban sagte: »Sieh mich an. Ich bin von einer toten Mutter geboren, also ein Nichts. Ich war sowohl Chinese als auch Ausländer, also bin ich weder noch. Ich habe jedem gehört, also gehöre ich niemandem. Ich hatte einen Vater, für den ich nicht einmal ein halber Sohn war. Jetzt habe ich einen Herrn, der mich als Schuldpfand sieht. Sag mir, zu wem gehöre ich? Zu welchem Land? Zu welchem Volk? Zu welcher Familie?«

Wir blickten in sein Gesicht. Mein ganzes Leben lang hatte ich nie einen so intelligenten Menschen gesehen, so voller Sehnsucht, einer, der es verdient hatte, ein richtiges Zuhause zu haben.

In jener Nacht lag ich auf meiner Schlafmatte und grübelte über diese Fragen nach. Welches Land? Welches Volk? Welche Familie? Auf die ersten beiden Fragen hatte ich gleich eine Antwort. Ich gehörte zu China. Ich gehörte zu den Hakkas. Aber was die letzte Frage betraf, da war ich wie Yiban. Ich gehörte zu niemand anderem, nur mir selbst.

Schau mich an, Libby-ah. Jetzt gehöre ich zu vielen Leuten. Ich habe eine Familie. Ich habe dich ... Ah! Lao Lu sagt, Schluß mit dem Geplapper! Los, los, essen wir, bevor alles kalt wird.

# *Namensänderung*

Wie sich herausstellte, hatte Kwan in bezug auf unseren Poltergeist doch richtig getippt. Da war tatsächlich jemand in den Wänden, unter den Böden, und er war bis zum Bersten mit Wut aufgeladen.

Es kam alles ans Licht, als der Nachbar unter uns, Paul Dawson, verhaftet wurde, weil er Tausende von Frauen in der Bay Area mit anonymen Anrufen belästigt hatte. Erst tat er mir ja noch ein bißchen leid; der arme Kerl war schließlich blind und sicher schrecklich einsam. Aber dann erfuhr ich, was das für Anrufe gewesen waren: Er hatte sich als Mitglied einer Sekte ausgegeben, die »moralisch verwerfliche« Frauen entführte und sie zu »Opferpuppen« machte, dazu ausersehen, während einer schwarzen Messe von den männlichen Sektenmitgliedern penetriert und dann von deren weiblichen Arbeitsbienen rituell geschlachtet zu werden. Zu denen, die über seine telefonischen Drohungen lachten, sagte er: »Möchten Sie mal die Stimme einer Frau hören, die das auch für einen Witz gehalten hat?« Und dann ließ er ein Band ablaufen, auf dem schauerliches Geheul zu hören war.

Als die Polizei Dawsons Wohnung durchsuchte, förderte sie ein ganzes Sammelsurium elektronischer Gerätschaften zutage: Tonbandgeräte, die an sein Telefon angeschlossen waren, samt komplizierter Apparaturen zum Zweck der Stimmverzerrung und anderer Geräuscheffekte. Und er beschränkte seine kriminelle Energie keineswegs nur aufs Telefon. Offenbar hatten unsere Vorgänger in der Wohnung es ebenfalls schon an der nötigen Rücksicht auf seine Zen-Meditationen fehlen lassen. Als sie wegen Renovierungsarbeiten eine Zeitlang ausgezogen waren, hatte er Löcher in seine Zimmerdekken gebohrt und dort Lautsprecher und Mikrofone installiert, um das Kommen und Gehen der Leute über ihm zu verfolgen und sie mit seinem Geräuschterror das Fürchten zu lehren.

Mein Mitgefühl kippte augenblicklich in blanken Haß um. Ich wollte, daß Dawson hinter Gitter kam. Er hatte mich fast in den Wahnsinn getrieben mit seinen Faxen, ständig hatte ich mich seinetwegen von Gespenstern umgeben gefühlt – besonders von einem ganz bestimmten, obwohl ich das nie und nimmer zugegeben hätte.

Andererseits bin ich auch erleichtert, nun endlich zu wissen, wer unser Poltergeist war. Das Alleinleben spornt die Einbildungskraft an, so daß man sich noch leichter bedroht und allen möglichen Gefahren ausgesetzt fühlt. Mit Simon treffe ich mich nur noch, um Geschäftliches zu besprechen. Sobald wir uns steuerlich auseinanderdividiert haben, werden wir uns auch die Kunden aufteilen. Einstweilen bleibt da aber noch alles beim alten; er will nachher vorbeikommen, um den Text für eine Dermatologenbroschüre abzuliefern.

Doch eben ist Kwan wieder mal unangemeldet hereingeschneit, während ich am Telefon gerade mit der Druckerei verhandle. Ich öffne ihr die Tür und kehre in mein Arbeitszimmer zurück. Sie hat selbstgemachte Wontons mitgebracht, die sie mir in den Kühlschrank stellt, wobei sie lauthals meine triste Vorratslage beklagt: »Warum Senf, saure Gurke, aber keine Brot, keine Fleisch? Wie du kannst solche Weise leben? Und Bier! Warum Bier, aber keine Milch?«

Nach ein paar Minuten kommt sie in mein Arbeitszimmer und strahlt übers ganze Gesicht. In der Hand hält sie einen Umschlag, den ich auf der Küchentheke liegen lassen habe. Es ist ein Antwortbrief von einem Reisemagazin, das unser Angebot einer Fotoreportage über die ländliche Küche in China akzeptiert hat.

Als der Brief gestern eintraf, fühlte ich mich, als hätte ich in der Lotterie gewonnen, aber leider das Los weggeworfen. Es ist ein grausamer Scherz, den die Schicksalsgötter sich da mit mir erlauben. Unentwegt habe ich mir seither den Kopf über diese plötzliche Wendung der Dinge zermartert und mir in allen Einzelheiten den fälligen Disput mit Simon ausgemalt.

Ich stellte mir vor, wie er den Brief überfliegen und freudig ausrufen würde: »Das ist ja unglaublich! Also, wann fahren wir?«

»Wir fahren nicht«, würde ich dann sagen, ohne eine Spur von Bedauern in der Stimme. »Kommt ja gar nicht in Frage.«

»Was soll das heißen?« würde er verdattert erwidern.

Ich würde ihn eiskalt ansehen. »Wie kannst du dir überhaupt einbilden, daß wir noch *irgendwo* zusammen hinfahren?«

Und dann – das brachte mich schon im voraus in Rage – würde er vielleicht vorschlagen, er könnte ja auch allein fahren und eine andere Fotografin mitnehmen.

Darauf würde ich sagen: »Das könnte dir so passen, was? O nein, *ich* fahre, und zwar mit einem anderen Texter, einem *besseren* Texter, ätsch!« Prompt würde das Ganze wieder zu dem üblichen Schlagabtausch eskalieren, es würde Vorwürfe und Beleidigungen hageln, von wegen Unlauterkeit, mangelnder Arbeitsmoral und Talentlosigkeit; alle möglichen Variationen dieses unerquicklichen Szenarios hatten mich die halbe Nacht wachgehalten.

»Uihhh!« Kwan wedelt freudig mit dem Brief herum. »Du und Simon, nach China! Wenn ihr wollt, ich komme mit, mache für euch Reiseführer, helfe mit chinesische Sprache, finde für euch viele günstige Angebote. Natürlich, zahle selbst für mich. Schon lange Zeit, wollte sowieso mal zurück, meine Tante wiedersehen, meine Heimatdorf. . «

Ich unterbreche sie barsch: »Ich fahre nicht.«

»Ah? Nicht? Warum?«

»Du weißt schon.«

»Ich weiß?«

Ich drehe mich um und sehe sie streng an. »Simon und ich lassen uns scheiden. Oder hast du das vergessen?«

Kwan denkt kurz nach. Dann erhellt sich ihre Miene. »Könnt als Freunde fahren! Warum nicht bloß Freunde?«

»Laß gut sein, Kwan, *bitte*.«

Sie blickt mich mit tragischer Miene an. »So traurig, ah, so traurig«, klagt sie und wendet sich zur Tür. »Wie zwei hungernde Leute, immer streiten, dabei ihre ganze Reis verschleudern. Warum bloß, warum?«

Als ich Simon den Brief zeige, ist er wie vor den Kopf geschlagen. Hat er nicht sogar Tränen in den Augen? All die Jahre, die ich ihn nun kenne, habe ich ihn noch nie weinen sehen, weder bei traurigen Filmen noch in dem ergreifenden Moment, als er mir von Elzas Tod erzählte. Er wischt sich verstohlen über die Wangen. Ich tue so, als hätte ich nichts gemerkt. »Mein Gott«, sagt er, »unser größter Wunsch ist wahr geworden. Und jetzt können wir nichts mehr damit anfangen.«

Wir verharren beide in bedrücktem Schweigen, fast so, als legten wir eine Gedenkminute für unsere Ehe ein. Dann reiße ich mich zusammen und hole tief Luft: »Weißt du, so schmerzhaft das alles auch gewesen ist, letztlich hat die Trennung uns doch gutgetan. Ich meine, auf die Weise sind wir doch mal gezwungen, unser Leben zu überdenken, jeder für sich, weißt du, ohne selbstverständlich vorauszusetzen, daß wir die gleichen Ziele haben.« Ich habe den Eindruck, daß mein Tonfall nüchtern und pragmatisch, aber nicht allzu versöhnlich war.

Simon nickt. »Ja, da stimme ich dir zu«, sagt er sanft.

Ich würde am liebsten losschreien, was soll das heißen, du stimmst mir zu! All die Jahre konnten wir uns nie über irgendwas einig werden, und jetzt stimmst du mir plötzlich zu? Doch ich halte an mich, beglückwünsche mich sogar im stillen, daß ich es fertigbringe, meine Empörung zu unterdrücken. Doch im nächsten Moment überkommt mich eine tiefe Wehmut. Daß ich meine Gefühle so gut unter Kontrolle habe, ist wahrlich kein großes Verdienst – es ist nur der traurige Beweis für die verlorene Liebe.

Jedes Wort, jede Geste ist jetzt doppelbödig, alles bietet Anlaß zu neuen Zweifeln. Wir sprechen miteinander wie aus sicherer Entfernung, tun so, als hätte es die Jahre der Intimität nie gegeben, als wir voreinander pinkelten und uns gegenseitig den Rücken schrubbten. Wir benutzen auch keine Babysprache mehr, dieser ganze Code der Vertraulichkeit ist auf einmal wie ausgelöscht.

Simon schaut auf die Uhr. »Ich gehe jetzt wohl besser. Hab um sieben noch eine Verabredung.«

Trifft er sich mit einer Frau? So bald schon? Ich höre mich sagen: »Das trifft sich gut, ich hab heute abend auch was vor.« Er zuckt kaum mit der Wimper, und ich erröte; bestimmt hat er gemerkt, daß ich ihm nur etwas vorflunkere. An der Tür schaut er noch mal auf.

»Diesen blöden Kronleuchter hast du also doch endlich rausgeworfen.« Er wirft einen Blick in die Runde. »Die Wohnung hat sich verändert – zum Guten, finde ich, es ist irgendwie ruhiger geworden.«

»Ja, und weißt du auch, warum?« Ich erzähle ihm von Paul Dawson, unserem Quälgeist. Von allen, die ich kenne, ist Simon tatsächlich der einzige, der den glücklichen Ausgang der Geschichte zu schätzen weiß.

»Dawson?« Er schüttelt verblüfft den Kopf. »Was für ein Ekel. Wie kommt der bloß auf solche Ideen?«

»Aus Einsamkeit, nehme ich an. Aus Frust, Zorn, Rachsucht.« Und es versetzt mir einen schmerzlichen Stich, als mir unversehens bewußt wird, wie sehr all dies auch auf mich selbst zutrifft.

Nachdem Simon fort ist, kommt mir die Wohnung wirklich arg ruhig vor. Ich strecke mich auf dem Teppich im Schlafzimmer aus und starre durch das Mansardenfenster in den Nachthimmel. Ich denke über meine Ehe nach. Das Gespinst unserer gemeinsamen siebzehn Jahre ist so schnell zerrissen. Unsere Liebe war so gewöhnlich wie die immer gleichen Fußabstreifer in den Spießervierteln, wo wir aufgewachsen sind. Die Tatsache, daß unsere Körper, unsere Gedanken, unsere Herzen einst im Einklang gewesen waren, hatte uns der Täuschung erliegen lassen, wir wären etwas Besonderes.

Und all das Gerede von wegen endgültiger Trennung – wem versuche ich denn, damit was vorzumachen? Ich fühle mich verstoßen, abgespalten, zu nichts und niemandem mehr gehörig.

Dann muß ich an Kwan denken, an ihre fehlgeleitete Liebe zu mir. Ich bemühe mich nie, irgend etwas für sie zu tun, es sei denn, ich fühle mich durch ihre emotionale Erpressung und meine Schuldgefühle dazu gezwungen. Nie rufe ich sie an, um sie zum Essen oder ins Kino einzuladen, nie habe ich Lust, einfach mal nett zu ihr zu sein. Obwohl sie doch oft genug andeutet, wie gern sie mit mir etwas unternehmen würde, eine Spritztour nach Disneyland oder Reno oder China. Doch ich wehre ihre Vorschläge immer ab wie lästige Fliegen, mit der Ausrede, daß ich Spielcasinos hasse oder daß der kalifornische Süden als Urlaubsziel für mich sowieso nicht in Frage käme. Ich verdränge die Tatsache, daß Kwan ja nur ein bißchen mehr mit mir zusammensein möchte, weil ich das Liebste bin, das sie hat. O Gott, ob sie wohl auch so leidet wie ich jetzt? Ich bin keinen Deut besser als meine Mutter! Auch ich gehe schlampig mit der Liebe um. Ich kann es nicht fassen, wie wenig mir meine eigene Grausamkeit bewußt war.

Ich beschließe, Kwan sofort anzurufen und sie übers Wochenende einzuladen. Ein Ausflug zum Lake Tahoe würde sie bestimmt freuen. Sie würde durchdrehen vor Begeisterung.

Ich bin gespannt, was sie wohl dazu sagt. Sie wird ihren Ohren nicht trauen.

Doch als Kwan den Hörer abnimmt, wartet sie gar nicht erst, daß ich erkläre, weshalb ich angerufen habe. »Libby-ah«, sprudelt sie los, »heut nachmittag ich gesprochen mit meine Freund Lao Lu. Er sagt auch, du *mußt* fahren nach China – du, Simon, ich, alle zusammen. Dies Jahr ist Jahr von Hund, nächste ist Jahr von Schwein – zu spät. Wie, du kannst nicht fahren? Dies dein Schicksal, kannst du nicht umgehen!«

Sie schwatzt und schwatzt, unverdrossen setzt sie meinem Schweigen ihre eigene unwiderlegbare Logik entgegen. »Du halb chinesisch, also mußt du irgendwann China kennenlernen, oder? Wenn nicht jetzt, vielleicht nie wieder Gelegenheit! Manche Fehler kann wieder gutmachen, diese nie. Dann was? Hm, denkst du nicht, Libby-ah?«

Damit sie endlich Ruhe gibt, lenke ich ein: »Na gut, ich werd mir's überlegen.«

»Oh, ich wußte, du änderst Meinung!«

»Moment mal, ich hab nicht gesagt, daß ich fahren werde. Ich hab gesagt, ich überleg's mir.«

Doch sie ist nicht mehr zu bremsen. »Du und Simon, werden China *lieben*, garantiert, hundert Prozent, besonders meine Heimatdorf. Changmian so wunderschön, ihr könnt gar nicht vorstellen. Berge, Wasser, Himmel, wie in Paradies. Ich habe Sachen, die damals da geblieben, ich euch immer geben wollen ...« Sie fährt noch fünf Minuten lang fort, die Vorzüge ihres Dorfes zu preisen, ehe sie abrupt verkündet: »Oh, oh, jetzt klingelt an Tür. Ich ruf später noch mal an, okay?«

»Eigentlich hab ich dich ja angerufen.«

»Oh?« Es klingelt wieder. »Georgie!« ruft sie. »Georgie! Geh zu Tür!« Und gleich darauf: »Virgie! Virgie!« Wohnt Georges Kusine aus Vancouver etwa schon bei ihnen? Kwan sagt hastig: »Wart mal, muß selber gehen.« Ich höre sie jemanden begrüßen, und dann ist sie wieder am Telefon, ein wenig außer Atem. »Okay. Warum du anrufen?«

»Tja, also ich wollte dich was fragen.« Ich bereue jetzt schon, was ich noch gar nicht ausgesprochen habe. Worauf lasse ich mich da ein? Ich kann mir nur zu gut vorstellen, wie mir Kwans Gesellschaft in einem engen Hotelzimmer auf die Nerven gehen wird. »Das kommt jetzt ein bißchen plötzlich, falls du also keine Zeit hast . . .«

»Nein, nein, für dich immer Zeit. Du brauchst was, frag nur. Meine Antwort ist immer ja.«

»Nun, ich hab mir überlegt, weißt du . . .« – ich gebe mir einen Ruck – »hast du morgen mittag schon was vor? Ich hab einen Termin in der Nähe von deiner Arbeit, und da dachte ich, wir beide könnten vielleicht zusammen essen gehen.«

»Essen gehen? Wir beide zusammen? Oh!« Sie klingt überglücklich. Ich verfluche mich im stillen dafür, daß mein Angebot nun doch wieder so geizig ausgefallen ist. Und dann höre ich verdattert, wie sie auf einmal ruft: »Simon, Simon – Libby-ah mich anrufen, morgen zusammen mittagessen!« Simon antwortet aus dem Hintergrund: »Dann sieh aber zu, daß sie dich in ein teures Lokal ausführt!«

»Kwan? Kwan, was macht denn Simon bei euch?«

»Zum Abendessen besuchen. Gestern ich dich schon gefragt. Du gesagt, keine Zeit. Aber noch nicht zu spät, wenn du willst, komm jetzt, ich hab übrig.«

Ich sehe auf die Uhr. Sieben. Also *das* war seine Verabredung. Ich mache vor Freude fast einen Luftsprung. »Danke«, sage ich zu ihr. »Aber ich hab noch zu arbeiten.« Meine ewige Ausrede.

»*Immer* zuviel zu tun«, entgegnet sie. Ihre ewige Klage.

Heute abend will ich aber wenigstens dafür sorgen, daß meine Ausrede nicht erlogen war. Als Buße mache ich mich daran, eine Liste all der leidigen Dinge zusammenzustellen, die ich schon des längeren vor mir herschiebe; zum Beispiel das

Vorhaben, meinen Namen zu ändern, und damit zwangsläufig auch meinen Führerschein, meine Kreditkarten, meine Eintragung ins Melderegister, meine Bankdaten, meinen Paß, meine Zeitschriftenabonnements – abgesehen davon, daß ich natürlich auch unsere ganzen Freunde und Klienten davon in Kenntnis setzen muß. Vor allem aber muß ich überhaupt erst mal entscheiden, welchen Namen ich künftig zu tragen gedenke. Laguni? Yee?

Meine Mutter schlug vor, ich solle doch einfach den Namen Bishop behalten. »Wieso denn wieder zu Yee zurückkehren?« meinte sie. »Es gibt hier bei uns keine anderen Yees, mit denen du verwandt bist, also schert sich sowieso keiner drum.« Ich verkniff es mir, sie an ihren damaligen Schwur zu erinnern, den Namen der Familie Yee in Ehren zu halten.

Wenn ich so hin und her überlege, wie ich mich nennen soll, fällt mir auf, daß ich eigentlich nie eine Identität hatte, die richtig zu mir paßte, jedenfalls nicht, seit ich den Namen Laguni verpaßt bekam. Im übrigen sparte sie sich den Aufwand, Kwans Namen ebenfalls zu ändern; der blieb weiterhin Li. Als Kwan nach Amerika kam, behauptete Mom, es sei in China Tradition, daß Mädchen den Nachnamen ihrer Mutter beibehielten. Später gab sie zu, daß unser Stiefvater sich geweigert hatte, Kwan zu adoptieren, da sie ja fast schon erwachsen war. Außerdem wollte er nicht für irgendwelchen Ärger haften müssen, den sie als Kommunistin eventuell verursachen würde.

Olivia Yee. Ich murmle den Namen ein paarmal vor mich hin. Er klingt fremd, als wäre ich plötzlich eine waschechte Chinesin, genau wie Kwan. Und das stört mich irgendwie. Daß ich gezwungen war, unter Kwans Einfluß aufzuwachsen, trug sicher dazu bei, daß ich nie so recht wußte, wer ich war oder sein wollte. Sie war das perfekte Rollenmodell für eine gespaltene Persönlichkeit.

Ich rufe Kevin an, um ihn zu fragen, was er von meinem

neuen Namen hält. »Ich hab den Namen Yee nie gemocht«, gesteht er. »Als Kind haben die anderen mir dauernd ›hey, yippie-yippie-yee‹ nachgerufen.«

»Die Welt hat sich verändert«, gebe ich zu bedenken. »Jetzt ist Exotik in.«

»Aber ein chinesisches Etikett bringt dir trotzdem keine Vorteile«, versetzt Kevin. »Im Gegenteil, was glaubst du denn, wie sehr sie die Asiaten hier überall zurückdrängen. Nee, wirklich, mit Laguni bist du besser bedient.« Er lacht. »Manche Leute halten Laguni sogar für einen mexikanischen Namen. Mom ja damals auch.«

»Laguni scheint mir einfach nicht passend. Wir haben mit der Sippschaft doch gar nichts zu tun.«

»Da gibt's keine Sippschaft«, sagt Kevin. »Es ist ein Waisenname.«

»Was? Wieso?«

»Als ich vor ein paar Jahren in Italien war, hab ich versucht, ein paar Lagunis ausfindig zu machen. Nix da. Es war bloß ein Name, den die Nonnen sich für Findelkinder ausgedacht hatten. Laguni – wie ›Lagune‹, vom Rest der Welt abgeschieden, sozusagen. Bobs Großvater war so ein Findelkind. Wir sind also bloß mit ein paar in alle Himmelsrichtungen verstreuten italienischen Waisen verwandt.«

»Und warum hast du uns das noch nie erzählt?«

»Mom und Tommy hab ich's ja erzählt, und bei dir hab ich wohl nicht dran gedacht, weil – tja, ich weiß nicht, irgendwie hab ich dich gar nicht mehr als Laguni gesehen, seit du Bishop heißt. Und du bist ja eh nie so besonders mit Bob ausgekommen. Für mich ist Bob der einzige Daddy, den ich je gekannt habe. An unseren richtigen Vater erinnere ich mich gar nicht mehr. Du?«

O ja, ich erinnere mich: wie ich in seine Arme flog, wie ich ihm staunend dabei zusah, als er die Zangen einer riesigen Krabbe aufknackte, wie ich hoch oben auf seinen Schultern ritt, wenn er durch eine Menschenmenge ging. Genügt das vielleicht nicht, um den Wunsch zu rechtfertigen, seinem Namen Tribut zu zollen? Wird es nicht langsam Zeit, daß ich mich mal irgendeinem Namen wahrhaft verbunden fühle?

Mittags hole ich Kwan im Drugstore ab. Es dauert allerdings noch zwanzig Minuten, bis sie mich jedem im Laden vorgestellt hat – dem Chef, den Kollegen, den Kunden, die zufällig, wie sie sagt, ihre »allernettesten« sind. Ich suche ein Thai-Restaurant aus, wo ich an einem Fensterplatz den Straßenverkehr beobachten kann, während Kwan mich mit ihrem Geplapper berieselt. Heute lasse ich ihr freie Hand: Sie kann über China reden, über die Scheidung, über meine Raucherei, was immer ihr in den Sinn kommt. Denn unsere Verabredung heute ist mein Geschenk an Kwan.

Ich setze die Lesebrille auf und vertiefe mich in die Speisekarte. Kwan läßt den Blick durchs Lokal schweifen, über die Poster von Bangkok, die rotgoldenen Fächer an den Wänden. »Schön hier«, strahlt sie, als hätte ich sie ins feinste Restaurant der Stadt geführt. Sie schenkt uns Tee ein. »So!« stellt sie dann befriedigt fest. »Heute du mal nicht zu viel Arbeit.«

»Nee, ich hatte nur ein paar persönliche Dinge zu erledigen.«

»Ah, was?«

»Na ja, meine Parklizenz erneuern lassen, meinen Namen ändern lassen, so was alles.«

»Name ändern? Wie das?«

»Ach, weißt du, ich muß halt alles mögliche umschreiben lassen, weil ich doch jetzt wieder den Namen Yee annehme... Was ist denn los?«

Kwan schüttelt heftig den Kopf. Ihr Gesicht ist ganz zusammengekniffen. Ist sie etwa am Ersticken?

»Was hast du? Ist dir nicht gut?«

Sie wedelt hilflos mit den Händen, unfähig zu sprechen.

»Um Gottes willen!« Ich versuche mich zu erinnern, wie man Mund-zu-Mund-Beatmung macht.

Doch sie winkt mich auf meinen Stuhl zurück. Sie schluckt ihren Tee herunter und fängt an zu jammern: »Ai-ya, ai-ya, Libby-ah, jetzt tut mir leid, muß ich dir was sagen. Name zu Yee ändern, tu das nicht.«

Ich wappne mich mit Geduld. Zweifellos wird sie mir gleich wieder lang und breit erklären, weshalb Simon und ich uns nicht scheiden lassen dürfen.

Sie beugt sich mit Verschwörermiene vor. »Ja«, wispert sie. »Das nämlich nicht richtige Name von unsere Vater.«

Ich fühle mein Herz schneller klopfen. »Was sagst du da?«

»Haben die Damen schon gewählt?« Wie aus dem Nichts ist plötzlich der Kellner aufgetaucht.

Kwan zeigt ihm etwas auf der Karte und erkundigt sich nach der Aussprache. »Frisch?« fragt sie dann. Der Kellner nickt, offenbar jedoch nicht mit der nötigen Entschiedenheit. Sie zeigt auf etwas anderes. »Zart?«

Der Kellner nickt wieder.

»Welche besser?«

Er zuckt die Achseln. »Alles ist gut.« Kwan sieht ihn mißtrauisch an und bestellt schließlich die Pad-Thai-Nudeln.

Sobald er gegangen ist, frage ich sie noch mal: »Was hast du da eben gesagt?«

»Manchmal Karte sagt frisch – ist aber *nicht* frisch!« beschwert sie sich. »Wenn du nicht fragst, vielleicht sie servieren Reste von gestern.«

»Nein, nein, ich meine nicht das Essen. Was hast du über Daddys Namen gesagt?«

»Oh! Jaja.« Sie zieht den Kopf ein und nimmt wieder ihre Verschwörerpose an. »Pas Name. Yee nicht seine richtige Name, nein. Ist wirklich wahr, Libby-ah! Ich sage nur, damit nicht gehst durch Leben mit verkehrte Name. Warum Ahnen glücklich machen, die gar nicht unsere eigene sind?«

»Aber was soll denn das heißen? Wie kann denn Yee nicht sein richtiger Name gewesen sein?«

Kwan blickt sich vorsichtig um, als wäre sie im Begriff, die Identität von Drogenbaronen zu entschleiern. »Jetzt ich dir etwas sage, du darfst keine Mensch weitersagen. Versprochen, Libby-ah?«

Ich nicke, widerwillig zwar, aber dennoch gespannt. Und nun beginnt Kwan, chinesisch zu sprechen, wie in den Geistergeschichten unserer Kindheit.

*

Ich sage dir die Wahrheit, Libby-ah. Unser Vater hat sich den Namen eines anderen zugelegt. Er hat das Schicksal eines glücklichen Mannes gestohlen.

Es war in der Kriegszeit; Pa studierte damals Physik an der Guangxi-Universität, in Liangfeng, nicht weit von Guilin. Er stammte aus einer mittellosen Familie, aber sein Vater hatte ihn als Jungen zur Missionsschule geschickt. Dort mußte man nichts bezahlen, nur versprechen, Jesus zu lieben. Darum konnte Pa auch so gut Englisch.

Ich selbst kann mich an all das nicht erinnern. Ich erzähle dir nur, was ich von meiner Tante Li Bin-bin gehört habe. Meine Mutter, Pa und ich wohnten in einem kleinen Zimmer in Liangfeng, nahe bei der Universität. Vormittags ging Pa zu seinen Kursen. Nachmittags arbeitete er in einer Fabrik, wo er Radioapparate zusammensetzte. In der Fabrik wurde er nach der Anzahl der gefertigten Stücke bezahlt, also verdiente er nicht gerade viel. Meine Tante meinte, Pa sei mit dem Kopf weit flinker als mit den Fingern gewesen. Abends legten Pa und seine Mitstudenten ihr Geld zusammen, um Kerosin für ihre gemeinsame Lampe zu kaufen. In Vollmondnächten brauchten sie keine Lampe. Dann konnten sie draußen sitzen und bis zum Morgengrauen lernen. Ich hab es genauso gemacht, als ich zur Schule ging. Wußtest du das? Kannst du dir vorstellen, wie der Vollmond in China zugleich das Auge erfreut und sparen hilft?

Eines Nachts, als Pa von seiner Arbeitsgruppe zurück nach Hause ging, kam ein Betrunkener aus einer Seitengasse getorkelt und verstellte ihm den Weg. Er schwenkte eine Anzugjacke. »Diese Jacke«, sagte er, »ist schon seit Generationen in meiner Familie. Aber jetzt muß ich sie leider verkaufen. Schau mir ins Gesicht. Ich bin nur ein ganz gewöhnlicher Mann. Was für eine Verwendung habe ich für so feine Kleidung?«

Pa sah sich die Jacke an. Sie war aus erstklassigem Stoff, edel gefüttert und in modernem Stil geschneidert. Du mußt bedenken, Libby-ah, das war 1948, als die Kommunisten und die Nationalisten um die Vormacht in China kämpften. Wer konnte sich damals schon so eine Jacke leisten? Jemand in hoher Position, ein mächtiger, gefährlicher Mann, einer, der sich an den Schmiergeldern bereichert hatte, die er ängstlichen Leuten abknöpfte. Nun war unser Pa ja kein Dummkopf. Er wußte wohl, daß der Betrunkene die Jacke gestohlen hatte und daß sie beide ihren Kopf verlieren konnten, wenn man sie damit erwischte. Doch kaum hatte er die Jacke angefaßt, war er wie eine Fliege, die in einem Spinnennetz zappelt. Er konnte sie nicht mehr loslassen. Ein neues Gefühl überkam ihn. Ah! Den Jackensaum eines reichen Mannes zu befühlen – und sich dabei zu sagen, daß er noch nie so nah an ein besseres Leben herangekommen war. Ein gefährliches Verlangen regte sich in ihm, und dieses Verlangen ließ eine gefährliche Idee aufkeimen.

Er schrie den Betrunkenen an: »Ich weiß, daß die Jacke gestohlen ist, weil ich den Besitzer kenne. Schnell! Sag mir, wo du sie her hast, oder ich rufe die Polizei!« Der ertappte Dieb ließ die Jacke fallen und rannte davon.

Zurück in unserem Zimmer, führte Pa meiner Mutter die Jacke vor. Sie erzählte mir später, wie er in die Ärmel schlüpfte und sich vorstellte, daß die Macht des früheren Besitzers nun auf ihn überging. In einer der Taschen fand er eine dicke Brille. Er setzte sie auf und streckte in einer weit ausholenden Geste den Arm aus, und in seiner Vorstellung standen hundert Leute vor ihm stramm, um sich dann ehrerbietig zu verneigen. Er klatschte leicht in die Hände, und ein Dutzend eilfertiger Diener huschte aus seinen Träumen hervor, um ihm Essen zu bringen. Er klopfte sich auf den Bauch, als sei er pappsatt von seiner eingebildeten Mahlzeit. Und dabei ertastete Pa noch etwas anderes in der Jacke.

Eh, was haben wir da? Irgend etwas Steifes, Kantiges steckte innen im Jackenfutter. Mit ihrer feinsten Schere schnitt Ma die Naht am Saum auf. Libby-ah, was sie da in der Jacke eingenäht fanden, muß ihre Gefühle so durcheinandergewirbelt haben wie Wolken im Sturm. Aus dem Innenfutter rutschte ein Bündel Papiere hervor – amtliche Dokumente für die Einwanderung nach Amerika! Auf der ersten Seite stand ein Name in chinesischer Schrift: Yee Jun. Und darunter die englische Version: Jack Yee.

Bedenk mal, Libby-ah, damals im Bürgerkrieg waren solche Papiere viele Menschenleben und unermeßlich viel Geld wert. In seinen zitternden Händen hielt unser Pa ein abgestempeltes Gesundheitszeugnis, eine beglaubigte Hochschulzulassung, ein Studentenvisum und einen Immatrikulationsbescheid der Lincoln-Universität in San Francisco, mitsamt Beleg über schon bezahlte Studiengebühren für ein ganzes Jahr. Der beiliegende Umschlag enthielt ein Flugticket und zweihundet US-Dollar; außerdem noch ein Merkblatt zur Vorbereitung auf den Fragenkatalog der Einwanderungsbehörde, den man nach der Landung vorgelegt bekommen würde.

Oh, Libby-ah, das war ein schlimmer Fund. Begreifst du, was ich meine? In jenen Zeiten war chinesisches Geld wertlos. Also konnte dieser Yee die Papiere nur für eine Menge Gold und zwielichtige Dinge erhalten haben. Hatte er Geheimnisse an die Nationalisten verraten? Hatte er die Namen von Anführern der Volksarmee verkauft?

Meine Mutter hatte Angst. Sie flehte Pa an, die Jacke in den Fluß Li zu werfen. Aber Pa hatte schon ein tollkühnes Flackern in den Augen. Er sagte: »Ich kann mein Schicksal ändern. Ich kann ein reicher Mann werden.« Er redete meiner Mutter zu, nach Changmian zu ihrer Schwester zurückzugehen und dort zu warten. »Sobald ich in Amerika bin, werde ich dich und unsere Tochter nachkommen lassen, das verspreche ich dir.«

Meine Mutter starrte auf das Paßfoto des Mannes, für den Pa sich von nun an ausgeben wollte: Yee Jun, Jack Yee, ein hagerer, streng dreinblickender Mann, nur zwei Jahre älter als Pa. Er war nicht sympathisch, ganz anders als unser Vater. Dieser Yee hatte kurzgeschorenes Haar, einen gemeinen Gesichtsausdruck, und seine Augen hinter den dicken Brillengläsern waren eiskalt. Man kann das Herz eines Menschen durch die Augen sehen, pflegte meine Mutter zu sagen, und dieser Mann habe ausgeschaut, als würde er jeden anblaffen: »Aus dem Weg, du elender Wurm.«

In jener Nacht sah meine Mutter unserem Vater dabei zu, wie er sich nach und nach in diesen Mann verwandelte, indem er dessen Sachen anzog und sich die Haare schnitt. Sie sah ihm zu, wie er die dicke Brille aufsetzte. Und als er sich zu ihr umwandte, sah sie seine kleinen Augen, die plötzlich so kalt wirkten. Er hatte keine Liebe mehr für meine Mutter übrig. Sie sagte, es sei ihr vorgekommen, als hätte er sich wirklich in diesen Yee Jun verwandelt, in den Mann auf dem Foto, rücksichtslos und machtversessen – begierig, seine Vergangenheit loszuwerden, ganz und gar auf sein neues, verheißungsvolles Schicksal fixiert.

So hat Pa seinen Namen gestohlen. Seinen richtigen Namen habe ich nie gekannt. Ich war ja noch so klein, und wie du weißt, starb meine Mutter dann bald. Du hast Glück, daß dir so eine Tragödie erspart geblieben ist. Später hat meine Tante sich geweigert, mir Pas richtigen Namen zu verraten, weil er ihre Schwester verlassen hatte. Das war ihre Rache. Und meine Mutter wollte es mir auch nicht sagen, nicht mal nach ihrem Tod. Doch ich hab mich oft gefragt, wie er wohl hieß. Ein paarmal habe ich ihn gebeten, mich aus der Yin-Welt zu besuchen. Aber meine Yin-Freunde sagen, er sei an einem anderen, nebligen Ort, wo diejenigen hängenbleiben, die glauben, ihre Lügen seien wahr. Ist das nicht traurig, Libby-ah? Wenn ich seinen wirklichen Namen erfahren könnte, würde ich ihm seine Selbsttäuschung klarmachen. Dann könnte er in die Yin-Welt eintreten und meine Mutter um Verzeihung bitten und in Frieden mit unseren Ahnen leben.

Darum mußt du nach China fahren, Libby-ah. Als ich gestern den Brief sah, sagte ich mir: Das ist dein Schicksal, das nur darauf wartet, in Erfüllung zu gehen! Sicher gibt es noch Leute in Changmian, die sich an seinen Namen erinnern, meine Tante zum Beispiel. Der Mann, der Yee wurde, so hat meine Tante, Big Ma, ihn immer genannt. Frag Big Ma, wenn du hinfährst. Frag sie, wie unser Vater wirklich hieß.

Ah! Was rede ich da! Du kannst sie ja gar nicht fragen. Sie spricht kein Mandarin. Sie ist so alt, daß sie nie zur Schule gegangen ist, um die Volkssprache zu lernen. Sie spricht nur den Changmian-Dialekt, kein Hakka, kein Mandarin, sondern irgend so ein Gemisch, das nur in unserem Dorf gesprochen wird. Außerdem mußt du sehr schlau vorgehen, wenn du ihr irgendwas aus der Vergangenheit entlocken willst, sonst geht sie auf dich los wie eine wild gewordene Gans. Oh, ich kenne sie, die Alte. So was von jähzornig!

Aber mach dir keine Sorgen, ich komme ja mit. Ich hab's schon versprochen. Ich vergesse nie, was ich einmal versprochen habe. Du und ich, wir beide können den Namen unseres Vaters in den richtigen zurückverwandeln. Zusammen können wir ihn endlich in die Yin-Welt entlassen.

Und Simon! Er muß natürlich auch mit: So könnt ihr doch

noch eure Reportage machen und euch das Reisegeld verdienen. Außerdem brauchen wir ihn zum Koffertragen. Ich muß eine Menge Geschenke mitbringen. Ich kann ja nicht mit leeren Händen nach Hause kommen. Virgie kann inzwischen für Georgie sorgen, so schlecht kocht sie gar nicht. Und Georgie kann deinen Hund in Pension nehmen, auf die Weise brauchst du niemanden dafür zu bezahlen.

Ja, ja, wir drei fahren zusammen, Simon, du und ich. Ich denke, so ist es am praktischsten, das ist die beste Methode, deinen Namen zu ändern.

Hey, Libby-ah, was meinst du?

# *Die beste Zeit, um Enteneier zu essen*

Kwan braucht keine Argumente, um sich durchzusetzen. Sie hat da ihre eigene, höchst wirksame Methode, eine Kombination aus der chinesischen Tropfenfolter und der amerikanischen Köderpraktik.

»Libby-ah«, fragt sie, »welche Monat wir fahren nach China, in meine Heimatdorf?«

»Ich fahre doch gar nicht, wie oft soll ich das noch sagen?«

»Oh, jaja, okay. Also, welche Monat denkst du, ich soll fahren? September, sicher noch zu heiß. Oktober, zu viel Touristen. November, nicht zu heiß, nicht zu kalt, vielleicht beste Zeit.«

»Mag sein.«

Am nächsten Tag geht es wieder los: »Libby-ah, Georgie kann nicht mit, nicht genug Urlaub. Denkst du, Virgie und Ma fahren mit?«

»Klar, warum denn nicht? Frag sie doch.«

Eine Woche später jammert sie mir vor: »Ai-ya! Libby-ah! Ich schon drei Flugticket gekauft. Jetzt Virgie hat neue Job, Ma hat neue Freund, beide sagen, sorry, kann nicht weg. Und in Reisebüro, sagen auch sorry, keine Geld zurück.« Sie wirft mir einen weidwunden Blick zu. »Ai-ya, Libby-ah, was ich jetzt tun?«

Ich denke darüber nach. Ich könnte so tun, als fiele ich auf ihr Manöver herein. Aber dazu kann ich mich denn doch nicht überwinden. »Mal sehen, vielleicht finde ich jemanden, der mit dir fährt«, sage ich statt dessen.

Am Abend ruft Simon mich an. »Ich hab mir das mit der Chinareise noch mal überlegt. Ich will nicht, daß du die Gelegenheit sausen läßt, nur weil wir uns getrennt haben. Weißt du was, nimm doch einen anderen Texter mit – Chesnick oder Kelly, die schreiben beide gute Reiseartikel. Ich kann sie ja mal für dich fragen, wenn du willst.«

Ich bin sprachlos. Er versucht weiter, mich zu überreden, die Reise zusammen mit Kwan zu unternehmen, ihre Heimkehr als persönlichen Aufhänger für die Geschichte zu nutzen. Ich frage mich unterdessen, was er mit seiner plötzlichen Großmut bezwecken mag. Vielleicht soll es ein Friedensangebot sein, vielleicht meint er, wir könnten doch wieder Freunde werden, gute Kumpel, so wie damals als Studenten. Unwillkürlich muß ich daran denken, was uns anfangs zueinander hingezogen hatte – die Art, wie unsere Ideen an Logik oder Witz oder Leidenschaft gewannen, je länger wir uns unterhielten. Und prompt überfällt mich wieder die Trauer um all das, was wir im Lauf der Jahre verloren haben: diese Lebhaftigkeit, diese Spannung, diese freudige Verwunderung, zur gleichen Zeit und am gleichen Ort auf der Welt zu sein.

»Simon«, sage ich schließlich nach stundenlanger Debatte, »ich bin dir wirklich dankbar für dein Verständnis ... ich glaube, es wäre schön, wenn wir eines Tages wieder Freunde sein könnten.«

»Ich habe nie damit aufgehört.«

Da schlage ich auf einmal alle Bedenken in den Wind. »Na, wenn das so ist, warum kommst du dann nicht mit nach China?«

Im Flugzeug fange ich schon an, nach bösen Vorzeichen Ausschau zu halten. Den Floh hat Kwan mir mit ihrer Bemerkung ins Ohr gesetzt, als wir die Abflughalle betraten: »Du, ich, Simon – reisen nach China! Dies unser Schicksal, schließt endlich Kreis.«

Ja, denke ich, aber was, wenn es ein Teufelskreis ist? Dann könnte die Reise fatal werden. Es stimmt mich auch nicht gerade hoffnungsfroh, daß die chinesische Fluggesellschaft, die Kwan wegen ihrer Billigpreise ausgesucht hat, in den letzten sechs Monaten schon drei Abstürze zu verzeichnen hatte – zwei davon in Guilin, unserem Flugziel, nach vierstündigem Zwischenstop in Hongkong. Mein Mißtrauen nimmt noch weiter zu, als die Stewardessen uns in possierlicher Schottenmontur begrüßen, mit Baskenmützen und Kilts ausstaffiert; es sieht nicht danach aus, als wären diese Modepüppchen in der Lage, mit Luftpiraten, Maschinenausfall oder Notlandungen mitten im Ozean klarzukommen.

Während wir uns durch den engen Gang zwischen den Sitzreihen vorwärts schieben, blicke ich mich in der Kabine um: nichts als Chinesen, so weit das Auge reicht, außer Simon und mir natürlich. Ob das etwas zu bedeuten hat?

Wie die meisten Leute an Bord schleppt Kwan in jeder Hand eine prall gefüllte Tragetasche, obwohl ihr Koffer ohnehin schon mit Geschenken vollgestopft ist. Und morgen, stelle ich mir vor, wird es dann in den Fernsehnachrichten heißen: »Eine Thermoskanne, ein Satz Plastikschüsseln, etliche Tüten mit Wisconsin-Ginseng – dies fand sich unter anderem in den weitverstreuten Trümmern nach dem tragischen Flugzeugabsturz, bei dem Horatio Tewksbury II aus Atherton ums Leben kam, zusammen mit vierhundert Chinesen, die sich ihren Traum erfüllen wollten, als erfolgreiche Wohlstandsbürger in die Heimat zurückzukehren.«

Bei unseren vorgebuchten Plätzen angelangt, stöhne ich innerlich auf: ausgerechnet die Mittelreihe, mit Leuten zu beiden Seiten. Eine alte Frau am anderen Ende starrt uns mürrisch an und beginnt dann laut zu einer unbestimmten Gottheit zu beten, daß keiner die drei Sitze neben ihr belegen möge, sie sei nämlich schwerkrank und müsse sich zum Schlafen ausstrecken können. Wie zum Beweis krümmt sie sich in einem heftigen Hustenanfall. Leider scheint die Gottheit aber gerade anderweitig beschäftigt zu sein, denn wir setzen uns ungerührt hin.

Als der Getränkewagen endlich herangerollt kommt, ersuche ich um dringend benötigtes Labsal in Form eines Gin Tonic. Die Stewardeß schaut verständnislos drein.

»Gin Tonic«, wiederhole ich und setze auf chinesisch hinzu: »Mit einer Zitronenscheibe, falls Sie eine haben.«

Sie berät sich mit ihrer Kollegin, die ebenfalls die Achseln zuckt.

»*Ni you Scotch meiyou*?« versuche ich es noch einmal. »Haben Sie Scotch?«

Sie kichern dümmlich.

Ihr müßt doch wenigstens schottischen Whisky da haben, würde ich sie am liebsten anschreien, wenn ihr hier schon in Schottenröckchen rumlauft!

Doch ich weiß nicht, was »Scotch« auf chinesisch heißt, und Kwan denkt gar nicht dran, mir zu Hilfe zu kommen. Das Kuddelmuddel scheint sie eher zu belustigen. Ich begnüge mich seufzend mit einer Cola light.

Links neben mir hockt Simon, über seinen Laptop gebeugt, und spielt Flugsimulator. »Wow-wow-*wow*! Scheiße.« Er mimt schauerliche Katastrophengeräusche, dreht sich dann grinsend zu mir um. »Captain Bishop läßt ausrichten, die Drinks gehen auf seine Rechnung.«

Den ganzen Flug über wirkt Kwan vor Freude wie beschwipst. Immer wieder drückt sie meinen Arm und strahlt mich an. Zum ersten Mal seit mehr als dreißig Jahren wird sie wieder chinesischen Boden betreten, wird sie Changmian wiedersehen, das Dorf, in dem sie wohnte, bis sie achtzehn war. Sie wird ihre Tante wiedertreffen, die Frau, die sie Big Ma nennt und die sie als Kind angeblich so grausam behandelte, daß sie von ihren Wangenkniffen halbmondförmige Narben zurückbehielt.

Auch ihre Schulkameradinnen wird sie dort wiedersehen, zumindest die, die das Chaos der Kulturrevolution überlebt haben. Sie freut sich schon unbändig darauf, ihre alten Freundinnen mit ihrem Englisch zu beeindrucken, mit ihrem Führerschein, mit den Fotos von ihrer Katze auf dem geblümten Sofa, das sie vor kurzem im Ausverkauf erstand – »fünfzig Prozent Rabatt für kleine Loch, vielleicht sieht ja keiner.«

Sie redet davon, das Grab ihrer Mutter zu besuchen, und wie sie dafür sorgen wird, daß es sauber gefegt ist. Sie will mich in das kleine Tal mitnehmen, wo sie einst ihr Schatzkästchen vergrub. Und weil ich ihre Lieblingsschwester bin, will sie mir das Versteck ihrer Kindertage zeigen, eine Kalksteinhöhle, in der eine Zauberquelle entspringt.

Auch für mich ist die Reise in mancher Hinsicht eine Premiere: Es ist das erste Mal, daß ich nach China komme. Das erste Mal seit meiner Kindheit, daß ich zwei Wochen lang ununterbrochen mit Kwan zusammensein werde. Das erste Mal, daß Simon und ich auf einer gemeinsamen Reise in getrennten Zimmern schlafen werden.

In meinen Sitz zwischen Simon und Kwan eingequetscht, wird mir nun erst bewußt, wie verrückt das ganze Unterfangen eigentlich ist – die Quälerei, fast vierundzwanzig Stunden lang im Flugzeug und auf Flughäfen zu hocken, und dazu noch der seelische Streß, die ganze Zeit über den beiden Menschen ausgesetzt zu sein, die mir soviel Ängste und Probleme verursachen. Und doch habe ich keine andere Wahl, um meiner Gewissensruhe willen muß ich es auf mich nehmen. Natürlich gibt es auch noch pragmatische Gründe – die einträgliche Reportage, die Chance, den Namen meines Vaters herauszubekommen. Aber mein Hauptmotiv ist und bleibt die Befürchtung, ich könnte es sonst bereuen. Wenn ich jetzt nicht gefahren wäre, hätte ich mich dann nicht immer wieder gefragt: Was wäre gewesen, wenn ich's getan hätte?

Vielleicht hat Kwan ja doch recht. Es ist mein Schicksal,

dem ich gehorche. Das Schicksal kennt keine Logik, man kann ebenso wenig dagegen aufbegehren wie gegen ein Erdbeben, einen Tornado. Mein Schicksal heißt Kwan.

Noch zehn Stunden, bis wir in China sind. Mein Zeitrhythmus ist schon völlig durcheinander, ich habe kein Gefühl mehr dafür, ob es Tag oder Nacht ist. Simon döst friedlich vor sich hin. Ich habe noch kein Auge zugetan. Kwan wacht gerade auf.

Sie gähnt. Schlagartig ist sie wieder völlig munter und rutscht ruhelos hin und her. Sie schüttelt ihr Kissen auf. »Libby-ah, an was denkst du?«

»Ach, dies und das, weißt du, was wir alles so vorhaben.« Vor der Reise habe ich mir unsere Route aufgezeichnet und eine umfangreiche Checkliste angelegt, mit Notizen über die wichtigsten Fotomotive; kleine Lebensmittelläden und große Supermärkte, Obststände und Gemüsegärten, Küchenherde und Kochgeräte, Gewürztiegel und Ölflaschen. Nächtelang habe ich über Fragen der Organisation und des Reisebudgets gegrübelt. Der weite Weg nach Changmian ist eins der Hauptprobleme, drei bis vier Stunden Fahrt von Guilin aus, wie Kwan sich zu erinnern meint. Im Reisebüro haben sie Changmian noch nicht mal auf der Karte finden können. Bisher haben wir nur die Hotelbuchung in Guilin, zwei Zimmer für sechzig Dollar pro Nacht. Vielleicht gibt es ja noch billigere Übernachtungsmöglichkeiten, aber die müssen wir dann selbst ausfindig machen.

»Libby-ah«, sagt Kwan, »in Changmian, kann sein, ist nicht alles nach feinste Geschmack.«

»Mir auch recht.« Kwan hat mir schon erzählt, daß die Küche dort sehr bodenständig ist, ganz anders als in den teuren Restaurants. »Du weißt doch«, beruhige ich sie, »ich will keine aufwendige Kochkunst dokumentieren, je uriger, desto besser, ich erwarte ja wirklich keinen Champagner und Kaviar!«

»Kavi-ah, was das?«

»Fischeier.«

»Oh! *Die* haben jede Menge.« Sie wirkt erleichtert. »Kaviei, Krabbenei, Krebsei, Hühnerei – alle, was gibt! Auch tausend Jahr alte Entenei. Natürlich nicht wirklich tausend Jahr, nur ein, zwei, drei höchstens ... Wah! Was ich rede! Ich weiß, wo finden kann Entenei noch viel, viel älter. Vor lange Zeit, ich selber welche versteckt.«

»Tatsächlich?« Das klingt vielversprechend, ein nettes Detail für meinen Artikel. »Hast du sie damals als kleines Mädchen versteckt?«

»Bis ich zwanzig war.«

»Zwanzig? ... Aber da warst du doch schon in Amerika.«

Kwan lächelt geheimnisvoll. »Nicht *diesmal* zwanzig. *Letzte* Mal.« Sie lehnt sich in ihrem Sitz zurück. »Entenei – ahh, so lecker ... Miss Banner, sie mochte nicht so gern. Später, in Hungerzeit, alles essen, Ratte, Grashüpfer, Zikade. Dann sie fand Tausend-Jahr-*yadan* doch besser als *solche* Zeug ... Wenn wir in Changmian, Libby-ah, ich zeige dir, wo versteckt. Vielleicht noch welche da. Du und ich gehen suchen, ah?«

Ich nicke wortlos. Sie sieht so verdammt glücklich aus. Soll sie doch ruhig von ihrer eingebildeten Vergangenheit schwafeln, wenn es ihr Spaß macht. Eigentlich klingt die Idee ja ganz hübsch, in China nach Phantasie-Eiern zu suchen. Ich sehe auf die Uhr. Noch zwölf Stunden, dann sind wir in Guilin.

»Mmmm«, murmelt Kwan vor sich hin. »*Yadan* ...«

Ich sehe ihr an, daß sie schon dort ist, in ihrer Traumwelt aus längst vergangenen Zeiten.

*

Ach ja, die Enteneier, die liebte ich so sehr, daß ich dafür zum Dieb wurde. Vor dem Frühstück, jeden Tag außer Sonntag, stibitzte ich mir welche. Ich war kein schlimmer Dieb, nicht wie General Cape. Ich nahm mir nur, was niemand vermissen würde, ein oder zwei Eier, mehr nicht. Die Jesusgläubigen mochten sie ohnehin nicht. Sie zogen Hühnereier vor. Sie wußten nicht, daß Enteneier eine Delikatesse waren – sündhaft teuer, wenn man sie in Jintian einkaufte. Wenn sie gewußt hätten, wieviel die Enteneier wert waren, hätten sie wahrscheinlich dauernd welche essen wollen. Dann wäre ich aber leer ausgegangen.

Um tausendjährige Enteneier zu bekommen, muß man erst einmal ganz, ganz frische hernehmen, sonst, tja ... ich weiß auch nicht ... sonst ... egal, ich nahm eh immer nur frisch gelegte. Vielleicht würde man in den älteren ja schon Knochen und Schnäbel vorfinden. Wie auch immer, ich legte diese ganz frischen Eier jedenfalls in Tonkrüge ein, unter einer dicken Schicht Salz und Kalkpulver, das ich von den Waschtagen übrigbehielt. Das Salz war nicht so leicht zu beschaffen, es war ganz und gar nicht so billig wie heutzutage. Zum Glück hatten die Ausländer aber immer einen großen Vorrat davon. Sie fanden das Essen nur genießbar, wenn es wie in Meerwasser getaucht schmeckte. Ich mochte auch gern Salziges, aber doch nicht *alles* so versalzen. Wenn sie sich zum Essen niedersetzten, hieß es nur noch: »Reich doch mal das Salz rüber«, und alle streuten sich Unmengen davon über die Teller.

Ich stahl das Salz von der Köchin. Ihr Name war Ermei, Zweite Schwester, eine Tochter zuviel in einer Familie ohne Söhne. Ihre Eltern gaben sie den Missionaren in Dienst, um sie nicht verheiraten zu müssen und auf die Weise ihre Mitgift zu sparen. Ermei und ich trieben einen florierenden kleinen Handel an der Küchentür. In der ersten Woche gab ich ihr ein Ei, und sie schüttete mir dafür Salz in die Hände. In der nächsten Woche verlangte sie für die gleiche Menge Salz schon zwei Eier! Das Mädchen verstand sich aufs Feilschen.

Eines Tages ertappte Dr. Too Late uns bei unserem heimlichen Tauschgeschäft. Ich kam gerade in die Waschküche zurück, und da lag er schon auf der Lauer und deutete nur wortlos auf das weiße Häuflein in meinen Händen. Ich mußte mir schnell eine Ausrede einfallen lassen. »Ach, das«, sagte ich, »das ist für die Flecken, zum Einreiben.« Es war nicht mal gelogen. Schließlich brauchte ich das Salz ja, um die Eier damit einzureiben. Dr. Too Late runzelte die Stirn; er verstand mein Chinesisch nicht. Was hätte ich tun können? Ich ließ das kostbare Salz in den nächstbesten Waschtrog rieseln. Er beobachtete mich immer noch mißtrauisch. Also holte ich irgendwelche Sachen aus dem Korb mit Damenunterwäsche, warf sie in den Trog und begann zu schrubben. »Da, sehen Sie?« sagte ich und fischte ein Wäschestück aus dem Salzwasser. Wah! Zufällig war es einer von Miss Mouses Schlüpfern, mit ihrem Monatsblut befleckt! Dr. Too Late – ha, du hättest sein Gesicht sehen sollen! Es war sogar noch röter als die Flecken. Nachdem er gegangen war, hätte ich beinah schon um mein verschwendetes Salz geweint, doch als ich Miss Mouses Schlüpfer wieder hervorzog – ah? – da sah ich, daß ich die Wahrheit gesagt hatte! Die Flecken waren verschwunden! Ein echtes Wunder! Denn von diesem Tag an konnte ich mir so viel Salz holen, wie ich nur wollte, eine Handvoll für die Flecken, eine für die Eier. Ich mußte nicht mehr bei Ermei an der Küchentür darum betteln. Trotzdem schenkte ich ihr aber hin und wieder noch ein Ei.

Woche um Woche füllte ich also Kalkpulver, Salz und Eier in Tonkrüge, die ich einem einohrigen Trödler namens Zeng abkaufte. Im Austausch für ein Ei gab er mir jeweils einen Krug, der zu porös für Öl war. Weil er mich so billig davonkommen ließ, dachte ich mir, der Mann müsse entweder ein ungeschickter Händler sein, oder aber ganz verrückt nach Eiern. Später erfuhr ich dann, daß er verrückt nach mir war! Wirklich! Sein eines Ohr, mein eines Auge, seine undichten Krüge, meine leckeren Eier – vielleicht war er der Meinung, das paßte zusammen. Er sagte nie, daß er mich zur Frau begehrte, dazu war er zu schüchtern, aber ich wußte es, seit er mir einmal einen Krug gegeben hatte, der keinerlei Bruchstelle aufwies. Als ich ihn darauf aufmerksam machte, nahm er einen Stein, schlug eine kleine Delle in den Rand der Kruges und gab ihn mir wieder zurück. So bekam ich also meine Tonkrüge und noch ein bißchen Verehrung dazu.

Nach vielen Wochen waren der Kalk und das Salz durch die Eierschalen eingesickert. Das Eiweiß wurde fest und grünlich, das Eigelb hart und schwarz. Das wußte ich, weil ich ab und zu eins probierte, um sicher zu sein, daß die anderen nun soweit waren, in Lehm verpackt zu werden. Den Lehm brauchte ich nicht extra zu stehlen. Davon gab es im Garten jede Menge. Die Eier in ihrer feuchten Lehmhülle wickelte ich einzeln in Papier, wozu ich die Pamphlete verwendete, die wir immer verteilten. Dann legte ich die Eier zum Trocknen in einen selbstgebauten Ziegelofen. Die Ziegel brauchte ich nicht erst zu stehlen, sie waren von selbst aus den Mauern gefallen und alle mehr oder weniger angeschlagen. Die Lücken bestrich ich mit dem klebrigen Saft, den ich aus einer Giftpflanze herausquetschte. So konnten die Sonnenstrahlen durch die Zwischenräume gelangen, die Insekten aber blieben kleben und konnten meine Eier nicht auffressen. Wenn die Lehmschalen dann nach einer Woche hart geworden waren, legte ich die Eier wieder in die Krüge und vergrub sie in der hintersten Gartenecke. Ehe mein Leben zu Ende ging, hatte ich dort zehn Reihen Krüge angesammelt, jede Reihe zehn Schritte lang. Dort könnten auch heute noch welche übrig sein. Ich weiß genau, daß wir sie nicht alle gegessen haben. Ich hatte ja so einen großen Vorrat angelegt.

Für mich war ein Entenei fast zu kostbar zum Essen. So ein Ei hätte ja zu einer Ente werden können, und von einer einzigen Ente wären in den Distelbergen zwanzig Leute satt geworden. Doch in den Distelbergen bekamen wir nur selten mal eine Ente zu essen. Wenn ich ein Ei aß – und manchmal konnte ich's mir nicht verkneifen –, sah ich gleich zwanzig hungrige Leute vor mir. Wie hätte ich's mir da schmecken lassen sollen?

Wenn ich nach so einem Ei gierte, mir den Genuß aber versagte, um es noch aufzuheben, war es mir, die ich in bitterem Mangel hatte aufwachsen müssen, eine weit größere Befriedigung. Ich war sparsam, nicht verfressen. Nur aus weiser Voraussicht gab ich Ermei oder auch Lao Lu manchmal ein Ei ab.

Lao Lu hob seine Eier ebenfalls auf. Er vergrub sie unter seinem Bett im Pförtnerhaus. Auf die Weise, sagte er, konnte er davon träumen, sie eines Tages zu genießen. Er war wie ich, wartete geduldig die beste Zeit ab, um diese Eier zu essen. Wir konnten ja nicht wissen, daß die beste Zeit später die schlimmste sein würde.

Sonntags gönnten die Jesusgläubigen sich immer ein üppiges Frühstück. Das war bei ihnen so Sitte: erst ein langes Tischgebet, dann gebratene Hühnereier, dicke Scheiben Pökelfleisch, Maiskuchen, Wassermelone, eiskaltes Brunnenwasser und wieder ein langes Tischgebet. Die Ausländer aßen gern heiße und kalte Sachen zusammen, sehr ungesund. An dem Tag, von dem ich nun berichten will, schaufelte General Cape Unmengen in sich hinein. Dann stand er mit mürrischer Miene vom Tisch auf und sagte, er habe Magendrücken, weshalb er leider nicht am Gottesdienst teilnehmen könne. Das wurde uns von Yiban berichtet.

Wir aber gingen wie üblich in die Kirche, und während ich dort auf der harten Bank saß, fiel mir auf, daß Miss Banner die ganze Zeit nervös mit den Füßen scharrte. Irgend etwas schien sie mit unbändiger Vorfreude zu erfüllen. Kaum war der Gottesdienst vorüber, nahm sie ihre Spieldose und eilte auf ihr Zimmer.

Zum Mittagessen, das aus kalten Resten bestand, ließ General Cape sich nicht im Speisesaal blicken. Auch Miss Banner blieb abwesend. Die Ausländer schauten verwundert auf die leeren Stühle, sagten aber nichts. Doch ich wußte, was sie dachten, mm-hmm. Dann zogen sie sich zur Siesta in ihre

Zimmer zurück. Während ich auf meiner Strohmatte lag, hörte ich die Spieldose wieder die Melodie spielen, die ich mittlerweile so sehr haßte. Ich hörte, wie Miss Banners Tür sich öffnete und gleich wieder ins Schloß fiel. Ich hielt mir die Ohren zu. Doch ich konnte mir nur zu gut vorstellen, wie sie diesem Cape liebevoll den überfüllten Magen massierte. Schließlich verstummte die Melodie.

Ich erwachte vom Geschrei des Stallburschen unter unseren Fenstern: »Das Maultier, der Büffel, der Wagen! Verschwunden!« Wir stürzten alle aus unseren Zimmern. Dann kam Ermei aus der Küche angerannt und zeterte: »Ein Räucherschinken und ein Sack Reis, einfach weg!« Die Missionare konnten sich den Aufruhr nicht erklären; sie riefen nach Miss Banner, um die chinesischen Worte übersetzt zu bekommen. Doch ihre Tür blieb verschlossen. Also erklärte Yiban den Ausländern, was der Stallbursche und die Köchin gesagt hatten, und sie rannten alle in ihre Zimmer zurück. Gleich darauf kam Miss Mouse in Tränen aufgelöst wieder heraus: Sie hatte das Medaillon mit der Haarlocke ihres toten Geliebten verloren. Dr. Too Late konnte seine Medizintasche nicht mehr finden. Bei Pastor und Mrs. Amen fehlten ein silberner Kamm, ein goldenes Kruzifix und das ganze Missionsgeld für die nächsten sechs Monate. Wer hatte diesen Frevel verübt? Die Ausländer standen wie vom Donner gerührt da, sprachlos vor Entsetzen, als könnten sie es nicht fassen, daß Gott so etwas ausgerechnet an seinem geheiligten Feiertag zuließ.

Lao Lu hämmerte mittlerweile an General Capes Tür. Keine Antwort. Er spähte ins Zimmer und sagte lakonisch: »Fort!« Er klopfte bei Miss Banner an. Auch sie war spurlos verschwunden.

Auf einmal redeten alle durcheinander. Die Ausländer versuchten wohl zu entscheiden, wo sie als erstes nach den beiden Dieben suchen sollten. Doch sie hatten ja jetzt kein Maultier mehr, keine Büffelkuh, keinen Wagen. Und selbst wenn sie die noch gehabt hätten, wie hätten sie denn wissen sollen, wohin Cape und Miss Banner geflohen waren? Nach Süden in Richtung Annam? Nach Osten, den Fluß entlang, in Richtung Kanton? Oder in die Provinz Guizhou, zu den Wilden? Die nächste Polizeistation, wo man das Verbrechen hätte melden können, befand sich in Jintian; um zu Fuß dorthin zu gelangen, brauchte es viele Stunden. Und was würde der diensthabende Beamte tun, wenn er hörte, daß die Ausländer von ihresgleichen beraubt worden waren? Laut herauslachen würde er, ha-ha-ha, weiter nichts.

An jenem Abend, zur Dämmerstunde, saß ich im Innenhof und sah den Fledermäusen beim Mückenjagen zu. Ich versuchte, so gut es ging, Miss Banner aus meinem Kopf auszublenden. Ich sagte mir: »Nunumu, warum solltest du noch einen Gedanken an eine Frau verschwenden, die ihrer treuen Freundin einen Verräter vorzieht? Nunumu, erinnere dich von nun an immer daran, Ausländern kann man nicht trauen.« Später lag ich in meinem Zimmer und wehrte mich immer noch dagegen, an Miss Banner zu denken, ihr auch nur das kleinste bißchen von meiner Sorge, meiner Wut oder Trauer zu gönnen. Und doch muß irgend etwas herausgesickert sein, ich weiß selbst nicht, wie. Ich spürte einen Krampf im Magen, ein Brennen in der Brust, einen dumpfen Schmerz in den Knochen, als brodelten die zurückgedrängten Gefühle wie wild in meinem Körper und versuchten, sich einen Weg ins Freie zu bahnen.

Der folgende Morgen war der erste Tag der Woche, also wieder mal Waschtag. Während die Jesusgläubigen eine Krisensitzung im Gotteshaus abhielten, ging ich durch ihre Zimmer, um ihre schmutzigen Kleider einzusammeln. Nur um Miss Banners Zimmer machte ich einen Bogen. Doch dann trugen meine Füße mich gegen meinen Willen zu ihrer Tür zurück. Ich spähte hinein, und das erste, worauf mein Blick fiel, war die Spieldose. Ich war überrascht. Vielleicht hatte sie befürchtet, das Kästchen würde auf die Dauer zu schwer zu tragen sein. Faules Ding. Ich sah ihre Schmutzwäsche im Korb liegen. Ich schaute in den Schrank. Ihr Sonntagskleid und ihre Schuhe waren weg und ebenso ihr hübschester Hut, zwei Paar Handschuhe und die Kette mit dem geschnitzten Profil einer Frau auf orangefarbenem Stein. Aber ihre Strümpfe mit dem Loch in der Ferse, die waren noch da.

Ein böser Gedanke flog mich an, den ich gleich in die Tat umsetzte. Ich wickelte die Spieldose in ein schmutziges Hemd ein und legte sie in den Wäschekorb. Mit dem Korb unterm Arm lief ich den Korridor entlang, durch die Küche, in den Hinterhof hinaus und durch den Torbogen in den Garten. An der hinteren Mauer, wo ich meine Enteneier aufbewahrte, hob ich noch ein Loch aus und vergrub die Spieldose mitsamt all meinen Erinnerungen an Miss Banner.

Während ich die Erde über diesem musikalischen Grab festklopfte, hörte ich plötzlich ein leises Geräusch, wie ein Froschquaken: »Wa-*ren*! Wa-*ren*!« Ich ging den Gartenweg hinab, und über das Geraschel der trockenen Blätter hinweg hörte ich das Quaken wieder, nur wußte ich jetzt, daß es Miss Banners Stimme war. Ich versteckte mich hinter einem Busch und schaute zum Pavillon hinauf. Wah! Da stand Miss Banners Geist! Ihr Haar war es, das mich auf den Gedanken brachte, denn es wallte ihr offen und ungebändigt bis zur Taille hinab. Ich war so erschrocken, daß ich rücklings in den Busch fiel, und das Knistern der Zweige mußte sie wohl dort oben vernommen haben.

»Wa-*ren*? Wa-*ren*?« rief sie, während sie den Weg hinabgerannt kam, mit einem wilden, verlorenen Ausdruck im Gesicht. Hastig versuchte ich, auf allen vieren in Deckung zu gehen. Doch dann sah ich ihre Sonntagsschuhe direkt vor meiner Nase. Ich blickte auf. Ich erkannte sofort, daß sie kein Geist war. Sie hatte viele Mückenstiche im Gesicht, am Hals, auf den Händen. Die hätten ja vielleicht auch von Geistermoskitos stammen können, doch auf die Idee kam ich in dem Moment gar nicht. Außerdem trug sie ihre Reisetasche in der Hand. Sie kratzte sich das juckende Gesicht und fragte mich hoffnungsvoll: »Der General – ist er mich holen gekommen?«

Da wußte ich, was geschehen war. Sie hatte seit dem Vortag dort oben im Pavillon gewartet, unentwegt auf jedes kleine Geräusch gehorcht. Ich schüttelte den Kopf. Mit schuldbewußter Genugtuung sah ich, wie sich tiefe Trostlosigkeit in ihrer Miene ausbreitete. Sie brach vor mir am Boden zusammen, von hysterischem Schluchzen und Lachen geschüttelt. Ich starrte auf ihren Nacken, auf die dick geschwollenen Stiche, wo die Moskitos sich gütlich getan hatten, der Beweis, daß ihre Hoffnung die ganze Nacht angehalten hatte. Sie tat mir leid, aber noch war mein Zorn auf sie nicht verflogen.

»Wo ist er hin?« fragte ich. »Hat er was davon gesagt?«

»Nach Kanton, glaube ich ... ich weiß nicht genau. Vielleicht war das ja auch schon gelogen.« Ihre Stimme war dumpf wie eine angeschlagene Glocke, die nicht mehr klingt.

»Wissen Sie, daß er Vorräte gestohlen hat und Geld und viele Wertsachen?«

Sie nickte.

»Und Sie wollten trotzdem mit ihm gehen?«

Sie jammerte auf englisch vor sich hin. Ich verstand nicht, was sie sagte, doch es klang, als bemitleide sie sich selbst, voller Verzweiflung, daß dieser schreckliche Mensch nicht mehr bei ihr war. Sie sah zu mir auf. »Miss Moo, was soll ich nur tun?«

»Sie haben doch vorher auch nicht auf meinen Rat gehört. Wozu fragen Sie mich jetzt?«

»Die anderen werden mich sicher für eine Närrin halten.« Ich nickte. »Und für eine Diebin.«

Sie schwieg lange. Dann sagte sie: »Vielleicht sollte ich

mich aufhängen – was meinst du, Miss Moo?« Sie brach in irres Gelächter aus. Plötzlich hob sie einen Stein auf und legte ihn mir in den Schoß. »Miss Moo, bitte tu mir den Gefallen und schlag mir den Kopf ein. Sag den anderen, dieser Teufel von Cape hätte mich umgebracht. Besser, sie bemitleiden mich, als daß sie mich verachten.« Sie warf sich vor mir in den Staub und schrie: »Töte mich, bitte, töte mich! Die anderen werden mir sowieso den Tod wünschen.«

»Miss Banner«, sagte ich streng. »Wollen Sie mich zur Mörderin machen?«

Und sie antwortete: »Wenn du wirklich meine treue Freundin bist, kannst du mir diesen kleinen Dienst doch nicht verweigern.«

Treue Freundin! Wie ein Schlag ins Gesicht! Was fällt der unverschämten Person ein, mir jetzt noch mit Treue zu kommen, ärgerte ich mich im stillen. Töte mich, Miss Moo! Hah! Ich wußte doch, was sie wirklich wollte – daß ich sie tröstete, daß ich ihr sagte, es sei alles nur halb so schlimm, man würde ihr bestimmt verzeihen, alle würden ja verstehen, daß sie von einem Bösewicht hereingelegt worden war.

»Miss Banner«, sagte ich und wählte meine Worte sehr sorgfältig, »stellen Sie sich nicht noch dümmer, als Sie sind. Sie wollen doch gar nicht, daß ich Ihnen den Kopf einschlage. Sie tun doch bloß so.«

Sie antwortete heftig: »Nein, bitte, töte mich! Ich will sterben!« Sie schlug mit den Fäusten auf den Boden.

Nun hätte ich eigentlich noch eine ganze Weile versuchen sollen, ihr die fixe Idee auszureden, bis sie sich schließlich widerstrebend bereit erklärte, doch lieber weiterzuleben. Aber statt dessen sagte ich nur: »Hm. Die anderen werden Sie jetzt hassen, das stimmt. Vielleicht wird man Sie sogar rauswerfen. Und wo wollen Sie dann hin?«

Sie starrte mich an. Sie rauswerfen? Ich konnte sehen, wie der Gedanke ihr zusetzte.

»Lassen Sie mich mal nachdenken.« Ich legte eine kleine Kunstpause ein. Dann verkündete ich: »Miss Banner, ich habe beschlossen, Ihre treue Freundin zu sein.«

Sie sah völlig verwirrt drein.

»Lehnen Sie sich da an diesen Baumstamm«, befahl ich ihr. Sie rührte sich nicht. Also packte ich sie am Arm, schleifte sie zu dem Baum und drückte sie auf die Knie nieder. »Nun kommen Sie schon, Miss Banner, ich will Ihnen doch nur helfen.« Ich hob den Saum ihres Sonntagskleids hoch und riß einen Streifen mit den Zähnen ab.

»Aber was tust du denn da?« schrie sie auf.

»Das braucht Sie doch nicht mehr zu kümmern«, sagte ich. »Sie werden ja ohnehin bald tot sein.« Ich zerriß den Stoffstreifen in drei Teile. Mit einem davon band ich ihr die Hände hinter dem schmalen Stamm zusammen. Sie zitterte jetzt am ganzen Körper.

»Miss Moo, laß mich doch bitte erklären...« begann sie, doch da band ich ihr schon den nächsten Streifen um den Mund. »So«, sagte ich, »selbst wenn Sie schreien müssen, wird Sie nun keiner mehr hören.« Uh-uh-uh, tönte es unter dem Knebel hervor. Den dritten Streifen band ich ihr um die Augen. »Damit Sie das Schreckliche nicht sehen, das ich jetzt für Sie tun muß.« Sie wand sich hin und her, strampelte mit den Beinen. »Miss Banner«, warnte ich sie, »wenn Sie weiter so zappeln, verfehle ich Sie womöglich und schlage Ihnen nur die Nase ein. Dann muß ich's noch mal probieren...«

Sie stieß gedämpfte Schreie aus, schüttelte den Kopf und bäumte sich auf.

»Sind Sie soweit, Miss Banner?«

Uh-uh-uh, schüttelte sie wieder den Kopf und rüttelte mit den Schultern so heftig an dem Baumstamm, daß die Blätter herabrieselten, als ob es Herbst wäre. »Ade«, sagte ich und klopfte ihr leicht mit der Faust an die Schläfe. Wie erwartet, wurde sie auf der Stelle ohnmächtig.

Was ich getan hatte, war gemein, aber nicht bösartig. Was ich als nächstes tat, machte alles wieder gut, auch wenn es eine Lüge war. Ich ging zu einem blühenden Rosenbusch, brach einen Dorn ab und ritzte mir den Daumen an. Ich quetschte ein paar Blutstropfen hervor und ließ sie ihr über Stirn und Nase rinnen. Dann rannte ich los, um die Missionare zu holen. Oh, wie die sie lobten und hätschelten! Tapfere Miss Banner! – hatte sie doch tatsächlich versucht, den General davon abzuhalten, das Maultier zu stehlen. Arme Miss Banner – so übel zugerichtet hatte sie der Strolch und sie dann ihrem Schicksal überlassen. Dr. Too Late entschuldigte sich, daß er keine Medizin für die Beulen in ihrem Gesicht hätte. Miss Mouse klagte, es sei doch zu traurig, daß Miss Banner ihre Spieldose verloren habe. Mrs. Amen kochte ihr eigenhändig eine Krankensuppe.

Als wir endlich allein in ihrem Zimmer waren, sagte Miss Banner: »Ich danke dir, Miss Moo. So eine treue Freundin habe ich gar nicht verdient.« Das waren ihre Worte, ich entsinne mich genau, denn ich war sehr stolz auf mich. Sie sagte auch noch: »Von nun an werde ich dir immer glauben.« Da kam Yiban herein, ohne anzuklopfen. Er warf eine Reisetasche auf den Boden. Miss Banner japste entsetzt auf. Es war die Tasche, die sie für ihre Flucht gepackt hatte. Nun war sie also doch entlarvt. All meine wohlmeinende Grausamkeit war umsonst gewesen.

»Die Tasche habe ich im Pavillon gefunden«, sagte er. »Ich glaube, sie gehört Ihnen. Ihr Hut ist drin, Ihre Handschuhe, eine Kette, eine Haarbürste ...« Yiban und Miss Banner maßen sich schweigend mit den Blicken. Schließlich sagte er: »Zum Glück für Sie hat der General wohl vergessen, die Tasche mitzunehmen.« So ließ er sie wissen, daß er ihr schändliches Geheimnis nicht ausplaudern würde.

Die ganze Woche lang fragte ich mich, während ich meiner Arbeit nachging: Warum hatte Yiban Miss Banner vor der

Schande bewahrt? Sie war doch nie mit ihm befreundet gewesen, nicht so wie ich. Ich mußte daran denken, wie ich Miss Banner aus dem Fluß gezogen hatte. Wenn man jemandem das Leben rettet, wird dieser Mensch ein Teil von einem selbst. Aber warum nur? Dann erinnerte ich mich, daß Yiban und ich beide einsam und allein auf dieser Welt waren. Wir sehnten uns beide nach jemandem, der zu uns gehörte.

Bald schon verbrachten Yiban und Miss Banner viele lange Stunden miteinander. Meistens sprachen sie englisch, so daß ich Miss Banner fragen mußte, worüber sie sprachen. Oh, sagte sie, eigentlich nichts weiter Wichtiges: ihr Leben in Amerika, ihr Leben in China, was daran anders war und was besser. Ich war ein bißchen eifersüchtig, denn mit mir hatte sie nie über diese nicht weiter wichtigen Dinge geredet.

»Was ist denn nun besser?« wollte ich wissen.

Sie runzelte nachdenklich die Stirn. Ich erriet, daß sie zu entscheiden versuchte, was von all dem, das ihr an China so gefiel, an erster Stelle erwähnt werden sollte. »Die Chinesen sind höflicher«, sagte sie und überlegte wieder. »Nicht so gierig«.

Ich wartete auf mehr. Ich war mir sicher, daß sie noch sagen würde, China sei schöner, unsere Denkweise besser, die Leute hier kultivierter. Aber sie ließ nichts dergleichen hören. »Gibt es denn auch irgendwas, das in Amerika besser ist?« fragte ich.

Sie dachte einen Moment nach. »Oh . . . Komfort und Sauberkeit, Läden und Schulen, Gehwege und Straßen, Häuser und Betten, Süßigkeiten und Kuchen, Sport und Spiele, Teepartys und Geburtstagsfeiern, oh, und große bunte Paraden, Picknicks im Grünen, Ruderboot fahren, blumengeschmückte Hüte und hübsche Kleider tragen, Bücher lesen, Briefe an Freunde schreiben . . .« So ging es endlos weiter, bis ich mir ganz klein und schmutzig vorkam, häßlich, arm und dumm. Gut, oft fand ich mein Leben nicht sehr bequem. Aber dies war das erste Mal, daß ich mich selbst nicht mehr mochte.

Ich war krank vor Neid – nicht vor Neid auf diese amerikanischen Dinge, die sie aufzählte, sondern darauf, daß sie Yiban mitteilen konnte, was sie alles vermißte, und daß er ihre Sehnsüchte verstand. Er gehörte auf eine Art und Weise zu ihr, wie es mir niemals möglich sein würde.

»Miss Banner«, fragte ich sie. »Sie empfinden etwas für Yiban Johnson, ah?«

»Empfinden? Ja, das wohl. Doch meine Gefühle sind rein freundschaftlicher Natur, verstehst du, wenn auch nicht so tief wie für dich. Oh! Und was das zwischen Mann und Frau betrifft – nein, nein, *nein*! Immerhin ist er ja Chinese, zwar nicht ganz, aber halb, was fast noch schlimmer ist... Ich meine, solche romantischen Freundschaften wären bei uns in Amerika einfach nicht *erlaubt.*«

Ich atmete erleichtert auf.

Doch dann, ohne jeden Grund, begann sie Yiban Johnson zu kritisieren. »Ich muß schon sagen, er ist wirklich viel zu ernst. Keinen Funken Humor! Immer nur am Schwarzsehen. In China geht es drunter und drüber, sagt er. Bald werden wir selbst in Changmian nicht mehr sicher sein. Und wenn ich versuche, ihn aufzuheitern, und ihn ein bißchen necke, lacht er nicht einmal...« Den ganzen Rest des Nachmittags ließ sie sich so über seine kleinen Fehler aus, und was sie tun könnte, um sie zu ändern; so daß mir bald klarwurde, daß sie ihn doch viel lieber mochte, als sie vorgab.

In der nächsten Woche beobachtete ich sie verstohlen, wenn sie zusammen im Hof saßen. Ich sah, wie er allmählich lachen lernte. Ich hörte, wie angeregt sie miteinander schäkerten. Ich wußte, daß etwas in Miss Banners Herzen wuchs, weil ich trotz ihrer Ausflüchte einfach nicht lockerließ, um dahinterzukommen.

Ich will dir was sagen, Libby-ah. Was da zwischen Miss Banner und Yiban aufblühte, war eine Liebe, die so groß und beständig war wie der Himmel über uns. Sie sagte es mir dann auch selbst: »Ich habe viele Arten von Liebe gekannt, aber so etwas noch nie. Mit meiner Mutter und meinen Brüdern war es eine tragische Liebe, die einen voller Wehmut bedenken läßt, was man hätte bekommen können, aber nie bekam. Mit meinem Vater blieb es immer ungewiß. Ich liebte ihn, aber ich wußte nicht, ob er mich liebte. Mit meinen früheren Liebhabern lernte ich nur die männliche Selbstsucht kennen. Sie gaben mir gerade genug, um sich zurückzuholen, was sie von mir wollten . . . Aber jetzt bin ich zufrieden«, sagte Miss Banner. »Mit Yiban liebe ich und werde geliebt, freiwillig und rückhaltlos, man erwartet nichts und bekommt doch mehr als genug. Ich bin wie eine Sternschnuppe, die endlich ihren Zwillingsstern gefunden hat, um für alle Zeiten in glücklicher Konstellation mit ihm zusammen am Himmel zu strahlen.«

Ich war froh für Miss Banner, aber traurig um mich selbst. Da erzählte sie mir nun von ihrer größten Erfüllung, und doch blieben ihre Worte für mich bedeutungsleer. Ich fragte mich, ob ihr diese Liebe vielleicht aus ihrem amerikanischen Gefühl der eigenen Wichtigkeit erwuchs und zu Überzeugungen führte, die ganz anders als meine waren. Vielleicht war diese Liebe aber auch wie eine Krankheit – die meisten Ausländer vertrugen ja nichts, weder Hitze noch Kälte, ständig wurden sie krank. Ihr Gesicht war jetzt oft wie bei Fieber gerötet, ihre Augen groß und glänzend. Sie merkte nicht mehr, wie die Zeit verging. »Oh, ist es wirklich schon so spät?« fragte sie häufig. Sie war auch seltsam taumelig und mußte sich beim Gehen von Yiban stützen lassen. Sogar ihre Stimme hatte sich verändert, war hoch und kindlich geworden. Und nachts stöhnte sie stundenlang vor sich hin. Ich machte mir Sorgen, ob sie vielleicht Malaria hätte. Aber morgens war sie immer wohlauf.

Lach mich nicht aus, Libby-ah. Ich hatte dieser Art von Liebe noch nie so offen ausgelebt gesehen. Pastor und Mrs. Amen benahmen sich nie so, und die Jungen und Mädchen aus meinem früheren Dorf erst recht nicht, zumindest nicht vor anderen Leuten. Als Chinese hätte man sich geschämt, so deutlich zu zeigen, daß man mehr an seinem Herzensschatz hing als an seinen Familienmitgliedern, ob lebendig oder tot.

So erschien mir ihre Liebe wie ein weiteres ihrer amerikanischen Luxusgüter, die Chinesen sich niemals leisten konnten. Jeden Tag unterhielt sie sich viele Stunden lang mit Yiban, Seite an Seite, die Köpfe einander zugeneigt wie zwei Blumen, die sich zur selben Sonne wenden. Obwohl sie englisch redeten, konnte ich sehen, wie sie einen Gedanken begann und er ihn zu Ende führte. Dann fing er wieder zu sprechen an, sah ihr in die Augen und verhaspelte sich, und sie fand die Worte, die ihm abhanden gekommen waren. Manchmal wurden ihre Stimmen ganz leise und sanft, versanken in zärtlichem Gemurmel, und dann faßten sie sich bei den Händen. Es drängte sie, die Hitze ihrer Haut mit der Wärme ihrer Herzen in Einklang zu bringen. Für sie war der Innenhof eine eigene Welt – der heilige Busch, ein Blatt an dem Busch, eine Motte auf dem Blatt, die Motte, die er ihr in die hohle Hand setzte. Sie staunten diese Motte an, als wäre sie ein neues Wesen auf Erden, ein unsterblicher Weiser in verwandelter Gestalt. Und ich konnte sehen, daß dieses Leben, das sie so zart umfaßt hielt, wie die Liebe war, die sie immer beschützen und vor allem Schaden bewahren würden.

Indem ich all dies beobachtete, lernte ich, was eine Romanze war. Und bald hatte auch ich einen Verehrer – erinnerst du dich noch an Zeng, den einohrigen Hausierer? Er war ein netter Kerl, sah recht gut aus, selbst mit nur einem Ohr. Zu alt war er auch nicht. Die Frage war bloß, wie sollte man es zu einer aufregenden Romanze bringen, wenn man über nichts anderes zu reden wußte als über angeschlagene Krüge und Enteneier?

Nun, eines Tages brachte Zeng mir also wieder einen Krug

an. Und ich sagte: »Keine Krüge mehr. Die Eier sind mir ausgegangen, ich hab keins mehr für dich.«

»Nimm den Krug trotzdem«, sagte er. »Gib mir das Ei dann eben nächste Woche.«

»Nächste Woche werde ich auch keins haben. Der amerikanische Betrüger, der sich als General ausgab, hat den Missionaren ihr ganzes Geld gestohlen. Wir haben gerade noch genug zu essen, bis das nächste Boot aus Kanton eintrifft und ausländisches Geld mitbringt.«

Eine Woche später kam Zeng wieder mit demselben Krug an. Aber diesmal war er mit Reis gefüllt. So schwer wogen seine Gefühle für mich! War das Liebe? Ist Liebe Reis in einem Krug, für den man kein Ei zurückgeben muß?

Ich nahm den Krug. Ich sagte nicht, vielen Dank, wie freundlich von dir, eines Tages werde ich's dir vergelten. Ich war – wie sagt man noch gleich? – ja, *diplomatisch.* »Zeng-ah«, rief ich ihm nach, als er sich zum Gehen wandte. »Warum sind deine Kleider immer so schmutzig? Sieh doch, all diese Fettflecken an deinen Ellbogen! Morgen bringst du mir mal deine Kleider, und ich wasche sie dir. Wenn du mir schon den Hof machen willst, solltest du wenigstens saubere Sachen anhaben.«

Siehst du? Auch ich wußte, wie man eine Romanze anfängt.

Als der Winter kam, verfluchte Ermei den General immer noch dafür, daß er den Räucherschinken gestohlen hatte, denn inzwischen gab es überhaupt kein Fleisch mehr. Nach und nach hatte sie sämtliche Schweine, Hühner und Enten geschlachtet. Jede Woche wanderten Dr. Too Late, Pastor Amen und Yiban den ganzen langen Weg bis Jintian, um zu sehen, ob das Boot aus Kanton endlich mit dem Geld da war. Und jede Woche kehrten sie mit den gleichen langen Gesichtern zurück.

Eines Tages triefte ihnen bei ihrer Rückkehr sogar Blut von den Gesichtern. Die Damen rannten schreiend auf sie zu: Mrs.

Amen zu Pastor Amen, Miss Mouse zu Dr. Too Late, Miss Banner zu Yiban. Lao Lu und ich rannten zum Brunnen. Während die Damen das Blut abwuschen, erklärte Pastor Amen, was passiert war, und Yiban übersetzte es für uns.

»Sie haben uns Teufel genannt, Feinde von China!«

»Wer, wer?« riefen die Damen.

»Die Taiping! Das sind wildwütige Berserker, diese Taiping. Als ich sagte: ›Wir sind eure Freunde‹, bewarfen sie mich mit Steinen, sie wollten mich glatt umbringen!«

»Aber warum, warum?«

»Wegen ihrer Augen, einzig und allein wegen ihrer Augen!« zeterte Pastor Amen, dann fiel er auf die Knie und begann laut zu beten. Wir schauten fragend zu Yiban hinüber. Er schüttelte nur den Kopf. Der Pastor schüttelte die Fäuste zum Himmel und betete weiter. Er zeigte wehklagend auf das Missionshaus und betete noch verzweifelter. Er zeigte auf Miss Mouse, die zu weinen anfing und Dr. Too Lates Gesicht abtupfte, obwohl gar kein Blut mehr daran war. Er zeigte auf Mrs. Amen und sprudelte noch mehr Worte hervor. Sie stand auf und entfernte sich hastig. Lao Lu und ich waren wie zwei Taubstumme, unfähig zu begreifen, was sich vor unseren Augen abspielte.

Am Abend suchten wir Yiban und Miss Banner im Garten auf. Ich sah ihre Schatten im Pavillon auf dem Hügel, ihren Kopf an seiner Schulter. Lao Lu wollte nicht hinaufgehen, weil er sich vor dem Geist des Kaufmanns fürchtete. Also zischte ich in ihre Richtung, bis sie mich hörten. Sie kamen Hand in Hand den Hügel hinab, ließen sich erst los, als sie uns erblickten. Im matten Licht des Mondes, der wie ein Melonenschnitz am Himmel hing, erstattete Yiban uns Bericht.

Er hatte mit einem Fischer gesprochen, als er mit dem Pastor und Dr. Too Late an den Fluß gekommen war. Der Fischer hatte ihm gesagt: »Keine Boote, weder jetzt noch demnächst, vielleicht nie mehr. Die britischen Boote haben den Fluß abgeriegelt. Keiner kommt mehr durch. Gestern haben die Ausländer für die Hakka gekämpft, heute kämpften sie für die Manchus. Vielleicht zerbricht China morgen in lauter Einzelteile, und die Ausländer werden sie an sich raffen und zusammen mit ihrem Opium verkaufen.« Überall werde jetzt gekämpft, erklärte er, von Suzhou bis Kanton. Die Manchus und die Ausländer griffen alle Städte an, die unter der Herrschaft des Himmlischen Königs standen. Zehntausende seien getötet worden, Männer, Frauen und Kinder. An manchen Orten sah man nur noch verwesende Leichen, an anderen nichts als ausgebleichte Knochen. Bald würden die Manchus in Jintian einfallen.

Yiban ließ uns Zeit, die Nachricht zu verdauen. »Als ich dem Pastor übersetzte, was der Fischer gesagt hatte, fiel er auf die Knie und betete, genau wie heute nachmittag im Garten. Die Leute bewarfen uns mit Steinen. Dr. Too Late und ich, wir rannten natürlich los und riefen dem Pastor zu, er solle mitkommen, doch er blieb einfach an Ort und Stelle knien. Die Steine trafen ihn im Rücken, am Arm, am Bein und schließlich an der Stirn. Als er blutend vornüberfiel, war er mit seiner Geduld am Ende. In dem Moment verlor er seinen Glauben. Er schrie: ›Mein Gott, warum hast du mich verlassen? Warum? Warum hast du uns diesen falschen General geschickt und ihn unsere Hoffnungen stehlen lassen?‹«

Yiban hielt inne. Miss Banner flüsterte ihm etwas auf englisch zu. Er schüttelte den Kopf. Also fuhr Miss Banner an seiner Statt fort: »Heute nachmittag, als ihr ihn auf die Knie fallen saht, ließ er den bösen Gedanken wieder freien Lauf. Nur hatte er jetzt nicht bloß den Glauben verloren, sondern auch den Verstand. Er schrie: ›Ich hasse China! Ich hasse die Chinesen! Ich hasse ihre Schlitzaugen und ihre Hinterlist. Sie haben keine Seelen, bei dieser Höllenbrut gibt es nichts zu retten.‹ Ihr habt ja gesehen, wie er tobte: ›Töte die Chinesen‹, schrie er zu Gott, ›töte sie alle, nur laß mich nicht mit ihnen sterben.‹ Er zeigte auf die anderen Missionare und schrie: ›Nimm sie, nimm ihn, nimm sie!‹«

Von diesem Tag an veränderte sich vieles, unser Schicksal

wurde reif wie meine Enteneier. Pastor Amen benahm sich wie ein kleiner Junge, war störrisch und quengelig und vergaß ganz einfach, wer er war. Doch Mrs. Amen nahm es ihm nicht übel. Manchmal schimpfte sie mit ihm, meistens aber versuchte sie, ihn zu trösten. Lao Lu sagte, sie duldete ihn sogar wieder in ihrem Bett. Nun waren sie endlich wie Mann und Frau. Dr. Too Late ließ sich weiter von Miss Mouse pflegen, selbst als seine Wunden längst verheilt waren. Und spät nachts, wenn alles längst hätte schlafen sollen, hörte man eine Tür leise auf- und zuschnappen, dann Yibans Gewisper, dann Miss Banners Seufzer. Es war mir so peinlich, sie zu hören, daß ich bald danach ihre Spieldose ausgrub und sie ihr wiedergab. Ich sagte: »Schauen Sie, was General Cape auch noch vergessen hat mitzunehmen.«

Einer nach dem anderen machten die Dienstboten sich davon. Als die Luft zu kalt für Moskitos wurde, gab es keine Chinesen mehr im Haus der bösen Geister, außer mir und Lao Lu. Yiban zähle ich nicht mit, weil ich schon längst nicht mehr dachte, er sei mehr Chinese als Johnson. Yiban blieb wegen Miss Banner. Lao Lu und ich blieben, weil wir uns nicht von unserem vergrabenen Eierschatz trennen konnten. Aber wir wußten auch, daß keiner der Ausländer ohne uns fähig gewesen wäre zu überleben.

Jeden Tag gingen Lao Lu und ich auf Nahrungssuche. Da ich einst ein armes Bergbauernmädchen gewesen war, wußte ich, wo man suchen mußte. Wir stocherten im Wurzelgeflecht der Bäume, wo die Zikaden schliefen. Wir lauerten nachts in der Küche auf Insekten und Ratten, die nach unsichtbaren Krümeln stöberten. Wir stiegen auf die Berge und pflückten wilden Tee und Bambussprossen. Manchmal fingen wir einen Vogel, der zu alt oder zu dumm war, um schnell genug zu entwischen. Im Frühling sammelten wir Heuschrecken und Grashüpfer ein, die in den Feldern nisteten. Wir fanden Frösche und Larven und Fledermäuse. Die Fledermäuse muß man in einen engen Raum scheuchen und sie so lange herumflattern lassen, bis sie vor Erschöpfung zu Boden fallen. Was wir fingen, brieten wir in Öl. Das Öl bekam ich von Zeng. Er und ich hatten jetzt mehr Gesprächsstoff als nur angeschlagene Krüge und Eier – und manchmal gab es auch was zu lachen, zum Beispiel, als ich ihm erzählte, wie ich Miss Banner zum ersten Mal die neue Sorte Essen vorgesetzt hatte.

»Was ist das?« fragte sie. Sie steckte die Nase in die Schüssel, schaute mißtrauisch und schnüffelte. »Maus«, sagte ich. Sie schloß die Augen, stand auf und verließ das Zimmer. Als die anderen Ausländer wissen wollten, was ich gesagt hatte, erklärte Yiban es ihnen in ihrer Sprache. Sie schüttelten alle die Köpfe, aßen aber mit gutem Appetit. Später fragte ich Yiban, was er ihnen da erzählt habe. »Kaninchen«, schmunzelte er. »Ich hab gesagt, Miss Banner hätte mal ein Kaninchen als Haustier gehabt.« Den Trick merkte ich mir, und jedesmal, wenn Lao Lu und ich etwas gekocht hatten, ließ ich Yiban den anderen weismachen, es handelte sich um Wildkaninchen. Sie kamen gar nicht auf die Idee, uns zu fragen, ob wir denn die Wahrheit sagten.

Das heißt aber nicht, daß wir genug zu essen gehabt hätten. Man braucht eine Menge Kaninchen, um acht Leute zwei bis dreimal pro Tag satt zu kriegen. Selbst Mrs. Amen magerte ab. Zeng berichtete, die Kämpfe ringsumher würden immer verheerender. Wir hofften inständig, daß endlich eine Seite gewinnen würde, damit es wieder aufwärtsging. Nur Pastor Amen war froh und munter und brabbelte vor sich hin wie ein Baby.

Eines Tages entschieden Lao Lu und ich, daß nun alles so schlimm war, wie es schlimmer nicht mehr sein konnte. Wir waren beide der Ansicht, dies sei die beste Zeit, um die Enteneier zu essen. Wir stritten uns noch ein bißchen herum, wie viele Eier wir jedem zuteilen sollten. Dies hing nämlich davon ab, wie lange wir meinten, daß die schlimmste Zeit noch andauern würde, und wie viele Eier wir hatten, um unsere Notlage zu mildern. Als nächstes mußten wir uns darüber einig werden, ob wir die Eier morgens oder abends austeilen sollten. Lao Lu fand, morgens wäre besser, weil wir über Nacht vom Eieressen träumen könnten und beim Aufwachen unseren Traum verwirklicht sehen würden. Auf die Weise würden wir uns täglich von neuem freuen, noch am Leben zu sein. Also bekam jeder dann jeden Morgen ein Entenei. Miss Banner, oh, wie sie diese grünen Eier liebte – salzig, zart und cremig, viel besser als Kaninchen, sagte sie.

Hilf mir mal zählen, Libby-ah. Acht Eier, jeden Tag, fast einen Monat lang, was macht das? – zweihundertvierzig Enteneier. Wah! So viele hatte ich eingelegt! Wenn ich die heute in San Francisco verkaufen würde, ah, welch ein Reichtum! Tatsächlich hatte ich sogar noch mehr vorrätig. Im Mittsommer, als mein Leben endete, waren noch mindestens zwei Krüge übrig. Am Tag, als wir sterben mußten, haben Miss Banner und ich uns halb lachend, halb weinend gesagt, wir hätten doch mehr Eier essen sollen.

Aber wie kann ein Mensch wissen, wann seine Todesstunde kommt? Wenn du es wüßtest, was würdest du anders machen? Kannst du mehr Eier aufschlagen, um solches Bedauern zu vermeiden? Vielleicht stirbst du dann mit Bauchschmerzen.

Wie auch immer, Libby-ah, wenn ich jetzt daran zurückdenke, bedaure ich nichts mehr. Ich bin froh, daß ich diese Eier nicht alle gegessen habe. Denn so habe ich dir noch etwas zu zeigen. Bald können wir sie ausgraben. Du und ich, wir können uns an dem erfreuen, was übrig ist.

# *Mädchenwunsch*

Mein erster Morgen in China. Ich wache in einem dunklen Hotelzimmer auf und sehe, wie eine Schattengestalt sich mit starrem Mörderblick über mein Bett beugt. Ich bin drauf und dran loszuschreien, da höre ich meine Schwester Kwan auf chinesisch sagen: »Aha, du schläfst auf der Seite – kein Wunder, daß du so krumm daherkommst. Von jetzt an mußt du auf dem Rücken schlafen. Und Gymnastik treiben. So.«

Sie knipst das Licht an und beginnt unverzüglich, mir Turnübungen vorzumachen, die Hände zackig in die Seiten gestemmt. Im stillen frage ich mich, wie lange sie wohl schon darauf lauert, daß ich aufwache, um mir wieder mal einen ihrer unerwünschten Ratschläge aufzudrängen. Ihr Bett ist schon zugedeckt und glattgestrichen.

Ärgerlich sehe ich auf die Uhr: »Spinnst du, Kwan? Es ist doch gerade erst fünf!«

»Wir sind hier in China. Alle anderen sind längst auf. Nur du schläfst und schläfst.«

»Jetzt nicht mehr.«

Wir befinden uns noch keine acht Stunden in China, und schon fängt sie an, mich zu bevormunden. Wir sind hier auf ihrem Territorium; wir müssen uns nach ihren Vorschriften richten, ihre Sprache sprechen. Sie ist im chinesischen Paradies.

Lachend zieht sie mir die Decke weg. »Na los, Libby-ah, nun steh schon auf. Ich kann's kaum erwarten, in mein altes Dorf zurückzukommen und sie alle zu überraschen. Ich freu mich schon drauf, was Big Ma für ein verblüfftes Gesicht machen wird, und wie sie bestimmt gleich loszetert: ›He, ich dachte, ich hätte dich weggejagt. Weshalb bist du jetzt wieder da?‹«

Kwan reißt das Fenster auf. Wir sind im Sheraton Guilin abgestiegen, das laut Prospekt »einen herrlichen Blick auf den Fluß Li« bietet. Allerdings ist es draußen noch dunkel. *Trnnng*! *Trnnng*! schrillt es ununterbrochen zu uns herauf, wie aus einem vollbesetzten Spielsalon mit einarmigen Banditen. Ich beuge mich hinaus. Dort unten klingeln sämtliche Radfahrer der Welt um die Wette, während sie ihre Körbe mit Getreide, Melonen und Rüben zum Markt transportieren. Auf der Straße wimmelt es nur so von Rädern und Autos, Arbeitern und Schulkindern – und alles hupt und bimmelt, schreit und lacht durcheinander, als wäre es längst mitten am Tag. An einem Fahrradlenker baumeln vier riesige, zusammengebundene Schweinsköpfe, die bleichen Rüssel zu einem schaurigen Grinsen verzerrt.

»Schau mal.« Kwan deutet die Straße hinab auf ein paar Verkaufsstände, die mit trüben Funzeln beleuchtet sind. »Dort können wir uns was zum Frühstück besorgen, gut und billig. Besser, als hier im Hotel neun Dollar pro Nase zu zahlen – und wofür? Doughnuts, Orangensaft, Rührei mit Speck, wer will schon so 'n Allerweltszeug?«

Ich erinnere mich an die Warnung in unseren Reiseführern, bei Straßenhändlern lieber nichts zu essen zu kaufen. »Neun Dollar, das ist doch nicht besonders viel«, wende ich ein.

»Wah! So darfst du hier aber nicht denken. Du bist jetzt in China. Neun Dollar ist hier eine Menge Geld, ein ganzer Wochenlohn.«

»Mag sein, aber mit billigem Essen kann man sich auch leicht eine Lebensmittelvergiftung einhandeln.«

Kwan zeigt mit weit ausholender Geste auf die Straße hinab. »Schau doch selbst. All diese Leute da, sehen die vielleicht vergiftet aus? Wenn du Fotos von chinesischem Essen machen willst, mußt du auch wissen, wie es schmeckt.«

Sie hat recht. Warum sollte ich mir zu gut dafür sein, die eine oder andere Bazille mit nach Hause zu tragen? Ich schlüpfe schnell in ein paar warme Sachen und gehe in den Flur hinaus, um im Nebenzimmer anzuklopfen. Simon macht mir sofort die Tür auf, fix und fertig angezogen. »Ich konnte nicht schlafen«, gesteht er.

Fünf Minuten später schlendern wir zu dritt über den Gehsteig, an Dutzenden von Straßenküchen entlang, manche mit Propangaskochern, andere mit improvisierten Bratrosten. Vor den Buden hocken die Kunden im Halbkreis und essen Nudeln oder Teigtaschen. Die Übermüdung sitzt mir noch so sehr in den Knochen, daß mir ganz flau und flatterig zumute ist. Kwan bleibt vor einer Theke stehen, wo der Verkäufer mehlige Pfannkuchen auf eine heiße Öltonne klatscht. »Gib mir drei«, sagt sie auf chinesisch. Der Mann pellt die Pfannkuchen mit rußgeschwärzten Fingern von der Tonne. Simon und ich jaulen einstimmig auf, als wir die glutheißen Fladen in die Hand gedrückt bekommen, und fangen an, wie die Zirkusartisten damit hin und her zu jonglieren.

»Wieviel macht das?« Kwan zückt den Geldbeutel.

»Sechs Yuan«, antwortet der Verkäufer.

Umgerechnet kaum mehr als ein Dollar, also spottbillig, aus Kwans Sicht dagegen ein Wucherpreis. »Wah!« Sie zeigt auf einen anderen Kunden. »Dem hast du aber nur fünfzig Fen berechnet.«

»Klar! Der ist ja auch von hier. Ihr drei seid Touristen.«

»Was redest du da? Ich bin auch aus dieser Gegend!«

»Tatsächlich?« Der Verkäufer wirft ihr einen abschätzenden Blick zu. »Von wo denn genau?«

»Changmian.«

Er zieht zweifelnd die Stirn kraus. »Ach! Und wen kennst du in Changmian, hm?«

Kwan rasselt ein paar Namen herunter.

Der Verkäufer schlägt sich auf den Schenkel. »Wu Ze-min? Du kennst Wu Ze-min?«

»Aber sicher. Als Kinder haben wir in derselben Straße gewohnt. Ich hab ihn seit dreißig Jahren nicht mehr gesehen.«

»Seine Tochter ist mit meinem Sohn verheiratet.«

»Ist ja nicht zu glauben!«

Der Mann lacht. »Doch, ehrlich. Seit zwei Jahren. Meine Frau und meine Mutter waren gegen die Heirat – nur weil das Mädchen aus Changmian stammt. Das sind halt so bäurische Vorurteile, nicht wahr, die glauben immer noch, daß Changmian mit einem Fluch beladen ist. Ich nicht, ich bin nicht abergläubisch, jetzt nicht mehr. Und inzwischen ist auch schon ein Kind da, vorigen Frühling ist es geboren, ein Mädchen, aber das macht mir nichts aus.«

»Nicht zu fassen, daß Wu Ze-min nun schon Großvater ist. Wie geht's ihm denn?«

»Er hat vor zwanzig Jahren seine Frau verloren, als sie wegen konterrevolutionärer Agitation in den Viehstall verbannt worden sind. Sie haben ihm die Hände zerschlagen, aber nicht den Lebensmut. Später hat er dann eine andere Frau geheiratet, Yang Ling-fang.«

»Ist ja nicht die Möglichkeit! Das war die jüngere Schwester von einer meiner Klassenkameradinnen. Ich seh sie noch vor mir, so ein ganz zartes, kleines Mädchen.«

»Besonders zart ist die jetzt auch nicht mehr, mit ihrer *Jiaoban*-Haut, zäh wie Leder, die hat einiges mitgemacht, kann ich dir sagen.«

Die beiden schwatzen fröhlich weiter, während Simon und ich unsere Pfannkuchen verdrücken, die wie Buchweizenfladen mit Lauchzwiebeln schmecken. Kwan und der Verkäufer wirken inzwischen wie alte Freunde, und er gibt ihr einen Tip, auf wieviel sie den Taxifahrer für die Fahrt nach Changmian herunterhandeln kann.

»Also gut, älterer Bruder«, sagt Kwan schließlich. »Wieviel schulde ich dir?«

»Sechs Yuan.«

»Wah! Immer noch sechs Yuan? Das kann doch nicht dein Ernst sein. Ich gebe dir zwei, mehr kommt nicht in Frage.«

»Sagen wir drei, weil du's bist.«

Brummelnd rückt Kwan das Geld heraus, und wir machen uns auf den Weg. Nach einigen hundert Metern wispere ich Simon zu: »Der Mann hat gesagt, Changmian sei mit einem Fluch beladen.«

Kwan hat es prompt mitgekriegt. »Tss! Das ist nichts als dummes Gerede, Altweibergewäsch. Nur ganz ungebildete Leute glauben immer noch, daß es Unglück bringt, in Changmian zu wohnen.«

Nachdem ich dies für Simon übersetzt habe, erkundige ich mich vorsichtig: »Was für eine Art von Unglück denn?«

»Frag lieber nicht.«

Noch ehe ich sie zu einer Antwort drängen kann, zeigt Simon auf einen kleinen Marktplatz voller bauchiger Weidenkörbe, prallgefüllt mit Grapefruits, getrockneten Bohnen, Kassiatee und Chilischoten: mein erstes Fotomotiv. Ich hole die Nikon hervor und fange an zu knipsen, während Simon sich eifrig Notizen macht.

»Die beißenden Rauchschwaden zahlloser Straßenküchen verwehen im Morgendunst«, murmelt er vor sich hin. »Hey, Olivia, kannst du ein paar Fotos aus dieser Richtung hier machen? Nimm die Schildkröten auf, guck mal, sind die nicht herrlich?«

Ich atme tief ein und stelle mir vor, daß ich meine Lungen jetzt mit der Luft fülle, die schon meine Vorfahren inspirierte, wer immer sie sein mochten. Da wir gestern erst spät abends angekommen sind, haben wir die Umgebung bisher noch gar nicht gesehen, die berühmten Karstfelsen, die zauberhaften Kalksteinhöhlen, dieses ganze atemberaubende Panorama, das

Guilin zum »schönsten Ort der Welt« macht, jedenfalls unserem Reiseführer zufolge. Ich habe mich allerdings darauf eingestellt, nicht allzuviel malerische Folklore zu erwarten, sondern eher die prosaischen Aspekte des grauen kommunistischen Alltags vor die Linse zu bekommen.

Wohin wir uns auch wenden, in allen Straßen wimmelt es von bunt gekleideten Einheimischen und dicklichen Westtouristen in Jogginganzügen. Überall herrscht die brodelnde Hektik einer freien Marktwirtschaft in vollster Blüte. Auf Schritt und Tritt stößt man auf fliegende Händler, die alles nur irgend Erdenkliche zum Verkauf anbieten: Lotterielose, Aktiencoupons, T-Shirts, Uhren, Handtaschen mit gefälschten Designerlabeln und massenweise Souvenirs – von Mao-Buttons bis zu Plastikbuddhas, sowohl in der tibetanisch-hageren als auch in der kugelrunden Version. Es sieht aus, als hätte China seine angestammte Kultur gegen die schlimmsten Auswüchse des Kapitalismus eingetauscht: Nepp und billige Massenartikel, blindwütige Kaufwut und ungebremste Raffgier.

Simon taucht wieder an meiner Seite auf. »Irre, was hier los ist«, meint er. »Faszinierend und deprimierend zugleich.« Und dann setzt er noch hinzu: »Aber ich bin froh, daß ich mitgekommen bin.« Ich frage mich im stillen, ob er damit auch auf unser Zusammensein anspielt.

Wenn wir den Blick zu den Wolken heben, sehen wir die unwahrscheinlich steil aufragenden Gipfel, die an gigantische Haifischzähne erinnern, das Standardmotiv aller chinesischen Wandkalender und Rollbilder. Doch am Fuße dieser urzeitlichen Felsen ballen sich wie krankhafte Auswüchse überall die Hochhaussiedlungen, schmutziggrau vom Rauch der Fabrikschlote, mit ihren grell abstechenden, in Rot oder Gold bemalten Schrifttafeln. Dazwischen ducken sich niedrigere Häuser aus einer früheren Epoche, samt und sonders in proletarischem Zahnpastagrün angestrichen. Hie und da bröckeln auch noch ein paar Vorkriegsbauten vor sich hin, von Müllhalden umgeben. Die ganze Szenerie wirkt – und riecht – wie ein einstmals hübsches Gesicht, das von billiger Schminke, klaffenden Zahnlücken und fortgeschrittener Parodontose verunstaltet ist.

»Ojemine«, flüstert Simon mir zu. »Wenn Guilin die schönste Stadt von China ist, dann bin ich aber echt gespannt, wie das fluchbeladene Changmian erst aussieht.«

Wir holen Kwan ein. »Alles sieht ganz anders aus, es ist gar nicht mehr wie früher.« Sicher tut es ihr weh zu sehen, wie schrecklich Guilin sich in den letzten dreißig Jahren verändert hat. Doch dann setzt sie voller Stolz hinzu: »So viel Fortschritt, alles ist so viel besser geworden.«

Zwei Häuserblocks weiter stoßen wir auf einen Vogelmarkt. An Ästen und Zweigen hängen Hunderte von dekorativen Käfigen mit allen möglichen Vogelarten, von lieblich zwitschernden Finken bis zu exotischen Prachtexemplaren mit farbenfroh schillerndem Gefieder, punkigen Schöpfen und fächerförmigen Schwanzfedern. In den Käfigen am Boden hocken riesige Raubvögel, Adler vielleicht oder Falken, wunderbar anzuschauen mit ihren bedrohlichen Klauen und Schnäbeln. Und dann gibt es noch jede Menge gewöhnliches Federvieh – Hühner und Enten für den Kochtopf. Ein Schnappschuß davon, vor dem Hintergrund all jener bunten Ziervögel, könnte ein hübsches Motiv für unseren Artikel abgeben.

»Ssss!« zischt ein Mann mir zu und winkt mich mit gebieterischer Miene heran. Ist das etwa einer von der Geheimpolizei? Ist es vielleicht verboten, hier zu fotografieren? Wenn er droht, mir die Kamera wegzunehmen, wieviel sollte ich ihm dann wohl als Bestechungsgeld anbieten?

Feierlich greift er unter einen Tisch und holt einen Käfig hervor. »Du viel gut finden«, radebrecht er auf englisch. In dem Käfig sitzt eine schneeweiße Eule mit schokoladenbrauner Kontrastzeichnung. Sie sieht aus wie eine aufgeplusterte

Siamkatze mit Flügeln. Die Eule sieht mich aus goldenen Augen an, und ich verliere augenblicklich mein Herz an sie.

»He, Simon, Kwan, kommt her, seht euch das an.«

»Hundert Dollar, US«, sagt der Mann. »Ganz billig.«

Simon schüttelt den Kopf, wehrt mit beiden Händen ab: »Nix gut«, versucht er sich in gebrochenem Englisch verständlich zu machen. »Vogel nix in Flugzeug mitnehmen. Mann am Zoll sagen stop, verboten, müssen viel Strafe zahlen...«

»Wieviel?« unterbricht der Mann ihn brüsk. »Du sagen. Ich geben euch Morgenpreis, beste Preis.«

»Dieses ganze Gefeilsche ist zwecklos«, erklärt Kwan ihm auf chinesisch. »Wir sind als Touristen hier. Wir können keine Vögel nach Amerika mitnehmen, egal wie billig.«

»Aah, wer redet denn von Amerika?« entgegnet der Mann in schnellem Chinesisch. »Kaufen Sie den Vogel, und bringen Sie ihn gleich zu dem Restaurant da hinten. Die braten Ihnen den gegen geringes Entgelt gern zum Abendessen.«

»Um Gottes willen!« Ich drehe mich entsetzt zu Simon um. »Der will uns die Eule zum Essen verkaufen!«

»Das ist ja ekelhaft. Sag ihm, er ist ein schweinischer Barbar.«

»Sag du's ihm doch!«

»Ich kann kein Chinesisch.«

Der Mann denkt wohl, ich bestürme meinen lieben Gatten, mir eine Eule zum Abendessen zu kaufen. »Ein Glück für Sie, daß ich wenigstens diesen einen hier vorrätig habe. Der Katzenadler ist sehr, sehr selten«, prahlt er. »Hab drei Wochen gebraucht, um ihn zu fangen.«

»Ich kann das alles überhaupt nicht glauben«, sage ich zu Simon. »Mir wird gleich schlecht.«

Da höre ich Kwan widersprechen: »Ein Katzenadler ist gar nicht so selten, nur schwer zu fangen. Außerdem soll er auch nicht besonders schmecken.«

»Nun ja, um ganz ehrlich zu sein«, sagt der Mann, »so sehr aromatisch ist das Fleisch zwar nicht, aber einen Katzenadler ißt man ja nicht als Delikatesse, sondern vor allem, um ordentlich Mumm in die Knochen zu bekommen. Und gut für die Augen ist er auch. Einer von meinen Kunden war fast blind. Nachdem er einen Katzenadler gegessen hatte, konnte er zum erstenmal nach zwanzig Jahren Ehe seine Frau richtig sehen. Er kam wieder und schimpfte: ›Ein Mist ist das! Die Alte ist so häßlich, daß es einen Affen graust! Und du Hurensohn bist schuld, weil du mir den Katzenadler zu essen gegeben hast!‹«

Kwan lachte herzhaft. »Jaja, das habe ich auch schon von Katzenadlern sagen hören. Eine hübsche Geschichte.« Sie zückt die Geldbörse und hält einen Hundertyuanschein hoch.

»Kwan, was machst du denn da?« schreie ich sie an. »Wir sind doch keine Eulenfresser!«

Der Mann wedelt die hundert Yuan ungehalten beiseite. »Nur amerikanisches Geld« sagt er. »Hundert *amerikanische* Dollar.«

Kwan holt einen Zehndollarschein hervor.

»Kwan!« schreie ich, ernstlich empört.

Der Mann lehnt den Zehner mit einem Kopfschütteln ab. Kwan zuckt die Achseln und schickt sich an weiterzugehen. Er ruft hinter ihr her, sie solle ihm wenigstens fünfzig geben. Sie kommt zurück, hält ihm einen Zehner und einen Fünfer hin: »Das ist mein letztes Angebot.«

»Wahnsinn!« murmelt Simon.

Seufzend übergibt der Mann ihr den Käfig. »Was für ein Jammer«, beklagt er sich, »So viel Mühe für so wenig Geld. Seht euch nur meine Hände an, drei Wochen Klettern und Schinderei, um diesen Vogel zu fangen.«

Im Weitergehen packte ich Kwan an ihrem freien Arm. »Ich lasse es nicht zu, daß du die Eule ißt. Mir egal, ob das in China üblich ist!«

»Scht! Scht! Du erschreckst sie noch!« Kwan hält den Käfig

übertrieben besorgt aus meiner Reichweite. Mit einer Unschuldsmiene, die mich nur noch mehr in Rage bringt, tritt sie an eine Brüstung, von der aus man den Fluß überblickt, und setzt den Käfig auf die Mauer ab. Zärtlich maunzt sie der Eule zu: »Na, kleiner Freund, willst du mit nach Changmian? Willst du mit mir hoch hinauf auf den Berg steigen und meiner kleinen Schwester zeigen, wie du wegfliegst?« Die Eule legt den Kopf schräg und blinzelt.

Ich weine fast vor Freude und Schuldbewußtsein. Warum nur denke ich immer so schlecht von Kwan? Beschämt erzähle ich Simon von meinem Irrtum und Kwans Großzügigkeit.

»Ich gehe noch mal kurz zurück zum Vogelmarkt«, sagt Simon. »Ich wollte mir aufschreiben, was sie sonst noch für exotische Vögel zum Essen anbieten. Kommst du mit?«

Ich schüttele den Kopf; mir reicht es schon, die Eule zu bewundern, die Kwan gerettet hat.

»Gut, dann bin ich in zehn Minuten wieder da.«

Simon schlendert davon, und mir fällt auf, wie amerikanisch sein Gang aussieht, besonders hier auf fremdem Boden. Unbekümmert und selbstsicher bewegt er sich durch die Menge, in seinem eigenen Rhythmus, ohne sich den Leuten ringsumher anzupassen.

»Siehst du?« höre ich Kwan fragen. »Da drüben?« Sie zeigt auf einen kegelförmigen Gipfel in der Ferne. »Gleich hinter meinem Dorf gibt es einen steilen Berg, der noch höher ist als der da hinten. Wir nennen ihn den Mädchenwunsch-Berg, nach einem Sklavenmädchen, das dort hinauf geflohen ist, um mit einem Phönix davonzufliegen, der ihr Geliebter war.«

Kwan schaut mich an. »Das ist natürlich ein Märchen, nur ein alter Aberglaube.«

Es amüsiert mich, daß sie meint, es extra betonen zu müssen.

Kwan fährt fort: »Aber alle Mädchen in unserem Dorf haben die Geschichte geglaubt, nicht, weil sie so dumm waren, sondern weil sie so sehr auf ein besseres Leben hoffen wollten. Wir dachten, wenn wir auf den Berg stiegen und uns dort oben etwas wünschten, würde unser Wunsch in Erfüllung gehen. Also zogen wir Vogelküken auf, und wenn sie flügge waren, machten wir uns damit zum Mädchenwunsch-Berg auf und ließen sie frei. Die Vögel sollten dann zu den Phönixen fliegen und ihnen unsere Wünsche überbringen.« Kwan schnieft gerührt. »Big Ma hat mir erzählt, der Berg hieße Mädchenwunsch, weil irgendein verrücktes junges Ding einmal dort raufgeklettert sei. Doch als sie zu fliegen versuchte, sei sie senkrecht hinabgestürzt und so tief im Boden steckengeblieben, daß sie zu einem Felsbrocken wurde. Big Ma sagte, daß man deshalb so viele Felsbrocken am Fuß dieses Berges sehen könne – das seien all die dummen Mädchen, die der Verrückten nachgeeifert hätten, indem sie sich das Unerreichbare wünschten.«

Ich lache. Kwan funkelt mich erbost an, als wäre ich Big Ma, die Tante, die sie großgezogen hat. »Man kann junge Mädchen nicht davon abhalten, sich etwas zu wünschen. Nein! Jeder hat ein Recht auf seine Träume. Wenn man aufhört zu träumen – tja, das ist, als würde man zugeben, daß man sein Schicksal nicht mehr ändern kann, nicht wahr?«

»Mag sein.«

»Jetzt rate mal, was ich mir gewünscht habe.«

»Keine Ahnung. Was?«

»Na komm schon, rate.«

»Einen gutaussehenden Ehemann.«

»Nein.«

»Ein Auto.«

Kwan stupst mich lachend mit dem Ellbogen an. »Falsch geraten! Na gut, ich sag's dir.« Sie blickt zu den Bergen hinüber. »Bevor ich nach Amerika aufbrach, habe ich drei Vögel aufgezogen, nicht bloß einen, damit ich mir auf dem Berggipfel drei Dinge wünschen konnte. Wenn diese Wünsche in Erfüllung gehen, habe ich mir gesagt, dann ist mein Leben vollendet, und ich kann zufrieden sterben. Mein erster Wunsch: eine Schwester zu haben, die ich von ganzem Herzen lieben könnte, nur das, mehr würde ich nie von ihr verlangen. Mein zweiter Wunsch: mit meiner Schwester nach China zurückzukommen. Mein dritter Wunsch« – Kwans Stimme zittert jetzt ein wenig –, »daß Big Ma das noch erleben könnte und sagen würde, es hätte ihr leid getan, mich weggeschickt zu haben.«

Es ist das erste Mal, daß Kwan zeigt, wie nachhaltig sie jemandem grollen kann, der sie schlecht behandelt hat. »Ich habe den Käfig aufgemacht«, erzählt sie weiter, »und habe meine drei Vögel freigelassen.« Sie schwenkt den Arm über die Mauer hin. »Aber einer von ihnen ist nur hilflos im Kreis herumgeflattert, ehe er wie ein Stein hinabfiel. Und wie du siehst, sind zwei von meinen Wünschen schon wahr geworden: Ich habe dich, und wir sind zusammen in China.

Gestern nacht habe ich endlich begriffen, daß mein dritter Wunsch nie in Erfüllung gehen wird. Big Ma wird mir niemals sagen, daß es ihr leid tut.«

Sie hebt den Käfig mit der Eule hoch. »Aber jetzt habe ich einen wunderschönen Katzenadler, der meinen neuen Wunsch davontragen kann. Wenn er wegfliegt, wird all meine frühere Traurigkeit mit ihm verschwinden. Dann werden wir beide frei sein.«

Simon gesellt sich wieder zu uns. »Olivia, du glaubst es nicht, was die Leute hier alles für eßbar halten.«

Wir eilen zurück zum Hotel, auf der Suche nach einem Fahrer, der bereit ist, eine Einheimische, zwei Touristen und einen Katzenadler nach Changmian zu kutschieren.

# *Hello Goodbye*

Gegen neun haben wir dann glücklich ein Taxi aufgetrieben, dessen Chauffeur, ein aufgeweckter junger Bursche, sich offensichtlich auf kapitalistische Werbemethoden versteht. »Sauber, billig, schnell«, preist er seine Dienste auf chinesisch an. Dann folgt noch eine schnelle Bemerkung, an Simon gerichtet.

»Was hat er gesagt?« erkundigt sich Simon.

»Er läßt dich wissen, daß er auch englisch spricht.«

Unser Fahrer erinnert mich an die geschniegelten Jünglinge aus Hongkong, die in den Billardsalons von San Francisco herumhängen; die gleichen pomadisierten Haare, der überlange, säuberlich manikürte Nagel am kleinen Finger, der bezeugen soll, daß er sich für seinen Lebensunterhalt nicht sonderlich krummlegen muß. Mit strahlendem Lächeln entblößt er ein nikotingelbes Gebiß. »Sie nennen mich Rocky«, sagt er in seinem vernuschelten Englisch. »Wie berühmte Filmstar.« Er hält ein verknittertes Zeitschriftenfoto von Sylvester Stallone hoch, das er aus seinem chinesisch-englischen Wörterbuch gezogen hat.

Wir verstauen einen Koffer mit Geschenken und meine Fotoausrüstung im Kofferraum. Das restliche Gepäck bleibt im Hotel. Rocky wird uns heute abend wieder zurückfahren müssen, es sei denn, Kwans Tante besteht darauf, uns zu beherbergen – womit bei chinesischen Familien immer zu rechnen ist. Darum habe ich vorsorglich einen Kosmetikbeutel samt Nachthemd in meine Kameratasche gepackt. Mit großer Geste reißt Rocky die Wagentür auf, und wir steigen in einen schwarzen Nissan, einen Wagen neueren Modells, der sonderbarerweise weder mit Sicherheitsgurten noch mit Kopfstützen ausgestattet ist. Meinen die Japaner etwa, daß chinesische Leben es nicht wert sind, gerettet zu werden? »In China gibt es entweder bessere Autofahrer oder keine Haftpflicht«, stellt Simon fest.

In der selbstverständlichen Annahme, daß wir laute Musik schätzen, schiebt Rocky eine Eurythmics-Kassette ein, die ihm einer seiner »prima amerikanischen Kunden« geschenkt hat. Und so treten wir denn unsere Reise nach Changmian an: Kwan auf dem Beifahrersitz, Simon, die Eule und ich auf der Rückbank, gnadenlos zugedröhnt von stampfender Rockmusik.

Rockys prima amerikanische Kunden haben ihm auch allerlei Redewendungen beigebracht, die er uns jetzt wie am Schnürchen herunterhaspelt: »Wo wollen Sie hin? Ich weiß schon. Dann mal los. Auf geht's.« »Schneller fahren? Zu schnell? Gibt's gar nicht.« »Wie weit? Nicht weit. Zu weit.« »Auto parken? Wart mal kurz. Gleich wieder da.« »Verfahren? Kein Problem. Alles voll im Griff.«

Rocky erklärt, er bringe sich selber Englisch bei, um dann eines Tages nach Amerika auswandern zu können. »Ich hab nämlich vor, ein berühmter Filmschauspieler zu werden«, sagt er auf chinesisch, »so ein Kung-Fu-Star, wissen Sie, Karate und so. Natürlich erwarte ich nicht gleich auf Anhieb den großen Erfolg. Kann sein, daß ich erst mal als Taxifahrer jobben muß. Aber ich schrecke nicht vor harter Arbeit zurück. In Amerika wissen die Leute ja gar nicht, was es heißt, so hart zu arbeiten wie wir Chinesen. Wir können auch eine Menge aushalten. Was für Amerikaner unerträglich wäre, finde ich ganz normal. Ist doch so, oder, ältere Schwester?«

Kwan gibt nur ein unverbindliches »Hmm« von sich. Ich frage mich, ob sie vielleicht an ihren Schwager denkt, der früher Apotheker war, seit seiner Auswanderung in die USA aber als Tellerwäscher arbeitet, weil er sich nicht traut, Englisch zu sprechen, aus Angst, man könnte ihn für blöd halten. Just in dem Moment reißt Simon erschrocken die Augen auf, und ich schreie »oh, Scheiße!«, als der Wagen um ein Haar zwei händchenhaltende Schulmädchen streift. Rocky plappert ungerührt weiter von seinen Zukunftsträumen.

»Ich habe gehört, daß man in Amerika fünf Dollar pro Stunde verdienen kann. Für das Geld würde ich zehn Stunden am Tag arbeiten, jeden Tag, ohne Urlaub. Das macht fünfzig Dollar pro Tag! So viel verdiene ich hier nicht mal im Monat, Trinkgeld mitgerechnet.« Er wirft einen Blick in den Rückspiegel, um zu sehen, ob wir seinen Wink begriffen haben. In unserem Reiseführer heißt es, Trinkgeld werde in China als Beleidigung angesehen; ich fürchte, das Buch ist nicht mehr ganz auf dem neuesten Stand.

»Wenn ich dann erst in Amerika bin«, fährt Rocky fort, »werde ich mein ganzes Geld sparen, gebe nur noch das nötigste für Essen und Zigaretten aus, ab und zu vielleicht mal fürs Kino und natürlich für den Wagen, den ich zum Taxifahren brauche. Ich hab keine großen Ansprüche. Nach fünf Jahren werde ich fast hunderttausend Dollar zusammenhaben. Hier ist das eine halbe Million Yuan oder sogar mehr, wenn ich's schwarz umtausche. Und selbst wenn ich kein Filmstar werde, kann ich immer noch nach China zurückkommen und wie ein reicher Mann leben.« Er grinst beglückt über diese rosigen Zukunftsaussichten. Ich übersetze für Simon, was er gesagt hat.

»Und was ist mit den Ausgaben?« meint Simon. »Der muß doch auch Miete zahlen, Gas, Strom, Autoversicherung ...«

»Und nicht zu vergessen die Einkommenssteuer«, ergänze ich.

»Ganz zu schweigen von den Knöllchen fürs Falschparken und den Raubüberfällen. Am besten, du klärst ihn mal darüber auf, daß man in Amerika mit fünfzig Dollar am Tag praktisch am Hungertuch nagt.«

Aber das lasse ich lieber bleiben, denn ich muß an Kwans Geschichte von dem Mädchenwunsch-Berg denken. Man kann den Leuten nicht die Hoffnung auf ein schöneres Leben nehmen.

»Er wird's ja wahrscheinlich doch nie bis nach Amerika schaffen«, wende ich ein. »Wozu ihm seinen Wunschtraum mit Warnungen vermiesen, die er gar nicht braucht?«

Rocky zwinkert uns im Rückspiegel zu und hält den Daumen hoch. Eine Sekunde später klammert Simon sich an den Vordersitz, und ich schreie: »Oh, *verfluchte* Scheiße!« Beinah hätten wir eine Radfahrerin mit einem kleinen Kind auf der Lenkstange gerammt. Im allerletzten Moment weicht sie schwankend zur Seite aus.

Rocky lacht. »Immer mit der Ruhe.« Und dann erklärt er auf chinesisch, warum wir uns nicht aufzuregen brauchen. Kwan dreht sich zu uns herum und übersetzt für Simon: »Er hat gesagt, wenn man in China jemand umfährt, immer ist Autofahrer schuld, egal wie unvorsichtig andere Person.«

Simon sieht mich an. »Und das soll uns beruhigen? Ist vielleicht irgendwas bei der Übersetzung verlorengegangen?«

»Das macht doch keinen Sinn«, sage ich zu Kwan, während Rocky sich in halsbrecherischem Slalom durch den Verkehr schlängelt. »Ein toter Fußgänger ist ein toter Fußgänger, was hat denn das damit zu tun, wer schuld dran ist?«

»Tss! Amerikanische Denkweise!« entgegnet Kwan verächtlich. Die Eule dreht den Kopf zur Seite und starrt mich an, als wollte sie sagen, wach auf, alte Transuse, du bist in China, da zählt deine amerikanische Logik nicht. »In China«, fährt Kwan fort, »hat man immer Verantwortung für andere, ob man will oder nicht. Du wirst überfahren, ich bin schuld, denn du bist meine kleine Schwester. Verstehst du?«

»Aber ja« murmelt Simon ironisch vor sich hin. »Besser,

man fragt gar nicht erst.« Die Eule hackt mit dem Schnabel ans Gitter.

An Läden mit Rattanmöbeln und Strohhüten vorbei, geht es eine endlose Ausfallstraße entlang, die von lauter kleinen, wie geklont aussehenden Restaurants gesäumt ist. Manche befinden sich noch im Rohbau, so daß man hie und da die nackten Backsteinmauern oder den frischen Lehmverputz sehen kann, ehe der weiße Anstrich sie allen übrigen angleicht. Sie werben eins wie das andere mit den gleichen Spezialitäten: dampfend heißer Nudelsuppe und Orangenlimonade. Hier kann man den kapitalistischen Wettbewerb ins Groteske übersteigert sehen. Müßig hocken die Kellnerinnen auf den Türschwellen und gaffen unserem vorbeibrausenden Wagen hinterher. Was für ein trostloses Dasein! Sie müssen vor Langeweile schon völlig verblödet sein. Ob sie wohl je gegen die schiere Sinnlosigkeit ihres Schicksals aufbegehren? Simon kritzelt wie wild auf seinen Notizblock. Hat er auch die gleiche Verzweiflung beobachtet?

»Was schreibst du da?«

»Milliarden Volksgenossen, die keiner bedient«, antwortet er.

Nach ein paar Meilen machen die Restaurants allmählich simplen strohgedeckten Straßenküchen Platz, und noch etwas weiter stadtauswärts sieht man nur mehr fliegende Händler ohne jedes Schutzdach am Straßenrand stehen, aus Leibeskräften brüllen und ihre Netze mit Grapefruits, ihre Flaschen mit hausgemachter Chilisoße schwingen. Es kommt mir vor, als seien wir mit der Zeitmaschine unterwegs in die Vergangenheit.

Während wir durch ein Dorf fahren, sehen wir ein Dutzend Männer und Frauen in weißen Baumwollkitteln, die auf Kundschaft warten, jeder mit einem Schemelchen, einem Wassereimer und einem hölzernen Werkzeugkästchen neben sich. Da ich die chinesische Schrift nicht lesen kann, frage ich

Kwan, was auf den handgemalten Tafeln steht. »Fachmännischer Haarschnitt«, liest sie vor. »Außerdem kann jeder auch Furunkel aufstechen, Hühneraugen schneiden und Ohrenschmalz entfernen. Zwei Ohren zum Preis von einem.«

Simon macht sich wieder Notizen. »Wow! Stell dir mal vor, du bist die zehnte Person in der Reihe, die ihre Dienste anbietet, wenn schon bei der ersten keiner hält! Das ist meine Definition von Aussichtslosigkeit.«

Ich erinnere mich an eins unserer früheren Streitgespräche, in dem ich sagte, man könne sein Glück nicht an dem Unglück anderer messen, und Simon sagte, warum denn nicht. Vielleicht hatten wir beide unrecht. Wie ich mir jetzt diese Leute ansehe, die uns zuwinken, damit wir anhalten, bin ich sehr froh, daß ich ihr Los nicht teile. Und doch fürchte ich insgeheim, daß mein Leben, von all seinem Komfort mal abgesehen, im Grunde gar nicht so viel anders ist als das der zehnten Person dort am Straßenrand, die sich wünscht, jemand würde sie unter all den anderen auswählen. Ich stubse Simon an. »Ich frage mich, worauf die da wohl noch hoffen.«

Er lacht. »Na ja, zum Beispiel, daß es nicht schlimmer kommt – es könnte ja auch regnen!«

Die Straße zieht sich hin, die Abstände zwischen den Dörfern werden länger, und Kwan nickt ein, der Kopf sinkt ihr immer tiefer auf die Brust. Bei jedem Schlagloch zuckt sie mit einem Röcheln wieder hoch. Nach einer Weile beginnt sie rhythmisch zu schnarchen, die Glückliche, denn so kriegt sie wenigstens nicht mit, daß Rocky auf der nunmehr zweispurigen Straße immer ärger ins Rasen kommt. Jedesmal, wenn er Gas gibt, schlägt die Eule ein bißchen mit den Flügeln, um sich dann wieder in dem engen Käfig zurechtzusetzen. Ich umklammere meine Knie und ziehe scharf die Luft durch die zusammengebissenen Zähne, wenn Rocky abrupt auf die linke Spur ausschert.

Mittlerweile hängen wir hinter einem Lastwagen mit grün

uniformierten Soldaten auf der Ladefläche. Sie winken uns zu. Rocky hupt ungeduldig, beginnt ein riskantes Überholmanöver, und prompt sehe ich von vorn einen Bus auf uns zukommen, unter bedrohlich anschwellendem Hupgeheul. »O mein Gott, o mein Gott«, winsele ich vor mich hin. Ich kneife die Augen zu, und Simon greift nach meiner Hand. Der Wagen schlingert auf die rechte Spur zurück. *Wusch!* braust der Bus gerade noch knapp an uns vorbei, und das Hupen verklingt in der Ferne.

»Jetzt reicht's aber«, zische ich Simon zu. »Ich sag ihm, daß er langsamer fahren soll.«

»Ach, ich weiß nicht, Olivia. Vielleicht ist er dann beleidigt.«

Ich funkle Simon empört an: »Was? Willst du lieber sterben als unhöflich sein?«

Er tut ganz gelassen. »Die fahren hier doch alle so.«

»Du hast also nichts gegen Massenselbstmord?«

»Nun übertreib mal nicht, immerhin haben wir noch keinen Unfall gesehen.«

Da platzt mir der Kragen. »Du und deine ewige Stillhaltepolitik! Wird schon nichts passieren! Und wer sammelt dann die Scherben auf, wenn es doch kracht?«

Simon starrt mich wortlos an. Ich kann ihm nicht ansehen, ob er ärgerlich oder verlegen ist. Im gleichen Moment tritt Rocky hart auf die Bremse. Kwan und die Eule schrecken mit Arm- und Flügelgeflatter auf. Rocky kurbelt das Fenster herunter und streckt den Kopf raus. Leise vor sich hin fluchend, trommelt er mit der flachen Hand auf der Hupe herum.

Nach ein paar Minuten erkennen wir die Ursache der Verzögerung: ein Unfall, und zwar ein schwerer, nach dem Chaos aus Glasscherben, Metallteilen und verstreuten Besitztümern zu schließen. Es riecht nach ausgelaufenem Benzin und angebranntem Gummi. »Na, siehst du?« will ich gerade zu Simon sagen, als wir im Schrittempo an einem umgekippten schwarzen Kleinbus vorbeifahren, dessen Türen eingedrückt sind wie die Flügel eines zerquetschten Insekts. Einer der Reifen liegt in dem Kohlfeld neben der Straße. Gleich darauf kommen wir an dem anderen verunglückten Fahrzeug vorbei: ein rotweißer Bus mit zerborstener Windschutzscheibe und einer gräßlichen Blutspur auf der verbeulten Kühlerhaube. An die fünfzig Gaffer stehen drumherum, ihre Feldwerkzeuge noch in den Händen, und zeigen aufgeregt fuchtelnd auf verschiedene Teile des Wracks, als sei es ein wissenschaftliches Ausstellungsobjekt. Und dann sehe ich etwa ein Dutzend Verletzter, einige liegen reglos da, offenbar unter Schock. Oder vielleicht sind sie auch schon tot.

»Wahnsinn, das darf doch nicht wahr sein«, sage ich zu Simon. »Da ist ja nicht mal ein Rettungswagen in Sicht!«

»Halt an!« befehle ich Rocky. »Wir müssen den Leuten helfen.« Warum habe ich das gesagt? Was kann ich denn schon tun? Ich kann den Anblick der Verletzten ja kaum ertragen, geschweige denn, sie anzufassen.

»*Ai-ya.*« Kwan starrt auf das Feld hinaus. »So viele Yin-Leute.« Yin-Leute? Soll das heißen, daß es dort draußen Tote gibt? Die Eule gurrt traurig vor sich hin, und meine Hände werden plötzlich feuchtkalt.

Rocky hält den Blick stur auf die Straße geheftet und fährt einfach weiter, an der ganzen Tragödie vorbei. »Wir können denen sowieso nicht helfen«, sagt er auf chinesisch. »Wir haben keine Medizin, kein Verbandszeug. Und Sie als Ausländer sollten sich da schon gar nicht einmischen. Keine Sorge, die Polizei wird gleich zur Stelle sein.«

Insgeheim bin ich erleichtert, daß er meine Anweisung nicht befolgt.

»Ihr seid Amerikaner«, fährt er fort, im Brustton seiner chinesischen Überlegenheit. »Ihr seid nicht an Unglücksfälle gewöhnt. Ihr bemitleidet uns, klar, weil ihr dann wieder zu eurem bequemen Leben zurückkehrt und alles vergessen könnt, was ihr hier gesehen habt. Für uns sind solche Unglücksfälle ganz alltäglich. Und wir sind eh so viele, da ist für Mitleid kein Platz.«

»Kann jemand mir mal freundlicherweise erklären, was hier eigentlich los ist?« ruft Simon ärgerlich. »Wieso halten wir denn nicht an?«

»Frag lieber nicht«, blaffe ich zurück. »War das nicht dein Motto für diese Reise?« Jetzt bin ich froh, daß Rockys Traum vom amerikanischen Glück niemals in Erfüllung gehen wird. Ich werde ihm mal ein bißchen was von chinesischen Einwanderern erzählen, die von Schleppern übers Ohr gehauen, ins Gefängnis gesteckt und schließlich mit Schimpf und Schande zurückgeschickt werden. Vielleicht gibt es ihm zu denken, wenn ich ihm von Obdachlosen erzähle, von der stetig steigenden Verbrechensrate, von Leuten mit Collegeabschluß, die beim Sozialamt Schlange stehen. Wieso sollten seine Chancen besser sein als die von jenen Leuten? Und wie kommt er dazu, uns zu unterstellen, wir wüßten nichts vom Elend der Welt? Ich werde sein chinesisch-englisches Wörterbuch zerreißen und ihm den Mund damit stopfen.

Aber dann wird mir plötzlich kotzübel, so sehr widert mich mein Hochmut an. Rocky hat ganz recht. Ich kann niemandem helfen, nicht einmal mir selbst. Ich bitte ihn matt, am Straßenrand zu halten, damit ich mich übergeben kann. Während ich mich aus dem Wagen lehne, klopft Simon mir begütigend den Rücken. »Keine Angst, das sind bloß die Nerven. Mir ist auch etwas flau.«

Kaum fahren wir wieder, beugt Kwan sich zu Rocky hinüber und erteilt ihm mit strenger Miene einen Rat. Rocky nickt bedächtig und drosselt das Tempo.

»Was hat sie gesagt?« will Simon wissen.

»Chinesische Logik. Wenn wir die Fahrt nicht überleben, kriegt er kein Geld. Und im nächsten Leben steht er tief in unserer Schuld.«

Nach drei Stunden Fahrt kann Changmian nun nicht mehr weit sein. Begeistert deutet Kwan auf Wahrzeichen ihrer heimischen Landschaft, die nach und nach im Blickfeld auftauchen. »Da! Da!« ruft sie mit heiserer Stimme und hüpft wie ein kleines Kind auf und nieder. »Diese beiden Bergkuppen! Das Dorf dazwischen heißt Frau-wartet-daß-Mann-zurückkehrt. Aber wo ist der Baum hin? Was ist denn mit dem Baum passiert? Neben dem Haus da stand früher ein riesiger Baum, sicher an die tausend Jahre alt.«

Sie lugt gespannt durch die Scheibe. »Dieser Platz dort drüben, da hat's früher immer einen großen Markt gegeben. Aber jetzt, seht mal, alles nur noch leeres Brachland. Und da – der Berg da vorne! Das ist der, den wir damals Mädchenwunsch nannten.«

Kwan lacht, schaut aber gleich darauf wieder ein wenig unsicher drein. »Komisch, jetzt kommt mir der Berg so klein vor. Wie kann das sein? Ist der Felsgipfel inzwischen geschrumpft, vom Regen weggeschwemmt? Oder vielleicht von zu vielen Füßen abgenutzt, all den vielen Mädchen, die ihre Wünsche dort hochgetragen haben? Oder bin ich einfach nur zu amerikanisch geworden und sehe die Dinge jetzt mit anderen Augen, und darum erscheint mir alles hier jetzt viel kleiner, ärmlicher, längst nicht mehr so schön?«

Plötzlich ruft sie Rocky zu, er solle in eine kleine Schotterstraße einbiegen, an der wir gerade vobeigefahren sind. Er wendet so abrupt, daß ich gegen Simon geschleudert werde und die Eule in ihrem Käfig erschreckt aufkrächzt. Wir holpern eine tief gefurchte Fahrspur entlang, zwischen kahlen Feldern mit lehmigen, rötlich glänzenden Erdschollen. »Jetzt nach links!« befiehlt Kwan. Sie hält die gefalteten Hände zwischen die Knie gepreßt. »Zu viele Jahre, zu viele Jahre«, murmelt sie wie eine Beschwörungsformel vor sich hin.

Wir nähern uns einer Baumgruppe. Und kaum, daß Kwan stolz »Changmian« verkündet, sehe ich es schon vor uns. Ein

Nest von einem Dorf, ganz klein inmitten schroffer Berghänge, die im samtigen Faltenwurf moosgrüner Hügel auslaufen, vom Adergeflecht tiefer Talsenken durchzogen. Nun kommen auch windschiefe Reihen weißgekalkter Häuschen in Sicht, mit ihren spitzwinkligen, in traditionellen Drachenkringeln gedeckten Schindeldächern. Rings um das Dorf erstrecken sich sorgsam gepflügte Felder und spiegelglatte Teiche, die von schnurgeraden Mäuerchen und Bewässerungsgräben eingegrenzt sind. Wir steigen aus dem Wagen. Wie durch ein Wunder ist Changmian vom Unrat der Modernisierungswelle verschont geblieben. Hier sieht man weder Wellblechdächer noch Hochspannungsleitungen. Im Gegensatz zu anderen Dörfern, an denen wir vorbeigekommen sind, ist die Landschaft hier nirgends durch Müllkippen verschandelt, an den Wegrändern liegen keine zerknüllten Zigarettenschachteln oder rosa Plastikbeutel herum. Kreuz und quer durchziehen sauber gepflasterte Gassen das Dorf; dahinter fädelt sich ein steiler Steg zwischen den Felswänden durch, um jäh in einem Steinbogen zu verschwinden. In der Ferne ragt ein anderes hohes Gipfelpaar auf, in dunklem Jadegrün, und am Horizont zeichnen sich die violetten Schattenrisse weiterer Berge ab. Simon und ich sehen einander mit großen Augen an.

Mir ist, als wäre ich unversehens in ein dunstverhangenes Fabelland geraten, halb Erinnerung, halb Illusion. Sind wir hier im chinesischen Nirwana? Changmian kommt mir vor wie die sorgfältig ausgewählten Fotos in Reiseprospekten, die »eine verwunschene Welt aus guter alter Zeit« anpreisen. Irgendwas kann doch da nicht stimmen, sage ich mir mißtrauisch. Bestimmt holt die Realität uns an der nächsten Ecke wieder ein: der unvermeidliche Fast-food-Schuppen, das Altreifenlager, irgendwelcher Zivilisationsschrott, der uns beweist, daß dieses Dorf nichts weiter als eine künstliche Touristenidylle ist.

»Ich hab das Gefühl, als hätte ich das alles hier schon mal gesehen«, wispere ich Simon zu.

»Ich auch. Vielleicht in einem Dokumentarfilm.« Er lacht.

Während ich so zu den Bergen hinschaue, wird mir auf einmal klar, weshalb Changmian mir so vertraut erscheint. Es ist der Schauplatz all jener Gutenachtgeschichten, die Kwan mir immer erzählte und die dann in meine Träume einsickerten. Hier sehe ich sie leibhaftig vor mir, die Steinbögen, die Kassiabäume, die Hänge, die zu den Distelbergen hinaufführen – und es fühlt sich an, als wäre die trennende Membran zwischen den beiden Hälften meines Lebens nun endlich aufgerissen.

Urplötzlich durchbricht lautes Gejohle und Kindergeschrei die Stille. Fünfzig kleine Schulkinder rennen um die Wette über einen eingezäunten Hof. Als wir näher kommen, kreischen sie erst recht los, machen auf dem Absatz kehrt und rennen Hals über Kopf zum Schulgebäude zurück. Kurz darauf kommen sie wie eine aufgeregt zwitschernde Vogelschar wieder, gefolgt von ihrer lächelnden Lehrerin. Sie stehen stramm, und dann rufen sie einstimmig, auf englisch: »A-B-C! One-two-three! How are you! Hello goodbye!«

Wir schlendern weiter die Gasse entlang. Zwei junge Burschen, die uns auf Fahrrädern entgegenkommen, bleiben stehen und starren uns an. Wir gehen weiter, biegen um die nächste Ecke. Kwan schnappt plötzlich nach Luft: ein paar Meter weiter, vor einem Torbogen, steht ein gutes Dutzend Leute versammelt, die uns breit anlächeln. Kwan schlägt die Hand vor den Mund, rennt auf die Leute zu. Als sie die Gruppe erreicht, begrüßt sie jeden einzelnen mit herzlichem Händedruck, dann schlägt sie einer dicken Frau auf die Schulter.

»Nein, so was von fett!« sagt sie. »Du bist ja unglaublich fett geworden!«

»Und du? Sieh dich doch an – was ist denn mit deinem Haar passiert? Hast du das absichtlich so zugerichtet?«

»Das trägt man jetzt so! Sag mal, seid ihr hier denn so hinterm Mond, daß ihr nicht mal wißt, was modern ist?«

»Hört sie euch an, immer noch genauso frech wie früher, hab ich's mir doch gedacht.«

»Wieso denn, du warst doch immer diejenige, die...« Kwan hält mitten im Satz inne und starrt auf die Mauer, als wäre es die faszinierendste Aussicht, die ihr je begegnet ist.

»Big Ma«, murmelt sie. »Was ist denn mit ihr? Wie kann das sein?«

Einer der Männer bricht in lautes Gelächter aus. »Ha! Sie konnt's gar nicht mehr erwarten, dich zu sehen, also ist sie heute im Morgengrauen aufgestanden, um den Bus nach Guilin zu erwischen. Jetzt bist du hier, und sie ist dort. Na, die wird sich ärgern!«

Alles lacht, außer Kwan. Sie tritt dicht an die Mauer heran und ruft mit rauher Stimme: »Big Ma, oh, Big Ma.« Die Leute beginnen verdutzt, miteinander zu flüstern, und weichen scheu zurück.

»Ach, du jemine«, sage ich.

»Weshalb weint Kwan denn auf einmal?« fragt Simon leise.

»Big Ma, oh, Big Ma.« Die Tränen strömen ihr über die Wangen. »Glaub mir, das ist nicht, was ich mir gewünscht habe. Was für ein Unglück, daß du an dem Tag sterben mußtest, an dem ich heimgekommen bin.« Ein paar von den Frauen japsen vor Schreck auf und schlagen die Hand vor den Mund.

Ich gehe zu Kwan hin. »Was sagst du da? Warum glaubst du, daß sie tot ist?«

»Wieso gucken die alle so betreten?« Simon blickt sich hilflos im Kreis um.

»Weiß auch nicht genau.« Ich wende mich wieder meiner Schwester zu. »Kwan?« sage ich behutsam. »Kwan?« Aber sie scheint mich nicht zu hören. Sie blickt zärtlich auf die Mauer, lacht und weint zugleich.

»Ich hab gewußt, daß es so kommen würde«, schluchzt sie. »Natürlich, tief im Herzen wußte ich es die ganze Zeit.«

Am Nachmittag halten die Dorfbewohner eine kleine Willkommensfeier für Kwan im Gemeindehaus ab. Die Stimmung ist einigermaßen gedrückt; wie ein Lauffeuer hat sich in Changmian die Nachricht verbreitet, daß Kwan Big Mas Geist gesehen habe. Allerdings hat sie dies nicht öffentlich bekanntgegeben, und da Big Mas Tod noch nicht erwiesen ist, besteht auch kein zwingender Grund, ein Festessen abzusagen, das ihre Freunde offenbar schon tagelang vorbereitet haben. Während der Feier macht Kwan keinerlei Anstalten, mit ihrem Auto, ihrem Sofa, ihrem Englisch, all ihren amerikanischen Errungenschaften zu prahlen. Still und in sich gekehrt hört sie sich an, was ihre einstigen Spielkameraden von den wichtigen Ereignissen ihres Lebens berichten: die Geburt von Zwillingssöhnen, eine Bahnreise in die Großstadt, die Zeit der Kulturrevolution, als eine Gruppe von studentischen Intellektuellen zur Umerziehung nach Changmian geschickt worden war.

»Die hielten sich für so viel schlauer als wir«, erzählt eine Frau, deren Hände ganz knotig vor Arthritis sind. »Sie wollten uns dazu bringen, eine schneller wachsende Reissorte anzubauen, die drei Ernten pro Jahr bringt statt zwei. Sie haben uns besonderes Saatgut mitgebracht, und dazu haben sie Insektengift verteilt. Bald sind all die kleinen Frösche krepiert, die in den Feldern die Insekten fressen. Dann die Enten, die die Frösche fressen. Und danach sind die Reispflanzen abgestorben.«

Ein wuschelköpfiger Mann wirft ein: »Also haben wir gesagt: ›Wozu sollen wir auf drei Reisernten spekulieren, die doch nur fehlschlagen, statt uns mit zwei zu begnügen, die ihren sicheren Ertrag bringen?‹«

Die Frau mit den arthritischen Händen fährt fort: »Als nächstes haben diese Intellektuellen tatsächlich versucht, mit unseren Maultieren Junge zu züchten! Kannst du dir so was vorstellen? Zwei Jahre lang haben wir sie jede Woche gefragt: ›Na, schon Nachwuchs in Sicht?‹ Und sie haben gesagt: ›Nein, bisher noch nicht.‹ Wir haben uns mühsam das Lachen verkniffen und sie immer wieder ermuntert: ›Das wird schon werden, Genossen, nur nicht aufgeben.‹«

Wir lachen immer noch, als ein kleiner Junge plötzlich in den Festsaal gerannt kommt und verkündet, eine Amtsperson aus Guilin sei gerade in einem feinen schwarzen Auto vorgefahren. Betroffenes Schweigen. Der Beamte betritt den Saal, und alle erheben sich. Feierlich hält er den Personalausweis von Li Bin-bin hoch und fragt, ob sie in diesem Dorf hier ansässig gewesen sei. Ein paar Leute schauen ängstlich zu Kwan hin. Sie geht langsam auf den Beamten zu, sieht sich den Ausweis an und nickt. Der Beamte gibt eine Erklärung ab, worauf allgemeines Wehklagen anhebt.

Simon lehnt sich zu mir herüber: »Was ist denn los?«

»Big Ma ist tot. Sie ist bei dem Busunfall umgekommen, den wir heute morgen gesehen haben.«

Gemeinsam treten wir auf Kwan zu und legen ihr beide eine Hand auf die Schultern. Sie fühlt sich so schmächtig an.

»Es tut mir leid«, stammelt Simon.

Kwan lächelt ihn unter Tränen an. Als Li Bin-bins nächste Angehörige hat sie sich bereit erklärt, die nötigen Formalitäten zu erledigen, um den Leichnam am folgenden Tag ins Dorf zurückzubringen. Wir fahren alle drei nach Guilin zurück.

Sobald Rocky uns herankommen sieht, drückt er seine Zigarette aus und dreht das Autoradio ab. Irgendwer muß ihm die traurige Nachricht schon mitgeteilt haben. »Was für ein Unglück«, sagt er. »Es tut mir leid, große Schwester, ich hätte doch anhalten sollen. Ist alles meine Schuld . . .«

Kwan winkt müde ab. »Niemand ist schuld. Bedauern ist sowieso zwecklos, kommt ja doch zu spät.«

Als Rocky die Wagentür öffnet, sehen wir, daß die Eule

immer noch in ihrem Käfig auf dem Rücksitz hockt. Kwan hebt den Käfig behutsam heraus und starrt den Vogel an. »Nun gibt es keinen Grund mehr, auf den Berg zu steigen«, murmelt sie. Sie setzt den Käfig auf dem Boden ab und öffnet die Gittertür. Die Eule streckt den Kopf vor, hüpft auf die Schwelle, und dann ganz hinaus. Sie dreht den Kopf hin und her, breitet die Schwingen aus und schwirrt mit mächtigem Flügelschlag davon, zielstrebig auf die Berge zu. Kwan blickt ihr nach, bis sie verschwunden ist.

Während Rocky den Motor warmlaufen läßt, frage ich Kwan: »Als wir heute morgen an der Unfallstelle vorbeigefahren sind, hast du da jemanden gesehen, der wie Big Ma aussah? Hast du deshalb gewußt, daß sie gestorben war?«

»Was sagst du da? Ich wußte nicht, daß sie tot ist, bis ich ihre Yin-Gestalt an der Mauer stehen sah.«

»Warum hast du dann aber gesagt, daß du es gewußt hast?«

Kwan runzelt verwirrt die Stirn. »Daß ich *was* gewußt habe?«

»Ich weiß auch nicht, du hast gesagt, tief im Herzen hättest du die ganze Zeit gewußt, daß es so war. Hast du da nicht den Unfall gemeint?«

»Ach so«, sagt sie, endlich begreifend. »Nein, nein, nicht den Unfall.« Sie seufzt wehmütig. »Ich hab damit nur gemeint, daß es so war, wie Big Ma sagte.«

»Was hat sie denn gesagt?«

Kwan dreht sich zum Fenster um, und ich sehe ihr schmerzlich verzogenes Gesicht in der Scheibe gespiegelt. »Sie hat zugegeben, daß sie mit ihrer Geschichte über den Mädchenwunsch-Berg damals unrecht hatte. Sie hat gesagt, alle meine Wünsche seien schon in Erfüllung gegangen. Es habe ihr immer leid getan, daß sie mich weggeschickt hat. Aber das habe sie mir nie eingestehen können. Denn sonst hätte ich sie nie verlassen und die Chance auf ein besseres Leben nicht wahrgenommen.«

Ich suche nach irgend etwas Tröstlichem, das Kwan vielleicht aufrichten könnte. »Wenigstens kannst du sie ja noch sehen.«

»Ah?«

»Ihren Geist, meine ich. Sie kann dich aus der Yin-Welt besuchen kommen.«

Kwan starrt aus dem Wagenfenster. »Aber das ist nicht dasselbe. Wir können unsere Erinnerungen nicht mehr gemeinsam auffrischen. Wir können die Vergangenheit nicht wiedergutmachen. Nicht bis zum nächsten Leben.« Mit einem tiefen Seufzer entläßt sie all die Worte, die nun für immer ungesagt bleiben werden.

Während unser Wagen die Straße entlangrumpelt, kommen die Kinder über den Spielplatz gerannt und drücken ihre Gesichter an die Zaunstäbe. »Hello goodbye!« rufen sie. »Hello goodbye!«

## *Der siebte Tag*

Kwan ist niedergeschmettert, das sehe ich deutlich. Sie weint nicht, doch als ich vorschlug, uns im Hotel etwas beim Zimmerservice zu bestellen, statt wieder loszuziehen, um irgendwo etwas Billigeres zu bekommen, war sie sofort einverstanden.

Simon drückt ihr noch mal verlegen sein Beileid aus. Er küßt sie auf die Wange und läßt uns zwei dann allein in unserem Zimmer. Wir essen Lasagne, die Portion zu zwölf Dollar. Für chinesische Begriffe ein wahrhaft extravaganter Preis. Kwan starrt auf ihren Teller, mit ausdruckslosem Gesicht, wie eine kahlgefegte Ebene vor dem Sturm. Für mich hat Lasagne immer etwas Wohltuendes. Ich hoffe nur, daß mir das Essen genug Kraft geben wird, um Kwan zu trösten.

Aber was kann ich ihr sagen? »Big Ma – sie war eine wunderbare Frau, wir werden sie alle sehr vermissen?« Das wäre doch unehrlich, da Simon und ich sie nie kennengelernt haben. Und Kwans Geschichten von den Leiden ihrer Kindheit haben mir ihre Tante immer nur als recht zwielichtige Figur erscheinen lassen. Trotzdem trauert sie nun um diese böse Ziehmutter, die ihr nichts als Narben hinterließ. Warum lieben wir unsere Mütter, auch wenn sie noch so schlecht für uns gesorgt haben? Ist es, weil wir mit reinen Herzen geboren werden, die jeglicher Zuwendung vertrauensvoll entgegenharren?

Ich muß an meine eigene Mutter denken. Wäre ich auch so untröstlich, wenn sie sterben würde? Allein die Frage verursacht mir schon die gräßlichsten Schuldgefühle. Gleichwohl:

Würde ich mich in meine Kindheit zurückversetzen, um mich an schönen Erinnerungen zu laben, nur um dann festzustellen, daß sie so rar sind wie reife Brombeeren an einem abgepflückten Busch? Würde ich in eine Dornenhecke hineinstolpern und die Wespenkönigin aus ihrem kleinen Hofstaat ergebener Drohnen aufscheuchen? Würde ich meiner Mutter nach ihrem Tod verzeihen können und dann endlich erleichtert aufatmen? Oder würde ich mir lieber einen paradiesischen Ort vorstellen, wo meine Mutter jetzt im nachhinein ganz vollkommen, aufmerksam und liebevoll wäre, wo sie mich in die Arme nähme und sagte: »Es tut mir ja so leid, Olivia, ich war eine schreckliche Mutter, richtig schauderhaft, ich würd's dir nicht übelnehmen, wenn du mir nie verzeihen könntest.« Das ist es nämlich, was ich hören möchte. Ich frage mich, was sie mir wohl tatsächlich sagen würde.

»Lasagne«, läßt Kwan sich da plötzlich vernehmen.

»Was?«

»Big Ma fragt, was wir essen. Jetzt sagt sie, bereut sehr, daß nicht die Zeit gehabt, amerikanisches Essen zu probieren.«

»Lasagne ist aber italienisch.«

»Scht! Ich weiß, aber sag ihr das, und sie bereut noch mehr, daß keine Zeit gehabt, Italien zu sehen. Schon zu viel Reue für diese Leben.«

Ich beuge mich zu Kwan hinüber und flüstere: »Versteht Big Ma kein Englisch?«

»Nur Changmian-Dialekt und bißchen Herzsprache. Wenn sie länger tot, wird mehr von Herzsprache lernen, vielleicht sogar bißchen Englisch ...«

Kwan gerät allmählich wieder ins Plaudern, und ich bin froh, daß sie nicht in ihrer Trauer versinkt, weil ich nicht wüßte, wie ich sie da herausholen sollte.

». . . Yin-Leute, nach eine Weile, reden nur in Herzsprache. Geht leichter so. Keine Mißverstehen wie mit Worte.«

»Wie klingt denn diese Herzsprache?«

»Hab ich dir schon erklärt.«

»Ach, wirklich?«

»Ja, viele Mal. Muß man nicht nur Zunge, Lippen, Zähne für Sprechen benutzen. Auch hundert verborgene Sinne.«

»Ach so, ja.« Ich erinnere mich dunkel, daß sie mir mal gesagt hat, die Sinne hätten etwas mit den primitiven Instinkten zu tun, aus einer früheren Entwicklungsstufe des Gehirns, ehe sich die Sprache und die höheren Denkfunktionen ausgebildet haben – die Fähigkeit, Ausflüchte und Lügen zu erfinden. Erschauern und unbewußte Geruchswahrnehmung, Gänsehaut und Erröten – etwa so, denke ich, machen sich die verborgenen Sinne bemerkbar.

»Sag mal«, hake ich nach, »diese verborgenen Sinne, zeigen die sich zum Beispiel darin, daß einem die Haare zu Berge stehen, wenn man Angst hat?«

»Nein, wenn jemand, man *liebt*, jetzt Angst hat.«

»Jemand, den man liebt?«

»Mm-hm, verborgene Sinne immer zwischen zwei Leute. Dein Haar steht hoch, dann du weißt was – nämlich das verborgene, geheime Gefühl von andere.«

»Ich dachte, es heißt verborgene Sinne, weil man selbst nicht weiß, daß man sie hat.«

»Ah, Leute wissen oft nicht, bis sterben.«

»Also ist es so was wie eine Geistersprache.«

»Nicht bloß Sprache von Geist, Sprache von Liebe. Jede Art von Liebe, Mutter-Kind, Tante-Nichte, Freund-Freund, Schwester-Schwester, Fremde-Fremde.«

»Fremde? Wie kann man denn Fremde lieben?«

Kwan lächelt überlegen. »Als du Simon getroffen, er Fremder für dich, oder? Erste Mal, ich dich getroffen, du auch Fremde für mich. Und Georgie! Als ich Georgie zuerst gesehen, ich sage mir: ›Kwan, wo kennst du diese Mann her?‹ Und weißt du was? Georgie schon mein Schatz in frühere Leben!«

»Ach! Yiban?«

»Nein, Zeng!«

Zeng? Ich sehe sie ratlos an.

Und sie antwortet auf chinesisch: »Na, du weißt schon – der Mann, der mir immer die Ölkrüge gebracht hat.«

»Ach ja, jetzt erinnere ich mich.«

»Warte mal. Big Ma, ich erzähle Libby-ah gerade von meinem Mann.« Kwan schaut an mir vorbei. »Ja, du kennst ihn auch, nicht aus diesem Leben, aus dem vorigen, als du Ermei warst und ich dir die Enteneier gab und du mir dafür ein bißchen Salz.«

Während ich den Rest Lasagane aus der Schüssel kratze, fabuliert Kwan fröhlich vor sich hin. Mir soll es recht sein, wenn die Erinnerungen an eine eingebildete Vergangenheit sie von ihrer Trauer ablenken.

*

Das letzte Mal, daß ich Zeng sah, bevor er Georgie wurde, das war ... ah ja, am Tag vor meinem Tod.

Zeng brachte mir ein Säckchen Gerste und schlechte Nachrichten. Als ich ihm seine sauberen Kleider wiedergab, hatte er nichts mehr zum Waschen für mich dabei. Ich stand an meinen dampfenden Zubern und kochte die Wäsche aus.

»Nicht mehr nötig, sich drum zu sorgen, was sauber oder schmutzig ist«, sagte er. Ah, dachte ich, er will mir zu verstehen geben, daß die Zeit der Werbung nun vorbei ist. Doch dann erklärte er: »Der Himmlische König ist tot.«

Wah! Das war wie ein Donnerschlag aus heiterem Himmel. »Wie konnte das passieren? Der Himmlische König ist doch unsterblich!«

»Jetzt nicht mehr«, sagte Zeng.

»Und wer hat ihn getötet?«

»Er soll sich selbst umgebracht haben, heißt es.«

Diese Nachricht war noch schockierender als die erste. Der

Himmlische König hatte Selbstmord verboten. Und jetzt hatte er sich eigenhändig den Tod gegeben? Gab er damit zu, daß er doch nicht der jüngere Bruder von Jesus war? Wie konnte ein Mann vom Stamm der Hakka seinem eigenen Volk solche Schande bereiten? Ich sah, wie düster Zeng dreinblickte. Sicher empfand er genauso wie ich. Er war ja auch ein Hakka.

Ich dachte darüber nach, während ich die schweren, nassen Kleider aus dem Wasser zog. »Na, wenigstens werden die Kämpfe jetzt enden«, sagte ich. »Bald werden die Flüsse wieder voller Boote sein.«

Da teilte Zeng mir seine dritte Nachricht mit, die noch schlimmer war als die beiden anderen. »Die Flüsse sind voll, aber nicht voll von Booten, sondern von Blut.« Wenn jemand sagt, »nicht voll von Booten, sondern von Blut«, kann man nicht einfach nur antworten: »Ach so, ja, ich verstehe.« Es kostete mich einige Mühe, ihn zu weiteren Erläuterungen zu bewegen – wie wenn man um eine Schale Reis bettelt und immer nur ein Körnchen auf einmal bekommt, so sehr geizte er mit Worten. Doch nach und nach gelang es mir, ihm folgendes zu entlocken:

Zehn Jahre zuvor hatte der Himmlische König eine ungeheure Flutwelle aus Tod und Verderben von den Bergen zur Küste rollen lassen. Blut floß in Strömen, Tausende und Abertausende starben. Nun schwappte die Welle wieder zurück. In den Hafenstädten hatten die Manchus alle Anhänger des Himmlischen Königs hingemetzelt. Unaufhaltsam drangen sie jetzt ins Landesinnere vor, brannten Häuser nieder, rissen Gräber auf, vernichteten Himmel und Erde zugleich.

»Alle tot«, berichtete Zeng. »Keiner wird verschont, nicht mal kleine Kinder.«

Als er das sagte, sah ich so viele jämmerlich weinende Kinder vor mir. »Wann werden sie in unsere Provinz einfallen?« wisperte ich. »Nächsten Monat?«

»O nein. Der Bote hat unser Dorf kaum noch mit ein paar Schritten Vorsprung vor dem Tod erreicht.«

»Ai-ya! Zwei Wochen? Eine nur? Wie lange?«

»Morgen werden die Soldaten Jintian verwüsten«, sagte er. »Und am Tag danach – Changmian.«

Die Knie gaben unter mir nach. Kraftlos lehnte ich mich gegen die Mühlsteine. Vor meinem inneren Auge konnte ich schon die Soldaten auf unser Haus zumarschieren sehen. Während ich mir bluttriefende Schwerter vorstellte, bat Zeng mich, ihn zu heiraten. Er sagte allerdings nicht »heiraten«, sondern brummte nur schroff: »Heute abend gehe ich in die Berge, um mich in den Höhlen zu verstecken. Willst du mitkommen, oder nicht?«

In deinen Ohren klingt das vielleicht unbeholfen, nicht gerade besonders romantisch. Aber wenn jemand dir anbietet, dein Leben zu retten, ist das nicht genauso gut, wie im weißen Kleid vor den Traualtar zu treten? Am liebsten hätte ich sofort ja gesagt. Aber wie konnte ich in dieser Situation ans Heiraten denken, wo ich mir solche Sorgen um Miss Banner machte, um Lao Lu, Yiban – sogar um die Missionare, Pastor und Mrs. Amen, Miss Mouse und Dr. Too Late, mit ihren angstbleichen Gesichtern. Wie seltsam, dachte ich. Was geht mich denn deren Schicksal an? Wir haben doch gar nichts gemeinsam – weder die Sprache noch die Denkweise, nicht mal den Glauben. Aber eins muß ich ihnen zugute halten: Sie sind ehrliche Menschen. Vielleicht sind ihre Absichten nicht immer die besten gewesen und haben zu manchen Irrtümern geführt, aber wenigstens geben sie sich große Mühe. Wenn man das von jemandem weiß, hat man dann nicht auch irgendwas mit ihm gemeinsam?

Zeng unterbrach mich in meinen Überlegungen. »Kommst du nun mit oder nicht?«

»Laß mir ein wenig Bedenkzeit«, antwortete ich. »Mein Verstand ist nicht so hurtig wie deiner.«

»Was gibt's denn da noch groß zu bedenken?« murrte Zeng. »Willst du leben, oder willst du sterben? Denk nur nicht zuviel nach, sonst kommt es dir am Ende vor, als hättest du noch irgendeine Wahl, und das verwirrt dich bloß.« Er ging zu der Bank in der Ecke der Waschküche, streckte sich darauf aus und verschränkte die Hände hinter dem Kopf.

Ich warf die nassen Kleider auf den Mühlstein und wrang sie aus. Zeng hatte recht; ich war schon ganz verwirrt. Einerseits dachte ich: Zeng ist ein anständiger Mann. Nie im Leben bekomme ich wieder so eine Chance geboten, vor allem, wenn ich sowieso bald sterben muß.

Andererseits sagte ich mir aber auch: Wenn ich mit ihm gehe, kann ich nie mehr für mich selbst entscheiden. Ich kann mich nie mehr fragen: Bin ich eine treue Freundin? Soll ich Miss Banner helfen? Was wird aus den Missionaren? Diese Fragen spielen dann keine Rolle mehr. Zeng wird darüber bestimmen, was mich anzugehen hat und was nicht. So ist es nun mal zwischen Mann und Frau.

So überlegte ich hin und her, unfähig, einen Entschluß zu fassen. Ein neues Leben mit Zeng? Oder die alte Treue zu meinen Freunden? Wenn ich mich in den Bergen versteckte, würde ich da nicht schreckliche Angst ausstehen, um letztlich trotzdem zu sterben? Es war, als jagte man ein Huhn und sei zugleich selber das Huhn, das gejagt wird. Ich hatte nur eine Minute, um zu entscheiden, welches Gefühl überwog. Und dem folgte ich dann auch.

Ich blickte zu Zeng hinüber, der mit geschlossenen Augen auf der Bank lag. Er war ein netter Kerl, nicht allzu helle, aber aufrichtig. Ich beschloß, unsere Beziehung auf die gleiche Weise zu beenden, wie ich sie angefangen hatte. Ich würde diplomatisch vorgehen und ihn im Glauben lassen, er habe von sich aus Schluß gemacht.

»Zeng-ah«, rief ich.

Er öffnete die Augen, setzte sich auf.

Ich begann, die nassen Kleider aufzuhängen. »Warum sollte ich weglaufen?« sagte ich. »Wir sind doch keine Anhänger der Taiping.«

Er stützte die Hände auf die Knie. »Hör auf den Rat deines Freundes, ah«, sagte er geduldig. »Den Manchus genügt der geringste Anschein, daß man irgendwas mit denen zu tun haben könnte. Schau doch, wo du lebst. Das reicht bereits für ein Todesurteil.«

Soviel war mir klar, doch anstatt ihm recht zu geben, wandte ich ein: »Aber die Ausländer verehren den Himmlischen König überhaupt nicht. Wie oft habe ich sie sagen hören: ›Jesus hat keinen chinesischen Bruder.‹«

Zeng schnaubte verächtlich, als sei ihm gerade erst aufgefallen, was für ein albernes Ding ich war. »Versuch das mal einem Manchu-Soldaten zu erklären, dann rollt dein Kopf aber schon nach den ersten Worten in den Staub.« Er sprang auf. »All dies Geschwätz ist nur Zeitverschwendung. Also, ich verschwinde heute abend. Kommst du mit?«

Ich schwatzte absichtlich weiter dummes Zeug. »Warum nicht noch ein bißchen länger warten? Laß uns doch erst mal sehen, was passiert. Die Lage kann nicht so schlimm sein, wie du denkst. Die Manchus werden hier und da ein paar Leute töten, aber doch nur wenige, zur Abschreckung. Die Ausländer werden sie bestimmt verschonen, mit denen haben sie doch ein Bündnis. So gesehen ist es wahrscheinlich sogar sicherer, wenn wir uns nicht von der Stelle rühren. Zeng-ah, bleib doch bei uns, wir haben Platz genug.«

»Hierbleiben?« schrie er mich an. »Wah! Dann kann ich mir ja gleich selbst die Kehle durchschneiden!«« Er hockte sich auf die Fersen, und ich konnte sehen, daß es in ihm brodelte wie die Lauge in meinen Waschtrögen. Er knurrte allerlei Unhöfliches vor sich hin. Laut genug, daß ich es mitbekam. »Das Mädchen ist einfach zu blöd. Nur ein Auge – kein Wunder, daß sie nicht sieht, was zu tun ist.«

»He! Was hast du für ein Recht, mich zu kritisieren?« fuhr ich ihn an. »Vielleicht ist dir eine Fliege ins Ohr geschwirrt und hat dich komplett durcheinandergebracht.« Ich hielt den kleinen Finger hoch und malte Zickzack-Kringel in die Luft. »Du hörst *zzz-zzz*, und schon denkst du, um dich her ballt sich grausiges Unheil zusammen. Dabei ängstigst du dich ganz ohne Grund.«

»Ohne Grund?« schrie Zeng erbost. »Was ist denn nur mit dir los? Hast du so lange in heiligen Wolken geschwebt, daß du dich für unsterblich hältst?« Er stand auf, sah mich abschätzig an und sagte: »Pah!« Dann drehte er sich auf dem Absatz um und ging davon. Sofort wurde mir das Herz schwer. Von fern hörte ich ihn noch vor sich hin schimpfen: »Was für eine Verrückte! Hat den Verstand verloren, und bald verliert sie auch noch den Kopf...«

Ich hängte weiter die Wäsche auf, doch nun mit zitternden Händen. Wie schnell änderten sich doch die Gefühle! Wie leicht hatte er sich täuschen lassen. Eine Träne brannte mir im Auge. Ich zwinkerte sie fort. Nur kein Selbstmitleid. Weinen war ein Luxus für schwache Gemüter. Ich begann, eins der alten Berglieder vor mich hin zu singen, welches, weiß ich jetzt nicht mehr. Aber meine Stimme war laut und klar, jung und traurig.

»Gut, Schluß damit, kein Streit mehr.« Als ich mich umdrehte, stand Zeng da, mit müder, abgespannter Miene. »Wir können die Ausländer auch mit in die Berge nehmen«, sagte er.

Sie mitnehmen! Aber ja! Ich nickte. Und wie er nun wieder davonging, begann er, die Antwort des Jungen auf mein Lied zu singen. Er war doch schlauer, als ich gedacht hatte. Was für einen klugen Ehemann er abgeben würde! Eine gute Stimme hatte er auch. Er blieb stehen und rief: »Nunumu?«

»Ah!«

»Zwei Stunden nach Sonnenuntergang komme ich euch

holen. Sag allen, daß sie sich im Hof bereit halten sollen. Verstehst du?«

»Verstanden!« rief ich zurück.

Er ging ein paar Schritte weiter und blieb dann noch mal stehen. »Nunumu?«

»Ah!«

»Wasch keine Kleider mehr. Wer immer hier zurückbleibt, um sie zu tragen, wird eine Leiche sein.«

Siehst du? Er fing schon an zu kommandieren. Auf die Weise wußte ich, daß wir verheiratet waren. So hat er mir sein Jawort gegeben.

Nachdem Zeng fort war, ging ich in den Garten und stieg zu dem Pavillon hinauf, wo der Kaufmann den Tod gefunden hatte. Ich schaute über die Mauer auf die vielen kleinen Hausdächer und den schmalen Pfad, der in die Berge führte. Wenn man gerade erst neu nach Changmian gekommen wäre, hätte man vielleicht gedacht, ah, wie schön es hier ist. So still. So friedlich. Hier möchte ich meine Flitterwochen verbringen.

Doch ich wußte, diese Stille bedeutete nur, daß die Zeit der Gefahr nun bald in ein Ende mit Schrecken münden würde. Die Luft stand, ich sah keine Vögel, keine Wolken. Der Himmel war orange-rot gefleckt, als ob er das Blutvergießen spiegelte. Ich war nervös. Es kribbelte mir auf der Haut. Als ich den Blick senkte, sah ich eins der fünf Übel, einen Tausendfüßler, in Wellenlinien auf meinem Arm entlangkriechen! Wah! Ich schüttelte ihn schnell ab und trat ihn platt, konnte gar nicht mehr aufhören, darauf herumzustampfen, bis er nur noch eine dunkle Schliere auf dem Steinboden war. Und trotzdem konnte ich das eklige Gefühl nicht loswerden, daß irgendwas auf meiner Haut krabbelte.

Nach einer Weile hörte ich Lao Lu den Gong zum Abendessen schlagen. Erst da kam ich wieder zu mir. Im Eßzimmer nahm ich meinen Platz neben Miss Banner ein. Wir hatten keine getrennten Tische für Chinesen und Ausländer mehr, seit ich begonnen hatte, meine Enteneier mit ihnen zu teilen. Wie üblich sprach Mrs. Amen das Tischgebet. Wie üblich setzte Lao Lu uns eine Schüssel gebratener Grashüpfer vor, die er als Kaninchenragout ausgab. Eigentlich hatte ich mit meiner Ankündigung bis nach der Mahlzeit warten wollen, doch ehe ich's mich versah, platzte ich heraus: »Wie kann ich essen, wenn wir morgen vielleicht schon sterben!«

Nachdem Miss Banner ihnen meine Hiobsbotschaft übersetzt hatte, herrschte betretenes Schweigen. Plötzlich sprang Pastor Amen auf, riß die Arme hoch und rief mit überkippender Stimme zu Gott. Mrs. Amen drückte ihn sanft auf seinen Stuhl zurück. Dann begann sie zu sprechen, und Miss Banner übersetzte: »Der Pastor kann das Haus nicht verlassen. Ihr seht ja, in welchem Zustand er ist, noch immer fiebrig und zerfahren. Draußen würde er nur die Aufmerksamkeit auf sich ziehen und andere in Gefahr bringen. Wir werden hierbleiben. Die Manchus werden uns gewiß nichts tun, da wir Ausländer sind.«

War das Tapferkeit oder Dummheit? Vielleicht hatte sie recht, möglicherweise würden die Manchus sich nicht an Ausländern vergreifen, aber wie konnte man da sicher sein?

Als nächste ließ Miss Mouse sich vernehmen: »Wo ist diese Höhle? Weißt du, wie man dorthin kommt? Was ist, wenn wir uns verlaufen? Wer ist dieser Zeng überhaupt? Kann man ihm denn wirklich trauen?« Sie schüttelte besorgt den Kopf. »Es ist so dunkel draußen! Wir sollten lieber hierbleiben. Die Manchus können uns nicht töten. Das ist nicht erlaubt. Wir sind doch Untertanen der britischen Krone...«

Dr. Too Late lief zu Misss Mouse hin und fühlte ihr den Puls. Miss Banner wisperte mir zu, was er sagte: »Ihr Herz schlägt zu schnell... Der Gewaltmarsch in die Berge würde sie umbringen... Der Pastor und Miss Mouse sind seine Patienten... Er wird bei ihnen bleiben... Jetzt dankt Miss

Mouse ihm unter Tränen, und Dr. Too Late hält ihre Hand...« Miss Banner übersetzte mir Dinge, die ich mit eigenem Auge sehen konnte, so durcheinander war sie schon.

Nun meldete sich Lao Lu: »Ich denke nicht dran hierzubleiben. Seht mich an. Habe ich eine lange Nase und helle Augen? Ich kann mich nicht hinter diesem alten Gesicht verstecken. In den Bergen gibt es tausend Höhlen, tausend Chancen zu entkommen. Hier gibt es keine einzige.«

Miss Banner blickte Yiban angstvoll an. Ich wußte, was sie dachte. Dieser Mann, den sie liebte, war er nicht doch mehr Chinese als Johnson? Wenn ich so daran zurückdenke, fällt mir auf, daß Yiban ein bißchen wie Simon aussah, mal mehr, mal weniger chinesisch, je nach Blickwinkel. Aber für Miss Banner sah er an diesem Abend wohl sehr chinesisch aus. Denn sie beugte sich zu mir vor und flüsterte: »Wann wird Zeng uns holen kommen?«

Wir hatten damals keine Armbanduhren, also sagte ich: »Wenn der Mond auf halber Höhe am Nachthimmel steht«, was in etwa zehn Uhr hieß. Miss Banner nickte und ging dann auf ihr Zimmer. Als sie wieder herauskam, hatte sie all ihre besten Sachen an: ihr Sonntagskleid mit dem zerrissenen Saum, die Kette mit dem Frauenprofil auf orangefarbenem Stein, sehr feine Lederhandschuhe und ihre liebsten Haarspangen. Sie waren aus Schildpatt wie die Seifendose, die du mir zum Geburtstag geschenkt hast; jetzt weißt du, warum sie mir so gut gefiel. Das waren die Sachen, die sie im Falle ihres Todes zu tragen beschlossen hatte. Mir war es egal, was ich anhatte, obwohl es ja eigentlich meine Hochzeitsnacht sein sollte. Aber meine andere Hose und Bluse hingen noch feucht auf der Leine, und sie waren auch nicht besser als die, die ich gerade trug.

Die Sonne ging unter. Der Halbmond kam hinter den Bergen hervor, und je höher er stieg, desto unruhiger wurden wir, während wir in dem dunklen Hof auf Zeng warteten. Ehrlich gesagt hätten wir gar nicht auf ihn warten müssen. Ich kannte den Weg in die Berge so gut wie er, vielleicht sogar besser. Aber das sagte ich den anderen nicht.

Endlich hörten wir eine Faust ans Tor klopfen. *Bom! Bom! Bom!* Zeng war da! Ehe Lao Lu das Tor erreichte, ertönte das Klopfen noch mal: *Bom! Bom!* Und Lao Lu rief: »Du hast uns warten lassen, also kannst du jetzt auch warten, bis ich fertig gepißt habe!« Er öffnete den einen Torflügel, und sofort kamen zwei Manchu-Soldaten hereingestürmt und rissen ihn um. Miss Mouse stieß einen gellenden Schreckensschrei aus – »Aaaaahhhhh!« –, gefolgt von vielen kurzen, hohen Quietschern: »Aahh-aahh-aahh!«, bis Dr. Too Late ihr die Hand vor den Mund hielt. Miss Banner schubste Yiban zur Seite, und er kroch hinter einen Busch. Ich tat nichts. Aber in meinem Herzen wehklagte ich. Was war mit Zeng geschehen? Wo war mein neuer Ehemann?

Nun trat noch jemand in den Hof, ein anderer Soldat, aber von höherem Rang, ein Ausländer. Sein Haar war kurzgeschnitten. Er hatte keinen Bart, keinen Umhang. Doch als er »Nelly!« rief und gebieterisch mit dem Stock auf den Boden klopfte, da wußten wir, wer dieser diebische Verräter war. Mitten im Hof stand er und blickte sich suchend nach Miss Banner um. Sah er aus, als bereute er seine Untat? Liefen die Missionare auf ihn zu und schlugen ihn mit den Fäusten? Nichts dergleichen. Er streckte den Arm nach Miss Banner aus. »Nelly«, sagte er noch einmal. Sie rührte sich nicht.

Und dann überstürzte sich alles. Yiban kam hinter dem Busch hervor und trat zornig auf Cape zu. Miss Banner rannte an ihm vorbei, warf sich Cape an die Brust und gurrte: »Warren.« Pastor Amen brach in schrilles Gelächter aus. Lao Lu brüllte: »Die Hündin kann's gar nicht mehr abwarten, daß der Rüde sie bespringt!« Ein Schwert blitzte auf – wusch! – und ehe einer von uns auch nur aufschreien konnte, rollte uns ein Kopf vor die Füße, den Mund weit aufgerissen. Ich starrte Lao Lus Kopf an und wartete auf seine üblichen Flüche. Warum blieb er stumm? Hinter mir hörte ich die Ausländer stöhnen und winseln. Und dann stieg ein wildes Geheul aus meiner Brust empor, ich warf mich zu Boden und versuchte in fliegender Hast, die zwei Stücke wieder zu einem ganzen Lao Lu zusammenzufügen. Zwecklos! Ich sprang auf die Füße und ging in unbändigem Haß auf Cape los, bereit, zu töten und getötet zu werden. Doch schon beim ersten Schritt gaben die Beine unter mir nach, als hätte ich keine Knochen mehr. Die Nacht wurde noch schwärzer, die Luft blieb mir weg, als der Boden mir plötzlich entgegenkam und mir mitten ins Gesicht schlug.

Kaum, daß ich die Augen wieder öffnete, sah ich meine Hände vor mir und legte sie mir um den Hals. Mein Kopf war noch dran, mitsamt einer dicken Beule. Hatte jemand mich niedergeschlagen? Oder war ich in Ohnmacht gefallen? Ich sah mich um. Lao Lu war fort, doch der Staub um mich her war noch feucht von seinem Blut. Im nächsten Moment hörte ich Schreie aus dem Haus. Ich rappelte mich auf, huschte gebückt hinüber und versteckte mich hinter einem Baum. Von dort aus konnte ich durch die offenen Fenster und Türen ins Eßzimmer spähen. Was sich drinnen abspielte, kam mir so seltsam und unwirklich vor wie ein Traum. Die Lampen brannten. Wo hatten die Ausländer auf einmal das Öl her? An dem kleinen Tisch für die Chinesen hockten die beiden Manchu-Soldaten mit Yiban. Auf dem großen Tisch in der Mitte dampfte eine rauchgeschwärzte Bratenkeule. Wer hatte dieses Essen beschafft? General Cape saß an seinem alten Platz, eine Pistole in jeder Hand. Eine davon richtete er jetzt auf Pastor Amen neben ihm und drückte ab. Es gab einen lauten Klick, aber keinen Knall. Alles lachte. Pastor Amen begann unverdrossen, mit seinen bloßen Händen mächtige Fleischbrocken aus der Keule zu reißen.

Kurz darauf bellte Cape den Soldaten einen Befehl zu. Sie

packten ihre Schwerter, marschierten mit strammen Schritten durch den Hof und zum Tor hinaus. Cape stand auf und verbeugte sich spöttisch vor den Missionaren, als dankte er ihnen für die Ehre ihrer Gastfreundschaft. Er bot Miss Banner den Arm, und wie ein Kaiserpaar schritten sie durch die Tür, den Bogengang entlang zu ihrem Zimmer. Nur allzu bald konnte ich wieder den abscheulichen Klang ihrer Spieldose hören.

Im Eßzimmer lachten die anderen jetzt nicht mehr. Miss Mouse hatte das Gesicht in den Händen vergraben. Dr. Too Late versuchte, sie zu trösten. Nur Pastor Amen lächelte selig, während er den abgegessenen Knochen nach Resten absuchte. Yiban war nicht mehr zu sehen.

So viele Gedanken wirbelten mir durch den Kopf. Kein Wunder, daß man die Ausländer weiße Teufel nannte! Sie hatten keine Moral. Man konnte ihnen nicht trauen. Wenn sie sagten, man solle die andere Wange hinhalten, meinten sie in Wirklichkeit, daß sie zwei Gesichter hatten, das eine hinterlistig, das andere falsch. Wie hatte ich nur so dumm sein können, sie für meine Freunde zu halten! Und wo war Zeng jetzt? Wie hatte ich es zulassen können, daß er sein Leben für ihres aufs Spiel setzte?

Eine Tür schwang auf, und Miss Banner trat ins Freie, mit einer Laterne in der Hand. Mit neckischer Stimme rief sie Cape etwas über die Schulter zu, dann schloß sie die Tür hinter sich und ging auf den Hof zu. »*Nuli*!« zeterte sie auf chinesisch los. »*Nuli*, komm her, laß mich nicht warten!« Oh, ich war wütend. Was bildete die Person sich ein, mich wie ein Sklavenmädchen zu rufen? Sie suchte nach mir, schwenkte die Laterne in zögernden Kreisen durch den Hof. Ich scharrte im Dunkeln nach einem Stein, fand aber nur einen Kiesel. Ich schloß ihn fest in die Hand und sagte mir: Diesmal schlage ich ihr aber wirklich den Kopf ein.

Ich trat hinter dem Baum hervor. »*Nuwu*!« rief ich.

Sobald ich sie Hexe genannt hatte, fuhr sie herum, doch die Laterne schien ihr ins Gesicht, sie konnte mich nicht sehen. »So, du Hexe«, sagte ich. »Wie ich sehe, kennst du deinen Namen.« Einer der Soldaten schaute durchs Tor und fragte, was los sei. Schlag ihr den Kopf ab, erwartete ich von Miss Banner zu hören. Statt dessen antwortete sie ruhig: »Ich habe nur nach meiner Dienerin gerufen.«

»Sollen wir sie suchen gehen?«

»Ah! Nicht nötig, ich habe sie schon gefunden. Sie ist dort drüben.« Sie zeigte auf einen dunklen Winkel auf der anderen Hofseite. »*Nuli!*« rief sie zu der leeren Ecke hin. »Schnell, spute dich, bring mir den Schlüssel von meiner Spieldose!«

Was sollte das heißen? Da war ich doch gar nicht. Der Soldat trat wieder hinaus und schlug das Hoftor zu. Miss Banner drehte sich um und eilte auf mich zu. Im nächsten Augenblick war ihr Gesicht ganz dicht an dem meinen. Im Schein der Laterne konnte ich die Seelenqual in ihren Augen sehen. »Bist du noch meine treue Freundin?« fragte sie mit sanfter, trauriger Stimme. Sie hielt den Schlüssel der Spieldose hoch. Bevor ich mir einen Reim darauf machen konnte, wisperte sie: »Du und Yiban, ihr müßt heute nacht noch fliehen. Sorg dafür, daß er mich verachtet, sonst wird er nicht fortwollen. Bring ihn in Sicherheit. Versprichst du mir das?« Sie drückte mir die Hand. »Versprich es mir«, wiederholte sie. Ich nickte. Dann öffnete sie mir die Faust und sah den Kiesel. Sie warf ihn weg und ersetzte ihn durch den Schlüssel. »Was?« rief sie laut. »Du hast den Schlüssel im Pavillon gelassen? Du nichtsnutziges Ding! Nimm sofort die Laterne und geh in den Garten. Wag es ja nicht, dich wieder blicken zu lassen, ehe du ihn gefunden hast.«

Ich war so froh, sie diese sinnlosen Dinge sagen zu hören. »Miss Banner«, wisperte ich. »Kommen Sie mit uns – jetzt gleich.«

Sie schüttelte den Kopf. »Dann wird er uns alle töten. Wenn

er fort ist, werden wir uns wiederfinden.« Sie ließ meine Hand los und ging zurück ins Dunkel, zurück in ihr Zimmer.

Ich traf Yiban im Garten an, wo er Lao Lu beerdigte.

»Du bist ein guter Mensch, Yiban.« Ich streute trockene Blätter über das Grab, damit die Soldaten es nicht fanden.

Als ich fertig war, sagte Yiban: »Lao Lu war immer so wachsam, nur sein loses Mundwerk hatte er nicht im Griff.«

Ich nickte, dann erinnerte ich mich an mein Versprechen. Also sagte ich mit zorniger Stimme: »Miss Banner ist schuld an seinem Tod. Eine Schande, sich diesem Verräter in die Arme zu werfen!« Yiban starrte wortlos auf seine Fäuste nieder. Ich stubste ihn an. »He, Yiban, wir sollten machen, daß wir hier wegkommen. Warum für die Sünden dieser Ausländer sterben? Die taugen doch alle nichts, einer wie der andere.«

»Du irrst dich«, sagte Yiban. »Miss Banner tut nur so, als würde sie Cape ihr Herz schenken, um uns alle zu retten.« Siehst du, wie gut er sie kannte? Dann weißt du auch, wie dick ich meine Lügen jetzt auftragen mußte.

»Hnh! Tut nur so!« entgegnete ich. »Es ist mir sehr unangenehm, aber ich kann dir die Wahrheit nicht länger ersparen. Viele Male hat sie mir im Vertrauen erzählt, wie sehr sie sich wünschte, er würde zu ihr zurückkommen. Natürlich mochte sie dich auch gern, aber nur halb so gern wie Cape. Und weißt du, warum? Weil du nur ein halber Ausländer bist! So sind sie, die Amerikaner. Sie liebt Cape, weil er von der gleichen Art ist wie sie. So alte, ausgefahrene Furchen lassen sich nicht mehr ändern, wenn sie einmal in den Schlamm gegraben sind.«

Yiban hielt noch immer die Fäuste geballt, und seine Miene wurde sehr, sehr traurig. Zum Glück brauchte ich ihm keine weiteren Lügen mehr über Miss Banner zu erzählen. Er willigte sogleich ein, mit mir fortzugehen. Doch vorher lief ich noch schnell in die hintere Gartenecke und holte die zwei letzten Enteneier aus einem offenen Krug. Es blieb keine Zeit, noch mehr auszugraben. »Wir werden zu dem Berg der hundert Höhlen gehen«, sagte ich. »Ich kenne den Weg.« Ich blies die Laterne aus, die Miss Banner mir gegeben hatte, und reichte sie Yiban. Dann schlüpften wir durchs Gartentor hinaus.

Wir nahmen nicht den Weg durchs Dorf, sondern schlugen uns am Fuß des Berges durch die Büsche. Als wir zu dem ersten Hügel aufstiegen, klopfte mir das Herz vor Angst, daß die Soldaten uns sehen könnten. Obwohl ich ein Mädchen war und Yiban ein Mann, kletterte ich schneller; ich war das Bergsteigen ja von klein auf gewöhnt. Am Felsbogen angelangt, der aus dem Tal hinausführte, blieb ich stehen, damit Yiban mich einholen konnte. Ich versuchte, einen letzten Blick auf das Haus der bösen Geister zu erhaschen, aber es war zu dunkel. Ich stellte mir vor, wie Miss Banner in die Nacht hinausschaute und sich fragte, ob Yiban und ich schon in Sicherheit wären. Und dann mußte ich an Zeng denken. Hatte er Cape und seine Soldaten gesehen? War er allein in die Berge geflohen? Noch während ich darüber nachdachte, hörte ich plötzlich seine Stimme hinter mir.

»Nunumu!«

»Ah!« Ich fuhr herum. Ich sah seinen Schatten am Ende des Felstunnels. Was für eine Freude! »Zeng, da bist du ja! Ich hab mir solche Sorgen um dich gemacht. Wir haben so lange gewartet, und dann sind die Soldaten gekommen . . .«

Er unterbrach mich. »Nunumu, beeil dich. Verschwende keine Zeit mit Gerede. Komm hier lang.« Siehst du, gleich kommandierte er wieder, er hätte doch wenigstens sagen können: »Oh, mein kleiner Schatz, endlich habe ich dich gefunden.« Während ich auf ihn zuging, beklagte ich mich ein bißchen, um ihn zu necken: »Weißt du, was? Als du nicht gekommen bist, dachte ich schon, du hättest mich wegen einer anderen Frau verlassen, einer mit zwei Augen.« Zeng winkte mir, ihm den Bergkamm entlang zu folgen, an der Randmauer entlang.

»Geh auf keinen Fall durchs Tal«, sagte er, als ob ich das nicht selber wüßte. »Bleib immer auf dem Höhenweg.«

»Warte!« rief ich. »Da kommt noch jemand nach!« Er blieb stehen. Ich blickte mich nach Yiban um, und da hörte ich meinen neuen Ehemann sagen: »Nunumu, heute nacht haben die Soldaten mich getötet. Jetzt werde ich ewig auf dich warten.«

»Ai-ya!« schalt ich ihn. »Laß deine üblen Witze. Heute nacht haben die Soldaten Lao Lu getötet. Noch nie habe ich so etwas Entsetzliches gesehen...«

Endlich sah ich Yiban aus dem Felsbogen treten. »Mit wem redest du da?« fragte er.

»Mit Zeng«, antwortete ich. »Er ist hier, schau doch.« Ich drehte mich um. »Zeng? Ich kann dich nicht mehr sehen. Wink doch mal... He, wo bist du? Zeng! Warte!«

»Ich werde ewig auf dich warten», hörte ich seine Stimme in mein Ohr wispern. Ai-ya! Da wußte ich, daß Zeng keine Witze machte. Er war tot.

Yiban holte mich ein. »Was ist los? Wo ist er denn?«

Ich biß mir auf die Lippen, um nicht laut herauszuschreien. »Ich hab mich getäuscht. Es war nur ein Schatten, weiter nichts.« Mein Auge brannte, und ich war dankbar für die Dunkelheit. Was machte es jetzt schon noch aus, ob ich gleich starb oder später? Wenn ich Miss Banner nicht versprochen hätte, Yiban zu retten, wäre ich auf der Stelle zum Haus der bösen Geister zurückgekehrt. Doch Yiban wartete darauf, daß ich entschied, welchen Weg wir wählen sollten.

»Immer weiter den Berg hinauf«, sagte ich.

Während wir uns durch struppiges Buschwerk und über Felsbrocken vorankämpften, redeten wir kein Wort miteinander. Ich glaube, es ging ihm wie mir, auch er trauerte um den Menschen, den er verloren hatte. Doch er und Miss Banner konnten eines Tages vielleicht wieder zusammenfinden. Für Zeng und mich war alle Hoffnung dahin. Aber da hörte ich

Zeng plötzlich sagen: »Nunumu, wie willst du wissen, was die Zukunft bringt? Was ist denn mit dem nächsten Leben? Können wir dann nicht immer noch heiraten?« Wah! Vor Freude wäre ich fast den Hang hinabgestürzt. Heiraten! Er hatte tatsächlich »heiraten« gesagt!

»Nunumu«, fuhr er fort, »ehe ich auf und davon gehe, werde ich euch zu der Höhle führen, wo ihr euch verstecken sollt. Nimm meine Augen im Dunkeln zu Hilfe.«

Und sofort konnte ich durch die Stoffklappe vor meinem blinden Auge sehen. Im dämmerigen Licht erkannte ich einen schmalen Pfad vor mir, während alles ringsum in tiefschwarze Nacht getaucht war. Ich drehte mich zu Yiban um.

»Schnell jetzt, hier geht's lang«, sagte ich, und ich marschierte so wacker und zielstrebig voran wie ein echter Soldat.

Nach etlichen Stunden standen wir schließlich vor einem dichten Busch. Als ich die Zweige auseinanderbog, sah ich einen Spalt im Felsen, gerade breit genug, daß man sich hindurchquetschen konnte. Yiban stieg als erster hinein. Er rief zu mir zurück: »Die Höhle ist zu klein. Sie reicht nur ein paar Schritte weit.«

Ich wunderte mich. Wieso hatte Zeng uns zu so einem schlechten Versteck gebracht? Meine Zweifel beleidigten ihn. »Die Höhle ist nicht zu klein«, knurrte er. »Auf der linken Seite ist noch ein Spalt.« Ich kletterte hinein und fand tatsächlich einen engen, kühlen Eingang, der schräg hinabreichte.

»Das ist die richtige Höhle«, sagte ich zu Yiban. »Du hast dich nur nicht richtig umgesehen. Zünde die Laterne an und folge mir.«

Das enge Loch war der Anfang eines langen, vielfach gewundenen Ganges, der an einem kleinen Wasserlauf entlangführte. Manchmal gabelte er sich in zwei verschiedene Richtungen. »Wo ein Weg nach oben und einer nach unten weitergeht«, sagte Zeng, »müßt ihr immer den tieferen nehmen. Wo einer am Bach entlangführt und einer am trockenen Fels, folgt immer dem Wasser. Wo einer eng und einer breit ist, da quetscht euch durch den engeren.« Je weiter wir kamen, desto kühler wurde die Luft, sehr erfrischend.

So wanden wir uns um eine Biegung nach der anderen, bis vor unseren Augen auf einmal himmlisches Licht erstrahlte. Was war das? Wir standen in einer riesigen Felsenhalle, so groß wie ein Palastsaal, wo tausend Leute Platz gehabt hätten. In der Mitte lag ein runder See, dessen Wasser grüngolden schimmerte, ein eigenartiges, stetiges Leuchten, ganz anderes als das einer Kerze, einer Lampe oder als das Sonnenlicht. Ich dachte, es wären die Mondstrahlen, die durch ein Loch in der Erde schienen.

Yiban glaubte, es würde von einem Vulkan ausgehen, der unter dem Wasser brodelte. Oder von urzeitlichen Tiefseefischen mit leuchtenden Augen. Oder vielleicht von einem Stern, der auseinandergebrochen und in den See gefallen war.

Ich hörte Zeng sagen: »Von jetzt an kannst du den Weg selber finden. Du wirst dich nicht verlaufen.«

Ich spürte, wie er sich entfernte. »Geh nicht weg!« rief ich.

Doch nur Yiban antwortete: »Ich hab mich nicht von der Stelle gerührt.«

Und dann konnte ich nicht mehr mit meinem blinden Auge sehen. Ich wartete, daß Zeng noch etwas zu mir sagen würde. Nichts. Er war einfach verschwunden. Kein »auf Wiedersehen, mein kleiner Schatz, bald werden wir uns in der nächsten Welt treffen«. Das ist das Ärgerliche an den Yin-Leuten. So unzuverlässig! Sie kommen und gehen, wie es ihnen paßt. Als ich gestorben war, habe ich Zeng aber ordentlich die Meinung gesagt.

Und dann sagte ich ihm, was ich dir jetzt sage, Big Ma: Nach deinem Tod ist mir zu spät bewußt geworden, was ich für immer verloren habe.

## *Big Mas Porträt*

Die halbe Nacht habe ich Kwan dabei zugehört, wie sie Big Ma aus früheren Zeiten erzählte. Jetzt kann ich vor Müdigkeit kaum die Augen aufhalten. Kwan dagegen ist putzmunter.

Rocky fährt uns in einem altersschwachen Kleinbus nach Changmian. Big Mas verhüllter Leichnam liegt quer über der hinteren Sitzbank. An jeder Kreuzung kommt der Wagen mit asthmatischem Gekrächze zum Halten, der Motor stottert und säuft grummelnd ab. Rocky springt heraus, klappt die Kühlerhaube auf, schlägt mit den Fäusten auf verschiedene Metallteile ein und brüllt dazu auf chinesisch: »Scheiß auf dich und deine Ahnen, du faules Miststück!« Wunderbarerweise tut die Beschwörungsformel jedesmal ihre Wirkung, sehr zu unserer Erleichterung, denn hinter uns staut sich immer schon der Verkehr, begleitet von einem aufgebrachten Hupkonzert. Im Wagen herrscht Kühlschranktemperatur; aus Rücksicht auf Big Ma und ihren beklagenswerten Zustand hat Rocky die Heizung nicht angestellt. Aus dem Fenster sehe ich Nebelschwaden über den Bewässerungsgräben aufsteigen. Die Berggipfel sind in trübe Dunstschleier gehüllt. Der Tagesanfang ist alles andere als vielversprechend.

Kwan sitzt im Fond und schwatzt unentwegt auf Big Mas reglose Hülle ein, als wären sie zwei halbwüchsige Mädchen auf dem Schulweg. Ich sitze auf der Bank vor ihr, und Simon hat auf dem Beifahrersitz neben Rocky Platz genommen, vielleicht aus proletarischem Kameradschaftsgefühl, aber wohl auch in der Absicht, Rockys halsbrecherische Fahrerei unter

Kontrolle zu halten. Als wir heute morgen unser Gepäck aus dem Sheraton hinaustrugen und im Wagen verstauten, habe ich noch zu Simon gesagt: »Ich bin ja bloß froh, daß dies unsere letzte Tour mit Rocky sein wird.« Kwan sah mich entsetzt an: »Wah! Sag nicht ›letzte‹! Bringt Unglück!« Wie auch immer, wenigstens brauchen wir jetzt nicht mehr täglich von Changmian aus hin und her zu pendeln. Die nächsten zwei Wochen werden wir in dem Dorf verbringen, mietfrei, als Gäste von Big Ma; wie Kwan behauptet, hat sie »uns eingeladen, in ihrem Haus zu wohnen«.

Über das scheppernde Geratter des Wagens hinweg kann ich hören, wie Kwan prahlerisch zu der toten Frau meint: »Dieser Pullover hier, schau mal, sieht doch wie echte Wolle aus, nicht? Ist aber *cryl-ah*, mm-hmm, waschmaschinenfest.« Dann erklärt sie ihr, was man als amerikanische Hausfrau beim Wäschewaschen zu beachten habe: »In Kalifornien, da kann man sein Zeug nicht einfach zum Trocknen vor dem Fenster aufhängen, o nein. Die Nachbarn würden einem gleich die Polizei auf den Hals hetzen, weil man ihnen Schande macht. In Amerika gibt es nicht so viel Freiheit, wie du denkst. So viele Sachen sind verboten, du glaubst es gar nicht. Aber manche Gesetze finde ich sehr vernünftig. Man darf zum Beispiel nirgends rauchen, außer im Gefängnis. Man darf keine Orangenschalen auf die Straße werfen. Man darf kleine Kinder nicht auf den Bürgersteig kacken lassen. Andere Verbote dagegen sind lächerlich. Man darf im Kino nicht reden. Man darf nicht zu viel Fett essen ...«

Rocky läßt den Motor aufheulen und jagt mit Vollgas die Holperstraße entlang. Jetzt mache ich mir nicht nur Sorgen um Kwans Geisteszustand, sondern auch darum, daß Big Mas Leiche jeden Augenblick zu Boden purzeln könnte.

»Außerdem darf man Kinder nicht arbeiten lassen«, fährt Kwan im Brustton der Überzeugung fort. »Ehrlich wahr! Weißt du noch, wie du mich immer gezwungen hast, Feuerholz zu sammeln? Oh, ich weiß es noch wie heute. Was mußte ich im Winter immer herumlaufen, hügelauf und hügelab, bis meine armen kleinen Finger ganz starr vor Kälte waren! Und dann hast du meine Reisigbündel an andere Haushalte verkauft und das Geld für dich behalten. Nein, ich mache dir keine Vorwürfe, jetzt nicht mehr. Natürlich mußten damals alle hart arbeiten. Aber in Amerika hätten sie dich dafür hinter Gitter gesperrt, wie du mich behandelt hast. Ja, und auch dafür, wie du mich immer mit deinen scharfen Fingernägeln in die Backen gekniffen hast. Erinnerst du dich nicht? Schau nur, diese Narben hier, wie Rattenbisse. Und ich sag's dir noch mal, wo ich gerade dran denke, ich hab diese angeschimmelten Reiskuchen nicht den Schweinen verfüttert. Warum sollte ich jetzt noch lügen? Wie ich dir damals schon sagte, es war die Kusine Wu, die sie gestohlen hat. Ich habe genau gesehen, wie sie die grünen Stellen weggeschnitten hat, immer eine nach der anderen. Frag sie doch selbst. Sie wird ja auch schon tot sein. Frag sie selbst, warum sie dir vorgelogen hat, ich hätte sie weggeworfen!«

Kwan verstummt für ganze zehn Minuten, und ich nehme an, daß sie und Big Ma sich nun auf die übliche chinesische Manier verbiestert anschweigen. Doch plötzlich ruft sie mir auf englisch zu: »Libby-ah! Big Ma fragt, kannst du Foto von ihr machen? Sie sagt, keine gute Foto von ihr da, als noch am Leben.« Ehe ich etwas erwidern kann, übersetzt sie schon die Botschaft weiter aus der Yin-Welt: »Heute nachmittag. Sie sagt, beste Zeit für Foto. Wenn ich ihr schönste Sachen angezogen, ihre feinste Schuhe.« Kwan lächelt Big Ma freudig an. »Big Ma sagt, sie ungeheuer stolz, weil so berühmte Fotografin in unsere Familie.«

»Ich bin doch gar nicht berühmt.«

»Nicht streiten mit Big Ma. Für sie, du bist berühmt. Alles andere unwichtig.«

Simon dreht sich um und flüstert mir ins Ohr: »Du willst doch nicht etwa diese Leiche da ablichten, oder?«

»Aber was soll ich denn sagen? – ›Tut mir leid, ich mache grundsätzlich keine Aufnahmen von Toten‹?«

»Sie sieht vielleicht nicht mehr besonders fotogen aus.«

»Ach was.«

»Du verstehst doch, daß Kwan sich dieses Foto wünscht, nicht Big Ma.«

»Warum meinst du, mir Dinge erklären zu müssen, die sich eh von selbst verstehen?«

»Nur so, zur Sicherheit, wo wir doch jetzt in China sind. Es ist schon so viel Sonderbares passiert, und dabei ist es erst unser zweiter Tag hier.«

Kaum sind wir in Changmian angekommen, schnappen vier ältere Frauen sich unser Gepäck und wehren lachend unseren Protest ab mit der Behauptung, jede von ihnen sei stärker als wir drei zusammen. Lässig schlendern wir durch das Gewirr der engen, gepflasterten Gäßchen zu Big Mas Haus. Es sieht genauso aus wie jedes andere im Dorf: eine einstöckige Hütte aus Lehmziegeln. Kwan schiebt das Holztor auf, und Simon und ich folgen ihr über die Schwelle in den Innenhof, wo eine winzige, gebückte Alte gerade an der Pumpe steht und Wasser in einen Eimer rinnen läßt. Sie blickt überrascht auf und strahlt übers ganze Gesicht, als sie Kwan erkennt. »Haaa!« ruft sie, und ihr offener Mund stößt eine kleine Atemwolke aus. Eins ihrer Augen ist zugekniffen, das andere nach außen gedreht wie bei einem Frosch, der auf Fliegen lauert. Kwan und die Alte packen sich bei den Armen, stupsen sich in die Rippen und schnattern in schnellem Dialekt aufeinander ein. Die Alte zeigt mit bedauernden Gesten auf eine bröckelnde Mauer, weist mit betrübter Miene zu der erloschenen Feuerstelle hin. Sie scheint sich dafür zu entschuldigen, daß sie uns nicht mit einem Staatsbankett und einer Bläserkapelle empfangen hat.

»Dies Du Lili, alte Freundin von meine Familie«, stellt Kwan sie mir und Simon vor. »Gestern sie in Berge gegangen,

Pilze sammeln. Wieder zurück, dann erst gehört, ich schon dagewesen und gleich wieder weg.«

Du Lili legt das Gesicht in bekümmerte Falten, als hätte sie die Enttäuschung noch immer nicht verwunden. Wir nicken mitfühlend.

Kwan fährt fort: »Lange Zeit, wir zusammengelebt in diese Haus. Du kannst Mandarin mit ihr sprechen. Sie versteht.« Kwan wendet sich wieder ihrer Freundin zu und erklärt vorsorglich: »Meine kleine Schwester, Libby-ah, spricht eine komische Art von Mandarin, im amerikanischen Stil, alles verkehrt herum, du wirst schon sehen. Und Simon, ihr Mann, der ist wie ein Taubstummer, versteht überhaupt nichts. Er kann nur Englisch. Aber sie sind ja auch nur zur Hälfte Chinesen.«

»Ahhhhh!« Du Lili klingt schockiert. »Nur halb! Was reden sie denn untereinander?«

»Was man in Amerika redet.«

»Ahhhhh.« Du Lili mustert mich betroffen, als ob die chinesische Hälfte meines Gesichts sich jeden Augenblick abschälen könnte.

»Du verstehst ein bißchen?« fragt sie mich langsam auf mandarin. Und als ich nicke, fängt sie augenblicklich an zu jammern: »So mager! Warum bist du so mager? Tss, tss! Ich dachte, in Amerika gibt es so viel zu essen. Oder bist du nicht bei guter Gesundheit? Kwan! Warum ernährst du deine kleine Schwester nicht richtig?«

»Ich versuche es ja«, protestiert Kwan. »Aber sie läßt es sich nicht gefallen! Diese amerikanischen Mädchen, die wollen alle mager sein.«

Als nächstes mustert Du Lili nun Simon mit prüfendem Blick: »Oh, der sieht ja wie ein Filmstar aus.« Sie stellt sich sogar auf die Zehenspitzen, um ihn besser in Augenschein zu nehmen.

Simon sieht mich fragend an. »Bitte um Übersetzung.«

»Sie sagt, du würdest einen guten Ehemann für ihre Tochter abgeben.« Ich zwinkere Kwan zu und versuche, mir das Lachen zu verbeißen.

Simon reißt verdutzt die Augen auf. In den Anfangszeiten unseres Zusammenlebens, lange ist es her, haben wir viel Spaß an diesem Spielchen gehabt – ich übersetzte ihm etwas Chinesisches, indem ich mir irgendwelchen Quatsch ausdachte, und er stieg in vorgetäuschtem Ernst darauf ein, bis einer von uns vor Lachen nicht mehr weiterkonnte.

Du Lili nimmt Simon bei der Hand und führt ihn ins Haus. »Komm, ich will dir was zeigen.«

Kwan und ich folgen ihnen. »Sie muß erst noch deine Zähne begutachten«, rufe ich ihm zu. »Das ist hier so Sitte vor der Verlobung.« Wir treten in einen sechs mal sechs Meter großen Raum, den Du Lili als Wohnstube ausgibt. Er ist dunkel und spärlich möbliert: zwei Bänke, ein großer Holztisch, ein paar Krüge, Körbe und Kisten in den Ecken. Die Zimmerdecke reicht in spitzem Winkel bis unters Dach. Von den Balken hängen getrocknete Pfefferschoten, Räucherfleisch, Vorratskörbchen, alles mögliche, nur keine Glühbirne. Der Boden besteht aus gestampftem Lehm. Du Lili zeigt auf einen schlichten Hausaltar an der hinteren Wand und fordert Simon in Zeichensprache auf, mit ihr davor stehenzubleiben.

»Sie will sehen, ob die Götter mit dir einverstanden sind«, erkläre ich. Kwan setzt schon zum Widerspruch an, und ich blinzele ihr verschwörerisch zu.

Über dem Altartisch sind rosa Papierbanner mit verblaßten Inschriften an die Wand gepinnt. In der Mitte hängt ein Mao-Porträt, über der Stirn eingerissen und mit einem vergilbten Klebstreifen geflickt. Links davon ein Jesusbild in angeknackstem Goldrahmen, und auf der rechen Seite das, was Du Lili uns so unbedingt vorführen möchte: ein altes Kalenderfoto von irgendeiner Bruce-Lee-Figur in altertümlicher Kriegertracht, garstig-grünliche Brause süffelnd. »Siehst du diesen

Filmstar?« sagt Du Lili. »Ich finde, du siehst so aus wie er – dickes Haar, funkelnde Augen, kräftiges Kinn, ganz genauso, oh, sehr gutaussehend.«

Ich spähe von dem Foto zu Simon hin, der auf meine Übersetzung wartet. »Sie sagt, du siehst diesem Verbrecher ähnlich, der einer von Chinas meistgesuchten Übeltätern ist. Die Hochzeit kannst du abschreiben. Sie hat vor, tausend Yuan Kopfgeld einzustreichen, indem sie dich ausliefert.«

Er zeigt auf das Foto, dann auf sich: »Das soll ich sein?« Unter heftigem Kopfschütteln protestiert er in gebrochenem Englisch: »Nein, nein. Falsche Person. Ich guter Amerikaner, kein Bösewicht.«

Ich kann nicht länger an mich halten. Ich pruste los.

»Ich hab gewonnen«, freut sich Simon. Kwan übersetzt Du Lili unsere Albernheiten. Simon und ich lächeln uns verschmitzt an – seit langem der erste Anflug von Warmherzigkeit zwischen uns. An welchem Punkt unserer Ehe ist diese harmlose Neckerei in bitteren Sarkasmus umgeschlagen?

»Eigentlich hat Du Lili gemeint, daß du so gut aussiehst wie dieser Filmstar.«

Simon schlägt die Hände zusammen und verbeugt sich zum Dank vor Du Lili. Sie verbeugt sich ebenfalls und strahlt wie ein Honigkuchenpferd.

»Weißt du«, sage ich zu ihm, »in diesem Licht siehst du tatsächlich irgendwie verändert aus.«

»Hmm. Wie das?« Er kräuselt flirtend die Augenbrauen.

»Schwer zu sagen«, murmele ich verlegen. »Vielleicht ein bißchen chinesischer als sonst, oder so.« Ich wende mich ab und tue so, als vertiefe ich mich in das Mao-Bild.

»Na, du weißt ja, was man über Ehepaare sagt, daß sie sich mit der Zeit immer mehr angleichen.«

Ich starre immer noch auf die Wand und frage mich, was Simon wohl wirklich denkt. »Schau mal«, sage ich. »Jesus hier direkt neben Mao. Ist so was in China nicht verboten?«

»Vielleicht weiß Du Lili gar nicht, wer Jesus ist. Sie hält ihn wahrscheinlich auch für einen Filmstar.«

Ich will Du Lili gerade danach fragen, als Kwan sich plötzlich umdreht und ein paar schattenhaften Gestalten im Türrahmen zuruft: »Kommt rein! Kommt rein!« Sie wird mit einem Mal ganz geschäftig. »Simon, Libby-ah, schnell! Nehmt den Tanten mal das Gepäck ab.« Doch unsere selbsternannten Kofferträger schieben uns kurzerhand beiseite und schleifen unsere mittlerweile recht staubigen Siebensachen unter großem Geschnaufe über die Schwelle.

»Mach die Handtasche auf«, befiehlt Kwan, und ehe ich's mich versehe, langt sie auch schon hinein. Ich nehme an, sie sucht nach Kleingeld, aber statt dessen holt sie meine Marlboro Lights hervor und händigt den Frauen doch glatt die ganze Schachtel aus. Eine von ihnen reicht sie frohgemut herum und sackt den Rest gleich ein. Die alten Zauseln paffen allesamt munter drauflos und verlassen den Raum in einer Rauchwolke.

Kwan schleppt ihren Koffer in eine dunkle Kammer auf der rechten Seite. »Hier schlafen wir.« Sie winkt mir, ihr zu folgen. Ich mache mich auf ein karges kommunistisches Schlafzimmer gefaßt, dessen minimalistischer Dekor dem Rest des Hauses in nichts nachsteht. Doch als sie den Fensterladen zurückklappt, um die Vormittagssonne einzulassen, wird ein kunstvoll geschnitztes Ehebett unter einem grauen, ausgefransten Moskitonetz sichtbar. Es ist ein prächtiges antikes Stück, fast genauso wie das in einem teuren Laden in der Union Street, mit dem ich schon lange liebäugele. Das Bett ist in der gleichen Weise gemacht wie Kwans Ehebett: ein straff gespanntes Laken, die Kissen und die gefaltete Steppdecke ordentlich am Fußende gestapelt. »Wo hat Big Ma das denn her?« staune ich.

»Und das hier.« Simon streicht mit der Hand über die Marmorplatte einer ausladenden Frisierkommode, deren

Spiegel zur Hälfte matt ist. »Ich dachte, all dies imperialistische Mobiliar hätten sie in der Kulturrevolution kurz und klein geschlagen.«

»Ach, diese olle Plunder«, winkt Kwan mit schlecht verhohlenem Stolz ab. »Schon seit lange Zeit in unsere Familie. In Kulturrevolution, Big Ma hat Sachen unter viele Schichten Stroh versteckt, drüben in Schuppen. So hat alles gerettet.«

»Gerettet?« hake ich nach. »Aber wo stammt das denn ursprünglich her?«

»Ursprünglich Missionarfrau hat gegeben meine Mutters Großvater als Abzahlung von große Schuld.«

»Was hatte sie denn für Schulden bei ihm?«

»Oh, lange Geschichte, das. Vor über hundert Jahren passiert . .«

Simon mischt sich ein. »Könnten wir das vielleicht später besprechen? Ich würde mich gern erst mal im anderen Schlafzimmer einrichten.«

Kwan gibt ein spöttisches Schnauben von sich.

»Ach so.« Simon macht ein betretenes Gesicht. »Es gibt wohl kein anderes Schlafzimmer.«

»Andere Schlafzimmer das von Du Lili, nur schmale Bett.«

»Ja, und wo sollen wir dann alle schlafen?« Ich sehe mich nach einer weiteren Matratze um.

Kwan deutet lässig auf das Ehebett. Simon lächelt mich an und zuckt mit gespielter Unschuld die Achseln.

»Das Bett reicht gerade mal knapp für zwei«, halte ich Kwan vor. »Wir beide können hier schlafen, aber für Simon müssen wir unbedingt noch eins auftreiben.«

»Und wo du willst auftreiben, hm?« Sie kehrt die Handflächen nach oben und blickt zur Decke, als könnte das fehlende Bett unversehens aus dem Nichts herabschweben.

Ich spüre, wie die aufkommende Panik mir die Kehle zuschnürt. »Aber irgendwer wird doch wohl noch so was wie eine Matratze übrig haben!«

Sie erklärt Du Lili das Problem, und die breitet ebenfalls hilflos die Hände aus. »Siehst du?« sagt Kwan. »Nichts da.«

»Macht nichts, dann schlafe ich eben auf dem Boden«, erbietet sich Simon.

Auch das übersetzt sie für Du Lili, die prompt zu kichern beginnt. »Du willst da bei Ungeziefer schlafen?« fragt Kwan. »Mit beißende Spinne, dicke, fette Ratten? O ja, jede Menge Ratten hier, knabbern dir Finger an.« Sie macht schnappende Geräusche mit den Zähnen. »Gefällt dir, ah? Nein. Einzige Ausweg, wir drei schlafen selbe Bett. Macht doch nichts, ist sowieso bloß für zwei Wochen.«

»Das ist keine Lösung«, entgegne ich.

Du Lili wispert Kwan mit besorgter Miene etwas zu. Kwan wispert zurück und weist mit einer Kopfbewegung erst auf mich, dann auf Simon. »*Bu-bu-bu-bu-bu!*« zetert Du Lili los und betont jedes Nein mit einem schnellen Kopfschütteln. Sie packt mich am Arm, packt Simon am Arm und schubst uns aufeinander zu, als wären wir zwei zankende Kleinkinder. »Hört mal her, ihr beiden Hitzköpfe«, schilt sie uns auf mandarin. »Wir haben hier nicht genug Luxus für eure amerikanischen Albernheiten. Hört auf eure Tante, ah. Schlaft im selben Bett, und am nächsten Morgen werdet ihr beide so warm und glücklich sein wie früher.«

»Das verstehst du nicht«, wehre ich ab.

»*Bu-bu-bu*!« Du Lili wedelt meine lahmen amerikanischen Ausreden ungehalten beiseite.

Simon seufzt entnervt. »Ich glaube, ich drehe jetzt mal eine Runde durchs Dorf, während ihr drei das unter euch ausmacht. Mir ist es im Prinzip wurscht, ob wir alle zusammenrücken oder nicht, ich nehme auch mit den Ratten vorlieb. Also, dann bis nachher.«

Ist er wütend auf mich, weil ich mich so sträube? Aber das ist doch nicht meine Schuld, will ich ihm hinterherschreien, als er aus dem Zimmer geht, Du Lili dicht auf den Fersen. »Wenn du

Probleme hast, mußt du sie lösen«, schimpft sie auf ihn ein. »Du bist der Ehemann. Sie wird dir zuhören, aber du mußt auch aufrichtig sein und sie um Verzeihung bitten. Mann und Frau, die nicht zusammen schlafen wollen! Das ist doch unnatürlich!«

Kaum bin ich mit ihr allein, werfe ich Kwan einen finsteren Blick zu: »Du hast das alles geplant, gib's zu!«

Kwan tut beleidigt. »Dies keine Plan. Dies China.«

Nach kurzem Schweigen entschuldige ich mich mürrisch. »Ich muß mal aufs Klo. Wo ist das?«

»Straße entlang, dann links, kleine Schuppen, große Haufen mit schwarze Asche...«

»Heißt das etwa, daß es hier im Haus *kein* Klo gibt?«

»Was ich dir gesagt?« grinst Kwan triumphierend. »Dies China.«

Zu Mittag gibt es ein einfaches Mahl aus Reis und gelben Sojabohnen. Kwan bestand darauf, daß Du Lili uns nur ein paar simple Reste aufwärmen sollte. Nach dem Essen geht Kwan zurück in den Gemeindesaal, um Big Ma für ihren Fototermin zurechtzumachen. Simon und ich machen uns in verschiedene Richtungen auf, das Dorf zu erkunden. Der Weg, den ich gewählt habe, führt zu einem schmalen, gepflasterten Deich durch die sumpfigen Felder. In der Ferne sehe ich Enten watscheln, säuberlich eine hinter der anderen. Sind chinesische Enten disziplinierter als amerikanische? Quaken sie anders? Ich schieße auf gut Glück ein paar Fotos, damit ich mich später daran erinnern kann, was ich in dem Augenblick gedacht habe.

Als ich zum Haus zurückkomme, verkündet Du Lili, daß Big Ma schon seit über einer halben Stunde auf ihren Fototermin wartet. Unterwegs zum Gemeindesaal nimmt Du Lili mich bei der Hand und beginnt zu erzählen: »Deine große Schwester und ich, wir haben früher zusammen in diesen Reistümpeln herumgeplanscht.«

Ich stelle mir Du Lili als jüngere Frau vor, die eine auf Kindergröße geschrumpfte Kwan betreut.

»Manchmal haben wir Kaulquappen in unseren Kopftüchern gefangen«, fährt sie mit mädchenhafter Munterkeit fort. Sie macht schöpfende Armbewegungen und tut so, als wate sie vornübergebeugt durch knöcheltiefen Schlamm. »In jenen Zeiten machten unsere Dorfältesten den verheirateten Frauen weis, daß sie Kaulquappen schlucken müßten, weil das gut für die Geburtenkontrolle sei. Geburtenkontrolle! Wir wußten ja nicht mal, was das sein sollte. Aber deine Schwester sagte: ›Du Lili, wir müssen zeigen, daß wir gute Kommunisten sind.‹ Und sie befahl mir, diese schwarzen Dinger zu essen.«

»Igitt! Du hast doch nicht etwa ...«

»Wie konnte ich mich ihr widersetzen? Sie war ja zwei Monate älter als ich!«

*Älter*? Ich kann es nicht fassen. Kwan soll älter als Du Lili sein? Du Lili sieht uralt aus, wie eine Hundertjährige. Ihre Hände sind rauh und schwielig. Ihr Gesicht ist von zahllosen Falten zerfurcht, und Zähne hat sie auch nicht mehr viele. Das kommt wohl davon, wenn man nach dem langen, harten Tagwerk in den Reisfeldern kein Oil of Olaz benutzt.

Du Lili macht schmatzende Geräusche mit ihren eingefallenen Lippen. »Ich hab ein Dutzend davon runtergewürgt, vielleicht auch mehr. Ich konnte sie durch meine Kehle glitschen und in meinem Magen zappeln fühlen, und mir war, als ob sie sich durch meine Adern im ganzen Körper verteilten. Eines Tages bekam ich hohes Fieber, und der Doktor aus der Stadt sagte bloß: ›He, Genossin, hast du Kaulquappen verschluckt? Schön dumm von dir, jetzt hast du Leberegel!‹«

Sie lacht, doch gleich darauf verdüstert sich ihre Miene. »Manchmal frage ich mich, ob das der Grund dafür war, daß keiner mich heiraten wollte. Alle Leute hier wußten ja, daß ich Kaulquappen gegessen hatte und keinen Sohn mehr bekommen konnte.«

Ich werfe einen verstohlenen Seitenblick auf Du Lilis Schielauge und ihre sonnengegerbte Haut. Wir unfair das Leben doch zu ihr war. »Keine Sorge.« Sie tätschelt mir die Hand. »Ich mache deiner Schwester deswegen keinen Vorwurf. Oft bin ich auch ganz froh, daß ich nicht geheiratet habe. Ja, ja – wieviel Mühe macht es doch, einen Mann zufriedenzustellen. Ich hab mir sagen lassen, daß die Männer ihren Verstand zur Hälfte zwischen den Beinen tragen – ha!« Sie greift sich in den Schritt und torkelt vorwärts wie ein Betrunkener. Dann wird sie wieder ernst. »Doch ab und zu sage ich mir auch, Du Lili, du wärst eine gute Mutter geworden, ja, achtsam, umsichtig und streng auf eine moralische Erziehung bedacht.«

»Kinder können auch sehr viel Mühe machen«, gebe ich vorsichtig zu bedenken.

Sie stimmt zu. »Und eine Menge Herzweh.«

Schweigend setzen wir unseren Weg fort. Im Gegensatz zu Kwan scheint Du Lili mir recht vernünftig, nüchtern und vertrauenswürdig zu sein. Sie scheint sich nicht mit der Yin-Welt abzugeben, zumindest redet sie nicht davon. Oder doch?

»Du Lili«, taste ich mich vor. »Kannst du Geister sehen?«

»Ah, du meinst, so wie Kwan? Nein, ich habe keine Yin-Augen.«

»Kann irgendwer sonst hier in Changmian Geister sehen?«

Sie schüttelt den Kopf. »Nur deine große Schwester.«

»Und wenn Kwan behauptet, daß sie einen Geist sieht, glauben ihr das denn alle?« Du Lili schlägt verlegen die Augen nieder. Ich dränge sie sanft, offen zu mir zu sein. »Was mich betrifft, ich glaube nicht an Geister. Meiner Meinung nach sieht man nur das, was man sich im Herzen wünscht. Die Geister kommen aus der Einbildung, vielleicht aus der Sehnsucht nach einem besseren Leben. Was glaubst du?«

»Ah! Was spielt das schon für ein Rolle?« Sie weicht noch immer meinem Blick aus. Sie bückt sich und wischt sich einen Schlammspritzer vom Schuh. »Es ist doch so: All die Jahre haben andere uns immer vorgeschrieben, was wir glauben sollten. Glaubt an Götter! Glaubt an die Ahnen! Glaubt an Mao Tse-tung, an unsere Parteiführer, an unsere gefallenen Helden! Also, ich glaube ganz einfach an das, was am wenigsten Ärger macht. Die meisten Leute hier denken genauso.«

»Demnach glaubst du nicht wirklich, daß Big Mas Geist sich hier in Changmian aufhält«, versuche ich, sie auf einen Standpunkt festzunageln.

Du Lili legt mir die Hand auf den Arm. »Big Ma ist meine Freundin. Deine Schwester ist ebenfalls meine Freundin. Mit keiner von beiden möchte ich's mir verderben. Vielleicht ist Big Mas Geist hier unter uns, vielleicht auch nicht. Was macht das schon aus? Verstehst du mich jetzt? Ah!«

»Hmm.« Wird die chinesische Denkweise mir jemals vertraut werden? Du Lili schmunzelt vor sich hin, als wüßte sie, was in mir vorgeht. Ich bin wie jene Intellektuellen, die damals nach Changmian gekommen sind, so belesen, so selbstgewiß. Sie meinten, sie könnten Maultiere züchten, und standen am Ende selber als Esel da.

Just, als wir am Gemeindesaal ankommen, prasselt ein heftiger Wolkenbruch los. Wir rennen über den Vorhof und schlüpfen durch eine offene Flügeltür in die Halle, in der uns eisige Kälte umfängt. Die Luft ist klamm und modrig wie in einer Gruft. Das milde Herbstwetter, für das Guilin angeblich so berühmt ist, hat sich dieses Jahr früh verabschiedet, und obwohl ich unter meinem Goretex-Parka so dick wie möglich eingepackt bin, klappere ich mit den Zähnen, und meine Finger sind schon ganz taub. Wie soll ich da noch ordentliche Fotos zustande bringen?

In dem großen Saal sind ein gutes Dutzend Leute damit beschäftigt, weiße Begräbnisbanner zu bepinseln und die Wände und Tische mit weißen Vorhängen und Kerzen zu schmücken. Ihre Stimmen übertönen das Regenrauschen, hallen von allen Seiten durch den Raum. Kwan steht neben dem Sarg. Ich nähere mich ihr zögernd, alles andere als erpicht darauf, mein Fotomodell in Augenschein zu nehmen, das sicher reichlich angeschlagen aussieht.

Doch als ich mich schließlich überwinde, einen Blick in den Sarg zu werfen, sehe ich zu meiner Erleichterung, daß Big Mas Gesicht mit einem Blatt Papier abgedeckt ist. Ich versuche, einen pietätvollen Ton anzuschlagen. »Der Unfall hat sie wohl ziemlich entstellt, nehme ich an.«

Kwan schaut verwundert drein. »Ach, du meinst dieses Papier da«, sagt sie auf chinesisch. »Nein, nein, es ist bei uns üblich, das Gesicht der Toten zu bedecken.«

»Aber warum?«

»Ah?« Sie legt den Kopf schief, als würde ihr die Antwort vom Himmel zufallen. »Wenn das Papier sich bewegt«, erklärt sie, »dann atmet die Person darunter noch, und es ist zu früh für die Beerdigung. Aber Big Ma ist ganz gewiß tot, sie hat's mir gerade selbst bestätigt.« Ehe ich mich darauf gefaßt machen kann, langt sie in den Sarg und nimmt das Papier fort.

Big Ma sieht tatsächlich vollkommen leblos aus, aber nicht grauenerregend. Ihre Stirn ist in sorgenvolle Falten gelegt, und ihr Mund ist zu einer starren Grimasse verzerrt. Ich hatte eigentlich geglaubt, daß die Gesichtsmuskeln sich im Tod entspannen und den Verstorbenen ein friedliches, gelöstes Aussehen verleihen.

»Ihr Mund«, sage ich in stockendem Chinesisch. »Er wirkt so verkrampft. Als ob die Arme unter Qualen gestorben wäre.«

Kwan und Du Lili beugen sich vor und spähen auf Big Ma hinab. »Das mag schon sein«, sagt Du Lili, »aber jetzt sieht sie jedenfalls genau wie zu Lebzeiten aus. Diesen verkniffenen Zug um den Mund, den hatte sie immer schon.«

Kwan nickt zustimmend. »Sogar schon, bevor ich von hier

weggegangen bin, hat sie immer so besorgt und unzufrieden ausgesehen.«

»Sie war sehr korpulent«, bemerke ich.

»Aber nicht doch«, wehrt Kwan ab. »Das kommt dir nur so vor, weil sie jetzt für ihre Reise ins Jenseits angezogen ist. Sieben Kleiderschichten für den Oberkörper, fünf für untenrum.«

Ich deute auf die Skijacke, die Kwan ihr übergezogen hat: ein violettes Nylonblouson mit neonrosa eingefaßten Steppnähten, eins der im Ausverkauf erworbenen Geschenke, mit denen sie Big Ma zu imponieren hoffte. Das Preisschild hängt noch dran, zum Beweis dafür, daß die Jacke nagelneu ist. »Sehr hübsch«, sage ich und wünsche mir insgeheim, ich hätte sie jetzt an.

Kwan strahlt vor Stolz. »Und auch so praktisch. Absolut wasserdicht.«

»Soll das heißen, daß es im Jenseits regnet?«

»Tss! Natürlich nicht. Da ist immer schönes Wetter. Nicht zu warm, nicht zu kalt.«

»Warum betonst du dann extra, daß die Jacke wasserdicht ist?«

Sie blickt mich verständnislos an. »Na, ist doch so.«

Ich halte mir die tauben Finger vor den Mund und versuche, sie mit meinem Atem zu wärmen. »Wenn im Jenseits immer nur schönes Wetter ist, warum muß sie dann aber so viel anhaben?«

Kwan wendet sich Big Ma zu und wiederholt meine Frage auf chinesisch. Dann nickt sie ein paarmal, als ob sie jemandem am Telefon zuhörte. »Ah. Ah. Ah. Ah-ha-ha-ah!« Endlich übersetzt sie die Antwort für meine sterblichen Ohren. »Big Ma sagt, sie weiß es auch nicht. Geister und Yin-Leute waren so lange offiziell verboten, daß sie vergessen hat, was all die alten Sitten und Gebräuche bedeuten.«

»Und nun sind Geister offiziell *erlaubt*?«

»Nein, nein, aber die Leute werden nicht mehr dafür bestraft, daß sie die Verstorbenen zurückkommen lassen. Auf jeden Fall ist dies die althergebrachte Art und Weise, die Toten einzukleiden, sieben Schichten oben, fünf Schichten unten, so gehört sich das. Big Ma meint, die Zahl sieben leitet sich von den sieben Wochentagen ab, eine Schicht für jeden Tag. Früher war es Sitte, sieben Wochen lang um die Toten zu trauern, sieben mal sieben, neunundvierzig Tage. Aber heute geht's bei uns schon zu wie bei den Ausländern, ein paar Tage reichen.«

»Und wieso nur fünf Schichten untenrum?«

Du Lili grinst vergnügt. »Das bedeutet, daß Big Ma zwei Tage lang mit nacktem Hintern durch das Totenreich laufen muß.«

Kwan schubst sie an, und beide brechen in so unbändiges Gelächter aus, daß die anderen Leute im Saal neugierig zu uns herüberschauen. »Hör auf!« japst Kwan atemlos. »Big Ma schimpft schon, sie sagt, sie ist noch nicht lange genug tot, um solche Witze zu dulden.« Sie ringt um Fassung. »Big Ma ist sich nicht ganz sicher, doch sie meint, die Zahl fünf steht als Symbol für all das, was die Sterblichen an diese Welt bindet – die fünf Farben, die fünf Geschmäcker, die fünf Sinne, die fünf Elemente, die fünf Gefühle . . .«

Kwan hält plötzlich inne. »Aber hör mal, Big Ma, es gibt doch sieben Gefühle, nicht bloß fünf.« Sie beginnt, an den Fingern abzuzählen: »Freude, Zorn, Angst, Liebe, Haß, Verlangen . . . und noch eins, warte mal – ah, ja! Trauer! Nein, nein, Big Ma, ich hab's nicht vergessen. Wie könnte ich das vergessen? Natürlich bin ich traurig darüber, daß du diese Welt verläßt. Wie kannst du das bezweifeln? Letzte Nacht habe ich um dich geweint, und das war nicht geheuchelt. Du hast mich doch gesehen. Meine Trauer war echt, nicht vorgetäuscht. Warum denkst du denn immer so schlecht von mir?«

»Ai-ya!« ereifert sich Du Lili. »Laßt endlich das Streiten sein, wo sie doch jetzt tot ist.« Sie zwinkert mir zu.

»Nein, ich werde es nicht vergessen«, beteuert Kwan, an Big Ma gewandt. »Einen Hahn, einen schönen Gockelhahn, keine Henne und auch keine Ente. Ist mir schon klar.«

»Worum geht's denn?« frage ich nach.

»Sie will, daß wir ihr einen Hahn auf den Sargdeckel binden.«

»Und wozu?«

»Libby-ah möchte wissen, wozu.« Kwan lauscht einen Moment und erklärt dann: »Big Ma kann sich nicht genau erinnern, aber sie glaubt, ihr Geist soll in den Hahn eingehen, um mit ihm fortzufliegen.«

»Und so was glaubst du?«

Sie grient. »Natürlich nicht! Selbst Big Ma glaubt nicht daran. Das ist bloß ein alter Aberglaube.«

»Aber wenn sie's selbst nicht glaubt, warum macht ihr's dann trotzdem?«

»Tss! Weil es halt Tradition ist! Und um die Kinder das Fürchten zu lehren, nicht wahr, wie man es ja auch in Amerika tut.«

»Aber das tun wir doch gar nicht!«

Kwan sieht mich mit überlegener Miene an, ganz die große Schwester. »Erinnerst du dich nicht mehr? Als ich neu in Amerika war, hast du mir erzählt, die Hasen würden einmal im Jahr Eier legen, und die Toten kämen dann aus ihren Höhlen, um sie zu suchen.«

»Hab ich nicht!«

»Hast du wohl, und du hast auch gesagt, wenn ich dir nicht gehorchte, würde der Weihnachtsmann kommen, mich in einen Sack stecken und mich an einen eiskalten Ort verschleppen, kälter noch als eine Kühltruhe!«

»So was hab ich nie gesagt.« Doch während ich noch protestiere, erinnere ich mich vage an einen bösen Streich, den ich Kwan zu Weihnachten einmal gespielt habe. »Vielleicht hast du mich nur mißverstanden.«

Kwan schiebt gekränkt die Unterlippe vor. »He! Ich bin deine große Schwester! Du glaubst, ich versteh nicht, was du meinst? Hnh! Ah, ist ja jetzt auch egal. Big Ma sagt, genug geschwätzt. Höchste Zeit, das Foto von ihr zu machen.«

Um den Kopf für die anstehende Aufgabe freizubekommen, konzentriere ich mich erst einmal auf die übliche Routine mit dem Belichtungsmesser. Ohne Stativ wird es nicht gehen, soviel ist klar. Abgesehen von den paar Kerzen, ist das harte graue Tageslicht, das durch das staubige Nordfenster einfällt, die einzig verfügbare Lichtquelle. Es gibt weder Lampen noch Steckdosen. Wenn ich Blitzlicht benutze, wird Big Ma womöglich noch zombiehafter aussehen als ohnehin schon. Am besten wäre in diesem Fall ein Hell-dunkel-Kontrast; mit einer vollen Sekunde Belichtungszeit bei Blende acht ließe sich die eine Gesichtshälfte in plastischem Detail herausarbeiten, während die andere von Todesschatten umfangen bliebe.

Ich stelle also das Stativ auf, richte meine Hasselblad aus und befestige dahinter noch eine Polaroidbox zu Testzwecken. »Achtung, Big Ma«, sage ich, »halt schön still.« Bin ich nicht mehr ganz bei Trost? Jetzt rede ich schon mit ihr, als ob ich selber glaube, daß sie mich hören kann. Und warum treibe ich überhaupt solchen Aufwand, um eine Tote abzulichten? Für die Reportage werde ich das Foto nicht verwenden können. Andererseits ist alles irgendwie von Belang, oder sollte es jedenfalls sein. Jede Aufnahme, die ich mache, sollte so gut werden wie nur möglich. Oder ist das auch wieder so ein Mythos, den ehrgeizige Überflieger in die Welt setzen, damit alle anderen sich wie Versager vorkommen?

Ehe ich noch länger darüber nachgrübeln kann, bin ich auf einmal von einem Dutzend Leuten umringt, die unbedingt sehen wollen, was aus der Kamera herauskommt. Sicher kennen sie alle diese Touristenstände, die Sofortbilder zu Wucherpreisen anbieten.

»Augenblick mal, wartet's doch ab«, sage ich, als sie immer

dichter herandrängen. Ich lege mir das Polaroid auf die Brust, um die Entwicklung durch die Körperwärme zu beschleunigen. Allgemeine Stille breitet sich aus; die braven Leute fürchten wohl, der magische Vorgang könnte durch Geräusche gestört werden. Ich ziehe die Folie ab und schaue mir das Testbild an. Für meinen Geschmack ist der Kontrast etwas zu scharf akzentuiert, aber ich zeige ihnen das Foto trotzdem.

»Haargenau!« ruft einer aus der Menge.

»Erstklassig!« lobt ein anderer. »Seht nur, wie sie ausschaut – als würde sie gleich aufstehen und ihre Schweine füttern gehen.«

Jemand witzelt: »›Wah!‹ wird sie sagen. ›Was stehen denn all die Leute hier um mein Bett herum?‹«

Du Lili tritt vor. »Libby-ah, jetzt mach mal ein Foto von mir.« Mit der flachen Hand streicht sie sich über eine widerspenstige Haarsträhne, zupft an ihren Jackenärmeln, um die Knitterfalten zu glätten. Ich spähe durch den Sucher. Sie hat sich so stocksteif in Positur gestellt wie ein Gardesoldat, das Gesicht zu mir gewandt, das Schielauge schräg nach oben verdreht. Die Kamera klickt. Sobald ich das Foto herausziehe, schnappt sie es mir weg und drückt es an ihre Brust, trippelnd vor Ungeduld, mit überglücklicher Miene.

»Es ist lange her, daß ich ein Foto von mir gesehen habe«, erklärt sie aufgeregt. »Das letzte Mal war ich noch ein ganz junges Ding.« Auf mein Zeichen hin reißt sie die Folie ab und hält sich das Foto dicht vors Gesicht. »Aha, so sehe ich also aus.« Sie klingt geradezu andächtig, voller Ehrfurcht vor dem Wunder der Fotografie. Ich bin gerührt, wider Willen stolz auf mein Werk, auch wenn ich es mir natürlich nicht anmerken lasse.

Du Lili reicht Kwan den Abzug herüber, so behutsam, als handle es sich um ein frisch geschlüpftes Küken. »Wirklich gut getroffen«, nickt Kwan. »Was hab ich euch gesagt? Meine kleine Schwester ist sehr geschickt.« Sie läßt das Foto herumgehen.

»So sieht sie wirklich aus«, bemerkt einer aus der Runde. Die anderen fallen begeistert ein.

»Fabelhaft scharf!«

»Haargenau!«

Das Polaroid kehrt wieder zu Du Lili zurück. Sie hält es mit beiden Händen umfangen. »Dann sehe ich doch nicht so gut aus«, sagt sie mit matter Stimme. »Ich bin ja so alt. Ich hätte nie gedacht, daß ich schon so alt bin, so häßlich. Sehe ich wirklich dermaßen häßlich und vertrottelt aus?«

Ein paar Leute lachen, in der Annahme, das sei witzig gemeint. Doch Kwan und ich sehen ihr an, daß sie ehrlich schockiert ist. Sie schaut drein, als fühle sie sich verraten, und ich bin diejenige, die sie verletzt hat. Sieht sie sich denn nie im Spiegel an? Allerdings erlaubt der subjektive Blickwinkel, mit dem wir unser Spiegelbild betrachten, jedem von uns ja stets ein gewisses Maß an Selbsttäuschung. Das Kameraauge dagegen registriert mit gnadenloser Präzision, was tatsächlich vorhanden ist, es gibt exakt den momentanen Zustand wieder, und nicht die schöngefärbten Erinnerungen, die man im Herzen trägt.

Du Lili schlurft trübselig davon, und ich wünschte, ich könnte sie trösten, ihr vielleicht klarmachen, daß ich nicht gut genug fotografiere, um all ihre wunderbaren Eigenschaften mit der Kamera zu erfassen. Ich will ihr gerade hinterherlaufen, als Kwan mich am Arm packt und den Kopf schüttelt. »Ich rede nachher mit ihr«, sagt sie. Und schon umdrängen mich wieder ein Dutzend Leute, die ebenfalls von mir geknipst werden wollen. »Ich zuerst!« »Mach mal eins von mir mit meinem Enkel!«

»Wah!« schimpft Kwan. »Glaubt ihr etwa, meine Schwester kann hier stundenlang Gratisfotos machen?« Aber die Leute drängeln weiter: »Bloß ein einziges!« »Von mir auch!« Kwan hebt die Hände und brüllt: »Still jetzt! Big Ma hat mir gerade gesagt, daß alle sofort rausgehen sollen!« Das Stimmengewirr flaut ab. »Big Ma sagt, sie braucht Ruhe, ehe sie ihre Reise in die nächste Welt antritt. Sonst wird sie am Ende noch verrückt vor Kummer und bleibt hier bei uns in Changmian.« Die Drohung scheint zu wirken. Unter gutmütigem Gebrummel machen die Leute sich daran, den Saal zu räumen.

Ich lächle Kwan erleichtert an. »Hat Big Ma das eben wirklich gesagt?« Kwan wirft mir einen listigen Blick zu und lacht dann laut heraus. Ich stimme mit ein, dankbar für ihre Geistesgegenwart.

»Nein, weißt du, eigentlich hat Big Ma nur gesagt, daß du noch mehr Fotos von ihr machen sollst, aber diesmal aus einer anderen Perspektive. Sie hat sich beschwert, daß sie auf dem letzten fast so alt aussieht wie Du Lili.«

Ich zucke betroffen zusammen. »Das ist aber gemein.«

Kwan schaut verdutzt. »Was denn?«

»Zu behaupten, daß Du Lili älter aussieht als Big Ma.«

»Aber sie ist wirklich älter, mindestens fünf oder sechs Jahre.«

»Na hör mal! Sie ist doch jünger als du.«

»Wie kommst du denn darauf?« wundert sich Kwan.

»Du Lili hat's mir gesagt.«

Kwan nickt zu Big Mas leblosem Gesicht hin. »Ich weiß, ich weiß. Aber wo Du Lili das Thema nun schon aufgebracht hat, sollten wir ihr auch die Wahrheit sagen.« Sie legt mir die Hand auf die Schulter. »Libby-ah, ich muß dir ein Geheimnis anvertrauen.«

Mir wird auf einmal ganz schwummerig.

»Vor beinah fünfzig Jahren hat Du Lili ein kleines Mädchen adoptiert, das sie in der Bürgerkriegszeit am Wegrand aufgelesen hat. Später ist diese Tochter aber gestorben, und Du Lili war vor Trauer so von Sinnen, daß sie sich seitdem einbildet, sie wäre ihre eigene Tochter. Ich erinnere mich gut daran, weil das kleine Mädchen meine Freundin war, und wenn sie heute noch lebte, wäre sie zwei Monate jünger als ich – nicht die achtundsiebzigjährige alte Frau, die Du Lili heute ist. Und wenn ich dir das nun schon erzähle...« Kwan unterbricht sich, dreht sich zu Big Ma um: »Nein, nein, das kann ich ihr nicht sagen, das geht zu weit.«

Ich starre Kwan an, dann Big Ma. Ich denke daran, was ich von Du Lili gehört habe. Wem soll ich denn nun glauben? Allmählich verliere ich den Boden unter den Füßen, wie in einem Traum, der jeglicher Logik spottet. Vielleicht ist Du Lili jünger als Kwan. Vielleicht ist sie aber auch schon achtundsiebzig. Vielleicht ist Big Mas Geist hier unter uns, vielleicht aber auch nicht. All diese Dinge sind zugleich wahr und falsch. Yin und Yang. Was spielt das letztlich für eine Rolle?

Sei pragmatisch, so wie die Leute hier, ermahne ich mich. Wenn die Frösche die Insekten fressen, und die Enten die Frösche fressen, und der Reis zweimal im Jahr reift, wozu dann die Welt in Frage stellen, in der sie leben?

# *Das Jahr ohne Überschwemmung*

Ja, warum überhaupt die Welt in Frage stellen? Weil ich keine Chinesin bin wie Kwan. Für mich ist Yin nicht Yang und Yang nicht Yin. Ich kann Widersprüchliches nicht einfach als die Wahrheit akzeptieren. Auf dem Rückweg zu Big Mas Haus frage ich Kwan leise: »Wie ist Du Lilis Tochter gestorben?«

»Oh, das ist eine sehr traurige Geschichte«, antwortet sie auf chinesisch. »Vielleicht möchtest du es lieber doch nicht hören.«

Schweigend gehen wir nebeneinander her. Ich weiß, sie erwartet jetzt, daß ich meine Frage wiederhole, also sage ich schließlich: »Na, erzähl schon.«

Kwan bleibt stehen und sieht mich an. »Und es wird dir auch wirklich keine Angst einjagen?«

Ich schüttle den Kopf, während ich mir im stillen denke, wie zum Teufel soll ich den im voraus wissen, ob etwas mir angst macht oder nicht? Und als Kwan nun zu erzählen beginnt, läuft mir ein Schauer über den Rücken, aber nicht vor Kälte.

*

Sie wurde Honigkuchen genannt, und wir waren fünf Jahre alt, als sie ertrank. Sie war genauso groß wie ich und so schweigsam, wie ich schwatzhaft war. Das hielt meine Tante mir ja ständig vor, daß ich zuviel redete. »Wenn du noch ein Wort sagst«, drohte Big Ma mir oft, »dann schicke ich dich fort. Ich habe deiner Mutter nie versprochen, dich bei mir zu behalten.«

Ich war ein sehr mageres Kind, und mein Spitzname war Pfannkuchen, *baobing* – dürr und durchsichtig wie ein Reisfladen, pflegte Big Ma zu sagen. Meine Knie und Ellbogen waren ewig verschorft. Honigkuchen dagegen war süß und pummelig, mit Grübchen in den Armbeugen, wie ein runder, ofenwarmer *bao-zi*. Du Yun hatte sie auf der Straße gefunden – ja, so hieß Du Lili nämlich damals, Du Yun. Big Ma war es, die Honigkuchen dann Lili nannte, weil das anfangs der einzige Laut war, den sie von sich gab, *lili-lili-lili*, wie das Gezwitscher eines Pirols. *Lili-lili-lili*, machte sie immer und schürzte dazu das rote Mündchen, als hätte sie gerade in eine unreife Kakipflaume gebissen und Saures geschmeckt, wo sie Süßes erwartete. Sie beäugte die Welt wie ein Vogeljunges, mit blanken schwarzen Knopfaugen, stets auf der Hut vor irgendeiner Gefahr. Warum sie so war, wußte niemand außer mir, weil sie ja nie ein Wort sagte. Aber am Abend, wenn der Lampenschein an der Decke und den Wänden tanzte, wurden ihre kleinen weißen Hände sehr beredt. Sie hüpften und flatterten mit den Schatten, glitten schwebend auf und nieder wie fahle Schwalben im Zwielicht. Big Ma schaute zu und schüttelte nur den Kopf: »Ai-ya, wie sonderbar, wie sonderbar.« Und Du Yun kicherte verständnislos wie eine Schwachsinnige bei einem Theaterstück. Ich allein begriff, was die kleine Lili mit ihrer Schattensprache ausdrücken wollte. Ich wußte, daß ihre Hände nicht von dieser Welt waren. Denn ich war ja auch ein Kind, noch nicht allzuweit weg von der Zeit vor diesem Leben. Und so erinnerte ich mich auch daran, daß ich einst ein Geist gewesen war, der diese Erde in Gestalt eines Vogels verließ.

Alle im Dorf neckten Du Yun wegen ihrer Ziehtochter. »Dein kleiner Honigkuchen ist wohl ein bißchen sonderbar, ah?« Doch hinter unserer Hofmauer zerrissen sie sich ungeniert das Maul, und ich mußte den boshaften Klatsch oft genug mit anhören.

»Das Mädchen ist so verwöhnt worden, daß sie davon durchgedreht ist«, giftete unsere Nachbarin Wu. »Sie kommt bestimmt aus einem reichen Bürgerhaus. Du Yun sollte sie ordentlich prügeln, mindestens dreimal pro Tag, damit sie wieder zur Vernunft kommt.«

»Sie ist besessen«, raunte eine andere. »Ein toter japanischer Pilot ist vom Himmel herabgestürzt und in sie gefahren. Darum kann sie auch kein Chinesisch sprechen, nur so komisch jaulen und mit den Händen wedeln wie ein Kamikazeflieger.«

»Ach was, sie ist bloß stockdumm«, meinte eine dritte. »Ihr Kopf ist so hohl wie eine Kürbisflasche.«

Du Yun war der Auffassung, daß Lili nur deshalb nicht sprach, weil Du Yun für sie sprechen konnte. Eine Mutter weiß immer, was für ihre Tochter am besten ist, sagte sie, was sie essen sollte, was sie denken und fühlen sollte. Und was Lilis eigenartige Schattenspiele betraf, das sei ganz einfach der Beweis, daß ihre Tochter von adeligen Hofdamen abstammte. »Wah!« entgegnete Big Ma, »dann sind ihre Hände ja konterrevolutionär, und eines Tages wird man sie ihr abschlagen. Besser, du bringst ihr beizeiten bei, sich wie unsereins in die Finger zu schneuzen!«

Einen Streitpunkt gab es allerdings zwischen Du Yun und ihrer Tochter, und das waren die Frösche. Lili mochte diese kleinen grünen Laubfrösche nicht. Den ganzen Frühling über hörte man sie in der Abenddämmerung ihr Konzert veranstalten, wie Geistertüren, die in den Angeln quietschten: Ahh-wah, ahh-wah, ahh-wah. Big Ma und Du Yun schnappten sich dann Eimer und Netze und machten sich auf den Weg in die sumpfigen Felder. Und all die Frösche hielten die Luft an, um sich hinter ihrem Schweigen zu verbergen. Doch bald vermochten sie ihr Liebessehnen nicht mehr zurückzuhalten: Ahh-wah, ahh-wah, ahh-wah, ging es wieder los, noch lauter als vorher.

»Wer könnte schon einen Frosch lieben?« scherzte Du Yun, und Big Ma antwortete: »Ich – sobald ich ihn in der Pfanne habe.« Wie leicht diese liebeskranken Tierchen einzufangen waren! Massenweise wanderten sie in die Eimer, glatt und glänzend im Mondlicht. Bei Tagesanbruch standen Big Ma und Du Yun dann am Straßenrand und riefen: »Frösche! Saftige Frösche! Zehn für einen Yuan!« Lili und ich hockten dabei, auf umgedrehten Eimern, das Kinn in die Hand gestützt, und ließen uns von der aufgehenden Sonne langsam die Wange, den Arm, das Bein wärmen.

Auch wenn das Geschäft noch so gut lief, hoben Big Ma und Du Yun immer ein gutes Dutzend Frösche zum Mittagessen auf. Mit sieben leeren und einem halbvollen Eimer tappten wir schließlich heimwärts, und Big Ma entfachte ein großes Feuer an der Kochstelle im Hof. Sobald Du Yun in den Eimer langte, um einen Frosch herauszuholen, ging Lili hinter mir in Deckung. Ich fühlte sie angstvoll beben wie der Frosch in Du Yuns Hand, der seine Kehle in hastigen Atemstößen aufpumpte.

»Jetzt seht mir gut zu«, sagte Du Yun zu uns Mädchen. »So nimmt man am besten einen Frosch aus.« Sie drehte den Frosch auf den Rücken und schnitt ihn – zzzzzt! – mit einer scharfen Schere von unten nach oben auf, steckte den Daumen in den Spalt und holte mit einem Ruck den Magen voller Moskitos und blauschillernder Fliegen heraus. Noch ein kurzer Ruck an der Kehle, schon glitt die Haut ab und hing wie ein geschrumpftes Kriegerkostüm zwischen Du Yuns Fingern. Dann ging es schnipp, schnipp, schnipp, und der Frosch war in kleine Stücke zerteilt, bis auf den Kopf, der weggeworfen wurde.

Während Du Yun die Frösche nacheinander aus ihrer Haut pellte, hatte Lili sich die Faust zwischen die Zähne geklemmt, wie ein Sandsack, der ein Leck im Deich verstopft. So erstickte sie ihre Schreie. Und als Du Yun die Pein in ihrem Gesicht sah, gurrte sie beschwichtigend: »Baby-ah, warte noch ein bißchen, Mama wird dir gleich was Feines zu essen geben.«

Ich allein wußte, was Lilis stumme Entsetzensschreie bedeuteten. In ihren Augen konnte ich erkennen, was sie einst gesehen hatte, so klar, als wären ihre Erinnerungen meine eigenen. Daß dieses Schlitzen und Häuten die Art und Weise war, wie ihre Eltern hingemetzelt wurden. Daß sie alles mit angesehen hatte, von ihrem Vater zwischen dem Laubwerk eines Bäumchens versteckt. Daß in dem Baum ein Pirol lauthals zwitscherte, um sie von seinem Nest abzuhalten. Aber sie durfte keinen Laut von sich geben, weil sie ihrer Mutter versprochen hatte, ganz still zu sein. Darum redete sie nie. Sie hatte es ja ihrer Mutter gelobt.

Nach zwölf Minuten flogen zwölf zerteilte Frösche und ihre Häute in die Pfanne und brutzelten im heißen Öl, so heftig, daß ein paar Beine prompt heraussprangen – wah! – und Du Yun sie mit einer Hand auffing, während die andere unbeirrt weiterrührte. So gut verstand Du Yun sich aufs Fröschebraten.

Aber die kleine Lili konnte das gar nicht schätzen. Im flakkernden Lampenlicht sah sie zu, wie wir anderen uns über das leckere Mahl hermachten und eifrig das zarte Fleisch von den Knochen sogen, die nicht dicker waren als Sticknadeln. Am besten schmeckten die Häute, wunderbar knusprig und würzig. Am zweitliebsten mochte ich die delikaten Knöchelchen direkt über den Füßen.

Du Yun blickte immer wieder auf und ermahnte ihre neue Tochter liebevoll: »Nun stochere nicht so in deinem Teller herum, iß, mein Schatz, iß!« Aber Lilis Hände flatterten abwehrend hoch und taumelten mit den Schatten um die Wette. Dann wurde Du Yun traurig, weil ihre Tochter die Speise verschmähte, die ihr doch stets so vorzüglich gelang. Man sah es ihrer betrübten Miene an, wie sehr sie dieses Findelkind vergötterte. Und ich wußte, daß Lili sich alle Mühe gab, ihr diese Liebe mit den Überresten ihres geschundenen Herzens zu vergelten. Sie folgte Du Yun auf Schritt und Tritt durchs Dorf, sie streckte den Arm hoch, damit ihre neue Mutter sie an die Hand nehmen konnte. Aber in den Nächten, wenn die Frösche ihr Konzert anstimmten und Du Yun ihre schaukelnden Eimer ergriff, drückte Lili sich in die hinterste Ecke und begann, vor sich hinzufiepen: Lili-lili-lili.

So habe ich sie in Erinnerung. Wir waren gute Freundinnen. Wir wohnten im selben Haus. Wir schliefen im selben Bett. Wir waren wie Schwestern. Auch ohne Worte wußten wir, was die andere empfand. So jung, wie wir waren, hatten wir doch beide schon Leid erlebt, und nicht nur unser eigenes. Wir wußten etwas vom Leid der Welt. Ich hatte meine Eltern verloren, und sie die ihren.

Das Jahr, in dem Du Yun ihren Honigkuchen am Wegrand auflas, war anders als sonst, ein Jahr ohne Überschwemmung. Früher hatte es in unserem Dorf immer reichlich Regen gegeben und mindestens eine Überschwemmung im Frühjahr. Plötzlich ausufernde Wasserfluten, die durch unsere Häuser schwappten, die Böden von Ungeziefer und Ratten reinigten, Pantoffeln und Fußschemel mitrissen und alles in die Felder hinausschwemmten. Doch in dem Jahr, als Lili auftauchte, blieb die Überschwemmung aus, obwohl der Regen noch für die Saat und die Frösche ausreichte. Die Leute im Dorf wunderten sich: »Komisch, warum werden wir diesmal verschont? Liegt das vielleicht an dem Mädchen, das Du Yun aufgelesen hat?«

Im nächsten Jahr blieb auch der Regen aus. In allen Dörfern ringsum regnete es wie üblich, es stürmte, goß und nieselte – nur bei uns kam nichts herunter. Kein Regen für die Frühlingssaat. Kein Regen für die Sommerernte. Kein Regen, kein Reis, kein Wasser, kein Futter für die Schweine. Die Felder trockneten aus, und die toten Frösche lagen überall wie verdorrte

Zweige herum. Die Insekten krabbelten zwischen den verkrusteten Schollen hervor. Die Enten verdursteten, und wir aßen sie. Sie waren nur noch Haut und Knochen. Wenn wir zu lange auf die Berggipfel starrten, erschienen sie unseren hungrigen Augen wie geröstete Süßkartoffeln mit verlockend aufgeplatzter Schale. Es war ein schreckliches Jahr, so schrecklich, daß die Leute im Dorf bald munkelten, Lili, die Verrückte, sei schuld an dem ganzen Unglück.

An einem schwülen Sommertag nun hockten Lili und ich in dem ausgetrockneten Graben nahe bei unserem Haus. Wir warteten auf unser Traumboot, das uns ins Land der Zauberkönigin bringen sollte. Plötzlich hörten wir ein langgezogenes Grummeln am Himmel, dann einen Donnerschlag – *kwahhh!* –, und ein eisiger Hagelschauer brach los. Ich war ja so freudig erschrocken! Es blitzte und donnerte gleichzeitig, und ich jubelte: »Endlich wird unser Boot flott!« Lili lachte. Zum erstenmal hörte ich sie lachen. Ich sah, wie sie die Hände nach den Blitzen ausstreckte.

Der Regen rauschte gurgelnd die Berghänge hinab und füllte all ihre Spalten und Rinnen auf. Und die Kanäle konnten die niederstürzenden Wassermengen gar nicht schnell genug schlucken. Bald verwandelte sich unser gemütlicher kleiner Graben in einen braunen Fluß, der um unsere Beine wirbelte und uns in seinen schaumigen Strudeln mit fortriß. Kopfüber schlitterten wir in der tosenden Strömung dahin, bis das Wasser uns in ein Feld hinausspie.

Durch all das Gewisper um mich her konnte ich mir dann später zusammenreimen, was geschehen war. Als Big Ma und Du Yun uns aus dem Wasser zogen, waren wir beide bleich und reglos, in Schlingpflanzen eingewickelt, zwei durchweichte Kokons, aus denen kein Atemhauch mehr zu spüren war. Sie holten uns den Schlamm aus Mündern und Nasen, sie zogen uns die triefenden Lianen aus den Haaren. Meine schmächtigen Knochen waren zerschmettert, Lilis robuster

Körper dagegen unversehrt. Sie hüllten uns in Abschiedskleider. Dann gingen sie in den Hof, wuschen zwei überzählige Schweinetröge aus und schlugen die Sitzflächen von zwei Bänken ab, um sie als Deckel zu verwenden. Sie betteten uns in diese armseligen kleinen Särge, setzten sich nieder und weinten.

Zwei Tage lang blieben wir in diesen Särgen liegen. Big Ma und Du Yun warteten, daß der Regen aufhörte, damit sie uns in dem steinigen Boden begraben konnten, wo nie etwas wuchs. Am dritten Morgen kam ein mächtiger Wind auf und blies die Wolken fort. Die Sonne schien, und Du Yun und Big Ma öffneten die Särge, um unsere Gesichter ein letztes Mal zu sehen.

Ich fühlte Fingerkuppen über meine Wange streichen. Ich schlug die Augen auf und erblickte Du Yun, die selig von einem Ohr zum anderen griente. »Sie lebt!« schrie sie. »Sie lebt!« Sie griff nach meinen Händen und rieb sie über ihr Gesicht. Und dann äugte Big Ma ebenfalls auf mich nieder. Ich war ganz benebelt im Kopf.

»Ich will aufstehen.« Das war das erste, was ich sagte. Big Ma fuhr erschrocken zurück. Du Yun ließ meine Hände los. Ich hörte sie aufheulen: »Wie kann das sein! Das gibt's doch nicht!«

Ich setzte mich auf. »Big Ma«, sagte ich, »was ist denn los?« Sie fingen an zu schreien, so ein gräßliches Gekreische, daß mir vor Angst fast der Kopf platzte. Ich sah Big Ma zu dem anderen Sarg rennen. Sie riß hastig den Deckel auf. Ich sah mich selbst dort drin liegen. Mein armer zerschlagener Körper! Und dann schwanden mir die Sinne, ich fiel zurück, und bis zum Abend erinnere ich mich an nichts mehr.

Als ich wieder erwachte, lag ich auf dem Kinderbett, das ich immer mit Lili geteilt hatte. Big Ma und Du Yun standen an der Türschwelle. »Big Ma«, sagte ich gähnend. »Ich hab einen bösen Traum gehabt.«

Big Ma zuckte zusammen. »Ai-ya, sieh mal, sie spricht.«

Ich setzte mich auf und rutschte von dem Bett herab, und Big Ma schrie: »Ai-ya, sieh mal, sie bewegt sich!« Ich stand auf und beschwerte mich, daß ich Hunger hätte und Pipi machen müßte. Big Ma und Du Yun wichen vor mir zurück. »Geh weg, du, oder ich schlag dich mit Pfirsichzweigen!« schrie Big Ma.

Und ich sagte: »Big Ma, wir haben doch gar keinen Pfirsichbaum.« Sie schlug die Hand vor den Mund. Damals wußte ich nicht, daß Geister sich vor Pfirsichzweigen fürchten sollten. Später erfuhr ich natürlich, daß das nur ein dummer Aberglaube war. Ich hab seitdem viele Geister danach gefragt, und alle haben sie bloß gelacht: »Angst vor Pfirsichzweigen? Aber woher denn!«

Na, auf jeden Fall mußte ich dringend meine Blase erleichtern. Ich konnte kaum noch an mich halten. »Big Ma«, sagte ich, so höflich ich konnte, »ich möchte mal schnell zu den Schweinen raus.« Neben dem Schweinekoben hatten wir eine kleine Grube mit einem Balken, auf dem man sich abstützen konnte, während man sein Geschäft erledigte.

Doch Big Ma erlaubte mir nicht, nach draußen zu gehen. Sie trat auf mich zu und spuckte mir ins Gesicht. Das war noch so ein Aberglaube: Spuck auf die Geister, und sie verschwinden. Aber ich verschwand nicht. Ich machte mir in die Hose, ein warmes Rinnsal, das mir die Beine hinabtropfte und eine dunkle Pfütze auf dem Boden bildete. Jetzt war ich sicher, daß Big Ma mich schlagen würde, doch statt dessen sagte sie nur: »Sieh mal, sie pinkelt.«

Und Du Yun sagte: »Wie kann das sein? Ein Geist pinkelt nicht.«

»Mach doch die Augen auf, du dumme Ziege. Sie pinkelt wirklich!«

»Ist sie denn nun ein Geist, oder ist sie keiner?«

Sie stritten sich noch eine Weile über die Farbe, den Geruch und die Größe meiner Pfütze. Schließlich kamen sie überein, mir etwas zu essen anzubieten. Sie meinten wohl, wenn ich ein Geist wäre, würde ich die Bestechungsgabe annehmen und mich davonmachen. Wäre ich aber ein kleines Mädchen, würde ich aufhören, mich zu beklagen, und mich wieder schlafen legen, was ich auch tat, nachdem ich ein bißchen von einer kalten Reiskugel gegessen hatte. Ich schlief und träumte, daß alles, was passiert war, nur ein einziger langer Traum gewesen sei.

Als ich am nächsten Morgen aufwachte, erzählte ich Big Ma, daß ich einen furchtbaren Alptraum gehabt hätte. »Du schläfst ja immer noch«, sagte sie. »Jetzt steh auf. Wir bringen dich zu jemandem, der dich aus diesem Traum wecken wird.«

Wir wanderten zu einem Dorf, das Entenrückkehr hieß, sechs *li* südlich von Changmian gelegen. In diesem Dorf wohnte eine blinde Frau, die Dritte Tante hieß. Sie war nicht mit mir verwandt. Dritte Tante, das war nur so ein Name, den man Frauen gab, um die Bezeichnung »Geisterbeschwörerin« zu vermeiden. In ihrer Jugend war sie in der ganzen Gegend für ihre Fähigkeiten, mit Geistern zu reden, berühmt gewesen. Als sie in die Jahre kam, hatte sie sich von einem christlichen Missionar bekehren lassen und die Zwiesprache mit Geistern durch die Kommunion mit dem Heiligen Geist ersetzt. Unter der Reformation durch die Volksarmee hatte sie den Heiligen Geist dann auch aufgegeben, und nun, da sie alt war, wußte sie nicht mehr, ob sie bekehrt oder reformiert war, denn sie hatte alles wieder vergessen, was man ihr einst aufgenötigt hatte.

Als wir ihre Hütte betraten, saß Dritte Tante auf einem Schemel mitten im Raum. Big Ma schubste mich vor. »Kannst du uns bitte sagen, was mit dem Kind los ist?« fragte Du Yun in kläglichem Ton. Dritte Tante nahm meine Hände zwischen ihre schwieligen Altweiberklauen. Sie hatte weißliche Augen, wie ein bewölkter Sommerhimmel. Es war mucksmäuschenstill im Zimmer, ich hörte nichts als meinen Atem. Endlich verkündete die blinde Seherin: »In diesem Mädchen verbirgt sich ein Geist.« Big Ma und Du Yun japsten erschrocken auf. Und ich begann, um mich zu schlagen, um mich von dem Dämon zu befreien.

»Aber was können wir da machen?« jammerte Du Yun.

Dritte Tante sagte: »Nichts könnt ihr machen. Das Mädchen, das vorher in diesem Körper gelebt hat, will nicht zurückkommen. Und das Mädchen, das jetzt darin lebt, kann nicht hinaus, bis sie die andere wiederfindet.« Und just in dem Augenblick sah ich sie, Lili, wie sie mich durchs Fenster anstarrte. Ich streckte den Finger aus und rief: »Da! Da ist sie ja!« Doch als ich mit der gleichen Geste auf mich zeigen und meine Worte gleichzeitig aussprechen sah, begriff ich, daß ich nur meine eigene Spiegelung in der Fensterscheibe erblickt hatte.

Auf dem Rückweg gerieten Big Ma und Du Yun wieder in heftigen Streit und sagten Dinge, die ein kleines Mädchen niemals hören sollte.

»Am besten, wir begraben sie ganz einfach in der Erde, wo sie hingehört«, äußerte Big Ma.

»Nein, nein«, wehrte Du Yun entsetzt ab. »Dann kommt sie voller Zorn als Rachegeist wieder und nimmt dich und mich womöglich noch mit.«

»Hör auf mit diesem Geistergerede!« fauchte Big Ma. »Wir können doch nicht mit einem Geist heimkommen. Selbst wenn sie wirklich einer sein sollte – wah! Was kriegen wir dann für Scherereien!«

»Aber wie sollen wir den Leuten das erklären, wenn sie dieses Mädchen sehen und die Stimme der anderen hören . . .«

Bis wir in Changmian ankamen, hatten Big Ma und Du Yun beschlossen, so zu tun, als sei nichts weiter mit mir vorgefallen. Das war bei uns die übliche Methode, mit Problemen umzugehen. Wenn irgend etwas schiefging, tat man einfach, als sei es ganz in Ordnung so. Was verkehrt war, wurde als richtig hingestellt. Und falls jemand sagte: »Wah, dieses Mädchen muß doch ein Geist sein«, würde Big Ma eben antworten:

»Du irrst dich, Genosse. Nur Leute mit reaktionärer Gesinnung glauben heutzutage noch an Geister.«

Bei Lilis Beerdigung starrte ich auf meinen eigenen Körper im Sarg. Ich weinte um meine Freundin, ich weinte um mich selbst. Die anderen Trauergäste wußten immer noch nicht, wer von uns beiden nun eigentlich tot war. Sie riefen schluchzend meinen Namen. Und als Big Ma sie verbesserte, riefen sie schluchzend Lilis Namen. Dann brach Du Yun in lautes Wehklagen aus.

Viele Wochen lang jagte ich allen Angst ein, die meine Stimme aus diesem gespitzten kleinen Mündchen kommen hörten. Keiner wollte mit mir reden. Keiner wollte mich berühren. Keiner wollte mit mir spielen. Sie beobachteten mich beim Essen. Sie beobachteten mich, wenn ich die Straße hinabging. Sie beobachteten mich, wenn ich weinte. Eines Nachts wachte ich im Dunkeln auf und fand Du Yun an meinem Bett vor, flehentlich bittend: »Mein kleiner Honigkuchen, Schätzchen, komm doch zu deiner Mama zurück.« Sie ergriff meine Hände und hob sie der Kerzenflamme entgegen. Als ich mich losriß, wedelte sie unbeholfen mit den Armen, so trostlos, so mitleiderregend wie ein Vogel mit gebrochenen Flügeln. Ich glaube, das war der Moment, in dem sie begann, sich für ihre Tochter zu halten. So ist es, wenn man einen Stein im Herzen hat und ihn niemals mehr loswerden kann. Vielen Leuten in unserem Dorf erging es nicht anders, und sie verstanden, wie ihr zumute war. Also taten sie so, als wäre ich kein Geist, als wäre ich immer das rundliche Mädchen gewesen, und Lili das schmächtige. Sie taten so, als sei es nicht weiter bemerkenswert, daß diese Frau in ihrer Mitte sich auf einmal Du Lili nannte.

Mit der Zeit kamen die Regenfälle wieder, und dann auch die Überschwemmungen, und dann wieder neue Führer, die uns aufriefen, noch härter zu arbeiten, um das Alte zu tilgen und das Neue aufzubauen. Die Saat ging auf, die Frösche quakten, die Jahreszeiten wechselten sich ab, und wenngleich verändert, ging alles schließlich doch seinen gewohnten Gang.

Eines Tages kam eine Frau aus einem anderen Dorf und fragte Big Ma: »Sag mal, warum nennst du dieses pummelige Mädchen Pfannkuchen?« Und Big Ma schaute mich an und versuchte, sich zu erinnern. »Früher war sie mal ganz dürr«, erklärte sie, »weil sie keine Frösche essen mochte. Jetzt kann sie gar nicht genug davon kriegen.«

Siehst du, so hatten sie alle beschlossen, sich nicht mehr an die Wahrheit zu erinnern, bis sie tatsächlich vergessen hatten, wie es damals gewesen war. Sie vergaßen, daß es einst ein Jahr ohne Überschwemmung gegeben hatte. Sie vergaßen, daß Du Lili früher Du Yun hieß. Sie vergaßen, welches von den beiden Mädchen ertrunken war. Big Ma schlug mich immer noch, aber nun hatte ich mehr Fett am Körper, und ihre Fäuste taten mir nicht mehr so weh.

Sieh dir diese Hände an. Manchmal glaube ich sogar selbst, daß es immer meine gewesen sind. Manchmal glaube ich, daß mein früherer Körper nichts als ein Traum war, den ich mit der Wirklichkeit verwechselte. Aber dann erinnere ich mich wieder an einen anderen Traum.

In diesem Traum bin ich in die Yin-Welt eingegangen. Dort habe ich so viele seltsame Dinge gesehen. Vogelschwärme, die ankamen, andere, die wegflogen. Lili, die zusammen mit ihren Eltern davonschwebte. Ich wußte, daß ich tot war, und ich wünschte mir so sehr, meine Mutter zu sehen. Doch ehe ich sie finden konnte, sah ich eine kleine Gestalt auf mich zugelaufen kommen, mit ärgerlicher, besorgter Miene.

»Du mußt zurück«, rief sie. »In sieben Jahren werde ich wiedergeboren, das ist alles schon bestens geplant. Du hast versprochen, so lange abzuwarten. Weißt du das denn nicht mehr?« Und sie schüttelte mich, schüttelte mich so lange, bis es mir wieder einfiel.

Ich flog zurück in die sterbliche Welt. Ich versuchte, wieder in meinen Körper zu schlüpfen. Doch so sehr ich mich auch abmühte, es wollte mir nicht gelingen, mein armer dürrer Leichnam war ganz kaputt. Und dann hörte plötzlich der Regen auf. Die Sonne kam hervor. Du Yun und Big Ma waren schon dabei, die Särge zu öffnen. Ich mußte mich beeilen, was sollte ich denn tun?

Sag selbst, Libby-ah, habe ich da einen Fehler gemacht? Ich hatte doch keine Wahl. Wie hätte ich sonst das Versprechen halten können, das ich dir gegeben hatte?

# *Sechs-Rollen-Hühnchen*

»Erinnerst du dich jetzt?« fragt Kwan.

Gebannt betrachte ich ihre rundlichen Wangen, ihren kleinen, erwartungsvoll geschürzten Mund. Es ist, als blickte man auf ein Hologramm: Unter der matt schimmernden Oberfläche erschließt sich das dreidimensionale Bild eines ertrunkenen Mädchens.

»Nein«, sage ich.

Ist Kwan – das heißt, diese Frau, die behauptet, meine Schwester zu sein – in Wahrheit eine Geistesgestörte, die sich seit jeher *vorgaukelte,* sie sei Kwan? Ist die echte Kwan tatsächlich als kleines Mädchen ertrunken? Das würde jedenfalls erklären, wieso das Foto von dem schmächtigen Baby, das unser Vater uns damals gezeigt hatte, so gar keine Ähnlichkeit mit dem pummeligen Mädchen aufwies, das wir am Flughafen in Empfang nahmen. Es würde auch erklären, wieso Kwan meinem Vater, meinen Brüdern und mir in keiner Weise ähnlich sah.

Vielleicht hatten meine kindlichen Wünsche sich also doch erfüllt: Die echte Kwan war gestorben, und aus dem Dorf hatten sie uns dieses andere Mädchen geschickt, im Vertrauen darauf, daß wir nicht in der Lage sein würden, zwischen einem Geist und einem geistig verwirrten Mädchen zu unterscheiden. Aber wie kann Kwan denn nicht meine Schwester sein? Hat irgendein schreckliches Trauma aus ihrer Kindheit sie vielleicht dazu gebracht, sich einzubilden, sie hätte ihren Körper mit dem einer anderen vertauscht? Aber selbst, wenn wir nicht blutsverwandt sind, ist sie dann nicht immer noch meine Schwester?

Zweifellos. Und doch hätte ich gern gewußt, ob irgendwas an ihrer haarsträubenden Geschichte der Wahrheit entspricht.

Kwan lächelt mir zu und drückt meine Hand. Sie zeigt auf einen Vogelschwarm, der über uns hinwegfliegt. Wenn sie doch nur gesagt hätte, es sei eine Elefantenherde. Dann stünde wenigstens außer Frage, daß sie verrückt ist. Wer könnte mir denn sagen, wie es wirklich war? Du Lili? Sie ist nicht zuverlässiger als Kwan. Und Big Ma lebt nicht mehr. Keiner hier im Dorf, der die Zeit damals noch miterlebt hat, spricht etwas anderes als den ortsüblichen Dialekt. Und auch, wenn ich mich mit den Leuten auf mandarin verständigen könnte, wie sollte ich sie denn fragen? »He, sag mal, ist meine Schwester wirklich meine Schwester? Ist sie ein Geist oder bloß ein bißchen gaga?« Doch mir bleibt sowieso keine Zeit zu entscheiden, was ich tun soll. Kwan und ich sind schon bei Big Mas Haus angelangt.

Im großen Wohnraum finden wir Simon und Du Lili dabei vor, wie sie sich angeregt in der universellen Zeichensprache unterhalten. Simon kurbelt ein imaginäres Autofenster herunter, reckt den Kopf vor und schreit: »Na los, mach, daß du da wegkommst!« Er drückt auf eine unsichtbare Hupe und imitiert dann – *»bbbrr-ta-ta! bbbrr-ta-ta!«* – einen Ganoven mit Maschinenpistole, der ihm seine Reifen zerschießt.

Du Lili entgegnet etwas im Changmian-Dialekt, das so etwa klingt wie: »Hnh! Das ist ja noch gar nichts!« Sie mimt einen Fußgänger, der sich mühsam mit bleischweren Einkaufstaschen vorwärts schleppt. Plötzlich zuckt sie auf und springt zurück, Simon fast auf die Zehen, schleudert ihre schweren Taschen von sich und führt mit einer schlangenhaften Handbewegung vor, wie ein Wagen in wildem Zickzackkurs direkt an ihrer Nase vorbei in eine Menschenmenge hineinbraust. Oder vielleicht meint sie auch eine Baumgruppe. Auf jeden Fall fliegen nun jede Menge abgerissene Arme oder Äste durch die Gegend. Zum Ausklang ihres kleinen Dramas tritt sie auf den Fahrer zu und spuckt ihm ins Gesicht, das in dieser Wiedergabe der Eimer neben Simons Schuh ist.

Abgesehen von ihrem Altersunterschied wirken sie wie zwei Frischverliebte, die ihre Scherze miteinander treiben und jeden Vorwand nutzen, sich zu berühren. Ich fühle einen Stich im Herzen, obwohl es ja wahrhaftig keinen Grund zur Eifersucht gibt – was immer an Kwans Geschichte von Du Lili und ihrer verstorbenen Tochter dran sein mag, eins ist sicher: Du Lili ist längst jenseits von Gut und Böse.

Die Scharaden sind zu Ende, und sie verzieht sich mit Kwan in den Hof, um die Vorbereitungen für das Abendessen zu bekakeln. Kaum sind sie außer Hörweite, nehme ich Simon beiseite.

»Wie in aller Welt seid ihr beide denn auf das Thema Verkehrssünder gekommen?«

»Ich hab einfach versucht, ihr von der Schreckensfahrt gestern mit Rocky zu erzählen und von dem Unfall.«

Klingt ganz vernünftig. Ich berichte ihm, was ich von Kwan erfahren habe. »Na, was hältst du davon?«

»Also, erstens mal glaube ich, daß weder Du Lili noch Kwan völlig durchgedreht sind. Und zweitens sind das doch dieselben alten Geschichten, die Kwan dir schon dein ganzes Leben lang verbraten hat.«

»Aber diese hier ist anders. Siehst du das nicht? Vielleicht ist Kwan gar nicht meine Schwester.«

Er runzelt die Stirn. »Na und? Was macht das schon, ob sie wirklich mit dir verwandt ist oder nicht?

»Gut, aber das würde ja heißen, daß es ein anderes Mädchen gab, das *ebenfalls* meine Schwester war.«

»Und wenn schon, was willst du denn machen? Kwan verstoßen?«

»Natürlich nicht! Es ist nur – na ja, ich würde halt gerne wissen, was tatsächlich passiert ist.«

Er zuckt die Achseln. »Wozu? Was macht das denn für einen

Unterschied? Mir reicht auch das, was ich sehe. Du Lili ist sehr nett, und Kwan ist eben Kwan. Das Dorf ist wunderbar. Ich bin froh, hier zu sein.«

»Ja, aber was hat es denn nun wirklich mit Du Lili auf sich? Würdest du ihr zum Beispiel glauben, daß sie erst fünfzig ist? Oder meinst du, Kwan hat recht mit der Behauptung, daß Du Lili . . «

Simon unterbricht mich: »Vielleicht hast du nicht richtig verstanden, was Du Lili zu dir gesagt hat. Du hast doch selber zugegeben, daß du gar nicht so gut Chinesisch kannst.«

»Ich habe nur gesagt, ich kann nicht so gut Chinesisch *sprechen* wie Kwan«, verteidige ich mich gereizt.

»Vielleicht hat Du Lili irgendeinen mißverständlichen Ausdruck gebraucht, ›jung wie ein Frühlingsküken‹ oder so. Und du hast das wortwörtlich aufgefaßt und gedacht, sie hält sich für ein Küken.«

»Sie hat doch gar nichts von einem Küken gesagt!« Meine Schläfen pochen.

»Na bitte, sogar bei mir nimmst du alles wortwörtlich. Das war jetzt doch bloß ein Beispiel, um . . .«

Mir platzt der Kragen. »Warum mußt du ständig deine männliche Überlegenheit herauskehren?«

»Hey, was soll denn das nun wieder? Suchst du Streit? Ich dachte, wir unterhalten uns hier ganz friedlich . . .«

Zum Glück ruft Kwan jetzt aus dem Hof: »Libby-ah! Simon! Kommt schnell! Wir kochen jetzt. Ihr wollt doch Foto machen, nicht?«

Noch immer verärgert, laufe ich in Big Mas Schlafzimmer, um meine Ausrüstung zu holen. Da thront es in seiner ganzen Pracht: das Ehebett. Denk jetzt einfach nicht dran, ermahne ich mich. Ich schaue aus dem Fenster, dann auf meine Armbanduhr. Die Dämmerung bricht an, die blaue Stunde. Wenn es überhaupt je eine Zeit und einen Ort gibt, um mich mit ganzer Leidenschaft meiner Arbeit zu widmen, dann hier und jetzt, in China, wo alles so verrückt und unvorhersehbar ist. Ich greife mir die Leica und stopfe zehn Rollen hochempfindlichen Film in meine Taschen.

Draußen im Hof nehme ich eine numerierte Filmrolle und lege sie ein. Nach dem Regenguß leuchtet der Himmel nun reingewaschen in durchsichtigem Aquarellblau, mit ein paar weißen Wölkchen, die wie Wattebäusche über den Berggipfeln schweben. Ich atme tief durch und rieche den Holzrauch der Küchenfeuer von Changmians dreiundfünfzig Haushalten. Ein würziger Duft, leicht vom Geruch reifer Misthaufen durchmischt.

Ich peile durch den Sucher. Die Lehmziegel der Hofmauer werden sich mit ihrem rötlichbraunen Farbton gut als Hintergrund machen. Der Baum in der Mitte läßt die Blätter hängen – den spare ich wohl besser aus. Der Schweinekoben ergibt ein hübsches Randmotiv – sehr günstig an der rechten Hofseite gelegen, unter einem strohbedeckten, kleinen Vordach, so pittoresk wie der naturgetreue Bühnendekor bei einem Krippenspiel. Doch statt Maria, Joseph und dem Christkind enthält er drei quicklebendige Schweine, die im Dreck herumwühlen, und ein halbes Dutzend Hühner, von denen einem ein Fuß, einem anderen der halbe Schnabel fehlt. In ausgedehnten, dann immer engeren Kreisen pirsche ich mich an mein Objekt heran. Aus den Augenwinkeln sehe ich einen Futtereimer, randvoll mit grauem Reisbrei und Fliegen. Und eine stinkende Grube, ein dunkles, wässeriges Loch. Ich beuge mich vor und erspähe schaudernd ein Tierchen mit grauem Fell und Klumpen von Reiskörnern, die sich bewegen – Maden, was sonst.

Vor meinem inneren Auge sehe ich gutbetuchte, blasierte Konsumenten müßig durch ein schickes Reisemagazin blättern, das sich mit Hochglanzbildern aus der dritten Welt schmückt. Ich weiß, was die Leute sehen wollen. Darum kommt meine Arbeit mir oft so unbefriedigend vor, so spannungslos, ganz auf unverfängliche Gefälligkeit programmiert.

Natürlich bin ich nicht darauf aus, die harsche Realität so schonungslos wie möglich abzubilden, wozu auch? Aber warum muß ich die Welt auf der anderen Seite immer schönfärben? Für wen denn eigentlich?

Zum Teufel mit dem Reisemagazin. Ich prüfe noch mal die Belichtung. Ich werde eben einfach mein Bestes tun, den richtigen Moment einzufangen. Und da sehe ich Du Lili, die sich über die Pumpe bückt und Wasser in eine Blechschüssel zapft. Ich umkreise sie, stelle scharf und fange an zu knipsen. Aber kaum bemerkt sie meine Kamera, wirft sie sich in Pose und zieht ihre alte grüne Jacke zurecht. Aus der Traum von der Spontaneität.

»Du brauchst nicht still zu stehen«, rufe ich ihr zu. »Lauf ruhig herum. Achte nicht auf mich. Tu, was du willst.«

Sie nickt und geht langsam über den Hof, so eifrig bemüht, die Kamera zu ignorieren, daß sie einen Schemel bewundert, auf ein paar Körbe zeigt, die am Baum hängen, eine schlammbedeckte Axt bestaunt, als ob sie kostbarste Kulturschätze vorführe. »Eins, zwei, drei«, zähle ich in meinem ungelenken Chinesisch, und dann mache ich ein paar gestellte Aufnahmen von ihr, um sie nicht zu enttäuschen. »Gut, das hätten wir«, sage ich. »Danke.«

Sie blickt verwirrt drein. »Hab ich's nicht richtig gemacht?« fragt sie mit kläglicher Kinderstimme. Ach so – sie hat auf das Blitzlicht und das Klicken des Auslösers gewartet, was es bei der Leica nicht gibt. Ich entschließe mich zu einer kleinen Notlüge.

»Ich mache jetzt noch keine richtigen Fotos«, erkläre ich, »weißt du, ich schau nur so durch, probeweise.«

Sie lächelt mir erleichtert zu und geht zurück zum Schweinekoben. Sobald sie das Tor öffnet, kommen die Schweine grunzend auf sie zugerannt und recken die Schnauzen nach Leckerbissen. Ein paar von den Hennen gesellen sich hoffnungsvoll dazu. »Ein schönes fettes«, murmelt Du Lili abwägend. Wie ein Dieb schleiche ich durch den Hof und suche unauffällig nach der besten Einstellung. Die sinkende Sonne scheint schräg durch das Strohdach und wirft ein warmes goldenes Licht auf Du Lilis sanfte Züge. Angesichts dieser friedlichen Szene regt sich mein fotografischer Jagdinstinkt. Ich spüre, wie sich etwas in mir löst, die befreiende Kraft der Hingabe. Die Bilder entstehen wie von selbst, von einem Atemzug zum nächsten. Im Unterschied zu anderen Kameras kann ich bei der Leica genau mitkriegen, was ich gerade knipse: Du Lilis Hand mitten in der Bewegung, als sie nach einem Huhn greift, das aufgeregte Geflatter der anderen Hühner, die Schweine, die wie auf Kommando alle gleichzeitig kehrtmachen. Und Simon – auch von ihm mache ich schnell ein paar Aufnahmen, während er sich über seinen Notizblock beugt und schon mal die eine oder andere Idee für die Bildunterschriften festhält. Es ist ganz so wie in früheren Zeiten, als wir noch einträchtig, im gleichen Rhythmus zusammenarbeiteten. Nur, daß er jetzt viel aufmerksamer bei der Sache ist. Seine Augen leuchten. Er schaut lächelnd zu mir herüber.

Ich richte mein Objektiv wieder auf Du Lili. Sie geht zur Pumpe, das gackernde Huhn fest im Griff. Sie hält es über eine weiße Emailschüssel und zückt ein kleines Messer. Wie will sie dem Huhn denn damit den Kopf abhacken? Durch den Sucher sehe ich sie die Klinge an den Hühnerhals drücken. Langsam beginnt sie zu sägen. In dünnem Rinnsal läuft das Blut heraus. Ich bin so verdattert wie das Huhn, das sie jetzt mit dem Kopf nach unten über der Schüssel baumeln läßt.

Im Hintergrund höre ich die Schweine kreischen. Sie schreien wie Menschen in Todesangst. Irgendwer hat mir mal erzählt, daß Schweine in echte Panik geraten, wenn sie zur Schlachtbank getrieben werden, daß sie tatsächlich vorausahnen, was sie erwartet. Und ich frage mich, ob sie nicht auch Mitleid für dieses abgestochene Huhn empfinden. Ist das ein Zeichen für Intelligenz oder gar für eine Seele? Trotz all der

Operationen am offenen Herzen und der Nierentransplantationen, die ich fotografiert habe, wird mir nun doch ziemlich mulmig. Aber ich knipse tapfer weiter. Simon hat inzwischen aufgehört, sich Notizen zu machen.

Als die Schüssel halb mit Blut gefüllt ist, läßt Du Lili das Huhn zu Boden fallen. Ein paar grauenhafte Minuten lang sehen wir zu, wie es gurgelnd dahinstolpert. Endlich sackt es mit glasigen Augen vornüber. Tja, also – falls Du Lili sich wirklich für ihre Adoptivtochter hält, muß sie ihr Mitgefühl mit den Vögeln wohl im Laufe ihres langen Lebens eingebüßt haben.

Simon kommt zu mir herüber. »Das war ja entsetzlich barbarisch. Ich versteh nicht, wie du da so ungerührt weiterfotografieren kannst.«

»Meinst du, bei uns in Amerika geht das Schlachten menschlicher vor sich?« fauche ich gereizt. »Außerdem hat sie es wahrscheinlich nur deshalb so gemacht, damit das Fleisch frei von Giftstoffen ist. Das ist sicher Tradition hier, so etwas wie eine koschere Vorschrift.«

»Koscher! Du spinnst wohl!«

»Gut, aber ich glaube trotzdem, sie macht das aus Gesundheitsgründen so.« Ich wende mich zu Du Lili um und frage sie auf chinesisch.

»*Bu-bu*«, erwidert sie und schüttelt lachend den Kopf. »Wenn ich genug Blut aufgefangen habe, schneide ich sonst immer gleich den Hals durch. Aber diesmal hab ich das Huhn noch ein bißchen tanzen lassen.«

»Wieso denn?«

»Na, für dich!« sagt sie fröhlich. »Für deine Fotos! Macht doch mehr her auf die Weise, findest du nicht?« Sie strahlt mich Anerkennung heischend an. Ich zwinge mich zu einem Lächeln.

»Und, was sagt sie?« will Simon wissen.

»Ja, hm ... du hast recht, koscher ist es nicht.« Doch als ich seine selbstzufriedene Miene sehe, kann ich mich nicht beherrschen; ich muß ihm einen Dämpfer verpassen. »Das heißt, nicht koscher im jüdischen Sinn«, setze ich hinzu. »Es ist mehr so ein altes chinesisches Ritual, eine spirituelle Reinigung ... für das Huhn.« Ich peile erneut durch den Sucher.

Du Lili wirft das Huhn in einen Topf mit kochendem Wasser. Und dann fängt sie an, es mit bloßen Händen unterzutauchen, als wasche sie einen Pullover. Die vielen Schwielen an ihren Händen wirken offenbar wie Asbesthandschuhe. Zuerst scheint Du Lili das tote Huhn nur zu tätscheln, wie zum Trost. Doch dann lösen sich mit jedem Handstrich immer mehr Federn ab, bis der Vogel schließlich nackt und rosa aus seinem Bad auftaucht.

Simon und ich folgen Du Lili zur Freiluftküche. Das Dach ist hier so niedrig, daß wir den Kopf einziehen müssen. Aus einem dunklen Winkel an der Rückseite holt Kwan ein Bündel Zweige und stopft sie in einen Ziegelofen, der bereits angeheizt ist. Über dem Feuer thront ein riesiger Wok, in dem man gut und gern ein ganzes Schwein braten könnte. Sie grient mich über die Schulter hinweg an. »Gute Bilder?«

Wie hatte ich je daran zweifeln können, daß sie meine Schwester ist? Das sind doch alles bloß Ammenmärchen, sage ich mir. Sie hat halt eine blühende Phantasie.

Kwan nimmt das Huhn im Handumdrehen aus und hackt es in Stücke, die sie mitsamt Kopf und Klauen in die blubbernde Brühe wirft. Dann streut sie noch etwas Grünzeug hinein, das wie Mangold aussieht. »Ganz frisch«, bemerkt sie, zu Simon gewandt. »Alles immer ganz frisch.«

»Warst du heute auf dem Markt?«

»Was für Markt? Keine Markt hier. Nur Gemüsegarten, Selbstbedienung.« Simon kritzelt wieder in seinen Notizblock.

Du Lili bringt jetzt die Schüssel mit dem Hühnerblut, das zu einem hellroten Gelee geronnen ist. Sie schneidet es in Würfel und rührt es nach und nach in die Suppe. Während ich die roten Schlieren betrachte, muß ich an die Hexen in *Macbeth* denken, die sich im Feuerschein über einen dampfenden Kessel beugen. Wie ging der Vers noch gleich? »Starken Zauber eingemischt«, zitiere ich. »Höllenbrei im Kessel zischt.«

Simon blickt auf. »Hey, das habe ich auch gerade gedacht.« Er lehnt sich schnuppernd vor: »Das ist guter Stoff für unseren Artikel.«

»Vergiß nicht, wir müssen den guten Stoff auch noch selber essen.«

Während das Feuer herunterbrennt, schwindet auch das letzte Tageslicht. Ich schiebe die Leica in meine Jackentasche. Gott, was bin ich hungrig. Wenn ich mich nicht durchringen kann, die blutige Hühnerbrühe zu essen, was bleibt mir dann noch zur Auswahl? Es gibt weder Käse noch Schinken im Kühlschrank – es gibt ja gar keinen Kühlschrank. Und falls ich Schinken wollte, müßte ich erst mal so ein kreischendes Schwein schlachten. Doch es bleibt mir keine Zeit, nach Alternativen zu suchen. Kwan bückt sich, packt den riesigen Wok bei den Henkeln und stemmt ihn hoch wie ein Gewichtheber. »Essen«, verkündet sie.

Mitten im Hof hat Du Lili mittlerweile ein kleines Reisigfeuer in einem Eisenring entzündet. Kwan setzt den Wok darauf, und Du Lili teilt Schüsseln, Stäbchen und Teeschalen aus. Auf ihren Wink hin kauern wir uns rings um unsere improvisierte Speisetafel nieder. »Eßt, eßt«, ermuntert uns Du Lili und deutet mit ihren Stäbchen auf den dampfenden Kochtopf. Ich spähe vorsichtig hinein, auf der Suche nach irgendeinem harmlosen Stückchen, das meiner Vorstellung von abgepackten Fleischportionen aus dem Supermarkt halbwegs entsprechen könnte. Doch ehe ich fündig werde, angelt Du Lili schon einen Hühnerfuß heraus und legt ihn mir in die Schüssel.

»Nein, nein, nimm du das«, protestiere ich hastig auf chinesisch. »Ich kann mir doch selbst auftun.«

»Nun zier dich nicht so«, wehrt sie ab. »Iß, bevor es kalt wird.«

Simon grinst. Ich befördere die Klaue in seine Schüssel. »Iß, iß«, sage ich mit einem verbindlichen Lächeln und schnappe mir meinerseits eine Keule. Simon starrt düster auf den vorhin noch tanzenden Hühnerfuß. Er nimmt einen zaghaften Bissen und kaut mit bedächtiger Miene. Nach einer Weile nickt er Du Lili höflich zu. »Hmm-mmm. Gut, sehr gut.« Sie strahlt, als hätte sie gerade einen Michelinstern zugesprochen bekommen.

»Das war aber nett von dir, so zu tun, als ob es dir schmeckt.«

»Es schmeckt aber wirklich«, entgegnet er. »Ich hab das nicht bloß aus Höflichkeit gesagt.«

Mit langen Zähnen knabbere ich an dem Hühnerbein. Keinerlei Blutgeschmack. Das Fleisch zergeht auf der Zunge! Ich nage die Keule bis auf den Knochen ab, nippe von der Brühe, die unglaublich aromatisch, sämig und doch leicht ist. Ich lange in den Topf und fische einen Flügel heraus. Genüßlich kauend stelle ich fest, daß chinesische Hofhühner noch viel köstlicher sind als selbst das beste amerikanische Geflügel. Ob es vielleicht an dem Futter liegt, das sie bekommen? Oder gar an dem Blut in der Brühe?

»Wie viele Filmrollen hast du verbraucht?« erkundigt sich Simon.

»Sechs.«

»Dann taufen wir das hier jetzt das Sechs-Rollen-Hühnchen.«

»Es war aber eine ausgewachsene Henne.«

»Ich taufe es ja auch Du Lili zu Ehren, die ebenfalls kein junges Hühnchen mehr ist, wie du selber angemerkt hast.« Simon krümmt sich mit gespielter Unterwürfigkeit und winselt in Quasimodo-Manier: »Bitte, Herrin, schlag mich nicht.«

Ich mache ein Kreuzzeichen über seinem Kopf. »Na gut, du Hampelmann, es sei dir verziehen.«

Du Lili hält eine Flasche mit einer farblosen Flüssigkeit hoch. »Als die Kulturrevolution vorbei war, habe ich diesen Schnaps gekauft«, erklärt sie. »Aber die letzten zwanzig Jahre hatte ich keinen Grund zum Feiern. Heute abend habe ich drei.« Sie gießt mir die Teeschale voll, mit einem langgezogenen Seufzer, ahhhh, als ob sie ihre Blase erleichterte, statt Schnaps einzuschenken. Sobald unsere Schalen alle randvoll sind, hebt sie die ihre an die Lippen – »*Gan-bei*!« – und schlürft lautstark, den Kopf immer weiter zurückneigend, bis die Schale geleert ist.

»Du siehst?« sagt Kwan auf englisch. »Muß man Schale in eine Zug austrinken, bis alle ist.« Sie kippt die ihre. »Ahhhh!« Du Lili schenkt sich und Kwan gleich noch mal ein.

Also, wenn sogar Kwan, die Abstinenz in Person, dies hier so ohne weiteres herunterkippen kann, ist es bestimmt nicht allzu stark. Simon und ich stoßen an, nehmen einen tüchtigen Schluck und fangen sofort an zu röcheln wie Grünschnäbel in einer Cowboybar. Kwan und Du Lili klopfen sich unter schallendem Gelächter auf die Schenkel und zeigen auf unsere Trinkschalen, die immer noch halbvoll sind.

»Was ist denn das für ein Zeug?« japst Simon. »Ich glaub, das hat mir gerade die Mandeln weggeätzt.«

»Gut, ah?« Kwan füllt seine Schale auf, ehe er es ihr verwehren kann.

»Das schmeckt ja nach Schweißlatschen«, mault er. Kwan schmatzt anerkennend und nickt.

Zwanzig Minuten später, nach drei weiteren Runden, bin ich immer noch klar im Kopf, doch meine Füße sind eingeschlafen. Ich stehe auf und schüttele die Beine, die bald schmerzhaft zu kribbeln beginnen. Simon tut es mir gleich.

»Das hat ja widerlich geschmeckt.« Er streckt die Arme aus. »Aber weißt du, was? Ich fühle mich großartig.«

Kwan übersetzt für Du Lili: »Er sagt, gar nicht übel.«

»Wie heißt dieses fabelhafte Getränk denn überhaupt?« fragt Simon. »Vielleicht sollten wir was davon in die Staaten mitnehmen, wenn wir zurückfahren.«

»Diese Getränk«, sagt Kwan feierlich, »wir nennen hier Mäusewein. Ist sehr berühmt in Guilin. Schmeckt gut, ist auch gut für Gesundheit. Braucht lange zum Herstellen. Zehn, vielleicht auch zwanzig Jahre.« Sie fordert Du Lili mit einer Handbewegung auf, uns die Flasche zu zeigen. Du Lili hält die Flasche hoch und tippt auf das rotweiße Etikett. Sie reicht sie uns herüber, fast schon leer.

»Und was ist das da unten drin?« fragt Simon.

»Maus«, erklärt Kwan. »Darum heißt ja Mäusewein.«

»Aber was ist es denn wirklich?«

»Schau doch.« Kwan deutet auf den Flaschenboden, »Maus.«

Bei näherem Hinsehen erkennen wir tatsächlich etwas Graues. Mit einem Schwanz. Irgendwo im Hinterkopf ist mir bewußt, daß ich mich jetzt übergeben müßte. Doch statt dessen schauen Simon und ich uns nur an und fangen an zu lachen. Wir können gar nicht mehr aufhören. Wir lachen, bis uns die Luft wegbleibt, und halten uns die Bäuche.

»Warum lachen wir eigentlich?« schnauft Simon.

»Wahrscheinlich sind wir sturzbetrunken.«

»Komisch, ich fühl mich gar nicht betrunken. Ich fühl mich, tja, ich weiß nicht, einfach nur glücklich, am Leben zu sein.«

»Ich auch. Hey, sieh mal die Sterne da. Kommen die dir nicht größer vor als sonst? Nicht nur heller, sondern auch größer? Mir ist, als würde ich zusammenschrumpfen, und alles andere würde größer.«

»Du jetzt wie winzig kleine Maus«, bemerkt Kwan.

Simon deutet auf die Berggipfel, die schattenhaft jenseits der Hofmauer aufragen. »Und diese Berge dort, wie gigantisch.«

Schweigend starren wir hinüber, bis Kwan mich plötzlich

anstupst. »Jetzt vielleicht du kannst Drachen sehen«, sagt sie. »Zwei Drachen, einen neben andere, ja?«

Ich blinzle angestrengt. Kwan packt mich bei den Schultern und justiert meine Blickrichtung. »Kneif Augen halb zu«, befiehlt sie. »Verscheuch alle amerikanische Sichtweise. Denk chinesisch. Nimm Dinge wahr wie in Traum. Zwei Drachen, eine männlich, eine weiblich.«

Ich öffne die Augen. Es ist, als sähe ich die Vergangenheit im Vordergrund, die Gegenwart als weit entrückten Traum. »Die Berggipfel haben so eine Wellenform«, sage ich und zeichne sie in der Luft nach. »Das sind die gezackten Rückenlinien, stimmt's? Und die Hügelkuppen davor, das sind die Köpfe, mit dem Tal zwischen den beiden langen Schnauzen.«

Kwan täschelt mir den Arm, als sei ich eine Schülerin, die ihre Erdkundelektion brav aufgesagt hat. »Manche Leute denken, o weh, das Dorf liegt direkt neben Drachenmaul, was für böse *feng shui*, keine Eintracht. Aber ich meine, kommt alles nur drauf an, welche Sorte von Drachen. Diese zwei Drachen sehr freundlich, gute *chi* – wie heißt auf englisch, gute *chi*?«

»Gute Ausstrahlung.«

»Jaja, genau.« Sie übersetzt das Ganze schnell für Du Lili.

Nach einem kurzen Wortwechsel in ihrem üblichen Dialekt beginnt Du Lili, lächelnd vor sich hin zu summen: »Daaa, di-da-da, di-da-da.«

Kwan wendet sich an uns zurück. »Okay, Simon, Libby-ah, setzt euch wieder. Du Lili sagt, ich soll euch Geschichte von Drachenliebe erzählen.« Wir rücken alle zusammen wie Pfadfinder um ein Lagerfeuer.

»Also, es war einmal«, beginnt Kwan, und Du Lili lächelt zustimmend, als verstünde sie Englisch. »Vor langer Zeit, zwei schwarze Drachen, Mann und Frau, die lebten hier unter Erde, und jede Frühjahr, wachen auf und steigen aus Boden wie Berge. Von außen sehen aus wie Menschen, nur mit schwarze

Haut, auch sehr, sehr stark. In ein einzige Tag, können zusammen tiefe Graben rund um Dorf ziehen. Wasser läuft von Berge hinab, wird in Graben aufgefangen. Auf die Weise macht nichts, wenn kein Regen kommt. Pflanzen wachsen auch so. Libby-ah, wie heißt diese Art von Graben?«

»Bewässerung.«

»Jaja, und mit diese Verbesserung ...

»Bewässerung.«

»Ja, also mit diese Verwässerung helfen sie ganze Dorf. Und alle lieben diese schwarzen Drachenmenschen. Jahr für Jahr machen große Fest für sie. Aber dann ist neidische Wassergott böse geworden – ›He, da holt jemand Wasser aus meine Fluß, ohne Erlaubnis zu fragen.‹«

»Da haben wir's.« Simon schnippt aufgeregt mit den Fingern. »Der ewige Streit ums Wasser.«

»Jaja. Also gibt viel Streiterei, hin und her, und Wassergott heuert wilde Krieger aus andere Volksstamm an, von sehr weit her, vielleicht Hawaii.« Sie stößt Simon mit dem Ellbogen an. »Hey, bloß ein Witz! Nicht Hawaii, ich weiß nicht, von woher. Okay, diese Krieger töten Drachenmann und Drachenfrau mit tausend Pfeile, aber bevor sterben, Mann und Frau kriechen noch zurück unter Erde, werden wieder zu Drachen. Schaut nur! Ihre zwei Rücken jetzt sechs gleiche Berggipfel nebeneinander. Und da, wo von Pfeile durchgebohrt, jetzt überall Höhlen, mit viele Gänge dazwischen, führen zu Herzkammer. Jetzt, wenn Regen kommt, Wasser fließt durch Berg, läuft durch Löcher wie Tränen, nirgendwo aufgefangen. Wenn unten in Tal ankommt – Überschwemmung! Jede Jahr geht nun so.«

Simon runzelt die Stirn. »Das begreife ich nicht. Wenn es hier jedes Jahr eine Überschwemmung gibt, was ist denn dann das Gute an diesem *chi*?«

»Tss! Überschwemmung ja nicht so schlimm. Gerade genug, um Boden reinzuwaschen. In meine Lebenszeit, nur eine richtig große Überschwemmung, nach lange Dürre, also bringt *chi* doch Glück.«

Nun könnte ich sie daran erinnern, daß sie nur achtzehn Jahre in Changmian gewohnt hat, bis sie nach Amerika zog. Aber wozu ihr die schöne Geschichte miesmachen? »Und was ist dann mit dem Wassergott passiert?« erkundige ich mich.

»Oh, diese Fluß – nicht mehr da. Von Überschwemmung weggespült!«

Simon klatscht so heftig Beifall, daß Du Lili aus ihrem Nickerchen aufschreckt. »Ende gut, alles gut!« Du Lili steht auf, streckt sich und beginnt dann, das Geschirr einzusammeln. Als ich ihr zu Hilfe kommen will, schubst sie mich wieder auf meinen Platz zurück.

»Wo hast du die Geschichte her?« frage ich Kwan.

Sie legt noch ein paar Zweige aufs Feuer. »Die kennt jeder in Changmian. Seit fünftausend Jahren alle Mütter singen diese Geschichte ihre kleine Kinder vor, uralte Schlaflied, heißt ›Zwei Drachen‹.«

»Fünftausend Jahre? Woher weißt du das denn? Das steht doch wohl nirgends geschrieben.«

»Ich weiß, weil – paß auf, ich erzähl dir, ist geheim. Zwischen den zwei Drachen, in kleine Tal hinter unsere Tal, da ist kleine Höhle, führt in andere Höhle, so groß, man kann fast nicht glauben. Und mitten in diese riesige Höhle – ein See, groß genug, um mit Boot drauf zu fahren! Wasser so schön, du hast noch nie gesehen, türkis und gold. Tief, so tief, und leuchtet auch! Selbst wenn man vergessen hat, Lampe mitzubringen, man kann alte Dorf an Ufer sehen ...«

»Ein richtiges Dorf?« wirft Simon aufgeregt ein. »Tatsächlich?«

Mit einem diskreten Wink will ich ihm klarmachen, daß es nur wieder eine von Kwans Phantastereien ist, doch es gelingt mir nicht, seinen Blick aufzufangen.

Kwan ist ganz entzückt von seinem Interesse. »Jaja, uralte Dorf. Wie alt, ich weiß nicht genau. Aber Häuser stehen noch, ohne Dach, aber Steinmauer, durch kleine Türöffnung man kann da reinkriechen. Und drinnen ...«

»Moment mal«, unterbricht Simon. »Warst du selbst in dieser Höhle und hast dieses Dorf gesehen?«

Kwan flunkert dreist: »Aber sicher. Und drinnen in diese Häuser, noch viele Sachen aus Stein, Tisch und Stuhl, und Steintrog mit Henkel, zwei Drachen obendrauf gemeißelt. Da seht ihr, diese Drachengeschichte genauso alt wie Steindorf. Vielleicht auch älter, vielleicht mehr als fünftausend Jahre. Wer kann das so genau wissen?«

Mir läuft es kalt über den Rücken. Sollte das dieselbe Höhle sein, wo sie damals ...? »Wie viele Leute sind denn in diesem Dorf gewesen?« frage ich sie.

»Wie viele? Oh, schwer zu sagen. Häuser sehr klein. Viele können da nicht auf einmal wohnen.«

»Nein, ich meine, gehen da auch jetzt noch manchmal Leute hin?«

»Jetzt noch? Ich glaube nicht. Zu viel Angst.«

»Weil ...«

»Oh, du willst sicher nicht wissen.«

»Na los, Kwan, sag schon.«

»Okay, okay! Aber wenn du Angst kriegst, nicht meine Schuld.«

Simon lehnt sich an die Pumpe. »Erzähl weiter.«

Kwan holt tief Luft. »Also, manche Leute sagen, wenn man da reingeht, nicht nur diese Höhle, jede Höhle in diese Tal, man kommt nie mehr zurück.« Nach kurzem Zögern setzt sie hinzu: »Außer als Geist.« Sie blickt uns prüfend an. Ich lächele. Simon dagegen scheint ernstlich beeindruckt.

»Oh, ich hab's«. Wieder versuche ich, Simons Blick aufzufangen. »Das ist der berühmte Fluch, der über Changmian hängt, wie der Straßenverkäufer in Guilin gesagt hat.«

Simon läuft erregt auf und ab. »Mein Gott! Wenn das wahr ist...«

Kwan schmunzelt. »Du meinst, ist wahr, daß ich Geist bin?«

»Ein Geist?« Simon lacht. »Nein, nein! Ich meine, was du von der Höhle erzählt hast – wenn *das* wahr ist.«

»Natürlich, ist alles wahr. Hab doch schon gesagt, ich selber so gesehen.«

»Weißt du, ich hab nämlich mal irgendwo gelesen, wo war denn das gleich?... Ah ja, jetzt erinnere ich mich, es war in einem Reiseführer, irgendwas über eine Höhle mit Siedlungsresten aus der Steinzeit drin. Olivia, hast du das nicht auch gelesen?«

Ich schüttle den Kopf. Und nun frage ich mich doch, ob ich Kwans Geschichte von Nunumu und Yiban nicht allzu skeptisch ins Reich der Fabel verwiesen habe. »Du meinst, das könnte dieselbe Höhle sein?«

»Nein, das war irgend so eine groß aufgemotzte Touristenattraktion näher bei Guilin. Aber in dem Führer stand auch, daß es hier in der Gegend noch jede Menge unerforschter Höhlen geben muß.«

»Und Kwans Höhle könnte demnach auch eine andere Steinzeitsiedlung...«

»Wäre das nicht einfach unglaublich?« Simon wendet sich wieder Kwan zu. »Du meinst also, außer dir ist da noch keiner gewesen?«

Kwan runzelt die Stirn. »Nein, nein. Viele Leute schon da gewesen.«

Simon macht ein langes Gesicht. »Ach so.«

»Aber jetzt alle tot«, setzt Kwan hinzu.

»Ha!« Simon hebt die Hand wie ein Stopschild. Er fängt wieder an, vor uns auf und ab zu tigern. »Wenn ich dich recht verstehe, weiß also kein Mensch von dieser Höhle. Außer dir, natürlich.« Er wartet auf Kwans Bestätigung.

»Nein, nein. Leute in Changmian wissen Bescheid. Wissen nur nicht genau, wo zu finden.«

»Ach so«, nickt er. »Sie wissen zwar von der Höhle, aber nicht, wo sie gelegen ist.«

»Nicht genau. Gibt ja so viele Geschichten darüber in Changmian!«

»Zum Beispiel?« Mit einer ermunternden Handbewegung bedeutet er ihr, das Wort zu ergreifen.

Sie zieht nachdenklich die Nase kraus, als durchforstete sie ihr umfängliches Repertoire an Geistergeschichten, selbstverständlich alle streng geheim und nur unter dem Siegel der Verschwiegenheit zu erzählen. »Die berühmtesten Geschichten«, sagt sie schließlich, »handeln immer von Ausländer. Wenn die sterben, gibt so viel Ärger!«

Simon nickt mitfühlend.

»Okay, eine von diese Geschichten, ist vielleicht hundert Jahre her, ich hab also nicht selbst erlebt, nur von Leute aus Changmian erzählen hören. Da waren mal vier Missionare, aus England hergekommen, in kleine Wagen mit Sonnenschirm drüber, nur zwei Maulesel davor, um diese dicke Leute zu ziehen, an heiße Sommertag. Zwei Bibeldamen springen heraus, eine jung und nervös, andere alt und herrisch, dann zwei Männer, eine Mann mit Bart, andere Mann so fett, daß unsere Leute ihre Augen nicht trauen. Und diese Ausländer tragen chinesische Kleider – ja! –, sehen aber trotzdem fremd aus. Fette Mann spricht auch bißchen Chinesisch, sehr schwer zu verstehen. Sagt so was wie: ›Können wir hier Picknick machen?‹ Und alle rufen: ›Willkommen, willkommen!‹ Also, setzen sich hin und essen, essen, essen, so viel, man glaubt es gar nicht.«

»War das Pastor Amen?« unterbreche ich sie.

»Nein, nein, ganz andere Leute. Hab doch gesagt, ich hab nicht selbst erlebt, nur gehört. Na, jedenfalls, wenn fertig mit Essen, fette Mann fragt: ›He, wir hören, ihr habt berühmte

Höhle, innen viele alte Häuser. Ihr zeigt uns Weg?‹ Alle fangen an mit Ausflüchten: ›Oh, zu weit zu gehen. Zu viel zu tun. Nichts zu sehen.‹ Also alte Bibeldame, sie hält Bleistift hoch – ›Wer den haben will, bringt uns zur Höhle, kann Stift behalten!‹ Damals, vor langer Zeit, Leute bei uns hatten noch nie so was gesehen – Pinsel ja, aber keine Bleistift. Natürlich, Chinesen haben sicher auch Bleistift erfunden wie so viele andere Sachen – Schießpulver, aber nicht zum Töten, und auch Nudel. Italiener sagen immer, sie haben Nudel erfunden – stimmt nicht, haben nur Chinesen nachgemacht, seit Marco Polo. Außerdem, Chinesen haben Null als Zahl erfunden. Vorher, Leute wußten nicht, daß nichts haben. Jetzt haben alle null.« Kwan lacht herzlich über ihren eigenen Witz. »... Wo ich gerade stehengeblieben?«

»Bei der Bibeldame mit dem Bleistift.«

»Ah ja. In unsere arme Dorf, keiner hatte jemals so ein Ding gesehen. Aber Bibelfrau, sie macht vor, wie man mit Bleistift Zeichen malen kann, einfach so, ohne Tinte. Ein junge Mann mit Namen Hong – träumt immer, besser zu sein als andere –, diese Hong nimmt Bleistift. Heute noch, seine Familie hat Bleistift auf Hausaltar liegen, selbe Stift, der ihn sein Leben gekostet.« Kwan verschränkt mit entschiedener Miene die Arme, wie um anzudeuten, daß die Gier nach Bleistiften eben mit dem Leben bezahlt werden müsse.

Simon fuchtelt mit einem Reisigstock. »Warte mal. Du hast da was ausgelassen. Was ist denn mit den Missionaren passiert?«

»Nie zurückgekommen.«

»Vielleicht sind sie nach Hause gefahren«, schlage ich vor. »Und keiner hat sie aufbrechen sehen.«

»Diese junge Mann, Hong, ist auch nicht zurückgekommen.«

»Vielleicht hat er sich bekehren lassen und ist mit den Missionaren auf und davon.«

Kwan blickt mich zweifelnd an. »Aber wozu? Und warum diese Missionare ohne Wagen, ohne Maulesel fort? Warum Bibelkirche dann später alle mögliche ausländische Soldaten geschickt, um nach verschwundene Missionare zu suchen? So viel Ärger, an alle Türen geklopft – ›Was ist passiert? Wenn ihr nicht redet, wir zünden euch Haus an.‹ Bald hatten alle Leute gleiche Idee, sagen einfach: ›Oh, so schrecklich, wilde Bande von Bergräuber, das ist passiert, Überfall.‹ Und noch heute, alle kennen die Geschichte. Wenn jemand will besser sein als andere, man sagt: ›Hnh! Paß auf, sonst vielleicht später du wirst Bleistiftmann.‹«

»Hörst du?« Ich stupse Simon an.

Kwan setzt sich kerzengerade auf und horcht zu den Bergen hin. »Ah, ihr hört auch?«

»Was denn?« fragen wir beide zugleich.

»Singen. Yin-Leute singen dort.«

Eine Weile sitzen wir stumm und lauschen. Ein leises Säuseln dringt durch die nächtliche Stille. »Das ist doch nur der Wind«, sage ich schließlich.

»Ja! Für die meiste Leute, bloß Wind – *wu! wu!* – pfeift durch Höhle. Aber wenn man hat viel zu bedauern, man hört Yin-Leute rufen: ›Komm her, komm her.‹ Man wird immer trauriger, und Yin-Leute singen immer lauter: ›Beeil dich! komm her, komm schnell!‹ Man geht hinein, nur mal schauen, oh, sie dann ja so froh. Jetzt kann man Platz von Yin-Person nehmen, und die kann in Yin-Welt fortfliegen, endlich Frieden finden.«

»Mit anderen Worten, man löst sich gegenseitig ab wie beim Staffelrennen«, bemerkt Simon.

Ich tue so, als müßte ich lachen, aber so ganz wohl ist mir nicht dabei. Wieso redet Kwan in letzter Zeit so oft davon, den Platz mit Toten zu tauschen?

Kwan wendet sich zu mir. »So, jetzt du weißt auch, warum diese Dorf Changmian genannt. *Chang* heißt ›singen‹, *mian* heißt ›Seide‹, zart und endlos fließend wie Faden. Zarte, fließende Gesang, ohne Ende. Aber manche Leute sprechen ›Changmian‹ mit andere Tonfall aus, und auf diese Weise *chang* heißt ›lang‹, *mian* heißt ›Schlaf‹. Lange Schlaf. Du verstehst doch?«

»Na klar, Schlaflieder«, meint Simon.

»Nein, nein, nein. Lange Schlaf – bedeutet *Tod*. Darum alle hier sagen, Höhle von Changmian bloß nicht betreten, ist Tür zu Yin-Welt.«

Meine Kopfhaut fängt an zu kribbeln. »Und das glaubst du?«

»Wieso glauben? Ich schon da gewesen. Ich weiß. Viele, viele Yin-Leute dort gefangen, warten und warten.«

»Und wie hast du es dann geschafft, wieder zurückzukommen?« Doch ehe sie antworten kann, winke ich hastig ab. »Ich weiß schon, du brauchst es mir nicht zu erklären.« Ich habe keine Lust, zu so später Stunde noch die ganzen alten Geschichten aufzurollen. Mir fallen allmählich die Augen zu, und ich möchte lieber nicht daran denken, daß die, neben der ich im Bett liege, mal im Körper einer Toten gesteckt hat.

Simon hockt sich neben mich. »Ich finde, wir sollten diese Höhle mal besichtigen.«

»Du spinnst wohl!«

»Wieso nicht?«

»Wieso nicht! Da kommt man doch nicht mehr lebend raus!«

»Glaubst du etwa dieses Geistergerede?«

»Natürlich nicht! Aber irgendwas Ungutes muß wohl an der Höhle sein. Gasdämpfe vielleicht oder gefährlicher Steinschlag, einstürzende Gänge, und wer weiß, was noch alles.«

»Ertrinken«, steuert Kwan hilfreich bei. »Viele traurige Leute ertrinken in See, sinken tief, tief auf Grund.«

»Na bitte, hörst du das, Simon? Ertrinken!«

»Aber, Olivia, verstehst du denn nicht? Das könnte doch *die*

Entdeckung sein! Eine echte prähistorische Höhle! Steinzeithäuser, altes Tongeschirr ...«

»Und Knochen«, wirft Kwan ein.

»Und Knochen!« wiederholt Simon. »Was für Knochen?«

»Meistens von Ausländer. Verlaufen sich, erst verlieren Orientierung, dann verlieren Verstand. Aber wollen nicht sterben. Also liegen lange Zeit an Seeufer, bis zu Stein geworden.«

Simon richtet sich auf und schaut stumm zu den Bergen hinüber.

»So begreif doch«, sage ich, »die Leute verlieren da drinnen den Verstand!«

Aber Simon hört nicht mehr zu. Ich weiß, im Geiste sieht er sich schon als tollkühnen Höhlenforscher, der plötzlich auf ungeahnten Erfolgskurs geraten ist. »Kannst du dir vorstellen, was die daheim in der Redaktion sagen werden, wenn wir mit dieser Story ankommen? Wahnsinn! Von Hühnersuppe zu bahnbrechenden archäologischen Entdeckungen! Oder vielleicht sollten wir uns damit lieber gleich an *National Geographic* wenden. Es ist ja nicht so, daß unser Reisejournal ein Exklusivrecht auf den Artikel hätte. Und wir sollten unbedingt auch ein bißchen was von dem Tongeschirr zum Vorzeigen mitnehmen.«

»Mich bringen keine zehn Pferde in diese Höhle.«

»Na gut, dann gehe ich eben allein.«

Das verbiete ich dir, würde ich am liebsten schreien. Aber mit welchem Recht? Er ist mir gegenüber ja zu nichts mehr verpflichtet. Kwan blickt mich abwartend an, und auch sie möchte ich anschreien: Das ist alles deine Schuld! Du und deine verflixten Geschichten! Mit irritierender Besserwissermiene, ganz die ältere Schwester, tätschelt sie mir beschwichtigend den Arm. Ich schüttele ihre Hand ab.

Sie wendet sich zu Simon. »Nein, Simon, allein geht nicht.«

Er fährt herum. »Was? Wieso?«

»Du weißt nicht, wo Höhle zu finden.«

»Na und? Du wirst es mir zeigen.« Er tut ganz so, als sei das schon beschlossene Sache.

»Nein, nein, Libby-ah hat recht, zu gefährlich.«

Simon kratzt sich am Kopf. Wahrscheinlich überlegt er sich schon, mit welchen Argumenten er unseren Widerspruch entkräften könnte, doch einstweilen zuckt er nur die Achseln. »Also, wie dem auch sei, ich schlage vor, wir überschlafen das Ganze erst mal.«

Von beiden Seiten eingekeilt in dem überfüllten Ehebett, liege ich so stocksteif da wie Big Ma in ihrem Sarg. Sämtliche Glieder tun mir weh vor lauter Anspannung, Simon nur ja nicht zu berühren. Zum ersten Mal seit fast zehn Monaten liegen wir im selben Bett. Er ist von Kopf bis Fuß in seine mollige Thermo-Unterwäsche eingepackt. Hin und wieder spüre ich sein Schienbein oder seinen Hintern an meinem Schenkel und rücke vorsichtig ab, bis Kwans spitze Knie oder zappelnde Zehen mich wieder zurücktreiben. Ich werde den Verdacht nicht los, daß sie mich absichtlich zu Simon hinschubst.

Ein seltsames Jaulen ertönt von draußen. »Was war das?« wispere ich.

»Hab nichts gehört«, brummelt Simon. Also ist er auch noch wach.

Kwan gähnt. »Singen aus Höhle. Ich vorhin schon gesagt.«

»Es klingt jetzt aber anders, irgendwie klagend.«

Sie wälzt sich auf die Seite. Bald fängt sie an zu schnarchen, und nach einer Weile werden auch Simons Atemzüge tief und gleichmäßig. Nur ich liege noch hellwach zwischen den beiden Schläfern und starre ins Dunkel, sehe die Momente der vergangenen vierundzwanzig Stunden noch einmal vorbeiziehen: die eisige Fahrt in dem Lieferwagen und Big Mas Skijacke. Die kleine Lili und Kwan in ihren Särgen. Das arme

Huhn und sein grotesker Todestanz. Die tote Maus in der Weinflasche, die toten Missionare in der Höhle. Und Simons Gesicht, seine Aufregung, als wir zusammen zu den Drachenbergen hinüberschauten. Das war schön, ein intensiver Augenblick. War es das alte Gefühl, das uns einst miteinander verband? Vielleicht konnten wir ja wirklich Freunde werden. Oder vielleicht hatte es auch nichts zu sagen. Vielleicht hatte es auch nur mit diesem Mäusewein zu tun.

Ich drehe mich auf die Seite. Simon ebenfalls. Ich strecke mich bolzengerade aus und vermeide es, ihn zu berühren. Doch der Körper ist nun mal nicht dafür geschaffen, steif und still dazuliegen. Ich sehne mich danach, mich gemütlich anzukuscheln. Aber wenn ich es tue, bildet er sich womöglich ein, ich hätte ihm verziehen oder würde zugeben, daß ich ihn brauche. Er schmatzt und schnauft leise vor sich hin, wie immer, wenn er in die Tiefschlafphase eintritt. Und bald fühle ich seinen Atem in stetem Auf und Ab an meinem Nacken.

Ich habe ihn immer darum beneidet, wie fest er die ganze Nacht durchschlafen kann, ohne sich von irgendwelchen Geräuschen stören zu lassen, egal, ob Alarmsirenen heulen, die Erde bebt oder, wie jetzt, es ständig unter dem Bett kratzt. Ist es nicht doch mehr ein Sägen? Ja, die Sägezähne einer Ratte, die an einem Bettpfosten nagt, und die Klauen schärft, ehe sie hier heraufklettert. »Simon«, wispere ich, »hörst du das? Simon!« Und dann, ganz wie in früheren Zeiten, legt er mir den Arm über die Hüfte und schmiegt sich an meine Schulter. Ich erstarre augenblicklich. Schläft er? Macht er das vollkommen unbewußt? Ich schlängele mich ein wenig hin und her, um zu sehen, ob er reagiert, und schiebe seinen Arm weg. Er grunzt. Vielleicht will er mich nur testen.

Ich stupse ihn leicht an. »Mmm, sorry«, murmelt er schläfrig, rückt ab und rollt sich seufzend auf die andere Seite. Also ist seine Umarmung eben nur ein Versehen gewesen, hat rein gar nichts zu bedeuten. Meine Kehle zieht sich zusammen, ein schmerzlicher Stich fährt mir in die Brust.

Ich muß daran denken, wie er nach einem Streit immer sehr zärtlich zu mir war, als könnte die körperliche Nähe jegliche Kluft zwischen uns überbrücken, jegliche Verstimmung vergessen machen. Ich ärgerte mich, daß er es sich immer zu leicht machte, so nach dem Motto: Ende gut, alles gut. Und doch sträubte ich mich kaum, wenn er mir das Kinn anhob, und ließ es mit verhaltenem Zorn geschehen, daß er mir sanft die Lippen, Nase und Brauen beknabberte. Je ungnädiger ich war, desto mehr legte er sich ins Zeug, liebkoste mir die Halsbeuge, die Brustwarzen, sogar die Knie. Und ich ließ ihn gewähren – nicht, weil ich schwach wurde und mit ihm schlafen wollte, sondern weil es doch zu nachtragend und unversöhnlich gewesen wäre, uns nicht mal diesen Hoffungsschimmer zu gönnen.

Immer nahm ich mir dann vor, die Probleme hinterher zur Sprache zu bringen, ihm klarzumachen, daß seine Vermeidungsstrategie unserer Beziehung nur schadete – daß wir unsere Vertrautheit aufs Spiel setzten, wenn wir nicht mehr fähig waren, uns mit Worten auszutauschen, weil es nur noch darum ging, sich mit seinen individuellen Ansprüchen gegen den anderen abzusichern. Ehe es zu spät war, wollte ich klar und deutlich sagen, daß die Liebe, die uns zusammengeführt hatte, mit der Zeit geschwunden war und nun dringend der Erneuerung bedurfte. Ich fürchtete, daß unsere Liebe kein unerschöpfliches Reservoir war, sondern gerade nur für ein paar Jahre gereicht hatte. Eine zeitweilige Labung, doch keine verläßliche Ernte. Beide hungerten wir nach Liebe, Liebe im Übermaß, waren aber längst zu erschöpft, sie einzufordern, und so blieben wir wie mit Sträflingsketten aneinander gebunden, bis die Zeit uns endgültig überholte und wir diese Welt verlassen würden, zwei vage Hoffnungen ohne Träume, beliebige Zufallsverbindungen von Sperma und Ei, männlich und weiblich, wie gewonnen, so zerronnen.

Solche Dinge gingen mir durch den Kopf, während er mich auszog, und während ich mich innerlich dagegen wehrte, daß er Nacktheit mit Intimität gleichsetzte, ließ ich mich in seiner kundigen Art von ihm streicheln, kundig, was meinen Körper anging, nicht mein Herz. Er suchte meinen Rhythmus, murmelte: »Entspann dich, komm, entspann dich.« Und ich ließ mich allmählich gehen, ließ all die Unstimmigkeiten hinter mir, gab mich meinem Rhythmus, seinem Rhythmus, unserem Rhythmus hin, der Liebe aus Übung, Gewohnheit und Reflex.

Und prompt fühlte ich mich danach ja auch besser, nicht mehr so verdrossen. Wenn ich versuchte, mir meine Sorgen wieder vor Augen zu führen, meine Grübeleien über fruchtlose Liebe und hoffnungslose Vergänglichkeit, kamen sie mir nur noch albern und übertrieben vor.

Nun, da unsere Ehe nicht mehr besteht, weiß ich, was Liebe ist: ein Kurzschluß des Gehirns, eine kurzfristige Überschwemmung mit Endorphinen, die alle Vernunftimpulse in biochemischer Seligkeit ertränken. Aber so gut man auch über die Liebe Bescheid weiß, sie bleibt doch unwiderstehlich, so betörend wie die weichen, wiegenden Arme, die der lange Schlaf für uns bereithält.

# *Das Felsentor*

Gellende Schreie reißen mich aus dem Schlaf – junge Mädchen, die vergewaltigt oder umgebracht werden, oder beides! Dann höre ich Du Lili rufen: »Wartet doch, nicht so stürmisch, ihr gierigen Viecher.« Und die Schweine kreischen noch lauter, während sie zärtlich gurrt: »Eßt, eßt nur tüchtig, daß ihr schön fett werdet.«

Noch ehe ich den Schreck verwunden habe, gibt es schon die nächste unwillkommene Überraschung. Im Lauf der Nacht muß ich wohl ganz automatisch zur nächsten Wärmequelle hingerutscht sein, das heißt, zu Simon. Mit dem Hintern liege ich in seinen Schoß geschmiegt wie in ein molliges Nest, wo sich nun obendrein eine Morgenlatte aufreckt, *muß* denn das sein? Kwans Bettseite ist leer, die Kuhle, wo sie lag, schon kalt. Wann ist sie aufgestanden? Ich kann mir schon denken, was sie im Schilde führt, die alte Intrigantin. Und Simon, schläft er wirklich noch, oder tut er nur so? Lacht er sich vielleicht heimlich ins Fäustchen?

Denn es läßt sich nicht leugnen, ich bin erregt. All dem zum Trotz, was ich letzte Nacht gedacht habe, pulsiert mein Unterleib vor Lust auf Hitze und Reibung, und ich sehne mich nach dem Trost, der Geborgenheit einer vertrauten Umarmung. Ich schelte mich im stillen: Du dämliches geiles Ding, du bist ja nicht zurechnungsfähiger als eine rollige Katze! Widerstrebend rücke ich von der Versuchung ab, auf Kwans Seite hinüber, und springe aus dem Bett. Simon regt sich ein wenig. Bibbernd in meinem Nachthemd, bücke ich mich am Fußende über meinen Koffer und fange hastig an, nach warmer Kleidung zu wühlen.

Simon gähnt vernehmlich, setzt sich auf und streckt sich, schlägt das Moskitonetz zurück. »Ich hab gut geschlafen«, sagt er betont munter. »Und du?«

Ich ziehe meinen Parka hervor und hänge ihn mir über die Schultern. Er knistert geradezu vor Kälte. Mir klappern die Zähne. »Weißt du, ob man hier irgendwo duschen kann, oder so?« Simon blinzelt belustigt. Ob er wohl etwas ahnt?

»Neben dem Kloschuppen gibt's ein öffentliches Badehaus«, sagt er. »Ich hab's gestern ausgekundschaftet, als du mit der Kamera losgezogen bist. Alles reichlich spartanisch, und natürlich nicht für Männlein und Weiblein getrennt. Nur ein einziger Waschzuber, aber sicher keine Warteschlangen. Den hat hier wohl ewig keiner mehr benutzt. Die Brühe sieht schon ziemlich abgestanden aus. Falls du ein warmes Bad nehmen willst, mußt du dir einen Eimer heißes Wasser mitnehmen.«

Ich war ja auf einiges gefaßt, aber daß es so scheußlich wäre, hatte ich mir nun doch nicht träumen lassen. »Soll das heißen, die benutzen hier den ganzen Tag dasselbe Badewasser?«

»Die ganze Woche lang, wenn du mich fragst. Du lieber Gott, was sind wir in den Staaten doch *verschwenderisch*.«

»Ah ja, und was gibt es da zu grinsen?«

»Na, ich kenne doch deinen Hygienefimmel.«

»Blödsinn.«

»So? Und weshalb nimmst du dann in jedem Hotelzimmer gleich als erstes den Bettüberwurf ab?«

»Weil die bekanntlich nicht sehr oft gewechselt werden.«

»Aha!«

»Nix aha, ich hab nur was gegen Decken, auf denen andere wer weiß wie verschwitzte Zeitgenossen sich schon rumgewälzt haben, das ist alles.«

»Na also, sag ich doch. Nun geh mal schön ins Badehaus. Wetten, daß du dich nicht traust?«

Einen Moment lang wäge ich ab, was wohl schlimmer ist, in die Brühe zu tauchen oder die nächsten zwei Wochen ungewaschen herumzulaufen.

»Du könntest dich natürlich auch hier im Haus mit Schwamm und Schüssel begnügen. Wenn du willst, mach ich dir sogar den Wasserträger.«

Ich stelle mich taub. Meine Wangenmuskeln tun schon richtig weh vor Anstrengung, mir das Grinsen zu verbeißen. Ich ziehe zwei Paar Leggings aus dem Koffer. Die baumwollene kann ich gleich vergessen, hoffentlich hält wenigstens die aus Fleece halbwegs warm; schade, daß ich nicht mehr mitgenommen habe. Simon als Wasserträger, ha, das wäre mal was Neues! Ich sehe ihn schon vor mir, wie er im Lendenschurz den ägyptischen Sklaven mimt, diensteifrig und stumm, mit scheu begehrlichen Blicken, während er mir warmes Wasser über Brüste, Bauch und Beine gießt. Und ich, die ich ihn in steinerner Herzlosigkeit als Wasserhahn behandele: Los, mehr heißes! Mehr kaltes! Nun mach schon!

»Übrigens«, unterbricht er meine Tagträume. »Du hast wieder im Schlaf geredet.«

Ich weiche seinem Blick aus. Manche Leute schnarchen. Ich rede im Schlaf, kein wirres Gebrabbel, sondern richtige, vollständige Sätze. Nacht für Nacht. Laut und deutlich. Manchmal wache ich selber davon auf. Simon hat mich im Schlaf schon schweinische Witze erzählen, ein ganzes Menü aus lauter Süßspeisen bestellen, oftmals auch Kwan anflehen hören, mir um Gottes willen ihre Geister vom Leibe zu halten.

Simon zieht bedeutsam eine Augenbraue hoch. »Was du letzte Nacht gesagt hast, war ganz schön aufschlußreich.«

Mist. Was zum Teufel mag ich da nur wieder geträumt haben? Sonst erinnere ich mich doch immer an meine Träume. Warum nun ausgerechnet heute nicht? Kam Simon in dem Traum vor? Haben wir miteinander geschlafen? »Das hat doch nichts zu besagen«, winke ich ab. »Träume sind Schäume.«

»Willst du denn nicht wissen, was du da von dir gegeben hast?«

»Lieber nicht.«

»Es ging da um etwas, was du *unheimlich* gern tust.«

Ich werfe das Kleiderbündel in den Koffer zurück und fauche: »So gern nun auch wieder nicht!«

Simon zwinkert verdutzt und fängt an zu lachen. »Aber ja doch! Du hast nämlich gesagt: ›Simon, warte, ich muß das hier noch bezahlen!‹« Er hält kurz inne, bis der Groschen gefallen ist. »Du hast von einem Einkaufsbummel geträumt. Was dachtest du denn, worauf ich anspiele?«

»Ach, laß mich in Ruhe.« Ich schnappe mir ein Paar Wollsocken. »Dreh dich um. Ich will mich anziehen.«

»Ich hab dich schon tausendmal nackt gesehen.«

»Gut, dann wird das jetzt aber nicht das tausendunderste Mal. Los, dreh dich um.«

Mit dem Rücken zu ihm werfe ich den Parka und das Nachthemd ab, immer noch ärgerlich, daß ich mich von ihm habe zum Narren halten lassen. Wie dumm von mir, nicht zu merken, daß er mich nur austricksen wollte. Dem Kerl ist einfach nicht zu trauen. Mißtrauisch blicke ich mich um.

»Du brauchst nicht den Bauch einzuziehen.« Tatsächlich, er lupft schon wieder den Bettvorhang. »Du siehst großartig aus, wie immer. Ich kann nie genug davon kriegen, dich anzuschauen.«

»Du Fiesling!«

»Was! Immerhin sind wir ja noch verheiratet!«

Ich werfe ihm das Sockenknäuel an den Kopf. Er duckt sich und läßt das Moskitonetz los, das wohl an die hundert Jahre alt sein muß, denn unter dem Aufprall meiner Socken zerreißt es – puff! – wie Spinnweben, und eine Wolke grauer Flocken stäubt federgleich auf.

Sprachlos beäugen wir den Schaden. Ich komme mir vor wie ein Kind, das mit seinem Ball das Nachbarfenster zertrümmert hat – erschrocken, aber insgeheim auch beglückt von seinem Zerstörungswerk.

»Au weh.« Ich schlage kichernd die Hand vor den Mund.

Simon schüttelt den Kopf. »Du unartiges Mädchen, was hast du da wieder angestellt?«

»Es war deine Schuld.«

»Was soll das heißen? Du hast die Socken geschmissen.«

»Aber du hast geguckt!«

»Tu ich auch immer noch.«

Und ich stehe dumm da, splitternackt und frierend.

Aufgebracht schleudere ich ihm meine Leggings, meinen Pulli und mein Nachthemd an den Kopf. Mit dem Pantoffel in der Faust gehe ich auf ihn los und ziehe ihm eins über. Er packt meine Hand, und wir fallen auf das Bett zurück, rollen hin und her, knuffen und balgen uns, so dankbar, daß wir endlich einen Vorwand gefunden haben, uns anzufassen. Bis wir endlich abgekämpft liegenbleiben, atemlos, Auge in Auge, ohne ein Lächeln, ohne ein Wort. Und plötzlich stürzen wir uns aufeinander wie ein wieder vereintes Paar Wölfe, spüren gierig all die uns vertrauten Dinge auf – den Geruch unserer Haut, den Geschmack unserer Zungen, die Glätte unserer Haare unter den Händen, das salzige Prickeln unserer Halsbeugen, die Kerben unserer Rückenwirbel, all diese wohlvertrauten Kuhlen und Wölbungen, die sich nun wieder so neu anfühlen. Er ist sanft, und ich bin wild, aufgepeitscht lassen wir uns mitreißen, bis wir jegliche Erinnerung daran verlieren, wer wir vorher waren, denn in diesem Moment sind wir beide eins.

Als ich in den Hof hinaustrete, grinst Kwan mich mit ihrer üblichen Unschuldsmiene an: »Libby-ah, warum du strahlst denn so, hm?«

Ich tausche einen Blick mit Simon. »Ist doch schön, daß es heute mal nicht regnet.« Egal, ob Kwan nun wirklich meine

Schwester ist oder nicht, ich bin jedenfalls froh, daß sie diese Chinareise eingefädelt hat.

Sie hockt vor einem aufgeklappten Koffer, der von allen möglichen Mitbringseln überquillt. Big Ma, erklärt sie, habe diese Geschenke samt und sonders an Du Lili vermacht, bis auf eine hölzerne Spieldose, die in verzerrten Glockentönen vor sich hin leiert. Ich ziehe meine Kamera aus der Tasche und fange an zu knipsen.

Kwan fördert ein längliches Kästchen zutage. Simon und ich beugen uns neugierig vor. Es ist eine Kakerlakenfalle. »In Amerika«, belehrt sie Du Lili, »nennt man das hier ein Gasthaus für Kakerlaken.«

»Wah!« ereifert sich Du Lili. »Die Amerikaner sind so reich, daß sie sogar Puppenhäuser für Ungeziefer haben! Tss, tss!« Voller proletarischer Mißbilligung schüttelt sie den Kopf, während ich Simon den Wortwechsel übersetze.

»Jawohl, und die Amerikaner füttern sie mit den feinsten Leckerbissen«, behauptet Kwan und späht in das Gehäuse. »Darum wollen die Tierchen da auch nie wieder raus.«

»Ach, du!« In gespielter Empörung versetzt sie Kwan einen Klaps auf den Arm. »Was du mir immer weismachen willst! Meinst du, ich wüßte nicht, was das ist?« Aufgeregt wendet sie sich zu mir um. »In China haben wir auch solche Fallen. Wir nehmen dazu frische, saftige Bambusstücke, die wir an einer Seite einschneiden. Deine große Schwester und ich, wir haben das früher oft gemacht. Früher gab's hier regelrechte Wettbewerbe, wer am meisten Schädlinge einfangen konnte – Fliegen, Ratten, Kakerlaken –, und deine Schwester hat sich dabei immer sehr geschickt angestellt. Aber *ich* gehe ihr nicht auf den Leim.«

Kwan packt noch mehr von ihren Schätzen aus, die offenbar größtenteils aus einem Sportgeschäft stammen. Als nächstes kommt ein Rucksack zum Vorschein. »So robust, daß man sogar Ziegelsteine damit transportieren kann, und jede Menge

Taschen, sieh mal, mit praktischem Reißverschluß – wah, was ist denn da alles drin?« Sie holt einen tragbaren Wasserfilter hervor, einen kleinen Gaskocher, einen Verbandkasten, ein aufblasbares Kissen, zusammengerollte Plastikbeutel, eine Thermofolie, und – »wah, unglaublich!« – noch etlichen Kleinkram: eine wasserdichte Streichholzschachtel, eine Taschenlampe, ein Schweizer Klappmesser mitsamt Flaschenöffner und Zahnstocher, »so nützlich«. Wie eine Avonberaterin erklärt sie lang und breit, wozu jedes Einzelteil dient.

Simon begutachtet das aufgehäufte Sammelsurium. »Alle Achtung. Wie bist du denn darauf gekommen?«

»Einfach von Zeitungslesen«, lächelt Kwan stolz. »Artikel über Erdbeben, was man da so für Überleben braucht. Hier in Changmian, muß nicht erst auf Erdbeben warten, gibt sowieso kein elektrische Strom, keine Wasserleitung, keine Heizung.«

Wieder langt sie in den Koffer und fischt eine dieser durchsichtigen Plastikhüllen heraus, die man gewöhnlich zur mottensicheren Aufbewahrung von Kleidungsstücken verwendet. Sie ist vollgestopft mit Gartenhandschuhen, Einlegesohlen, Leggings, Handtüchern, T-Shirts. Du Lili ergeht sich in überschwenglichen Bewunderungsrufen und Wehklagen, daß Big Ma diesen reichen Segen an Luxusgütern nicht mehr hat erleben können. Ich fotografiere sie inmitten ihrer Erbstücke, ausstaffiert mit einer flotten Rennfahrersonnenbrille und einer Baseballkappe, auf der in Glitzerschrift das Wort »Champs« prangt.

Nach einem schlichten Frühstücksmahl aus Reisbrei und eingelegtem Gemüse holt Kwan einen Packen Fotos hervor, der ihre zweiunddreißig Jahre in Amerika dokumentiert. Seite an Seite hocken sie und Du Lili über die Bilder gebeugt. »Sieh mal«, sagt Kwan. »Das ist Libby-ah mit sechs Jahren. Niedlich, was? Hat sie nicht einen schönen Pullover an? Den hab ich selbst gestrickt, noch bevor ich aus China weg bin.«

»Diese kleinen Ausländermädchen da«, fragt Du Lili und tippt auf das Foto, »wer sind die?«

»Ihre Schulfreundinnen.«

»Und wofür hat man sie bestraft?«

»Bestraft? Wieso?«

»Na, sie tragen doch alle solche Narrenkappen.«

»Ah-ha-ha-ha! Stimmt, das sieht aus wie die bunten Hüte, die man hier den Konterrevolutionären zur Strafe aufgesetzt hat! Aber in Amerika tragen sie solche Papierhüte, wenn sie Feste feiern. Das da war bei Libby-ahs Geburtstagsparty. Weißt du, bei den Ausländern ist es Sitte, daß die Freunde einem dann was schenken, nichts Nützliches, nur hübsche Kleinigkeiten. Und die Mutter bäckt einen süßen Kuchen, mit brennenden Kerzen obendrauf. Das Geburtstagskind denkt sich irgendeinen Wunsch aus, und wenn es alle Kerzen auf einmal ausblasen kann, geht der Wunsch in Erfüllung. Und dann stopfen sie sich alle mit Kuchen und Limonade voll, bis sie nicht mehr papp sagen können.«

Du Lili reißt verblüfft die Augen auf. »Tss, tss! Eine Party zu jedem Geburtstag! Und immer diese vielen Wünsche! Was können die Amerikaner sich denn noch wünschen, wo sie doch schon alles haben? Also, ich muß sagen, ich brauche solche Partys nicht. Mir reicht es schon, wenn sich alle zwanzig Jahre mal ein Wunsch erfüllt ...«

Simon zieht mich beiseite. »Komm, laß uns ein bißchen spazierengehen.«

»Wohin denn?«

Er führt mich aus dem Hof hinaus und zeigt auf den Felsbogen zwischen den Bergen, durch den man ins nächste Tal gelangt.

Ich drohe ihm scherzhaft mit dem Finger. »Simon, sag bloß, du denkst noch immer an diese Höhle da?«

Er tut gekränkt. »Wieso? Ich wollte nur mal ein paar Schritte laufen. Wir beide haben doch wohl einiges zu besprechen.«

»Ach ja? Was denn, zum Beispiel?«

»Das weißt du genausogut wie ich.« Er nimmt mich bei der Hand, und ich rufe über die Mauer zurück: »Kwan! Wir gehen jetzt mal 'ne Weile spazieren!«

»Wohin?«

»Weiß nicht, einfach mal so die Gegend erkunden.«

»Wann kommt zurück?«

»Keine Ahnung.«

»Und wie soll ich wissen, wann mir Sorgen machen?«

»Mach dir keine Sorgen.« Doch bei dem Gedanken, wohin es uns verschlagen könnte, wird mir unwillkürlich etwas mulmig. »Wenn wir in zwei Stunden nicht zurück sind, ruf die Polizei.«

Ich höre noch, wie sie sich auf chinesisch bei Du Lili beschwert: »Sie sagt, falls sie sich verlaufen, soll ich die Polizei anrufen! Dabei haben wir überhaupt kein Telefon...«

Hand in Hand gehen wir nebeneinander her. Ich überlege krampfhaft, was ich wohl sagen könnte – ganz so wie Simon, nehme ich an. Ich habe nicht vor, so zu tun, als sei plötzlich wieder alles in Ordnung zwischen uns. Ich will, daß wir uns auch geistig mehr aufeinander einlassen, nicht immer bloß körperlich. Mit all diesen unausgesprochenen Gedanken zwischen uns wandern wir zielstrebig auf die Felswand zu, die Changmian vom Nachbartal trennt.

Unterwegs durchqueren wir auch immer wieder mal privates Gelände und entschuldigen uns bei den Bewohnern, die uns erst verdutzt anstarren, um uns dann hastig heranzuwinken und uns alte Münzen zum Kauf anzubieten, grünlich angelaufene Plättchen, die angeblich fünfhundert Jahre alt sein sollen. Ich mache ein paar Schnappschüsse, so nach dem Motto: »Eingeborene nehmen ersten Kontakt mit fremden Naturforschern auf.« Wir spähen durch offene Hoftore, sehen alte Männer hustend an Zigarettenstummeln ziehen, junge Frauen mit Säuglingen an der Brust, die Wangen hochrot von der beißenden Kälte. Wir überholen eine alte Frau, die ein dickes Reisigbündel auf den Schultern trägt. Wir lächeln Kindern am Wegrand zu, manche davon mit Klumpfuß oder Wolfsrachen, und ich frage mich, ob das wohl an der dörflichen Inzucht liegt. Obwohl wir dies alle beide mit dem distanzierten Blick eines Ausländers sehen, nehmen wir es doch ganz verschieden wahr; denn mir schaudert beim Anblick dieser Armut, die auch Kwan einst erdulden mußte, während Simon ungerührt feststellt: »Weißt du, irgendwie führen die doch ein glückliches Leben.«

»Wie meinst du das?«

»Na ja, so eine fest verwurzelte Existenz in einer kleinen Gemeinschaft, die familiäre Verbundenheit, in der sich alles auf die fundamentalen Bedürfnisse reduziert. Wenn man ein Haus bauen will, besorgt man sich Ziegelsteine und zieht es mit ein paar Freunden hoch, ohne diesen ganzen Irrwitz mit Hypotheken und Bankzinsen. Seit Generationen immer der gleiche Gang der Dinge: Geburt und Tod, Liebe und Kinder, Essen und Schlaf, ein Häuschen mit netter Aussicht – was braucht der Mensch mehr?«

»Zentralheizung.«

»Nein, ich mach keine Witze, Olivia. Das hier ist . . . nun ja, das *wirkliche* Leben.«

»Aber nur durch deine rosa Brille. Was dir so schön ursprünglich vorkommt, ist nichts als der nackte, knallharte Kampf ums Überleben, Tag für Tag.«

»Ich finde trotzdem, daß diese Leute glücklich sind.«

»Selbst wenn sie es selber nicht so empfinden?«

Er schiebt streitlustig die Unterlippe vor wie eine Bulldogge. »Jawohl.« Offensichtlich will er sich schon wieder mit mir anlegen. Zum Kotzen, diese ewige Rechthaberei! Aber dann sage ich mir, was zum Teufel ist eigentlich mit mir los? Weshalb muß ich denn jede Mücke zu einem Elefanten machen? Den Leuten hier ist es doch schnurzegal, was wir über sie denken. Immer mit der Ruhe, ermahne ich mich im stillen.

»Ja, ich glaube, ich verstehe, was du meinst«, sage ich. Doch Simons selbstzufriedenes Lächeln macht mich gleich wieder fuchsig.

Der Weg schlängelt sich hügelan. Als wir um die letzte Kehre biegen, treffen wir auf zwei kleine Mädchen und einen Jungen, etwa fünf oder sechs Jahre alt, die friedlich im Matsch spielen. Ein paar Meter hinter ihnen ragt die hohe Felsmauer mit dem Tunnelbogen empor und versperrt uns die Sicht. Die Kinder blicken auf, neugierig und scheu, drei kleine, über und über verdreckte Gestalten.

»*Ni hao*?« sagt Simon mit amerikanischem Akzent – »Wie geht's?« ist eine der wenigen chinesischen Redewendungen, die er kennt. Ich zücke die Leica und mache schnell ein paar Aufnahmen, was die Kinder nicht weiter zu stören scheint. Giggelnd wenden sie sich wieder ihrem Spiel zu. Der Junge patscht mit flinken Händen den Festungswall einer prächtigen Schlammburg glatt, die hier und da an den Mauerzinnen noch frische Daumenabdrücke aufweist. Das eine Mädchen zerteilt der Länge nach Grashalme, und das andere drapiert die schmalen grünen Streifen geschickt über das Dach einer Miniaturhütte, um die einige braune Grashüpfer herumkrabbeln, als gefangene Bewohner dieser aufwendig angelegten Siedlung. »Ganz schön kreativ, die Kinder hier, was?« sage ich zu Simon. »Wie die sich aus rein gar nichts ihr Spielzeug zusammenbasteln!«

»Kreative Dreckspatzen«, grinst Simon. »Aber süß, das muß ich zugeben.« Er zeigt auf das kleinere der beiden Mädchen. »Die sieht ein bißchen aus wie du mit sechs Jahren auf deinem Geburtstagsfoto.«

Wir schlendern weiter, auf den Felsbogen zu, doch nun springen die Kinder plötzlich auf. »Was wollt ihr da?« fragt der Junge mürrisch in seinem kindlichen Mandarin.

»Nur mal sehen, wie's dahinter weitergeht.« Ich deute auf den Tunnel. »Kommt ihr mit?« Sie rennen vor uns her. Doch am Eingang angekommen, drehen sie sich um und schauen uns ungewiß an. »Na, lauft schon«, sage ich ermunternd. »Wir kommen nach.« Sie rühren sich nicht vom Fleck, schütteln feierlich die Köpfe. »Gut, dann gehen wir zusammen.« Ich strecke dem kleineren Mädchen die Hand hin. Sie weicht zurück und versteckt sich hinter dem Jungen. »Das dürfen wir nicht«, sagt er, und das größere Mädchen setzt hinzu: »Wir haben Angst.« Die drei rücken noch dichter zusammen und starren mit großen Augen zu dem Tunnel hin.

Nachdem ich dies für Simon übersetzt habe, meint er: »Also, ich geh da jetzt durch, von mir aus können die auch gerne dableiben.« Kaum setzt er sich in Bewegung, kreischen die Kinder auf und ergreifen die Flucht. »Was haben die bloß?« hallt Simons Stimme aus dem Felsgewölbe.

»Keine Ahnung.« Ich folge den Kindern mit den Augen, bis sie um die Wegbiegung verschwunden sind. »Vielleicht hat man ihnen verboten, mit Fremden mitzugehen.«

»Komm schon«, ruft er, »worauf wartest du noch?«

Ich betrachte das Mauerwerk rund um die Felskante. Das hier sind keine Lehmziegel, wie bei den Häusern unten im Dorf, sondern wuchtige Quader aus Naturstein. Ich stelle mir vor, welchen Aufwand es damals in grauer Vorzeit gekostet haben muß, diese Brocken aufeinander zu türmen. Wie viele Arbeiter dabei wohl ihr Leben gelassen haben? Ob man ihre Körper auch hier als Mörtel verwendet hat, wie beim Bau der Großen Mauer? Auch diese Mauer muß wohl einst als Schutzwall gegen feindliche Kriegsherren und Mongolenhorden errichtet worden sein. Als ich durch den Felsbogen trete, klopft mir das Herz bis zum Hals. Mir wird schwindlig, ich muß mich an der Felswand abstützen. Der Tunnel ist knapp zwei Meter lang und ebenso hoch, dunkel und schaurig wie eine Gruft. Was, wenn uns auf der anderen Seite nun ein Geisterheer erwartet?

Doch am Ausgang ist nichts weiter zu sehen als ein kleines,

flaches Tal, durch das unser Weg sich wie ein schmales braunes Band zieht, auf der einen Seite von regenfeuchten Wiesen, auf der anderen von parzellierten Reisfeldern begrenzt. Ringsumher erstrecken sich sanfte Bergrücken, die Ausläufer der beiden hohen Gipfel vor uns. Doch selbst in dieser idyllischen Szenerie kann ich die verängstigten Gesichter jener Kinder nicht vergessen. Simon wandert schon zielstrebig den Hügel hinab.

»Glaubst du, wir dürfen hier so einfach rumlaufen?« rufe ich ihm zu. »Ich meine, vielleicht ist das hier ja Privatbesitz.«

Er schaut sich um. »In China? Ich bitte dich! Wozu schimpfen die sich denn hier Kommunisten? Hier ist doch alles Volkseigentum.«

»So simpel ist das aber inzwischen auch nicht mehr. Die Leute dürfen durchaus wieder eigenen Grund und Boden besitzen und diesen selbst bewirtschaften.«

»Nun mach dir mal keine Sorgen. Die werden uns schon nicht gleich erschießen. Wenn sie uns wegjagen, dann kehren wir halt wieder um. Nun komm schon. Ich möchte gern noch einen Blick ins nächste Tal werfen.«

Ich befürchte immer noch, jeden Augenblick auf entrüstete Bauern zu stoßen, die uns sensenschwingend den Weg verstellen. Aber Felder und Wiesen sind menschenleer. Ist das denn nicht ein ganz normaler Arbeitstag? Wieso regt sich hier denn nichts? Warum ist es hier so totenstill? Keinerlei Lebenszeichen weit und breit, nicht mal ein Vogelzwitschern. »Simon«, flehe ich, »meinst du nicht ...«

»Ich weiß, ist es nicht unglaublich, wie grün hier alles ist, man kommt sich fast vor wie in England, als wär man auf einmal in *Howard's End* gelandet!«

Nach einer Stunde haben wir das Tal durchquert, und wieder geht es über steiniges Gelände bergauf, in steilen Haarnadelkehren. Über uns sehe ich die Mauerkante und den nächsten Bogendurchgang vor den schroff gezackten Karstfelsen, die wie Korallenriffe aus einem urzeitlichen Ozean emporgestemmt scheinen. Dunkle Wolken ballen sich vor der Sonne, und die Luft wird kühl. »Wir sollten allmählich umkehren«, schlage ich vor. »Es sieht nach Regen aus.«

»Laß uns erst noch kurz schauen, was hinter dieser Kuppe zum Vorschein kommt.« Ohne meine Antwort abzuwarten, klettert Simon eilig weiter den Pfad hinauf. Mir bleibt nichts anderes übrig, als ihm zu folgen. Ich muß an Kwans Geschichte von den Missionaren denken, die angeblich den Bergräubern zum Opfer gefallen waren. Wer weiß, ob da nicht doch etwas Wahres dran ist? Kurz bevor wir das Hotel in Guilin verließen, hatte ich einen flüchtigen Blick in den *China Daily* geworfen, die hiesige Tageszeitung in englischer Sprache. Gleich auf der ersten Seite stand ein Bericht darüber, daß Gewaltverbrechen, in China bislang fast undenkbar, neuerdings immer mehr zunähmen, ganz besonders in Touristenorten wie Guilin. In einem Dorf mit zweihundertdreiundsiebzig Einwohnern, hieß es, seien fünf Männer vor kurzem von einem Erschießungskommando hingerichtet worden, einer wegen Vergewaltigung, zwei wegen Raubüberfall, zwei wegen Mord. Fünf Gewaltverbrechen, fünf Hinrichtungen – allein schon in einem winzigen Dorf! Offenbar machen die hier bei Straftaten kurzen Prozeß: angeklagt, schuldig gesprochen, peng. Weiter hieß es in der Zeitung, die dramatisch angestiegene Verbrechensrate sei nur durch den »zersetzenden Einfluß westlicher Degeneration« verursacht. Vor seiner Hinrichtung habe einer der Übeltäter gestanden, einen illegal eingeschmuggelten amerikanischen Film gesehen zu haben – *Die nackte Kanone* war der Titel. Er habe hartnäckig seine Unschuld beteuert und jegliche Verantwortung für den Mord an dem Touristen von sich gewiesen; er selbst sei lediglich in Verdacht geraten, weil er die gestohlene Seiko-Uhr des Ermordeten gekauft habe. Nun will mir dieser Bericht nicht mehr aus dem Kopf, und ich versuche abzuwägen, inwieweit auch wir beide wohl für einen Raubüberfall in Frage kämen. Meine Armbanduhr ist zwar nur eine billige Casio, aber wer weiß, vielleicht sind die Bergräuber ja ganz wild auf Digitaluhren mit eingebauten Minirechnern. Zum Glück habe ich wenigstens meinen Paß in Big Mas Haus zurückgelassen. Angeblich sollen Reisepässe hierzulande einen Schwarzmarktwert von fünftausend Dollar haben, und dafür würden Diebe fraglos auch einen Doppelmord riskieren.

»Hast du deinen Paß dabei?« frage ich Simon.

»Aber klar, wie immer.« Er klopft sich auf die Gesäßtasche. »Glaubst du, wir könnten vielleicht auf eine Grenzpatrouille stoßen?«

»Verdammte Scheiße, Simon! Du solltest deinen Paß nicht mit dir rumtragen!«

»Hä? Warum denn nicht?«

Ehe ich antworten kann, hören wir plötzlich ein Rascheln in den Büschen und gleich darauf ein Geräusch, das wie Huftrappeln klingt. Ich stelle mir vor, wie uns von allen Seiten berittene Banditen umzingeln. Simon geht unbeirrt weiter. »Simon! Komm zurück!«

»Nur noch ein kleines Stück weiter.« Er biegt um die nächste Kehre, außer Sichtweite.

Gleich darauf höre ich ihn schreien: »He da, stop! Aus dem Weg mit euch! Nein, nein, nicht...!« Er kommt Hals über Kopf zurückgerannt: »Olivia, Achtung...« Unfähig zu bremsen, kracht er mit voller Wucht gegen mich und schleudert mich ins Gebüsch. Halb benommen finde ich mich am Boden wieder. Seltsam, wie ruhig ich bin, wie unbeteiligt. Ich betaste die Beule an meinem Schienbein, die Schürfwunde am Knie. Es tut überhaupt nicht weh! Ohne jede Furcht wird mir bewußt, daß mein letztes Stündlein geschlagen hat. In Ratgebern über den Umgang mit dem Tod habe ich gelesen, daß man tatsächlich *weiß*, wann es soweit ist, obwohl man es sich nicht erklären kann. Die Zeit scheint stillzustehen. Das ist die

Sekunde, in der man als Todeskandidat sein ganzes Leben noch mal vor sich abrollen sieht, und ich wundere mich nur, wie lange der Moment dauert. Es scheint mir, als hätte ich unendlich viel Zeit zur Verfügung, um ein letztes Mal zu bedenken, was mir in meinem Leben wichtig war – Heiterkeit, unvorhergesehenes Glück, Simon ... ja, sogar Simon. Und also auch Liebe, Versöhnlichkeit, heilsame Gelassenheit, das beruhigende Gefühl, daß ich in meinem Leben nicht allzuviel zu bereuen habe. Ich muß unwillkürlich lachen: Gott sei Dank habe ich frische Unterwäsche an, obwohl, wen würde das in China schon kümmern? Gott sei Dank ist Simon bei mir, so daß ich mich in diesem schrecklichen und zugleich wunderbaren Augenblick nicht allein gelassen fühle. Gott sei Dank wird er danach an meiner Seite sein – das heißt, falls es wirklich ein Jenseits oder eine Yin-Welt gibt. Aber wenn ja, wird dann nicht auch Elza dort sein? In wessen Engelsarme wird Simon dann wohl fliegen? Meine friedliche Gelassenheit beginnt zu schwinden, die Sekunden ticken in ganz alltäglicher Manier vorbei, und ich rappele mich auf, jetzt nur noch mit dem einen Gedanken: Mir reicht's.

Und da kommen sie auch schon den Weg hinabgetrabt, unsere vermeintlichen Mörder – eine Kuh mit ihrem Kalb, so verschreckt von meinem Schrei, daß sie fast eine Bauchlandung machen. »Was ist denn mit dir los?« wundert sich Simon. Die Kuh muht mich vorwurfsvoll an. Wenn man vor Scham sterben könnte, wäre ich jetzt tot umgefallen. Meine durchgeistigte Weltentsagung war nichts als ein lachhafter Irrtum. Doch mir ist nicht zum Lachen zumute. Ich komme mir entsetzlich blöd vor. Ich kann meinen eigenen Sinneswahrnehmungen nicht mehr trauen. Jetzt weiß ich, wie Schizophrenen zumute ist, wenn sie versuchen, Ordnung im Chaos zu finden und sich irgendeine windschiefe Logik zurechtzimmern, um mit Müh und Not zusammenzuhalten, was sonst rettungslos davonwirbeln würde.

Die Kuh und ihr Kalb trotten vorbei. Doch just, als wir uns wieder auf den Weg machen wollen, kommt uns ein junger Mann entgegen, mit einem langen Stock in der Hand. Er trägt einen grauen Pullover über einem weißen Hemd, neue Bluejeans und schneeweiße Turnschuhe. »Das muß der Kuhhirte sein«, meint Simon.

Ich bin nicht mehr so ohne weiteres bereit, mich auf äußere Eindrücke zu verlassen. »Genausogut könnte er aber auch ein Bandit sein.«

Wir weichen zur Seite, um ihn vorbeizulassen. Doch der junge Mann bleibt ein paar Schritte vor uns stehen. Ich warte darauf, daß er uns Fragen stellt: Nichts. Er mustert uns wortlos, fast lauernd.

»*Ni hao!*« Simon winkt ihm leutselig zu, obwohl der Kerl doch direkt vor uns steht.

Schweigen. Seine Blicke schweifen ausdruckslos zwischen uns hin und her. Ich fange hastig an, auf chinesisch loszubrabbeln: »Sind das deine Kühe? Die haben mir einen mächtigen Schrecken eingejagt. Vielleicht hast du mich schreien hören... Mein Mann und ich, wir sind Amerikaner, aus San Francisco. Weißt du, wo das ist? Ja? Nein?... Also, wir sind hier gerade zu Besuch in Changmian, bei der Tante meiner Halbschwester, Li Bin-bin.«

Immer noch keine Antwort.

»Kennst du sie? Sie ist übrigens gestern gestorben, bei einem Verkehrsunfall, leider noch ehe wir sie kennenlernen konnten. Und so können wir jetzt nur noch ihrem...« Vor Aufregung fällt mir das chinesische Wort für »Begräbnis« nicht mehr ein. »... ihrer Trauerfeier beiwohnen«, sage ich statt dessen, beschämt über meinen amerikanischen Akzent. Er starrt mich unverwandt an. Und ich setze im stillen hinzu, okay, du komischer Kauz, doof glotzen kann ich auch. Aber nach zehn Sekunden schlage ich entnervt die Augen nieder.

»Was ist denn mit dem los?« fragt Simon. Ich zucke die

Achseln. Dieser Kuhhirte sieht nicht aus wie die Männer, die wir sonst in Changmian gesehen haben, all diese Landarbeiter mit schwieligen Händen und mißratenen Haarschnitten. Er sieht erstaunlich gepflegt aus, sogar die Fingernägel sind sauber, und er schaut selbstbewußt drein, ja, geradezu arrogant. In San Francisco könnte er glatt als Doktorand oder Universitätsdozent durchgehen, wenn nicht gar als weltschmerzgeplagter Poet. Hier ist er ein Kuhhirte, und zwar ein Kuhhirte, der uns aus unerfindlichen Gründen mit Ablehnung begegnet. Weshalb ich alles daransetze, ihn umstimmen, ihn zu einem Lächeln zu bewegen, und sei es nur, um mir selbst zu beweisen, daß ich nicht so lächerlich bin, wie ich mir in seinen Augen vorkomme.

»Wir erkunden gerade ein bißchen die Gegend«, fahre ich auf mandarin fort. »Es ist wunderschön hier. Wir würden gern sehen, wie es dahinten zwischen den Bergen weitergeht.« Ich deute auf den Mauerbogen, für den Fall, daß er mich nicht versteht.

Er blickt dorthin, kehrt uns dann aber wieder seine abweisende Miene zu. Simon lächelt ihn an und beugt sich dann seitwärts zu mir hinüber: »Der kapiert offensichtlich keine Silbe von dem, was du da erzählst. Komm, wir gehen.«

Ich mag noch nicht aufgeben. »Da ist doch nichts gegen einzuwenden?« sage ich zu dem Kuhhirten. »Oder braucht man dafür eine spezielle Erlaubnis? Gibt es irgendwas, vor dem man sich hier in acht nehmen sollte? Kannst du uns einen Tip geben?« Ich frage mich, wie es wohl sein mag, als intelligenter Mensch keine andere Aussicht im Leben zu haben, als tagaus, tagein Kühe zu hüten. Vielleicht beneidet er uns.

Als hätte er meine Gedanken gelesen, fängt er plötzlich an zu grinsen. »Arschlöcher«, sagt er knapp, in astreinem Englisch. Dann dreht er sich um und setzt seinen Weg fort. Vor Verblüffung verschlägt es uns erst mal die Sprache.

Simon setzt sich in Bewegung. »Das war aber 'n Ding. Was hast du denn bloß zu ihm gesagt?«

»Gar nichts!«

»Ich will dir ja gar nicht unterstellen, daß du was Falsches gesagt hast. Aber was, würde ich doch gerne wissen.«

»Ich hab nur gesagt, daß wir hier spazierengehen, okay? Und ob man dafür vielleicht eine Erlaubnis braucht.«

Wir stapfen weiter hügelan, in mürrisches Schweigen gehüllt. Die beiden seltsamen Begegnungen, erst mit den Kindern und nun mit diesem Kuhhirten, haben der Romantik unseres Ausflugs einen gehörigen Dämpfer verpaßt. So sehr ich auch versuche, nicht mehr daran zu denken, gelingt es mir nicht, meine Angst zu vertreiben. Sicher ist es eine Warnung, so unverkennbar wie ein übler Gestank, der nur zu etwas Verfaultem, schaurig Verwestem führen kann.

Simon legt mir die Hand auf den Rücken. »Was hast du?«

»Nichts.« Und doch würde ich mich ihm nur zu gern anvertrauen, wenigstens meine Ängste mit ihm teilen, wenn es schon nicht zu gemeinsamen Hoffnungen reicht. Ich bleibe stehen. »Es klingt vielleicht albern, aber irgendwie frage ich mich doch, ob das nicht böse Vorzeichen sind.«

»Was denn?«

»Na, daß die Kinder gesagt haben, wir sollten nicht weitergehen . . .«

»Sie haben gesagt, *sie* dürften nicht mit. Das ist doch ganz was anderes.«

»Und dann dieser Typ da, wie hinterhältig der zum Schluß gegrinst hat, als wüßte er, was uns da hinten erwartet, und uns extra nichts sagen wollte.«

»Wieso denn hinterhältig? Er hat einfach bloß gegrinst, weiter nichts. Du bist ja schon genau wie Kwan, pickst dir irgendwelche Zufälle heraus und bastelst dir damit gleich einen Aberglauben.«

Ich explodiere. »Du wolltest wissen, was ich denke, und ich hab's dir gesagt! Wieso mußt du mich denn sofort wieder runtermachen?«

»Hey, sachte, sachte, so war das doch nicht gemeint ... Ich wollte dich nur beruhigen. Möchtest du lieber umkehren? Bist du wirklich so ängstlich?«

»Gott, wie ich das hasse, wenn du so redest!«

»Was hab ich denn jetzt wieder gesagt?«

»›*So* ängstlich‹«, äffe ich ihn erbost nach. »Das sagst du immer nur über Frauen und junge Hunde. *So* herablassend!«

»Aber so hab ich's doch nicht gemeint.«

»Gib's doch zu, Männer würdest du nie als ängstlich bezeichnen.«

»Ja, ja, ist ja gut! Ich bekenne mich schuldig. Du bist nicht ängstlich, du bist ... hysterisch! Ist das besser?« Er grinst. »Na komm schon, Olivia, mach dir nicht so viele Gedanken. Was soll denn schon groß passieren?«

»Ich weiß nicht, ich hab halt so ein ungutes Gefühl, daß wir möglicherweise in einer Sperrzone rumlaufen, wo wir nichts zu suchen haben. Ich finde es taktlos, wenn wir uns hier wie die typischen Amis benehmen, die meinen, sie könnten sich alles herausnehmen.«

Er legt mir den Arm um die Schultern. »Paß auf. Wir sind doch schon beinah oben. Wir werfen nur mal schnell einen Blick auf die andere Seite rüber, und dann kehren wir sofort um. Sonst macht der ganze Aufstieg doch keinen Sinn. Und wenn wir jemanden sehen, entschuldigen wir uns höflich, wir können ja sagen, wir hätten uns verirrt. Es sei denn, du bist wirklich *zu* ängstlich, ich meine, *beunruhigt* ...«

»Jetzt hör aber auf!« Ich versetze ihm einen Schubs. »Geh du ruhig vor, ich komm dann nach.«

Mit langen Schritten eilt er davon, während ich noch eine Weile herumstehe und mich über mich selbst ärgere, weil es mir nicht gelungen ist, mich verständlich zu machen. Aber warum *spürt* Simon denn nicht, was ich will? Ich kann es ja schließlich nicht rundheraus fordern, sonst bin ich am Ende wieder die Zimtzicke und er das arme Opferlamm.

Als ich oben ankomme, ist er schon im nächsten Felstunnel, der fast genauso aussieht wie der erste, nur etwas ramponierter. Ein Teil der Mauer ist eingesackt, und es sieht nicht nach allmählichem Verfall aus, sondern nach dem jähen Einschlag einer Kanonenkugel oder eines Rammbocks.

»Olivia!« ruft Simon von der anderen Seite her. »Komm, schau dir das mal an, du wirst es nicht glauben!«

Ich eile hinüber, und als ich aus dem Felsentor hinaustrete, erblicke ich eine Landschaft, die mich zugleich abschreckt und verzaubert: eine alptraumhafte Märchenwelt, ohne jede Ähnlichkeit mit dem lieblichen, sonnendurchfluteten Tal, das wir gerade durchwandert haben. Es ist eine tiefe, enge Schlucht, aus mächtigen Verwerfungen der Erdkruste entstanden, so zerwühlt wie ein ungemachtes Bett, eine rissige Moosdecke, von Lichtflecken und Schattenkuhlen gescheckt, in den verblichenen Fehlfarben ewiger Dämmerung.

Simons Augen sind glasig vor Erregung. »Na, ist das nicht überwältigend?«

Hie und da türmen sich Felsbrocken mannshoch auf wie urzeitliche Monumente, eine Armee von versteinerten Soldaten. Oder vielleicht auch wie Lots Frau in chinesischer Version, Mahnmale menschlicher Schwäche, zu Fossilien erstarrte Überreste all jener, die in dieses verbotene Gelände eingedrungen waren und einen Blick zurück gewagt hatten.

Simon streckt den Arm aus. »Schau nur, all diese Höhlen! Das müssen ja Hunderte sein!«

Die Wände der Schlucht sind über und über von Kerben und Spalten, Narben und Löchern durchzogen, die mir wie die Grabkammern einer prähistorischen Totenstadt vorkommen.

»Das ist doch einfach grandios!« ruft Simon. Ich weiß, daß er es kaum noch erwarten kann, sich auf die Suche nach Kwans Höhle zu machen. Er klettert eine Art Pfad hinunter, eigentlich nur ein Bachbett voller Steine, die auf Schritt und Tritt unter ihm wegrutschen.

»Simon, ich bin müde. Mir tun schon die Füße weh.«

Er dreht sich um. »Dann bleib doch, wo du bist, und warte auf mich. Ich schau mich nur mal fünf Minuten um, dann gehen wir zusammen zurück, okay?«

»Aber wirklich nur fünf Minuten!« schreie ich ihm nach. «Und geh ja nicht in eine dieser Höhlen rein!« Wie kommt es nur, daß er sich der Gefahr so gar nicht bewußt ist? Das muß wohl mit dem biologischen Unterschied zwischen Männern und Frauen zusammenhängen. Frauen verfügen über eine differenziertere Wahrnehmung, weshalb sie zumeist auch sensibler, humaner, umsichtiger sind, während die Männer dazu neigen, ihren primitiven Instinkten zu folgen. Felsen stacheln ihren Jagdtrieb an, und wo sie Gefahr wittern, erwacht ihr Entdeckungsdrang. Nach vollbrachter Heldentat kann man sich dann mit einer guten Zigarre zurücklehnen. Ich ärgere mich über Simons Waghalsigkeit, und doch gefällt mir diese jungenhafte Abenteuerlust, diese unbekümmerte Risikofreude. Ich überlege, welchen Typ von Männern ich sexy finde: es sind immer die, die Achttausender im Himalaya besteigen oder im Dschungel durch Flüsse voller Krokodile paddeln. Nicht daß ich ihren Mut so sehr bewunderte. Sie sind tollkühn, rücksichtslos, fürchterlich unzuverlässig, aber wie Flutwellen oder Meteore verleihen sie dem Leben doch eine Spannung, ohne die alles so vorhersehbar wäre wie Ebbe und Flut, so eintönig wie die immer gleiche Abfolge von Tag und Nacht.

Ich schaue auf meine Uhr. Die fünf Minuten sind längst vergangen, mehr als eine Viertelstunde stehe ich hier schon herum, und Simon ist noch immer nicht zurück. Wo zum Teufel bleibt er nur? Zuletzt habe ich ihn auf einen dieser Geröllhaufen zusteuern sehen, und dann ist er auf Nimmerwiedersehen hinter einem Busch verschwunden. Ein Regentropfen fällt mir auf die Wange, ein nächster auf die Jacke; im Nu fängt es an zu gießen. »Simon!« rufe ich, so laut ich kann,

»Simon!« Doch meine Stimme wird vom Regenrauschen verschluckt. Ich stelle mich im Felstunnel unter, wo der Regen mir wie eine Gardine den Blick verschleiert. Die Luft hat einen metallischen Geruch, wohl von den Mineralien, die aus den Felsen geschwemmt werden. Die düsteren Steilhänge schimmern vor Nässe, Wasserfälle stürzen herab und reißen lose Felsbrocken mit sich. Um Himmels willen, schießt es mir durch den Kopf, was ist, wenn es jetzt eine Sturzflut gibt? Ich verfluche Simon dafür, daß ich seinetwegen solche Ängste ausstehen muß. Doch es hilft alles nichts, meine Angst steigert sich zur Panik. Ich muß meinen Unterschlupf verlassen und ihn suchen gehen. Grimmig ziehe ich mir die Kapuze über und haste in den Regen hinaus, den aufgeweichten Pfad hinab.

Doch kaum, daß ich einen Blick in die finstere Schlucht vor mir werfe, schwindet mir der Mut, und ich breche in verzweifeltes Flehen aus: »Bitte, lieber Gott oder Buddha, wer immer hier zuständig ist, laß ihn wiederkommen. Ich kann nicht mehr. Laß ihn nur wiederkommen, und ich verspreche auch . . .«

Da taucht plötzlich Simons Gesicht auf. Seine Haare, seine Daunenjacke, seine Jeans, alles trieft vor Nässe, und er hechelt glücklich wie ein Hund, der einen Stock apportiert. Meine Dankbarkeit verwandelt sich augenblicklich wieder in Wut.

Wir rennen in den Tunnel zurück. Simon schlüpft aus seiner durchweichten Jacke und wringt die Ärmel aus. »Eine schöne Bescherung!« grolle ich. »Was sollen wir nun machen?«

»Uns gegenseitig wärmen.« Er klappert mit den Zähnen. Er lehnt sich an die Felswand und zieht mich an sich, meinen Rücken an seiner Brust. Seine Hände sind eiskalt. »Komm, beruhig dich erst mal.« Er wiegt mich sanft hin und her. »Na, siehst du, schon besser.«

Ich versuche, an die Innigkeit heute morgen zurückzudenken, das unerwartete Glück, die lustvolle Übereinstimmung, die plötzlich wieder zwischen uns da war. Aber jetzt bin ich durch und durch verkrampft, fühle mich eingezwängt, seine Arme schnüren mir die Luft ab. Wie soll ich mich denn so einfach beruhigen? Wie kann ich denn einfach loslassen, alles abschütteln, was geschehen ist? Dazu bräuchte man bedingungsloses Vertrauen.

Auf einmal befällt mich ein böser Verdacht: Hat Simon seit unserer Trennung etwa mit anderen Frauen geschlafen? Aber natürlich, wie denn auch nicht? Der Kerl kommt ja keine drei Tage ohne Sex aus. Vor ein paar Jahren bin ich in einer Zeitschrift mal auf eine Umfrage gestoßen, »die heimlichen Wünsche Ihres Partners« oder so ähnlich. Ich las Simon die erste Frage vor: »Wo oft masturbiert Ihr Partner?« Und während ich im Geiste »selten oder nie« ankreuzte, sagte Simon ganz unbefangen: »Drei bis vier Mal pro Woche, je nachdem.«

»Je nach *was*?« platzte ich heraus. »Je nach Wetterlage?«

»Och, ich weiß nicht, Langeweile, nehme ich an.« Und ich dachte, ich hör wohl nicht recht, zweimal pro Woche mit mir ist also *langweilig*?

Und nun frage ich mich, mit wie vielen Frauen hat er sich denn wohl *gelangweilt*, seit unserer Trennung?

Simon massiert mir den Nacken. »Du meine Güte, bist du aber verspannt. Spürst du das?«

»Simon, weißt du noch, heute morgen?«

»Hmmm, das war schön.«

»Aber glaubst du nicht, wir hätten lieber ein Kondom benutzen sollen?« Ich hoffe, daß er sagen wird: »Wozu denn? Bei mir ist doch eh kein Nachwuchs zu befürchten.« Aber stattdessen holt er tief Luft. Seine Finger hören auf zu kneten. Dann reibt er mir hastig über den Arm.

»Hmmm, ja, da hab ich gar nicht dran gedacht.«

Ich zucke zusammen. Ich versuche, ruhig durchzuatmen. Jetzt *muß* ich ihn aber fragen. Egal, was er antwortet, es wird mich schon nicht umhauen. Schließlich bin ich selber auch keine Heilige. Ich bin mit diesem blöden Werbefritzen Rick ins

Bett gestiegen – auch wenn wir das Kondom, das griffbereit auf dem Nachttisch lag, dann doch nicht gebraucht haben; sein »strammer Max«, wie er das armselige Würstchen nannte, ließ ihn nämlich im Stich, was ihm angeblich noch nie zuvor passiert war. Und ich fühlte mich natürlich gedemütigt, vor allem, nachdem ich mit wohlkalkulierten Seufzern und Schnaufern die heftigste Erregung simuliert hatte.

Simons Atem, dicht an meinem Ohr, läßt mich an das Rauschen in einer Seemuschel denken, eine Erinnerung, die nun für immer und ewig in einer Spirale gefangen ist.

»Simon, hör mal, wegen dieser Sache mit dem Kondom – soll das heißen, daß du inzwischen mit jemand anderem geschlafen hast?«

Er zieht scharf die Luft ein, dreht den Kopf von meinem Ohr weg. »Tja ... na ja, also, wenn da was war, kann ich mich jedenfalls nicht mehr erinnern.« Er drückt mich an sich. »Außerdem zählen die alle nicht. Nur du.«

»Die *alle*? Wie viele denn genau?«

»Äh ... ach, was soll's, hab's vergessen.«

»Zehn? Zwölf?«

Er lacht. »Nun mach aber halblang.«

»Drei? Vier?«

Er schweigt. Ich ebenfalls. Er seufzt auf, wechselt unbehaglich das Standbein. »Hmmm. So in etwa.«

»Was denn nun? Drei oder vier?«

»Olivia, jetzt laß doch mal gut sein. Sonst wirst du ja doch bloß sauer.«

Ich rücke von ihm ab. »Keine Angst, ich bin schon sauer. Du hast mit vier anderen Frauen geschlafen, und heute denkst du Idiot nicht mal dran, dir was überzuziehen!« Ich lehne mich ihm gegenüber an die Tunnelwand und durchbohre ihn mit meinem Lügendetektorblick.

»Es waren nur drei.« Er senkt betreten die Augen. »Und ich hab mich vorgesehen. Hab jedesmal ein Kondom benutzt.«

»*Jedesmal*! Jede Menge Dreierpäckchen, wie? Sehr rücksichtsvoll von dir, daß du an mich gedacht hast.«

»Komm schon, Olivia, hör auf.«

»Und wer waren sie? Irgendeine dabei, die ich kenne? Sag doch!« Prompt fällt mir eine Frau ein, die ich nicht leiden kann, Verona, eine freiberufliche PR-Beraterin, die wir letztes Jahr mal für einen Auftrag hinzugezogen hatten. Alles an ihr war künstlich, ihr Name, ihre Wimpern, ihre Fingernägel, ihr Busen. Irgendwann hatte ich Simon gegenüber mal die Bemerkung fallenlassen, ihr Busen sei zu prall, um echt zu sein. Er lachte: »Na, auf jeden Fall fühlt er sich aber ganz schön echt an.« Und als ich ihn fragte, woher er das wüßte, sagte er, sie habe sich beim Durchsehen der Layoutmuster immer über seine Schulter gelehnt und ihre Titten an ihn gedrückt. »Warum hast du mir denn nie etwas davon gesagt?« wollte ich wissen. Er meinte, es habe doch ohnehin keine Rolle gespielt, da er nicht beabsichtigte, auf das Geflirte einzugehen.

»War eine davon vielleicht Verona?« Ich verschränke die Arme fest vor der Brust, um mein hilfloses Zittern unter Kontrolle zu kriegen. Er setzt zu einer Erwiderung an und winkt dann resigniert ab. »Gib's zu! Du hast mit dieser aufgedonnerten Tussi gevögelt!«

»Das hast jetzt aber du gesagt, nicht ich.«

Ich kann mich nicht mehr bremsen. »Und? Sag schon, war ihr Busen unecht, oder was?«

»Hör endlich auf, Olivia. Warum ist dieser Quatsch dir denn so wichtig? Das hat doch gar nichts zu bedeuten.«

»O doch, es bedeutet, daß du nie vorgehabt hast, wieder zu mir zurückzukommen! Es bedeutet, daß ich dir nicht vertrauen kann. Ich hab dir niemals vertrauen können!« Außer mir vor Wut, versuche ich wie eine Ertrinkende, Simon mit in die Tiefe zu ziehen. »Ich bin dir nie wirklich wichtig gewesen! Das hab ich mir immer nur vorgemacht, genau wie Kwan dir damals mit ihrer albernen Geisterbeschwörung was vorgemacht hat. Erinnerst du dich, wie Elza gesagt hat, daß du sie vergessen solltest? Ja? Und weißt du, was? Kwan hat dir das alles bloß vorgelogen, weil ich es so wollte.«

Simon schmunzelt verhalten. »Jetzt krieg dich mal wieder ein, Olivia. Meinst du etwa, ich hätte diesen ganzen Schmonzes *geglaubt*? Ich dachte, wir hätten da beide nur mitgespielt, um Kwan nicht den Spaß zu verderben.«

Ich fange an zu schluchzen. »Ja, wahnsinnig komisch... Aber es war kein Spaß, Simon, sie war tatsächlich da! Ich schwör's dir, ich hab sie selbst gesehen. Und weißt du, was sie wirklich gesagt hat? *Angefleht* hat sie dich, daß du *mich* vergessen solltest und auf sie warten...«

Simon schlägt sich die Hand vor den Kopf. »Das ist ja nicht zu fassen, du gibst wohl nie auf, was?«

»*Ich*? Du bist es doch, der *sie* nicht aufgibt!«

Simon sieht mich mit zusammengekniffenen Augen an. »Willst du mal wissen, was dein Problem ist? Du benutzt Elza als Sündenbock für deine eigene Unsicherheit. Du übertreibst völlig. Du hast Elza ja nicht mal gekannt, aber du projizierst deine gesamten Selbstzweifel auf sie...«

Ich halte mir die Ohren zu. Während er mich weiter mit seinem pseudoanalytischen Quark überhäuft, zermartere ich mir den Kopf nach einem schlagkräftigen Gegenbeweis, der ihm endgültig den Boden unter den Füßen wegzieht. Und da fällt mir plötzlich der Kosename aus Elzas Briefen wieder ein, die ich irgendwann mal heimlich gelesen habe. »So, du glaubst, ich habe Wahnvorstellungen? Mag schon sein, weil ich deine Elza nämlich genau jetzt und hier sehen kann! Jawohl! Sie steht direkt vor dir, und sie hat gerade zu dir gesagt: ›Aber, Knuddelbär, warum verleugnest du mich denn?‹« Simon erstarrt. ›Du solltest doch auf mich warten, wir hatten doch noch so viel zusammen vor.‹«

Simon versucht, mir den Mund zuzuhalten. Ich entwinde mich seinem Griff, springe zurück.

»Begreifst du denn nicht?« schreie ich ihn an. »Sie ist hier! Sie ist in deinem Kopf, in deinem Herzen! Sie ist immer da, die ganze Zeit, auch jetzt auf diesem saublöden Spaziergang, mit ihren saublöden Omen, um uns zu sagen, daß wir keine Chance gegen sie haben, Simon, wir sind verloren!«

Endlich zeigt seine Miene nun doch echte Betroffenheit. So habe ich ihn noch nie gesehen; fast macht es mir angst. Er bebt am ganzen Körper. Ein paar Tropfen rinnen ihm über die Wangen – sind es Regentropfen oder Tränen?

»Warum tust du mir das an?« brüllt er.

Ich drehe mich um und stürze aus dem Felsentor hinaus. Keuchend renne ich durch das Tal zurück, bis mir schier das Herz zerspringt. Der Regen läßt allmählich nach. Als ich dann erschöpft und ausgepumpt in unseren Hof trete, wirft Kwan mir von der Tür aus einen wissenden Blick zu.

»Libby-ah, oh, Libby-ah«, jammert sie, »warum weinst du?«

# *Das Tal der Statuen*

Simon ist noch immer nicht zurück. Ich schaue auf die Uhr. Schon eine ganze Stunde! Na gut, sage ich mir, wenn er unbedingt schmollen will, selber schuld, soll er sich da draußen ruhig einen abfrieren. Ich greife mir ein Taschenbuch und verkrieche mich ins Bett. Die Chinareise ist nun also doch ein Debakel. Am vernünftigsten wäre es wohl, wenn Simon gleich zurückfahren würde. Was soll er hier noch, allein kommt er nicht klar, schließlich kann er ja kein Chinesisch. Dies hier ist Kwans Dorf, und sie ist *meine* Schwester. Was den Auftrag für das Reisemagazin angeht, da werde ich mir von jetzt an eben selber Notizen machen müssen und zu Hause dann jemanden finden, der mir hilft, daraus einen netten Artikel zu schreiben.

Kwan ruft zum Mittagessen. Ich reiße mich zusammen, um der chinesischen Inquisition mit der nötigen Gelassenheit entgegenzutreten. »Wo bleibt Simon?« wird sie gleich fragen. »Ai-ya, warum immer so viel streiten?« Im Wohnzimmer stellt Kwan gerade eine dampfende Schüssel auf den Tisch. »Schau her, Tofu, Bambussprossen, eingelegte Gemüse. Willst du noch schnell Foto machen?« Ich habe keinen Appetit, keine Lust zu fotografieren. Du Lili schleppt eilig einen Topf Reis und drei Schälchen herbei. Wir fangen an zu essen. Die beiden anderen langen kräftig zu und kosten mit Kennermiene.

»Erst nicht salzig genug«, beschwert sich Kwan, »jetzt zu salzig.« Ist das vielleicht auf mich und Simon gemünzt? Ein paar Minuten später sagt sie zu mir: »Heute morgen so viel Sonne, jetzt schau, wieder Regen.« Spielt sie jetzt auf meinen Streit mit Simon an? Doch während der ganzen Mahlzeit erwähnen weder sie noch Du Lili seinen Namen. Statt dessen klatschen sie munter über die Leute hier im Dorf, kauen genüßlich durch, was in den letzten dreißig Jahren so vorgefallen ist, Hochzeiten und Krankheiten, Familientragödien und schnurrige Begebenheiten, die mich alle nicht interessieren. Ich horche unentwegt nach draußen auf das ersehnte Knarren des Hoftors, das Simons Rückkehr ankündigt, doch ich höre nichts als das gleichmäßige, sinnlose Rauschen des Regens.

Nach dem Essen sagt Kwan, sie und Du Lili wollten jetzt Big Ma im Gemeindesaal besuchen gehen. Ob ich mitkäme? Ich stelle mir vor, wie Simon in das leere Haus zurückkehrt, mich überall sucht, immer mehr in Sorge gerät, wenn nicht gar in Panik. Ach, Blödsinn, *der* macht sich doch keine Sorgen, dafür bin *ich* zuständig. »Nein, ich glaube, ich bleib lieber hier, ich muß mal mein Fotomaterial ordnen und mir aufschreiben, was ich bisher schon geknipst habe.«

»Okay. Wenn du später fertig, komm nach, letzte Chance, Big Ma noch mal sehen. Morgen machen wir Begräbnis.«

Endlich allein, hole ich die Plastikbeutel mit unbelichteten Filmrollen vor und prüfe, ob sie feucht geworden sind. Verdammtes Mistwetter! Es ist so kalt und klamm, daß ich trotz meiner vier Schichten Kleidung noch friere, meine Zehen sind praktisch schon taub. Und das alles nur, weil ich zu stolz war, genügend warme Klamotten einzupacken.

Vor unserem Reiseantritt hatten Simon und ich uns noch darüber in die Wolle gekriegt. Ich hatte vor, einen großen Koffer, meinen Dufflecoat und meine Kameratasche mitzunehmen. Simon sagte, er würde mit zwei Reisetaschen auskommen, und dann fing er an zu sticheln: »Übrigens, verlaß dich bloß nicht drauf, daß ich dir deinen Kram schleppe.« Ich fauchte zurück: »Hab ich das etwa verlangt?« Und er erklärte frech: »Du *verlangst* nie was, du *erwartest* es.«

Worauf ich natürlich beschloß, mir auf keinen Fall von Simon helfen zu lassen – selbst wenn er darauf bestünde. Wie ein Pionier, dem vor einer Wüstendurchquerung die Kamele abhanden gekommen sind, siebte ich mein Gepäck also noch einmal gründlich durch; außer der Kameratasche durfte nur noch mit, was ich bequem in einem Rollköfferchen unterbringen konnte. Zurück blieben die CDs samt Discman, die Peelingcreme, die Gesichtslotion, die Aufbaucreme, der Fön, der Haarbalsam, zwei mollige Trainingsanzüge, die Hälfte der Unterwäsche und Socken, zwei dicke Romane, die ich schon seit zehn Jahren lesen wollte, eine Tüte Backpflaumen, zwei von drei Rollen Klopapier, ein Paar gefütterte Stiefel und leider, leider auch meine lila Daunenweste. Als ich die Auswahl traf, hatte ich auf tropische Klimaverhältnisse gehofft, auf die Gelegenheit, eine chinesische Opernaufführung zu besuchen; daß es dort, wo wir hinfuhren, nicht mal elektrischen Strom geben könnte, hatte ich nicht bedacht.

Und so finde ich in meinem Köfferchen nun so absolut überflüssiges Zeug vor wie Trägerhemdchen, Baumwollshorts, ein Reisebügeleisen, Sandalen, einen Badeanzug, einen pinkfarbenen Seidenblazer. Den kann ich jetzt höchstens zu der Seifenoper tragen, die sich in meinen eigenen vier Wänden abspielt. Wenigstens habe ich noch meine wasserdichte Regenhaut, aber das ist auch kein großer Trost. Ich sehne mich nach der Daunenweste wie ein Ertrinkender nach einem Rettungsring. Was würde ich nicht für ein bißchen Wärme geben! Der Teufel hole dieses Schietwetter und Simon gleich mit, der gemütlich in seine Daunenjacke eingemummt ist ...

Unsinn, die Jacke ist nun ja durchweicht und nutzlos. Ich dachte, er hätte vor Wut gebebt, als ich ihn da oben in dem Tunnel stehenließ, aber war es nicht doch vor Kälte? Woran erkennt man denn genau, ob jemand unterkühlt ist? Wut oder

Kälte … auf einmal streift mich eine vage Erinnerung, fünf oder sechs Jahre muß das her gewesen sein.

Ich machte damals Fotos in einer Ambulanz, die üblichen dramatischen Szenen, um den Jahresbericht der Klinik abzurunden. Ein paar Sanitäter schoben eine schäbig gekleidete Frau herein, die nach Urin stank. Sie lallte, ihr sei so furchtbar heiß, man solle ihr doch den Nerzmantel abnehmen, den sie gar nicht trug. Ich dachte natürlich, sie sei betrunken oder im Drogenrausch. Und dann fing sie an, sich in Krämpfen zu winden. »Schnell, den Defibrillator!« schrie jemand. Später fragte ich dann eine der Krankenschwestern, was ich denn als Bildunterschrift eintragen sollte – Herzinfarkt? Delirium tremens? »Schreiben Sie einfach: Januar«, blaffte die Schwester. Und als ich nur verdutzt dreinschaute, sagte sie: »Es ist Januar. Eiskalt draußen. Sie ist an Unterkühlung gestorben wie schon sechs andere Obdachlose diesen Monat.«

Aber das wird Simon nicht passieren. Er ist kerngesund. Ihm ist immer zu warm. Er läßt das Autofenster runter, wenn andere Leute vor Kälte schlottern, und fragt noch nicht mal, ob man was dagegen hat. Er ist eben einfach rücksichtslos. Er läßt einen warten, kommt gar nicht auf die Idee, daß man sich Sorgen machen könnte. Er wird jeden Moment hier aufkreuzen, mit diesem irritierenden Grinsen, als sei alles in bester Ordnung, und ich werde stocksauer auf ihn sein, weil ich mich wieder grundlos geängstigt habe.

Fünf Minuten lang versuche ich, mir das einzureden; dann renne ich Hals über Kopf zum Gemeindesaal, um Kwan zu holen.

Oben im Felstunnel finden wir Simons Jacke wie eine zusammengekrümmte Leiche am Boden. Hör auf zu winseln, rufe ich mich zur Ordnung. Wer flennt, erwartet das Schlimmste.

Ich stehe an der Mauerkante und halte nach irgendeiner Bewegung Ausschau, während sich vor meinem inneren Auge alle möglichen Horrorvisionen abspulen. Simon, der pitschnaß und total entkräftet durch die Schlucht irrt. Felsbrocken, die von den Hängen hinabstürzen. Der falsche Kuhhirte, der sich als waschechter Bergräuber entpuppt und Simons Paß stiehlt. »Kwan«, bricht es aus mir hervor, »wir haben vorhin ein paar Kinder getroffen, die haben uns angeschrien ... und dann diesen Kerl mit zwei Kühen, der hat uns Arschlöcher genannt ... Ich war so verstört, und da bin ich ein bißchen ausfallend geworden, und Simon ... er wollte mich erst beruhigen, aber dann haben wir doch Krach gekriegt, na ja, und was ich da alles gesagt habe ... ich hab's nicht so gemeint.« Meine Worte hallen dumpf in dem Tunnel wider, wie in einem Beichtstuhl.

Kwan hört mir still und betrübt zu. Sie versucht nicht, mir meine Schuldgefühle zu nehmen, erspart mir alle hohlen, optimistischen Phrasen. Sie öffnet den Rucksack, den Du Lili uns noch aufgedrängt hat, breitet die Thermodecke auf dem Boden aus, bläst das Luftkissen auf, stellt den kleinen Campingkocher daneben und einen Reservekanister.

»Wenn Simon zu Big Mas Haus zurückkommt«, erklärt sie auf chinesisch, »dann schickt Du Lili jemanden mit der Nachricht zu uns rauf. Wenn er hierher kommt, bist du da und kannst ihm helfen, sich aufzuwärmen.« Sie spannt ihren Schirm auf.

»Wo willst du denn hin?«

»Nur mal ein bißchen herumschauen.«

»Und wenn du dich auch verläufst?«

»*Meiyou wenti.*« Keine Sorge. »Ich kenne die Gegend von klein auf, jeden Felsen, jede Biegung, ich kenne sie alle wie alte Freunde.« Sie tritt in den Nieselregen hinaus.

Ich rufe ihr nach: »Wie lange bleibst du weg?«

»Nicht lange. Eine Stunde vielleicht, mehr nicht.«

Ich sehe auf die Uhr. Es ist kurz vor halb fünf. Um halb sechs wird die Dämmerung anbrechen, das romantische

Zwielicht der blauen Stunde, aber jetzt habe ich Angst davor, denn nach sechs wird es zu dunkel sein, um wieder heimzufinden.

Nachdem sie fort ist, gehe ich ruhelos im Tunnel auf und ab, schaue zur einen Seite hinaus, sehe nichts, dann zur anderen, wieder nichts, und immer so weiter. Du wirst nicht sterben, Simon. Das ist doch fatalistischer Blödsinn. Ich denke an Leute, die in den unwahrscheinlichsten Notlagen überlebt haben. Der verirrte Skiläufer in Squaw Valley zum Beispiel, der sich eine Höhle im Schnee gegraben hatte und nach drei Tagen geborgen wurde. Und der Polarforscher, der auf einer Eisscholle abgetrieben war und die ganze Nacht von einem Bein aufs andere hüpfte, um am Leben zu bleiben. Und dann gab es da doch diese Erzählung von Jack London – von einem Mann, der von einem Schneesturm überrascht wird und es schafft, ein Feuer aus nassen Zweigen zu entfachen. Ich erinnere mich aber auch an das Ende: Ein Schneeklumpen fällt von einem überhängenden Zweig auf das Feuer und löscht alle Hoffnung aus. Mir fallen noch andere Geschichten ein, die schlecht ausgingen: Der Snowboarder, der in eine Senke rutschte und am nächsten Morgen tot aufgefunden wurde. Der Jäger, der sich irgendwo an der Grenze zwischen Italien und Österreich zum Rasten niederließ und erst nach etlichen Jahrtausenden als Gletschermann wieder zum Vorschein kam.

Ich versuche zu meditieren, um diese negativen Gedanken loszuwerden: offene Hände, offener Geist. Aber meine Finger sind zu kalt, um abzuschalten. Ob Simon jetzt auch so schrecklich friert?

Ich stelle mir vor, ich sei Simon, wie er hier im Tunnel stand, überhitzt vom Streiten, alle Muskeln angespannt, drauf und dran, blindlings irgendwohin loszustürmen. Das habe ich schon öfter bei ihm erlebt. Als er hörte, daß unser Freund Eric in Vietnam gefallen war, wanderte er auch so ziellos davon, bis er sich in den Eukalyptushainen am Presidio verlief. Ein anderes Mal waren wir bei Freunden auf dem Land eingeladen, und einer von ihnen fing an, rassistische Witze zu erzählen. Simon sprang auf, nannte ihn einen Vollidioten und marschierte hinaus. Ich war damals ganz schön sauer, daß er mich die Peinlichkeit ausbaden ließ, aber nun, im Rückblick, empfinde ich so etwas wie wehmütige Bewunderung für seine Unbestechlichkeit.

Der Regen hat aufgehört. Das muß er auch gemerkt haben. »Hey«, höre ich ihn im Geiste sagen, »schauen wir doch noch mal, wie's da hinten zwischen den Felsen aussieht.« Ich trete hinaus an die Kante der Schlucht und blicke hinab. Er würde den Sog der Tiefe nicht so schaurig finden wie ich. Er würde nicht vor dem Steilhang zurückschrecken, gar nicht erst auf die Idee kommen, wie leicht man sich hier das Genick brechen kann. Nein, er würde sich schlicht und einfach an den Abstieg machen. So, wie ich jetzt. Ob Simon diesen Pfad auch langgegangen ist? Auf halbem Weg in den Talgrund bleibe ich stehen und schaue mich um. Es gibt keine andere Möglichkeit, hier herabzugelangen, es sei denn, man würde sich gleich von oben über die Felskante stürzen, gut zwanzig Meter senkrecht in die Tiefe. Aber Simon ist nicht der Typ, der zum Selbstmord neigt, sage ich mir. Außerdem drohen Selbstmordkandidaten doch erst mal damit, sich umzubringen, bevor sie es tun. Und da fällt mir plötzlich eine Story aus dem *Chronicle* ein, über einen Mann, der seinen nagelneuen Range Rover eines Tages auf der Golden-Gate-Brücke parkte, mitten im Stoßverkehr, und dann über die Brüstung sprang. Seine Freunde nahmen die Nachricht mit ungläubiger Verblüffung auf. »Ich hab ihn letzte Woche noch im Fitneßclub getroffen«, sagte einer zu dem Reporter. »Er hat mir erzählt, daß er zweitausend Intel-Aktien besäße, deren Wert inzwischen auf das Sechsfache gestiegen sei. Mann, der hatte doch handfeste Zukunftsaussichten!«

Fast schon unten in der Schlucht angekommen, blicke ich zum Himmel auf, um abzuschätzen, wie lange es noch hell bleiben wird. Ich sehe dunkle Vögel wie Motten durch die Luft schwirren, im Sturzflug niedersausen und mit hurtigem Flügelschlag wieder aufflattern. Ihr Piepsen klingt schrill, wie angsterfüllt. Fledermäuse sind das, keine Vögel! Aus ihren Höhlen hervorgekommen, jagen sie jetzt in der Dämmerung nach Insekten. In Mexiko habe ich früher schon mal Fledermäuse gesehen – *mariposas*, sagten die Kellner dazu, Schmetterlinge, um die Touristen nicht zu erschrecken. Aber ich fürchte mich nicht vor ihnen. Für mich sind sie Hoffnungsboten wie die Taube, die Noah den Ölzweig brachte. Die Rettung ist nah. Simon kann nicht so weit weg sein. Vielleicht hat er die Fledermäuse aufgescheucht, als er in ihre Höhle einstieg und sie in ihrem kopfüberhängenden Schlummer störte.

Ich folge dem gewundenen, unebenen Pfad und versuche zu erkennen, wo die Fledermäuse herkommen, wohin sie zurückfliegen. Da rutsche ich auf einem losen Stein aus und verknackse mir den Knöchel. Ich humpele bis zum nächsten Felsbrocken, lasse mich darauf niedersacken. »Simoon!« Doch anstatt weithin zu schallen wie in einem Amphitheater, verebbt mein Ruf kläglich in den Tiefen der Schlucht.

Wenigstens friere ich nicht mehr so. Hier unten ist es fast windstill, die Luft ist seltsam dumpf und drückend. Müßte der Luftzug denn nicht *stärker* sein hier unten, so wie zwischen den Wolkenkratzern, die eine Art Windkanal bilden?

Ich schaue prüfend zu den Wolken auf. Sie ziehen schnell über die Felsen hinweg, also weht dort oben ein heftiger Wind. Je länger ich hinaufschaue, desto schwindliger wird mir. Die Bergkuppen, die Bäume, die Felsbrocken dehnen sich riesenhaft aus, noch bedrohlicher als zuvor. Ich stehe auf und gehe weiter, achte diesmal aber darauf, wohin ich die Füße setze. Obwohl der Grund eben ist, kommt es mir vor, als stiege ich steil bergan. Eine unsichtbare Masse scheint sich gegen mich zu stemmen. Ist dies einer der Orte auf der Welt, wo die normalen physikalischen Gesetze außer Kraft sind? Ich klammere mich in den Rissen der Felswand fest und ziehe mich mit solcher Anstrengung weiter, daß ich fürchte, jeden Augenblick erschöpft zusammenzubrechen.

Und plötzlich bleibt mir die Luft weg. Ich stehe auf einem Felsvorsprung, der über einen jähen Abgrund ragt, als sei die Erde hier wie ein Soufflé zu einem gigantischen Krater zusammengefallen. Buckliges Ödland dehnt sich bis zu den Bergen am anderen Ende der Schlucht, gespickt mit diesen eigenartigen Felsmonumenten, die ich schon früher gesehen habe. Es sieht aus wie ein versteinerter Wald, ein düsterer Stalagmitenhain. Ob hier einst ein Meteor eingeschlagen ist? Das Tal der Todesschatten, so nenne ich es für mich.

Nach mühevoller Kletterei nähere ich mich einem dieser steinernen Auswüchse und umkreise ihn vorsichtig wie ein Hund, versuche zu begreifen, wie er entstanden sein mag. Eins ist sicher, er ist nicht von selbst aus dem Boden gesprossen. Irgendwer hat diese Felsen absichtlich aufgetürmt – und zwar so verquer, daß mir unerklärlich ist, wieso sie nicht herunterfallen. Wuchtige Brocken balancieren auf spitzen Kegeln. Andere ruhen schräg gekippt auf einer pfenniggroßen Unterlage, wie von einem Magneten festgehalten. Sie wirken fast wie moderne Versionen von Lampen oder Hutständern, eigens dazu gestaltet, einen Anschein von Instabilität zu erwecken. Auf einem der Steingebilde sieht der oberste Felsen wie eine verformte Bowlingkugel aus, deren Löcher an leere Augenhöhlen und einen schreienden Mund gemahnen, wie die Figur in dem Gemälde von Edvard Munch. Ich sehe noch andere Felsformationen mit den gleichen Fratzen. Sind die von Menschenhand gemeißelt? Aber wann, und warum? Kein Wunder, daß Simon unbedingt hierher wollte. Sicher ist er hier hinabgestiegen, um sich genauer umzuschauen. Im Weitergehen scheinen mir diese seltsamen Monumente mehr und mehr den geschwärzten Opfern von Pompeji oder Hiroshima zu ähneln. Mahnmale der Apokalypse. Ich bin von einer Armee aus Kalksteinstatuen umringt, den auferstandenen Leibern urzeitlicher, versteinerter Meereswesen.

Ein muffiger, fauliger Geruch sticht mir in die Nase, nimmt mir den Atem. Schaudernd blicke ich mich nach Anzeichen von Verwesung um. Ich habe diesen Gestank schon früher gerochen. Aber wo? Wann? Er kommt mir überwältigend bekannt vor, aber unmöglich zu orten. Vielleicht ist es auch nur ein instinktiver Reflex, so etwa, wie Tiere wissen, daß Rauch von Feuer kommt und daß Feuer Gefahr bedeutet. Der Geruch ist mir wie eine unbewußte Erinnerung eingeprägt, eine unterschwellige Ablagerung kreatürlicher Angst- und Verzweiflungsgefühle, doch ohne, daß die Ursache dafür noch präsent wäre.

Ich haste an einem weiteren Steinmann vorbei, schrappe mit der Schulter an einer hervorstehenden Kante entlang, und der ganze Stapel fällt krachend in sich zusammen. Ich starre entsetzt auf das Geröll. Wessen Magie habe ich jetzt eben zerstört? Ich habe den unguten Eindruck, als hätte ich einen Bann gebrochen, und diese starren Gestalten würden nun gleich schwankend losmarschieren. Wo ist der rettende Felstunnel? Ich sehe nichts als Steinmänner um mich her – haben die sich plötzlich vermehrt? –, und irgendwie muß ich meinen Weg durch diesen Irrgarten finden, doch die Füße ziehen mich in eine Richtung, der Kopf in eine andere. Was würde Simon jetzt machen? Immer, wenn ich nicht wußte, wie ich durchhalten sollte, war er es, der mir Mut zusprach und mich ermunterte, noch eine halbe Meile weiterzulaufen, bis zum nächsten Hügel zu wandern oder bis zum Ponton zu schwimmen. Und es gab Zeiten, wo ich ihm glaubte und dankbar war, daß er mir soviel zutraute.

Ich stelle mir vor, wie Simon mich jetzt anspornen würde: »Na komm, nicht schlappmachen, beweg dich.« Wieder halte ich nach dem Felsentor Ausschau, um mich zu orientieren, doch alles ringsumher ist undeutlich und schattenhaft. Ich erinnere mich, daß ich manchmal auch verdammt wütend auf Simon wurde, wenn ich mich von ihm hatte mitreißen lassen und dann doch gescheitert war; wie ich ihn anschrie, als ich beim Rollschuhlaufen hingefallen war, wie ich auf einer Wanderung zu heulen anfing, weil mein Rucksack so schwer war.

Auch jetzt bin ich den Tränen nah vor Erbitterung. Scheiße noch mal, ich geb's auf, ich ruf mir ein Taxi. Ja-ha, schön wär's, einfach ein Taxi herbeiwinken, um aus diesem ganzen Schlamassel rauszukommen. Ist das wirklich alles, was ich noch auf die Reihe bringe – den Fahrpreis für ein Taxi zu zahlen? Warum nicht gleich eine Luxuslimousine mit livriertem Chauffeur? Ich muß ja wohl langsam gänzlich den Verstand verlieren!

»Simon! Kwan!« Der panische Unterton in meiner Stimme facht meine Panik nur noch mehr an. Ich versuche, schneller zu laufen, aber meine Beine sind bleischwer, als wollten sie an Ort und Stelle Wurzeln schlagen wie diese schrecklichen Steinmänner, an die ich dauernd stoße. Schon wieder kugelt ein Brocken herab und streift mich an der Schulter. Das gibt mir den Rest, nun lassen meine Nerven mich endgültig im Stich, und ich schluchze los wie ein verstörtes Kleinkind. Ich kann nicht mehr gehen. Ich kann nicht mehr denken. Ich sinke zu Boden und schlinge die Arme um meine Knie. Ich habe mich verlaufen! Und die anderen auch! Wir sitzen alle drei in diesem schrecklichen Land in der Falle. Wir werden hier sterben, verfaulen und vermodern, und schließlich selber zu gesichtslosen Statuen versteinern! Schrille Stimmen begleiten meine Verzweiflungsschreie. Die Höhlen haben zu singen begonnen, traurige Geistergesänge von Reue und Wehmut.

Ich halte mir die Ohren zu, schließe die Augen, um diesen Wahnsinn von mir abzuhalten. Du kannst es schaffen, sage ich mir, wenn du nur wirklich willst, hört es auf. Mit letzter Kraft versuche ich, das zu glauben; ich kann förmlich spüren, wie all meine Energie wiederkehrt, doch plötzlich reißt etwas in mir, und ich hebe ab, befreit von meinem Körper und seinen Ängsten, schwebend und schwindlig. So fühlt es sich also an, wenn man psychotisch wird, man läßt einfach los. Von außen sehe ich mich verloren dahocken wie in einem faden schwedischen Problemfilm, ein Opfer existentieller Leere, zu schwerfällig vor Gram, um die quälend überdeutliche Ironie der Situation wahrzunehmen. Ich heule auf wie eine Verrückte, so lächerlich komme ich mir vor, so grotesk erscheint es mir, ausgerechnet hier an diesem Ort den Geist aufzugeben. Und Simon wird nun niemals erfahren, wie *ängstlich* ich doch war. Er hat ganz recht, ich bin hysterisch, und wie!

Zwei Hände packen mich an den Schultern. Ich schreie wie am Spieß.

Es ist Kwan, die besorgt auf mich hinabschaut. »Was ist passiert? Mit wem du redest da?«

»Oh, Gott sei Dank!« Ich richte mich hastig auf. »Ich hab mich verlaufen. Ich dachte, dir wär's genauso gegangen.« Überwältigt vor Erleichterung, ringe ich nach Luft: »Sag, wo bist du so lange geblieben? Hast du dich auch verirrt?«

»Nein, nein.« Jetzt erst fällt mir das Holzkästchen auf, das sie unter den Arm geklemmt trägt. Es sieht aus wie ein alter Besteckkasten.

»Was ist denn das?«

»Kasten.« Mit ihrer freien Hand hilft sie mir auf die wackeligen Beine.

»Das sehe ich selbst!«

»Hier lang.« Sie führt mich am Ellbogen. Kein Wort über Simon. Sie ist ungewöhnlich ernst und wortkarg. Eine beklemmende Vorahnung beschleicht mich, krampft mir die Brust zusammen.

»Hast du Simon ge...« Sie unterbricht mich mit einem Kopfschütteln. Ich atme auf, wenn auch insgeheim enttäuscht, daß sie keine guten Nachrichten bringt. Ich weiß selbst nicht mehr so recht, was ich eigentlich fühle. Im Zickzackkurs gehen wir zwischen den seltsamen Statuen durch. »Wo hast du diesen Kasten denn her?«

»Gefunden.«

Überreizt und entkräftet, wie ich bin, reißt mir prompt die Geduld: »Tatsächlich! Ich dachte, du hättest ihn bei Macy's erstanden.«

»Das hier mein Kasten, vor lange Zeit versteckt. Hab dir doch gesagt, diese Kasten ich wollte dir immer schon zeigen.«

»Entschuldige, ich bin einfach mit den Nerven am Ende.«

»Wir gehen erst hoch, dann machen auf und schauen.«

Schweigend wandern wir weiter. Nun, da meine Angst nachläßt, wirkt die Landschaft auch weniger bedrohlich. Der eisige Wind weht mir ins Gesicht. Vor kurzem habe ich noch geschwitzt, aber jetzt fange ich wieder an zu frösteln. Der Weg ist immer noch uneben und rutschig, aber von jener sonderbaren Schwerkraft ist nichts mehr zu spüren. Ich schelte mich im stillen: Das einzig Verrückte hier sind deine Hirngespinste! Von Gefahr keine Spur, ich hatte einfach bloß einen Panikanfall. Ein paar harmlose Felsen haben mir Angst eingejagt!

»Kwan, was sind das für komische Dinger?«

Sie bleibt stehen und wendet sich um. »Was komisch?«

Ich deute auf die Felsstapel.

»Steine.« Sie geht achselzuckend weiter.

»Das weiß ich auch, aber wie kommen sie hierher? Haben sie was Bestimmtes zu bedeuten?«

Sie bleibt wieder stehen, wirft einen langen Blick über den Talgrund. »Dies Geheimnis.«

Mir sträuben sich die Nackenhaare. Ich versuche, meiner Stimme einen möglichst unbekümmerten Tonfall zu geben. »Na komm schon, Kwan, sind das so eine Art Grabsteine? Gehen wir hier vielleicht durch einen Friedhof, oder so was? Mir kannst du es doch ruhig sagen.«

Sie setzt zu einer Antwort an, doch dann wird ihre Miene auf einmal trotzig. »Später ich sag dir. Nicht jetzt.«

»Kwan!«

»Wenn wir zurück im Haus.« Sie zeigt zum Himmel. »Bald dunkel, siehst du? Besser keine Zeit mehr mit Schwatzen verschwenden.« Dann setzt sie mit sanfter Stimme hinzu: »Vielleicht Simon schon wieder daheim.«

Ich schöpfe neue Hoffnung. Sie weiß etwas, das ich nicht weiß, soviel ist sicher. Ich halte fest an diesem Glauben, während wir über Felsbuckel kraxeln, einen steilen Abhang hinab, dann eine tief eingeschnittene, unwegsame Spalte entlang. Bald haben wir den kleinen Saumpfad erreicht, der zum Rand der Schlucht hinaufführt. Ich kann schon die Mauer und die bogenförmige Tunnelöffnung sehen.

Mit klopfendem Herzen klettere ich eilig voran. Ich bin überzeugt, daß Simon schon da ist. Ich glaube daran, daß die Mächte des Chaos und der Ungewißheit mir noch eine Chance geben werden, meine Fehler wieder gutzumachen. Endlich oben angekommen, bersten mir fast die Lungen, mir schwindelt, und alles verschwimmt mir vor den Augen; ich weine vor Freude, so durch und durch erfüllt bin ich von der Klarheit inneren Friedens, von schlichtem Vertrauen und reiner, gläubiger Liebe.

Und da! – der Rucksack, der Campingkocher, die feuchte Daunenjacke, alles so, wie wir es zurückgelassen haben. Von neuem zuckt die Angst in mir auf, doch ich klammere mich noch immer an die unverbrüchliche Gewißheit, daß Simon einfach da sein *muß*. Mit schnellen Schritten durchmesse ich den Tunnel bis zum anderen Ende, schaue hinaus.

Der Platz ist leer, nur der Wind peitscht mir entgegen. Ich lehne mich erschöpft an die Tunnelwand und rutsche langsam zu Boden, kauere mich zusammen. Ich blicke auf. Kwan steht vor mir. »Ich geh hier nicht weg«, sage ich zu ihr. »Nicht eher, als bis ich ihn gefunden habe.«

»Ich weiß.« Sie setzt sich auf das Holzkästchen, öffnet den Rucksack und holt eine Flasche mit kaltem Tee und zwei

Dosen hervor. Die eine enthält geröstete Erdnüsse, die andere gebratene Bohnenkerne. Sie hält mir die Nüsse hin.

Ich schüttele den Kopf. »Du brauchst nicht dazubleiben. Du hast daheim doch noch soviel mit den Vorbereitungen für Big Mas Begräbnis zu tun. Ich komm schon zurecht. Er wird bestimmt bald auftauchen.«

»Ich bleib bei dir. Big Ma schon gesagt, Begräbnis kann auch zwei, drei Tage warten. Auf die Weise mehr Zeit zum Kochen.«

Plötzlich kommt mir eine Idee. »Kwan! Fragen wir doch mal Big Ma, wo Simon ist.« Kaum habe ich das gesagt, wird mir klar, wie verzweifelt ich wirklich bin. So reagieren Eltern von todkranken Kindern, wenn sie bei Quacksalbern und Wunderheilern Hilfe suchen – egal, wie abwegig, man versucht alles, solange noch irgendein Hoffnungsschimmer da ist, und sei es aus dem Jenseits.

Kwans zärtlicher Blick macht mir gleich klar, daß ich mir zuviel versprochen habe. »Big Ma weiß es auch nicht«, sagt sie leise auf chinesisch. Sie nimmt den umgestülpten Blechtopf vom Campingkocher und reißt ein Streichholz an. Blaue Flämmchen springen zischend durch die Ritzen hervor. »Yin-Leute«, fährt sie auf englisch fort, »nicht alles wissen, nicht wie du denkst. Manchmal selber verirrt, wissen nicht mehr, wo hingehen sollen. Darum manche Yin-Leute kommen so oft wieder zurück, fragen immer: ›Wo ich früher gewesen? Wo ich meine Weg verloren?‹«

Ich bin froh, daß Kwan nicht sehen kann, wie niedergeschlagen ich bin. Der Campingkocher gibt nur gerade genug Licht, um uns als Schattenrisse hervorzuheben.

»Wenn du willst«, sagt sie noch, »ich kann Big Ma bitten, uns suchen helfen. Wir drei machen Suchtrupp wie von FBI. Okay, Libby-ah?«

Ich bin gerührt von ihrer Hilfsbereitschaft. Nur darauf kommt es hier draußen in der Wildnis an.

»Morgen sowieso noch kein Begräbnis. Big Ma hat nichts, was sonst machen könnte.« Kwan gießt kalten Tee in den Blechtopf und setzt ihn auf den Kocher. »Allerdings kann ich sie heute abend nicht mehr fragen«, sagt sie auf chinesisch. »Es ist schon dunkel – und sie hat schreckliche Angst vor Geistern, obwohl sie doch selbst ein Geist ist...«

Gedankenverloren betrachte ich die orangeblauen Flämmchen, die unter dem Topfrand hervorzüngeln.

Kwan streckt die Hände zur Wärme hin. »Wenn man mal die schlechte Angewohnheit hat, sich vor Geistern zu fürchten, kommt man kaum wieder davon los. Ich hab Glück, ich hab's mir gar nicht erst angewöhnt. Wenn ich sie sehe, unterhalten wir uns einfach wie alte Freunde...«

Plötzlich befällt mich ein grausiger Verdacht. »Kwan, wenn du Simon gesehen hättest, als einen aus der Yin-Welt, meine ich, dann hättest du es mir doch gesagt, nicht? Du würdest es mir doch nicht verheimlichen?«

»Ich sehe ihn nicht«, antwortet sie entschieden. Sie streichelt mir den Arm. »Wirklich, ich sag die Wahrheit.«

Und ich lasse mich überzeugen – nur zu gern will ich ihr glauben, daß sie nicht lügt und daß er nicht tot ist. Ich vergrabe den Kopf in den Armen. Was sollen wir denn nun machen, welche sinnvollen Schritte könnten wir am nächsten Morgen unternehmen? Und wenn wir ihn später, so um die Mittagszeit, noch immer nicht gefunden haben, was dann? Sollte einer von uns dann nicht die Polizei rufen? Doch da fällt mir ein, daß es ja kein Telefon gibt und kein Auto. Vielleicht sollte ich so bald wie möglich per Anhalter zum amerikanischen Konsulat fahren – aber haben die überhaupt eine Zweigstelle in Guilin? Oder gibt es wenigstens eine von American Express dort? Wenn ja, dann werde ich denen dreist vorschwindeln, ich sei Inhaberin einer Platinkarte, sie sollten mir in Rechnung stellen, was immer es kosten möge, aber umgehend eine Suchaktion starten, am besten gleich per Hubschrauber.

Ich höre Kratzgeräusche und hebe den Kopf. Kwan stochert mit dem Schweizer Taschenmesser im Schlüsselloch des Holzkästchens herum. »Was machst du da?«

»Schlüssel verloren.« Sie hält das Messer hoch und sucht zwischen den verschiedenen Klappwerkzeugen nach einem besseren Gerät. »Vor langer Zeit, viele Sachen hier drin verwahrt.« Schließlich probiert sie es mit dem Plastikzahnstocher. »Libby-ah, Taschenlampe in Rucksack, hol mir mal her, okay?«

Im Lichtkegel kann ich erkennen, daß der Kasten aus rötlichem Holz gefertigt ist, mit angelaufenen Messingbeschlägen, auf dem Deckel ein kunstvoll geschnitztes Reliefbild: dicke Bäume, ein Jäger mit Tirolerhut, ein erlegtes Reh über der Schulter, und ein Hund, der vor ihm herspringt.

»Was ist denn da drin?«

Es klickt im Schloß, und Kwan richtet sich mit zufriedenem Lächeln auf. »Schon offen, schau selber.«

Ich greife nach dem kleinen Messingring und hebe langsam den Deckel an. Prompt ertönt eine abgehackte Melodie wie dünnes Glöckchengebimmel. Überrascht lasse ich den Deckel zufallen. Stille. Es ist eine Spieldose.

Kwan kichert. »Hnh, denkst du, Geist da drin?«

Wieder öffne ich den Deckel, und die silbrigen Klänge füllen unser dunkles Gewölbe mit absurder Munterkeit, als hätte plötzlich eine bunt kostümierte Zwergenkapelle Einzug gehalten. Kwan summt selbstvergessen mit, offensichtlich ist die Melodie ihr wohlvertraut. Ich leuchte mit der Taschenlampe in das Kästchen hinein. Zur Hälfte ist der Platz von einer Glasplatte ausgefüllt, unter der sich das Spielwerk befindet, ein Metallkamm, der über die winzigen Noppen auf einem rotierenden Zylinder streicht. »Es klingt aber nicht gerade sehr chinesisch«, stelle ich fest.

»Nicht chinesisch. Aus Deutschland. Gefällt dir Musik?«

»Doch, ja, sehr hübsch.« Das hier ist also das Instrument,

von dem ihre Spieldosengeschichte handelt. Irgendwie beruhigt es mich ja, daß Kwans Hirngespinste wenigstens in *einem* Punkt eine reale Grundlage haben. Ich fange an mitzusummen.

»Ah, du kennst Melodie?«

Ich schüttele den Kopf.

»Früher, hab dir mal Spieldose geschenkt, zu Hochzeit, weißt du?«

Abrupt bricht die Musik ab; der Klang hängt noch ein paar Sekunden in der Luft, ehe er verweht. Jetzt ist nur noch das häßliche Zischen des Gaskochers zu hören, das an den Regen und die Kälte erinnert und an die Sorge um Simon. Kwan schiebt eine dünne Holzplatte in dem Kästchen zur Seite, holt einen Schlüssel hervor und zieht die Mechanik wieder auf. Die Musik erklingt von neuem, in ihrer naiven Munterkeit doch seltsam tröstlich. Ich spähe in das Fach neben dem Spielwerk. Offenbar dient es zur Aufbewahrung für alle möglichen Kinkerlitzchen, lose Knöpfe, zerfranste Seidenbänder, ein leeres Parfümflakon – einstmals liebevoll gehortet, dann aber schließlich doch vergessen.

Als die Musik wieder abbricht, ziehe ich die Spieldose selbst auf. Kwan dreht einen zerknüllten, brüchigen Wildlederhandschuh zwischen den Fingern hin und her. Sie hält ihn an die Nase und schnüffelt versonnen.

Ich nehme ein kleines Büchlein mit rauhen Büttenrändern aus dem Kästchen. *Eine Reise nach Indien, China und Japan*, von Bayard Taylor. Zwischen den Seiten steckt eine Art Lesezeichen, ein abgerissenes Stück von einem Briefumschlag. Mein Blick bleibt an einem unterstrichenen Satz hängen: »Ihre Schlitzaugen sind ein typisches Erkennungsmerkmal ihrer Verschlagenheit.« Welcher bigotte Kleingeist mag dieses Buch wohl einst besessen haben? Ich drehe den Umschlagfetzen um. In brauner Tinte steht der Absender darauf vermerkt: Russell & Co., Acropolis Road, Route 2, Cold Spring, New

York. »Hat diese Spieldose früher mal jemandem gehört, der Russell hieß?« frage ich Kwan.

»Ah!« Sie sieht mich mit großen Augen an. »Russo. Du erinnerst dich!«

»Nein.« Ich zeige ihr meinen Fund im Schein der Taschenlampe. »Hier steht ›Russell & Co.‹, siehst du?«

Kwan wirkt enttäuscht. »Ich konnte zu der Zeit noch kein Englisch«, sagt sie auf chinesisch. »Darum konnte ich das hier nicht lesen.«

»Also hat die Spieldose einem Mr. Russell gehört?«

»*Bu-bu.*« Sie starrt mit zusammengekniffenen Augen auf die Umschlagecke. »Ah! Russell. Ich hatte damals immer nur ›Russo‹ verstanden. Der Vater arbeitete für eine Importgesellschaft, die Russell hieß. Sein Name war ...« Kwan sieht mir geradewegs in die Augen. »Banner«, sagt sie.

Ich pruste los. »Ach so, ja, natürlich, wie Miss Banner. War ihr Vater nicht bei der Handelsmarine oder so was?«

»Opiumschmuggler.«

»Genau, jetzt erinnere ich mich ...« Auf einmal kommt es mir doch seltsam vor, wie diese alten Geistergeschichten sich nun mehr und mehr in die Realität einblenden. Diese Spieldose ist tatsächlich vorhanden, keine Einbildung, und die Sachen darin haben wirklichen Menschen gehört. Mir verschlägt es fast die Sprache. »Das hier ... das war Miss Banners Spieldose?«

Kwan nickt. »Ihr Vorname – ai-ya –, jetzt ist er mir doch glatt entfallen.« Sie langt in das Kästchen und holt eine kleine Blechdose hervor. »Tss! Wie hieß sie noch gleich?« murmelt sie vor sich hin. »Wie kann ich denn bloß ihren Namen vergessen?« Aus der Dose klaubt sie einen kleinen schwarzen Würfel. Erst halte ich ihn für einen Tintenstein, bis sie ein Stück davon abbricht und es in den Tee wirft, der nun auf dem Kocher brodelt.

»Was ist das?«

»Kraut«, erklärt sie auf englisch. »Von besondere Baum, nur junge Triebe, sehr klebrig. Ich selber für Miss Banner bereitet. Gut zu trinken, auch nur so zu riechen. Gibt dir Ruhe, friedliche Gefühl. Vielleicht gibt mir Erinnerung zurück.«

»Ist das von dem heiligen Strauch?«

»Ah! Du erinnerst noch!«

»Nein, ich erinnere mich nur an die Geschichte, die du erzählt hast.« Meine Hände zittern, ich sehne mich nach einer Zigarette. Was ist eigentlich in mich gefahren? Werde ich jetzt auch schon so verrückt wie Kwan? Vielleicht ist das Wasser in Changmian mit einer halluzinogenen Substanz verseucht. Oder vielleicht hat mich irgendein chinesisches Insekt gestochen, dessen Gift einem aufs Hirn schlägt. Wer weiß, am Ende ist Simon gar nicht verschwunden, und ich habe hier auch keine Sachen im Schoß liegen, die jemandem aus einem Kindertraum gehören.

Würzige Dämpfe steigen aus dem Topf. Ich beuge mich darüber, der Dunst befeuchtet mir das Gesicht, ich schließe die Augen, atme den Duft ein. Er wirkt tatsächlich beruhigend. Vielleicht schlafe ich ja schon. Das alles ist nur ein Traum. Und einen Traum kann man abschütteln . . .

»Libby-ah, schau mal.«

Kwan reicht mir ein handbesticktes Buch. Der Einband ist aus weichem, sepiabraunem Leder. UNSER BEISTAND, steht darauf in goldgeprägten gotischen Lettern. Dünne Blattgoldspuren verwischen den unteren Rand der Buchstaben. Als ich das Buch aufschlage, löst sich ein Stück von dem Vorsatzpapier, und an dem freigelegten Leder auf der Innenseite kann ich sehen, daß der Einband ursprünglich einmal burgunderrot war, eine Farbe, die mich an ein Bild aus meiner Kinderbibel erinnert: ein zürnender Moses, der vor einem rotlila Himmel auf einem Felsen steht und die Steintafeln über den Turbanköpfen der Heiden zerbricht.

Ich fange an zu blättern. Auf einer Seite ist in enger, ungleichmäßiger Druckschrift zu lesen: »Das Vertrauen auf den Herrn befreiet uns von den Versuchungen des Teufels. Wenn ihr überfließet von dem Heiligen Geist, vermöget ihr nicht satter zu werden.« Auf der Seite gegenüber prangt in schnörkeliger Frakturschrift der Titel »Fromme Betrachtungen« und darunter eine sonderbare, handgekritzelte Liste, mit allerlei Krakeln und Tintenspritzern garniert: »Ranzige Bohnen, vergammelte Radieschen, Opiumblätter, Mieswurz, Wermut, fauliges Kraut, trockene Samen, faserige Bohnen und holziger Bambus. Meist kalt serviert oder in grauser Tunke aus Rizinusöl. Gnade uns Gott.« Die folgenden Seiten enthalten ähnliche Gegenüberstellungen, zum einen pietätvolle Erbauungsworte in bezug auf Durst und Seelenlabung, Hunger und Erfüllung, zum anderen eine Auflistung von Speisen, die der Eigentümer dieses Breviers offenbar als Zumutung empfand, aber auch als Anreiz für seinen ketzerischen Humor. Simon würde begeistert sein, wenn er das zu sehen bekäme. Er könnte es für unseren Artikel verwenden.

»Hör mal, Kwan.« Ich lese ihr vor: »›Hundekoteletts, Vogelfrikassee, gekochte Holothurie, Würmer und Schlangen. Ein Festmahl für ehrenwerte Gäste. In Zukunft werde ich mich bemühen, weniger ehrenwert zu sein!‹« Ich lasse das Buch sinken. »Was Holothurie wohl sein mag?«

»Nelly.«

»Holothurie bedeutet Nelly?«

Lachend stupst sie mich an. »Nein-nein-nein! Miss Banner, ihr Vorname Nelly. Aber ich zu ihr immer Miss Banner gesagt. Darum kann auch fast nicht mehr ganze Name erinnern. Ha, so was von schlechte Gedächtnis! Nelly Banner.« Kopfschüttelnd kichert sie vor sich hin.

Ich umklammere das Buch. Mir wird allmählich mulmig. »Wann genau hast du Miss Banner denn gekannt?«

Kwan zögert. »Genaue Datum, muß nachdenken . . .«

»*Yi ba liu si.*« Ich entsinne mich der chinesischen Worte aus einer von Kwans Geschichten. »Laßt alle Hoffnung, sinkt in den Tod. Eins acht sechs vier.«

»Ja, ja. Du noch gute Gedächtnis. War selbe Jahr, wo Himmlische König Revolution für ewige Frieden verloren.«

Der Himmlische König. Daran erinnere ich mich ebenfalls. Gab es wirklich eine historische Gestalt, die so hieß? Ich wünschte, ich wüßte mehr von chinesischer Geschichte. Ich streiche mit den Fingern über den weichen Bucheinband. Warum stellt heute keiner mehr solche Bücher her? Bücher, die sich so warm und angenehm anfühlen, daß man sie gar nicht mehr aus der Hand legen mag. Ich schlage eine andere Seite auf und lese: »Streichholzköpfe abbeißen (qualvoll). Blattgold schlucken (extravagant). Magnesiumchlorid einnehmen (widerlich). Opium essen (schmerzlos). Unabgekochtes Wasser trinken (mein Vorschlag). Ergänzend wußte Miss Moo zu berichten, daß die Selbsttötung bei den Taiping-Anhängern aufs strengste verboten sei, ausgenommen, sie opferten sich im Kampf für Gott.«

*Taiping. Tai* heißt »groß«. *Ping* heißt »Frieden«. *Taiping* – Großer Frieden. Und das war – wann? – so etwa Mitte des neunzehnten Jahrhunderts. Ich spüre den Sog der Vergangenheit, stemme mich dagegen, doch mit versagender Kraft. Früher hatte ich immer genügend skeptische Distanz bewahrt, um mich, wenn nötig, gegen Kwans Geschichten zu wappnen. Aber nun starre ich gebannt auf vergilbtes Papier mit sepiabraunen Schriftzügen, ein verfärbtes Medaillon, einen verknüllten Handschuh, die gestelzten Goldbuchstaben: UNSER BEISTAND. Ich höre der Musik zu, ihrer lebhaften, altmodischen Melodie. Ich untersuche die Spieldose, um zu sehen, ob irgendwo eine Jahreszahl eingraviert ist. Da fällt mir ein, daß Bücher ja meist ein Erscheinungsdatum enthalten. Und tatsächlich, auf der Rückseite des Deckblatts steht: Glad Tidings Publishers, MDCCCLIX. Lateinische Ziffern, auch das noch! Ich buchstabiere sie mir zu einer Zahl zusammen:

1859. Dann schaue ich in dem Büchlein von Bayard Taylor nach: G. P. Putnam, 1855. Gut und schön, aber was beweisen diese Daten denn? Jedenfalls nicht, daß Kwan zur Zeit der Taiping-Rebellion eine gewisse Miss Banner kannte. Es ist alles nur Zufall, die Geschichte, die Spieldose, die Daten im Buch.

Aller Zweifel und logischen Einwände zum Trotz läßt sich eins jedoch nicht so leicht von der Hand weisen, nämlich Kwans grundsätzliche Aufrichtigkeit. Was immer sie sagt, für sie ist es die Wahrheit. Wenn sie sagt, daß sie Simon nicht als Geist gesehen hat, dann heißt das, er lebt noch. Ich glaube ihr. Ich *muß* ihr glauben. Glaube ich ihr jetzt also auch, daß sie Yin-Augen hat? Glaube ich ihr, daß sie mit Big Ma spricht, und daß es wirklich eine Höhle mit einem See und einer Steinzeitsiedlung gibt? Und daß Miss Banner, General Cape und Yiban tatsächlich existiert haben? Daß Kwan einst Nunumu war? Wenn das alles wahr ist, dann sind auch die Geschichten wahr, die sie mir all die Jahre erzählt hat... und zwar mit gutem Grund.

Ich kenne den Grund. Ich kenne ihn seit meiner Kindheit, nur hatte ich ihn vor mir selbst verborgen, an einem sicheren Ort versenkt, wie Kwan ihre Spieldose. Aus Schuldbewußtsein habe ich ihren Geschichten zugehört und immerfort an meinen Zweifeln festgehalten, um bei Vernunft zu bleiben. Wieder und wieder verweigerte ich ihr, was sie sich am sehnlichsten wünschte. »Libby-ah, du erinnerst dich?« fragte sie immer, und ich schüttelte jedesmal den Kopf, wohl wissend, daß sie hoffte, ich würde endlich antworten: »Ja, Kwan, natürlich erinnere ich mich. Ich war Miss Banner...«

»Libby-ah«, höre ich sie jetzt flüstern. »Was denkst du?«

Mühsam raffe ich mich aus meiner Benommenheit auf. »Ach, du weißt schon. Simon. Ich muß die ganze Zeit an ihn denken, und je mehr ich mir vorstelle, was ihm alles passiert sein könnte, desto schlimmer wird es.«

Kwan rutscht dicht an meine Seite. Sie massiert mir die Finger, und sofort fließt eine wohlige Wärme durch meine Adern.

»Vielleicht hilft, wir reden ein bißchen? Einfach so, irgendwas, okay? Reden über Filme, die wir gesehen, oder Buch, was du gelesen, oder Wetter – nein, nein, nicht über Wetter, sonst macht dir gleich wieder Sorgen. Okay, besser über Politik, was ich wähle und was du, und vielleicht kriegen wir auch ein bißchen Streit, egal, lenkt ab von zuviel Nachdenken.«

Ich bin verwirrt. Halbherzig erwidere ich ihr Lächeln.

»Ah! Okay. Nicht reden. Dann hör zu. Ich rede. Laß sehen, über was? . . . Ah! Ich weiß. Ich erzähl dir Geschichte von Miss Banner, wie beschlossen hat, mir Spieldose zu geben.«

Ich halte die Luft an. »Ja, gut.«

Kwan geht wieder zum Chinesischen über. »Ich muß dir diese Geschichte auf mandarin erzählen. So fällt es mir leichter mich zu erinnern. Denn damals konnte ich ja kein Englisch. Und mandarin sprach ich natürlich auch nicht, nur hakka, und ein bißchen kantonesisch. Aber auf mandarin ist mir die chinesische Denkweise eher gegenwärtig. Wenn du hier und da mal ein Wort nicht verstehst, frag mich ruhig, ich versuche dann, den englischen Ausdruck zu finden. Tja, also, wo fange ich an? . . .

Nun, du weißt ja schon, wie Miss Banner war, nicht so wie die anderen Ausländer, die ich kannte. Sie ließ auch andere Ansichten gelten. Aber ich glaube, manchmal geriet sie dadurch ziemlich durcheinander. Du weißt vielleicht, wie das ist. Man glaubt etwas, und am nächsten Tag glaubt man das Gegenteil. Man debattiert mit anderen, gerät ins Wanken, dann debattiert man mit sich selbst. Libby-ah, geht's dir nicht auch manchmal so?«

Kwan hält inne und blickt mich eindringlich an. Ich zucke die Achseln, und das genügt ihr schon. »Vielleicht ist es eine amerikanische Gepflogenheit, zu viele Meinungen gleichzeitig zuzulassen. Chinesen haben das nicht so gern. Wenn wir an eine Sache glauben, dann gleich für hundert Jahre oder auch fünfhundert. So kommt man jedenfalls nicht durcheinander. Ich will natürlich nicht behaupten, daß Chinesen nie ihre Meinung ändern. Das können wir auch, wenn wir gute Gründe dafür sehen. Nur wechseln wir unsere Meinung nicht ständig, wie es uns gerade paßt, um uns interessant zu machen. Das heißt, heutzutage ist das vielleicht anders geworden, jetzt gibt keiner mehr was auf Prinzipien, alle jagen sie nur noch dem Geld nach.«

Sie stupst mich an. »Findest du nicht auch, Libby-ah? Heute züchten sie in China mehr kapitalistisches Gedankengut als Schweine. Sie erinnern sich schon nicht mehr an die Zeit, als der Kapitalismus ihr Erzfeind war. Kurzes Gedächtnis, dicker Profit.«

Ich antworte mit einem höflichen Lächeln.

»Aber die Amerikaner haben auch ein kurzes Gedächtnis, muß ich sagen. Keinen Respekt vor der Tradition, bei denen zählt bloß, was gerade schick ist. Aber Miss Banner, die hatte ein ungewöhnlich gutes Gedächtnis. Darum hat sie unsere Sprache auch so schnell gelernt. Sie brauchte nur einmal etwas zu hören, und am nächsten Tag konnte sie es schon selbst. Bei dir ist das genauso, Libby-ah, stimmt's? – aber mehr mit den Augen als mit den Ohren. Wie nennt man das in Amerika? Libby-ah, schläfst du?«

»Fotografisches Gedächtnis«, entgegne ich schnell. Diesmal bringt sie es wirklich auf den Punkt. Sie wird mich nicht mehr davonkommen lassen.

»Ja, genau. Miss Banner hatte keine Kamera, also war sie nicht fotografisch. Aber sie behielt alles im Kopf, was die Leute sagten, wie ein Tonband. Manchmal war das gut, manchmal auch nicht. Sie konnte sich erinnern, was die Leute bei den Mahlzeiten für Ansichten äußerten, und wie sie in der nächsten Woche dann etwas völlig anderes behaupteten. Sie erinnerte sich an Dinge, die ihr Kummer machten, und konnte sie nicht verdrängen. Sie erinnerte sich, um was die Leute beteten, und was sie statt dessen bekamen. Besonders gut konnte sie sich an Versprechen erinnern. Was man ihr mal versprochen hatte, oh, das ließ sie einen nie vergessen. Dafür hatte sie ein echtes Talent. Und sie erinnerte sich auch an Versprechen, die sie anderen gegeben hatte. Für manche Leute ist Versprechen geben und Versprechen halten ja nicht dasselbe. Aber nicht für Miss Banner. Für sie galt ein Versprechen ewig, nicht nur ein Leben lang. Wie das Gelöbnis, das sie mir machte, als sie mir die Spieldose gab und der Tod auf uns zukam . . . Libby-ah, wo willst du denn hin?«

»Frische Luft schnappen.« Ich wanke zum Tunneleingang, versuche auszublenden, was Kwan mir da erzählt. Meine Hände zittern, und ich weiß, es liegt nicht an der Kälte. Dies ist das Versprechen, von dem Kwan immer redete, das Versprechen, von dem ich nie etwas hören wollte, weil ich Angst davor hatte. Warum muß sie ausgerechnet jetzt wieder davon anfangen? Ist es nicht schlimm genug, daß wir hier oben in der schaurigen Finsternis die Nacht verbringen müssen?

Aber dann sage ich mir: Wovor fürchte ich mich eigentlich? Daß ich glauben könnte, die Geschichte sei wahr – daß ich ihr ein Versprechen gab und es hielt, daß das Leben sich wiederholt, daß unsere Hoffnungen andauern, daß wir noch mal eine Chance bekommen? Was ist denn daran so schlimm?

Ich blicke in den Nachthimmel, der jetzt sternenklar ist. Ich erinnere mich an eine Nacht vor langer Zeit, als ich zu Simon sagte, die Sterne wären die gleichen, die das erste Liebespaar auf Erden schon gesehen hätte, und mir dumm dabei vorkam. Ich hatte so inständig gehofft, er würde mich eines Tages mehr als alles andere lieben. Aber die Hoffnung währte nur einen Moment, weil sie zu groß, zu weit reichend war, wie das Firmament – und weil es leichter war, mich ängstlich zurückzuhalten, als mich von meiner Sehnsucht fortreißen zu lassen.

Nun blicke ich also wieder zum Himmel hoch. Es ist derselbe, den Simon jetzt sieht, den wir unser ganzes Leben gesehen haben, zusammen oder getrennt. Derselbe Himmel, den Kwan sieht, den alle ihre Geister einst sahen, auch Miss Banner. Doch nun erscheint er mir nicht mehr als ein Vakuum, in dem Hoffnungen verfliegen und Ängste gedeihen. Ich sehe ihn nun, wie er ist, so einfach, so unfaßbar. Er hält die Sterne in ihrer Bahn, die Planeten, die Monde, alles Leben. Ich kann ihn immer finden, er wird mich immer finden. Er ist Licht im Dunkel, Dunkel im Licht. Beständig und geheimnisvoll, furchteinflößend und wunderbar zugleich. Ich kann den Himmel als Kompaß verwenden und so meinen Weg durch das Chaos finden, ganz gleich, was geschieht. Ich kann von ganzer Seele hoffen, und der Himmel wird immer dasein, um mich aufzurichten ...

»Libby-ah, du grübelst wieder? Soll ich weitererzählen?«

»Ach, ich hab nur ein wenig vor mich hin sinniert.«

»Und? Sinn gefunden?«

Ich drehe mich nicht um, spähe noch immer in den Himmel, taste mich mit den Blicken von Stern zu Stern. Ihr stetiger Schimmer, ihr Glanz ist schon eine Million Lichtjahre alt. Was ich jetzt sehe, ist eine ferne Erinnerung, doch so intensiv, so pulsierend wie das Leben selbst.

»Du und Miss Banner, habt ihr in solchen klaren Nächten je zusammen in den Himmel geschaut?«

»O ja, sehr oft.« Kwan steht auf und tritt neben mich. »Damals hatten wir natürlich kein Fernsehen, also gab's abends nichts weiter zu tun, als die Sterne zu betrachten.«

»Aber hast du mit Miss Banner auch so eine Nacht erlebt, wo ihr beide Angst hattet und keine Ahnung, wie es weitergehen würde?«

»Ah ... ja, das stimmt. Sie fürchtete sich vor dem Tod, und auch, weil sie den Mann verloren hatte, den sie liebte.«

»Yiban.«

Kwan nickt. »Ich hatte auch Angst ...« Sie hält inne, senkt die Stimme zu einem heiseren Wispern: »Ich war schuld daran, daß er nicht da war.«

»Wie meinst du das? Was war denn passiert?«

»Was passiert war ... ah, vielleicht willst du es lieber nicht wissen.«

»Ist es ... ist es traurig?«

»Traurig, mhm, aber auch schön, je nachdem, wie man sich erinnert.«

»Dann will ich mich auch erinnern.«

Kwans Augen werden feucht. »Oh, Libby-ah, ich wußte, du würdest dich eines Tages mit mir erinnern. Ich wollte dir immer zeigen, daß ich wirklich deine treue Freundin war.« Sie wendet sich ab, faßt sich wieder, drückt mir die Hand und lächelt mich an: »Also gut, paß auf, das ist ein Geheimnis. Sag's nicht weiter, versprichst du mir das, Libby-ah? ... Ah, ich weiß noch, der Himmel war dunkel, noch verbarg er uns. Aber zwischen den beiden Bergen dort drüben wurde es heller und heller. Da brannte ein riesiges Feuer ...«

Und ich höre zu; ich habe keine Angst mehr vor Kwans Geheimnissen. Sie hat mich bei der Hand genommen. Zusammen fliegen wir in die Yin-Welt.

# *Als der Himmel brannte*

Vorher hatte ich Yiban noch in die Höhle geführt – die mit dem leuchtenden See und den Steinzeithütten. Und dort, Libby-ah, dort tat ich etwas Schlimmes, das böse Folgen hatte. Ich machte meinen letzten Tag auf Erden zu einem Tag voller Lügen.

Zuerst brach ich das Versprechen, das ich Miss Banner gegeben hatte. Ich tat es aus Mitgefühl. Um Yiban zu trösten, sagte ich ihm die Wahrheit: »Miss Banner hat das mit Cape nur vorgetäuscht. Sie wollte dich schützen, weißt du, sie wollte, daß du dich in Sicherheit bringst. Und sieh nur, jetzt bist du hier, wo dich keiner finden kann.«

Du hättest sein Gesicht sehen sollen! Erleichterung, Freude, Zorn, Bestürzung – wie die Blätter ihre Farbe wechseln, alle Jahreszeiten auf einmal. »Wozu soll es gut sein, wenn ich am Leben bleibe und sie nicht bei mir ist?« schrie er. »Ich bring ihn um, diesen Schuft!« Er sprang auf.

»Wah! Wo willst du hin?«

»Zurück, sie herholen.«

»Nein, nein, das darfst du nicht.« Und dann brachte ich meine erste Lüge des Tages hervor: »Sie weiß, wie sie herfinden kann. Sie und ich waren schon viele Male hier.« Doch insgeheim machte ich mir Sorgen um Miss Banner, weil das natürlich nicht stimmte. Also log ich gleich weiter. Ich entschuldigte mich unter dem Vorwand, mich kurz zurückziehen zu müssen, das heißt, ich tat so, als müßte ich mal. Ich nahm die Laterne mit, weil ich wußte, daß Yiban ohne sie nicht aus der Höhle herausfinden würde. Und dann eilte ich zurück durch das vertrackte Labyrinth der Stollengänge und gelobte mir im stillen, Miss Banner zurückzubringen.

Als ich aus dem Schoß des Berges herauskletterte, kam es mir vor, als sei ich wieder in die Welt geboren. Es war taghell, doch der Himmel war fahl wie ein Leichentuch. Hatte die Welt sich schon verwandelt? Was lag dort hinter diesen Bergen – Leben oder Tod?

Als ich das Felsentor oberhalb von Changmian erreichte, sah ich das Dorf im Tal ganz unverändert, das geschäftige Treiben auf dem Marktplatz, alles genau wie sonst. Leben! Sie lebten alle noch! Das gab mir neue Hoffnung, und ich weinte vor Glück. Auf dem Weg hinab traf ich einen Mann, der seinen Ochsen am Halfter führte. Ich hielt ihn an, berichtete ihm hastig, was uns passiert war, und bat ihn, seine Angehörigen und Nachbarn zu warnen: »Laßt alles verschwinden, was auf ›Die Frohe Botschaft‹, Gott und Jesus hinweist. Geht still und unauffällig vor, schlagt bloß keinen Alarm, sonst kommen die Soldaten uns auf die Schliche. Und dann bricht das Disaster schon heute statt morgen über uns herein.«

Ich lief weiter zu anderen Leuten und sagte ihnen Bescheid. Ich hämmerte an die Hoftore der Rundhäuser, wo die Hakka wohnten, zehn Familien unter einem Dach. So schnell ich konnte, rannte ich von einem Haushalt zum anderen. Ha! Ich hielt mich für sehr schlau, daß ich das ganze Dorf so hurtig und methodisch vor der drohenden Gefahr warnte. Aber dann hörte ich einen Mann rufen: »He, du Kanaille, jetzt kommt dich der Teufel holen!« Und sein Nachbar schrie zurück: »So so, anzeigen willst du mich? Na warte, ich sag den Manchus, du bist dem Himmlischen König sein Bastard!«

Und gleich darauf – *ki-kak* – hörten wir es alle, wie das Knistern von trockenem Holz. Alle verstummten betroffen. Dann krachte es wieder, als ob ein Baumstamm zersplitterte. Nahebei heulte ein Mann auf: »Gewehre! Die Soldaten sind schon hier!« Nun stürzten die Leute in Scharen aus ihren Häusern, hielten die Vorbeihastenden an den Ärmeln fest.

»Wohin so eilig? Wer ist hinter euch her?«

»Was? Ein Todesurteil für alle Hakkas?«

»Los, los, holt eure Brüder her, wir müssen fliehen!«

Alles schrie hektisch durcheinander, und über das Gebrüll hinweg konnte ich das gellende Kreischen der Mütter hören, die angstvoll nach ihren Kindern riefen. Ich stand mitten auf dem Weg, hin und her geschubst, fast überrannt von der aufgescheuchten Menge. Was hatte ich da angerichtet! Jetzt würden sie gleich das ganze Dorf mit einer einzigen Gewehrsalve niedermähen. Die Leute liefen Hals über Kopf in die Berge, zerstreuten sich über die Hänge wie Sterne am Himmel.

Ich hetzte den Weg hinab, so schnell mich meine Beine trugen, zum Haus der bösen Geister. Da krachte wieder ein Schuß, und ich wußte, daß er innerhalb dieser Mauern abgefeuert worden war. Gerade, als ich das hintere Tor erreichte, gab es noch eine Explosion, die grausig durch die engen Gassen hallte. Ich schlüpfte in den Garten, blieb stehen und horchte. Doch ich hörte nichts als meinen keuchenden Atem. Ich huschte zur Küche hinüber und preßte mein Ohr an die Tür, die zum Eßzimmer führte. Noch immer kein Laut. Ich schob die Tür auf, lief zum Fenster und spähte vorsichtig in den Hof. Ein Glück! Die Wachsoldaten am Tor schliefen fest. Dann sah ich noch mal genauer hin. Der Arm des einen Soldaten war verdreht, das Bein des anderen sonderbar abgeknickt. Ai! Sie waren tot. Wer hatte das getan? Hatten sie Cape erzürnt? Brachte er jetzt schon alle um? Und wo war Miss Banner?

Als ich in den Korridor zu ihrem Zimmer einbog, sah ich einen nackten Leichnam mit dem Gesicht nach unten am Boden liegen, der Hinterkopf eine einzige klaffende Wunde, die schwarz von Fliegen war. Ai-ya! Wer war der Unglückliche?

Dr. Too Late? Pastor Amen? Ich schlich an dem leblosen Körper vorbei, als könnte er jeden Moment aufwachen. Ein paar Schritte weiter stieß ich auf die abgenagte Keule vom letzten Abendessen, braun verkrustet von Blut und Haaren. Das konnte nur General Cape getan haben. Wen hatte er noch alles umgebracht? Ehe ich mich von meinem Schrecken erholt hatte, hörte ich plötzlich Geräusche aus dem Gotteshaus. Die Spieldose klimperte, und Pastor Amen sang, als wäre dieser siebte Tag der Woche ganz so wie alle anderen. Als ich durch den Hof zum Gotteshaus eilte, ging das Singen in Schluchzen über, dann in tierisches Geheul. Und plötzlich hörte ich auch Miss Banner – immer noch am Leben! – laut und heftig schimpfen, als redete sie mit einem ungezogenen Kind. Doch im nächsten Moment fing sie flehentlich an zu schreien: »Nein, nein, nein, nein!«, bis eine Explosion ihr das Wort abschnitt. Ich rannte in den Kirchenraum, und was ich dort sah, ließ mich zu Stein erstarren. Vor dem Altar lagen fünf verkrümmte Gestalten – Miss Banner in ihrem gelben Kleid, die Jesusgläubigen in schwarzem Sonntagsstaat. Sie sahen aus wie ein Schmetterling und vier Käfer, auf dem Steinboden totgetreten. Wah! So schnell war es mit ihnen zu Ende gegangen – ich hatte noch das Echo ihrer Schreie im Ohr. Oder war das etwa . . .? Nein, kein Echo! »Miss Banner!« rief ich. Sie hob den Kopf. Ihr Haar war aufgelöst, ihr Mund verzerrt, ihre Brust blutbefleckt. Ai, vielleicht war sie wirklich tot.

»Miss Banner, sind Sie ein Geist?«

Sie stöhnte wie ein Geist, dann schüttelte sie den Kopf. Sie streckte den Arm nach mir aus. »Komm, hilf mir, Miss Moo. Mein Bein ist gebrochen.«

Während ich auf den Altar zuging, dachte ich, die anderen würden sich auch noch aufrichten. Doch sie blieben reglos liegen, Hand in Hand, für immer in ihren Blutlachen entschlafen. Ich hockte mich neben sie. »Miss Banner«, wisperte ich und spähte unruhig in alle Ecken. »Wo ist Cape?«

»Tot«, antwortete sie.

»Tot! Aber wer hat dann...«

»Ich kann es jetzt nicht ertragen, darüber zu reden«, unterbrach sie mich mit bebender Stimme. Worauf ich mich natürlich fragte, ob sie womöglich selbst...? Aber nein, ich konnte sie mir einfach nicht als Mörderin vorstellen. Und dann hörte ich sie ängstlich flüstern: »Sag mir, schnell, was ist mit Yiban?«

Kaum hatte ich ihr erklärt, er befinde sich in Sicherheit, wich die Anspannung aus ihrem Gesicht, und sie brach in haltloses Schluchzen aus. Ich versuchte, sie zu beruhigen. »Bald werden Sie ihn ja wiedersehen. Die Höhle ist nicht sehr weit weg.«

»Ich kann keinen einzigen Schritt mehr gehen mit diesem Bein!« Sie zog den Rock hoch. Ihr rechter Unterschenkel war geschwollen, und ein Stück Knochen ragte heraus. Jetzt brachte ich meine dritte Lüge an: »Das ist nicht so schlimm. Da, wo ich aufgewachsen bin, konnte jeder mit so einem Bein noch problemlos durch die Berge laufen. Als Ausländerin sind Sie natürlich nicht so abgehärtet. Aber sobald ich Ihnen das ordentlich geschient habe, werden wir von hier fliehen.«

Sie lächelte unter Tränen, und ich war dankbar für die Gewißheit, daß Liebende einfach alles zu glauben bereit sind, wenn es ihnen nur Hoffnung gibt. »Warten Sie hier«, sagte ich. Dann rannte ich hinüber in ihr Zimmer und durchsuchte die Schublade mit ihrer Damenwäsche. Ich fand das steife Kleidungsstück, das sie benutzte, um ihre Taille einzuschnüren und ihren Busen hochzuschieben, und auch ihre Strümpfe mit den Löchern in den Fersen. Ich rannte zurück und behalf mich so gut es ging mit diesen Sachen, um ihr eine Schiene anzulegen. Und als das geschafft war, half ich ihr aufzustehen und zu der Bank hinter dem Gotteshaus zu humpeln. Erst dort, wo sie ihre Gefährten nicht mehr sah, die kurz zuvor noch am Leben gewesen waren, konnte sie mir endlich erzählen, wie und warum ein jeder umgekommen war.

Zuerst schilderte sie mir, was sich zugetragen hatte, nachdem Lao Lu seinen Kopf verloren hatte und ich in Ohnmacht gefallen war. Die Missionare, sagte sie, hätten sich bei den Händen gefaßt und ihren Sonntagschoral angestimmt: »Und kommt einst der Tod, sehen wir unsern Herrn.«

»Hört auf zu singen!« herrschte Cape sie an. Und Miss Mouse – du weißt doch, wie ängstlich sie immer war – rief ihm zu: »Ich fürchte weder Sie noch den Tod, nur Gott. Denn wenn ich sterbe, komme ich in den Himmel wie dieser arme Mann, den Sie getötet haben. Und Sie teuflischer Unmensch, Sie werden in der Hölle schmoren!« Keine Ahnung, wo die schüchterne kleine Person auf einmal solchen Löwenmut hernahm. Wenn ich das miterlebt hätte, hätte ich bravo gerufen!

Aber ihre tapferen Worte machten keinen Eindruck auf Cape. »Schmoren?« rief er höhnisch, »ich werde euch zeigen, wie man einen Höllenbraten schmort.« Er befahl den Soldaten: »Hackt dem Toten da ein Bein ab und röstet es über dem Feuer.« Erst feixten die Soldaten noch, weil sie das für einen Witz hielten. Cape brüllte sie an, und sie gehorchten auf der Stelle seinem Befehl. Die Ausländer versuchten voller Verzweiflung, sich ins Haus zu flüchten. Cape knurrte, wenn sie nicht zuschauten und lachten, würde die rechte Hand eines jeden von ihnen als nächstes über dem Feuer brutzeln. Also blieben die Ausländer, wo sie waren, und schauten zu. Ja, sie lachten sogar, lachten und kotzten zugleich. Alle hatten eine Heidenangst vor Cape, alle außer Lao Lu, denn der war ja schon tot. Und als er sein Bein am Spieß braten sah, – na, wieviel kann ein Geist wohl aushalten, ehe er Rache nimmt?

Früh am nächsten Morgen, noch ehe die Sonne aufging, hörte Miss Banner ein Klopfen an ihrer Tür. Sie stand auf und ließ Cape fest schlafend in ihrem Bett zurück. Von draußen hörte sie eine wutentbrannt zeternde Stimme, die ihr eigenartig bekannt vorkam. Es war ein Mann, der im rauhen Kantonesisch der Hafenarbeiter rief: »General Cape, du Schweinehund, steh auf, du fauler Sack! Guck mal, wer da ist! Bruder Jesus ist gekommen, um deinen stinkenden Kadaver zur Hölle zu schicken!« Wah! Wer konnte das sein? Gewiß nicht einer der Soldaten. Aber wer sonst bediente sich einer so groben Ausdrucksweise?

Cape fing an zu fluchen: »Verdammt, was ist denn das für ein Krach? Ich bring ihn um, den Störenfried!«

Und die chinesische Stimme entgegnete hämisch: »Zu spät, du dreckiger Hundsfott, ich bin schon tot.«

Cape sprang aus dem Bett und griff nach seiner Pistole. Doch kaum hatte er die Tür aufgerissen, brach er in schallendes Gelächter aus. Pastor Amen stand vor ihm, der harmlose Irre, und schimpfte wie ein Kuli, die Fleischkeule vom Vorabend auf der Schulter. Komisch, dachte sich Miss Banner, wieso beherrscht denn der Pastor auf einmal unsere Sprache? Sie stürzte vor, in der Absicht, den Verrückten wegzuscheuchen, damit ihm seine Tollkühnheit nicht zum Verhängnis würde. Als Cape sich umdrehte, um sie zurückzustoßen, holte der Pastor mit der Keule aus und hieb sie dem falschen General über den Schädel. Wieder und wieder schlug er zu, so blindwütig, daß einer der Keulenschwünge Miss Banner am Schienbein traf. Schließlich warf der Pastor die Keule hin und rief seinem längst erlegten Feind zu: »Mit dem Bein, das mir noch geblieben ist, werde ich dir in den Arsch treten, wenn wir uns im Jenseits begegnen!«

Da kam Miss Banner der Verdacht, daß Lao Lus Geist von dem zerrütteten Verstand des Pastors Besitz ergriffen hatte. Sie sah, wie dieser lebende Tote die Pistole aufhob und in den Hof hinauslief, wo die Soldaten das Tor bewachten. Kurz hintereinander krachten zwei Schüsse, und dann hörte sie den Pastor in seiner Ausländersprache aufschreien: »O mein Gott!

Was habe ich getan?« Der Lärm hatte ihn offenbar aus seiner Benebelung geweckt.

Als sie den Pastor wiedersah, sagte Miss Banner, habe er wie ein gequälter Geist ausgesehen. Er taumelte zu seiner Zimmertür hin, aber vorher mußte er noch an der Leiche des Erschlagenen vorbei, und an Miss Banner, die mit ihrem gebrochenen Bein dalag und sich ängstlich duckte, als würde er sie noch mal angreifen.

Viele Stunden lang berieten der Pastor und die anderen Missionare, was sie nun machen sollten. Wenn die Manchus sahen, was der Pastor getan hatte, würde man sie alle zu Tode foltern. Wer von ihnen hatte die Kraft, die Leichen aufzuheben und zu begraben? Keiner. Sollten sie flüchten? Aber wohin? Sie wußten ja nicht, wo sie sich verstecken könnten. Dr. Too Late meinte, das beste wäre, sie setzten ihrem Leiden ein Ende, indem sie sich selbst umbrächten. Doch Mrs. Amen wandte ein: »Sich selbst das Leben zu nehmen ist eine ebenso schlimme Sünde, wie einen anderen zu töten.«

»Ich werde uns allen zur letzten Ruhe verhelfen«, sagte der Pastor. »Ich komme ohnehin schon in die Hölle, weil ich diese drei Menschen ermordet habe. Dann laßt mich wenigstens derjenige sein, der euch den Frieden schenkt.«

Allein Miss Banner versuchte, sie von dem Vorhaben abzubringen. »Es gibt immer noch Hoffnung«, sagte sie. Und die anderen entgegneten, ihre einzige Hoffnung läge nun jenseits des Grabes. So konnte sie nur hilflos zusehen, wie sie im Gotteshaus beteten, wie sie Mrs. Amens gehortete Oblaten aßen, wie sie Wasser tranken, als sei es Wein. Und dann schluckten sie Dr. Too Lates Pillen, um all ihre irdische Pein zu vergessen.

Was danach geschah, weißt du ja schon.

Miss Banner und ich hatten nicht genug Kraft, die Missionare zu beerdigen. Aber wir konnten sie auch nicht den Fliegen zum Fraß überlassen. Ich ging in den Garten und holte die

Wäsche vom Vortag von der Leine. Ich dachte an all die schrecklichen Dinge, die in der kurzen Zeit passiert waren, in der die Wäsche trocknete. Während ich unsere Freunde in diese improvisierten Leichentücher wickelte, ging Miss Banner in ihre Zimmer und versuchte, ein Andenken an jeden von ihnen zu finden, um es in ihrer Spieldose zu bewahren. Da Cape ihre gesamten Wertsachen schon gestohlen hatte, fanden sich nur noch ein paar armselige Überbleibsel. Von Dr. Too Late ein kleines Flakon, das einst seine Opiumpillen enthalten hatte. Von Miss Mouse ein Lederhandschuh, den sie immer zwischen den Fingern zerknüllt hatte, wenn sie sich fürchtete. Von Mrs. Amen die Knöpfe, die ihr von der Bluse gesprungen waren, wenn sie aus voller Brust sang. Von Pastor Amen ein Reisebüchlein. Und von Lao Lu das Döschen mit den Teeblättern. Diese Dinge legte sie in ihre Spieldose, und dazu das Heft, in dem sie ihre Gedanken aufzuschreiben pflegte. Dann zündeten wir die Altarkerzen an, die zu formlosen Wachsstummeln herabgeschmolzen waren. Aus meiner Tasche nahm ich den Schlüssel, den Miss Banner mir am Vorabend gegeben hatte. Ich zog die Spieldose auf, und zu der vertrauten Melodie sang Miss Banner noch einmal die Worte, die den Ausländern immer so zu Herzen gegangen waren.

Als das Lied aus war, beteten wir zu ihrem Gott. Diesmal war ich aufrichtig. Ich senkte den Kopf, schloß die Augen und sagte mit fester Stimme: »Sechs Jahre habe ich bei ihnen gelebt. Sie waren wie eine Familie für mich, obwohl ich sie nicht sehr gut kannte. Aber ich kann ehrlich sagen, daß sie deinem Sohn in treuer Freundschaft ergeben waren und immer gut zu uns. Bitte nimm sie gnädig in deinem Haus auf. Auch den Pastor.«

Wieviel Zeit blieb uns noch, ehe die Manchus kamen? Damals wußte ich es nicht, aber jetzt kann ich es dir sagen. Es war nicht genug.

Bevor wir die Flucht antraten, riß ich den Rock von Miss

Banners Alltagskleid ab und knotete daraus eine Schlinge für die Spieldose. Die warf ich mir über die linke Schulter, stützte Miss Banner mit dem rechten Arm, und so humpelten wir zusammen davon. Doch als wir aus dem Gotteshaus traten, blies ein plötzlicher Windstoß zur Tür herein, und die Leintücher über den Jesusgläubigen bauschten sich auf, als sei neues Leben in ihre Körper gefahren. »Die Frohe Botschaft« zerstreute sich in einem Blätterwirbel durch den Raum, und die Papiere, die auf den Kerzen landeten, fingen sogleich Feuer. Bald konnte ich den Geist des toten Handelsherrn riechen, Chili und Knoblauch, scharf und würzig, als würde ein Willkommensmahl für ihn angerichtet. Vielleicht ging ja vor lauter Angst nur die Phantasie mit mir durch, aber ich sah ihn ganz deutlich – Miss Banner sah ihn nicht – in seinen wallenden Gewändern, und sogar seine zwei neuen Füße, die in Schuhen mit dicker Sohle steckten. Er stapfte kopfnickend umher, endlich heimgekehrt in sein Unglückshaus.

Mühsam humpelnd schlugen Miss Banner und ich den Weg in die Berge ein. Manchmal stolperte sie, brach fast in die Knie und flehte: »Laß mich hier liegen, ich kann nicht weiter.«

»Reden Sie keinen Unsinn«, schalt ich sie dann. »Yiban wartet, wegen Ihnen sind wir sowieso schon spät dran.« Das reichte jedesmal, um Miss Banner neuen Ansporn zu geben.

Oben am ersten Felsbogen blickte ich auf das leere Dorf zurück. Das Haus der bösen Geister stand schon halb in Flammen. Eine dicke schwarze Rauchwolke stieg daraus auf wie eine Botschaft an die Manchus, sich mit ihrem Einmarsch in Changmian zu sputen.

Am zweiten Felsentor angelangt, hörten wir die Gewehrsalven aus dem Tal. Noch eiliger konnten wir nicht flüchten, denn nun gähnte der schwindelerregende Abgrund vor uns. Es dämmerte bereits. Der Wind hatte sich gelegt. Unsere Kleider waren durchgeschwitzt. Jetzt mußten wir an dem steilen Berghang entlangklettern, wo ein einziger Fehltritt uns in die

Schlucht abstürzen lassen konnte. »Kommen Sie, Miss Banner«, drängte ich, »wir sind schon fast am Ziel.« Sie schaute zweifelnd auf ihr verletztes Bein nieder, das nun so dick wie zwei war.

Da kam mir eine Idee. »Warten Sie hier«, schlug ich vor. »Ich laufe schnell zu der Höhle und hole Yiban. Dann können wir Sie den Rest der Strecke tragen.« Sie umklammerte meine Hände, und ich sah es ihren Augen an, wie sehr sie sich davor fürchtete, allein zurückzubleiben.

»Nimm aber die Spieldose mit«, bat sie. »Versteck sie an einem sicheren Ort.«

»Ich komme ja wieder«, sagte ich. »Das wissen Sie doch, nicht wahr?«

»Ja, ja, natürlich. Ich meine bloß, du nimmst sie besser jetzt schon mit, dann hast du nachher weniger zu schleppen.« So hastete ich denn los mit ihrer Spieldose über der Schulter.

Aus jeder Höhle oder Felsspalte, an der ich vorbeikam, rief mir jemand zu: »Hier ist schon alles besetzt! Kein Platz mehr!« Dort hatten die Leute aus dem Dorf sich hin verzogen. Die Höhlen waren bis obenhin mit Angst vollgepfropft, Hunderte von Menschen, die den Atem anhielten. Ich kletterte auf und ab, suchte nach dem Höhleneingang, der hinter einem Felsbrocken verborgen war. Die Gewehrsalven schienen stetig näher zu rücken. Im stillen verfluchte ich Lao Lu, es tat mir bitter leid um jeden verschwendeten Moment. Und dann – endlich! – fand ich den richtigen Felsen, kroch durch die Spalte, fand auch die Lampe noch am Stolleneingang; ein gutes Zeichen, daß andere Leute nicht hineingegangen und Yiban nicht herausgekommen war. Ich setzte die Spieldose ab und zündete die Lampe an. Vorsichtig tastete ich mich durch die gewundenen Gänge und hoffte bei jedem Schritt, nicht vor lauter Erschöpfung in die falsche Richtung abzubiegen. Und dann sah ich den bläulichen Lichtschein vor mir. Aufjuchzend stürmte ich in die Grotte mit dem leuchtenden See: »Yiban!

Yiban! Ich bin zurück! Komm schnell und hilf Miss Banner! Sie wartet da draußen, auf der Kippe zwischen Leben und Tod.«

Keine Antwort. Wieder und wieder rief ich nach ihm, immer lauter. Ich ging um den See herum. Die Angst krampfte mir das Herz zusammen. Hatte Yiban versucht, auf eigene Faust ins Freie zu gelangen, und sich dabei verlaufen? War er in den See gefallen und ertrunken? Ich durchsuchte die steinerne Siedlung am Ufer. Was war das? Eine Mauer lag in Trümmern, und an der Felskante waren Steinblöcke übereinandergetürmt. Mein Blick wanderte aufwärts, und ich konnte sehen, wie es mit einiger Geschicklichkeit zu bewerkstelligen wäre, sich bis zu einer Spalte zu hieven, die gerade breit genug war, daß ein Mann sich hindurchquetschen konnte. Tja – durch diese Spalte dort oben hatten all unsere Hoffnungen sich verflüchtigt.

Als ich zurückkehrte, streckte Miss Banner den Kopf aus dem Tunnel und rief: »Yiban, bist du das?« Doch als sie mich allein herankommen sah, brach sie fast zusammen. »Ai-ya! Ist er umgebracht worden?«

Ich schüttelte den Kopf, dann gestand ich ihr, wie ich mein Versprechen gebrochen hatte. »Er ist Sie suchen gegangen«, sagte ich betrübt, »und das ist meine Schuld.« Sie sprach nicht aus, was ich dachte: Wenn Yiban nur in der Höhle geblieben wäre, hätten wir alle drei gerettet werden können. Statt dessen wandte sie sich um, humpelte zur anderen Seite des Tunnels und spähte suchend hinaus in die Nacht. Ich stand hinter ihr, hilflos, verzweifelt. Der Himmel glomm in düsterem Orangerot, der Wind schmeckte nach Asche. Und jetzt konnten wir kleine Lichtpunkte erkennen, die Laternen der Soldaten, die wie Glühwürmchen durch das Tal schwirrten. Der Tod nahte, das stand nun fest, und es war schrecklich, darauf zu warten. Aber Miss Banner weinte nicht. Sie sagte ruhig: »Miss Moo, wo wirst du danach sein? In deinem Himmel oder in meinem?«

Welch eine sonderbare Frage. Als ob ich das entscheiden könnte. Mußte man das denn nicht dem Willen der Götter überlassen? Aber ich wollte mich nicht mit ihr streiten, nicht an unserem letzten Tag. Darum sagte ich nur: »Wo Zeng und Lao Lu jetzt sind, da werde ich auch hingehen.«

»Also doch in deinen Himmel.« Wir schwiegen eine Weile. Sie seufzte tief auf. »Wo du hingehst, Miss Moo, muß man da Chinese sein? Würden die mich auch hineinlassen?«

Die Frage war noch sonderbarer als die vorige! »Ich weiß nicht. Ich hab noch mit keinem gesprochen, der dort war und wiederkam. Aber ich glaube, wenn Sie Chinesisch können, müßte das reichen. Ja, da bin ich mir sicher.«

»Und Yiban, der ja halb und halb ist, wo würde der wohl hingehen? Wenn wir uns dann selbst im Jenseits verpassen . . .«

Ah, jetzt verstand ich, worauf sie hinauswollte. Um sie zu trösten, entschloß ich mich zu der letzten Lüge: »Kommen Sie mit mir, Miss Banner. Yiban hat mir schon gesagt, daß er Sie nach seinem Tod in der Yin-Welt wiedertreffen wird.«

Sie glaubte mir, weil ich ihre treue Freundin war. »Bitte, halt meine Hand fest, Miss Moo«, sagte sie. »Laß mich nicht los, bis wir da sind.«

Und so warteten wir zusammen, froh und traurig zugleich, in Todesangst, bis wir den Tod fanden.

## *Wenn Licht und Dunkel sich die Waage halten*

Bis Kwan zu Ende erzählt hat, sind die Sterne am unmerklich aufgehellten Himmel verblaßt. Ich stehe an der Felskante und halte zwischen den buschigen Schatten nach irgendeiner Bewegung Ausschau.

»Du erinnerst, wie wir gestorben?« fragt Kwan hinter mir.

Ich schüttele den Kopf, aber dann steigen lang versunkene Bilder in mir auf, die ich immer für Phantasiegebilde hielt: Speere, die im Feuerschein blitzen, die rauhe Steinmauer. Ja, ich sehe es alles wieder, spüre die beklemmende Angst. Ich kann das Schnauben der Pferde hören, ihr ungeduldiges Hufscharren, als ein rauher Strick mir auf die Schultern fällt und sich kratzend um meine Kehle zusammenzieht. Ich ringe nach Luft, meine Halsschlagader pocht heftig. Jemand drückt meine Hand – Kwan. Aber zu meiner Verblüffung eine viel jüngere Kwan mit einer schwarzen Augenklappe. Laß mich nicht los, will ich gerade sagen, als mir die Worte aus dem Mund gerissen werden und ich abrupt in die Höhe schnelle. Ich fühle etwas entzweischnappen, und meine Angst fällt von mir ab, während ich weiter durch die Luft schwinge. Kein Schmerz! Wie wunderbar, von aller Erdenschwere befreit zu sein! Und doch bin ich nicht frei, nicht ganz. Denn da ist Kwan, die meine Hand noch immer fest umklammert hält.

Sie drückt sie mir wieder. »Du erinnerst jetzt, ah?«

»Ich glaube, wir wurden erhängt.« Meine Lippen sind starr von der morgendlichen Kälte.

Kwan runzelt die Stirn. »Erhängt? Hmm. Glaub nicht. Damals, Manchu-Soldaten nie jemand erhängt. Zuviel Mühe. Außerdem auch keine Bäume.«

Ich bin seltsam enttäuscht, fast ein bißchen beleidigt, daß ich mich geirrt haben soll. »Ja und? Wie ist es dann passiert?«

Sie zuckt die Achseln. »Weiß nicht. Darum ich dich gefragt.«

»Was? *Du* weiß nicht, wie wir gestorben sind?«

»Ging doch so schnell! Eben noch hier gestanden, dann dort aufgewacht. Viel Zeit inzwischen vergangen. Als mir klarwurde, ich schon längst tot. Genauso wie bei Elektroschock in Klinik. Ich wach auf, hey, wo bin ich? Wer weiß, in letzte Leben vielleicht Blitz eingeschlagen, dich und mich huschhusch in andere Welt geschickt. Kaufmann aus Geisterhaus auch so verschwunden, denk ich. *Pao!* Weg! Nur zwei Füße stehenlassen.«

»Na, erlaube mal! Jetzt hast du mir diese ganze Geschichte erzählt und kennst selber das Ende nicht?«

Kwan blinzelt verdutzt. »Ende? Wenn man stirbt, heißt nicht, daß Geschichte zu Ende, heißt doch nur, daß noch lange nicht aufhört... Hey, schau mal! Sonne geht schon auf.« Sie streckt sich. »Wird Zeit, wir gehen Simon suchen. Nehmen Taschenlampe mit, Decke auch.« Zielstrebig stapft sie voran. Ich weiß, wo sie mich hinführt: zu der Höhle, wo Yiban zu warten versprach, und wohin es Simon vielleicht verschlagen haben könnte.

Wieder kraxeln wir den bröckeligen Felshang hinab, tasten bei jedem Schritt prüfend nach Halt, ehe wir mit vollem Gewicht auftreten. Meine Wangen prickeln, langsam wird mir wieder warm. Nun werde ich endlich diese verdammte Höhle zu sehen bekommen, die uns zugleich Fluch und Hoffnung ist. Und wen werden wir dort finden? Simon, total erschöpft zwar, aber am Leben? Oder Yiban, der in Ewigkeit auf Miss Banner wartet? Mit einem Mal rutsche ich auf losem Geröll aus und lande unsanft auf dem Hintern.

»Vorsicht!« ruft Kwan.

»Warum mahnen die Leute einen immer zur Vorsicht, wenn's eh schon zu spät ist?« Brummelnd rappele ich mich auf.

»Nie zu spät. Nächste Mal, vielleicht du fällst nicht hin. Hier, halt dich an Hand.«

»Geht schon.« Ich beuge das Knie durch. »Siehst du, nichts gebrochen.« Wir klettern weiter. Kwan blickt sich alle paar Sekunden nach mir um. Bald stoßen wir auf eine Höhle. Ich spähe hinein, auf der Suche nach Überresten früheren Lebens, ob aus der Steinzeit oder kürzlich erst dahingerafft. »Sag mal, Kwan, was ist eigentlich aus Yiban und den Dorfbewohnern geworden?«

»Ich war ja schon tot«, antwortet sie auf chinesisch, »darum bin ich mir da nicht so sicher. Was ich weiß, das habe ich nur vom Hörensagen erfahren. Wie soll man sich darauf verlassen? Die Leute aus anderen Dörfern haben die Gerüchte immer noch mit ihren eigenen Übertreibungen ausgeschmückt, und der ganze Klatsch ist aus den Bergen herabgesickert wie Regen durch ein undichtes Dach. Unten im Talgrund haben sie sich dann eine Geistergeschichte daraus zusammengereimt, und nach und nach hat es sich überall in der Provinz herumgesprochen, Changmian sei verflucht.«

»Und ... und wie geht die Geschichte?«

»Ah, warte mal, laß mich erst Luft holen!« Sie läßt sich schnaufend auf einen flachen Felsblock sinken. »Gut, die Geschichte geht so: Als die Manchu-Soldaten kamen, sagen die Leute, hätten sie Stimmen in den Höhlen gehört. ›Kommt heraus!‹ riefen sie. Natürlich folgte keiner dem Befehl. Also sammelten die Soldaten trockene Zweige und dürre Büsche und schichteten sie vor den Höhlen auf. Als die Flammen aufloderten, fingen die Stimmen drinnen an zu schreien. Und wie mit einem einzigen mächtigen Aufstöhnen stießen die Höhlen alle zugleich einen schwarzen Strom von Fledermäusen aus. Der Himmel war voller Flügelgeschwirr, als sei die Schlucht plötzlich von einem riesigen Schirm verdunkelt. Mit ihrem Geflatter fachten sie das Feuer an, und bald brannte das ganze Tal lichterloh. Das Felsentor, der Saumpfad – alles war von einem Flammenmeer umgeben. Zwei oder drei Soldaten kamen noch auf ihren Pferden davon, aber die anderen schafften es nicht mehr. Eine Woche später, als die nächste Truppe nach Changmian kam, fanden sie niemanden mehr dort oben, weder tot noch lebendig. Das Dorf war menschenleer, und in der Schlucht, wo die Soldaten gewesen waren, fand man nur noch Asche und aufgeschichtete Steinhaufen über Hunderten von Gräbern.« Kwan steht auf. »Komm, wir müssen uns wieder auf den Weg machen.«

Ich haste hinter ihr drein. »Und die Leute aus dem Dorf sind alle umgekommen?«

»Vielleicht ja, vielleicht aber auch nicht. Einen Monat danach, als jemand aus Jintian auf der Durchreise in Changmian vorbeikam, herrschte im Dorf wieder geschäftiges Treiben wie mitten an einem normalen Markttag. Hunde rekelten sich in der Gosse, Leute feilschten lauthals um die Waren, Kinder liefen hinter ihren Müttern her, als sei das Leben dort immer seinem gewohnten Gang gefolgt, ohne jede Unterbrechung. ›He, Väterchen‹, rief der Reisende dem Dorfältesten zu, ›was ist denn geschehen, als die Soldaten hier einmarschiert sind?‹ Und der Älteste legte das Gesicht in bedächtige Falten und sagte: ›Soldaten? Ich kann mich an keine Soldaten erinnern.‹ So schnell wollte der Reisende aber nicht aufgeben. ›Was ist denn mit dem Herrenhaus dort drüben passiert?‹ fragte er weiter. ›Es sieht ja so rußgeschwärzt aus.‹ Und die Dorfbewohner sagten: ›Ach, das? Letzten Monat ist der frühere Eigentümer als Geist zurückgekehrt und hat uns alle zu einem Bankett eingeladen. Eins von den Geisterhähnchen, die auf dem Herd brieten, ist zum Dach geflogen und hat die Balken in Brand gesetzt.‹ Als der Reisende dann nach Jintian zurückkehrte, ließ er hinter sich einen Kometenschweif von Gerüchten zurück, und so sprach es sich in Windeseile herum, daß Changmian ein Dorf voller Geister sei... Was ist los? Warum lachst du?«

»Ich glaube eher, Changmian ist zu einem Dorf voller Lügner geworden. Sie haben die Leute mit Absicht glauben lassen, sie wären Geister, um sich die Mühe zu sparen, noch mal in die Höhlen zu flüchten, wenn es wieder Krieg gibt.«

Kwan klatscht in die Hände. »Sieh mal an, wie schlau von dir! Du hast ganz recht. Big Ma hat mir mal erzählt, wie einer von außerhalb einen jungen Mann aus unserem Dorf gefragt hat: ›He, du, bist du ein Geist?‹ Der junge Mann hat ein beleidigtes Gesicht gemacht und auf ein brachliegendes Feld voller Steine gezeigt: ›Sag mir, könnte ein Geist wohl eine so schöne Reisernte zustande bringen?‹ Aber der andere hätte doch merken müssen, daß er zum Narren gehalten wurde. Ein echter Geist würde sich nicht mit seiner Reisernte brüsten. Er würde noch viel frecher aufschneiden und von Pfirsichbäumen reden. Ah?«

Kwan erwartet offenbar, daß ich ihrer Logik beipflichte. »Ja, klar, das seh ich ein«, lüge ich in bester Changmian-Manier.

Sie fährt mit ihrer Erzählung fort: »Nach einer Weile wurde es den Dorfbewohnern aber selber zu dumm, daß alle sie für Geister hielten. Niemand wollte mehr Handel mit ihnen treiben. Niemand wollte seine Söhne oder Töchter mehr in Changmian einheiraten lassen. Also sagten sie den Leuten fortan: ›Nein, *wir* sind keine Geister, natürlich nicht. Aber oben in den Bergen, da gibt es einen alten Einsiedler, der könnte ein Geist sein oder vielleicht ein Unsterblicher. Jedenfalls sieht er so aus, mit langen Haaren und Bart. Kaum einer hat ihn je zu Gesicht bekommen. Er taucht nur in der Dämmerung auf, wenn Licht und Dunkel sich die Waage halten. Dann geht er zwischen den Gräbern umher und sucht nach einer

Frau, die gestorben ist. Und da er nicht weiß, welches Grab das ihre ist, pflegt er sie alle.‹«

»Meinten sie etwa ... Yiban?« Ich halte den Atem an.

Kwan nickt. »Vielleicht kam die Geschichte auf, als Yiban noch am Leben war und immer noch auf Miss Banner wartete. Aber als ich sechs Jahre alt war – kurz nachdem ich ertrank –, da hab ich ihn mit meinen Yin-Augen zwischen den Gräbern gesehen. Inzwischen war er wirklich zu einem Geist geworden. Ich ging durch diese Schlucht hier und suchte Brennholz für die Nacht zusammen. Und in der stillen Dämmerstunde hörte ich plötzlich zwei Männer streiten. Ich wanderte weiter zwischen den Gräbern, und da sah ich sie Steine aufschichten. ›Alte Onkel‹, sprach ich sie höflich an, ›was macht ihr da?‹

Der Kahlköpfige war sehr schlecht gelaunt. ›Dummes Ding!‹ fuhr er mich an. ›Du hast doch Augen im Kopf, neuerdings sogar zwei, also benutz sie gefälligst. Was glaubst du denn, was wir machen?‹ Der Langhaarige war freundlicher. ›Sieh mal, Kleine‹, sagte er. Er hielt einen Stein hoch, der wie ein Axtkopf geformt war. ›Zwischen Leben und Tod gibt es eine Stelle, wo man das Unmögliche ins Gleichgewicht bringen kann. Wir versuchen, diesen Punkt zu finden.‹ Behutsam legte er den Stein auf einen anderen. Aber sie polterten beide herunter, dem Kahlköpfigen auf den Fuß.

›Verdammte Scheiße!‹ fluchte der. ›Jetzt hast du mir fast das Bein entzweigehauen! Laß dir doch Zeit, du Tolpatsch. Die richtige Stelle findest du nicht nur mit den Händen, wie oft soll ich dir das noch sagen, Mann! Mit Leib und Seele mußt du sie suchen.‹«

»War das Lao Lu?«

Sie schmunzelt. »Schon über hundert Jahre tot und immer noch am Fluchen! So erfuhr ich, daß Lao Lu und Yiban dort steckengeblieben waren, unfähig, in die nächste Welt zu gelangen, weil sie schon im voraus zu viel bedauerten.«

»Aber wie kann man denn etwas *im voraus* bedauern?«

»Na, indem man sich überlegt, wenn ich dies tue, dann wird das und das passieren, und dann werde ich mich so und so fühlen, also sollte ich es lieber nicht tun. Und schon hängt man fest. Wie Lao Lu. Es tat ihm leid, daß der Pastor seinetwegen meinte, Cape und die beiden Soldaten getötet zu haben. Um Buße zu tun, hatte er beschlossen, im nächsten Leben Pastors Frau zu werden. Doch immer, wenn er an seine Zukunft dachte – daß er sich jeden Sonntag dieses endlose Amen-Geblöke würde anhören müssen –, fing er sofort wieder an zu fluchen. Wie kann er die Frau des Pastors werden, solange er noch immer so ein grober Klotz ist? Darum sieht er keinen Ausweg aus seiner Zwangslage.«

»Und Yiban?«

»Als er Miss Banner nicht finden konnte, glaubte er, sie sei umgekommen, und wurde sehr traurig. Dann fragte er sich, ob sie vielleicht doch zu Cape zurückgegangen sei, und das machte ihn noch trauriger. Als Yiban starb, suchte er Miss Banner im Himmel, und weil sie nicht dort war, glaubte er, sie sei mit Cape in der Hölle gelandet.«

»Hat er denn nie daran gedacht, daß sie in der Yin-Welt sein könnte?«

»Da siehst du! So geht's einem eben, wenn man festhängt. Man ist so auf seine vorgefaßte Meinung fixiert, daß einem nichts Gutes mehr einfällt.«

»Also hängt er immer noch fest?«

»Oh, nein-nein-nein-nein! Ich hab ihm von dir erzählt.«

»Was denn?«

»Na, wo du warst. Und auch, wann du ins nächste Leben geboren werden würdest. Und nun wartet er wieder auf dich, irgendwo hier in der Nähe.«

»Simon?«

Kwan deutet strahlend auf einen mannshohen Felsbrocken, hinter dem sich, kaum sichtbar, eine schmale Spalte öffnet.

»Ist das die Höhle mit dem See?«

»Jawohl.«

Ich strecke den Kopf hinein und schreie, so laut ich kann: »Simon! Simon! Bist du da drin? Hörst du mich?«

Kwan zieht mich sanft an den Schultern zurück. »Ich geh rein, ihn holen«, sagt sie. »Wo ist die Taschenlampe?«

Ich krame sie aus dem Rucksack hervor und versuche, sie anzuknipsen. »Mist, sie muß die ganze Nacht angewesen sein. Die Batterie ist leer.«

»Laß mal sehen.« Sie greift nach der Lampe, die in ihrer Hand prompt aufleuchtet. »Na also, geht doch.« Sie zwängt sich in die Grotte, und ich klettere ihr nach.

»Nein, nein, Libby-ah! Du bleibst draußen.«

»Aber warum?«

»Für den Fall, daß ...«

»Daß was?«

»Was weiß ich, halt für alle Fälle, basta! Keine Widerrede jetzt.« Sie drückt mir so fest die Hand, daß es weh tut. »Versprochen, ah?«

»Also gut, versprochen.«

Sie lächelt. Doch auf einmal krampft ihre Miene sich schmerzlich zusammen, und dicke Tränen kullern ihr die Wangen hinab.

»Kwan? Was hast du denn?«

Wieder drückt sie mir die Hand und schluchzt: »Oh, Libby-ah, ich bin ja so froh, daß ich meine Schuld endlich wieder gutmachen kann. Nun kennst du all meine Geheimnisse. Und ich kann endlich Frieden finden.« Sie wirft mir die Arme um den Hals.

Ich werde ganz verlegen. Kwans Gefühlsausbrüche waren mir schon immer peinlich. »Was für eine Schuld meinst du eigentlich? Hör mal, Kwan, du schuldest mir doch nichts.«

»O doch! Du bist meine treue Freundin.« Sie schnieft herzhaft. »Für mich bist du mit in die Yin-Welt gegangen, denn ich hab dir weisgemacht, daß Yiban dir dahin folgen würde. Aber nein! Er ahnte ja nicht, daß du nicht im Himmel bist . . . wegen mir habt ihr nicht zusammenfinden können. Darum war ich so froh, als ich Simon zum ersten Mal sah. Da wußte ich, ah, endlich . . .!«

Ich stemme mich abrupt von ihr ab. Mir schwirrt der Kopf. »Kwan, an dem Abend damals, als ich Simon zu dir mitgebracht habe, weißt du noch, wie du mit seiner Freundin Elza gesprochen hast?«

Sie wischt sich mit dem Jackenärmel über die Augen. »Elza? . . . Ah! Ja, sicher, ich erinnere mich. Elsie. Nettes Mädchen. Polnisch-jüdisch. Ertrunken, oder?«

»Was sie da gesagt hat, daß Simon sie vergessen sollte – hast du dir das ausgedacht? Hat sie nicht etwas anderes gesagt?«

Kwan runzelt die Stirn. »Sie vergessen? Hmm . . .«

»Das hast du jedenfalls behauptet.«

»Ah! Jetzt weiß ich. Nicht ›vergessen‹, *›vergeben‹* hat sie gesagt. Sie wollte, daß er ihr vergibt. Sie hatte etwas getan, wofür er sich schuldig fühlte. Er dachte, er sei schuld an ihrem Tod. Aber sie sagte, sie sei selber schuld, und er solle sich nicht länger damit herumquälen.«

»Aber hat sie denn nicht gesagt, daß er auf sie warten solle? Daß sie zurückkommen würde?«

»Wie kommst du darauf?«

»Weil ich sie gesehen habe! Mit diesen verborgenen Sinnen, von denen du immer redest. Sie flehte Simon an, sie wahrzunehmen, ihre Ängste, ihre Sehnsucht . . .«

»Tss, tss!« Kwan legt mir die Hand auf die Schulter. »Libby-ah, Libby-ah! Das hat doch nichts mit verborgenen Sinnen zu tun. Das sind deine eigenen Zweifel, deine eigenen Ängste. Du hast dich selbst als Geist gesehen, der Simon anflehte, bitte hör mich, sieh mich, lieb mich . . . Elsie hat das nicht gesagt. Zwei Leben zuvor warst du ihre Tochter. Warum sollte sie dir da übelwollen? Nein! Sie wollte dir *helfen* . . .«

Ich starrte sie verblüfft an. Elza war meine Mutter? Ob das nun wahr ist oder nicht, jedenfalls fühle ich mich unendlich befreit, fast schwindlig vor Erleichterung, da der alte, unsinnige Groll auf einmal von mir abfällt, der ganze Müllhaufen aus Ängsten und Zweifeln.

»Du hast die ganze Zeit gedacht, sie verfolgt dich? Mm-hm. Du hast dich selbst verfolgt! Simon weiß das auch.« Sie küßt mich auf die Wange. »Ich geh ihn jetzt holen, dann kann er's dir ja selbst sagen.« Sie dreht sich um, windet sich wieder durch den Höhleneingang.

»Kwan?«

Sie schaut zurück. »Ah?«

»Versprich mir, daß du nicht verlorengehst. Du mußt zurückkommen.«

»Ja, natürlich!« Sie läßt sich in den unterirdischen Gang hinab. »Nur keine Sorge.« Ihre Stimme hallt dumpf zwischen den Felswänden wider. »Ich finde Simon, bin bald zurück. Warte auf uns...« Die Worte verklingen in ferner Tiefe.

Ich wickele mir die Thermodecke um die Schultern und lehne mich an den glatten Felsbrocken vor der Höhle. Jetzt bleibt mir nur noch die Hoffnung, nun ja, immerhin. Ich blicke zum Himmel auf. Alles grau. Wird es wieder regnen? Allein schon die Vorstellung läßt mich von neuem in Trübsal versinken, und prompt melden sich auch die verdrängten Befürchtungen zurück. War ich denn so hypnotisiert von Kwans Geschichte, daß ich nicht mehr klar denken konnte? Bin ich schon genauso verblendet wie sie? Wie konnte ich meine Schwester allein in diese unheimliche Höhle steigen lassen? Hastig rappele ich mich auf und strecke den Kopf durch die Spalte. »Kwan! Komm zurück!« Ich krieche in die dämmerige Grotte. »Kwan! Kwan! Verdammt noch mal, Kwan, so antworte doch!« Ich taste mich vor, stoße mir den Kopf an der überhängenden Felskante, fluche wütend, schreie wieder nach Kwan. Noch ein paar Schritte; das Licht nimmt immer mehr ab, um nach der nächsten Biegung gänzlich zu verschwinden. Mir ist, als sei mir eine dicke schwarze Decke übergestülpt worden. Kein Grund zur Panik. Ich habe mein halbes Leben lang in Dunkelkammern gearbeitet. Aber hier kann ich nicht mal die Grenzen der Dunkelheit abschätzen. Die Schwärze ist wie ein Magnet, der mich tiefer und tiefer zieht. Ich mache kehrt, will zurück zum Eingang, doch ich habe die Orientierung verloren, weiß nicht mehr, ob es aufwärts oder abwärts, hinein oder hinaus geht. Ich rufe verzweifelt nach Kwan. Meine Stimme wird langsam heiser, ich ringe keuchend um Atem. Ist die ganze Luft aus der Höhle herausgesaugt worden?

»Olivia?«

Ein erstickter Schrei entfährt mir.

»Alles in Ordnung?«

»O Gott! Simon! Bist du das wirklich?« Ich fange an zu schluchzen. »Lebst du noch?«

»Würde ich sonst mit dir reden?«

Ich lache und weine zugleich. »Man kann nie wissen.«

»Komm, gib mir die Hand.«

Ich wedele blindlings mit dem Arm, bis ich auf warme Haut stoße, seine vertrauten Hände. Er zieht mich an sich, und ich schlinge ihm die Arme um den Hals, sinke an seine Brust, reibe über sein Rückgrat, um mich zu vergewissern, daß er wirklich, leibhaftig da ist. »O Gott, Simon, wie ich mich gestern aufgeführt habe – ich muß verrückt gewesen sein. Und als du dann nicht wiedergekommen bist ... hat Kwan dir erzählt, was ich durchgemacht habe?«

»Nein, ich war noch gar nicht zu Hause.«

Ich erstarre. »Um Gottes willen!«

»Was ist denn?«

»Wo ist Kwan? Ist sie nicht hinter dir?«

»Keine Ahnung, wo sie ist.«

»Aber ... sie ist vorhin in die Höhle gegangen, um dich zu suchen! Sie ist immer noch drin! O mein Gott, das darf doch nicht wahr sein! Sie hat mir versprochen zurückzukommen! Sie wird sich doch nicht verlaufen haben, sie doch nicht...« Verwirrt, fassungslos brabbele ich vor mich hin, während Simon mich nach draußen geleitet.

Wir stolpern hervor ans Tageslicht, das uns mit gleißender Helligkeit überfällt. Blinzelnd betaste ich Simons Gesicht. Und fast möchte ich glauben, sobald ich die Welt wieder vor mir sehe, wird er Yiban sein, und ich werde ein gelbes, blutbeflecktes Kleid tragen.

# Vierter Teil

# *Das Begräbnis*

Kwan ist vor zwei Monaten verschwunden. Ich sage nicht »gestorben«, weil es mir einfach noch nicht in den Kopf will, daß genau dies geschehen ist.

Ich sitze in meiner Küche, esse Müsli und betrachte die Fotos von vermißten Kindern auf der Rückseite der Milchpackung. »Jeder Hinweis wird belohnt«, steht da. Ich weiß, was in den Müttern dieser Kinder vorgeht. Bis das Gegenteil bewiesen ist, muß man glauben, sie seien noch irgendwo am Leben. Man muß sie noch einmal sehen, bevor man sich durchringt, Abschied zu nehmen. Wir können die, die wir lieben, nicht von uns gehen lassen, ohne ihnen wenigstens das Versprechen abzunehmen, auf uns zu warten. Und so muß ich eben glauben, daß es noch nicht zu spät ist, um Kwan zu sagen: »Ich war Miss Banner, und du warst Nunumu, und du wirst mir immer in Treue verbunden bleiben wie ich dir.«

Vor zwei Monaten, als ich sie zum letzten Mal sah, wartete ich noch lange bei der Höhle, fest überzeugt, sie würde zurückkommen, wenn ich ihre Geschichte nur glaubte. Ich saß auf der Spieldose, Simon neben mir. Er versuchte, sich optimistisch zu geben, aber allein schon die Tatsache, daß er keine einzige flapsige Bemerkung machte, ließ deutlich genug erkennen, wie besorgt er war. »Keine Bange, sie kommt wieder«, versicherte er tapfer. »Ich wünschte nur, diese ganze Quälerei wäre dir erspart geblieben, erst die Ungewißheit meinetwegen, und jetzt wegen Kwan.«

Wie sich herausstellte, war er gar nicht erst in Gefahr geraten, sich zu verlaufen. Nach unserem Streit hatte auch er sich auf den Rückweg gemacht und war noch einmal dem Kuhhirten begegnet, der uns als Arschlöcher tituliert hatte. Nur war der Kerl gar kein Kuhhirt, sondern ein Student aus Boston. Er hieß Andy und war der amerikanische Neffe einer Frau, die weiter unten in einem Bergdorf wohnte. Dieser Andy also nahm Simon ins Haus seiner Tante mit, wo sie so viele Schalen *Maotai* kippten, bis sie sturzbesoffen einnickten. Auch wenn er sich nicht unterwegs einen Vollrausch genehmigt hätte, wäre Simon sicher wohlbehalten heimgekehrt, wie er betreten zugeben mußte. In seiner Gürteltasche hatte er noch eine Wollmütze, die er aufsetzte, nachdem ich davongestürmt war. Dann hatte er erst mal seinen Zorn abreagiert, indem er Steine in die Schlucht schleuderte, bis er ins Schwitzen kam.

»Du hast dir ganz grundlos Sorgen gemacht«, murmelte er niedergeschlagen.

»Immer noch besser, als wenn ich mir *nicht* grundlos Sorgen gemacht hätte«, versetzte ich. Im stillen dachte ich mir, ich müßte nur dankbar sein, daß Simon nichts zugestoßen war, damit mir das gleiche Glück auch mit Kwan zuteil würde. »Sorry, sorry, Libby-ah«, hörte ich sie fast schon sagen. »Hab falsche Weg in Höhle genommen, leider bißchen verirrt, ganze Vormittag gebraucht, um zurückfinden! Siehst du, hast dir umsonst Sorgen gemacht.« Und später, als die Wartezeit sich schier endlos hinzog, versuchte ich immer noch, die Hoffnung nicht aufzugeben: »Libby-ah, was war bloß mit meine Kopf? Da unten, ich schau auf diese See, so seltsam, kann nicht mehr aufhören zu träumen. Ich denke, nur eine Stunde vergangen. Ha! – gar nicht gemerkt, waren zehn!«

Simon und ich harrten die ganze Nacht vor der Höhle aus. Du Lili brachte uns etwas zu essen, Decken und eine Zeltbahn. Wir wälzten den Stein zur Seite, der den Eingang der Höhle versperrte; dann krochen wir in die Grotte hinein. Sollte ich Simon jetzt Kwans Geschichte von Miss Banner, Nunumu und Yiban erzählen? Doch ich konnte mich nicht entschließen, eine abergläubische Furcht hielt mich zurück. Diese Fabel war mein Talisman, ein Symbol meiner unverbrüchlichen Hoffnung. Und wenn Simon oder sonst irgendwer sie auch nur im geringsten anzweifelte, würde vielleicht ein kleiner Hoffnungsschimmer im Universum, gerade der, den ich brauchte, für immer verlöschen.

Am zweiten Morgen nach Kwans Verschwinden organisierten Du Lili und Andy eine Suchmannschaft. Die älteren Leute mochten sich nicht in die Höhle wagen, so daß es fast ausschließlich junge Burschen waren, die zu uns heraufkamen. Sie brachten Öllampen und Seile mit. Ich versuchte, mir die vage Beschreibung ins Gedächtnis zu rufen, wie die Höhle mit dem See zu erreichen sei. Was hatte Zeng gesagt? Folgt dem Wasserlauf, geht immer weiter nach unten, wählt bei einer Gabelung jeweils den engeren Gang – oder meinte er den tieferen? Ich brauchte Simon nicht erst zu bitten, nicht mit in die Höhle zu gehen. Er blieb dicht an meiner Seite. Zusammen beobachteten wir in verbissenem Schweigen, wie sich ein Mann ein Seil um die Taille schlang und in die Höhle einstieg, während ein anderer draußen das Seilende festhielt.

Bis zum dritten Tag hatte der Suchtrupp ein Labyrinth durchforscht, das sich über Dutzende von Höhlen erstreckte. Von Kwan jedoch weiterhin keine Spur. Du Lili fuhr nach Guilin, um den Unfall bei der Behörde zu melden. Sie schickte auch ein Telegramm an George, das ich möglichst schonend formuliert hatte. Am Nachmittag erschienen vier Lastwagen mit grün uniformierten Soldaten und Beamten in schwarzen Anzügen. Am nächsten Morgen kam ein wohlbekanntes Auto die Straße herauf, und Rocky und ein würdevoller alter Herr stiegen aus. Professor Po, erklärte mir Rocky, sei die rechte Hand des berühmten Paläontologen, der den Peking-Menschen entdeckt hatte. Der Professor begab sich in das verzweigte Höhlengeflecht, das nun mit Hilfe der Führungsseile und Lampen leichter begehbar war. Als er viele Stunden später wieder herauskam, verkündete er, in grauer Vorzeit hätten sich die Bewohner dieser Gegend durch Dutzende von Höhlen gegraben und dabei absichtlich Irrgänge und kunstvoll kaschierte Verbindungstunnel angelegt. Allem Anschein nach, dozierte er weiter, hätten die Leute von Changmian dieses Labyrinth geschaffen, um sich vor Mongolen und anderen kriegerischen Stämmen in Sicherheit zu bringen. Jegliche fremden Eindringlinge hätten sich rettungslos darin verirren müssen wie Ratten in einer tödlichen Falle.

Daraufhin wurde ein Geologenteam hinzugezogen. In der allgemeinen Aufregung dachte kaum noch jemand an Kwan. Sie blieb verschollen; statt dessen fanden die Geologen allerlei Getreidekästen und Wasserkrüge. Sie stolperten in Fledermaushöhlen und scheuchten Tausende der angstvoll kreischenden Tiere in die blendende Sonne hinaus. Und als bedeutsame wissenschaftliche Entdeckung förderten sie einen menschlichen Scheißhaufen zutage, der mindestens dreitausend Jahre alt war!

Am fünften Tag trafen George und Virgie aus San Francisco ein. Sie hatten meine Telegramme mit den zunehmend düsteren Nachrichten erhalten. George war überzeugt, Kwan sei gar nicht wirklich verschwunden; gewiß läge es nur an meinem fehlerhaften Mandarin, meinte er zuversichtlich, daß wir uns vorübergehend aus den Augen verloren hätten. Doch am Abend war er dann nur noch ein Häufchen Elend. Er vergrub sein Gesicht in einem Pullover, der Kwan gehörte, und überließ sich hemmungslos seinem Schmerz.

Am siebten Tag stießen die Suchtrupps zu dem leuchtenden See im Innern des Labyrinths vor. Noch immer keine Spur von Kwan. Aber nun wimmelte das Dorf von Beamten und Spezialisten aller Art, die nur noch zu ergründen suchten, weshalb das Wasser dort unten in tiefster Finsternis so merkwürdig schimmerte.

An jedem dieser sieben Tage mußte ich irgendwelchen Bürokraten haarklein auseinandersetzen, was mit Kwan passiert war. Darauf schloß sich immer wieder der gleiche Fragenkatalog an: Wann war ihr Geburtsdatum? Wann war sie nach Übersee ausgewandert? Warum war sie hierher zurückgekommen? War sie krank? So so, Sie hatten sich gestritten? Nicht mit ihr, aber mit Ihrem Mann? War Ihr Mann auch wütend auf Kwan? Ist sie darum weggelaufen? Haben Sie ein Foto von ihr? Ah, *Sie* haben dieses Bild gemacht? Was für eine Kamera benützen Sie denn? Sie sind Fotografin von Beruf? Tatsächlich? Wieviel kann man denn an so einer Aufnahme verdienen? Ach, wirklich? So viel? Könnten Sie vielleicht ein Foto von mir machen?

Bei Nacht kuschelten Simon und ich uns in dem breiten Prachtbett aneinander. Wir liebten uns, aber nicht aus Lust. Wenn wir so zusammen waren, konnten wir uns wenigstens der Hoffnung hingeben, die Liebe würde uns vor einer neuen Trennung bewahren. So verging ein Tag nach dem anderen, doch ich blieb zuversichtlich – oder besser, ich rang mit aller Kraft um Zuversicht. Ich besann mich auf Kwans Geschichten. Ich erinnerte mich daran, wie sie meine Wunden verbunden hatte, wie sie mir das Radfahren beigebracht hatte, wie sie mir früher die Hand auf die fieberheiße Kinderstirn gelegt und geflüstert hatte: »Schlaf, Libby-ah, schlaf.« Und ich schlief ein.

Mittlerweile war Changmian praktisch zum Zirkus geworden. Der geschäftstüchtige Kerl, der Simon und mir seine angeblich antiken Münzen hatte andrehen wollen, hatte sich am ersten Torbogen postiert und knöpfte sensationslüsternen Ausflüglern zehn Yuan Eintrittsgeld ab. Sein Bruder stand am zweiten und forderte zwanzig. Scharenweise trampelten jetzt Touristen durch die Schlucht, und die Bewohner von Changmian verhökerten Steine von den Gräbern als Souvenirs. Die Dorfältesten gerieten mit den Beamten darüber in Streit, wer das Hoheitsrecht über die Höhlen und somit auch über die darin geborgenen Fundstücke beanspruchen dürfe. Jetzt waren schon zwei Wochen verstrichen, und Simon und ich hatten den ganzen Irrsinn gründlich satt. Wir beschlossen, den Rückflug am vorgesehenen Tag anzutreten.

Vor unserer Abreise bekam Big Ma endlich ihr Begräbnis. An jenem regnerischen Morgen waren nur elf Personen zugegen – zwei angemietete Sargträger, ein paar ältere Dorfbewohner, George, Virgie, Du Lili, Simon und ich. Unwillkürlich fragte ich mich, ob Big Ma wohl beleidigt sei, daß Kwan ihr so schnöde die Schau gestohlen hatte. Die Träger luden den Sarg auf einen Eselskarren. Traditionsgemäß band Du Lili den krakeelenden Hahn auf dem Sargdeckel fest. Soweit war alles in bester Ordnung, doch als wir die Brücke über den Bewässerungsteich erreichten, versperrte uns ein Fernsehteam den Weg.

»Macht, daß ihr wegkommt!« rief Du Lili. »Könnt ihr nicht sehen, daß wir hier jemanden zu Grabe tragen?« Einer dieser Leute kam herüber und belehrte sie barsch, sie habe gefälligst das Recht der Allgemeinheit zu achten, von der wunderbaren Entdeckung in Changmian zu erfahren.

»Wunderbarer Scheißdreck!« schnaubte Du Lili. »Ihr versaut uns das ganze Dorf mit eurem Affentheater. Los jetzt, macht Platz, weg da!« Eine fesche Person in hautengen Jeans nahm Du Lili beiseite. Ich sah, wie sie ihr Geld bot, das Du Lili jedoch empört zurückwies. Mir schwoll das Herz vor Bewunderung. Die Frau zog weitere Scheine hervor. Du Lili deutete auf die Kameraleute, dann auf den Sarg und beschwerte sich wieder lautstark, worauf ein noch dickerer Packen Banknoten auftauchte. Du Lili zuckte die Achseln. »Na gut«, hörte ich sie brummeln, als sie das Geld einsteckte. »Wenigstens können die Toten sich damit in der nächsten Welt ein besseres Leben einhandeln.« Meine Stimmung erlitt einen argen Dämpfer.

Auch Simon schaute grimmig drein. Nun mußten wir einen weiten Umweg durch das Gewirr der Gassen in Kauf nehmen, bis wir schließlich den Gemeindefriedhof erreichten, der an einem Bergabhang im Westen lag.

Am Grab beugte Du Lili sich weinend über den Sarg und streichelte ein letztes Mal Big Mas pergamentartig ausgedörrtes Gesicht. Ich wunderte mich im stillen, wie gut der Leichnam nach diesen zwei Wochen Aufschub bis zur Beerdigung noch erhalten war. »Ai, Li Bin-bin«, gurrte Du Lili zärtlich, »du bist zu jung zum Sterben. Ich hätte vor dir gehen müssen.« Das übersetzte ich für Simon. Er sah überrascht zu Du Lili hinüber. »Soll das heißen, sie ist älter als Big Ma?«

»Ich weiß nicht. Ich will gar nicht mehr wissen, was das alles heißen soll.«

Als die Sargträger den Deckel schlossen, war es, als würden die Antworten auf so viele Fragen damit für immer weggesperrt: Nie würde ich nun erfahren, wo Kwan war, wie der wahre Name meines Vaters lautete, und ob Kwan wirklich mit einem anderen kleinen Mädchen zusammen ertrunken war.

»Wartet!« hörte ich Du Lili den Totengräbern zurufen. »Fast hätte ich's vergessen.« Sie griff in die Tasche und kramte das Bündel Scheine heraus. Als sie Big Ma das Bestechungsgeld der Fernsehleute in die steife Hand drückte, fing ich an zu weinen; mein Glaube an die Menschheit war wiederhergestellt. Und dann langte Du Lili in den Ausschnitt ihrer Steppjacke und holte noch etwas hervor – ein kostbares konserviertes Entenei. Sie schob es in Big Mas andere Hand. »Deine Leibspeise«, sagte sie. »Falls du auf dem Weg nach drüben Hunger bekommst.«

*Enteneier!* »Ich hab so viele gemacht«, hörte ich Kwan wieder sagen. »Vielleicht noch welche übrig.«

Hastig wandte ich mich zu Simon um. »Ich muß weg hier.« Ich hielt mir den Bauch und zog eine Grimasse, als ob mir plötzlich schlecht geworden wäre.

»Soll ich dir helfen?«

Ich schüttelte den Kopf und trat zu Du Lili. »Mir ist übel, ich geh jetzt lieber.« Sie warf mir einen verständnisvollen Blick zu. Sobald ich sicher war, daß sie mich nicht mehr sehen konnten, rannte ich Hals über Kopf los. Mochten meine Erwartungen auch noch so unsinnig sein, egal, ich gab mich vollkommen der Hoffnung hin. Ich war außer mir vor Freude. Ich wußte, ich würde genau das finden, woran ich glaubte.

So eilte ich denn zu Big Mas Haus und schnappte mir eine rostige Hacke. Dann lief ich zum Gemeindesaal hinüber. Am Tor angelangt, ging ich langsam durch den Hof und hielt nach irgendwelchen Zeichen Ausschau, die meine Vermutung bestätigen könnten. Da! Die verwitterten Ziegelsteine der Grundmauer – eindeutig rußgeschwärzt! Gewiß waren es die niedergebrannten Ruinen des alten Anwesens, das Kwan immer das Haus der bösen Geister genannt hatte. Ich rannte durch die leeren Räume, froh und dankbar, daß alle Dorfbewohner sich noch in der Schlucht herumtrieben, um irgendwelchen dreitausend Jahre alten Mist zu begaffen. Hinten fand ich keinen Park vor, keine lauschigen Pfade, keinen Pavillon – alles war zu einem kahlen Exerzierplatz einplaniert worden. Doch ganz wie erwartet, waren die Steine der Außenmauer ebenfalls schwärzlich angesengt. Ich ging bis zur hintersten Ecke und rechnete die ungefähre Lage meiner erhofften Fundgrube aus: zehn Krüge breit, zehn Schritte lang. Dann begann ich, die festgestampfte Erde mit der Hacke aufzuwühlen. Ich lachte laut auf bei dem Gedanken, wie mein Anblick wohl auf zufällige Beobachter wirken mochte. Sie mußten mich doch für verrückt halten, genauso verrückt wie Kwan.

Im Schweiße meines Angesichts hob ich nach und nach eine Grube aus, anderthalb Meter lang und einen halben Meter tief, fast groß genug für eine Leiche. Plötzlich stieß ich mit der Hacke auf etwas, das weder Stein noch ein Lehmklumpen war. Ich fiel auf die Knie und schaufelte mit bloßen Händen die dunkle, feuchte Erde heraus. Und dann sah ich es, ein helleres Stück Ton, fest und glatt wie eine Schulter. In meiner Ungeduld benutzte ich den Stiel der Hacke, um den Krug aufzubrechen.

Ich fischte ein schwarz verkrustetes Ei hervor, dann noch eins und noch eins. Überwältigt drückte ich sie an die Brust, wo sie sofort zerbröckelten; von den Reliquien unserer Vergangenheit blieb nur noch grauer Kalkstaub. Doch ich war aller Sorgen enthoben. Ich wußte, daß ich schon gekostet hatte, was von dem Vermächtnis übrig war.

# *Endlose Lieder*

Eben erst zurück von ihrer Hochzeitsreise nach Changmian, haben George und Virgie mir erzählt, der Ort sei inzwischen kaum noch wiederzuerkennen. »Wohin man auch schaut, nichts als Touristennepp!« sagte George. »Das ganze Dorf ist reich geworden, sie verkaufen massenweise Souvenirs, vor allem solche komischen Plastikfische, die im Dunkeln leuchten. Das war es nämlich, was den See in der Höhle zum Schimmern brachte, urzeitliches Wassergetier und Algen tief unten am Grund. Aber damit ist es nun vorbei. Zu viele Dummköpfe haben dort Münzen als Glücksbringer reingeworfen, tja, und die Fische? Alle vergiftet, mit dem Bauch nach oben geschwommen, aus der Traum. Also haben die Dorfvorsteher jetzt Unterwasserlampen installieren lassen, grün und gelb, sehr hübsch, hab sie selbst gesehen. Wirkt wie echt.«

George und Virgie sind wohl in erster Linie deshalb nach Changmian gefahren, weil sie meinten, sie hätten Kwan gegenüber etwas gutzumachen; als eine Art Entschuldigung, sozusagen. Um wieder heiraten zu können, mußte George Kwan offiziell für tot erklären lassen. So ganz einverstanden bin ich damit immer noch nicht, obwohl es sicher in Kwans Absicht lag, George und Virgie zu verkuppeln. Irgendwie muß sie schon gewußt haben, daß sie nicht mehr heimkommen würde, und sie hätte es nie zugelassen, daß George unversorgt zurückblieb. Sie hätte höchstens mit boshaftem Kichern angemerkt: »Schade, daß Virgie nicht besser kocht.«

Fast zwei Jahre habe ich nun Zeit gehabt, über Kwan nachzudenken, warum sie in mein Leben kam, warum sie wieder ging. Was sie wohl gemeint haben kann, als sie sagte, das Schicksal warte darauf, sich zu erfüllen. Ich weiß, zwei Jahre reichen nicht aus, um die Erinnerung an das, was gewesen ist, von dem abzugrenzen, was hätte sein können. Und das ist auch gut so, denn ich glaube jetzt, daß die Wahrheit nicht in der Logik liegt, sondern in der Hoffnung, sowohl in der vergangenen Hoffnung als auch in der, die sich auf Zukünftiges richtet. Ich glaube, die Hoffnung hält immer wieder Überraschungen bereit. Sie kann sich gegen noch so schlechte Chancen, gegen alle Widersprüche behaupten, und erst recht gegen jedwede skeptische Vernunft, die nur Tatsachen gelten läßt.

Wie wäre es sonst zu erklären, daß ich eine vierzehn Monate alte Tochter habe? Als der Arzt mir sagte, ich sei im dritten Monat, war ich erst mal baff. Neun Monate nachdem Simon und ich uns in dem chinesischen Hochzeitsbett geliebt hatten, brachte ich mein Kind zur Welt – neun Monate nachdem Kwan verschwunden war. Sicher hatten etliche Leute den Verdacht, der Vater sei irgendeine Zufallsbekanntschaft, ich hätte nicht aufgepaßt und sei aus Versehen schwanger geworden. Aber Simon und ich wissen ganz genau: es ist unser Baby. Natürlich gab es auch eine rationale Begründung dafür. Wir suchten noch mal denselben Facharzt wie damals auf, und nach neuerlichen Tests stellte sich heraus, daß die früheren Ergebnisse falsch gewesen waren. Im Labor war wohl irgendeine Verwechslung passiert. Die Diagnose der Zeugungsunfähigkeit, erklärte der Arzt, sei grundsätzlich irreversibel, also sei Simon in Wirklichkeit gar nicht unfruchtbar gewesen. »Und wie kommt es dann, daß ich vorher noch nie schwanger geworden bin?« fragte ich den Doktor.

»Sie waren wahrscheinlich zu sehr auf Ihren Kinderwunsch fixiert«, meinte er. »Denken Sie nur dran, wie viele Frauen schwanger werden, sobald sie ein Kind adoptiert haben.«

Ich weiß nur, was ich glauben möchte: Ich habe ein Geschenk von Kwan, ein kleines Mädchen mit Pausbacken und Grübchen. Nein, ich habe sie nicht Kwan oder Nelly genannt. So krankhaft sentimental bin ich denn doch nicht. Ich nenne sie Samantha, manchmal auch Sammy. Samantha Li. Wir beide haben Kwans Nachnamen angenommen. Warum auch nicht? Was bekundet denn so ein Familienname, wenn nicht das Anrecht, mit jemandem aus der Vergangenheit auf alle Zeit verbunden zu sein?

Sammy nennt mich »Mama«, und ihr liebstes Spielzeug ist »Ba«, die Spieldose, die Kwan mir zur Hochzeit geschenkt hat. Zu Simon sagt sie »Da«, was »Daddy« bedeutet, auch wenn dieser Daddy nicht ständig bei uns wohnt. Simon und ich sind immer noch dabei, uns auf das rechte Maß von Nähe und Distanz einzupendeln. Vorerst versuchen wir herauszufinden, was uns wirklich wichtig ist, und ob wir es schaffen können, mehr als acht Stunden zusammen zu verbringen, ohne bereits bei der Wahl eines Radiosenders in Streit zu geraten. Er kommt jeden Freitag und bleibt übers Wochenende. Dann kuscheln wir uns gemütlich zusammen, Simon und ich, Sammy und Bubba. Wir üben uns im Familienleben und sind dankbar für jeden Moment der Gemeinsamkeit. Sicher, die kleinlichen Auseinandersetzungen, Sticheleien und Mißstimmigkeiten bleiben auch so nicht aus. Aber man macht sich doch eher bewußt, wie unerheblich sie sind, wie sie einem das Herz verengen und den Blick für das Wesentliche trüben.

Ich glaube, Kwan wollte mir zeigen, daß die Welt nicht bloß ein Ort, sondern die unendliche Weite der Seele ist. Und die Seele ist nichts anderes als Liebe, grenzenlos, unbeschränkt – all das, was uns danach streben läßt zu erkennen, was wahr und echt ist. Früher dachte ich, die Liebe sollte eigentlich nichts als Glückseligkeit sein. Jetzt weiß ich, daß sie auch Sorge und Leid, Hoffnung und Vertrauen ist. Und an Geister zu glauben – das heißt doch nur, zu glauben, daß die Liebe niemals stirbt.

Wenn Menschen sterben, die wir lieben, können wir sie mit unseren gewöhnlichen Sinnen nicht mehr wahrnehmen. Aber wenn wir uns erinnern, können wir sie mit unseren hundert verborgenen Sinnen jederzeit wiederfinden. »Das ist ein Geheimnis«, höre ich Kwan noch wispern. »Sag's niemand weiter. Versprich's mir, Libby-ah.«

Ich höre mein kleines Mädchen nach mir rufen. Glucksend streckt sie die Händchen zum Kamin aus. »Ja, was ist denn, Sammy? Was siehst du da?« Mein Herz beginnt wie wild zu pochen bei dem Gedanken, es könnte Kwan sein.

»Ba«, gurrt Sammy und reckt sich, so hoch sie kann. Jetzt begreife ich, was sie will. Ich trete an den Kaminsims und ziehe die Spieldose auf. Ich nehme mein Baby auf den Arm. So tanzen wir zusammen, und aller Kummer fließt über in Freude.

# *Danksagung*

Um diese Geschichte zu schreiben, war ich auf das Wohlwollen, den Rat und den Beistand vieler Freunde angewiesen: Babalu, Ronald Bass, Linden und Logan Berry, Dr. Thomas Brady, Sheri Byrne, Joan Chen, Mary Clemmey, Dr. Asa DeMatteo, Bram und Sandra Dijkstra, Terry Doxey, Tina Eng, Dr. Joseph Esherick, Audrey Ferber, Robert Foothorap, Laura Gaines, Ann und Gordon Getty, Molly Giles, Amy Hempel, Anna Jardine, Peter Lee Kenfield, Dr. Eric Kim, Gus Lee, Cora Miao, Susanne Pari, die Bewohner des Dorfes Pei Sa Bao, Robin und Annie Renwick, Gregory Atsuro Riley, die Rock Bottom Remainders, Faith und Kirkpatrick Sale, Orville Schell, Gretchen Schields, die Mitarbeiter der Shelburne House Library, Kelly Simon, Dr. Michael Strong, Daisy Tan, John Tan, Dr. Steven Vandervort, Lijun Wang, Wayne Wang, Yuhang Wang, Russell Wong, die Leute von Yaddo, und Zo.

Ich danke ihnen allen, unterstelle ihnen aber keine Verantwortung für die treffende Art und Weise, in der sie oftmals ganz unwissentlich zur Wahrheit dieser Erzählung beigetragen haben.